山东诗人 60 家 | 上卷

谢明洲　孙方杰　主编

中国文联出版社
http://www.clapnet.cn

阿 华/作品
SHANDONG POET 60

　　阿　华，原名王晓华，女，1968年8月出生于威海。作品散见于《人民文学》《诗刊》等，有作品入选各种年度选本，著有诗集《往事温柔》《风吹浮世》《我们的美人时代》（合集）。参加诗刊社第二十五届青春诗会，获首届红高粱诗歌奖，首届刘伯温诗歌奖。中国作家协会会员，威海市环翠区作家协会副主席。现居威海。

诗人：阿 华

诗观：

1、每首诗歌有每首诗歌的命运，它们都是我人生路上的一次次放生。文字与我，彼此选择，就像山和水的相偎，就像海和船的相依。现在，我贪恋每一次貌似无我的写作，情愿让文字把我带回到孤独的辽天阔地。

2、太过用力太过张扬的东西，一定是虚张声势的，而内心的安宁才是真正的安宁。我更喜欢这样的话，大骄傲都是藏在骨头里的，小骄傲才会摆在脸上——前者有不同于常人的气质，后者只是一种难填的虚荣。

3、文字是懂我的，一如我懂得了，我在纸上构筑的我全部的人生美学，我所写下的，是与我的人生相契合的文字，一种悲悯和伤感的文字，我知道，最终文字就是舵，来为我校正生命的航向，它界定我成为一个隐忍、沉静的人。

在废木场

看不到四月的蔷薇
这小朵的玫瑰开在别处的栅栏

看不到女人的裙裾
这优雅在城市和海边飘逸

在废木场
看不到风生水起

这多么让人恐慌
春天也不能让它们怒放

花好月圆

岁月宁静，我倚着槐树长大
在那个叫做梨树镇的乡村故土
时间有滴水穿石的力量
石头奔跑，锈弦开花
沙哑的小号吹出青草的乐章

而我怀揣着清贫和忧伤

走在去往老家的路上
寂静，落寞

事实是，我一直都爱
这个季节的穷乡僻壤
风雨欲来，烟岚满坡
瘦小的河流走向饱满
绿色的山岭暗藏着锦绣
藏在草丛里的那些昆虫
开始在黑夜里歌唱

那是夏天，那是八月
路边的秋桂树开花了
亮堂堂的月亮，它挂在天上
人们把这些美好的事物
叫做世间的花好月圆

抒情时代

"抒情时代的苦痛
只是一场无法避免的流行病"
在小镇，爱情是小桃花
时间才是良药
它让一支乡村的小夜曲
从明亮的高处
回到锈落的局部
以缺席，退让，沉默
来获得狗尾续貂的忧伤

而我，无法坚持理想
也不能做到，充实至上

我只知道，粗砺的生活
需要麻木的心灵与之相匹配
而这嘈杂，纷乱的意象的合唱
更多的是落满灰尘
有少不更事的肆意和逞强

我承认，这么多年
暗疾和伤痛一直都在扩大
而我，没有准确地叙述它

我的天空

剥出的豆子像散碎的绿宝石
在邻省的版图上面
它的前身一直丰茂深邃

而最亲的人，在前年
成了异乡人
像一滴水在他乡漫游
"手摸不到的就是远"
我对着榕树
说出我的沮丧和颓唐

天空那么大，那么远
我必须适应它的辽阔和深邃
树林那么密，那么绿
我必须让内心更加温暖和虔诚

而此时，黄昏桃色，丝绸暗淡
如果有轮回这回事
我的亲人是不是也可以像

野草莓那样，重新回到
果汁鲜红的年代

"一生热爱，回头太难 "
有时生活也徒有虚名
我哭泣，广阔的莲叶下面
藏着我草虫呜咽的乡村

生活之诗

曾经的时光，都是用来奔跑和观望的
现在要做的，就是打扫和清理自己

阅读，听经，喝茶，在灯下写信
我要把所有的白纸，都写满爱情
我要把所有的爱情，都用来私奔

我还想问自己：什么最重要
怎样抵达它？尚有那些不曾说出的愿望

这些年，我淋雨，流浪，孤单
一颗热血沸腾的心，随时感受到
陡峭和凄冷，一些语言，就像刀
出鞘就伤人

现在，我愿以擅长的事物生存
以热爱的方式修炼，允许自己
和满地的落叶一起，做人世的俘虏

我发誓从此平和朴素，不再向光阴催讨
广阔深邃的生活

卉木志

我不识人间的桤木，雪松
也不识栾树和水杉
这让我，总是羞于在人前，谈草木
包括野杜仲，和乱蓬蓬的剑麻

昨日，河水暗涨，我想去山冈
看遮天蔽日的蒿草，撑起蓬勃的叶子
也看山笋和地衣，心肠柔软，骨刺坚硬
日月之外，参悟的生死

"春风吹卉木，大海放禽鱼。"
迟迟而归的春日，平和温暖
草木生长的愿望，却如火山
泉涌，焦灼，无法遮拦

这些人间的橡树，槭树，花楸树
枝叶涣散，在春天里
它们呼应了一个沉默者，内心的空旷

天黑了，又白了

我总是那样失魂落魄
一次次将亲人弄丢
先是祖父死在源头，后来是父亲
随着芬芳的青草去了天涯
至今，他们都走在不为我所知的路上
白了头发，佝偻了身子
曾经熟稔的呼吸，他们把它分给
大地上的浆草

我总是那样失魂落魄
明明已经回到故乡的路口
我还是看不到我是村庄的一部分
置身变质了的生活
我也同样浑然不觉
在西山，我用明晃晃的镰刀
割下了一坡的青草，直到大地
淌出了那么多新鲜的草汁
我还是找不到一条通往地脉的捷径
当我站起身来，我身后站立的
全是和我一样孤独的白杨树

我已经把痛苦捂在胸前了
为什么雾气还要一层层地
笼罩着这广袤的原野
天黑了，又白了
为什么大地彰显的
却是更多的肃穆和悲伤

初春记

从天堂跃入人间
弹性的水有着精确的计算
与身边太阳的光芒相比
它的纯净里加入了些风的重量

有时候，这流水也暗含着
猜测，打探，确认
在河流拐弯的地方
先是犹豫，然后才是一泻千里

转瞬即逝！

我已不记得，春天赋予这田野
多少明亮和开阔
但我却知道，种子在地下膨胀
树木的枝桠天天向上

我熟悉这样的心花怒放
现在，忧伤还没有笼罩它

接骨木

" 我所知道的接骨木
是一种落叶小乔木
在梨树镇，它们被大面积地种植 "

一个死去多年的人用接骨木说话
告诉我他多年以前的伤口
仍在阴天里作痛

我对灵魂这种事情
没有特别的兴趣
我能说出的，只是我颓废的兄弟
生前，他喝烧酒，谈女人
光阴曾被他日日虚度

他身边的湖水
浮游生物在大量地繁殖
他手上的假币
收藏价值大于交换价值
他偏执，木讷

最后死于伤心

昨夜天冷风寒，我又梦见了
风干的草籽，散步的马匹
梦见了兄弟的青枝绿叶
我的泪水涟涟

只是我不知道
这个世间的接骨木
是否能治愈，他在
另一个世界的伤心和骨折

不要说，生活

有人空着几套房子
有人找不到栖身地
有人心思纷纭，杂念丛生
有人淋雨，失窃，寒冷
身体里大面积的溃疡
来自生活里来不及抹去的忧伤

有人知天命，爱这苦乐交织的人生
上山，下海，捕鱼，捉蛇，泡药酒

有人不苟言笑，却迷恋
正在检修的水塔，即将生锈的铁
迷恋生存的旋涡，死亡的石磨

不要说，从云尖走过的闪电
高于大地沉默的稻穗
不要说，低飞的蝙蝠

它体内的教堂，偏离东亚的腹地

在这个波澜壮阔的时代
怀念是有罪的，而犯罪是有瘾的
原谅我，总是先于你们
失魂落魄

春风夜

春风沉醉的晚上，少年路
凉薄寡淡，一滩血正好
漫过了，一条狗的年少轻狂

路边的司机说：我没有倒行
也没有逆驶，它是从梧桐的阴影下
突然窜了过来，它无辜的眼神
带着我不曾见过的悲伤和绝望

没有人向一条狗，索取证供
没有人问一条狗，真实的疼痛
把狗从河南老家带来的赵四
三个月前又去了外省

它是听到了马路对面的乡音
才一路狂奔的
一条狗，在异乡
无法说出生活之痛，相思之苦

春风沉醉的晚上，少年路恢复了宁静
有蔷薇在墙头上开着，零星的几朵
在众多的绿叶中的孤独

生活帖

甲地歌台舞榭，乙地癫狂销魂
那些年，在青江县
我经常过这种没有规律的生活

但我早就厌倦了人声鼎沸，摩肩擦踵
相比于庞杂的生活本身，我更喜欢
淬火的人生

于是，有人让我学陶渊明
抚孤松而盘桓，也有人建议我
去金刚经里，寻求智慧

在尘世的光阴里，慢慢修炼
打磨，上漆，抛光
然后就成了一块稀有的金属

但活着是一个漫长的过程
我不盲目轻信，也不急于表白
只想对习以为常的事物，保持个人的警惕

浅水流沙的时代，人心都是贪婪的
哪里有甜蜜的东西，除了养蜂人和他的蜜蜂
哪里有纯洁的故土，除了沉默的大堤和遍地的芦苇

时光曲

我走在岸边，我的心散落在江水里
我去上游，只看到连绵的山体
和繁华的落日

春天泄露的天书，一次次被草海淹没
我去下游，跌宕起伏的
不是蓬勃的灌木

枯树上长木耳，琥珀里藏着泪
我且忆且悲，是个颓废的病人
在藤萝树下抄写经书，在草地上沾花惹尘

时光若是拖拖踏踏，摇摇晃晃
我就与它一起，倾斜，起伏，汹涌，动荡

时光若是一团，一卷，像茧子里抽出丝
我就与它一起，发光或照亮

我从来不指望，那些盟誓，泪水，轻怜密爱
还能沿着芦苇的芽孢，重新走回来

坎布拉

在坎布拉，我想看到你所说的飞鹰
但没有

在坎布拉，我想看到你所说的杜鹃
也没有

季节和花期都已经错过了
我只能把你写就的诗行，提炼成
抒情的一天

但风还在那里，它和你说得一样

它总是很有力度，把行走的人
吹得歪了

在坎布拉，我还听到了寺院里的音乐
虚无又缥缈

你说："梵音好听，是因为它像风一样
轻轻把灵魂唤醒，再轻轻拂去尘埃"

——从坎布拉回来，我仿佛又重活了一遍

疑　问

屈原曾经提问："九重之天，是谁测量的
如此巨大的工程，最初又是何人造它的
日月怎么悬挂，众星又如何陈列"

我从来也不思考这么深奥的问题
我只想问问你，天是怎么黑的
秋风是怎么凉的

葱郁的野草间，散落着
绵羊、牦牛和马匹，它们依靠什么
找到回家的路

如果水也脏了，它去哪里洗濯

一个寂寞的人，喜爱冷峻的山水
生活也总是有，绵里藏针的残酷

我不想说，痛苦与幸福，为什么

会在一个人的心里同时燃烧

我只想问问你，岸边稠密的树丛间
疾闪穿掠的两只飞鸟，叫什么名字

山地里到处都有优质的歌手
哪一个的喉咙里，才真正带着黄金的小号

给我辽阔的……

给我辽阔的，是这人间的梨树镇

我曾在黄昏来临时，去坡地散步
也曾在河边，看到菖蒲在风里
摇摇摆摆

在梨树镇，我看到桃树
萌芽，生叶，抽枝，开花
也看到，蚁群在运粮，大雁往南飞

—— 紫叶李最后的一片叶子
自由自在地落地，又满心欢喜地腐朽

给我辽阔的，是这人间的梨树镇

墙壁上的爬山虎，深幽又柔韧
草本的旱莲草，秋天里落下了籽

你问我，更喜欢鹅掌楸
还是乌桕树，我无法回答你

但我知道，在这里
这人间的梨树镇，我体会到的爱
没有面额，无以数计

已经停不下来了

已经停不下来了。一棵梨树
用根找水，这白色的闪电
到了四月，就会急急地窜上枝头

已经停不下来了。一只麻雀
跟着一辆绿皮火车飞奔，那街头
邮箱的颜色，一直是它放不下的念想

已经停不下来了。一个和尚
隐居山谷数十年，他念经，坐禅
替人超度，他享受的是寂灭的快乐

已经停不下来了。我去江边找桂花树
悲欢纷纷的马路上，一个人揣着泪水前行
那一年我闻过了桂花的味道，就再也忘不掉

已经停不下来了！我在人的壳里
待的有点累，可是我不能随便脱掉它

所以我只能这样，继续做一个人
继续活下去，像风推着风
像波浪推着波浪

像一台行驶在大地上的推土机
一点点地碾碎自己的快乐和梦想

山中小记

酢浆草的叶子是三片
还是四片？有几片才能称作是幸运草
紫花地丁又开了细碎的小花，它是不是
还像从前一样绵延数里

我给山里的人写信，是想知道
一个人的孤独王国里，他的亡灵
在哪里徘徊
他是否还像从前一样，迷恋清澈的江水
晦涩的经文，又读懂了多少

摘木瓜，捉昆虫，用稀疏的草籽
养活自己，这是他隐秘的乐趣之一

时光漫无边际，他已经习惯了
带着伤口行走，即使是在熟睡之际
也不忘记，自己拥抱一下自己

世界太安静了，满是寂寥的坡地
只看到灌木和荆棘，我这颗下沉的心
刚好落在一枚针尖上面

不　问

明月不问清风去了哪里，燕雀也不问
鸿鹄能飞多高

俞伯牙不会在弹奏前，问钟子期
你可听得懂琴声？

渔船不问波浪：摔痛了没有？
眉毛也不问眼睛：你为什么哭？

除夕的时候，看到那个茫然四顾的人
不要问：你等的人，回家了没有？

一个人走远了，不要追着问他：
为什么分手？我错在哪里？

每个人都有尊严，转身的时候
一定要优雅，一定要高贵

不要问：心凉了，还能用什么
来捂热它……

给马念佛

一条闹市还在广场的中心
十条大街早就散在各自的脚下

撑伞的路人啊，不要驻足聆听悲凉的歌声
也不要敲我的门窗

我不会告诉你，突然的泪水里
—— 盐的份量

不会晴天欢喜，雨天忧伤
经过的世事，让我学会缄口不辩

每个暮秋，都有无数的浆果落地

连最小的一粒，也有自己的甜蜜

我不羡慕它们都有温暖的天堂

我翻读经书，给马念佛
一双手，因触摸经文而得到暖意

像大山与江河，我与世人
正分开修行

还能做什么

还能做什么？

读一部经文，让我醍醐灌顶
寻一根拐杖，陪我隐姓埋名

还能做什么？

寂寥远行，择水而居
像那些值得信赖的，带着植物的品质

还能做什么？

早晨写下：情到深处
到了晚上，又另起一行

"因为玫瑰的香气，一个黑夜
才胜过无数个白天！"

还能做什么？像一些卑微的虫子

慢慢地活

搬运粮食，谈一场恋爱，替另外一只
举行一场葬礼

还能做什么？关了灯，看看老月亮
听听旧蟋蟀

一份孤独是人在天涯，另一份孤独是
爱到绝处，两份孤独加在一起

还是各自孤独

还能做什么？

像一只枯叶蝶，用迅疾的速度
过完悲凉的一生

恍如牧歌

有时，我是铁匠师傅的儿子
每天听大锤在铁砧上，叮叮当当地响着

有时，我是银匠师傅的女儿
带着品质的真金和道德的白银

有时，我是科尔沁草原上的马和羊羔
听蹄声纷至沓来，恍如牧歌

……我从来就惧怕真正的生活
害怕像一只蚂蚁，被投进广阔的沙漠

北 野 / 作品

SHANDONG POET 60

　　北　野，全名刘北野，生于陕西，长于新疆，现居山东威海。著有《马嚼夜草的声音》《黎明的敲打声》《在海边的风声里》等诗文集 6 部。《马嚼夜草的声音》入选 21 世纪文学之星丛书 1999 — 2000 年卷诗歌卷。鲁迅文学院首届中青年作家高级研讨班学员（2002）。参加诗刊社第 19 届青春诗会。获新疆政府首届天山文艺奖和诗刊社第二届华文青年诗人奖。2005 年 3 月由新疆移居威海，现执教于山东大学（威海）文化传播学院。中国作家协会会员。

诗人：北　野

诗观：

我为什么写诗
因为写诗节约笔墨和纸张。
如果我消耗了地球资源，我希望消耗得少一点。
如果我占用了人们的时间，我希望占用得少一点。
如果我制造了垃圾和噪音，我希望它们微不足道。

有人在海边打盹

有人在海边打盹
有人在呼伦贝尔草原观光

我翻开洛扎诺夫，却看见勃留索夫在喊：
"噢，合上你苍白的大腿！"

我寻访以赛亚·柏林，打算请教"自由"的真谛
却听见垂死的斯多噶圣者波西多纽说：

"疼痛，来吧，不管你怎么强烈，我都不会恨你！"

寒风切割着岩石

寒风切割着岩石
大海上碎裂的冰山溅起了漫天雪片
盖住了一年的最后一天

一个幼儿拍打着窗玻璃
热乎乎的小手还不曾触摸过人世间的严寒
她指着一片雪花天真地叫着：鸟，鸟，鸟……

孩子啊，你还太小
天空中除了鸟还有冰雹
会飞的除了鸟，还有流星、酒瓶和弹药

被风吹歪的人

在荒凉的海边
被风吹歪的人灌了一肚子冷气
顶着厄运，趔趄前行

乌鸦的热心肠裹着黑毛
漫天飞舞的冰渣子
盖住了松鼠小小的眼睛

有人在迷雾中独自抽泣
有人在火锅店将大雁剥了皮投进油锅
有人攥着小小的心愿，希望在垃圾中勾出一包钱

撒尿的醉汉掏出了自己的法器
哦，就剩下你了，兄弟
对这个世界还抱有热情！

冷啊，荒凉的海边
冷啊，刮风的人世间
冷啊，乌鸦、松鼠和被剥了皮的大雁！

雨后的青蛙

仿佛是一群隐居草泽的智慧生灵
雨后的青蛙们打开了各自的气囊，登陆它们的互联网

发帖，灌水，抗议，争鸣…… 一呼百应

领头的那一只谁也别想考证
谁不甘沉寂如烂泥
谁就可以在这闷热的夏夜率先制造一点动静

青蛙们占据了雨后的池塘
这是它们祖祖辈辈聚会的好地方
夜色越深，青蛙的叫声越响

青蛙们不惧怕嗜血的蚊子
但是惧怕毒蛇和两条腿的怪兽
如果有人在夜里咳嗽，青蛙们就会立刻收声

但是假如咳嗽者不停地咳嗽
青蛙们就不再把那病人放在心上
青蛙们只管扯开气鼓鼓的嗓子，放声高唱

今夜的火车

今夜的火车穿过中原
像一声惨叫，没入时间的深潭

黑暗、潮湿的国土
星光暗淡，鬼火点点

晕眩的家园
漂浮着死鱼和毒药的河岸

醉酒的秃子倒在了洗脚屋
揭黑的记者收下了封口钱

纪晓岚抚摸着二奶
蒲松龄迷上了摇头丸

武松因为打虎被森林警察处以罚款
李逵拨开人群高喊：喝甚鸟彩，有甚好看！

今夜的火车穿过中原
像一声惨叫，没入时间的深潭

平安夜的祈祷

仁慈的主啊！
请看着我们，这些东方黑夜里煎熬的肉身
请摸摸我发烧的额头
再眷顾一下我那沉湎于网络游戏的逃学的孩子
他已经三天三夜不见踪影
愿他不至于挨饿　受冻

这位女子是我的爱人
愿你永葆她青春的雀斑和好看的牙齿
也保佑我这位老大不小的朋友
愿他的妻子放弃虚妄的追求
早日回到他清贫的身边

主啊！
我还有一位老母，居住在他丈夫的坟墓边
是他们夫妇生下了我
他们将埋在一起
请你给死者以永久的安息
给健在者以更长久的健在

我是一个浑浑噩噩的庸人
心驰神往的却是马厩里诞生奇迹的夜晚
那些为你而抹泪的耶路撒冷妇人们
也请将我们这些罪人垂怜！

阉者之歌

—— 献给一位小仙女的 2 周岁生日

前年的今天，我看见你来了
但你并不看我
荒凉怀抱上空低垂的愁云

你是谁呀，我的仙女
看在我早年丧父　中年丧母的份上
告诉我你来自何方？

喜鹊在林间歌唱
传说中的七彩霞光，看呐
落在我补丁摞补丁的床沿上

藏香为你点燃
艾德莱丝绸为你绚烂
来自拉卜楞寺的喇嘛为你唱经七天

我实在是一个穷汉
最贵重的财产，就是敬献在佛前的
两只酥油灯

那陪伴我的女子啊
是帮我点灯的恩人

她被称作妻子，也被称作母亲

孩子啊，在这寒凉的世界上
火苗也会感到哆嗦
但我将捂着你，像云捂着星星

我可以不问你是谁
但是每年的这一天我都要点亮自己
弯腰，后退，为你祈福，开门

送老胡回新疆

老胡上路的时候　威海的天空
挤出了几滴雨水　砸向
环城公路左边
呆滞　晦涩的海面

现在是四月
当地柳树迟钝的灵魂
正在海潮沟边黑色的沉舟侧畔
沮丧地发芽

老胡只带了两个小包
一对双拐和一架轮椅
老胡最重的行囊
是他八十四岁行走不便的老娘

老胡啊！
我不打算歌唱你五十年的流浪
我要歌唱跟随儿子四处漂泊的白发老娘
因为老娘的满头白发

让我想起《诗经》里的情景：

蒹葭苍苍　白露为霜

送别张侠

没有一个人像你，走得如此突然，毫无征兆
就算是去另外一个星球，就算是去赶赴投胎转世的秘密聚会
你也应该向弟兄们暗示一下，你的行程

我们得到消息的时候，你已经完全撤离
你曾经栖息了 55 年的肉身
消失得无影无踪

我还记得几天前，在古城奇台
我们同车游历笑谈的情景
当时你还教给我，为貔貅开光的方法

你说貔貅没有屁眼，只吃不拉
打牌时佩带貔貅，只进不出
你说话时的天真胜过许多顽童

据说你死于昨夜的心肌梗塞
你关好了门窗，切断了肉身内部的电源总闸
然后悄然出走了

你用过的遗体将被火化
你挂在遗体上的貔貅将成为一个念想
以后，我们只能在你的诗行里把你看望

但愿你在我们无法证实也无法证伪的另一个世界

对我们略施垂怜：我们在泥土里刨食
终将在空气中休息

海边的蚊子

携带着防毒面具
携带着吸血、探矿、接吻和寻找淡水的
多功能软管，海边的蚊子
潜入夏夜沉睡者衣不遮体的睡眠

它咬了男人的脚心
又去咬女人怕痒的脖子
在那噪音统治的世界
蚊子的飞行已接近无声

在蚊子的食谱里
人血是最有营养的东西
人选中了海鲜
而蚊子选中了人

当愤怒的失眠者举着苍蝇拍打向后半夜
灯光刺眼的天花板
心平气和的蚊子坐在人的枕头上
正在把人的苦恼仰望

蚊子不通人话
否则它一定会提醒心烦意乱的人
记住《道德经》里的名言：
"柔弱处上，坚强处下。"

我担心自己正在生锈

我担心自己正在生锈
在多雨的海边
看见花朵一样盛开的女孩一茬茬
被生活的牛舌头卷走
看见生锈的自行车和拖拉机天天
在园子里转动
夜夜听见一只猫头鹰在黑松林的深处
发出幼小的哭声
我大脑昏沉，不明白事物的真相
就开始担心自己是否生锈
剩下的年华啊
会不会仅仅是一层早年
旅行西藏时热爱过的
铁锈红

血透室的一只蚊子

一只蚊子向我飞来
嘴里噙着一根沾满 ET 碎片的
血红的管子

我请求它首先消毒它的设备
然后再吸食我的血
它十分生气转身飞走了

处方笺

这是医生们写字的地方

一个游手好闲的人趁医生不在
赶紧掏出自己的笔
想在这里写点什么

他的面前没有排队的病人
他的脑子里没有预设的疾病
他不会写那些药品复杂的拉丁名或中文名
他的签名也不够潦草如医生

但是处方笺，作为一张负有使命的纸
并不反对他的涂写
处方笺平静地看着他
他甚至从中读出了微笑

他见过一些看门狗
瞧谁宽容就朝谁猛扑
但是处方笺，作为一张救人的纸
并不干预他无效的自由

在雷电统治的天空下

我喜欢海边的暴雨和雷电，哪怕它带来死亡和教训
激起大地上的假慈悲和真麻木。

雷电的统治剥夺了警察的统治。
雷电的暴虐淹死了暴君的暴虐。

看吧！大自然收复它的主权了！
大自然的律法严酷、公正，不分青红皂白！

让那些无视天怒的家伙们发抖吧！

让那些挡在天空和人民之间的狂妄之徒发抖吧！

使劲抽打这掩埋真相的泥土！
不要计较几个孩子的伤亡！

因为大地上的暴君从来不在乎孩子们的死亡。
他们假冒雷霆之怒，到处制造死亡和恐慌。

纪念父亲去世十八周年

如果父亲活着
穿着他的粗布衣衫
举着煤油灯，翻阅他的古旧经卷

我就立刻回到童年
牵着我的羊，拿起我的镰刀
走向我的蒿草

从那里遥望今天
只能看见南飞的大雁留在麦田上的
隔夜的粪便

我们在白雪中烧纸

我们在白雪中烧纸
金色的火焰穿着黑裙子使劲旋转
仿佛火中取粟的母亲
用她一贯的隐忍风格哀叹
天寒　地远

又有什么办法呢
你引领我们来到这残酷的人世间
到处都是不信和不义
比风雪更寒冷　比无家可归更伤心
我们委曲求全　男婚女嫁
好有个彼此依靠
好有个相互取暖

雪地被烧了一个洞　还冒着热气
黑色的纸灰好像听见了召唤
追随着火焰的灵魂
在白雪上翻卷
而海浪敲打着岩石　忽近忽远
仿佛在说　回头是岸

遛狗的男人

狗的脸上堆满了皱纹
仿佛一层，漂洋过海的后现代忧患
搭乘着垃圾船
爬上了岸边

宽大的黑嘴紧紧地闭着
警惕的鼻子
像巡逻兵的枪
指着前方

而遛狗的男人被狗链子牵着
头上扣着帽子
脸上盖着墨镜
像个刚刚落网的嫌犯

它们走走停停
始终保持一定的距离
当狗翘起后面的右腿向一棵松树撒尿
遛狗的男人欠了欠身子，似乎在朝我微笑

在尸体遍布的海滩上

1

每年都要死去一些人：或者被海浪卷走，或者被鲨鱼或海蜇所伤，死于海
　滩或医院。
被海浪卷走者，泪水融进了海水，血肉变成了鱼苗。
被鲨鱼或海蜇逼进焚尸炉者，不甘心脱掉泳装直接变成随风乱飘的骨灰：
他们在灰蒙蒙的云层间透过泳镜向海面张望——
　"啊！别了，稍纵即逝的人间！"

2

又有一位游客被海蜇蜇死。
人们只知道死者是一位年轻女性，不知道她姓甚名谁，从何处来，向何处去。
据说海蜇释放的毒液首先击溃了她的神经系统，因此她没有来得及留下任
　何遗言。
而她死的时候，她的遗体鲜艳而孤单：
亲人们就像咬她的海蜇一样，影踪全无，音讯渺然。

3

海滨浴场的高音喇叭反复提醒游客注意安全。
我赤着脚，冒着虚汗，提溜着自己的小命走向正午的海滩。
我不相信海蜇会无缘无故地咬我：我从未伤害过它们，更没有吃过他们的肉。
我同情死者，敬畏海蜇。
对活着的人抱以祝福，对碎浪翻卷的海抱以沉默。

4

我出生在远离大海的尘土里。

云层里的大雨点在沙丘上打出泥浆的地方，曾经是我放牧牛羊的故乡。

可是海啊，你永不枯竭的水域令人晕眩！

你表面平坦却不能行走！

你收集雨水却使它变咸！

5

我看见人们扒光了衣服。

男人、女人、老人和孩子，我看见他们面对大海露出了本性。

但是透明的海蜇——大海的精斑一样挂着血丝的透明的海蜇，也露出了本
性。

大浪将它们射到海岸边，射到人类的餐桌上，射进食欲旺盛的嘴里。

而更多的小海蜇，罪证一样，溅落在尸体遍布的海滩上。

6

大海的精血和孩子。

你们不知道你们面对的是一群什么动物。

在他们的词典里，你们被定义为一种需要加以防范的具有自卫能力的食物。

因此，在食用你们之前必先杀死你们。

因此，杀死你们和食用你们具有同等乐趣。

7

在尸体遍布的海滩上，凉粉一样柔软的小海蜇正在接受太阳的蒸发。

皮肤黧黑的渔工用铁锹掩埋它们——不是因为同情，而是为了清洁环境。

而此时，被大海蜇所伤的死者正在云端眺望。

8

但愿死者在高处看出了一些名堂。

但愿化为一股腥气的小海蜇，能将我们的罪过原谅。

柏明文 / 作品
SHANDONG POET 60

柏明文，出版有合集《七人诗选》，诗集《潮汐和风》。在《星星》《诗刊》《上海文学》《诗选刊》《诗歌月刊》等报刊杂志发表作品，部分作品译介到海外。曾获山东省十佳青年诗人奖，芒种年度诗人奖，泉城文艺奖等奖项，作品入选多种诗歌选本。中国作家协会会员。现居济南。

诗人：柏明文

诗观：

诗歌是一扇屏风，上面刻满了各种图案。它既能使我和生活保持着若即若离的关系，又能使我隐身而退。沉浸在诗歌中的女人，内心越来越丰盈，我想以蜗牛的速度来完成一生的迁徙……

空房子

我们都是空房子
等着开门的那个人

一段偷来的记忆
总是晃来晃去

幸福就像毛毛虫
缓慢地蠕动

空房子还散发着主人的气息
看着远去的人　它曾掏空肺腑

即使被命运逼到了最黑暗的角落
也仍然会有隐隐的脚步声传来

镜中的女人

一个镜中的女人
让所有的风都吹向镜子
夹着尘埃　草籽　花萼
她呼吸着清晨的空气

镜中的场景　除了灰烬
还有她多次燃烧的声音

镜中的女人有着微弱的呼吸
她和冥河比邻而居
不是在水中　也不是在船上
她时刻都在赶往救赎的途中

河　流

大地上有很多河流
其中一条　是属于我的
在河边走着　任何事情都会出现
一个人的精神世界如此寒冷
但是身体却向往着温暖

我恨自己在河水中看到了
曾经的哀怨和挣扎
而河流却始终记着
一个人的好和坏　良心和愧疚
漫长的旅途
还有很多事情难以预料
可是我不再孤单
无论经历多少痛苦　都已坦然

相信命运　相信轮回
也相信河流最终会还给我
一根白色的骨头
为此　我愿意保持沉默
直到乌丝变成白发

迁　徙

雪花　惦记着一个人的头发
总是悄悄地把它漂白
这纯粹的白提炼了多少人的骨血
当青春只剩下文字
我的迁徙不过是一次短暂的旅行

从这里到那里
怎样才能跟上时间的步伐
我张开手臂贴着地面飞行
却湮没在更多的翅膀里

不断变换的面孔
不断忘记的名字
谁能告诉我　在迁徙的途中
我丢失了什么
灵魂和信仰　自由和忘却
在最无助的时刻
随着人群茫然前行

大地承接着天空的辽阔
身体承接着精神的放纵
而我的心却是空的
只有风声轻轻穿过

当青春的热血渐渐冷却

当青春的热血渐渐冷却
我的骨头已经沉寂
同是天涯飘零人　又何必执手相送

有多少往事可以重来
唯有两行清泪　缓缓滑落

那些在时光中哭泣的脸
已恢复平静
那些在尘土中倒下的身体
会缓缓闭上眼睛
没有多少时间可以挥霍
命运的烛光随时都会熄灭

大地上的爱意仍在散播
它给迷途的心灵指引方向
有太多的心愿还没有完成
有太多的歌声还要倾听

把灯油熬干

在哗哗流过的水声里
在匆匆驶过的地铁里
日子就这样过去了　有时
坐在公园的长椅上阅读行人
也许就会读出精神相通的地方
前面是梧桐　后面是芭蕉
植物正在生长的声音破土而来

红颜易逝　英雄不再
一个在尘世里行走了多年的人
已经没有牵挂
就这样坐在傍晚的长椅上
渐渐地被人们遗忘
暮色　从四面八方围拢而来

只有风特别轻

生命中那些美好的时光
是否可以重来
对着镜子梳头　穿深色衣服出门
我的心越来越轻盈

凌晨一点　从黑暗中抬起头
阅读星空　那里有无数的心灵正在汇合
所有的面孔都会出现
没有人被冷落

此刻　只有风特别轻
我已不再感到寂寞
身体像羽毛那样飘在空中
自由　轻盈

仙人掌

谁能比它更适合阳光
每一片手掌　都伸向天空
它在索要什么
一种简单的生存方式
只要有雨水就可以生长
从不因孤独而忧伤

渴望自由　拒绝抚摸
它的根阅读着大地的宣言

一滴血　缓缓流过指尖
它的刺坚硬而锐利

要怎样躲闪　才能躲开
它箭镞一样的锋芒

黄　昏

这个黄昏一点都不寂寞
邻家吵架传来碗盘碎裂的声音
经过两个小时的动荡
整座楼恢复平静
我感到恐惧　一个人活着
经过长时间的行走和眺望
原来躁动的心已趋平静
就像这个黄昏我不觉得饿
那么　晚餐可以省略
拉上窗帘　熄灭灯
所有的房间都有影子在晃动
拖地板　剥洋葱　看电视
哪一个才是真实的我

令人害怕的雨

跟你一样　我已懂得忘却
早已不再为任何理由哭泣

可是　每逢八月
令人害怕的雨总是那样滂沱
我流着泪走在雨中
不需要同情和怜悯
成千上万条鞭子在眼前挥舞
却没有一条打在我身上

雨水流淌　连着八月的梦境
如同爆发前的火山　岩浆在沸腾
寻找着裂口　一次
完成自我救赎的裂口

醒着还是入睡

那些秘密只有月亮知道
星空浩渺　人群稠密
我要说的话都已说完
此刻我就是一个哑巴

月亮的脸总是那样善变
为何我不能独自前行
去寻找通向异乡的路口
害怕孤独而流下绝望的泪水
那曾在荒漠里狂奔的人啊
如今都去了哪里
没有人回答我　那些人匆匆而过
永远都是那么傲慢

我的睡眠必须在天亮之前结束
当光线穿过纱幔　最后
一根救命稻草也将丢失
失眠让从不低头认输的我
感到屈服

没有呓语　没有声音
让我在铺满荆棘的床上
缓缓入睡

打　磨

每时每刻都有醒着的人
打磨时光　永不停止
那面铜镜已被沙子　灰烬
打磨得闪闪发亮

双手还在继续打磨
镜面却已经是空的
昨天　我们还是朋友
转眼却被一阵风吹散

所有的送别都是仓促的
我看不见那些离去的脸
尤其是日落之后
被黑暗代替的脸

一棵树站在旷野里

一棵树站在旷野里
站在发黄的阳光下
不原谅河流和一匹马
从它的身边路过　却又怯懦地去向远处

要想走近一棵树　还要
绕过生的惶恐和爱恋
并把一切过程放慢
到处都能听到风吹树叶的声音

一棵树　使平原陷入平静
作为回忆　它向着落日燃烧

向着爱　向着迫向爱的力量
向着莫名的罪责　碰撞
当然　也可以作为闪电
送给陌生人

悼念春天

没有归宿　没有起点
一个人孤单地走　只为了迎接
生命中更大的风雪
漫长的旅途中
她始终　没有低头

大河里飘着骨头和鲜血
成群的肢体顺流而下
她只看到了一张苍白的脸
那是贫血的母亲　放弃一切时的绝望

那些　无家可归的魂灵
游荡在星空下

低下头　为春天悼念

被人遗忘也是一种幸福

时而独舞　时而迷惑
看着自己的影子越来越孤单

在花园里浇花
让水洒满一路

不是撒到草叶上　而是撒到尘土里
你看　我的世界越来越小
小到只是一朵　陷入回忆里的蓓蕾

捕风者

苍穹之下到处都是捕风者
为了梦想而活着
一切事物都会在混乱中显形
捕风者该以怎样的方式
逃离命运的追击

每时每刻都要清醒
即使疲倦也不能睡去
从一个城市流浪到另一个城市
已经没有喘息的余地
即使不能改变这一切
也要躲开令人乏味的生活

高傲的心　从来都不曾屈服
在地球的每一个角落
他随时都会停下脚步
让命运的风一次次把他吹远

窗棂

这暮春里迟迟不肯落下的窗棂
始终为我留着一份忧伤
我不像夹竹桃那样
忙着舒展腰肢

而是在闭着眼睛细数窗棂
是它教会了我等待
等待谷雨　等待霜降
等待生命如潮水那样涨落
而落日在燃烧　最后的光线
也将隐没在窗棂深处

火车碾过铁轨

一列火车开始出发
人们在车厢里看报纸 嗑瓜子
谈论着天气和物价
不断地有人在中途下车
也有人带着行李到处托运
而我始终是一个搭错车的人
沿途的风景不断变化
有时看着列车远去
有时干脆就是丢失了已经买好的车票

两条平行的铁轨延伸
一群群的旅客奔赴在途中
无论怀着怎样的目的
最后都要在终点离开
列车可以让相爱的人更加接近
也能使彼此仇恨的人远离

人在旅途　身不由己
我不知道在哪一根枕木下
隐藏着玄机
把一列火车碾过铁轨的声音
变得如此美妙

一个女人和橘子的秘密

把青涩移入体内
整个夜晚开始芳香四溢
有那么多女人
在我面前走过
骄傲的　羞怯的
带着秘密离家出走的
却没有一个能打动我的心灵

归宿只有一个
过程却极其缓慢
让人疲倦　让人流泪
如何才能使弱小的生命强大起来

无辜的人

星星　卡车　都挂在墙上
用照片记录生活　无辜的人
每天坐在那里喝茶发呆
有时在深夜里浇花
那些花也是无辜的
在黑暗中看着他的手
看着空荡荡的屋顶

无辜的人没有根
他总是像从前那样
匆匆跑过街头
大声地喊出我的名字

雪　莲

1
让我捧你在掌心
一个人的快乐　多么孤单

月光下　那缓缓开放的容颜
曾被寒霜吻过

2
再长的冬　也消耗不了你的渴望
再黑的夜　也覆盖不了你的光芒

相遇时　你正傲然迎霜
离开时　却不能挥手告别

3
你的名字
美得像肌肤　最后的欢愉

让所有的冷风　都吹向岩石
让所有的冰雹　都散落高原

你只是浅浅地开着
在我必然走过的旅程

4
你要安静
等我垒起石屋
一起在雪线上等候日出
你却等不及　开着　开着
就睡着了

在流水的缝隙中
干净地忧伤

5
从不说疼　但那疼是一种毒
是无法抑制的伤悲
正在慢慢扩散

不管多么冷冽　多么孤独
你仍旧呆在那里
旧时光里的旧美人
等着我经过　是的　我经过了

6
能漠视死亡
却不能　和我一起分享阳光

冰雪之上的莲花
是我的心　遗落在群山的胸膛里
如同你　一生跌宕不尽的天涯

曹玉霞 / 作品
SHANDONG POET 60

　　曹玉霞：1964 年出生于山东沂南，著有诗集《满春》《秋天的香蒲草》等，有诗歌多次入选《中国年度诗歌》《现场》等选本。作品散见于《诗刊》《星星》《飞天》等刊物。山东省作家协会会员，临沂市作家协会诗歌创作委员会副秘书长。现居沂南。

诗人：曹玉霞

诗观：

诗是现实之外的东西。

不由分说，相同的是，现实很多东西是说不清楚的，诗歌也是。

只是她是灵魂的洗刷剂，当然这只是对我而言，有时候她与你相互吸引，有时候也会互相排斥，一场接一场的疼痛。

因为诗而失眠的时候要远远超过爱情，这是魔力，任由谁都无法掌控。

天空一群鸽子在飞

阴郁的天空
一群鸽子在飞
拽着我的视线转圈
它们变换队形
试图酝酿儿女情长与爱

它们不知道
我是一个容易被感动的人
有着脆弱的内心
它们更不知道
我也有深不可测的思想

只是，此时我不知该如何安顿自己
试着在纸上画一片树林
树上的叶子一半黄一半绿
在这个秋天，我画下果实
有的挂在枝头
有的成熟，落到了地上

画下阳光，最初的跳跃
树下，花儿不紧不慢地开
挥霍着不尽的激情

可现实是
窗外的雾气越来越浓重
碍于呼吸的沉
仿佛尘世膨胀的欲望
仿佛谷物腐烂撑破口袋

我想起我曾经的故乡
那些流水的开阔
仁慈与宽厚

在孟良崮

刚下过雨的天空是干净的
树叶是干净的
那些开着的花儿亮丽起来
露珠滚动在花瓣上，草叶尖上
多么安静地美
我们的脚步要轻轻地
说话要轻轻地
别惊动了那些灵魂
山上的树木耸立天空
它们在行注目礼
墓碑下的灵魂
正走在回家的路上
在山里迷路的
鸟儿会用鸣叫给予引领
我们沿着石阶
我们一步一步前行
我们谁都不说话
是的

一些话无需说出口
我们必须把泪水深藏眼底
我们跟那些树木一样
鞠躬，行注目礼
我们脚步要轻

起风了

起风了，我算计起
一些事物的归期
暮色收走了鸟鸣
枝头上的叶子簌簌落下
我走过鲁迅先生的雕像

这是多少次我们这样的对视
每次都禁不住自我叩问
一些东西生活中走失
我无法给自己一个有力的说辞
对抗，最终自我降服

晚饭后，我散步
院子里的月季花开得
仿佛比春天还要亮丽
粉，大红，水红，橘黄，玫红

我真担心，突然的夜里
她们将繁华尽失
那个时候
这些花瓣会怎样的零落
抑或决绝地焉在枝头

春事记

桃花禁不住小南风的耳鬓厮磨
你推我拥，抢上枝头
这时，我刚好被梦中的一句呓语摇醒
一棵杏树山崖边打了个响亮的喷嚏

我想借助桃花重新练习一次飞翔
时光就给了我一个冷冷的巴掌

流水拧不过它原有的宿命
漫不经心说着关乎于季节的病痛
紫色的米袋花、浅绿色的七七菜、青青的苦菜
在村外的山坡上
体内开始聚集温热、迷离的毒
和我一样，和我一样！

车过黄河大桥

你说，前面就要过黄河大桥了
谁想站到桥上远眺黄河？
我按下车窗玻璃
河面似乎比之前我路过时窄了很多
流水近于静止状态
红高粱，荷塘，还有顺着风的芦竹草
装扮着空阔寂静的荒原
这是八月，树叶依然茂密
在枝头上抖动
仿佛一切都在还原原有的样子
云朵漂浮，天空清亮而高远
几只白鹭和我叫不上名字的水鸟

沿河面飞去没了踪影
我看着缓慢向远的黄河水
心情莫名地沉重
这从天边一路奔腾而来的河
沿途经历过怎样的曲折
或者一路吞下了多少的孤独和疼痛
她沧桑的面容
我这个凡俗女子又怎能领悟
你说黄河到了这里已没了任何的脾气
剩下的便是顺从，我没有搭话
路边，树上一只鸟叫出了脆响
转头的刹那，我想到了卡日曲
黄河神奇的母亲
想起了昆仑雪山下
那曾日夜牵动我的荒原

推开窗子

轻轻推开窗子
用我瘦弱的一个词语
趁着我此时的好心情
深呼吸，描出一朵云老去的白
描出燕子呢喃的模样

借用早晨阳光纤柔的手指
用婉约的节拍敲响春天的门扉
我还要喊出，忠于爱情的那只蝴蝶
用我童年的那一柄旧犁耙
犁出柳的俏眉睫，小蛮腰

看一缕风站上枝头舒展激情

交出一滴雨的软
我所爱的那个叫桃花的女子
正从远方走来

早晨 5 点钟

早晨 5 点钟
寂静的时刻
黑与白的厮杀

从深夜到黎明
辗转与反侧
谁会在梦里跪拜灵魂？

如果与诗歌有关
所有的思考
都是无聊的重复

星星熄灭了灯盏
虚空——
一头四处冲撞的豹子

如果下一刻
还有灰尘在我们的天空飞扬
那么就让一场雪下下来吧

我被秋天问候过

我被秋天问候过
我站在大地之上

当我抬头
看到飞过的雁群
渐渐远去

我看到树上的叶子
在飞
它们在飞
10 月的承诺
金黄

所有的生命
都有漫长的孕育过程
别告诉我
忧伤，世界
恐慌症

桃　花

你是我的彼岸？
我是你的彼岸？
哦！这样的疑问多么多余 ——
你的阵痛从哪一朵开始
一朵接着一朵
先是缓慢，清脆，接着便是
轰轰烈烈，波浪汹涌
似乎每一条河流都是你
急于赶往的故乡

那时你是我万亩的江山
而我是一个稚气的孩子
夺取你的流水，你的芬芳

我有多么贪婪啊 ——

夕阳给那些破碎打上补丁
你开始眼神浑浊 ——
断了层的流水一度沦陷

终于，我还是 ——
看到了你零落的疼痛

只有一声早安

这么静
像夜还被露水盖住的身子
阳台上，你对着
那盆矮桩寿桃，凋落一地的残花
轻言细语，一瓣一瓣捡拾
试着想将残碎的光阴拼接

凉风吹，麻雀啾唧
飞过窗前，转身 ——
你只是对着窗外轻轻
说了声：早安

暮 秋

我站在路边
十月的天空
一枚叶子
从枝头落下来
它在空中飘
它飘，旋转

落到地上
我仰起头
又一枚叶子
落下来、
以同样绝美的姿势
黄昏
天空是一件橘黄色的衣裳
穿在空想主义者身上

我曾经的小村庄

我曾经的小村庄，荷塘连着潮沟河
炊烟飘过大的街小的巷
青草的味道，干树枝的味道，玉米秸的味道，麦草的味道
农忙时节，村巷里时常会闻到辣炒虾酱的味道
走过的人用力抽动着鼻翼，比谈一场恋爱还要享受
老槐树旁的篱笆院里，毛茸茸的桃子
多么诱人，我的相思从每一个花开时节开始
黄昏的画布里，扛锄头的人、牵着老牛的人
赶鸭鹅的人、撵鸡的人、唤着孩子乳名的人
把夕阳吵得的沸沸扬扬如一场花的盛开

蒲公英

告诉我一棵草的
内心，装得下怎样辽阔的山川
我站在小溪边，看 ——
一只花蝴蝶，飞舞在三尺阳光间
影子丈量着它的前世

小黄花顺着风，老柳树下
抖蝉鸣，蒲公英
我山坡下住着的小妹，揣着细碎的心事
在童年的老房子旁，扶住我 ——
滑向指尖的孤独

暮晚的灯影里
咳嗽声渐行渐远，一滴清露
淡淡的苦香
沁入 ——
我忽远忽近的乡愁

艾连草

细碎的叶子，暗绿
比草软的身子，腼腆地站在
田间地头，孤独的人
总会碰触她的小忧伤

托着白色的小花朵
在人间，她从不弄出任何响声
像一个没娘的孩子
那年，我用她的叶子揉碎
敷伤口，淡淡的香
留在了我的小腿上

河边传来牛的哞叫声
父亲正从南岭上下来
我把紧锣密鼓的蝉鸣匆匆
装满箩筐

清晨，一朵白玉兰

我还没来得急抱住你的颤抖
甚至没来得及
安抚你夜晚的惊慌
一滴露水便在月深里
匆匆把你嫁了！

这让我多么心痛
我追上你，你一袭白袍
正高处张望
打量尘世的眼神 ——
干净的让我心慌

倒春寒

是谁一次次说出谎言
让鸟鸣一声又一声
哀怨季节的飘忽和随性？

我来不及描述一朵花的红
它就开始萎靡，低头
躲进小院深深处，好像要藏下自己的孤独

原来冬天不曾走远
它企图让世界明白
温暖是有罪的
但，风和阳光从不曾屈服
从不曾在一场倒春寒里
患上迷路的病

你说桃花是你最美的小妹

你说春天一来桃花就开了
还说什么蜜蜂凌晨三点的敲门声
让桃花一朵一朵红了脸颊
真是这样吗

看你动情的样子，竟然踩疼了
那只从我家门前路过的
小蚂蚁，露水一下子就摔碎了
自己的身子，溅了桃花一脸泪珠

知时节的人提着月光走来
他们说，桃花在追赶一朵雪花的
路上，中了春娘子的蛊
喝下了那杯相思酒

春天来临

春天来临时，我该做点什么
桃花，梨花，麦田，雨水
正在融冰的河流
它们往往会在一夜之间
被怀抱温暖的风推向辽阔
我这单薄的身子骨
怎么赶得上这一切？

就连刚退出冬天的田野
也完全归顺了三月
春天抱着花朵的妖娆
拥着鸟鸣和夜露滴落的清香

正赶往万亩的河山

我幽居季节的渐深处，翻箱倒柜
想穿戴得更适合春天
一步一步，随荠菜花努力地开
挣扎着绿，挣扎着白……

滴血的玫瑰

很多时候我都在想
人是怎样的一种精灵

那潜居骨髓的狐妖
贪婪和疼痛来自同一个墓穴

灵魂与肉体纠缠的窸窣声里
一种声音总是淹没另一种声音

欲望巢穴里的毒
一株滴血的玫瑰

凋敝前的盛宴

所有的草都在季节隐退的拐弯处
完成了一生的使命
只有未散尽的体味
诉说着青绿的历史

枯黄蔓延的寂静里
一簇花儿是最美的形容词

绽放的紫色
抗拒着体内的伤寒
这惊艳的诀别
是凋敝前的一次盛宴

一朵荷花

你开放以来
这是我第一次回家
我把记忆弄丢了
只是贪婪的呼吸，紧闭双眼
突然一丝惆怅袭击了我

你的冷艳与安静
这是何等的一种高贵
那赋予你这一切的
黑色的泥土
是一种被世俗丢弃的沉实与厚重

我爱，我都爱

远岸厚厚的荒草 ——
我爱
由北往南缓缓流淌的
河水，银白的身子 ——
我爱
青杨树林光秃的树枝
这仰望昊空的头颅 ——
我爱

暖暖的风从下游吹到上游
燕子翩飞，河岸嫩黄一片
油绿一片——
我爱
浅滩、白鹭、成群的野鸭
被鸟儿吵得沸沸扬扬的
那片树林——
我爱

被方言命名的那些
高的、矮的植物——
我爱
树杈上的喜鹊窝，大的小的
这些顺从大地的粗犷之美
我也爱

话　题

你说，沂河里的冰
开始融化了，我刚好打开
水族箱的盖子往里放了
几粒鱼食，红色，粉白
白尾红身子，红身子黑尾
这些鱼儿，游上游下——
它们是多么欢喜
我看着它们，这个早晨
我们还说过什么，早餐？
我还没拖完的地板？
那首被我写坏的诗？
这些都不重要，重要的是
冬天这个简言少语的女子

就要在沂河边临盆，我那
大好的时光都兑现给了
额上的万顷丘壑
当小南风剪下春的脐带
我该拿什么支付
包容俗世所有的流水和
这场轰轰烈烈的恋情

初秋的夜晚

站在初秋的夜
叶尖上跳跃的月光
刺痛我的记忆
抬起头想把那轮弯月看穿
一种漂浮内心的事物扼住了我

一片叶子为自己最后的路程
精心策划着

在这个有月亮的夜晚
我多想让心随月亮的影子远去
脱掉虚伪的外衣和俗世种种
在记忆深处中一片绿色
把蜕变的过程掩藏

长 征 / 作品
SHANDONG POET 60

长　征，原名王长征，1965 年生于山东博兴，1985 年开始写诗，曾在《诗刊》《诗选刊》《星星》《十月》等海内外报刊发诗 300 余首，诗论多篇，著有诗集《三种时间里的人物》《习经笔记》《伤》（合著）《七人诗选》（合著）《黄河口诗人部落》（合著），绘画评论集《丹青之巢》，长篇小说《王满子》等。创办先锋民刊《诗歌》，作品入选《21世纪中国文学大系·诗歌卷》《中国新诗年鉴》等权威选本，获上海文学奖，《中国作家》奖，首届极光诗歌奖，泰山文艺奖（文学创作奖）等多种奖项。中国作家协会会员。现居滨州。

诗人：长　征

诗观：

　　我曾经想怎样才能回到传统，可我忘记了我就在传统里；
我曾经想怎样才能忘记传统，可我忘记了我正在遗忘着。

　　诗歌是闭上眼睛才能看见的东西，诗歌的语言不光模仿
人的声音，还在模仿自然的声音。

　　我希望找到自由诗的格律，我希望能做现代的古典主义
者，我就是先锋中的保守派。

铁

1

铁多么高
在鹰被铁击落的天空中
铁是我的寄托

铁多么深
在铁的悬崖上
奇迹在那里降落

2

铁深居泥土
最初的铁冒出剑与镰刀

3

泥土中的铁与我合而为一
泥土中的铁从我胸中呕出来

4

广大的北方
大声疾呼那升起的铁

5

铁在麦地里飞舞
在肉中血红
在泥土中是惊蛰的雷电
铁在大河里逆流而上
在天空像星星般闪耀与运行

通过铁我们能在遥远的地方
说出彼此的爱和要求
轰隆隆的铁
将我北方的家园穿越

铁中也飞出春天的燕子
低低拂过梦境与传说

铁一落进时代的广场
就风云变幻

6

没有忘记我们慷慨而无奈的陈辞吗

握着铁向我走过来吧
强盗
今夜我手无寸铁
高呼着北方的亲人

7

民族
你再不要多说
无言的铁
就是你最好的沉默

8

你要做宁折不屈的铁

你要从金子的梦想
更多地倾心于铁的梦想

9

向着铁走过去吧
让沉着的铁热泪盈眶
让堂堂的铁长出儿子的脑袋来
让轻盈的铁从我们掌心
飞向纯粹的月亮

10

哪怕向着废铁走过去
哪怕让我们怀抱着废铁
走向没落

问　候

在临河小城的不远处
有我们的集市

布匹和走私的汽车　小孩儿
你在琳琅满目的商品中
找我

河水不是永远在时光中东流

露出的河床像是在迷藏中
被捉出的家伙

而五月的花和小孩儿却年年常新

这模仿英雄的小孩儿
总会在这个集市中与我错过
又回头追逐　我的背影——

我已在这个集市上转了多年
一身的珠光宝气
却瞒不过那小孩儿追寻的目光

你在琳琅满目的商品中
问我吧　歪起向日葵热烈的脸儿

你清脆响亮的问候声
好像是露珠的手指
扣响了河水的门

斧的运用

坎坎伐檀兮，置之河之干兮。
——《魏风·伐檀》

坎坎伐檀　林木间的农人在劳动的连绵和间断里
飞出了节奏的光辉——斧的运用

不是诗句间的句读　但是回环　但是复沓
像它的一韵压过一韵
像光辉已经层层叠叠照亮了古老河岸的场景

古老　那完全就是想象的托词
我的葵花　我的雏菊　我的桑蚕　我的九月　我的牛

怎能让星云般奇异的传说所蒙蔽
怎能让陨石般顽固的历史所压制

我就是在河流旁目送那些树木随波而去
而我拖着树枝的牛　像船只
承载着它之上——回旋着光辉的鞭梢

诗经　我早已遗失在古代的魂灵
教我本来或者现在就成为有文化的劳动者

子曰里的月亮

> 教诲尔子，式榖似之。
> ——《小雅·小宛》

您说　子曰
我脑海里升起月亮的鸟巢
您说　诗云
我心田里流浪着白云之马

先生　您坐的端正就是经卷的格律

经卷　印度
家奴离去的田地里　空荡荡
留下一群孩子般赤裸的脚印子

呵　先生　您知道吗
青春是一尾春风里的狐狸

它一路风行地奔跑

带着斗转星移带着岁月的迁徙
吹起绿叶丛丛燃起红叶簇簇落下黄叶纷纷

先生　已经到了饭时
您和我的肚子里　现在
拱动着一群猪　咕噜咕噜
你讲经的手势有点乱套
你的手影里飞出凌空的小鸟一只

它飞越了你吟诵的又一个动荡而辽阔的词——
飞越了"万 —— 水 —— 千 —— 山"

先生　我面对着您
我背后的门一点点敞开了
光亮弥漫了我家的讲经堂
这光亮也会随着那只鸟儿飞越辽阔而动荡的词语

啊先生　我从您的脸上看见厨子已经进门
看到他堆在脸上肥胖的笑吟吟

那是什么样的鸟叫

关关雎鸠，在河之洲。
——《周南·关雎》

苍黑的树枝间飘闪着点点绿色
点点绿色　星星绿色
包含着春水的灿烂之光

习习谷风　以阴以雨
雨水在云朵下流向大河我们在谷风里走向田野

我们绸衣飘飘像群雁归来

在劳动中产生的爱情多么健康
爱情像河水一样流动
灌溉着我们的生命

关关雎鸠
河岸傍晚的枝杈里是什么样的鸟
在模仿狗叫

抱布贸丝的人就是我们的祖先

> 氓之蚩蚩，抱布贸丝。
> ——《卫风·氓》

二十年前　我在集市上见过你
那个不怀好意的小子　流氓　贩子
文革时代我们把他打翻在地
让他站在戏台上低头认罪

台下汹涌着我人民的潮流
我是潮流中的一滴坏水
在人群里挤来挤去　反射着太阳的恶毒

那年秋天的寂寥　黄叶纷纷
才让我看见爱的孤独和流逝

上溯千年　上推二十年　直到今天
人情淡薄商品泛滥
但爱的故事没有变

这个春天我又看到那个抱布的氓在超市里转悠
他的眼睛里仍然流转着偷来的珠子
他嗤嗤的窃笑就是蚯蚓疏松的土壤里欢快奔跑的土拨鼠

而河面上流着女子的发丝
一片乌云也暂时笼罩了河水的光与影
闪电从劳动者的田地上升起
开创一望无际生命和爱情的比喻 ——

丝似思　撕死丝　私伺寺

同学们　我是教授我微笑着
我脸下的层层皱纹翻动着书页的痕迹
朋友们　我是诗人
我笑的放浪形骸
我的脸就像是阳光中的簇簇新叶哗哗振翼

我知道那个抱布贸丝的氓才是我们的祖先
河水般的爱情里有一点鬼胎的蜜

桑蚕让我想起的历史

> 黭桑有阿，其叶有难。
> ——《小雅·黭桑》

诗经里的桑和蚕历经千年
桑叶在阳光中摇荡
让阳光
呈现出光阴久远的波浪

隔着久远
桑叶也成为倾听的耳朵
我见到桑蚕却是在三十年前的镇医院

我母亲的手像翻起了翅膀的鸟儿
飞到矮小的桑上
为药箱里的桑蚕啄来了耳朵似的桑叶

在夜晚　我听见了它们沙沙的吃桑声
沙沙沙
沙沙沙
带来了春天的风雨和雷电

阳光下的溪流亮晶晶
那里有我母亲采桑的倒影

啊　端庄的母亲有着妖娆的倒影

我是往水里投掷石头的那个孩子
他在想 ——

溪流　溪流
没有喙却激发出清脆的鸟鸣
没有根却开出成群的花朵

阳光里的蚕丝晶晶亮
阳光里的丝绸
我不知道它在古代的模样

作为一个跟着母亲曾经采桑的孩子
那时我知道摇曳的丝绸穿在汉奸和特务的身上

汾发的苤苢

采采苤苢，薄言采之。
　　——《周南·苤苢》

苤苢采采　在野菜遍地的春天里
诗经的苤苢你多么生僻
你就是药典里的车前子我老家汾发村叫它车辙子

一条车辙出了村口　父亲
他推着独轮车去了白云生处的渺茫前程

我的母亲是一个窈窕的女子　她身后跟着的我
是个摇摆着稀疏黄毛的小孩子
我们清贫　我们却穿着丝绸的衣裳
春光的朝野中我们周身闪耀着溪流的波光

像特别的光阴我们把它挖出来我们把它兜在衣襟里
像丝绸波荡时行走的暗光
像大地按下了我们的手印

那就是我们祖先的苤苢
像我们一样　我们的祖先生活在一个村庄里
我们后来生活在分布大地的许多村庄里
每一个村庄的田野里都生长着今年的车辙子
父亲的车辙把这些村庄连在了一起

母亲　我们的拇指按动了新世纪的门铃
昨天的村庄今天的城市——我们的家
它的门牌上写着咱英文的名字和阿拉伯的数字
那多像一头钢灰的老虎
我们被它完全吞吃

我们就成了黑暗的主儿

可我们走来的路上是多么生动
还回荡着母亲欢快的耳铃
我们用丝绸飘飘的衣襟兜着田野里的苯苣
村头回来的父亲带着雨和鱼
带着风　阳光和我满脸的露珠

雨无正

> 昔尔出居，谁从作尔室。
> ——《小雅·雨无正》

暴雨之后　世界终结在
几滴寥寥落落的雨点里

飘落的大雨点多像是飞来的燕子
带来了你流亡之中的新泥屋

你伸着手　指出了你们要在田野走的路

这只手曾经翻云覆雨　像光线
划出了国家与侵略的疆域

如今你的指缝里流出了麦粒
流亡的边界滚来了麦浪的潮汐

你穿布衣　种庄稼
简朴的生命似天空云来云去
你明亮的眼睛
让泉水上漂着层出不穷的银币

在长久的雨季里你打量自己
看见一堆开始发芽的　无可奈何的肉体
它寂寞如金属
稀疏的电流里隐约着皇室的消息

就在乡野醒来的泥巴里
你还心有余悸地梦见自己 ——

我没做坏事呀
却还是把内裤忘在了国王的后宫里

有一颗私心去爱你

> 舒窈纠兮，劳心悄兮。
> ——《陈风·月出》

第一座山
翻过去　你感到了喜悦
泉水叮咚是她环佩的动静
可是你担心她已经嫁给了你的邻居

第二座山
翻过去　你感过了悲凉
山涧奔腾似她飘曳的裙裾
可你担心她已经丧生于老虎

第三座山
你爬到了山顶上　你感到了沧桑
你担心她遇到了强盗

担心　可并不绝望
你相信她是个无畏又幸运的姑娘

第三座山之后是群山的波浪
群山的波浪接上了大海的波浪

大海的波浪和崭新的月光幻化成梦
既然是梦
你也就不必打造船只
脱了鞋子就踏浪而行

你就这样
永远怀着一颗私心去寻找她的爱情

后来
第一座山
已经是一座城市
你担心她已经做了市长的情妇
在泉水消失的地方
她在和财政部长光着屁股洗浴

第二座山
已经是驻扎了军队
你担心她已经嫁给了司令的儿子
在山涧的弹药库里
脱下了她浪花风骚的裙子

第三座山
我看到的时候
你已经成了我的朋友
你就在山下一片汽车制造厂
你是一个想当领班的烤漆工

即使是你攒的钱还不够买一辆汽车
即使是大海已经没有了梦
即使你不能乘着一艘走私船到海上航行

你还是带着私心去寻找她的爱情吧 ——

舒窈纠兮
她明亮的眼睛里
流转着当初的象形字
她的一缕发丝像第一眼山泉的波纹
流奔在你的心里

她的路途遥远但对你的诺言没有变
她的消息已流传在我的字里行间

骑　马

朵朵　你在叫喊
骑马　骑马
我们还没有马
甚至还没有一匹木马

你弯曲的小腿
欢呼的小手
搬不动天空
也说不听祖国
可你骑马在冬天
也在北方

等哪一天你骑上了千里马

开上宝马
或者你因为没有这个而落落寡欢

那我们就想起今天
你骑马　骑马
我们的日子就像你骑上的马一样欢快

九月葵花

九月的葵花
你明亮的镜面
映照出我快活的肉身
承受着庆典和婚姻的炮响

我的耳朵却追寻着秋风的起处
一个心间的人
呈现出人间的笑容
如葵花对我　而经过的距离
如消失的箭簇

我走在路上
看见晒开的玉米金光灿灿
而我没看见的土地
已在高深的天空下翻出内脏

拖拉机的履痕如整齐的疱疹

每一个秋天都是秋天
每一个秋天都走入更深的秋天
耳朵在追寻的那缕秋风
穿越落叶的光影飘零

杀掉织满梦想的蝉鸣

当我心中的人留下了背影
葵花仔已散落人间唇齿
秋风切进魂魄
抖动着锁链之声

半天是

你哭了　哭的很伤心
因为爸爸打了你
你去摸电插销
爸爸把你打哭了

你一会儿就笑了
笑是因为一粒台湾的糖果

你不明白什么是哭和笑
台湾爸爸去过
糖果被你吮的朵朵响

爸爸不明白
万物有灵
爸爸也笑了
万物为什么总不灵

风丝在枯苇梢上拉出二胡的曲

有情人才动了肝肠

辰 水 / 作品
SHANDONG POET 60

　　辰　水，本名李洪振,1977 年出生于山东临沂兰陵县安乐庄。著有诗集《辰水诗选》《我们柒》(合著)。获第三届红高粱诗歌奖，诗歌月刊奖，明天诗歌奖等多种奖项，多次入围华文青年文学奖。入选过《星星五十年诗选》《70 后诗歌档案》《21 世纪诗歌精选》等书及多种年度选本。山东省作家协会会员，临沂市青年作家协会副主席。现居兰陵。

诗人：辰 水

诗观：

　　当一些陈词滥调始终在我心中横行之时，我感到自己的内心是多么地虚弱。我为自己羞愧，我为自己无力去擦拭那些古老的汉字，让它重新焕发出自己的活力而愧疚，也愧对诗人这个称谓。

　　当惯性在我身上开始显现时，我意识到自己要赶紧踩下刹车。我宁愿自己在崎岖的路上忍受颠簸，也不想行驶在令人昏昏欲睡的平缓之路上。尽管那是一条稳妥的道路，但要想看到更多的风景的话，作为诗人还要忍受些折磨。

　　当互联网改变了我们的生活，高铁拓展了我们的活动范围，唯一没有改变的唯有我们的情感，千百年来，依然有离愁别绪，依然有海枯石烂，山崩地裂。而作为诗歌的任务，就是写出这亘古不变的感情。

在乡下

在乡下我常常为了割到更多的草
会尾随着那些茂盛的草来到河边
河的众多分岔向四下里流去
通常我会知道它们流向哪儿
或者是在哪儿因干涸而死掉
在这些河滩上还有那么多的坟墓
我至今都没弄清楚哪些是属于我们这个家族的
平时我为了尽快地赶回家去
就会抄近道穿过这大片的坟墓
这时我会比平常走地更快些

春夏之交的民工

在春夏之交的时候
迎春花开遍了山冈
在通往北京的铁路线旁
有一群民工正走在去北京的路上
他们的穿着显得有些不合时宜
有的穿着短袄，有的穿着汗衫

在他们中间还有一些女人和孩子
女人们都默默地低着头跟在男人的后边
只有那些孩子们是快乐的
他们高兴地追赶着火车
他们幸福地敲打着铁轨
仿佛这列火车是他们的
仿佛他们要坐着火车去北京

带斑点的天空

在乡下常常和父亲谈及天气状况
关心阴晴冷暖、冰雹、大雪
并且打探大风何时带来降温
这都是我们所整日关注的事情
因为这些都与我们所经营的农事有关
于是我们开始常常仰望天空
常常关心水稻、高粱和麦子
关心它们的生长、成熟和衰老
我们通常的生活与它们类似
每每到了秋后
茅草长到齐腰深
蟋蟀们开始了田野里的绝唱
我们也来到村口的打谷场上
凝视着那带着斑点的天空
开始等待着寒霜从空中降下来
然后再看到天空逐渐变得阴霾

马车是最慢的车

马车是最普通的车

它的一半属于邻居家的小伙
马车是最廉价的车
运柴、拉粪，还要涉水过河
马车是最熟悉的车
赶车的人是黝黑的二哥
他手中的鞭子是棉花做的
他心爱的姑娘是我的表姐
马车，缓慢的马车
从乡村土路走上柏油公路的马车
它只能"哒、哒"地走着
热情、快乐，又富有音乐
可马车是慢的
所有驾车的人都曾经年轻过
可如今那么长的火车超过了它
那么多的汽车超过了它
甚至连那辆瘦弱的自行车也要将它超过
而赶车的人全都老了
他们一个个两鬓斑白、满脸皱纹
他们是这个时代村子里最慢的马车

纸做的秋天

深秋的季节到了
我们的内心里都有一个空虚的暗箱
在某一时辰，我和父亲
开始在院子里的水泥台上坐下来
父亲的上身穿的单薄
在对面突然打了个哆嗦
我突然感觉在这样的生命的秋天里
一切都那么快速地衰老
包括年迈的父亲也是

今春在院子里偷偷埋下一颗门牙
到了可以悲哀的岁月里
秋天和父亲都仿佛是纸做的
风一吹，就掩饰不住地破碎
就要像树叶一样止不住地落在地上
重新融进泥土里
我们都将要被深深地埋进地下
甚至连悲哀都来不及掩饰
甚至连眼泪都要流下来

暖　日

父亲，这个温暖的冬天
我真的无事可做
我只是默默地想你
这是一个多么温暖的冬天
往年你此时一定会在田地里翻土

父亲，我又一次把家谱拿了出来
并在你的名字上打上方框
方框的下面是我和弟弟
父亲，您五十年来留下了我们兄弟二人
和一堆旧衣服
衣服我们把它烧了
我们兄弟俩还流淌着你的血液
坚强地活着

父亲，温暖的阳光照进院子里
院子里留下你的影子
你亲手栽下的白杨树
此刻黄叶落尽，枝影模糊

少女墓

在山坡的边上
我们不由自主地放轻了脚步
很自然地来到这些坟墓中间
在他们中间有老人、青年和幼童
也有一些客死在这里的异乡人
年轻时，我们对这些坟墓有着深深的好奇
现在又要怀着满腹的悲痛
缓慢之中
我还要碰上一座少女墓
我的喉咙就要变得哽咽不安起来
坟墓是崭新的
残损的花圈还在
昔日的肉体还在
难道只是缘于和我素不相识的女子
所以我要小声地抽泣起来

墓碑上的雪

我总是会和父亲谈及那些墓碑上的雪
那些黑白相间的雪
它均匀地落在每个墓碑上
不分显赫和贫贱
去年隆冬的腊月里
我和父亲轻轻扫去爷爷墓碑上的雪
又扫去奶奶坟上的雪
这些平凡的雪
它淹没了每个死者的坟墓
此刻，父亲轻声叹息
感慨于爷爷的老年之死

而死神正悄悄地逼迫着他
来年的雪也会落在他的墓碑上
阳光照射下
雪慢慢融化为水
父亲的名字就会从雪下显露出来

光　斑

越过初夏周六的那个下午
去村南麦浪起伏的平原上割麦
父亲已先于我们到了
为了更好地劳动
他把汗衫紧紧地系在了腰间
草帽已是很破了
早就掩饰不住底下蓬勃的白发
阳光透过草帽打在他的脸上
光斑和老年斑混在一起
他已经这样很久了
像一台老式机器，依然轰鸣
此刻南风渐劲，空气里有了腐烂的味道
而我担心的光斑还贴在父亲的脸上
它们那么明亮、锋利、刺目
让站在不远处的我暗自流下泪来
而此时父亲的汗水更多
并逼迫着我止住了悲伤

麦　浪

那是平原上万头麦穗攒动的情景
一波又一波的微风吹拂之下

麦子就会产生出它那特有的波浪
在浪涛中劳动的是那些割麦人
他们挥舞着手中的镰刀
平息着土地上的波涛
此时父亲也一定是他们中的一员
他先把麦子割倒
然后又一捆捆地捆起来
这是他每年的必修课和一生的作业
他一步一步地向前进
身后就会露出大片的空地来
在我年幼的记忆里
父亲总是割着割着就找不见了
在我开始担心父亲被麦浪吞没的时候
父亲又会出人意料地出现在我的视野里

小于一

父亲去世快三年了
母亲生活的圈子越来越小
不经常出门
活动的范围小于一公里
三间房有两间屋空着
吃、住都在一间屋里
吃，吃不了一个煎饼
喝，喝不了一碗米粥
身体逐日萎缩
一天比一天小于自己
力气也渐渐衰竭
也渐渐小于原来的自己

一个人生活着的母亲

她的快乐小于一
喜悦小于一
希望也小于一
可是她的孤独却十倍的大
痛苦百倍的大
绝望千倍的大

穿堂风

父亲被放在堂中央的小床上
他的肉体那么轻盈
好像随时都会因失掉重量飞起来
这时有风轻轻穿堂而过
吹起他那鬓角上早已泛白又枯干的头发
这些早已被我司空见惯的白发
如今夹杂在众多的黑发中间
显得格外眩目刺眼
此刻我无法关心自己内心的痛苦
母亲和弟弟他们内心的痛苦
我只在乎那些穿堂而过的风
它们从父亲的身上带走了些什么
父亲的灵魂随那些风又去了哪里
我只怀疑这个无法回避的事实
父亲他在一张小床上躺了下来
却再也无法像平常一样快活地醒来

六英尺的孤独

他死了
身体被关进盒子里

寿命止于五十一岁，体重止于 102 斤
孤独也戛然而止
从一个村庄到六英尺之内
他失去了亲人，失去了土地
也失去了自己的孤独
那些曾经的理想
犹如在黑夜里隐匿的星辰
被厚厚的乌云遮住

边界测量

在许多年前
我常常跟随父亲到田地里去
收割后的田野一片凄凉
三五成堆的玉米秸秆抱团等候着秋雨
我手里拿着线绳等待着测量的命令
父亲一遍遍地沿着地头踱来踱去
找寻着公正与公平的砝码
可公平总是有限度的
正如一个人的寿命的长短与道德无关
父亲正值壮年去世
做棺材的老师傅为他量身定做
他用钢尺测出 1.8 米的木头
那是父亲的边界
他躲了进去
用死亡避开我

村庄史

安乐庄现有人口 2884 人

这其中不算超生的没有户口的小黑孩
村里现有监狱服刑的 17 人
他们中间有杀夫者杨贵花、偷车贼梁五、偷牛贼毛蛋、拔橛
　者李二孩
王加富十年前
到南方逃避计划生育
现衣锦还乡
与村支书称兄道弟
还有李家俩叔兄弟留学于美利坚
回家探望祖父、祖母
言必"YES"OR"NO"
村里望子成龙者
现正请人考证其祖坟的风水
如果时光能再往前跑跑
跑到文革时
跑到一九五八年吃大锅饭时
那时的人口一千多人
文斗加武斗死掉 32 人
母亲断粮孩子断奶死掉 26 人
抗美援朝时有 19 人
雄赳赳地跨过了鸭绿江
但只有 4 人完好无缺地回来
至今还健在
还能打谷子、扬场、晒粮
建国前兵痞、马子多会于此
要吃、要喝、要睡
有的讨饭到外
有的在隐忍在家
某年大灾
村东头人家饿死十之七八
有一管姓人家
偶发现帐子上遗留一穗高粱

遂用其熬粥

全家 16 口人皆被撑死

后埋葬于村北的小树林

至今仍存一片坟茔

日本鬼子也曾来过

但老人都说他们很傻

他们就像一阵风

若要来了到山沟里躲躲就没事了

最可恶的是数二鬼子

他们大都是乡里的地痞无赖

一朝得势无恶不作

再往前是大清朝

女人裹脚

男人扎辫子

人们生活还算安宁

时有捻军来骚扰

其间大事记载不明

老人传说不清

但祖先繁衍生息一刻也不曾停

那时村里主要两大姓氏

一是沙姓，一是宋姓

沙姓人先居于此

取村名曰：沙家埠

后两姓人家长期争斗

最后官方出面平息

改为今名

寡妇杨氏

邻村有一杨氏

其夫抱病无药而终

留有一女
遂守寡
时年杨氏年方二十出头
姿色撩人
时值民国内乱
鬼子、维持会当行其道
中央军节节溃败
八路军藏在山坳里
杨氏白天擦胭脂抹粉赴鬼子炮楼
与鬼子小队长幽会
夜里去维持会头子蔡大牙家里过夜
蔡大牙骑高头大马
早年身为马子头子
带着几十号小喽啰
杀人如麻
从此杨氏和其女吃香喝辣
其乐融融
后日军投降
蔡大牙逃遁不见踪影
杨氏亦生下一男
时光荏苒
在肃反运动时
其男十六岁
被从人民群众中揪出来
质疑其父身份
断定为鬼子的种子
或是马子的后代
全村人义愤填膺
众贫民纷纷要噬其肉
以洗血仇
唯有其母杨氏将其护进怀里
任人咬其肤

回家后男孩服毒而死
杨氏遂疯疯癫癫
每到深夜在炮楼旧址哀鸣不止
此后二十余年
杨氏享受国家的五保政策
居于茅草之所
其身日渐佝偻
终在某年寒冬死于床榻之上
享年 67 岁
这是我奶奶给我讲起的一个人物
她在娘家时见过杨氏
当时杨氏年轻
其貌足可摄人魂魄

亲人谱系

我的亲人不在国外，也不在省外
他们都在本县里
都在我们那个偏距一隅的村庄里
他们中的一部分人已作古
整日与草木为伴，与山风为伍
他们中的另一部分还活在尘世上
每日为三餐发愁，每年为来年担忧不止

一个死人的消息

"张大民死了—— ——"
这条消息从我出生的村庄传到我所居住的县城
用了整整一个星期的时间
其中经过了五个人的嘴巴

两次借用了现代化的声筒
我是最后一个信息接收者
他死亡的信息到了我这里已无法再对他人诉说
像一根针一样扎进了心底
再也拔不出来

张大民，他是我的同学
记忆里还是他少年时的模样
所以他在我的心中好像只是活到了十三岁
之后的时间仿佛都是虚无
他死的证据确凿无疑，一瓶小小的农药
有时杀不死一条虫子，在那天，也许他点儿有点背
却真真切切地杀死了他
连县医院急救科的大夫也回天无术
他属龙，这一年，刚刚三十六岁
也许他本命年没有穿红色的内裤，束红色的腰带
以至于在本命年里丢了性命

明年我也三十六岁了
他的死亡对于我来说多么像一条预警的信息
我要为自己备下红色的夹克、红色的腰带、红色的裤头
也许要把头发也染成红色
但却还不足以缓解我内心里的恐惧
一个死人的消息对于一个活着的人来说是多么地恐怖
而最令我狐疑的是他的死因众说纷纭
令我对自己活在世上有了无限的危机

民国时代

已经在教科书上远去的民国时代
如今又活在谁的口中

那根还未割断的辫子
一生在外祖母的父亲的心中摇晃
他这个清朝的遗子
在日军赶来前弃村逃亡
他的衣裳还被泡在前朝的雨水里
一年复一年
竟然变换了颜色
他的弟弟参加中央军
至今未归
几次寄来书信
民国的钞票还在流通
民国还在信中
国破后人还在
只是口音已各不相同

春 雷

今夜天空响起了春雷
呼应的恰恰是昨夜京城的枪声
窗外细雨霏霏
商业街上依旧是纸醉金迷
我已屏住呼吸多年
今晚我依旧无法说出
内心里的偏方
道路依然泥泞
我踮着脚走在回家的途中
看到了闪烁的灯火
它既不明亮，也不昏暗
指引我在夜里行走的
不是北斗星，也不是街灯

刑期到了

今年我三十五岁，有着黑白相间的头发
大脑有着俗人般的想法，渴望发财或者是一段艳遇
我不会告诉别人，时间一日复一日
很快就到了上刑的日子了
给我上世俗的枷锁，命我敷衍趋势、见风使舵
也给我上羁绊的枷锁，让我朝思暮想、夜不成寐
还把贫困的枷锁也困在了我的颈上
让我一日为三餐发愁、一生为房子还贷
我是那个服刑的人啊，每日低头思过，每日残渡余生
欢愉属于管理者，他偷走了我的欢乐

白头翁

我爱你的笼中对，对仗的对
你吃我的墙头草，草民的草
隔三岔五我就会去看你
我黑发，你白头
听一曲《霸王别姬》甚好
可惜你不是鸡，你是鸟
你食浆果，我吃面包
你的天地在一尺之内
我的界限九百六十万平方公里
你被捕入笼，待价而沽
我身处俗世，不思进取

这里是草，那里是民

在乡下遇见一棵草就会碰见一个农民

如果有两个农民，其中一个拔草，另一个就会守株待兔
草从地下钻出来，兔子从山上跑下来
可乌云总会压低山坡，闷雨总会让鱼儿跳出水面
其实一棵草与一个农民并没有什么深仇大恨
谁也消灭不了谁，谁也离不开谁
就像千百年来流传的一个词，"草民"
难道一茬草不就是一茬人
老的冬天死去，小的春天降临
于是常常是草连着民，民连着草
如果把舌头卷硬一些，"草"字还是一个动词
那么受到伤害的一定是民

一首诗还没有坏到如此程度

这首诗还没有如此的坏
坏到没有章节，没有鼓点
坏到沾染了前一首诗，也玷污了后一首诗
坏到就此把诗歌带上了断头台
坏到把一个诗人送上绞刑架
坏到要诬陷一个人，坏到要污蔑一个国家
如果这首诗就此死去
如果一个诗人就此陨落
一首诗会不会压碎一张纸
一个诗人掉落在地上会不会溅起一粒尘埃

宿　命

多年以后
我还是那个与自己最陌生的人
衰老、疾病、瘟疫都留给了我

荣耀和自由都离我远去
我还是要活在自己的宿命里
一直到老，一直到老
哪怕我要在中途死去
哪怕我已经死过数次
我依然相信我的宿命就是一封信
那封无字的信
也是宿命的
它从遥远的天边寄来
然后，还要烙上我们各自的印记
以显示各自的人有着不同的宿命
即便相同的宿命
他们每个人也会流下不同的泪水

落　日

我再一次写下落日
不在山岗上，不在田野间
不关乎政治，不关乎国泰民安
我坐在东方的大地上
看渔舟唱晚，看日薄西山
相信这世上的万物都有轮回
如同落日坠入山涧
炙手可热时好，暗无光亮时也好
唯有人民匍匐在地
风吹动他们的头发如同枯草

陈 亮 / 作品
SHANDONG POET 60

　　陈　亮，1975 年生于山东胶州。诗歌作品散见于
各种纯文学刊物，并入选几十种重要诗歌选本。获诗
刊社首届李叔同诗歌奖，中国十大农民诗人称号，第
二届李白诗歌奖，2014 年度华文青年诗人奖等。参加
诗刊社第 30 届青春诗会，并出版诗集《乡间书》等。
青岛市文联签约作家。现居胶州北平原。

诗人：陈 亮

诗观：

　　诗歌像一束光，照亮了沉默的事物，揭示出事物背后的秘密。

温 暖

那些小路们是温暖的，被暮色舔着
被庄稼的香气熏着，泛出微茫的白光
是人们走走停停走出来的那一种白
是柴草的骨灰洒在土上的那一种白
那面落满了鸟屎的东山墙是温暖的
墙上有个铁环，牵出的马在这里
踢踏打转，晃动肥膘，用尾毛甩打着
发红的蝇虫，它咴咴叫着，散发出亢奋
或少许劳役怨气。游街的豆腐梆子
是温暖的，好久没见到他了，今天
又突然出现，神采明亮的能照出人影
传说他患了癌症，相信这不是真的
父亲是温暖的，他几乎一直在菜园的井台
拔水浇灌，井水热气腾腾，让他
瞬间就虚幻了，看不出他是六十岁
五十岁？四十岁还是二十岁？而母亲
蹲在那里摘菜、捉虫，时间久了
就飘回家去。你也是温暖的，那一年
我在家养伤，墙上的葫芦花开了
你一早去邻家借钱，轻易就借到了
你的脸沁出汗，不断说好人多好人多
一头羊是温暖的，天就要黑了

它还在吃草，肚子很大，准备要生育了
鼓胀的乳房拖拉出奶水，它的眼里
还有声音里，有种让心肝发颤的东西
它嘴里永远嚼着什么，似要嚼出铁沫来

那条小路

从牛头村到旧桑园的那条小路，有我
太多的记忆，小时候，我和伙伴们
曾在那里疯跑，追逐着蜻蜓和蝴蝶
也曾用树枝挑起莫名僵死的
花蛇和老鼠，尖叫着扔进水湾里
或者偷摘了何仙姑家的桃子、苹果
被她的刀子嘴将我们骂成了豆腐
路边有个土地庙，村里死了人
就会在这里烧纸马，送魂上"西南"
在这条路上，我也等待过梦中的仙女
仙女没出现，却让我见到恐怖一幕：
黄昏怪兽般吐出烟雾，吞食落日
我颤栗着，第一次感到生命的渺小和无助
这条神秘的，让我幼年颤栗的路上
娘曾在这里喊我受了惊吓的小命
叫喊声里，牵牛花开，稻草人动
也是在这条路上，坏脾气的光棍哑巴
曾捡到过一个女婴，那是一个早晨
他打了一宿麦子，胡子拉碴，嘶哑着
公鸭的嗓子，一幅投胎恶鬼的模样
仿佛要吃了谁，可当他弄明白了围观的
是一个被人遗弃的弱小女婴时
竟猛地将我们轰开，单跪在那里
捧起了那个碎花褓褓——直到现在

我依然还记得那双我从未见过的眼神
喜悦，温情，神圣 —— 犹如藏在
岩石和草丛里的两汪神密的泉水

春天里

父亲病了一年，身体越来越虚弱
才 63 岁的人，脸虚肿的厉害
头发几乎全掉光了，在胡同口坐着
许多人快认不出他了。他上茅房
都要扶着墙和几棵他早年栽下的树
每一次母亲要去扶他，都会被他
愤愤甩开，然后喘着、咳着，瞪着
牛一样发红的眼睛，几只麻雀
都被他吓飞了。院子里的手扶拖拉机
已经被父亲狠狠地欺负了快十年
锈迹斑斑、蔫头耷脑的，先前
只有父亲才能让它活蹦乱跳起来
我想换个新的，他坚决不同意
硬硬地说他死不了，等病好了
他接着开。说着，还用力拍了拍
这个打着晃向他摇头摆尾的铁家伙
春天了，母亲说父亲有一次真的哭了
哭的很厉害，很后悔，很遗憾
他说他好不了了，让母亲早做打算
母亲也流了泪，她知道，这个
先前壮得像牛，曾经凶狠打过她的
坏脾气的男人已经老了，老了
—— 在春天里，母亲领着我们
背着父亲，已经悄悄在自家的地里
撒下了那些玉米和花生的种子 ——

秋日书简

我愿意永远是秋日，村庄里开始酿酒
天地之间充满了铺金叠玉的温暖
飘飘的大神骑着鸟兽在山川大泽里隐现
点化着村西那个从小就痴癫的孩子
和草根处那些平淡无奇的顽石
那些流水晶莹、舒缓、凝滞地接近了琥珀
仿佛无数吨多情的眼神在此沉淀
野火随着若有若无的笛声静静舞蹈
青藤般舒展缠绕着冰凉的灵魂
还有，无数沧桑的人在老树下唱歌
任凭落花落叶纷纷，或者被果实击中
头颅扩散着青铜般嗡嗡的晕眩
他们扔掉疾病，得到意外的蜜饯
我愿意崎岖里的人们最终消除局限
纵身一跃，轻易就摘下梦的灯盏
我愿意在天黑前，看到所有的植物动物
充足了电，被从神经末梢开始
颤栗传递过来的幸福猛地点亮了
这时，在苍茫的大地之上或生活里
某个神秘角落，药草或米饭的雾气蒸腾
你叹息着，用手轻轻掠了掠额前
那缕汗湿的头发，就在那一瞬间
有颗小星在你微曲的指间再次出现
就像我的爱，孤独、贫穷，却永远闪耀

挖　掘

有时是在鸡鸣声里，有时是在驴叫
羊咩、狗吠声里。父亲总用铁锨

在挖着什么。有时在挖坑，挖深了
谁的伤口？大多时候是在平复和掩盖
有时候是在堆一个自己也过不去的疙瘩
有时会惊讶地挖到一些散碎骨头
就小心包起来，找个地方郑重埋了
在上面插几根树枝，念念有词
有时他是背对着我们，有时是侧着
或正对着我们。有时候他只是一个人
有时候却瞬间分蘖成无数个，都是
同一种姿势，从来就没有停过
有时候他们清晰、突兀，像金山银山
金人铜人，他们的力量让日月晃动
让江河倒着腿走路，让大地颠覆
群山战栗，让巨大的石头飞起来
然后砸在自己的脚上，血肉模糊
却没听见喊疼，有的还在虔诚地赎罪
更多时候他们模糊，看不清脸庞
只有在梦里才能寻觅到一丝回声
似被无数的鞭子恐吓着，喇叭催着
绳子捆绑着。更多时候，他们似乎
完全给隐身了，留下了无数铁锨自己
在那里挥舞，庄稼自己在那里长着
季节自己轮回，他们却不知所踪
只有孤独的风依旧吹拂着玄秘星群

树上的孩子

已经很久了，那个努力爬上树的孩子
一动不动，似乎已经睡了过去
像一块沾在树枝的泥巴。他的头发
仿佛被烧过，脸是五花的，背心

破了很多洞，裤子犹如生锈的铁皮
他的手和胳膊紧紧抱住那根树枝
生怕掉下来，他的课本在树下的
石头上，被风使劲翻着。这是个
很小的孩子，却已经倔强的
能爬上高大的树了，他似乎有些紧张
他的紧张让发抖的树叶结巴起来
但没有喊叫出声。已经很久了
这个在树上趴着不敢动的孩子猛地
抬起头，茫然地望着村口这条
发白的道路，除了几只虚幻的野兔
流浪的猫狗，没有一个人走过来
已经很久了，树叶子都慢慢黄了
有些飘然落了下来，可道路上
还是不见一个人走过来，很显然
这个孩子的脸上开始涌出失望和孤独
他的失望和孤独，让托住他的那根
树枝开始弯曲，他想下来，却怎么
也下不来！他害怕了，他的害怕
让那根疲惫的树枝在我们身体里
似乎咔嚓 —— 异常清晰的响了一声
有些什么就咕咚 —— 一下子摔碎在地上

月光下的小偷

他几乎是飞到了树稍上，仿佛
还要飞到月亮上，但还是被人拽下来
那么多愤怒的拳头，快要把他砸成
一张肉饼了，似乎再也飞不起来了
他的发撕去半头，耳朵变形，门牙掉了
眼角嘴角流血，一动也不敢动了

他跪在地上抱住头，声息微弱地告饶
张家的牛，李家的羊，慈家的鸡
陈家的大肥猪，他承认都是他偷的
承认过后，又被狠狠踢了几脚
就被一根栓狗的链子绑住，让拖拉机
拖着，拴在大队部院子里。他似乎
已经晕过去了，趴着没有声息
苦主们激动地聚集在大队部的灯下
开始争论如何处置，有人说送局子
有人说要他把偷的东西先吐出来
有人说就算了吧！还是个孩子。根本
找不到结果——第二天早上，我从
那里经过，他们还在争论，不过现在
是在激烈地指责彼此的过错了
桌子窗户都给拍碎了，马上要打起来
原来昨晚的小偷，趁着他们不注意
打开捆绑又飞了。这时，我的脚
明显打飘发虚了，身子也哆嗦
我突然就发现，自己似乎也偷了东西
身上的锁链越来越紧，再也飞不走了

我大娘死了

我大娘死了！在大哥家里，我看到了
好久未见面的大爷：须短，颧高
腮塌，头发稀疏斑白，多像已经去世
多年的祖父啊！他被多种病痛折磨
已很难下床了，他在用一块油灰的布
使劲擦着眼睛，因为白内障，已经
认不出我们了，听到我们的声音
又委屈地哭了起来。他在念叨大娘的好

——年轻的时候，大爷曾当过军官
探亲时腰里挂着匣子枪，身后
跟着两个警卫，威风的时候，曾多次
要休掉大娘，都被祖父拦住了。生活啊
时光啊！真就把两个水火不容的人
捏到一块去了，他的肉成了她的肉
他的血成了她的血，他的骨也成了
她的骨，他的脾气成了她的脾气
她的命也成了他的命，到了最后的光景
少了谁都不行了啊——去墓地的路上
大哥在前面抱着棺材盒子，所有的人
都低下头：即使和大娘系积了多年怨气
一直都不和大娘说话的父亲也哭了
他的膝盖因下跪而沾满了泥浆和草
全不管不顾了，他的嘴哆嗦着，念叨
自己不是东西。一群麻雀石块一样
在我们身边漂浮着，翅膀上掀下来
一些类似于骨灰的东西，包括槐树上
隐身大哭的知了，可都是我们的亲戚啊

落　日

落日委实疲倦了，但熬到最后一刻仿佛被
打了鸡血，突然就抖擞起来
它想亲眼看着那个弄瘸了腿的泥汉
摇晃着成了一只可怜的蚂蚁 ——
他老婆跟人跑了，他娘常年瘫痪
没人来伺候她的吃喝拉撒
它想亲眼看着一个半瞎的光棍老人
从地里挑出一担地瓜，不留神
被石头绊倒，他摸爬着捡拾那些混蛋的果实

突然堵了气，用荆使劲抽打起自己来
——老槐树背过身去，鸟兽心绞目乱
它想亲眼看着一个忙着割草的哑妮
她的棉条篓里还很浅薄，稀疏
她身体里挤满了牲畜们饥饿的叫喊
她的初潮来了，却浑然不知
身后的大片的草坡染成了红草
它想亲眼看着那头已吃不下嫩草的牛
还没捱到村口，就轰隆一声——
歪倒在地上，再也不想起来
愤怒的主人把铜牛鼻都给拽断了
它想亲眼看着几个在村北挖坟坑的人
村里已经捧起笙乐，他们挖的很卖力
没看出来悲伤——挖完了把工具一扔
点上烟，先躺在里面试了试
似乎很惬意。风吹着他们，很快就黑了

春风又一次来到人间

春风又一次来到人间，血液流速加快
屋前屋后还有屋顶上的耗子们
也兴奋地直直发抖、哆嗦，彻夜不眠
大地死过了一次又活了过来
似乎已经没什么可怕的事情
我注意到住在村子最后头的老哑巴
也打开了院门，他的黑棉袄敞开着
腰间扎了一根油灰的绳子
我大约有一个冬天都没见到他了
整个冬天里，人们靠他家的烟囱里
飘出的烟来分辨他是否还活着
他的岁数连他自己也数不清了

这个寂寞的人，把门打开的声音很大
并啊啊叫着打扑着喉咙里的尘土
他似乎也在向村人证明他还活着
并顺手拿起一把生锈的铁锨
向村后的菜园走去，他这是想去
试试园子里的土地有多么喧腾吧
他在菜园里上瘾地翻了好大一片地
出了很多汗，就走到旁边的一棵
老梨树干上去蹭痒，边蹭边嘎嘎笑着
老梨树黑色的杈丫处就猛地迸出
几个柔嫩的叶芽。这是老哑巴
出生那年栽下的一棵梨树，每年
它窜出的叶子和花都比周围的梨树多得多
果实也多，但却紧巴和酸涩
似乎那么多年仍有很多东西不能释怀
连哑巴也不爱吃。很多果实
就那么一直在树上吊着，发黑
直到春天解冻才慢慢地落到了地上

老　鼠

它来过了，清晨，我在厢房发现了
它的踪迹，我想它一定是饿极了
它啃掉一只大头鞋的半块鞋底
把一件军大衣咬了几个洞，露出了
洁白的棉花。儿子的一个西洋玩偶
被撕去了半个耳朵，正捂着伤口
哭泣，叫喊，晃悠着小小的身体
还有一个花盆被它蹬下了窗台
满脸无辜地碎着。它终于发现了
一个长着绿毛的干面包，啃了

一大半，又在墙角的一个白手套上
美美地睡了一觉，撒了泡尿
拉了几粒干屎，就悄悄离开了
我敢断定，这是一只很大的老鼠
我仔细查看了好久，门窗没有缝隙
地面和房顶都是水泥，真不知道
它是怎么进来的。这个恨人的家伙
我想了好多办法要捉住它：沾鼠胶
耗子药都不管用。后来我又从
岳父家借来了几个夹鼠板，用几块
猪头肉蘸香油做诱饵，这次奏效了
但却只夹住它的一个小小同伙
另外那个夹鼠板，被它拖了好久
留下一条灰色的断尾巴，又跑了
再没来过。但我确定它还在附近
对此我一直保持足够的警惕，有几次
我甚至听见了它在暗地里磨牙
和轻轻喘息，我想它还是会回来的

安　静

难得的春日，大海般瓦蓝的天空下
阳光充沛的鸣叫，树摇晃着抽芽
母亲吃力地扶着病了很久的父亲
从黑洞洞的里屋出来在墙根坐下
然后她就开始晒被子，那些被子
已经盖了很多年了，有一床
我怀疑是他们结婚那年置办的吧
喜庆的印花早已褪去了颜色
儿子在上面尿过，外甥也尿过
补丁都黄了，乏了，还是舍不得扔掉

棍子敲打着，散出灰尘和牛羊的气息
因为刚吃了药，父亲暂时消停下来
仰着脸，眯着眼，张着嘴倾听着什么
阳光下，他的身体开始变暖
散出若无的烟气。父亲偶尔也会
偷看一下忙碌的母亲，母亲也会
看看父亲，不说话，甚至没有表情
他们天生相克，雷电样在一个铁锅里
打了半辈子，锅都打碎了好几只
现在终于可以安静下来了，院子里
除了母亲细碎的脚步的声音
父亲偶尔咳嗽、喘息的声音
就只剩下鸟儿的近乎走神的声音
阳光透明的翅翼嗡嗡扑扇的声音
肥嫩的叶芽崩裂开树皮的声音
还有潮红的春风急促吹拂屋顶的声音

鸟 蛋

我在村后的树林里意外地发现了一窝
黄雀的鸟蛋，我家的一架空鸟笼
一直梦想自己有一只会说话的黄雀
我小心地在那个地方做着记号
我有足够的耐心等它们孵化出来
这可太好了，我跳了起来，轻飘的
像一片被使了法术的叶子
每天我都会偷偷跑到那个鸟窝不远处观察
因为有了这个秘密，我的小脸会
偷偷摸摸的红起来或者黄起来
有一天傍晚，当我再次走到那里
却听到异样的动静，我很惊讶

小心地趴在灌木中窥视，原来是
光棍李正和村西的马小花亲嘴
看得出他们很亢奋，他们的嘴
仿佛被树胶紧紧粘住了，想说点什么
却总是呜啦不清楚，马小花的头发
全乱了，像个疯子，最后，他们
在草叶上打起滚来，天哪！我竟然
看见了马小花的奶子，那么白——
我惊呆了，差点从树杈上掉下来
这让我在以后见到他们时魂不守舍
也就再也没敢去那个地方，而那窝
黄雀的鸟蛋相信已经孵化、领飞
它们在北平原上空发出了好听的叫声

再次写到落日

再次写到落日，是因为它实在已疲惫
不堪，昏昏欲睡，它圆睁的眼睛
一定是谁用一根柴棍硬撑起来的
大地缓缓摊开了酱紫色的汁液
加重了那些道路的弯曲，还有那些
咬牙乱叫的板车和扑腾的拖拉机
加重了散发霉味的庄稼、杂树林
归巢低飞的鸟群，加重了一座村庄的
暮色，小院的炊烟也迟迟不肯散去
像一些纠缠着无法升天的魂
加重了家禽们无端的咳嗽，还有
旧农药瓶的瓶口和塑料袋子的风声
加重了一个满脸核桃纹的老婆婆
和她的劳作，她在费劲地清洗
工厂丢弃的一些沾满污垢的篷布

这个在我们村生活了七十多年的老人
没有名字。她逃过荒，要过饭
生育了七个儿女，熬到这把年纪
不容易啊！她要面对多种病痛
而对于落日的重量，已经习以为常
远没有了年轻时候的哀怨与叹息
现在，她只想早一点将篷布洗净
回家伺候瘫痪在床的老伴，喂鸡喂鸭
浑红的落日下 —— 只听见哗啦
哗啦 —— 仿佛在随意翻动生锈的铁皮

体　面

春天里，村子里接连死了好几个人
张三死于肺癌，李四死于胃癌
王五死于肝癌 —— 父亲闷闷地说：
今年春天的人真脆，那么多老伙计
说走就走了！这几年，生活好了
癌症怎么那么多呀！声音很破
像一只裂口的陶罐。接着，他就
使劲咳嗽起来，那棵被他扶住的老槐树
也一起咳嗽，声音巨大、寂寞
仿佛五脏六腑沉积了很多的灰尘
阳光下，一张虚肿憋紫的脸
一会清晰一会模糊，仿佛是一个
被随意捏造的泥塑。每次村里送殡
父亲总颤颤地拿着马扎坐在胡同口
去看那些繁华的道场，回来后
总会念叨：侯寨的大喇叭掌得好
大王庄的胡琴拉得入神，孝子哭得厉害
贤孙的头磕出了血—— 他们走的

都很体面，很体面 —— 春天的风
小心地吹着这个吃了很多苦
抽了很多旱烟，喝了很多劣酒
咳了很多血，腰身越来越糟糠的老头
在这个春天里，他已经让母亲
给他做好了寿衣，布料是绸缎面的
图案鲜艳，有莲花牡丹，吉祥富贵
他从来也没穿过这样体面的衣服

天黑了又白了

天黑了又白了，鸡冠红了茉莉开了
阳光的钥匙打开门，被噩梦缠绕的人
又活了过来，可他并没有露出多少
欣喜或感激，他是个出卖力气的人
一个呆傻的人，也是全村起的最早的人
他虎着脸子，披上遮蔽身体的布
拿一块生硬的饼子啃着往外走
他是去给村里一个抠门的包工头打工
干最累最苦的活，拿最少的钱
他十五岁殁了爹娘后就胡乱地吃穿
身板又干又瘦，却有钢筋般的力气
平时像个木偶，看到女人就突然活了
久久张着大嘴，被人添进了石子
也挨了很多庄户揍，却屡教不改
本家曾撮合他收留过一个要饭的女人
好日子过了没几天又成了苦瓜
他牛头般直冲冲往外走，到了村外的空场
突然被一个闪光的东西吸引住了
他猫着腰，小心的跑了过去
竟然捡到了一个祭祀用的元宝

他兴奋极了，以为是金的，就揣在怀里
朝四下张望，感觉没人，就刷的
变成一溜烟！天黑了又白了，神啊
我希望那个元宝是真的，今天早上
就让惊喜都发生在这个可怜人身上吧

在乡村

有天傍晚，我来到了村后的土岗
天很快就要黑了，怪物吐着阴凉
天使挤出星泪。这时候河水开始
缓缓流向过往，果园的香气压低了
穿过篱笆或铁丝网。我们的
父亲或者母亲终于从庄稼地里出来
身体散了架子，身体越发潦草、含混
他们扛着铁锨、镢头，来不及叹息
就牵着牛鼻或赶着羊头，晃荡在
崭新的柏油路上。这时候的风
彻底躺下了，月亮用眼角扫着
几只挤眉弄眼、猴精作怪的小兽
这时候我会看到村后的那条柏油路上
有人在烧纸、祭奠、拖着长长的哭腔
或迎来一队打着灵幡的浩荡队伍
仿佛从电影鬼片里飘出的幻影
每每让我蹲下，抱头哀恸不已
就是这条路，从修好到现在死过不少人
前年是一个拾荒的老人，一个
建筑的汉子，去年是一个哑巴
两个孩子，今年，是一个卖豆腐的小贩 ——
他们都是在这条路上被卡车撞飞了
场面很惨，至今只要我使劲吸气

还是能清晰地闻到那些顽固的血腥
在乡村，还有多少亡灵不肯离开
还在用什么使劲抓着尘世的泥土

隐　身

忘记了是哪一年哪一个夏天哪一个傍晚
太阳埋进土里，小狗对着香案作揖
院子里呈现出一种草灰的颜色
我听见有人在喊我，可环顾四周也找不到什么
这时，猪窝上的倭瓜花一下子全开了
花很大，一只风流的蛾子深陷其中
不能自拔，翅膀急切而清晰地
拍打着花朵的内壁，院子里的香气
骤然浓郁起来。榆木桌，槐木凳
粗瓷的海碗，红漆的筷子自己主动的
在院子里摆好，早年当过货郎的祖父
眯着眼睛听收音机，小脚的祖母
从黑屋里端出了一脸盆疙瘩汤
—— 和往常一样，我们开始晚饭了
我埋着头专注地喝着吸着，等我抬起头来
突然发现祖父祖母不见了，但半空中
他们的碗还在晃，筷子也在动
也能听见他们呼噜地喝汤声，我有些急了
满头大汗地哭了起来，出悲声的一刻
他们猛地出现了，慈祥地望着我
让我瞬间疑惑起来，不好意思起来
—— 多年后，当祖父祖母真正离世的时候
我并没感觉自己有多么的悲伤
我始终认为他们还会和那个傍晚一样
只不过是隐身了，很快，我们还会再相见——

父亲已经说不出话了

因为肺病，父亲半年来昼夜咳嗽，已经
说不出话了，春风再度吹着他
这个 63 岁，几乎一夜间就衰老的老人
当他渴了，他就用手指一指暖瓶
饿了就拍拍肚子，生气了就任性的
不吃也不喝，仿佛是我们全家人的孩子
连一向顽皮的儿子都在学着哄他了
儿子把平时自己喜欢玩的吃的
一股脑全部放了父亲的炕头上
他吃力地抚弄着儿子的头，想说什么
却哑哑的怎么也说不明白。儿子
给玩具们上足了弦，让它们喊爷爷
或者把妙脆角戴在手指上给父亲吃
父亲想笑一笑，除了脸上的皱纹在动
喉咙里只发出了一些干燥的沙沙声 ——
这就是我现在的父亲，已经好久
没说过一句囫囵话的父亲，曾经
喊我去打狗而我却去撵鸡，最后
鸡飞蛋打狗急跳墙怒火烧糊了头发的父亲
他也许再也骂不动我们了，尽管他
教给我们的农活我们依旧没有干好
春天里，我们望着自己耕过的歪扭的犁沟
有些沮丧地坐在地头上不说一句话
春风吹过，我们竖起来耳朵
使劲听着，村庄里除了鸡狗牛羊的声音
就只剩下父亲的咳嗽声在沙沙地响着 ——

陈 忠 / 作品
SHANDONG POET 60

  陈　忠，曾用笔名姬枬，1960年4月出生于济南。主要作品《在夜的旷野上》《二重奏：羽毛一样轻舞》（两人集）《漂泊的钢琴》《青苔上的月光》《徐志摩与济南》等。获首届泉城文艺奖等多种奖项，作品入选多种诗文集。山东散文学会副秘书长，济南市作协主席团成员、副秘书长，济南市徐志摩研究专业委员会主任，山东省作家协会会员。现居济南。

诗人：陈　忠

诗观：

一直觉得诗歌是一个神圣之地的孤独的守门人。

不管别人怎么看待诗歌，我始终希望诗歌的清贫和它的高贵一样，让许多人望而却步，也让更多的人多一些思考和智慧。

铁皮鼓

即使行走在人群里，你也是孤独的

拒绝长大，不仅仅是一种
恐惧；内心的街道。噪杂。铁皮鼓
震碎了所有带着阳光斑点的玻璃
坚冷而光滑

惊声尖叫。时间在时空中倒退

在红白相间中，拒绝和抗议
停留在三岁的高度上；临街的地下室
散发着一股潮湿墙壁的霉味
无耻。堕落

这座风流的城市，只有侏儒

"这个世界，人们都已失掉了个性，
因为所有人都孤独。" 撕心裂肺的尖叫
撕裂世界的平衡。汹开的鲜血
发出最后的呻吟

我奔跑着穿过黑夜的广场

我奔跑着穿过黑夜的广场
穿过内心的荒凉
带着水的速度和韧性
我穿过大海的空旷

我的忧伤是冬夜的星光
我看见的火比冰还冷
空气吞噬着罪孽的芳香
巨大的阴影忍不住叹息……

没有人举着灯盏牵引
呼啸而过的救护车
让我想到春天花朵的尖叫
给世界留下幸福的伤口

当身体抛物线一样飞出去
灵魂，会在哪里
来一个漂亮的转身？
没有人比我更渴望那无尽的远方

有些坚硬的东西

有些坚硬的东西，总是在梦境中漂浮
很冷的温度，像不真实的描述
被我们轻易地疏忽

永远不会成为火苗，即使颤抖
它们也不会让时间变短
在化为乌有之前，我相信所有的表述

都会被水轻易地堵住喉咙

当我们说：开始即结束
就会有某种神奇的张力改变形状
就像风，从水的深处
吹断了梦的根部，茫然四顾

而同时，一些透明的薄雾
笼罩，雕像的瞳孔；我不知道还有什么
比坚硬更能击伤我生存的完整
战栗，随之停止……

偏僻的小站

这座偏僻的小站，没有一列火车
经过；就像被风遗忘的
一片树叶；等待腐烂

它不再有出发，也不再有到达

物是人非的火车站，让归来的人
成为陌生的出现；我站在铁轨上的影子
被夕阳压得很低

站在废弃的站台上，我似乎显得很多余

时间仿佛已经停止

我在生锈的铁轨上走着
在没有汽笛声的冬日里看着远处

那座红砖砌得水塔，孤独
就像没人回望的旧事，被干燥的风不经意地遗弃
我想说的是，那些撒野的孩子
那些空中带着嗯哨的鸽子
那些星辰，那些月光下的影子
都已被刺眼的玻璃墙壁遮蔽
城市变得越来越单一
单一的只有水泥
和钢筋的扭曲；我想说的是，我在这座城市里
活得并不安逸，甚至呼吸
都很困难。时间仿佛已经停止

在九畹溪想起屈原

那天夜里，我听见江水拍岸的低音，
我看见夜幕下飘逸的白色衣袂，
我知道草尖上沾着的露珠是无尘的，颤动着的。
就像一缕会呼吸的灵魂，
我每靠近一步，就会觉得忧伤是一种泣咽。

我没看见千年的悬棺，也没看见点缀在山坡绿树丛中的
三瓦两舍。
那水上的《礼魂》，仿佛随时就会被楚国的云带走，
仿佛，还听见了《九歌》和《哀郢》。
那时刻，我看见了兰，看见了惠，
看见了在飞的女神们山神们。

于是，在那个夜晚，屈原投江了，
于是，汨罗江上笼着一片白纱似的雾霭，
而众鸟却是静止的。
湿润的空气里，溅起的血，在燃烧着；风的声音，也带着血，

楚国，顷刻间，被这血湮灭

只留下漂泊……

绚烂的灰烬，在追忆中依然很烫

那一袭被战火焚烧过的婚纱
依然浪漫着流离中的爱
就像一面旗帜，被风撕扯着
一种不安的宁静，让你感觉到有无数的鸟儿
在等待飞翔时的绝望

你在安宁中栖息着，却必须承受
海一样的激荡；不是因为悲伤
而是因为包围着你的空旷；你的孤独
犹如宿命一样宽广
一个特立独行的女子，注定一生流亡

当你在民国的天空下闭上双眼
我看到的白色的墙
就像一段放任自流的时光；无限的苍凉
让我的泪水在你的眼角处渐趋冰凉
绚烂的灰烬，在追忆中依然很烫

东山的月亮

月亮的羽毛落到了东山的山坡上
上塘河细碎的波浪
荡漾
苍凉

月亮，到处是月亮；而智标塔上的
更亮

碑文，横倒在地上
杂乱的野草之间，一个诗人的坟茔
只留下"黑巍巍的星光"
照着清冷冷的魂

谁独自坐在石板上？唱起追魂调
月亮，不敢叹息
只有清泪两行，挂在一轮消瘦的脸庞

感觉那片湿润的月光，也滴落在了
我的脸上

加利福尼亚州守夜人

短暂的黄昏，像回光返照的老人
在均匀地抹去田野和树梢之后
一个踉跄的急转身
就无奈地消隐了

郊外，敲钟的守夜人
忧伤地看着更远处的天穹
静静地想起了海，风琴，向日葵
然后，他看见了花朵
幽静的小径，空气，是阴郁的

那个吹肥皂泡泡的小男孩
正拾级而上

苹果树下的木梯，比他的影子
拖得还长；远处的墓地
月光，比守夜人的脸色还惨白一些

托马斯之爱

始终隐藏在幕后。声音
是一个模糊的背影；交友俱乐部
通过视频，完成
抚摸

虚拟的性爱，抹去唇膏
让托马斯看到了冷艳下的灵魂

迷雾一般的气息中，暧昧之花
像最古老的黑色巫术；没有一个人
会真正在意生死的感觉，彻骨的寒冷
是在心灵的荒野发疯

光，强烈耀眼；监视器的屏幕上
一个稀薄的背影消失在惨白的光芒中……

教堂之谜

多年之后，你才知道鸽子
死去的时候，教堂的钟楼上布满了蜘蛛丝

那个祈祷的人，怀着你的秘密
在大雪弥漫的夜里，莫名其妙地消失匿迹

空荡荡的屋子里，堆满了童年的器皿
你站在那里，像一面镜子
看见了一本打开的日记：

那个敲钟的人，有着羔羊般的恐惧
因为，钟声每敲响一次
他的心壁上，就会生出一道皱纹

突然看见一只麻雀

我看见的那只麻雀
在一部老电影里出现过
它飞过的树枝上
没有树叶
远处
只有一条落满雪的小河

一群孩子呼喊着跑向了原野
大雪
又飞扬起来了
那只麻雀
依然立在树枝上
仿佛在等候着什么

在这寒冷的季节
一只麻雀的
出现
让我想起了影片里那个孤独的孩子
他的脸
就像冰雕的
他的身后

河流极其宽阔

那只麻雀
忽地飞走了
天空
被纷乱的雪花搅得更白了
一滴泪落了下来
那孩子的脸上
突然
蜿蜒出了一条线状的河

冰，开裂了……

阿拉伯之夜

羞涩，是一个陌生的词
却被光滑的皮肤吸引
直到眼泪
被吸干

在如火的骄阳下，寻找自己爱人的
北非少年
在极不协调的巴罗克音乐里
走出了沙漠

疯狂地爱过的女人
心，在一点点地碎掉
最后的一块缠腰布，贪婪地停留
在灿烂的笑脸上

爱情，是洁白的牙齿

也是从不被拒绝的艳遇；世俗的眼光
怠慢

桉　树

当然它是俊俏的，是挺拔的
是需要仰视
才能看到它是高大的；我没看见褪落的树皮

它是属于南方的，是的
它是很难被忽略的；就像曾经爱过的

它的味道是宁静的，是光滑如玉的
烟尘之后，它泛着微红色叶片上的影子
让我迷恋的柠檬味儿
一直弥漫到我内心荡漾的北方

像考拉咀嚼桉树的叶子
我啃噬着
你蜡层上蓝灰色的青涩；在哭泣之前

巴黎在下雨

巴黎在下雨。喷泉。拉丁区
一个没有结局的故事
在地铁出站口，突然丢失
被风吹乱的秀发，像你紊乱的思绪

我坐在护城河边的咖啡馆里
像一条童话里的鳟鱼

擦肩而过的人
就像疾雨中找不到地址的蚂蚁

一闪即逝，踩着滑板的少年
从斜坡上拐入雨中的小巷，擎着雨伞的少女
蝴蝶一样精致
路边有一把空座椅，已被雨淋湿

哀伤的大提琴，从隔壁缓缓流淌出来
一辆红色的童车，与白色
泛黄的石墙，形成鲜明的对比
我看见雨果和卢梭，就站在广场那里……

白日焰火

> 多美多烂的记忆，都不会改变的
> ——《白日焰火》台词

冷艳，是一种致命的诱惑
对所有的男人来说，都是无法拒绝的

冰刀上的血，萦绕着阴郁的夜色
压抑，飘荡起的气泡
让你觉得：爱，就是永别

光与影的切割，是一种寒意
刺骨的压迫，宛如冰，在神经上划过
恐怖，来得总是那么不动声色

移动的魅影，迷离的霓虹灯
酒瓶滚落在积冰的陡斜

就像人生，被一只无形的凶手拖拽着

在白日里绽放，烟火，远比寒夜更凄冷
倏忽间散去，空白处与天一色的颜色
而曾经的灿烂，比烟花更寂寞

毕竟还是璀璨地绽放过了，即使连碎屑
都寻不到一片；在缭乱中交错
腥红的嘴唇，在溜光的冰面上突然定格

生活处处布满了悬疑，就像眼泪
随时都会滴落；所有爱她的人都死去了
剩下的，只是想输得慢一点

一辆警车驶过，但结局却依然是惊悚的
就像死亡之后还是永别

把胃里面的影子摇晃起来

> 在这座城市里，我再也找不到自己
> ——题记

1
不要扯着我的影子
把你的手拿开

我要带上烈性的老白干
在没有公交车的街道
搂着脏兮兮的站牌
喝它个酩酊大醉
然后把胃里面的影子

也摇晃起来

　　2
把你的声音调到 C 调上去
挺起腰来
父亲

我仇视地看着路边的广告牌
想到了母亲手里的红桃 K
父亲苍老的那么快
抱着大提琴
像一个没有磁性的灵魂
被家人抛了出来

我要找一块白布
把所有的诅咒包裹起来
寄给他的敌人

　　3
我拣了一张作废的车票
喝了一杯很苦的咖啡

在候车室的联椅上
我翘起二郎腿
让那些男人们着迷的不是我的腿
而是我手里拿着的那本
《裸体艺术》

一个提着密码箱的女人
像妖艳的妓女
把一些秘密
死死地夹在两腿之间

印度夏天的雨

夏天的雨，在窗外，在遥远的印度洋
的北面，下着。我抽着香烟
在音乐的安静里，慢慢地舒适和沉静着
不知道你是否也在喝着咖啡
感受到了我秘密的呼吸

空气中散发着咖喱的味道
炎热，潮湿。穿着鼻环的印度少女
已静静地穿过繁花的河岸
唇边挂着的一丝微笑
在灿烂的雨季，让我的记忆变得更加遥远

哦，热带丛林的龙舌兰
带着扼住呼吸的气味，让我突然想起
一个等电话的男人，和电线杆上
的寻人启事；"我离得你很近。
你却离得我很远 ……"

戴小栋 / 作品
SHANDONG POET 60

　　戴小栋，1963 年出生于济南。已出版诗集《三度空间》（合著）《高处的玫瑰》（合著）和《冷香》。2006 年获第二届齐鲁文学奖，2010 年获第九届上海文学奖，2014 年获第三届泰山文艺奖（文学创作奖）。诗歌作品入选《1978–2008 中国优秀诗歌》等多种选本。现居济南。

诗人：戴小栋

诗观：

　　一位有才情的诗人，真正需要的是一份轻盈且可控的生活：不负重、不媚俗、不跟风。能时刻感受到自己的内心，并用一双敏感的眼睛自由地观察、记录周围的一切。

旧时月色

　　从容生活，如草生堤堰
　　　　　　　　——叶芝

乐音在暮色中渐行渐远。冬天
又一枚酸涩的坚果
从含了许久的嘴里吐出来
存入记忆的行囊，肩胛轻松了许多
曾经轰鸣着扶摇而来的箫声
就这样一点一点扶摇而去

在枯水季节
瀑布不再从云中跌落
风情的海浪沿秋风指引的方向
咆哮着奔袭而来。箫声悠扬
但悠扬的箫声里自始至终有令人不安的芬芳
总会有眼睛在睡梦中出现
总会有很多人走来走去的气息
时间是飞鸟掠过的影子吗
许多如影子般虚妄的情愫退潮后
周围重又清晰起来
寒风停止对枯枝的摇曳
黄昏也不再把孤独的雀儿遗忘在

黑夜。重新回到地面
把你紧紧地攥在手里，再也不松开

午夜过后，室内的水声进一步弥漫
墙上的灯影斑驳起来。外面是又一个朗照的月夜
多好的旧时月色呵
泅渡过去，又看见了许许多多失忆的冬季

寂　静

看到鹊立于枯叶飘零的枝头
知道又一次跌入冬天的底部
统一的铁灰寒冷，统一的凄清
一辆微型汽车泊于命定的

虚空。12 月 31 日，疲惫的羊尾巴
沙沙地拖完了一年的路
无助的纸花盛开，时间静静地喧哗
狂飙过后，女人重新把冷漠做成茧
或者刺，挂在依然矜持的脸上
一条绳索被想象着松开
下落，银针触地的声音清晰可辨

这个冬天，相爱的倦了，求生的死了
十二盏枝形灯粗劣地悬于头顶
灯下，是一些剩余的亲人

敲　打

敲打，持续的敲打

如屋檐上的春雨不绝于耳。停放
在春天的路口，这些赤条条的生灵
搓背的师傅甩一把汗
继续清理档间张挂的毛芋头
那些睡眠最后的葡萄

又一个春天
又一批浆果般鲜嫩的身子
又一茬在春天如约开放的女人花
哧溜一声，一只滑脱的盘子
滑出了洗浴大厅，沿结茧的记忆一路滑过去
彼岸的亡灵们正慢慢坐起身来

敲打，叫魂一般的敲打
继续着生死的敲打

内心流动的崂山

跨过冬季栅栏
大朵大朵的云团正迁徙而过
思绪在清秋的梦境里徜徉，稍不留神
暮秋或初冬的许多景观已纠合着
纷至沓来

历史总是在这样一些时刻画卷般通体展开
飞觞醉月的时光和那些优秀的情人
伴猎猎而舞的旗盘旋飘升迅疾而逝
我们究竟是谁，救赎之路何在
剑峰千仞，天水茫茫，张廉夫亲植的汉柏
不语。凌霄攀援其体执着而上全然不顾
两千个春秋已沿苍崖碧树间飞流直下

绝尘而云。聊斋女子伴绛雪飘红款款走来
转瞬又消逝了踪影，那些清苦的山峰
你们是正商略着黄昏的愁雨吗

草秸依旧气息微凉地流转，到处
都散落着这样冬天的心情和禅机般的顿悟
在晴空如洗白云舒展的山海间
清丽宋词和潺潺山涧始终萦于耳际
游宦区区成底事，平生况有云泉约
雾霭再次泛起企图把一切淹没
花喜鹊扑喇喇惊飞呼叫着从头顶一掠而过

碎　裂

她说："很好。但已经与我无关。"
便挂上了电话。车内快要笑翻的哥们
眼泪滴到手掌，又使劲拍到我的肩膀上
总是在这样的时刻，我望着车窗外

料峭的天空，心如止水
一个人从冬天的湖面走回来
该要有怎样的定力。可总是在这样的时刻
会想起狐媚的四月：春心如酒
如跃动于水面的光影
暮晚的松涛经久不息地喧响

现在熟稔的灯光下已没有了心仪的诗人
成为碎片的博尔赫斯正无辜地躺在另一间屋子
像凌乱的胡须，抛撒得到处都是
总是在这样的时刻看到童年
那面结婚的镜子，从我的父母

一直碎裂到我的余生

欢娱的唱机已经打烊了许久
周身散落的仍是那些性感的歌声羽毛

蚊　子

时间，雪一般下着
越下越大的雪，鹅毛一样的雪
堆积的旧情感无人照料
一根拐杖孤独地站在午夜的角落

声音响动。思绪重新被钟摆的方向确定
那些虚掩着的乳房一闪就不见了，开放在白墙上的血
是这个季节最好的印记。胡须出现
从一张脸到另一张脸

黑色胶带飞速倒转。父亲看着神灵
我看着父亲，默不作声
越来越敏锐的听觉。黑暗中

我俯身捡起随意的一段过往
抵挡着渐渐迫近的声音。这回我确信
它真的不是重听

要起风了

阁楼，狭窄的楼梯
脏兮兮的小菜依次落座
顷刻间另一场欢宴粉墨登场

大伙各就各位，表情团结活泼

叫燕子的女孩飞不起来不仅是因为丰腴
在土拨鼠贪婪的眼睛里
她从容袒着双乳，像一位山野客栈的女主人
酒令渐渐激越，回荡在更加颓废的
空气里，一些飞翔的记忆碎砖块
开始磕头碰脑

感官休眠。黄色的夜雾降落之前
楼下的小贩已收起门板
一只警醒的猫，用肥硕的目光
紧紧守住了楼梯口

真　相

有时现象即真相：马脸女人
吃进去牛肉、泡菜和面汤，置换出的全是
市井话题。一只宠物狗从毛茸茸被还原为瘦骨嶙峋
则需要一个小时和一把剃刀

游泳池是天上掉下来的魔镜
每一分每一秒都明晃晃地反射着生命的衰老
与之相邻的桑拿房则更接近中年的真相
肉体和精神的完全赤裸

我注视大院里的这些梧桐树已经十年
盛衰荣枯，周而复始
全拜时间这把锈蚀的刀子

跨过第四个本命年栅栏，愿意更多地浸泡在

语言的浴缸里，捕捉那些眼前一掠而过的命题
千帆过后，真的只余下最后一个对手

亡　灵

午后闲坐于庭前，看木槿花开
爷爷不知什么时候坐到了对面
不知从哪扇门窗，顾自说着那些漫漫絮絮的旧事
音容一如先前。奶奶从身后闪出来
轻轻喝一声：别再来找小栋了
爷爷顺从地笑了笑，隐去不见了

秋风如逝
庚辰年也已临近黄昏
一枚发黄的杨树叶，散发出谶语般的光芒
飘摇着落了下来

失　重

乐音是回忆的先导
过去的事物消失了许久仍留有清晰的痕迹
交谈，曲调一样轻盈
黄昏，羽毛一样落下

经验褪色。时间仅仅是一种暗示
脊背上的长短火车开始欢快地奔跑
一个嫁接多次的苹果开始肿胀
渐渐把午后注满夜色

又一处地产项目在城市登陆

塔吊和挖掘机虚张声势地轰鸣。生如夏花
灭如火烛。车轮下的皮囊十年间老去了多少

走在返回的路上
片刻失去物质的托举便会有失重的感觉
稍不留神就要再次跌入虚无的泥潭

水乡里也有恬静的耕读生活

成为鱼之后只需要静静地划水
一对鸳鸯首尾相衔地游了许久仍无倦意
一只河豚吃力地驮着满腹的民脂民膏
在陆地时的威风已荡然无存
美人鱼出现在岸上，波心开始荡漾
干扰了正常行进——花瓶掉下来
碎了一地。一个转身过后
中产阶级的癖好在水中清晰地显影

时间的消逝像刀片在空气中一闪
历史正在安静地着色

绷　紧

昼夜交接时分。鱼鹰定格在空中
湖面上烟波浩渺，看不清我们的来世
此刻，夏天正火一般热烈、茂盛
抵挡不住夏日的妩媚风情那就不再抵挡

但许多人在夏天到来前已与茂盛彻底无关
他们满身赘肉或提前衰老，人生的激情

早已道路般远去。最初的放弃何时发生
原本笔直的路径怎样出现了致命的弯曲

鱼鹰像紧过发条后的钟摆重新回到运动状态
已经没有多少时间了，我们就要和自己的影子
一起退回到别人的记忆中

池中的鱼下意识地绷紧了肚腹
绷紧，再绷紧些
抵御随时可能到来的生命坍塌

从容的冷意

第三场雪过后，完全松驰了下来
从容的冷意。落叶堆积，踏雪的狗
兴奋的难以自持。看清了终点以后
彼此不再存一点戒备
内心的力量开始慢慢生长
在探寻风物与心境微妙关联的瞬间
涌上了难以抑止的和解冲动
铲雪的声音仿佛来自天外

无论怎样都得过完一生

从同一扇落地窗望出去
亲密或无力的牵挽，司空见惯的霓虹灯
所有的场景反复出现。一段一段的白日梦
被不安薄如蝉翼地联缀着

一只落生即残的狗用三条腿从容走过

另一只太阳下晾晒的狗四仰八叉
在欢爱后的慵懒里，看到了边缘
空洞和其它一些生命的本质

"肉体之爱是一个叙述中套叙述的重复过程"
被急切的夏季追尾后春天的心事散落了一地
听不到蝉鸣和期冀中的雷击

是的，无论怎样都得过完一生
天亮前玉人儿在睡梦中莞尔一笑
天地间，只有间或的几声鸟鸣

正午之殇

二十年了，刺耳的铁轮声一直在响
草绿色的油漆和姜黄色玻璃腻子的浓郁气息
经年不散。安谧的中午
盛满血液和羊水的红塑料桶
医生对着阳光下的婴儿举起了
明晃晃的针头。东紫是幸运的
被梦魇纠缠的只是她故事里的人物
可小栋的余生已永无安宁：那个中午
股骨骨折的奶奶无助地端坐在医院草绿色的椅子上
等待着她最信任的亲人用无知、犹疑和怯懦
犯下一生最致命的失误

漫长的正午。被锋利的小说撕开
血肉模糊，骑跨在梦的高墙上
里外一片漆黑
间或听到了故人蓬乱的笑声

在记忆的深井里
不能触碰的伤口最深最痛

玉函山

除了墓穴上的水泥变得斑驳
一切都未曾改变：E区，42，49，戴炳勋
带我来到这个世界的人已经离开了那么久
彻骨的寒冷。虽然春光早已显现

山水抑或飞鸟依然只是它们自身，未能出现转机
玉函山，苍穹下一枚巨大的钉子
十一年来一直把我牢牢钉在人性的反光镜下
一俟清明这个不人不鬼的日子到来

反光镜瞬间变为照妖镜
自私、贪欲以及轻微的无耻毫发毕现
深度洗涤。激情降至零度后的最大弯曲

近在咫尺却遥不可及的眺望
父亲，又想起了您临终前闪击般跳动的眼皮
被您遗忘的越远我们就越接近重逢

反复地活着

无影灯下的眼睛笑意吟吟，室内的光线
突然明亮了许多。寒冷，逼仄，隐忍的力量
持续到午后的蝉鸣停了下来
晕眩抵达前生活开关转换的频率终于失控

兴致是余生最后的光泽
完全从直觉出发能走到离现在很远的地方
但兴尽而返往往会遍体鳞伤
一再发生期冀之外的位移

生命已不可能再回到它的本来面目
中年以后的日子都已入蛰，所有的过往如刀刃般
深深刻过。不要再轻易挥霍

一场急雨后的清凉是可疑的
溽暑和沉香正在悄悄集结。反复地活着
深藏和显现的均一目了然

牵牛花初开的时节

1
乌云以巨大的板块西移
站在骤起的狂风里，我忧伤恍惚不能自持
凶讯，虎兕一般在天空张开獠牙
燕儿惶悚的表情跌落下来
没有心情再从容面对一场秋雨了

乌云继续缓缓向西
大地上紧握的事物被吸附而去
梧桐褪色。心跳停了下来
总是在黑云压城之际爱情戛然而止
不断叠加的死亡拥堵在每一个秋之门

2
在一处简易停车场，我抬头看到了闪烁的霓虹灯
和其它一些秋天司空见惯的场景

一瞬间我分辨不清是哪一处场景哪一个秋天
一切都似曾相识又面目全非

日子浑浊，粘稠，难以搅动
护城河环绕着踉跄的生活，粗劣的情欲
漂浮其上。一盏灯算不上明亮却一直亮着
烛照着狭仄弯曲、没有尽头的隧道
那么，在持续痉挛的名利场上
还是让重复来的更猛烈些吧

　　　3
一脚踏进两段往事的内核
看见多年前的汁液正慢慢渗出
我能感觉到自己的洇湿但天空暗了下来
顷刻间换上另外一幕布景

"脸为什么会突然肿起来呢？"
一只秋后的蚊子悄悄靠近，停在了又一个十字路口
我刚看懂女医生关切的眼神
就听到一阵蓄意的呻吟。挂着吊瓶的老妪
翻了下身，记忆再次被掀开一个口子
露出血肉模糊的过去，这时穿堂风裹挟着市声
疾掠而来，污秽的墙壁上那些奇怪的脸谱
一闪就消失了

秋天是离天国最近的季节
对空洞或灵异的声音可以假装并没有看见

　　　4
从同一扇旋转门进入指定的浴床：汗酸味如期而至
相似的肉体再次整齐地一字儿排开
沿一只瘦骨嶙峋的猫暗示的方向

能清晰地听到节气转换的声响
鱼儿按兵不动，速度渐渐慢了下来
地板上的疤痕被凝视成眼睛、音容
和隔世的眺望。立春以后的日子更加虚无
面对那片"朦胧的温馨与寂寥"
每个人都走在回去的路上

平庸肥大。又一个春天看到的冥界真相
又一位长辈在洞察后为自己买好了墓地

     5
金属杆横亘在又一个春天的前面
我上前一步握紧它
握紧迅即而来的寒凉

与天空保持 T 字形
不动声色。顺便拉直不能再弯曲的脊骨
悬浮。飘升。春天的原野上
响彻着亡灵们次第而去的脚步
突如其来的光，鹰一般盘桓着
一辆汽车突兀地站立在面前
黑色的表情———种阴影
沿丁香花开的方向渐行渐远

悬吊着，目睹倒卧的钢铁躯体一点点冷却
怀念它刚刚周祭的主人
再也不会返回的事物。悬吊着
在越来越寒冷的金属杆下
在前生和今世巨大的峡谷中间

董 玮 / 作品
SHANDONG POET 60

　　董　玮,1968年9月出生于山东东营,著有《地脉》（诗合集）长篇报告文学《石油之子》,获中石化首届朝阳文学奖,作品入选多钟选本,参加诗刊社第25届青春诗会。山东省作家协会会员。现居东营。

诗人：董　玮

诗观：

　　这时，我是自己的。

　　沃尔科特为什么要这样提问：如果诗的价值在于诗中的盐粒，它是否只是人们能从手中放入嘴里的词句？——它还包含着别的吗？无意间，我与这种古老的表达形式相遇，诗歌就是风，存在，也不存在，能改变些什么呢？有时，我想我看到她走来了，感觉到一种注视，似有意等待一个瞬间，就是这样，该来的时候就来了，安静，自然，与你娓娓而谈，或什么也不用说，就这样彼此走过河边，看落叶一片一片默默消散着她的背影，她的美，而我又多么无能为力，想永远这样走下去，沿宁静得不可言说的忧伤 —— 诗歌是写诗的人对能够理解他的读者的心里话，同时也是内心的独语。

本草纲目　草部：甘草

那时早春薄于三秦，水车在清溪边
窗格外的芍药间蝴蝶成双
我还名曰：甄权，正用楷书写下
诸药中甘草为君，有国老之号
搁笔时又一层春色，淡韵于山外青山
一声鹧鸪，将盛唐滴落明清

一次次我以轮生与你山高水长
千年仰慕，我看到百草中走出的你
好不清雅飘逸，往来于沧海一声笑
我可否随你寻古问今，尝遍人世苦疾
调和千般之毒该是怎样一种胸怀
祛五脏六腑之寒热之欲壑，该有怎样
青草之轻，白云之轻，放下之轻

不意与你天涯重逢，必是又一次欣喜
我们必先施礼，或对坐清幽寺的清幽之上
或品茗碧螺，毛峰倒影的苍翠弥漫于心
曾经沧海作用于两岸的山岩，起起伏伏
时光一世世褪尽旷寂，留下百味
那是百草的味道人世的味道释然的味道
更在于你心中的味道

那是跋涉于千山万水，心耐焦渴时
忽闻一声鸟鸣，游离于世外
只一滴，身心一清
满目青山，满目悲喜就要盈出
多少寻觅多少苦涩，可叹人世之外
还有那么一枝，超然物外地开着

本草纲目 草部：刘寄奴草

刘寄奴，似乎喊一声
你就会沿山兰草的叶尖
应答我一声，采乌藤菜去，砍樵去
提着萤火的小灯笼
回到星星点点的快乐里

少年丧父，卖履，嗜赌
一片奇蒿隐没下的朝代还未显现
一条巨蟒还未被你的传说射伤
鸡啼一声，捣药的青衣童子
皆是东晋的，刘寄奴草还叫六月雪

败桓玄，取巴蜀，伐南燕
灭后秦的是刘裕，更抑或是南北朝
一个个角色转换到一味草药，流落民间
需怎样轮回，泡制；让心留苦存温
祛毒燥，终隐入草根，沿春风
内心一浪浪涌来经年的平静
多少流芳百世的英名，已销声匿迹
多少人世疾苦，这般生生相似

宋武帝没了，刘寄奴草沿南北朝
依旧散发药效，时至今日绿遍大江南北
以满山遍野的寂静，摇撼着春秋枯荣

本草纲目　草部：凤仙

半夏，雨夜倦于熹微黎明
檐滴放一下，收紧一下
厢房捣臼声，迸出来一粒俩粒急促
夹竹桃开，东厢一夜呻吟游若在泛白的窗纸
绷着汗帕，空气虚弱中夹杂不祥
催生婆进出于慌乱，脚下绣花鞋不时张望

前山石阶隐没于茅蒿间
院子里麻鸭相互疑惑着，打探着
汉子埋在烟袋锅升起的愁云
祖父或与之符合的脸，必消逝的脸
此刻沉默在金凤、桃红、珍珠、菊婢、急性子
五朵败花与家族的命脉，而无后为大的不孝
草鞋踏开空响，又为石板道弥合
一味药方，落笔在草书：凤仙二钱
研末，水服，勿近牙

一道哭声伴随一道彩虹——

多年后，其子为母奔丧
惊诧于满园子雨后盛开里的凤仙
又曰：夹竹桃，今夕她有别于
往昔，透骨蚀心的细香里
隐含一丝无限安静中的荒凉

本草纲目　草部：野菊

怎么可能，一向持重、内敛的药师
再三斟酌后，居然动用了苦辛、惨烈
这样浓烈的情感。是怎样一阵苦香
大山般的信念，一瞬间忽地沉降下来
一股忧伤弥漫性地暂时占据上峰
这被盈黄撞击了一下的酸楚，涩涩的
无法命名，颤动如远逝的波纹
稍稍平复一下后，一代医师用不为人知
更令人尊崇的易乎寻常之举
轻柔地捧起，一枚绚丽凋落的乡愁
蜂巢般密集 ——
叶薄小而多尖，花小而蕊多
苦薏，像呼唤一个温柔处的乳名
漫山遍野，处处让人逃不掉的眼神
苦、辛、温、有小毒
单单六个字，就跋涉了一生的宿命
尝历了人世形形色色的百草
治愈了深及筋骨的疾患。他携带
一记暗伤，行走于人间的疾苦之中

早　春

那些必将：离去和回荡中的轻雾
那些姓草名本的灌木丛，不久前
还开过小得可怜的野花，她们
刚熄灭的小油灯还在
有凭无证的一生和消逝，还在

苇丛中，一只野禽的低咕

几声，空旷略带血丝的暮色

田野，散落着薄雪、墓碑、抽油机
是啊，我不再——惧怕什么
那些被青苗覆盖、更迭的生与死

河水向东，残阳西下
她们有时微醺，被我混淆为一种酒红
在野葡萄落地，在无尽消失的版图
在无意的一瞥，它低沉、狭长的忧伤
被芦苇吹弯，模糊成一片岁月
铁砂的焰红

十一月，走出家门

一种熟悉而辛凉的气息袭来
多年前失去音讯的那人，昨夜
似乎来过，留下雨水

无非一些人向东，一些向西
落叶一样擦肩，带着沉默的命运
不安地飘飞，而静止不动的云
很低，低于我们时代的大厦和鸽群

花开花落，我无法再怨恨它们
无情，义无反顾

无非一位老人在打扫庭院
几声薄凉的预言，从头顶落下
斜斜的几笔秋风，将他灰色的身影
暂时留在了梧桐树下

他的孤独，使天空陡然升高

他打扫庭院时，落叶在身后
打扫着，他的背影

今 夜

需要怎样巨大的镜面，星空
比海洋、荒草更无边无际
仰望中都是古老的沉寂，与生的温善，
今夜，在深深注视，在猝不及防
我与所有伟寂心灵，竟以这种方式相遇
点点孤寂，将思想连成一片浩瀚
就算小小肉眼也能与之遥相呼应
不单单为我，沿倾述或抵达，迷人星空
在多少尘封，用你不倦地闪烁
显露内心如水的至境。我像真正进入
一滴露珠的清，打开小小虫吟的求偶
用玉米叶的微风，深深呼吸着
用静撒的月色接纳黄河古道、河风
露宿两岸的夜鸟、坟茔、野薄荷……
今夜叫坨庄、宁海，小如一缕麦香的村落
定有人降生或离去，沿一颗流星和啼哭……

今夜，灿烂的星空，盛大的心空
迸溅出心绪之外的漫天焊花
所有彻夜狂欢和疲惫睡去的，不属于它
为何单单是我，一支不能言语的艾草
今夜，一条大河正横渡苍关——
它溅起的惊叹，不能口授

你知道，一旦天明，我就会丢失才情
月光的羊群，就会陷入流水
怀揣漫天的璀璨，不能说出

落 日

长河落日，大漠落日
她带着怎样的光
冷却下来。那最后的滑落 ——
是否需要，闭一下眼

每天傍晚的这时候，正准备晚餐
有时看到布满海水的玻璃上
从西方伸延过来的一处处火焰
让人惊诧于——她无与伦比的
神秘之光
天庭之光

一生的浮光，幽暗围拢之前
那绚丽四溅的，一绽

有时一抬头，天色完全暗下来 ——

不管你是否看见她，带着
一个凡人的犹疑，抑或
一个修行者的圆满

我要 ——

我要在微风中的梧桐下走走

伸手就够得着春天微凉的小手

要完成你临终时的嘱托。他多羡慕
每一个春天里随意走动的人

要在三月，结识与拜访新知故友
握紧紫云英和水杉一生不二的血型

要将途经的麦苗与坟茔一一收录
在虚幻与真实里感受片刻眩晕

水田上那群斜飞的安徽籍阳雀，也懂得
自己的偏狭，翅膀上一点尖锐的白

刚好将我向南的江苏，向北的山东
穿梭成祖国辽阔的版图

要记住黄昏前，散落在大地上的身影
有着怎样破烂的衣襟，不被珍视的衰老

它们是我最远的亲人最近的热爱
远方正无限涌来，道路又无限消逝

若允许，我要一直一直沿无限走下去
直至落日的磅礴，纳入有我的一滴

秋凉似水

院门响动，有人推开纱门
表哥树林没领表嫂来坐
刚下过雨的夜，混杂丝瓜花的气息

母亲让我沏茶，洗国光苹果
父亲刚出门，两个弟弟去晚自习

一零二站原油库旁，带院的平房
我们住了整整六年，夜夜
有油罐车开过
寂静，深深地颠簸

后来
我们各自成家，母亲成了空巢老人
单单记住了那一夜
中秋临近，凉下来的夜风
从纱门低低灌进来 ——
表哥送来的月饼盒上有：花好月圆
富贵牡丹。
岁月静静的光泽，毛茸茸
泛着轻柔
又似带着辛凉，冷冷的

我多不愿叫你：似水流年

停　下

我也有河岸边这片油绿的麦苗
也会坐下来，陪着你坐进黄昏的寂静里
再看暮色，一点点浸透对岸的杨树林

吹过清明的风，过滤着旷野的幽寂
土地开始松软，空气中飘起花粉
没什么比此时更宁静的了
今天，我经过两个相依为命的人，

又跨过一条河，到长着菖蒲的水库那边
身后的背影被晚霞尽情涂抹，尘世泛金
没什么比此时更宁静的了
那些指尖上含苞的红荆条，也有
也有小小人世至爱，有它不断克制
忍耐的时刻

此时，我正无限接近暮色里深海的幽蓝

而万物之上，已秘密端出凝满呓语的星空

向日葵

一片静谧的火海在升起，朝向富于热度的引领
被点燃的盲目头颅，从一开始从直觉里认出
热爱，热爱，你吼不出更像野兽的控诉

为何，用你高贵的丝绸，修饰这轻薄的歌声
你被静寂灼伤的双眼，充满叫喊和密布的丛林
你满眼幼兽才有的怜楚，可悲地，以为
提斧头的落腮胡不会看到你躲藏的惊恐
它无法区分渺小与伟大，像刚刚诞生的眼睛
没有遮拦的保护，大地乐章需要一个避难所
或你用静谧在拯救人类的听觉吗
可一些撕裂的胸口已岩浆奔涌
显然你看到过，从葵花田里飞出的黄蜂的复眼
从颠覆眩晕变异和重生的痛苦蜕变
每一朵小小花蕊，深藏宇宙，令人轻度幻觉的
深邃和神秘，通往无限的光的通道
这陷入巨大幸福中的丝丝痛楚，从脚底升起
由于颤抖而微微晃动的树林，秋风明亮的音质

他们没告诉你吗，就像一切胜利存在于幻景
一旦抵达，就无法停止旋转，不对死亡说出忠诚之言
这被赋予古老舞蹈的记忆，抽象地将废话连篇的人类
排斥在电掣之外，像我们环绕在悲剧性的一生周围
带着被毁灭的快感，变了色的啜泣
一片静谧的火海，升起在朝向富于热度的引领
被点燃的盲目头颅，从一开始，从第一步奔跑
热爱，热爱，你吼不出更像野兽的控诉

与一条河一起等待落日

我看到一阵微风
而那轻柔，已被黄昏的林梢占据
我需要此刻的静，像答应你的
看到——
黎明的星星，其隐含的全部苦楚
不会再被轻易提及。也会在这时
想起什么，一片鸟鸣，让我开始
仰望天空，那么清脆地开锁声，
而回忆，对内心不再构成一种侵袭
我要跟随那条长满青草的小路，青草：
带着目光奔跑仿若突然欢快起来的
小狗，一定有什么在眼前——
涌动和无限敞开，它竟从未有
从未，离开过我
什么都不需要，从一阵微风里
旷野将远方一下子抖开，可我还
不曾察觉呀，那从内心层起的波纹
幸福，竟是这样轻微地不可言说
我还从未，从未这样
与一条河一起等待落日

秋虫阵阵

你可以打磨出它的漆黑，油亮
却无法让心，也那么疼一下

你可以捕捉到阵阵惶惑、凄远
却无从知晓，为着什么

你整夜被隔世的絮语，搅得
不得安生，任凭它清晰又渐渐飘忽

你可以重获一种安宁，稻香的田野
赶远路的人、山道，低低的叮咛里远了

你可以感到它的无力，忽明忽暗地挣扎
是草木深，是整个田野发出的

你可以被熄灭，点燃。微弱的一生短促
又无奈，散布在乡野上的清寒，小野菊

你可以沿它的空旷，一直走下去
一阶阶声声慢，一弯摇橹的月色

致那时

请再让我再走近些，入海口
隐约的风，如此地渺远
那不断低诉的，一定是冬枣林
无尽黄河和绵绵消散的炊烟

请让我再走走老河道，槐树林

闪着悲悯的蓝天下
人们劳作起居的四季轮回
请别漏掉，那比针脚还细密的春雨
庄稼拔节时惊飞的一只红蜻蜓……
那时，时间对我来说不再是
压迫得快喘不过气来的鞭子
那午后乡村的鸡叫，长长的啼音
指间涌出一道闪电的疼，直抵心尖
我曾多么痛心地爱着恨着

请让我再好好听听，我总担心
记忆像一张模糊的，再也
洗不出从前的底片，我总担心自己
再也记不起，随风而逝的苇荡：
白茫茫的前世
我总担心自己，再也记不起
草地上，你转而向我微笑时，睫毛上
一闪而过的春天

星

没什么能让我们在此
望见你，那时 —— 海滩
溺水者，死亡之上，还有
更幽蓝一汪安详 ——
遥远地存在

从一粒结晶盐，看到所有
一生小口小口饮着，此时发着光
向着慈悲，我们最后那道救赎

没有谁对此不信任，你知道
顺着手指，以为你聆听的到
以为看的到：故而友好，刻意起来

未经许可
我们在上面安放慰藉，祈祷和逝者
未经许可，一代代，代代
而你以为：我们一直存在

我们从未减少

鸟 鸣

静听一种纯粹。镀铬一样
清晰。闪亮。
在四月，尚不足以藏身的林荫

它，以一根虚无的食指
一面不存在的玻璃之墙，发出一种
让内心透明的光亮

有人生来似乎只有一种使命
让你看到生活之外，一丛
从未见过的光线

他希望你看到，且永远
像第一眼，
像刚刚诞生

东 涯 / 作品
SHANDONG POET 60

　　东　　涯，山东荣成人，著有诗集《侧面的海》《山峦也懂得静默》和诗合集《海边》《十三人行必有我诗》等，参加诗刊社第 26 届青春诗会，作品入选《中国年度诗歌》《中国诗歌精选》《中国诗歌年选》等多种诗歌选本。中国作家协会会员。现居石岛。

诗人：东　涯

诗观：

1、我的写作，是我的观察力、世界观、思想及素养，其次才是我所掌握的诗的技艺。

2、我崇尚干净、有深度、人文关怀的写作。我所主张的诗歌写作，应该往生命体验里写，往灵魂深处写，注重诗歌的精神尊严和内在力量的挖掘以及诗歌品位的经营和提升，"以感情形式表现德性和理智真实"。

3、从本质上说，写诗就像在走平衡木，需要寻求一种力量以抗击生活里的迷顿、困惑，在现实性和期望值之间谋取一种平衡。

4、归根结底，我想成为我灵魂的诗人，能够具有令人折服的艺术修养和智力力量，强烈的信念，丰富的想象力和创造力，平易，幽默。

5、这个世界上能证明我们独一性的方式很多，诗歌是最为理想的一种。写诗是一辈子的事业，虚伪不得，功利不得。

渔岛小镇

它浮在海面，依靠锈蚀的缆绳
与陆地保持有限接触
石头垒起城堡
坚固的内心装着旧事、喧哗
和不染尘埃的秘密
它的幽僻超过野草地里隐秘的浆果
大石路上流动的异域口音
只是匆匆过客读不懂
小镇的孤独
海岛周围泊满船只，有人从这里启程
带走海草暗昧的气息
很多年了，他们中的一些人
再也没有回来……
白鹭在海面低飞，看得见
和看不见的虚无随着云雾升腾 ——
小镇浮在海面上
我们浮在人世间

大海不需要证据

黎明，和我一夜攀谈的朋友就要离开

他们讲述了船只遇难的真实经过
这在以后的岁月中
被一再复制。讲述了一个人
遭遇风暴时不比别人惊慌
也不比别人镇静：在最紧急的时刻
把自己捆在船上也无济于事 ——
沉没的命运里没有死亡
只有消失：一群拾贝的女人困在礁上
过快的涨潮淹没了恐惧
他们讲述了星月暗淡的夜晚
岸边凭栏远眺的女人
一脸平静，眼睛里装着整个海洋
却没有渔火闪烁没有舟船归航
海面上一片虚无……
黎明，和我一夜攀谈的朋友就要回到
各自的海上，在各自的灾难中
讲述别人的故事——是的，死亡并不负责
提供证据，因为大海从不需要

织网的女人

午后的海比一座空城安静
温顺地守着午睡的礁石
呼吸里安置了昨夜的细微激情

一只海鸥飞过，轻捷的
倒影远去。风吹海面，羞涩的波纹
荡漾在织网女人的脸上

遮阳帽上，粉红的碎花
捉弄着她此时的心情

女人一边织网，一边怀想

她偶尔拢一下露在外面的头发
抬头看看蓝天，碧海
身边的小狗，远处的渔船

渔船里忙碌的男人
还有身后的青石红顶瓦房……
所有这些，都是她的

连同浪潮里涌上来的盐粒和幸福 ——
织网的女人坐在沙滩上
仿佛小小的发光的齿轮

潮间带

这个潮间带的礁石认识我
记得我们用过的渔具和钓饵
记得大海的馈赠
以及我们的热情

你站在岩礁上，指挥我们
把战利品装进袋子 ——
闪着银光的花鲈鱼
悄悄蠕动的海螺，爬上蟹盘的
石甲红。有一只用蟹钳
夹过我的手指，留下红色印痕

海水打湿了无辜的衣衫
我们奔跑，我们欢笑，我们尖叫
鸬鹚一样快活

多么容易满足啊 ——

天高海阔，盛不下我们的欢乐
夏天还没到来，你已经
把它带到另一个世界
只留下这空空的
潮间带，这指尖上的疼

缓　慢

在岛上，送葬的队伍拉着长绳
一端牵引灵车，一端通往无限
没有击缶而歌，亲人们
一脸平静。他们缓慢地走
让过世的亲人把熟悉的海岸
和靠港的渔船再看一遍
把小镇的石板路和海草房再看一遍

缓慢地走，把路边干海带的气息
再看一遍，整个海岛静下来
在白昼与黑夜之间
在灯塔的微光与海洋的雾气之间
缓慢地走，生者和死者
都需要再看一遍 —— 缓慢的岛上时光
仿佛没有眷恋，没有恐惧

我从不愿对别人说起忧伤

在有海风的背景中我从不愿对别人
说起忧伤，说起千疮百孔的记忆

我至今迷恋着虚无的快乐
事实上，在生活中它们离我越来越远
焦虑像沙尘暴
弥漫天空。我从不愿对别人
说起忧伤，海誓山盟
不再属于爱情，过世的亲人
他们！流水一样从山脊上消失
留下刀切的断面——
我必须持续地忍住疼痛，忍住
被拿走的虚空。我从不愿
对别人展示疤痕
它们就在我的眉骨，脊背和内心
问题是，所有这些都已成往事
又煞有介事地存在着
就像老家屋顶的黑瓦片下
那些隐匿的枯枝瘦叶，霜雪
那些自卑——它们随时
等待着来自冰山内部的风暴

献　歌

现在，我们可以光明地相对
我已腾空体内褪色的丝绸、沙砾和乌云
沉重的窠臼卸在来时的路上
你可以安静地住进来，打开窗子
迎接晨曦和鸟鸣
芨芨草在风中眨着眼睛
它和我们一样
有足够的耐心等候花开
来吧，我的爱
让我们在寂静的冬天唱一首歌

献给大地上的流浪者，老人和孩子
献给太平洋的海水、船只
葬身海底的生命
献给落日，献给旗帜，献给
折戟沉沙的心灵。也献给你，我的爱
时光如流水不舍昼夜
我们什么也没失去，只有拥有

涛　声

我拥有别人听不到的涛声
在灵魂附近日夜回响

活在海里的人和我对话
只有我能听懂他们的渴望

潮汐中的奔走者，在海水里
晒盐的人，晒脊梁，晒命

海鸟声之外是轰鸣的马达
渔船在浪潮中驶往远方

我拥有别人听不到的涛声
在多出来的幸福里日夜回响

侧面的海

一段残缺的历史没有多少意义。
一切都在消解，逝去。
走在海边的男女

只是一瞬间的一瞬：海水滔滔
仿佛流逝的只是流逝，而他们
只是在不眠的海上
在港湾的摇晃中随波逐流。
走在海边的男女拥有一个大海的
安静——风暴藏在深处
漫长的海岸线拒绝儿女情长。
一段残缺的历史没有多少意义。
一切都在消解，逝去。
挂在船舷上的夕阳，以及岸边
那些黯淡的脸，那些忧伤。

别　离

好像没有什么能够挽留
渔村酒楼，动荡不息的大海
天际闪烁的星辰
站台上忧伤的凝望 ——

小镇安静而大海诚实
它的快乐和不安，它的目光所及：
烟囱，树木，灰瓦房……
都一览无余地呈现
而我们，只是漂浮在海面的浪花
一遍遍碎在礁石上
碎在桅杆升起的黎明

一辆车牌为 28364 的大巴
带走小镇鲜活的气息
花蛤，黑鱼，柔软的海蜇
也带走了，唯一的你

雨将落下，远方云层堆积
那是你要穿越的地方
事实上你未曾来过，也没有离开 ——
那些梦境中的来与去
是我背负一生的重量
很多时候我们不能预料结局
就像无法抵挡之前的开端

虔 诚

我喜欢：天上月亮。秋夜虫
鸣。山涧溪流。
稚子的眼睛。善举。
弱者所体现出来的勇气。仁慈。
…… 它们纯净
圣洁如入殓师的表情。

哦，我喜欢入殓师的
表情，俗世中最后的慰藉。
多么温暖 ——
我喜欢所有温暖的事物：
牛车上的阳光。母亲
在村头的凝望。亲人的拥抱。
爱情里小小的阴谋。
垂暮时光。
临终的眼 …… 就像我

喜欢孤独。
喜欢透进牢狱的一缕微光。
喜欢突然滚落的泪水——快乐

或痛苦的馈赠 ——
无须任何理由。

我们说起想念就像说起潮汐

属于我们的那片海洋，一经抵达
就不想离开；属于我们的
那片绿荫，让我想起秋天的风 ——
深沉的快乐和悲伤
你涵盖黑暗与晨光的眼睛
越过辽阔的灰烬望向我，像真理
停留在低矮的墙垣
我们在路上遥望，在站台一侧挥手
落日把潮湿的礁石
染成铜黄，远行的船只载满
甜蜜的忧伤：此时，大海像你沉静的脸
我们说起想念就像说起潮汐
最终的安宁必会容纳
我不停地奔向你的灵魂

舟边书

当风把脚步吹斜，你总会伸出手来
我们将被带往哪里？
你沉默地走，脸上没有答案
有时我们对过而坐
隔着一只退役的小木舟
把一生当作半天，看沙漏里的
沙子一点点流下来
堆成时间的墓冢

有时从镜子里看见你的脸
我们的脸，天空一样无边无际 ——
风从远方吹来吹去
浪在身边不倦地歌唱
随时准备把快乐变成快乐的种子
种在岸边的树林里
那是一个没有终点的起点
事实上我们已经
多次抵达：面对废墟。或者爱

孤 岛

我曾在一个孤岛上眺望
远方。远方是另一个孤岛 ——
沉在海里的巨轮
露出烟黛色的尖顶

两个孤岛之间，深沉的海水里
隐藏着激流、暗礁
冷血的鱼类长着尖牙
白色的泡沫分裂着海岸

我曾搭夜行船出海
试着摆渡
巨浪在海岛周围
竖起篱笆，我只能远远地望着
任船底划过礁脉⋯⋯

很多人，都有类似情节：
一座孤岛，遥望着另一座孤岛

夜晚之潮

在夜晚，能够从万物中分离出来的
只有海水 ——
只有海水不停地晃动
对于将发生什么我们一无所知

拍岸而来，又不断退却
留下泡沫和回声。暗礁若隐若现
美好的事物消失得太快

就像内心的纠结
如果潮水能将它成功地带离 ——
风景远在另一个海岸

风吹石岛，我无法说出内心的爱
大海的远和一个人的苍茫
我只能遥望——
在潮起潮落中，黎明近在眼前

海 水

用闪光的波纹作为面具，用幻觉
替代真实的生活，这样做的
不仅仅是海水，这样说也不代表
要探究生活的原样

如果把目光放得高远
就会懂得：光源在别处
看一张失落的脸，就会了解
光怎样慢慢后移，直至消失

有时，一阵风就能揭示
事物的真相
有时，破坏敌方光线的质量
就可以打赢一场战争

海水兀自闪烁，它永远无法理解
自己为什么会被
虚空所吸入，也无从懂得
在高海拔处天总是更亮

失语症

对掌握话语权的世界和捕风捉影的
八卦，我越来越无话可说
它构成缺憾的人生
我需要时时面对无处安放的虚空
我受伤，逃亡，隐居海岛
作为一次完美事件，它让我自成一体
随心所欲地安排自我的船只
在孤独的海洋里享受
零重力。相对于人类藏而不露的智慧
我更喜欢礁石，浪潮，海鸟
和斑斓的海洋生物
它们干净，纯粹，没有私心
杂念，以及防备的围墙
让我每一次远航都充满奇趣
当然，这仅限于一次完美事件聊慰余生
在扼杀理想主义的现实中
我需要参加一场葬礼，需要写一首诗
被大河传诵，需要比沙漠更沉默……

潮　汐

永不止息的奔波是我。是我吗 ——
朝向岸，朝向来时的方向。
大浪淘沙是我。低吟浅唱是我。
是我吗？不安的灵魂在不眠的海上
拒绝停息。破碎是我 ——
船舶是我。礁石，海岛，风，甚至一个人
沉默的姿态…… 是我。
我承受了我的绝望
和你目光里的刀 —— 除了我自己
再有什么能使我受伤？
—— 我喜欢这腥咸，这荒蛮的味道。
完整总是令人生厌
我习惯了体无完肤，习惯用身体里的海水
清洗滩涂的污垢。习惯了
伤口有盐。是我吗 ——
透明的心拒绝陈腐，沉重的睫毛
拒绝尘埃。
潮汐是我——我是岸。是起点。
是结局。是命运不能操控的轮回。
我的前世是潮汐。今生是。来世 ——
除了潮汐，还有什么值得我是？
是齿轮。是月光。是琥珀。是玻璃。是坟头
零落的露水。是容器。
是银河。是牧歌。是图腾。是一个人的
骨头，在蝙蝠的亲吻下闪闪发光。

错　误

我一生都在犯错：我的性别

决定了出生的错误
我的死亡决定活着的错误
孤傲，任性，对爱情犯了错
妄想成为诗人，我对诗歌犯了错
其实我淡泊，平和，热爱
固守内心的尊严，这对现实犯了错
不断地受伤，一次次走向虚无
又对存在犯下了错误
我生活在海边，不断地被虚构
被边缘化，像大海一样
孤单，和船只一样危险
对宽广的人世而言，我走在逼仄的路上
是选择的错误
干渴，饥饿，试图靠近溪中的清水
和树上的果实，则是臆想的错误
我对时间也犯下错误
把明天当做今天，把出生当做死亡
这让我的期望提前落空，我的祝福
延后未到 —— 哦，是的
我痛苦：总有人是罪魁祸首
但这样的错误需要纠正
我一直靠右边走，尽可能地
屈尊于大众的快乐
这对内心的不安犯下了错误
我的到来让先人纠结，我的存在
让自我蒙羞 ——
我不是一个有病的人，但这一生
都在犯错：不知什么时候来
也不知什么时候去
不被任何人期待，也不被任何人遗忘

高建刚 / 作品
SHANDONG POET 60

　　高建刚，1962 年 12 月生于山东青岛。主要创作
诗歌、小说、戏剧。作品分别发表在《诗刊》《当代》
《剧本》等。著有诗集《悬空的花园》。中国作家协
会会员。现居青岛。

诗人：高建刚

诗观：

　　诗歌的存在，是人类共同的存在。她需要诗人这样的"工人"去工作，把诗意"生产"出来，让人类共同分享诗意的"美味"。并且通过诗意的"美味"来抵抗人类永不满足的欲望。虽然当下诗歌被边缘化，用它来抵抗人类的欲望有点唐吉诃德，但诗歌的本质即如此，诗歌的任务即如此。

那是藤椅中的我

冬天树枝的狂草写满窗户
一块调色盘上的蓝色
在红瓦顶之间，那是海
油轮很长时间才能通过
有人长久伫立，那是路灯
保持花园小径的沉默
一块石头落下，那是麻雀
接着落下一群叫声
它们是树木唯一的叶儿
有一只停在窗上，那是塑钢窗锁扣
紧紧别住冬天
有件白衬衫，那是暖气片
正虚构另外的春天
有张脸，那是石英钟
记录着虚假时间
有片云，那是咖啡杯口的蒸气
让我想起热带雨林的木香
有杯红葡萄酒，那是暗红色地板
在显示屏和桌面之间演化着黎明
有件雕塑，那是藤椅中的我
正在试着把自己摇醒

红色花朵

楼下，那棵绿叶繁茂的树
一夜间开满红色的花朵
那是一辆红轿车停在树下
蓝天一朵白云
那是窗外的白墙，旁边
是生锈的空调外机
远处有人在撕心裂肺吵架
那是狗咬狗的犬吠
接着，两声滚雷
房屋震动，飘来大片乌云
要下雨了
继而手机响起铃声
那是救护车疾驰的笛鸣
接着，有微信传来
才知道，错错错
那是地下管道的爆炸声
然后是眼泪和沉默

一盏路灯在交错的房屋之间亮了
那是初升的明月，夜已降临

在剧场的一次闯祸

零下十度的人们
在剧场里取暖，舞台上
有半裸的诗剧

而
我在楼顶隔着玻璃拍雪景

终于打开天窗
却关不上

雪花
一朵朵飘落干枯的木地板上
一滴滴湿痕仿佛上帝的指纹
让我不安

剧场越来越冷
有人打喷嚏
有人裹紧围巾
而我混在观众里

感到上帝的手指一直摁着我的心
让我挂着相机的头难以抬起
就像那个裸体的剧中人

一枚死者的硬币

在小区门口超市买鸡蛋时
肥胖的老板娘找给我一元硬币
第二天，它成了一枚死者给出的硬币

不知为什么
我一直保留着它
隐约感到它的含义
一旦花出，就沉入人海里

她生前不懂得爱世人
常对顾客在收银台里口出秽言
曾找给我一张二十元假钞

我忽然想到，我钱包里的纸币
会不会也来自一些死者的手里
如此，我们一直受着冥界的支配

于是，我在乘公交车时
将这枚硬币郑重地放入投币箱
听见它叮叮当当落入海底

终点站到了
我从后门下车，想起
邻居说她，临终前流下了眼泪

深夜，大风中的一听空罐头筒

深夜，我被一听空罐头筒叫醒。
它在楼下水泥地上滚来滚去，
发出急促的叫声。
有时，摔在地上滚出很远，
又滚回来，
有时，被拖拉着转几圈再抛出去，
有时，被踢到墙上，弹下来接着滚，
有时，到了风够不着的地方，
安静一会儿，又滚出来。

一听空罐头筒，
在空空荡荡的夜里回响。
有时，它发出动物的哀鸣，
有时，发出植物在风中的尖唳，
有时，发出阵阵婴儿的啼哭

然而，人们都已入睡
它用最后的挣扎
等待着一位拾荒者
一脚将它跺成硬币

它 们

这些花草是我的兄妹
我却叫不出它们的名字

我越过人类的栅栏
回到它们中间

阳光中，它们无忧无虑
我怕我的手弄脏了花瓣
我怕我的世故压弯细腰的花枝

我不配来它们中间
它们透明而美丽得让我脸红
让我失语，让词长出酒糟鼻
让我感到罪孽深重

嘘 —— 深红色 粉色 绿色 黄色……
我听见它们唤我的名字
把我当兄长 —— 多么惭愧

熟悉而陌生的房间

我曾迷恋你的房间
爬墙虎、葡萄藤、向日葵围成你的长裙

在长出胡须的岁月
我多想越过栅栏
进去看个究竟
这些念头长成了心病

我们围绕你的花园做着游戏
一会儿藏于无花果树后
一会儿躲在向日葵丛中
在栅栏门后学猫叫
在藤枝掩护下大笑
不知谁做了谁的俘虏

自从第一次出入你的房间
我就长大了
才知道爱情不住在这里
才知道生命还要远行

人们沿着不同的阶梯
走向各式各样的房间
做客或者居住
直到老去
这熟悉而陌生的房间
困扰了人的一生

八岁儿子第一次自己出门

八岁儿子第一次自己出门
去百米远的姥姥家
出小区大门左拐
五十米
上五楼就是

我们告诉他靠路边走
看着车
不跟陌生人讲话
手机藏裤袋里
遇事打电话
又让他姥姥
窗上看着
然后把上了弦的他放出去

我们北窗东窗南窗
跟着他，直到不见了
守着总也不响的电话
便打过去
姥爷说
听见上楼了
到了
我们听见防盗门开了
哐的一声关上了

##　　父　亲

你在我心里一直很老
尽管我现在也不年轻
我们很少说话
你跟我说过四十多年的话
加起来能有一个小时？顶多了
所以我记得特别清晰
所以它们像锤子　钳子和桔子
把我的成长捋直并且很甜蜜
我基本是野生的，你的三个儿子都是

母亲算是管我们了，她把大哥名扬本区的蟋蟀大将和斗罐一起踢翻
她让二哥把从乡下带回的白云般的小狗千里迢迢背回来处
她藏起我的泳裤，阻止我去大海，可我总能找到一条悄悄拐向大海的理由

现在想想，你一生的事业就是大哥　二哥　我和母亲
为了我们吃饱饭
你戒掉最喜爱的烟
选择了工厂最耗体力，得粮票最多的工种
尽管你全身静脉曲张如弹簧
尽管关节炎让你行走困难
你运走的张牙舞爪的金属废料，能还原一个铁矿
我记得一个铁锈染红的中午，你从食堂给我打回饭
我从家里走一个小时的路就是为白瓷缸里这个香喷喷的大肉丸子和油酥火
　　烧
而你坐在属于你的金属废料围起的满地铁锈的院里看着我吃
唉！我竟没问一声：你怎么不吃

我有太多的愧疚，在你身上
当你十几个平米的家装不下三个儿子的成长
你用一个人的力量在冬天盖起一座十五平米的红瓦房
尽管大哥可以帮你推载满石块　砖头和水泥的独轮车
母亲帮你抬一抬木梁，二哥也只能往水泥里泼点水
而我在旁边一边吃母亲刚炸好的刀鱼和馒头一边看你们在冬天气喘吁吁的
　　热气
有一次我调皮地从二楼坠落
不知什么时候你赶来，一半希望一半绝望的背我去医院
那时我已有十三岁的重量，而你的腿已经靠推自行车当拐杖
现在想想，我有多少年少不更事啊
我几乎集中了所有的操心和疼爱让你给我
二次肘关节骨折　小腿骨骨折　头盖骨骨折　左臂皮肤结核
一次次，让你和母亲不敢接来自工厂传达室的电话

你愿意吃核桃——里面装着你的老家 —— 章丘
那里有你遗落的乱麻的记忆，它们常在你手里转动，顺筋活血
你总是沉默地说话，那是从1966年开始练成的
你常和伯父面对面坐着亲切半小时不说一句话
你喜欢安静，青岛山右面灌木丛中一小片空地
一草一木都有你的气息
我青春期的病就是你教我静功治好的
你经常读《参考消息》
戴上左腿用绳替代的老花镜
打开苏联的解体，合上伊拉克的战火，然后凝望窗外
你每天听广播，尤其来自北京的声音
总是把电量不足的收音机举到耳边以降低家人的话音
后来你开始管闲事了，要帮摊主拽回城管车上一个个翻扣的水果摊
开始给市长写人民来信——我这才发现你的幽默
后来你养花了 —— 这是养大我们之后的贯性
你开始和母亲吵嘴了
因为给花草施肥的气味，因为成群结队的蚂蚁
因为冬天炉火的冷暖，续煤的多少
我不知这是不是生命快到尽头的征兆

儿子们长大了，所以你老了
我们远走高飞，在另一个家里，像你一样，把自己给了儿子
有时我想，这是不是不公平
孝顺减轻不了站不起来的痛苦
体会不了来不及咽下接连喂来的各种味道
我后悔听医生的没给你做前列腺手术，让你带着排尿管去了天堂
你在轮椅上的最后几天，那种笑容和平静是永恒的存在

如今我们住着宽敞而离亲人越来越远的房子
母亲习惯了没有你
却不习惯和我们在一起
她已失眠好多年

你常常从我们收藏的影集里来
从抽屉里你的红色塑料皮退休证和一枚你领工资用的木制图章来
我从中看到了生命的延续
明白了什么是存在

母亲让身边的死给吓着了

母亲被她母亲的死给吓着了
十岁的她从千里之外抓回药来
母亲已经冰凉了
后来母亲被她父亲吓着了
她的父亲躺在家门口的草席上走了
还有她的哥哥
被烧成一截炭
躺在烧伤病房的白床单上
还有躺在太平间水泥地上的嫂子
身上有一本黑布书皮的《圣经》
后来是她失去双肺的侄儿
只剩下她远在泰安的妹妹了
后来是我的父亲
她不敢再看
常常给儿子们打电话
说她难受
说着说着就哽咽了

母亲真是老了
快要扶不住自己了
身体里有绕不过来的弯
嘴上说着不怕不怕
却穿又红又艳的衣裳
这是她在她母亲面前的闺女样

亲人啊，如果在另一个世界相逢
我们凭着一种气息再次相亲相爱

母亲攒了一些绳子

母亲老了
做不了事情
桌椅成了她安排好的扶手
经常感叹活不久了
给我看房产证、存折、钱包、橱柜钥匙
存放的位置
还有包袱里绣着红十字的寿衣
不让儿女买新衣裳
怕来不及穿
被扔掉
她说，不要墓地
骨灰
撒海里就行
她从抽屉里
拿出几个红绿黄的线球 ——
那是我们儿时的手套、袜子、线衣拆的线绳
她说，她用不着了
让我带回家
家里不能没有绳

如果没有了母亲
绳还有什么用呢
它将横在冥冥之中
绳上晾晒着我们儿时的衣衫
让我懂得，死亡就是回家

母亲的手表、手电和圣经

母亲有三只手表
两只在枕下，第三只
在睡衣口袋里
如此，时间经常在枕下打架
一个急性子，一个慢脾气

然而，这是必要的
母亲要让第三只来做调解人
由此判断 20 点 30 分的准确性
她要在此刻让一粒药片帮她入睡
就像未来去天堂的路上
差一分，就会在时间的队伍中掉队

所以手表是母亲天大的事
我们经常给她修理坏了的时间
才能让她心安
84 岁的母亲几乎不要任何东西
她只要手表，当然
还要手电和圣经
手电用来照亮深夜的时间
圣经用来驱赶内心的魔鬼

去父亲墓地

去父亲墓地七年了
父亲还是父亲的样子
大哥二哥和我已经老了
还在为看海的房子奔波

一路山花烂漫，还有车祸
我们说着与父亲无关的事
以及说过多遍的过去

以前要翻越好几座山
现在穿越隧道，虽然黑暗
我们驶往墓地的速度更快了
距离父亲更近了
我们的心事在孩子身上
在父亲身上　剩下的
就是手里的菊花了

在群山之上
我们和父亲看着山下公路
弯弯曲曲消失于一座山和另一座山之间
消失于隧道，那暗黑之中
菊花的光亮，将周围的黑一片片撕烂

我选择了鲜花

我选择了鲜花
来看你
虽然我们不再年轻
你让我感到，我的到来
你会快乐一生
让我认识自己的可憎

我们走了多少弯路
来到这里
不，是时间的错误

病床上方
一瓶透明的世界
映着我们的过去
慢慢滴入你的体内
又一行行
从紧闭的双眼流出

窗外，万物复苏
室内，一片雪白
一束虚伪的鲜花
让我欲言又止

门轻轻地关了
走出静而暗的走廊
走向阳光灿烂的台阶
走向两边耀眼的花园
走进车水马龙

爱情之水

眼泪的光亮
与爱情那么接近
使所有虚伪的动作
在不觉中收起
躯体触到爱情
爱情就融化
水滴在生锈的铁桶内
发出宁静明亮的声响
使人想到教堂的钟声

那些不定形的水

在白铁壶中沸腾
仿佛远去的火车
当水结冰
许多人手脚麻木地
在冰上玩着花样

而恋人们只看见海
他们背向城市
看着耸起的浪
很快消失在沙滩上
爱情之水让大海激荡

我在一座大厦的地下室写诗

我在一座大厦的地下室写诗
靠着一盏台灯的亮度
人们在头顶忙碌
我感受到他们的重量
年复一年，我的诗
一行行，高过大厦的尖顶
并慢慢影响他们
有人乘坐诗行的电梯
上去或者下来，开启各自的房门
有人不知不觉在窗前停下
看着城市的房顶和海域
日出 日落和弯月
诗擦亮了窗户
年复一年，一首首诗的房间
花一样，开满整个大厦
有人进来，在红木桌旁喝咖啡
有人点燃一支雪茄

有人下围棋，旁边是果盘
有人在一幅水彩前不愿离去
有人坐在藤椅上，两眼望着窗外
年复一年，我在地下室写诗
有时，感到自己正驾驶这座大厦向大海驶去

车上的蚁穴

停了一夜的丁香树中的汽车
挡风玻璃上布满蚂蚁
引擎一响，它们就奔跑起来

汽车也奔跑起来
我想让狂风吹掉它们
风却要吹掉我的帽子、头发和衣衫
它们小小的身体
如此有力地抓住汽车

在清洗车间，高压水枪
彻底把它们消灭干净

回家路上，我听着乡村音乐
发现蓝天深处，有只很小的黑鸟
那是蚂蚁，爬上挡风玻璃

之后，总有蚂蚁
座位上　玻璃上　吹风口　音箱孔……
甚至在我的身体里

成千上万个零件
引擎都被拆开了

也没找到蚁穴在哪里

我感到一种危险
车的方向和快慢
由蚂蚁控制着

在山顶

该经历的都经历了
仿佛世间再没有神秘
只剩下死，还有
难以抵达的精神高地

这样的两个人
走到一起
来到山顶
还能做些什么

他们从山脚到山腰
人越来越稀少
眼界越来越开阔
石阶的高矮
要求他们必须步履一致
才能同行
经过一片墓地
墓碑前的鲜花早已枯萎
他们如此平静

来到山顶
第一次看清
生养他们的城市

海已不见
车在半空行驶
所有的房间都依靠
高举着白云的烟囱取暖

这样的两个人
伸出冰冷的双手
捧住下沉的夕阳
直到最后一滴光
从指缝落下

夜色降临
他们彼此取暖
在万家灯火之上
他们缓缓升向星空
置身于浩瀚的宇宙
成为两颗小小的星辰

高 文 / 作品
SHANDONG POET 60

　　高　文，1970 年 9 月出生于山东昌乐，作品见于
《诗刊》《星星》《诗选刊》《扬子江》《飞天》等
刊及多种诗歌选本，著有诗集《诗经里的房子》《泅
渡春天》《音乐的半径》《阳光中的飞翔》等，主编
山东省第五届青年作家高研班诗选《海边》。山东省
作家协会会员。现居潍坊。

诗人：高 文

诗观：

　　一个真正的诗人，应当通过诗歌说出生命的本相和被表象遮蔽的存在，说出个体生命跟这个世界的关系，从而形成人与世界的对话。这种对话的双方是平等的，即世界万物皆有生命。

　　诗歌要有艺术担当和精神贡献。通过诗歌，不仅要呈现汉语的丰富和宽广，还要体现纯粹的精神坚守。当下不缺诗歌作品，缺的是诗歌精神。对于诗歌精神的建构和文本质地的坚守是对中国当代诗歌最好的疗救。

　　诗是庞大语言系统的一条小径，通过这条小径，可以从喧嚣的、欲望的世界一步步撤退，一直退回到宁静的心灵花园。从这个意义上说，诗歌是一种回归，回归生命个体，归于安静与慢。慢下来，你会看到这个世界更多的风景；安静下来，会让浮躁喧嚣的尘埃落定。在安静与慢的表达中，通过个性化的语言通道，抵达能够引起更多人共鸣的广阔的艺术世界。这种共鸣，只与生命有关，需跨越时空，直抵永恒。

　　诗歌审美崇尚自然叙述，细节呈现，节制内敛。

大地的对联

秋天从西岸，来到东岸，村庄就熟了
每一道田垄都有香气扑鼻而来
果子从岭上，来到岭下，乡亲就乐了
每一根菊花丝，都是秋收的归途
在秋天，大地跟村庄如此默契
所有的事物对仗工整：
山和尚，灰喜鹊，红蜻蜓，麻雀，
蝴蝶和蚱蜢，用翅膀写出上联
白杨树，红高粱，黄玉米，大姜，
红薯和花生，用根和果实写出下联
还有，老家屋后的黄鼠狼，刺猬和松鼠
院子里的柿子树，枣树和梨树
在主人离乡的日子，彼此沉默相对
这些事物都有着辽阔的横批
那是大地上，一缕炊烟爬过屋顶
一条小巷，穿越村庄的风雨

在村庄走着，我能说出更多对仗的事物
比如，过年贴福字的青砖旁
左门框两挂红辣椒，右门框一串青扁豆
还有，小巷尽头，一趟儿脚印被青草淹没
一个人的童年被庄稼覆盖

那些刻痕，远比土地之绿要微小得多
我和孩子们，花去一个中午都没有找到
可村庄最清楚，是谁在犁铧之后，耙碎坎坷
又是谁在播种之前，耢细了日子 ——
男人和凤凰岭在上联挺起山重水复
女人和龙女河从下联牵出柳暗花明
在村庄，我的父亲母亲，用命运扯一道横批
写下他们，与土地生死相依的苦恋

落叶赋

我说不上，这满地落叶
哪一片是你留下的
当一个年代，从文史楼的拐角
悄悄出走
作为诗歌里不可或缺的意象
你走过西府海棠，走过小树林
等一个人，在宿命里起义

清明时节，海棠花瓣红雨纷披
像一段爱情在春天里泣血
一株百合的葬礼上
人们相信，会有一粒亮晶晶的种子
在每个秋天，举起绚烂 ——
1980 年代的风，在树林里飘摇
树叶宽广，扣紧大地的心脏
落下后，又被你捧在手里
小树林里，蝴蝶与火焰齐飞

诵读声冲破蛛网，飞出窗台
追逐那些从掌心升腾的灵魂

没有人怀疑，未来
比那片起死回生的落叶还要坚定

铅笔船

三月，银杏树还没着彩
阳光在树下，大朵大朵地开
你从画室走过来
说起干树枝的美，眼睛里
盛满色彩，我突然觉得
那些握画笔的孩子，比我更懂春天
正如你用铅笔画出小木船
海边，会汐出蓝色的盐
在怡心轩，孩子们
画下一扇门，或一扇小窗
诗歌便悄然抵达

坐下来，看着那个女孩
把咖啡豆研碎，冲水搅拌
融合，直至流淌
我们从一幅画，说到一首诗
把那艘铅笔船开到了河上
三月的小风吹过来
绿了两岸，漫过小轩窗
我们还在说：亚麻布底色幽暗
一朵莲花照亮河水

论一座城的倒掉

坐拥望海门，深居营陵书院

是一件多么奢侈的事情

读明清，论民国，青灯黄卷

是一件多么奢侈的事情

而诗笺散落，满怀纵火的企图

城垣颓废，月亮搬空了西楼

没有人听见，一座城在尘嚣中坍塌

但它的确将不复存在

那些碾碎的声音，堙没了时光

就像那座书院，只在他的生命里敞开过

他眼睁睁地看着苔藓

从石缝里抠出血来，却抠不出

营陵书院的书声

嘉庆城图上，零落三百年的几笔刀刻

在一夜间断折

直到现在，他还会发出几声苦笑

竟然会有人

为修城碑的丢失而奔走呼告

大青石自身难保，何谈捍卫王朝

他该感激那个盗走修城碑的人

感激他，藏匿起一个朝代仅有的荣光

感激他

藏匿起一个人，持久的孤独与凝视

麓台秋月

麓台村外，公孙弘墓早已成空

只有一轮明月，抱紧大青石

照看着冈上仅剩的草木和诗歌

珠宝搬得动，月光盗不走

就像这块诗碑，可以在蒙昧时代

屈身砌桥，却踏不断一身硬骨

在山左，清光依旧向人来
铮铮琮琮，修补青石的裂痕

一位八旬老人走出麓台小村
手执诗卷，击石而歌
他的眼眸没有年轻人的光泽
却跟被月光洗过般清澈
他说，在麓台——
公孙弘，慕容超，张起岩
他说，在书院——
刘应节，阎循观，韩梦周

燕太子的读书声，就从枯草间
破石而出。一千六百年了
还是那么抑扬顿挫，琅琅悦耳

大成广场擦口琴的少女

我来到大成广场时，她正坐在
水池旁，擦着一把口琴
格子褂，黑短裤，背上的黑色书包
让她看起来更像一朵夜光下的莲
我猜想，这会飞的水
该如何经由她的舌尖，落入琴孔
那飞翔的声音，又该如何曼妙动听
夜凉如水，她还在仔细擦着
每个琴孔里飞出的微光
就像擦拭她手心里的一小段光阴
这个大一新生，并不清楚
自己坐着的石阶，在去年还是一片青草地
也不在意，这里发生过多少青春变迁

琴声一直没有响起，遍地音符
却像青草般生长
她把口琴包好，放进背兜，起身——
作为一个迟来的过客，我记不清
已邂逅多少次的曲终人散
少女离开好久了，我的目光还在那里
仿佛她就坐在那里，那口琴声
就响在那里，而我，又好像从未来过

画一座城为你开放

从江南，到北总布胡同
一树花影，绰约百年
必定还是那轮新月，穿过康桥
穿越美，穿越天空之城
用一幅中国写意，渲染
人间最美四月天
只为经年流转，热爱不再失传

只为这四月之末，树树花暖
画一座城——
要有城隍庙，郭家园，胡家牌坊
要有程符山，麓台书院，西涧草堂
要有十钟山房：毛公一言九鼎
这座城，还要盛得下十笏潍州
千陶齐鲁，万印周秦
盛得下两千年，北海汤汤

画一座城—— 要有写意的国，
工笔的都，篆刻的州
要有山下齐鲁，水上台湾，

花鸟满城池
人在两岸：海水充满想象
这座城，要盛得下板桥手书
清风过竹枝
盛得下，六百载木版刻画
千百度鸢飞鱼跃
盛得下两岸丹青，一河墨彩

画一座城为你开放
等你，乘一页宣纸而来

对于一座山的叙述

在山上，我不选择崇高
并非意味着，排斥仰望与攀登
对于一座山的意义
这个秋天，当我低垂着头颅
一步一阶抵达溶洞
触摸它，体内五亿年的河流
仰天山，以它的深广
宽宥了我的任性
黑蝙蝠在头顶飞来飞去
聒噪着我们译不出的语言
是否在告诉人们
关于钟乳画廊的传说纯属杜撰
而黑龙被巨石划得遍脊鳞伤
究竟沉潜海底，抑或盘山而去
更是不得而知

当音乐和舞蹈穿越海底隧道
八月的酒杯倾倒在地

山的高处，浮光掠影
低处依旧静水流深
仰天山，这张属于秋天的唱片
正面高亢，背面静默
刻下穿行者的前世今生

其实，我更愿意这样摘下崇高
去理解一座山的深度
更愿意用写满歌声与舞步的树叶
向秋风致意
完成内心里，对于这座山的叙述

秋

水低下来，山蓝起来
微凉穿过你的衣衫
秋天，以及与之有关的一切
就这么简单地回来了
从立秋，到雪地
有足够的旅程供你怀念 ——
玉米，虫唱，菊花香

直到海水漫过九月
清晨的船歌戛然而止
一个人，坐在秋天里
怀抱深处的白露，与霜降

十九世纪的阳台

木制阳台，在二楼搁置已久

十九世纪的光线，还未从格子间漏尽
门洞很黑，一个帝国塌进去了
随之塌进去的
是否有一段浪漫奇遇，人们不得而知
石榴树似乎要托举起什么
果子开裂着红，颗粒饱满，却所剩不多
像一位年迈妇人指甲上的蔻丹
我走过这座德国建筑时
就这样想象，一个异域女子
坐在木格子后面，红晕着脸庞
轻轻翻过一个世纪的阳光

蝴蝶飞，石门开

风吹过来，一片叶子停在半空
一片叶子落在石阶上
是谁的翅膀，在山谷打开传说
逢公祠，一夫当关三千年
石门不开，蝴蝶飞不过沧海
七十佛会聚大唐摩崖
手拈大千世界，一语透石
聚公和尚已随法正师傅坐化归去
而元贞十年的诵经声
穿越冤门，至今绵延不绝
禅房花木深，蝴蝶渡沧海
山林之间，白塔打坐五百年
只为一个缘字转身
蝴蝶飞呵，石门开 ——
左扇山嵌红，右扇山含黛
人们拥挤在空谷栈道上
寻觅前世那第五百次的回眸

如果每片叶子，前生都是翅膀
该有多少断肠的故事化蝶而来
尾生邂逅红叶仙子
牧童爱上小狐狸
风过虬枝，一片叶子振了一下
喊：梁兄——
山间多少奔走，一座骈体的城
就有多少期待
那些杜撰在红叶上的爱情
比不过，骈邑风情美
漫山蝴蝶飞，那么多翅膀
飞过千米栈道，飞过
大明双塔，月下三亭，崖上四桥
那么多翅膀，飞过庄周的梦
蝴蝶飞呵，石门开——
容得下人间，所有聚散与悲欢

日落为莲

傍晚，当太阳翻墙而落
你的身旁，我的身旁
就升起了满地葵花，一朵葵花
就是一个盛大的节日呵——
有人说：日出为葵，日落为莲
那我必定是为莲而来了

莲在蓝上，啄碎一山山冰雪
莲在水上，把一条条河
叠成个千折百回，折出个时来运转
大丹河，小丹河，龙丹河……
究竟有多少条河流，奔涌着

红丹丹的血，梅艳艳的魂

把冰镇的光芒，倒进酒碗
双手擎起明晃晃的月亮
这酒碗里盛着多少诗词律令
这月亮里住着多少太白东坡
我们一路逐水而歌
用莲蓬和葵，盖起诗经的房子
用日落日出，喂养风雅颂
和与之相依为命的孩子

葵花朝阳，多像我们的人生
每次转身都在淬火中绚烂
而多年之后，当生命沉落为莲
我们是否还记得
有一个节日，叫做葵
有一座园子，叫做梅

风景旧曾谙

飞呵飞，停不下来，头发白了
也停不下来，婆婆丁飞行的日子
一片一片，很厚，很硬
把风中摸爬滚打的身子裹得严严实实
灰头土脸，是最好的行装
看不见朱颜瘦，不留恋风景旧曾谙
像一只蜗牛，"背着重重的壳呵
一步一步地向上爬"
儿歌听来轻松，每个词却很重
每份重里，包裹着所有的柔软
就像这个下午，一张老照片

一声老友的问候，一个人，不由自主
独自面对的夏末黄昏
其实，婆婆丁多么想念一棵植物
哪怕是一丛草棘，在途中出现
劫走身上每一颗昂贵的浮尘
有时，你伸出指尖，剥开一枚青荔
也会出现这种情形——
内心柔软，一不小心会有水滴下来

人民广场的樱花开了

在人民广场，我说：
谢谢你——樱花
因为你，那个来回逡巡的保安
没有让我把车子挪开
看着我在树下摆弄相机
他只是哈哈笑着，大手一挥：
这样的花，在俺老家有的是

他迈着方步，昂首挺胸
就像小树林里的王
他一定是想起了，在老家
跟妻子年年种下
三亩春风，十里桃花
种下春夏秋冬的轮回牵挂

在人民广场，樱花开了
我相信，这些春风里的笑脸
足有九百万朵
可以派发给它的人民
要不，那个年近六旬的保安

怎么会双眼微眯，满脸绯红
正举着一朵花瓣醉饮

海边的月亮

八月，桂花开着小骨朵
酒里泡着香气和月牙
我们坐在大排档的圆桌旁
小口啜饮青啤原浆
大声列举一片树叶降落的 N 种方式
你却滴酒未沾，看我在一地月光里
面对宿命，如何矢口否认
远处有人小声吟唱
圣经，诗歌，和琴弦，安静下来
围坐沙滩的人们慢慢散开
走过小渔村，有多少暗喻
在桅杆上为我们引路
又有多少爱情在玉米地里复活
月亮很大，漫过海水，漫过礁石
漫过小贝壳的彩衣
漫过一个人
来不及关上的眼睛，嘴唇，和心房

诗经里的房子

遇见你时，你正在家乡的田间走着
坡上苗木青青，坡下河水闪光
我从水边的植物上，顺手摘下一个词语
在诗经里，为你盖一所房子

你穿了盛开的棉花，穿了柔软和温暖
从三月，走到下一个三月
记忆中白色的鸟，将蓝送往的高度
至今无人抵达

就像迷恋春天的所有词汇，我爱上
去诗经的每一次徒步
静女——无论在哪行诗里等着
我都会用纯棉，布满你居住的斋室

有一天，你说：我怎么变成棉花一样了
静姝斋里的声音，很轻，很细
带着湿润，极像月光下你的名字
用一把小刀
修改着我，每次逃亡的企图

我信得过这个春天

雪落光了，桃花还没开
这样的春天
与往年没什么两样
它沉默，忧郁，漫无边际
一如此时，一株荒草
轻松占领山坡

可我信得过这个春天
樱花，会在四月里着衣梳妆
掀起一小片海水
被花咬伤的月牙，会在树下
生长出温暖的眼睛

天很蓝，蓝得掉到了海里
像一条裙袂在飘
这个被蓝逼得就要窒息的人
不说话，等待樱花
来敲开春天的白骨

一个人的营陵书院

打开窗子，就打开了时间书——
爬山虎青藤疯长，旧叶枯黄
翻过一层黄封面，一层青扉页
就是明朝末年的灯火
几十米之外，风雨在石头上参差
半座城墙，线装着几座现代平房
它做我左邻已是八年
这个黄昏，当我第一次走近时
荒草，蛛网，生活垃圾，堆积起
一个朝代的背影
拒绝了我对它的触摸，城墙上
一棵古槐死去经年，只剩下树桩
作为灵魂，在石头间存在
另有一棵古槐，一棵老榆树
侧身抱住修城碑，上书：
"明崇祯十一年，昌乐知县刘芳奕"
青石头挂着一片破旧的月光
我不能说清，这究竟是谁的城池
此刻，我独坐的书桌旁，多年前
曾叫望海门，营陵书院……
北望可观渤海，俯身即闻书声
八年来，我蜗居于石头城隅
编稿，出报，读书，写诗

每次打开窗子，明朝的月亮
总比青藤先进来，来看看
崇祯十七年出走的一介书生 ——
纵然这小楼，昨夜已贴出拆迁公告
石头城内，一个人的营陵书院
临窗而坐：左青灯，右黄卷

垄上，那永不失传的童谣

如何能说出，一条苦菜根有多长
穿越河塘，杨树林，麦垄
翻过我和女儿的手掌
它是那么卑微，又随遇而安
走到哪里，就把哪里当作故乡

我们在河沿上，跟苦菜一起，跑进
村庄的童年，我们用手指犁开春天
翻出土地的血肉
我们蹲在垄上，用苦菜根打结草绳
救赎这埋在土里的一生

苦菜根苦，苦菜花黄 ——
垄上永不失传的童谣呵
不管草绳结得有多长，也捆不住它
在时光里的穿行。就像苦菜根
无论被泥土掩埋多久，都不会死亡

桃花雪

不在大林寺，却在鲁南的最冷里

沂源桃花，侧身于乐天的诗行
赶尽四月芳菲，桃花岛碎红四溅
究竟谁做了擎剑的主人

再没有哪个词，可以艳压桃花
远处的山间，只有雪落枝头
木篱笆，石房子，被风束起的乱发
隶属于唐朝的一场私奔

阳光下，烤着满坡的火焰
我突然触到你，手指的微凉

长调：明月几时有

> 离开多远，才会记起草原的模样
> ——题记

羊群低语着爬过山坡，多么像
鲁中平原慢慢散开的红薯干
亲切，洁净，又遥不可及
克什克腾野色弥漫，每一只白
都晾晒着八千里路云和月
云下是青草，月上是家乡
一个人怀抱大草原，该是多么富有
而没有人说得出，为什么
他会在北风长歌时泪流满面

从一个山包，到下一个山包
跨越那些小花，青草，大片白桦林
和一条河缓缓划过草原的刺青
清晨，人们身披长毯，穿过河床

缓缓涌向山顶，波光碎裂中
他看见，每一座敖包都放牧着灵魂
安抚朝圣路上，内心悲怨的羔羊

当一把弯月，在阿斯哈图的石板上
打开回家的地图，他走进时间的石林
达里诺尔最后的城堡在风雨中失陷
乌兰布统的骏马脱了缰奔回草棚
被草原放逐的灵魂在飞
射向岩画深处的箭镞在飞
整个贡格尔草原的金莲花在飞——
马背上，将军征未还
传说中一个草原姑娘的小腿骨
被安葬在马头琴上——弦声呜咽

大碗草原白，淹了歌喉
蒙古包外一声长调：弓角寒，弦月过边关

格 式 / 作品
SHANDONG POET 60

　　格　式，原名王太勇，1965 年 4 月生于山东省阳谷县，著有诗集《不虚此行》《盲人摸象》《本地口音》，诗歌理论集《看法》《对质》，文化批评集《十作家批判书》《意思》。作品入选《中国诗歌年鉴》《中国最佳诗歌》《当代先锋诗 30 年 1979－2009 谱系与典藏》《新中国六十年诗歌精选》等选本，获第十三届柔刚诗歌奖、第三届张坚诗歌奖 2010 年度诗人奖、第三届泰山文艺奖（文学创作）等多种奖项。中国作家协会会员，山东省作家协会文学批评与理论委员会委员，德州市作家协会副主席。现居德州。

诗人：格　式

诗观：

诗是人性的一种努力、边界和希望。

父 亲

唉。你也
属蛇。喜欢和
自己躲猫猫

你中了自己的计。四番后
你便蜕变成我。这不是打麻将
当然。又几近牌局。你是
偶然的

你喜欢给人家看风水。我乐意
替国家担忧。有人将她认作母亲
母亲属羊。一辈子生下五个父亲
阴历中，她已习惯烈火和
皮鞭的拷打

有一回，她翻了脸。逼你交出
绳索和真理。你选择了跳井
井水里，你修改着你自己。那么多
蛤蟆游来游去，跟爬行
差不多

我从井底爬上来。才知道

活埋我的那口井，就是你
我被腐蚀的部分，沉积着
你的泪水和智慧。我用汗水
缓冲着。不久，也成了你
儿子属羊。1991 年的

妻 子

对不起。一想你
我就怕会伤害到她
一和她拥抱，我就知道
我亏欠你的

大年初二。她给我下饺子
我却把点心和水果
给你送了去

不该让你死去。正如不该
让她和我在一起

我不该这么想自己

白色山岗

雪一气跑到山顶。像
怀揣一封鸡毛信，躲闪的草
骇得枯黄。松树和柏树，站着一动不动
相互谦让着，就是不肯接收这天下的忠良
一只鸟，因为恐高堕落在山崖。回声翻滚
有赖着不走的迹象。另一只鸟，夹在树枝中间

喘着粗气，目光苍白得很。雪又跑了一个来回
戴帽子的猎人，不得不将帽子摘下来。光秃秃的前额
变成了雪的跑马场。那么多跑道全乱了，像出了车祸一样
只见他抓起一把雪，抹了抹前额，很快就把那锈了的枪管擦响

终南山

那里住着很多石头、树木和溪水
以及冒充它们的人。树木站在石头上
也试图站在溪水里；溪水穿过茂密的树木
也穿过茂密的石头。一只鸟从树上跳下来
那么轻，不会对溪水构成威胁。石头缝里
钻出钻进的孩子和松鼠，相互模仿，眼珠子
鼓溜溜地亮。我以为它们看上了我，其实是
看上了树木背后的阳光。白花花的，有奶牛的气味
阳光在树叶里，有时就是一片树叶。树叶与树叶之间
阳光在说话。风儿路过，想干歪曲的勾当
树木们集体起立表示反对。石头背面的积雪
积极响应，不惜以消融的方式，以溪水和天空的方式

大哥回家

一觉醒来。三千里的风雪
席卷餐桌，就着弟妹和侄儿
你拉开了内伤口。然后，第一颗原子弹
爆炸，解放军支左，抗美援越，下乡知青，闯关东
接二连三，跳了出来

太多了。不好消化
弟妹首先疼得转过身

"那么多雪就着炒面就过来了"
侄儿发楞，伸向菜盘的筷子停了又停
"你吃，你吃，"几个弟弟轮番让你吃
你吃不下去，就着眼泪又吃了一杯

不止一次。你给我放过类似的电影
想家的时候，就捂在被子里哭
战友的钱已经还了数次，人家硬是说没还
你还打算还下去，直到战友把另一种东西还给你
房前屋后撒点种子就有一家老小吃的，那地就是黑
不像关里一年到头一个人分不到十斤粮
山里的野果就是野，拼上老命你也采不过来

该喝的都喝了。"大哥，再来一个！"
你说度数太低，跟喝水似的
"二嫂年前脑出血了。""啥。她又不用脑子生活？"
"那年刮大风。屋顶都掀开了，她还一个劲地说梦话呢"
我看了看东倒西歪的酒瓶子，连忙说，喝多了，喝多了
侄子摇晃着起身：没有。还没有下雪呢

玻璃缸里的鱼

玻璃剥夺了它的隐私，就像提供安居房的政府
对视久了，就忘了回家的路
它活着，而且有模有样
只是没有触碰到玻璃的骨头
苍白，冷。那脸子一搭
它就得往回走
走到来的地方，似乎有了自由
然而，还得往回走
来回不是轮回，虽然不是规定

但却比制度更管事。际此，它才想到
被人关注不是什么好事。它想自己平静一会儿
又有人抛下粮食和蔬菜。吃不吃，怎么吃
最后都得吃。不然，又少了一个活命的机会

墙

四十三岁，还一个人过活
虚掩的门，久了也会锈的
寂寞是他独自吞噬的指甲
长出来也是苍白的。脖子里的泥
带着母亲的体温，持续贴近领袖
看得见的黑暗，毁掉了小女人
爱打小报告的怪癖。他蹲下，转身，立正
试图通过每一次松懈来完成强拆
心灵的城管不戴袖标，不持刀具
它们温和起来，颇像住在隔壁的狐狸
每个月都跟他约会，然后又再次固化他的警惕
其实，墙从来不在他的对面。他推倒自己
才晓得：墙只是一堆烂泥

收藏家

仿佛车祸，我们又见面了
还是在酒里，还是在陌生人的婚礼上
不过，今夜外面下起了雪
而且有制造灾难的迹象
　三个女人站在一起，合力反对临时的地主
一杯酒不喝，水也是白开水
好像早就被生活用旧一样

其中之一问你无土栽培的事儿。你说
孩子们搞对象还是得上土杂肥。不能一口吃个胖子
先找一个畜生练练手，等他上了道，就知道人味了
你现在的手挡住了孩子的手，你的笑包括了他的笑
他想使用反胶，你非得迎面正板
他的童年被你捆住了，他的父亲被绿军装囚住了
你的不安不利于国防。你恨不能替他接吻
你让他自己吻一次，哪怕是跟你
从你做起，要知道你是一个经验丰富的女人
你要像懂得一个男人懂他
其中之二说，不要叫姐，姐让你吐血
从档案馆到统计局，资料变成了背景
前景变成了数字。数到三的时候
单位让她变回了女人。还不到更年期
她的突兀让你觉得身边充满了诗意
其中之三负责制污。你瞬间的暧昧
都被她的手势和眼神稀释掉了。很多人没当回事
她和你碰杯的时候，手稍微抖了一下
你还说你的手真环保，就像刚刚洗钱洗出来似的
她绕开你，然后与我扒起了耳朵。从同桌谈到了同床
我的短裤都快被她扒扯了。她只好对你撒娇
俺不是古董，也不是古墓
你就饶了俺吧。你说，那不行
俺干收藏，也是生活所迫
雪隔着玻璃大了，窗帘就着夜色深了

住在石景山
—— 兼致广子

石头住在石头里，先成为风景
后成为一座山，这

不是它的初衷
这些年
它以石头的心肠
对待石头，石头缝里
钻出了另外的石头
它以石头的名义
奔跑，冲撞
外省接连发生泥石流
即便是这样，它也不以为
这会危及到它的首都
平素里，它啃食阳光与青草
流水不腐。它只好搬来稀薄的泥土
它一搅动，天空便开始痉挛
它一住手，时光便停止流苏
它知道，铁也住在石头里
彼此厮磨能喷出烈火
不便粉身，索性失身
碎骨的那一刻
它的牙齿冻得直哆嗦
它相信，景山也在不远的地方
那里有树，也有石头
树适于自缢
而石头则利于乐业

遗　毒

你的子宫，不是什么男人的祖国
　而是一个父亲的墓穴
　他进入。而你
也没打算把他吐出来

看守所

你们都走了，而我
被留了下来。我曾用镣铐
与你们对话，冰冷的铁和眼神
哪个更让你们迅速地坐在老虎凳上
强调自己的立场？高，再高一点，随着秦砖的叠加
你们的屁股，成了下山的老虎。丛林般的栅栏
拦不住一分为二的尖叫，黑与白，斜与正，进与退
从来没有这么唇齿相依过。我咬了咬牙：又来了一位新号
发皱的西装和眼角，拐弯便窃取了一个国家夫人
他被绑在门外的欢呼里。我伸了伸手，立马被警棍弹了回来
我强烈要求弹回去，弹回一棵树的样子。他吃力地说拆
于是我就拆了他的家。墙是石头的，墙头也是
石头压着石头，连风都甭想动身。烧火棍连着铁丝网
连夜易了手。他又说散，群众被散文化。我想给自己分分段
不料当给了国家。你们爱散不散。反正我出不去
爱是另一种病。它会在嘴唇的紧张中，将暧昧集团化
我再次打开门，看到的又是"回头是岸"
一个字比一个字大，一个字比一个字黑
刷在无缝的墙上。我想黑自己一回，居然四肢发麻
甩甩手也白瞎，就是回不去了

主　角

一副牌打到现在，有点意思了。
上午还是四六不通的牌架子，下午就开始
糊牌了。几个风头凑在一起，明显
席卷了我的手气和心计。本来一起手
就暗合天意；再上一张牌，我就能赢得自我了
摸一张，不是。另摸一张，还不是我的

我想要的，或许是他们不想要的，或许是他们不舍得的
他们被梦想诓到现在，一枝烟也没抽，一滴水也不喝，直想从我身上
把青春捞回来。怪不得他们手心痒痒了，以致连眼皮都无法抬到桌面
他们抬到我看不见的地方，在那里伺机找寻我苦心经营的破绽
一不留神儿，我又换了一张牌。他们面面相觑，借频繁的倒牌
掩饰内心的不安和不祥；有的开始吹口哨，有的实在憋不住了
跑到洗手间，哗啦啦地洗出了一张张非人的脸。我
一动未动，从头到脚，一门心思想重新洗牌。你不糊
我不糊，他不糊，全都想到一块了。底牌是一样的
再摸，就不是那么回事了。上家碰，下家吃，对家杠
一阵乱战之后，我发现，我的牌要么别出要么毁掉自己
他们都站起来了。他们眼睁睁地看着我，等我心软手软
等我把手中的幺鸡拍扁。雄鸡一唱天下白。天亮了。你们都回家吧
他们异口同声：你呢？我说，我想再待一会儿。也许一会儿，这儿就没味
　了
他们扯下窗帘，阳光立马射了进来。阳光照在撕打过的牌桌上，一张仿佛
　还是一张

椅　子

在一把椅子坐久了，就想
站起来，再加一把椅子
木头肯定是折叠的，光线呢
看见我的人都说，跟以前
不一样了。声音有所抬高
而且掺杂着花腔。我回头
看了看，后背靠着的椅背
连着四条腿，椅面凹下去的部分
被屁股挡住了。至于什么木料
和油漆，都看不清楚了。屁股
充实的地方，散发着个我的气味。你若能

从中找寻秋风开打的指纹，我就会
坐着与你反目，然后把你递过来的烟
掐灭。你好像说要给我翻个跟头看看
看看就看看，反正我的椅子
玩不了杂技。不就一把椅子吗
闲着也是闲着，有本事，你
让它飞起来。我不想让我的
椅子随便说话。你说一把椅子
是一个人，两把椅子就能将整个世界
拿下。世界是你们的，过了四十
我才明白，屁股底下有时
坐塌的，并不仅仅是一把椅子

笼中对

再说一遍，还是那个腔调
跟不说不一样，因为重复
会叫人迷惘。他正了正发皱的西装
他说，人民是一群鸟。在笼子里
呆久了，自然高呼笼子吉祥
笼子不是用来阻挡鸣叫的
你得让他，她，和你一起叫
叫得越欢实，鸟就越想不起天空的遗忘
你想想，我是天，那天下是什么
在天上飞与在天下叫，哪个更能让群鸟充满力量
当然，你不能跟着它们飞
它们忽高忽低，忽左忽右，忽雅忽俗
忽然是一只鸟，忽而是一对鸳鸯
它们在长江流域缔结太平天国，它们到了黄河
就义和成团，偶尔搞搞小刀会
远不如宋江借刀发迹，进京做了彩绘流氓

看到这一点，你就再说一遍
人民，只有人民，才能打造历史的笼子
先是我造笼子他们钻，然后他们自己做笼子
不蒸馒头争口气，他们那口气
一听就是蒸馒头的。你模仿他们的口气
再说一遍：林子大了什么鸟都有
结果，鸟把林子当成了笼子

既生寄

看见不如看不见，盲目
有时是安全的。一张纸
几行字，就摆在那里
谁看都可以，不过
这是在四十岁之前
你不惑于一阵风，翻了翻
推翻了纸张，竟未推翻文字
就那些字，才两行多一点
不是什么秘密，却让遭遇它的人
深感不安。你不安于自己的镇定
横平竖直，带弯钩的地方
你的妻子开始变得不完整
她流的泪显然要比流的血多
嘴角都咬破了，还是不能
证明这个时代的丑陋。她
打乱了前额的长发，风推动着她
一波未平，又起一波
弄得乌云也不敢纠结在一起
赶紧落到池塘里。池塘里的水
很深，就像体制越看越看不清
池边的树，盲目的晃着

好像体内长了毛毛虫。痒
比疼有时更难糊弄。池塘里的鱼
赶紧记下了这一切

守　夜

他已经睡去。此刻，他穿过的女人
再也不能颠覆他；他摸过的麻将
早已被我们洗得稀里花啦，一圈是多少
一生还是一块捌？数来数去，还是眼前这些人
手指弹掉的烟灰，忽而被风儿结扎。他祈来的香火
在此一明一暗，如果我们袖手旁观，它会自己熄灭吗

钟声隔着玻璃，垂到了地面
他的睾丸在医院里，他的女儿
在粉身中。晃来晃去，给牛嘴里塞满了草
眼睛一扎再扎。下半夜我们都没有睡
以敬爱和灰心陪着他。他向我们继续微笑
他已经不是人。此刻，他请来一捆一捆的花圈替他应答

地　坛
——兼怀史铁生

凌晨三点，我便睡不着了
最近老是这样。每当这样的时候
就会有人从我身边消失，有时像雷霆一样
让我躲闪不及。风雪开始弥漫
像两只轮子。你左手一只，右手一只
把自己推成地坛。你是泥捏的。在清平湾
你将遥远捏成了目前。这令我不得不想到

土崩之后的问题。屋瓦飞来飞去
一派盛世的景象。你不想活得陡峭
也不想病得职业。总以为"死亡是一件不必着急的事情"
结果在大家都睡着的时候，你一下子就死掉了
看起来似乎没想惊动我们，可是我看见了
我看见了：一块枕石被抽掉之后
好多东西都压不住了。比如纸，比如纸包的火
比如火里的汉字……我看见好多东西在飞
像雪花一样。其实，那场雪一直在下
只是你不晓得，抑或你没看见。没膝的时候
你感受到了活埋的滋味。于是，你从死亡那边
不断地向我们喊话。让我们向天空举起双手
我们交出了我。"我"在天上弥漫
黑得像阳光一样。你想了想，世道就是这样
不用怕，差不多就是这样

又去景州

搁下电话，夜色骤如升旗
一下子，孤独发起空袭；一下子
又被车灯甩了出去。车内，书法家把着方向
双目圆睁，一直向前。他知道我坐在后面
我是六零后，已经被后了四十五年
于是，我多次拒绝他让我与之并驾齐驱
那样的话儿，左松右紧；说不定真会发生
绿叶瞬间报答一棵树根的情意

写字讲究横平竖直，但不可忽略捺撇的风生乍起
夜色在灯光里退缩，又在灯光里尾随
先到的朋友发来短信：房间暂且订下
只是缺乏具体的数字，这有些像草书

貌似随意，其实内含玄机。好歹我来过
去留均依酒趣。酒是高度的，菜肴有些土气
服务员更是原生态。烟夹在伪中医的手里，不知
掐灭了多少生勃的烟火？那个心系庙堂的家伙
给我一本正经，一页未翻过差点翻脸。那个熟谙杂技的兄弟
一动不动，竟然随机而鸡。"天不变道亦不变"，景州人董
　　仲舒如是说
在酒色里，我似乎懂得草书不是抒情，楷书才是歇斯底里
哐当一声，书法家被路边的石头惊醒。他说，魏碑算什么？
一次人为的车祸，抑或被劫持的神迹

无畏的人可以泪流满面

劈柴将锅底烧红，积雪仍在
扩大着它的体积。劈柴的人
在院子里继续劈柴。远山，以及
远山上的树木，因为恐高
而倒吸了一口冷气……

老水壶

老撅着嘴，跟孩子似的。
老了，老吐锈了的痰。

肚子不小，一点弹性也没有。
一屁股蹲在火头上，屁股烧红了，
才知道咝咝的，呵着气的尖叫。
空虚的时候，老盯着一个方向，
老盼着别人抓一把。

它被人提向高处。它老是打坠。
它怕一松手，一辈子都没个安身之处。

它老是胡思乱想，一动也不动。
起身换个地方，它已和它看不见的东西
掰不开。

动物志

黄鹂，画眉，鹦鹉和鸳鸯，全被铁丝网挡住了
去路。封杀不住的阳光、绿荫和鸟鸣，构成了
人民公园的一部分。当然，流水还要流的
流进去的是生活，流出来的是罪恶
在流水的眼里，人民休闲，虎狼屡受胯下之辱
为了吃得好一点，虎狼已失去了虎狼之相
女人们献上新鲜的肉，暮色顿时四起
下山的猛虎下不了床。孩子们含着奶嘴
在牛、马、骡、羊群居的地方，吸尽了牛奶
牛不下地，牛赤脚走在黄鹂，画眉，鹦鹉和鸳鸯的翅膀上

放学的孩子

必须走上一百米，才能把自己交给家长。
快活的一百米，即使排队也不容易错行。

一刀切的年龄，一刀切的个子，
一刀切的服装，磨损着家长的视力。

家长必须提前到达指定的地点，风雨无阻
甭管上司眼中的钉子有没有拔掉，

甭管同事们转笔刀似的威逼利诱，
必须像守门员一样，每一次
家长们都得又稳又准地接着孩子。

孩子会自己走回家。
来往的车辆会长眼睛。
红灯知道什么时候停，绿灯
也知道什么时候行。

从买办到帮办，放学的孩子
只能紧跟着家长，什么事也不能靠前。
那些掉队的孩子有福了。
她们无知地走着，在人行道。

穿过了一道又一道横线，
就像回到大地的小雨点。

我爱的人变成了灰

直到她闭上眼我才知道我还活着
直到她没法爱我了我才晓得她曾经爱过我
她的肉曾经裹着我的肉她的嘴曾经咬着我的嘴
她的手再也不拉我的手了
我把她拉起来给她换上干净的新衣裳
让她在众人面前体面地消失
我看见她的敌人也弯下了身子
不敢正眼看她谁会想到一个人竟以这样的方式
与另一个生命和解

耿林莽 / 作品
SHANDONG POET 60

　　耿林莽，作家，编审。原籍江苏如皋市，现定居
青岛。1939 年开始写作，曾做文学编辑多年。1980
年起以散文诗写作和研究为主，兼及散文随笔和文学
评论。已出版散文诗集《散文诗六重奏》《鼓声遥远》
等十一部，散文集《人间有青鸟》等三部，文学评论
集《散文诗评品录》等。

诗人：耿林莽

诗观：

　　传统诗学观中，诗与韵有着不可分割的关系，人们认为，有韵即诗，无韵则非诗。古典诗韵以整齐、押韵、讲究平仄和格律，形成了固定的模式。谈诗的韵文美尽人而知，谈诗的散文美，有些人便不理解，或难以接受。我想两种诗的审美观原可并存，不必强求一致，但对自由诗尤其对散文诗来说，理解诗的散文美，却不可忽视。因为这是认识其价值和生命力之所在，是它应予珍视和弘扬的一个美学特色。

芦苇叶子

芦苇叶子是属于风的。

她修长，舒展，婀娜，因风的拨动而有了静穆中的动感。波动，波动为一条碧绿的岸了。

芦苇叶子是属于水的。

一条小河，潺潺流过，芦苇叶子将她簌簌的私语，写在了水上，那水便有了彻骨的清凉，渗透而且蔓延。

依依难舍：芦苇叶子在水上投下影子，是一种深情的挽留。

芦苇叶子是属于月的。

月光来时，夜之影缓缓退却。月光的手指轻轻，风的手指轻轻，一种神秘感油然而生。

月光手指，风的手指都被染成了青色，沙沙之声在水面上漂浮，仿佛是钢琴曲的尾声，在一点点收缩……

失去了鸡鸣

一滴雨一叶江南，从那洇湿的油画里寻觅，古寺残钟便呼之欲出。

鸡鸣寺，但等那一声鸡鸣，唤出来旭日临窗，寺院中便是早课的时辰。

鸡鸣寺，那声声的啼唤，唤起了故乡流水，茅店月昏之思：桥上霜迹，温飞卿的步履早已散失。而诗人陈东东，写出的是另一种情怀：

"飞鸟的影子残留井底

晨钟孤单

一样的鸡鸣

时间之书——散落。"

待我来登鸡鸣山，寺已废倾。六朝烟雨，楼台的往昔何在？连一声鸡鸣也听不到了，寻梦人等不来雄性的呼唤。

养鸡场中，现代化鸡群正从铁栅栏里伸出木然的喙，啄食着千篇一律集体化的圣餐。并保持着长年的哑默。

浅草盈盈，露水浸湿了毛茸茸的黎明，在乡村，鸡声也已经缥缈难寻。

鸡是好鸡，蛋是好蛋，人是好人。仅此便足够了。

那一声零落的鸡鸣，又有啥好听的呢？

原野脱去睡衣

轰隆隆，轰隆隆，列车穿过夜的腹部，开到了黑暗的尽头。

终点站：我立在一扇打开的窗口，看原野脱去睡衣，渐渐露出青色的胴体。

原野脱去睡衣，雾的轻纱蒸腾着散去，那些朦朦胧胧，似睡若醒的梦呓。

我看见黑森林依然在沉睡，低垂着头颅。然后是一丝晓风拂起，然后是朝阳的光斑流入。那些树，叶子与叶子活动开手指，一种翠色鲜艳欲滴。

小河边，一个男子在裸浴。他击打着沉睡的水波，水波击打着岸壁。

这汉子爬上岸来，向太阳袒露出粗犷的体躯。

当水珠从他勃起的胸肌跌落，我看见了绛紫色花岗岩刚劲的起伏。

朝阳将一抹暖意投射过来，强烈的聚光，点亮了男性美诱人的极致。

原野脱去了睡衣，他也脱去了睡衣，
我将他视为醒来的原野壮美形象的一幅缩影。

向日葵，大地上的向日葵，脱去睡衣的原野和他的男子汉，燃烧的轮子在轰响，在旋转……

瘦

水波纹折叠，起伏，清清浅浅，每一折都呈现各自的独特。不同体式，不同品位的瘦。
风之影移动，日之影匍匐，留一种簌簌之声于寂然的水滨。
逃亡之水，瘦是隐于其间的一尾尾小鱼，模拟着水波纹的身段，沿着她们的足迹，在游。

瘦山，瘦水，瘦瘦的竹。
一片片青竹叶子，淡淡地青着，淡到近于无。
风来的时候，雨来的时候，听见了她们相互的撞击，或是，灵魂被撕裂？还是一种自言自语呢，归属于
瘦瘦的孤独。

而在你的眼波涛里，总有一条条光亮的小鱼，在安然地游。
干净，洁白，是寒冷所孵化的，一朵
弱小的闪电，而不是雷鸣。
夜深人静时刻，月光悄然而来，缠绕着你颤颤的手指，我听见了一种声音，在对自己言说：
"瘦，是一种精神，一种气质"。

在此人间

渺渺长空，无一只禽鸟飞过。

在此人间，有一间屋子寒冷，孤独。

窗子外面，光秃秃的树枝条上，一朵腊梅花，开了。
（何处驶来的，一艘
冷冰冰的船？）
冬之孤女，涂了蜡的嘴唇，什么也没有说，
这一瓣浅黄色的，瑟缩的微笑，忽使我想起，想起你目光深处的寒……

在此人间，我们不幸相遇，相遇而又不能相守。
目光深处，波涛隐约，是海的青色，并不温暖。而寒冷，乃雪的摇篮，
人性中深沉的一角。
我在想，数千里外，荒凉的边陲小镇，你正仰起面孔，承受着碎雪的一吻。

在此人间，我们不幸相遇，相遇而又不能相守，
思念乃酿成一种不治之疾，如一尾蛇在缠绕，蜿蜒。
在此人间，我一无所有，光秃秃的树枝条上，那一瓣寒冷之唇，唤来
了漫天飞雪，凝聚着风的颤栗。就将她视为一种问候，一种祝福吧，如何？

竹之笺

竹林滴水。
每一片叶子都流着自己的泪。
有一滴落到你的眉尖上了。
"凉的！"你说。
只有竹叶子流下的泪，有着如此清凉的气息。

晚上，竹叶子流下来的，便不是泪，而是清淡的月色。
你喜欢藏在月光照不到的竹影深处，听风吹叶响，仿佛在划动着桨橹。
而现在，这桨声听不到了，因为，
你早已离开了竹林，你已经去远。

风声簌簌，细雨如梭，风雨中的竹林，是一个音乐的王国。

一千片叶子都在颤颤地动着，动着。

他们说了些什么？

摘下一片来寄你，便是一页

竹之笺了。

竹之笺，你收到的时候，她早已干枯，

再唤不出一片淡淡的，浅浅的翠色。

再唤不出一滴，音乐的残留。

钟声悠悠

钟声悠悠，钟声悠悠。

钟声回荡着，节奏舒缓，坠而为黄昏，为黑蝙蝠翅膀的沉重，又好似风吹落叶，满山里漂泊。

"钟声是升向天国去的，祈求"。师傅这样说。

然而，天国在哪里，谁也说不出。

"钟声是坠入地府去的，福音。"师傅这样说。

冥冥中的孤魂野鬼，在那里等候，

钟声能将他们引出深渊吗？钟声能拯救谁？

撞了一辈子的钟，他的腰已拱，背已驼。头在持续地晃动，嘴唇张合。

撞钟人已走到钟声的尽头。

这一夜阴霾弥空，又下起了细雨，雨点打湿了瘖哑的铜钟，打湿了他的僧衣。

钟声响起来了，雨一样潮湿，雾一样回旋。

他忽然感到了头昏目眩，力不能支。

撞钟人的身子倒在铜钟上面，发出一阵嗡嗡的哀鸣……

钟声悠悠，钟声悠悠，

一扇门打开，他走了进去，
是天堂，是地狱？
钟声引领着他，步履踉跄地下沉，下沉，身不由己。

冬青树：都市录像

泥土和水，无垠的旷野，赋予你
原始的野性，与自由。
不论是雨，是风，还是雪，水之涯或山之巅，你都泰然而立，独自面对。
当所有的树横遭剥夺，光秃了枯枝，你却依然繁茂，郁郁青青。
无一片落叶飘零。

现在却不同了。冬青树运入城市，冬青树
不再是一株一株，而是一排一排，队列整齐的树篱，围成栅栏，姿态
与密度，
秩序的典范。

尺寸是固定的，即使高出半分也必须删除，"喀嚓一声"，快速而坚决。
疼么？
听不见一声嘤嘤的啜泣，头颅不断地"再生"，又不断地被"再切削"。
这是一种轮回，"不许长高"。一条铁律。

体制以内，冬青树，一株紧挨着一株，何等"亲密"。
水是从洒水车上喷过来的，定量供应，
颗粒饱满。毋需乎银光闪闪的雨丝，自天而降的温柔。
体制以内，冬青树，尺寸被限制在规格之内，"矮些再矮些"，循规蹈矩，
秩序井然。
冬青树，实现了现代"转型"，变成
侏儒的一族。

留　守

一

古老的石头乌云样密布，黑黝黝的胴体，砌成家园。

锯齿形山峰折叠，弯曲，似一溜褴褛衣衫，在肩上披着，逶迤为岸。

两山峡谷间，闪一道缝，那便是"巷"了。"乌衣巷"：人们这样呼唤。

离乡背井的人，外出打工的人，便是从这巷口流出，流成一条默然的河。

夕阳淡淡地，宛如一种依恋，抚拍着离人的肩，

离乡背井的人，外出打工的人，却不曾回过头来，望一眼石屋上空漂浮的烟。

二

大汗淋漓的父亲，满头银发的父亲，还在乌石垒起的小屋门口，坐着，一言不发。

一个儿子走出去了，两个儿子走出去了，三个儿子全走出去了。他只用一双沉滞的目光，凝视着这种消失，什么也不说。

喜鹊们全飞走了。乌鸦还留在这里，与老人作伴。

每天每天，傍晚时分，老人向灶膛里填进潮湿的树枝，做饭。一缕炊烟从石屋的上空升起：弯曲，萦绕，盘旋。

乌鸦也总在这个时候归来，在大树的周边飞着：弯曲，萦绕，盘旋。

花开花落，过去了一个春天又一个秋天，

一只乌鸦和一个老人，依旧在这里留守。相信，总会有一天，冬天的雪会变得温暖。

红高粱：摇得响的火

一

太阳红，你也红了，

向日葵有一种取悦之姿,
而你没有,红高粱,而你没有。
你只默默地站着,站得很直。吮吸
阳光灼热的乳,一点点积攒,凝聚
摇得响的火。

二

一千亩荒滩,一千亩红高粱,摇响了
燃烧的颗粒。
喧哗与骚动,壮阔的叶子在呼唤,为天下有情人,铺设幽会的床笫,
展开
野性的狂欢。

不需要耳语,喁喁情话,语言是多余。
火成岩的胸脯,滚烫的唇,跳跃和颤动,
傲岸的崖壁,紧紧的依附,依附,这已经足够。
太阳与土地的拥抱,亚当和夏娃的沉溺,
原始野性的回归,这已经足够。

三

风被高粱叶子粗犷的手拦截,撞击,回旋,沙沙然哗哗然若杯盘交错。
时光在狂热的轰响中一点点迷失。
醉酒的朝阳升起,人间又迎来一个沸腾的白昼。
赤裸着胸肌的男子汉,与红高粱一起,昂然而立。
而夜,早已经瘫痪。

日出彩图

海的大理石上,蒙着一层薄薄的轻纱,在睡。
晓风如低飞的鸥鸟,轻轻掠过,她竟一无所知。
冷浪拍打崖壁,边角摩挲,发出了丝绸之声,很细。

岩石上琴弦颤颤，蠕动而致的朝阳，一点点跃出光斑。

弹拨乐：谁的手指，谁的乐曲？

黑色小木船如同被遗弃的鞋，扔在潮退了的沙滩。

夜的逃亡者，是从这里登岸而去的么？

栗色小马群，昂首驰过海平面，鬃毛抖散出万道金光。

铜鼓在敲击。

马：速写草图

马传出一种声音，似铜鼓敲击，

蹄子叩打坡岸，森严而脆，如一阵急雨喷出。

然后是夜行千里，然后是一片虚墟，一位将军孤身突围，铁衣如冰，冷硬地擦痛了他的坐骑，

衔枚疾走吧，孤军深入吧，

一支暗箭射穿喉管，将军落马而亡了。

马成为一柱静止的碑。马立在那里，马不再行走。

它低下头，嗅一嗅将军的鼻息。

没有眼泪，也没有叹息。人类对杀戮如此地情有独钟，它虽已身经百战，却竟然莫知其所以。

马眼里充满了浑浊，像黄昏，比黄昏多了点的幽暗．

马有它自身的忧郁，马的忧郁是个古老的谜，离我们很远。

水瓮背负者

水瓮青灰，森林雨的颜色。

水瓮青灰，盛满人生一千种渴意。

水瓮青灰，背负者远走天涯，岁月的马蹄愈陷愈深。

上路的时候，这是唯一的行囊。

上路的时候，没有人打开一扇含泪的窗。

上路的时候，没有人道一句珍重，告诉你：风寒、路远。

有一天老了老了，攀登的步履日见蹒跚，回首望，寻不见爱者难忘的一瞥。

高加索山上高悬着惩罚的崖壁。

残损岁月的堤岸弯曲，石板松了，水泥陷塌。疲惫的飞鸟收拢了垂落的翅羽。

落日光在你背上的轻轻抚摸，一点点醉意，一点点温暖。

水瓮还在身边，盛满人生一千种渴意。

水早已喝干。

烛 灭

一场风暴，水手失去了他的船。

漂流，漂流，漂流到一个海岛上来了。这里

没有人家，崖壁孤悬。青色苔衣覆盖的洞口，坐着一个老妈妈。

独眼的老妈妈，白发肖肖。

儿子漂失二十年了，她夜夜在这里，等候。

"老妈妈！"水手向她扑过去了。

她伸出手，抚摸，抚摸：头发，耳朵，眼，鼻子……

老妈妈燃起一支烛。

（烛是一个残酷的证人）

"不！"她轻轻推开了水手。

一阵风，吹灭了她手中的烛。

雨，窗户和马

雨中的窗户，已是泪眼迷离了，透过它，却还能看见

雨，穿织箭矢，战争般奔驰；还能看见

对面大楼上一排排窗户，全都哭丧着脸，灰溜溜地，忍受着箭的穿刺，好似马的队列。

战争属于遥远的记忆，流弹袭击，大批判，鬼哭狼嚎的飞车招摇过市，

牛棚拥挤。一人自高楼窗口纵身一跃，他选择了雨天。雨水冲洗着血迹，马路边开一朵红花美丽。

我看见那楼在雨中颠摇，似一座马厩。哭泣中夜已降落，一扇窗里亮起了灯。诗人在窗口拉起提琴：

《雨中的马》[1]——

马蹄声渐渐盖住了雨。

峡谷雨

屹立的断崖，莽莽峭壁。黄桷树，冷杉林，郁郁苍苍的竹。笔立万仞的树，男子汉的绿。

阳光，空气，岩石，全染上了这一片色彩的庄严。

雨下着，娇小的足踝，践踏也温柔。

树们默默地伫立，聆听；

教堂里的唱诗班，一个宁静的世界，声音滴成河。

峡谷小径上飘来一叶伞，唤醒了所有的树。

（换一件浅颜色的新衬衫，刚刚在温柔的雨里洗过。）

跳起华尔滋，欢乐的伦巴，飞动的迪斯科

粉红色的伞，一点点诱惑，疯狂了满山的男子汉。

神　马

一匹白马纵蹄飞奔，奔向

西向的夕阳

落日的余光，腾起流苏。那是抖动着的蓬散的长鬃，呼啸于风中，

一瞬的辉煌。

失却了蹄声的大地，骤然萎缩了，

一只老鼠窜出洞来，填补了空白。

---

[1]《雨中的马》，是诗人陈东东的一首诗。

一只虫子在唱歌

夜么？剪灭了一切的人间烟火，喧哗与骚动。
世界回到了原始的静。
这时候，一只虫子在唱歌，而且，
只是一只虫子在唱歌，
"不知有汉，无论魏晋"。
更不必说贝多芬与莫扎特。
是蟋蟀么？轻轻地拨弄丝弦，从容不迫地，弹唱，唱一首歌。
漆黑夜空里无一颗星斗。
茫茫大地上，无一粒萤飞过。
夜：
唯一的声音，来自这一只小虫。
没有谁倾听，也毋须乎倾听，
独与天地往还，区区小虫，面对的是空阔无边的宇宙；
"我便是我了，我便是唯一"。
（这一只小虫，是有福的了）

古陶传奇

长安给了我一只古陶碗。
盛着热汤，牛肉拉面加一点辣子，可以驱赶黄土高原峭寒的风。
有一滴眼泪挂在灞桥的柳上，几千年挂在那里，我可以去接过来么？
蛛网编织老妈妈眼角的鱼尾纹，蜗牛爬上石磨而磨盘再也转不动的时候，古陶碗盛满了冷冰冰的
饥饿。
（还要给挖山的老汉送饭，送去这个空空的碗么？）
古陶碗蛇一样蜕去了一层层皮，当它懂得什么是寂寞的时候，脸上已刻完了一部二十四史。
而今，成为一件珍贵文物，它又有了一点怀乡之思。
（是在想那高原的风么？）

历史的大船已经驶远……

青州细雨

冬青树的一片叶子，跌落在地上。这便是

青州？

苍苍然的古朴，与生俱来。

况又有那濛濛细雨，没完没了地下着，下着，将你网住。

古典的一方青花瓷盘，上边盘着一条青龙。是这条龙

唤来的雨么？

雨点击打在瓷盘上面，叮叮地响着，不变的节奏。

驼山石壁，佛像们容颜慈悲，脸上涂满老人斑。

魏碑上的汉字，笔力遒劲，因雨水的浸泡而略显阴郁。

雨还在下着。青州的雨，润湿着一方沉睡的乡土，绵绵不绝。

青衣小帽，一匹骡子从石板路上踏踏走过，那里是昔日"皇城"王爷
们轿马出入的通衢。

青砖、木板门、碧森森的垂柳，青杨树干挺拔不阿，一丝丝雨穿织在
叶子与叶子之间，模糊了岁月。

竟不知今是何世。

青州细雨，不慌不忙地下着，慢条斯理地下着，什么时候才能下完？

古色古香的清贫，

古色古香的忧郁，

一段唤不醒的梦，在雨水里泡着，其色为青。

青铜之火

一些山伏在那里，沉溺着雨的疲倦。炉子里，轻微地搏动着青铜之火。

已经跨越了燃烧的灼热，跨越了疯狂期。盈得

生命的宁静似水，一朵云的蜿蜒。

你穿的是一件淡青色的睡衣。

青铜之火，蛰伏如一只栖息的蛾，寂寞地烘拷着
潮湿之翼。
深山，土壁，高原。
炼丹老人须髯俱白。他在炼一炉丹。
炼四野风雪。
一切的燃烧已呈过去。
剑是冷却了的仇恨；
钢是凝固了的白热；
金是轰响着的诱惑。
这一炉纯青色的火焰，炼出了，
仙人的风骨。

落日也辉煌

风中的男孩引颈向晚 / 怀抱着落日下沉
—— 欧阳江河：《老人》

一、告别

铜鼓和号角，吹奏过了，
光和热的鲜果汁，喷洒过了，
太阳，这"日"，走完了他一天的路程。
落日光渐趋淡隐，似失血之唇，那种亮丽，那般热力，变得如此稀软，
而疲。
你已经将你所有的亮度，热能，撒予了大地上每一片叶唇，传给了每
一粒爬行的虫蚁。
英雄输血，永无终极……
行脚匆匆，你就这样离我们而去了么。
呵，不。
天边骤然有一万匹丝绸光焰缠绕于日的涌动，通明灼亮，仿佛全世界
都投入了一场炽烈的燃烧。
告别的仪典，血一般恢宏，

（"是落日抄袭了人类的血！"诗人阳飏如是说）

呵，不。

是落日将他的依恋之血，涂在了苍穹。然后便是色彩的瑰丽，绛紫，澄黄与深灰，终归于一派黯然的青铜，悲壮而凝重。

这时候，一行列车奔驰而至，落日，将随之而去了么？

呵，不。

我分明看见了，是一个人，一个巨人，正怀抱着落日下沉……

二、这人，是屈原么？

从水到水，洁白如镜，芦苇叶子染绿了她：伤心的碧。

从水到水，芦苇叶子是你嶙嶙的瘦骨，颤动的手指。

从水到水，湘江，沅水，汨罗。吟到日落诗未休。屈原，连你的影子也是洁白的，白马，白衣，白袖，风一样飘然而过。

日将落矣。你吟道：

"日忽忽其将暮，

吾令羲和弥节兮，

望崦嵫而勿迫。

路漫漫其修远兮，

吾将上下而求索。"

但是羲和并未停下他的车子，屈原便随之而去了。

怀抱着他的《离骚》，怀抱着"哀民生之多艰"的忧愤，沉入了汨罗；

三、海子，则不同

屈原是忧郁的水，海子是燃烧的火，

年青的诗歌圣徒，太阳的狂热的恋者，

是怀抱着他的《太阳·七部书》下沉的，

"说完，我就沉入

永恒的深渊，死亡。"

他这样说，也这样做了。他将他最后的一点点热量都消耗尽了，油尽灯草枯。

当他躺在时代列车疾驰而过的铁轨之上，迎候着死亡的时候，说道：

"今夜，我仿佛看到天堂也是黑暗而空虚。"

（幻灭的悲哀将他夺走）

列车，将海子怀抱中的"落日"碾成了碎片，又被风吹撒到人间的每一个角落。

我拾得了其中的一瓣：那落日的光，在颤；

四、每个人的落日

升起的必落下，这是生命的铁律，

庄子说："生之来不能却，其在不能止"，

"每个人都有他自己的一轮落日，做一个怀抱落日下沉的人吧"，

我对自己说。

"落日，落日光啊，请伸出你的犹有余温的手，抚摸我吧，抚摸……

这时候，我闻到青草的气息，竹叶子吐送着阵阵清香。泥土，泥土是大地永生不绝的摇篮，篱笆上蓝色牵牛花因落日光的稀释而萎缩。鹰翅降长空，蝙蝠的垂挂如阔叶树上的叶瓣，蚂蚁们结队归家，回到石板下泥土的洞穴去了。

都市的万家灯火，揭开了又一个夜晚悲欢离合的千姿百态，

这时候，我投过去依恋的一瞥：这人间，有过我的一滴泪水，一粒汗。

怀抱落日：我的落日便是那苦吟多年的诗了，我已经将她留在一个引领向阳的男孩的心坎上了。

（在那里，很安全）

当落日的最末一线光辉从我的额间掠过，然后在唇边停泊，展开了一簇花朵的笑波。

（这是谁也看不见的）

弓 车/作品

SHANDONG POET 60

　　弓　车，本名张军，国家一级作家，《水城文艺》
执行主编、《鲁西诗人》执行主编。中国作家协会会员，
山东省作家协会诗歌委员会副主任，聊城市作协主席。
现居聊城。

诗人：弓 车

诗观：

1、写诗，就是留出空间的一种技巧活动。

2、写诗，就是给心拓出空间，让云卷云舒，让日升月落。

3、写诗，就是给灵魂腾出空间，存放真善美。

灯光下

我需要在温暖的灯光下采薇
浇水，为冬小麦掀开棉被
将蝴蝶引了来，用我的吟咏
我需要在炽热的灯光下整理田垄
用手一株一株地，梳理玉米叶和高粱棵
我需要在如火的灯光下割麦
成为冶炼黄金的高手
这时节，布谷鸟代我写诗，四言的
我需要在清冷的灯光下读书
读的字是大豆、豌豆和蝇头小楷的绿豆
我需要在银白的灯光下看庄稼做梦
棉花的梦洁白，油菜的梦金黄
我需要在朦胧的灯光下谱写小夜曲
看青蛙鼓瑟、蟋蟀弹筝
一只田旋花偷偷越过篱笆私奔……
我需要你，牧神呀
把太阳举得略高些，让我看清前世的庄稼
而把月亮举得低一些，低过这棵桑树
低到我近视的双眼前
让我为它添上三两豆油或者蓖麻

觉悟之船

在一粒麦壳里，装上鸡、鸭、鱼，百兽
装上天上的星辰，24 节气，风的骨殖

在一片棉花花瓣里，装上温暖，阳光
装上老母的絮叨，油盐酱醋，夏日砍的柴

在一枚豆荚里，装上我的公主，白娘子
装上梦，幸福与忧伤，大于宇宙半径的彩虹

在一声蛙鼓里，装上月华，工尺谱，编钟
装上二百年前的莫扎特，蒹葭和秋水伊人

在一朵路过的云里，装上闪电、生锈的刀
装上我汉朝的帛衫，羽衣，折叠起来的翅膀

在我的诗里，装上麦壳、棉花花瓣
装上豆荚、蛙鼓、路过的云

不用桨，不要帆，在我的西河岸边
我装满再卸下，卸下再装满

一棵树做了一个梦

它一定梦见了五百年前的情人，一身茜裙
不然，它不会激动地浑身枝叶颤动

它还梦见了闪电、霹雳，剑剑封喉
不然，它不会悸动，几片叶子惊恐中失足飘落

它一定梦见了一群羊、采桑女，初恋，神
不然，它不会如此安详，用花朵笑出了声

它一定梦见会走路了，甚至长出了翅膀
不然，它不会想扯住一片云，抖落一地绿荫

它还梦见了刀，锯，斧头，梦见血与火
不然，它不会张开那么多的裂口，进行深呼吸

它一定梦回唐朝，李白的 59 匹古风拴在它身上
不然，它不会做出冲天吟啸的样子

它一定梦见了黑暗，地下的，还梦见了天堂
不然，它不会用千万只墨绿的眼睛望着我

对了，它一定梦见了我，我这个现实的流放者
不然，它不会在风中摇一下头，又点一下头

点一下头，又摇一下头
这棵阅人无数、垂垂老矣、爱做梦的千年唐槐

卜 居

此刻方知，我原来那般挑剔：
我要的水是秋水，源头是银河
我要的山是初唐的，就是王维画里的一座
种花的说来数分种即到
从桃花源来的，扛着陶潜的锄头
引来一群宋朝的蝴蝶
没有烟，但有秫稭烧的炊烟
没有喧嚣，但有鸡鸣与犬吠，蛙鼓劲敲

远离宗教捆绑的中世纪
挨近达芬奇的弗洛伦萨或晋朝
但与炼丹的人要隔开千百条鸿沟
沿着屋后的山坡爬上去，半小时到达天界
但我绝不叩阍，只借一朵最白的云
踏着去与李白斗酒，看谁一醉一万年
门前自然要有一条小溪的
从我的池塘出发，载上我的荷花仙子
不学雪夜访戴，而是直达诗经的尽头
在河之洲将那只雎鸠带了来
与白鹭、仙鹤们一同，圈养进我的诗里
而我的御花园设在战国，与诸子百家比邻
让蜜蜂尽管来盗取花粉，不用关门……
哦，这些呀，是多么美
我说的美是大美
我要的花木鸟雀是大美里的逃亡者

你看，卜居时，我是那般地挑剔
像一个专制的君王，虽然早已自我放逐

节　奏

我要听舒缓的音乐
我要看慢节奏的电影
我要像凡·高那样
用几十年的时光，割下自己的耳朵
要像麦子那样，在夏风中
慢慢地垂下头来，祈祷
我在海的那边有座房子
用一万年的时光建一座门，篱笆的
在梦里，变成蝴蝶的过程

从春秋开始，到现在只不过刚刚
破壳，再过百年，伸出左翅。在阳光下
在这个世界上，写下我的地址
（过去是那么潦草
现在要一笔一划慢慢地写）
最后的门牌号，请上帝不要告知我
我要慢慢地返青，再变黄
数星星，一颗又一颗
让风不耐烦地从我身边逃走
顺手偷走我写给莫扎特的一封信
我要接受这株唐槐的催眠
同时接受时代的宣判：
因我的慢和节奏的不协调
流放我到东晋
好的，我在那里，再用一千年的时光
慢慢地，逃回来
逃回来，看我的西河，扬起清波
看我的庄稼，一片碧绿
与耐心地等我千载的棉花姑娘
不举行婚礼，就入洞房

我剽窃的遗嘱

"不要告诉伊丽莎白·杰恩说我死了。
也不要让她为我悲伤。
不要把我葬进神圣的墓地。
不要请教堂执事为我敲丧钟。
不愿意任何人来看我的遗体。
不要任何人来为我送殡。
不要在我的坟墓上栽花。
不要任何人想着我。

为此，我签上我的名字——
迈克尔·享察尔。"

对，就这份遗嘱，我剽窃的
为我自己所用。一定要原封不动
只是签名换成我
当然，还有，把"伊丽莎白·杰恩"
删了去，暂时空着，或永远空缺
请大家原谅……

老唱片

我听到了风，风是 0.3 级的
我听到了雨后的安谧
我听到了牧神说：你该赶着你的羊来了
并用闪电割去被风刮坏的衣裳
云的窄衫，云的大肥裤
我听到在时钟里，被分针推搡着
从睡梦中一下子就跌倒在艳阳下的鸟鸣里
我听到河水，西河的水流多么徐缓
我听到玉米告诉每个过客说她怀孕了
这过客包括我，那时我听觉敏锐
我甚至听到了蝴蝶的心跳
蚯蚓的脉搏
听到一朵牵牛花对一朵南瓜花说：
"嫁给我吧……"
我听到我解开了风的扣子
树、庄稼就被刮歪了，还有我的少年——

好，就在这里戛然而止罢
到我听到我弯下身子的少年

从口中吐出了苹果、桃、玉米、高粱和棉花的
呻吟、惊呼

前面、后面

前面的一阵狂风把玉米粗暴地吹歪了
后面的微风将它们一一扶起，说着道歉的话

前面的一场骤雨将南瓜花的新裙子弄湿了
后面的细雨给她们清洗，小手多么轻柔

前面的两朵乌云赶着马车过西河而去
后面的三朵白云在此岸逗留，等我迟迟归

前面的太阳把公主从豌豆荚里牵了出来
后面的月亮给她穿上婚纱，是用我诗句做的

前面的一群绵羊把青草吃掉了一大半
后面的我将遗留在草丛里的逗号、句号捡起

前面的地气多么像千百只蝴蝶的翅膀
后面的夕烟是我正在羽化，请不要打扰

前面我的少年向前奔跑着，恼怒于这些个喧嚣
后面我的老年向后坐了下来，爱上了这一片静谧

分界点

我与玉米之间的分界点是冶炼
与黄金之间的分界点是熄灭的熔炉

我与布谷鸟之间的分界点是飞翔
与天使之间的分界点是被缚住的翅膀

我与蚱蜢之间的分界点是自由跳跃
与自由之间的分界点是爱的缰绳

我与羊群之间的分界点是鞭梢
与白云之间的分界点是受伤的天空

我与童年之间的分界点是时光
与牧神之间的分界点是我的前生或后世

我与菜园之间的分界点是花朵与芬芳
与皇宫、庙堂之间的分界点是东晋的竹篱

我与我西河之间的分界点是波光
与银河之间的分界点是风吹出的一滴泪

我与我村庄的分界点是我在诗里种庄稼
与天堂之间的分界点，哦，仅仅是一片庄稼叶

木 匠

我想当个木匠，用凿子
将风声、雨声从木头里凿出来
如果是一棵古树，比如一千年高龄
我或许会凿出晚唐的一两声鸟鸣
用锯子锯，有可能会锯断时光的经络
还有许多古代、现代的隐士
会被我用刨子刨出来

一层层、一片片地，衣衫堆满地
我老家原有株梧桐树
我要将它伐倒，将它细细地锯、刨、凿
把栖息在里面的凤凰惊醒，振翮而起
…… 这些呀：风、雨，鸟鸣，隐士
还有凤凰，避秦人，时光的羽衣
我都会为他们造屋，木屋
或者别墅、夏宫，水榭映月，亭台翼然
是纯正宋词的风格
不用任何现代的建筑、装饰材料
我用墨斗划出一道道直线
用丁字尺标出古与今的角度
对，这样就避免不小心走到后现代去
我也不用名贵的木料，比如花梨，比如赤楠
就用常见的柳、榆、槐，枣木是最奢侈的
墨线不够长，就用我的神经线
与鸟鸣垂直，与风雨、与闪电、与飞翔垂直
就是不与弯曲的年轮、扭曲的时代垂直！

朋　友

我与青草交朋友
他们告诉我，风原来是这样的
他们让我听到了雨的心跳
他们说：你何不找出最初的火柴？
于是，我开始脱衣、沐浴
弯下腰来，鞋子丢掉
头上的帽子应该是朵灰白相间的云
让他们看到，我的肺，是骨朵
最原始的一种
呼吸着青草的呼吸。哦

这风中断续的牧歌、雨里闪亮的墓碑
都被我听到、看见了

我与青草交朋友
我告诉他们我的生辰八字、姓氏、DNA
他们告诉我族谱、血缘、类、科、目
我接受洗脑、换血
从叶绿素里提取酒醅，可啜饮，可浅斟
可畅饮，可在秋风里狂饮三百杯
依次是鹅黄、浅绿、草绿、翠绿、深碧

我与青草交朋友
他们告诉了这些你们无从得知的秘密：
从青草到庄稼的距离
从庄稼到黄金的距离
从黄金到废墟的距离
从大地到天堂的距离
现在，我不停地向他们劝酒
最终我要让他们在醉酒的状态下
告诉我，从这个国度到他们那个国度
需要偷渡的距离

我的海洋会沸腾

我的海洋会沸腾，在风中
微风，烈风，以及我大于十级的深呼吸

我的海洋会沸腾，在雨里
秋雨，暴雨，还有雷电诉说着我的爱

我的海洋会沸腾，它没有岸

它也就把爱情、把血液，溢得遍地皆是

我的海洋会沸腾，它的潮汐与太阳有关
所以，我学会了驾驭 24 节气，就像牧羊

我的海洋会沸腾，自冬徂夏无休止地沸腾
最终在秋日里，把一颗颗黄金的心呕出

我绿色的海洋会沸腾，其实多么直观呀
巨浪是玉米高粱叶，小麦棉花是金浪银浪

我的海洋会沸腾，我的海洋，是绿色的
每次上岸，就会淋漓一地的绿，那是我的血

每次我的血流干了，就再次扑入我的海洋
把心再次煮沸，再度用绿把全身浸透

老花匠

我认识了一位老花匠
我相信他从东晋时就开始种花了
他不停地种着，还挖了许多条
历史的深沟、浅沟
我毫不客气，刚刚结交就向他
讨要一把钥匙
可以把我反锁在九月
而他，与他的老妻
在波斯菊和百日草、棣棠花丛中
看出了唐朝私奔出的仕女
只是他眼的确有些花了，竟然没有认出
其中的那位青衫书生就是我

这启发了我，为什么不把钥匙
藏在从唐朝回来的半路上，就在
残缺的南明好了

我认识了一位老花匠
他的铲子呀，一铲，大地就渗出一朵血
一铲，时光就涌出一朵血
我真的相信他好厉害
他是化了装的……避秦人？招隐者？
抑或二十八星宿？
我需要问遍大地上的花，并把自己
一铲一铲地铲出一朵一朵的血来

力　量

在这九月
我需要多少力量，才能让这枚豆荚
这枚羞涩的豆荚开口说话，说出初恋？

我需要什么样的力量，才能
让这枚玉米解除三朵田旋花的纠缠？
她们太过轻浮了，而玉米太傻

我需要几吨的力量，才能有说服力
让一地的豌豆公主爱上一地的高粱？
中间请瓢虫当信使，蝴蝶做红娘

我需要几钱的力量，才能不至吓到这朵棉花
把正在她怀里睡觉的云彩唤醒
不用沐浴，不用梳妆，是多么地圣洁！

我需要积攒多少力量，才能把牵牛花
一千朵吧，牵到我的田园诗里去？
那是我经营的私田，没有雇佣一位短工、长工

我究竟需要多少力量，才能化解我的一切力量
颓然委身在此时的田野，赖着不走，在这九月？……

风 箱

神呢，有时我喜欢狂草，想
去请来张旭，借来他的笔
还有整个唐朝做我五斗方的宣纸
挥洒上我的庄稼、青草和树木
当然，这是在秋天
而在春季里
我则喜欢行楷，我需要小心翼翼
不要吓到那些花和昆虫
它们刚刚认识了这个世界
比如小麦，它们一起在你的风箱里偃仰
让我想起我上小学一年级的情形
比如蚱蜢的翅羽
一缕微风就让春天打了个趔趄
神呢，有时我还喜欢泼墨大写意
就在刚刚过去的这个酷夏
借你的风势，几百里麦田我一挥而就
就一笔：自南至北
就一种色调：金黄
现在又是九月，又到我书写狂草的时候
所以，神呀，请你使劲拉风箱！
让玉米、高粱向我伸出千万只手
让树上的果实燃起熊熊烈焰

让百草零落前发出最后的呐喊
让我在你的风箱里跌跌撞撞
在庄稼、草木身上撞得到处是血

谁知道玉米的想法

有谁知道玉米的想法
谁知道玉米在风中先举左手还右手
在雨里是否记起了前生
有谁知道玉米穗头初萌的时候
她痛苦又喜悦的喊叫有多少分贝
是不是直达天庭
只有我视若无睹、听而不闻。你看
这紫红的缨络难道不是她不肯剪下的脐带
有谁知道玉米与牧神约定的内容
有谁知道让她受孕者是谁
有谁知道锻造一克黄金需要她多大气力
她一生的积攒就这样慢慢全部取出
有谁知道玉米的细胞壁上刻有我多少诗句
她的叶绿素正是我诗歌的颜色
谁知道玉米是否曾想跟蝴蝶私奔
是否在秋夜面对月亮女神忏悔不已
有谁知道玉米的血型是不是与我一样

郭　廓 / 作品
SHANDONG POET 60

　　郭　廓，原名郭振德，笔名双城、郭岚。1939年7月生于山东省寿光市上口镇郭疃村。文学创作一级。1958年在《济南日报》发表处女作《打娥姑娘》，1963年7月在《诗刊》发表组诗《岱顶放歌》，著有诗集《芳草集·日观峰晨曲》《心泉奏鸣曲》《黎明风景》《郭廓抒情诗》《郭廓诗选》《鹰翎·火笛》《郭廓诗精选》，报告文学《都市之梦》，散文集《心有灵犀》等。获山东省优秀文学奖，泰山诗歌节金奖等多种奖项，作品入选多种诗歌选本。中国作家协会会员，中国诗歌学会理事。现居济南。

诗人：郭　廓

诗观：

　　千万不要把写诗看成是一件很容易的事。作为一个诗人，如果他不敢剖开心胸坦荡地面对读者，如果他不能热情而虔诚地拥抱时代（包括它的病痛），如果他不善于从古今中外的圣贤那里汲取营养，如果他不努力开拓富有自己特色的艺术天地，他将很难成功。千万不要利令智昏地炒作自己，妄称什么"领军人物""语言大师"，给诗坛留下笑柄。切记，时间是好诗唯一的试金石！

　　我始终认为，诗歌是心灵的乐章，是诗人心灵与时代的沟通与交流，也是人生之旅的一种探险。诗是我的伴侣，更是我的生命。努力将古典意蕴与现代意识熔于一炉，将思维的触角伸向各个领域，不断进行艺术探索，才有可能创作出无愧于时代的作品。这是终生的信念，也是推动我奋进的动力。

泰山秦刻石

寥寥几个音符　圣乐般
奏一阕天籁之声
洗亮　尘封的华夏文明

文字是历史的眼睛
一瞥　便窥见王朝兴衰
洞察帝王的痼疾与隐情

李斯以神奇的笔锋
放飞几尾伤痕累累的
赤鳞鱼　穿越亘古风雨
游成
不朽的
风景

聆听鸟鸣

长期被囚禁于　都市
水泥森林的大牢里
噪音　是穿刺神经的
群蜂

向往　幽静的青山绿水
聆听悦耳的声声　鸟鸣
洗涤污浊　洗涤心灵

邻居阳台　挂一只金丝鸟笼
歌喉　一旦被锁上链子
只能听到　郁闷的嘶鸣……

其实　只要你多种植
一片绿色　都市就会多收获
一串串美妙的歌声

泰山扇子崖

岁月的剥蚀　能够
使长寿的峰峦
也变得憔悴而苍白
而你　面颊红润
青春的魅力　经久不衰

那场熊熊大火　终于
燃于山崖　灭于山崖
然而　一个悲壮的传说
伴着缕缕如血的夕阳
时常沉浮于茫茫云海

经过火的洗礼　美
得到升华　日臻精纯
卓然仁立于群峰瞩目的境界
哦　东岳把你擎成一个象征

让清风　读你千古芬芳的风采

黎明栅栏

千年万载
雄踞于群峰之巅
挺身耸成　一道
警示骇俗的
奇观

无数岁月　被风雨
剥蚀为一粒粒沙尘
留下巍巍巉岩
长成一丛丛铮铮傲骨
像一排排巨大的琴键
任暴风日夜狂弹

当被禁锢的黑夜
将一袭硕大的长袍脱去
晨曦万缕
如响彻云霄的鸽哨
矫健地穿越
黎明的栅栏

猫眼 · 窥视镜

猫咪很舒　很惬意
抓鼠　已成为遥远的记忆

现代楼房　像屹立的辞典

将"家庭"这个词汇
排列于封闭的格子
彼此　相邻而不相识
（只有空气是流通的）

于是　家家门上
窥视镜惊恐的瞳孔
将猫的视觉取而代之
防范着　鼠类的
突然袭击

香山黄栌
—— 致诗友

错过了春天　错过了夏天
经秋霜轻轻一吻
便把满腔激情点燃

亭亭玉立的绿树
倏然间火苗腾腾飞窜
漫山遍野流泻灼人的光焰

一挂山涧飞瀑
一页红叶诗笺
叠印出丽人的秀发与娇妍……

呵　梦中的一株黄栌树
把我的心烧成一块木炭
使冰冷的世界不再寒颤！

空房间

锁舌噤若寒蝉
猫眼丢失瞳孔
对于门铃的叩唤
不作任何反应

一只入侵的老鼠
与废弃的纸屑交锋
一尊缺耳的弥勒佛
露一副坐怀不乱的神情

寂寞如利齿
将凝固的空气
一点点蚕食

鱼的启示

工业区　密植的烟囱林
弥漫成　一个
咖啡色的宇宙

灰尘如蝉鸣般肆虐……

温水池中　罗非鱼
追逐着恋情交尾
将寂寞咀嚼成惬意

大工业　为世界的餐桌
凭添众多美食佳肴
却不曾料到　从而导致

大自然的贫血……

空中的情节急待淡化
池中的故事无须删节!

谒孔子墓

墓地有亘古不褪的夜色
冷寂的钟声　呈辐射状
浸润孔林冻僵的思绪

银杏树默哀于肃穆的氛围
沉闷弥漫于连接古今的隧道
圣人的目光辉煌了东方哲学

桅灯千盏闪烁于银河　思维
洞穿时空　萌生千载宁静
为一代代濒于绝境的帝王输血

你很想再从沉梦中醒来
临现代之河而思　把头颅
倾向迢遥历史　此刻
我仿佛看到一部白发苍苍的《论语》
在时间的长河里蹀躞……

比萨斜塔

一茎睫毛
在地球的眼睑
以金鸡独立的姿势

站成　一帧
惊心动魄的
奇观

世纪的风
打着旋子
踱来　踱去
始终读不懂
这古典灵魂之奥秘
甩下　一声声喟叹
扬长而去……

春·枯萎的思维一夜间返青

和煦的风　刚刚苏醒
便悄悄挣脱残冬的禁锢
枯萎的思维　一夜间返青

湖畔　燕子的声声呢喃
将丽人的千缕发丝梳绿
北极庙这粒硕大的古莲子
春心萌动

水草深处　跃起几尾骚动不安的
鱼

夏·莲蓬高擎爱神的箭簇

荷田万顷　布下八卦阵
让游船陷入十面埋伏

花丛的火焰　越烧越旺
一支支莲蓬高擎爱神的箭簇

荷花仙子　嫣然一笑
羞煞一群浓妆红颜

佛山倒影　沉迷于
飘渺虚无的仙境
大梦初醒　醉意朦胧……

秋·历下亭挺一身傲骨

历下亭挺一身傲视万物的骨气
在风中吟咏诗圣的警句
——"海右此亭古　济南名士多"
披着两肩唐时的明月
一副绅士风度

撑一把华盖巨伞　品千秋赞誉!

踏着千步鸟啼　寻访"二安"遗韵
朦胧中仿佛在"挑灯看剑"
伸手抓住的却是一些"绿肥红瘦……"

冬·湖面有冻不僵的笑容

承蒙泉水的厚爱
严寒中送来一脉暖意
湖面有冻不僵的笑容

洁白的莲藕　一孔一孔
储存着济南人的真诚

雪花抚慰寂寞的明镜
映照出冷美人的倩影……

明湖居旁　高鹗掬起神韵一泓
让诗史永不结冰!

南天门一瞥

南天门　游子梦中神往的门
远远地你抛给我一个飞吻!

敞开博大的胸襟
容纳四海漂泊的风
伸展热情的双臂
拥抱五洲流浪的云

来自天南地北的登临者
无论肤色是黄　是黑　是白
你彤红的笑脸
敦厚的唇
让游客感受
宾至如归的
神韵……

大海落日

站在　蓬莱仙岛

当初你腾空而起的地方
望你

追忆你日经中天的辉煌
仰望那颗高昂的头颅
匆匆向西域驶去……

生命神奇的交响
既有华彩乐段
也有遗憾的败笔

此刻　将万千思绪
浓缩为　西天一方
沉默的回音壁

那只红肿昏花的眸子
是宇宙一颗滚烫的泪滴！

北戴河·鸽子窝

　　　A
大海是一只
硕大无朋的鸽子
每一簇浪花　都是
一片湿漉漉的翎羽

　　　B
太阳金黄色的羽毛
在黄昏风的吹拂下
纷纷飞落
沙滩

C

朝暾是一只
鲜嫩的雏鸽
宇宙的鸽子窝　一宿
孵出满天霞霓

D

置身鸽子窝　无比怀念
故乡诞生地的茅屋
曾为一个飞翔的梦幻
赋予一双矫健的翅翼……

漓江·丽人

你深情的顾盼是一缕
流苏　靓丽而旖旎
一瞥　眼波飞泻几百里

岸畔一丛丛葳蕤的凤尾竹
是你神采飞扬的秀发
江心叠印出一脉脉山岚
是梦幻　还是绵绵思绪?

我愿是江面飞翔的一只小鸟
日夜兼程　将你苦苦追逐
抑或是一尾游在你眸中的鱼
啜饮你的芳露　你的相思

在旭日初升的清晨
与你共同把阳光沐浴
在那星月璀璨的夜里

与你携手将梦巢一夕修筑

红叶谷写意

风景　经过岁月的发酵
日臻妖娆　狂饮一缸
痴情　满山枫叶醉了

生活的惬意如此神奇
能够　把一座巍巍大山
征服　一夕放倒

让相思纵情燃烧　站在
红彤彤的意境里　等你
于火中品尝　不落的情潮……

呵　有情人的红叶谷
迎着冷酷的寒霜　营造
灼热的火巢

鸟巢畅想

　　　A
钢铁的森林举起
一座　硕大无朋的巢
宇宙聆听　五大洲的鸟群
鸣奏　一阕和谐美妙的圣乐

　　　B
中国体操王子　以奔月的姿势

飘然升空　以激情点燃
奥林匹克女神的微笑

　　　C
在远古有巢氏青睐的地方
十三亿双大手　高高擎起
新世纪的巢　让全世界的鸟
孵化出惊世奇迹　和人类的骄傲

　　　D
这儿有烈火中飞起的凤凰
这儿有穿云破雾的鸽哨
这儿有劈波斩浪的海鸥
这儿有扶摇直上的大鹏
这儿有云空盘旋的百灵鸟……

　　　E
只要创新的灵魂不衰老
更快　更强　更高的乐章
就永远响彻云霄　但愿
我手中的诗笔　能成为
一支搏击长空的羽毛！

诗·酒

我的诗　是一坛
未启封的陈酿
不祈成为销魂的琼浆
但愿它　如情人的泪
芳醇而清苦

蕴藏心底的爱
铭刻骨子的恨
酿成一阕耐嚼的古曲
当它倾坛而泻
地球所有的经纬线
都飘然跳起摇摆舞

探海石

你是泰山的一只巨掌，
斩云拨雾伸向东方。
忠诚地执行着一项使命：
每晨，揭起日历一张……

迎接你的是 ——
一轮骄阳，万道霞光，
伴和你的是 ——
汽笛高歌，金鸡欢唱。

呵！原来那日出奇观，
都出自你的手掌，
原来那东海涨潮，
是你掀起的金波银浪。

请借你的巨手，
在宇宙的日历牌上，
为人民谱写一曲，
光明战胜黑暗的乐章……

韩嘉川 / 作品
SHANDONG POET 60

　　韩嘉川，笔名肖汉，山东青岛人。1981年开始发表作品，著有散文诗集《海角，亮起了渔灯》《水手酒吧》《蓝色回响》等；散文集《阳光海岸》《饥饿的海》《鸟窝里的蛇》等；小说《天井》《搓背》《迟到的救赎》等，纪实文学《热血》等多部，以及电视作品多种。作品被百余种选本选载，并被介绍到国外。多次获奖，其中参与主创制作的50集大型电视戏曲艺术片《中国地方戏曲》获中宣部"五个一工程"奖。散文诗获山东省文学创作奖等多项。中国作家协会会员，中国散文诗学会理事，青岛市作家协会副主席。现居青岛。

诗人：韩嘉川

诗观：

　　诗歌毕竟是诗歌，它可以有杂文或随笔的成分，也可以有散文的方式或成分，但是必须坚守诗意的存在，有胆量说出一些"直露"的话，那不是诗歌，特别是像口号誓言之类的。问题不是敢不敢说，而是会不会说，有没有诗意。图解生活，也不是诗，尤其是现象的罗列，那会害了诗歌。可以写的平淡，那会是一种风格；也可以写的粗糙一些，但是对生活的观察与感受，不可照搬硬套原封不动地拿来。更不要硬凑句子，含义不清硬凑成诗歌的样子。

写给父辈的挽歌四章

一个转基因的早晨

是黎明的浆汁，在每天早晨的大桶里，在寒冷而嘈杂的市场上。

沿着东北女人的叫卖，便嗅到了大豆的味道。我记得东北平原大豆摇铃的季节，是父亲劳动改造的岁月。"康拜因"拖拉机在耕耘地平线，阴云仿佛再也洗不干净的床单，罩起了我童年的天空。

豆秸垛倚靠着绵绵细雨，任绵绵思绪发芽。

赶马的皮鞭缠绕着凄清的光线，缠绕着一道深吼，在水泡子的层膜上滑动。

东北女人叫亮了黎明的白，散发着大豆的气味儿。"康拜因"耕耘着北方的地平线，耕耘的那个没有太阳的日子向西沉落，如豆的灯苗儿摇曳着深沉的黑土地。

马铃薯与大豆煮熟的夜晚，盘踞着凄草森森的平原，狼或者豺狗将目光沿着地平线拉长。马车夫摇曳着深吼与马鞭，凄厉的光泽刺激着空气的皮肤，一条滔滔的大河压迫着北方，压迫着星辰的呼吸。

倚靠着细雨的豆秸垛里，豆芽儿的种种思绪在暗暗生发……

一个东北女人吐出了大豆摇铃的气息，乳白色的豆浆唤醒了一个凄清的早晨。

早市噪杂而湿冷，白菜叶子被城市的大脚榨出了土地的水分，让早晨湿滑而黏腻。

东北女人的叫卖，让市场亮出了乳白色，康拜因没有耕醒的处女地，被东北女人叫亮了，沿着市场寒冷湿滑的气味儿，沿着不锈钢大桶飘散的水汽，乳白色的豆浆，散发着三江平原黑土的气味儿，让一个冬日的早晨盛在一杯豆浆里。

大豆摇铃的季节，攀附在一个东北女人辽远的地平线上，湿冷黏腻的岁月，就那样攀附在人们的脚下，阴冷而黏腻，让一个早晨散发着来自黑土地的白。

黑土地的呓语

那里有一只船的龙骨，还残留着海上风暴的痕迹。

那是父亲，他曾守着一片黑土地，挥动斧头砍伐木头与苍凉的季节，造一间让所有改造者做梦的空间。他还向小马驹与天上的飞鸟打唿哨，然后吐口唾沫在手心里，拉动锯子像鲁班制造一些有用的东西，唾沫就是力气，小时候我这样想。

船的龙骨与海浪镶嵌在父亲生长在海岸上，他却在黑土地上挥动斧锯，为劳动改造的人造房子装填梦想。雨季的面孔苍白地醒来，那是父亲守着的黑土地，把语言种植下去，生出鱼白肚一样的晨曦浸泡在水雾里。然后砍木头喂马给亲人写信改造每一颗草芽的朝向，他朝手心里吐了一口唾沫，手上便有了力气在那个雨季里。

龙骨与海浪散发着遥远的气息，太阳包裹着黑云的胞衣，被呼哨击中的马驹与飞鸟静止在黑土地的雨水中，斧头与锯子在改造中与转基因的大豆一样，嗅到了海洋的气息，然后让那里有一只船的龙骨，还残留着的海上风暴的痕迹。

东北马车

鞭稍甩出去了，广袤的东北平原回响着生灵的翅膀。

道路用泥浆雕塑着每一个走过的足迹，以及风与苍鹰的嘶鸣。

一辆载着汽油桶和光头微笑的胶轮马车，轰响着驶进细雨纷飞的早晨。

遗落的豆子在黑土地上发芽，弯弯曲曲地举起了手掌，表示某个季节的存在。

鞭稍的一声炸响，东北平原上便荡起了大豆与高粱的回声。

一滴凄婉的雁鸣，将生命的痕迹流放在了荒原上；而无论怎样的书信与消息，再也没有找到一代人失落的心灵羽毛。

秋雨丝丝抽打着芦花的苍老，在记忆的看守中，往事规规矩矩接受黑土地的改造。

风卷起雪粒的文字，漫空里涂写岁月的供词；水泡子冻结的语言结实而强硬。

鞭稍炸响了的东北平原，激活了狐狸一样狡黠的反光。

两条车辙两只眼睛的目光一样并行不悖，冰雪的视野版图上，苍苍白发只是印记的射线。

雪原的辽阔而壮丽中，一棵树与山林一条河与大地的区别，在于马车驰过的距离。

炊烟与栅栏状写的皲裂与冻疮的痛痒，是隔着冰层的透视……

冰封的河道

那是时间的传记，洁白而透明，丰腴的女人一样，那冰封的河道。

那是河流的传记，承载着蛙鸣、蜻蜓的翅影儿，还有大马哈鱼和浣熊欢笑的影儿；而狼和狐狸的歌声似乎滑行得更长久一些，在冰封的河道上。

那是白桦林、芦苇还有北风长啸的传记，枯枝败叶与流水的纹理，瞬间凝成了文字，记载着秋天离去的叹息，那冰封的河道哟……
那是一道深深的伤口的传记，隔着厚厚的冰层，痛疼与寒冷一起，在看不透的地方缓缓地流淌。

滑过黑狗或者枣红马拉的爬犁，甚至猎枪和子弹飞过的痕迹。

滑过日头苍凉的反光和秃鹫的投影，以及雪暴潮的足迹。

滑过父亲埋在皮帽下的目光，还有伐木的斧头和油锯，他可以劈柴造屋编织草帘子将木栅子填进火墙里，让雪原上的早晨有烟霭袅袅升起在一幢小木屋上……

在那条遥远的河床上，父亲们久久地滑行在冰面上，飞过的鹰隼没有带走他们的消息。

冰封的河道是一部传记，留在远方的冬季……

乌江意象三章

回眸乌江岁月

芦苇扯着白色的芦穗，扯着高空的雁鸣，扯着季节的深度，坚守在岸边好多年了。

像静守悠远的风信，静守一个相传很久的故事，静守岩石的纹理与盘山而去的路旁那盏蓝色的小花……

攀住河水的上游，攀住故事的开端，河水的波纹流经每个人的情节，阳光的重量负在每一个弓起的背上，像鸟儿飞过了却留下影迹，供人们翻拣遗落的记忆。

是的，鸟儿飞过了乌江，且毫无疑义地将痕迹镶嵌在了以往的岁月里。

沿河的孩子

秋天其实已经攀着江沿上岸了，可孩子们还在游泳。像乌江的笑声泛起在江边，孩子们的脸向日葵一样，朝向每一朵浪花。

江水是从春天流过来的。

秋天睁大了苞谷的眼睛，睁大了树结的眼睛，睁大了小城的一扇扇新窗子的眼睛……

铁皮船在江边栖息，还没有出发的消息。太阳的手指拨弄着一滴滴水珠儿，在水弯处藏起一束童年的记忆。

江水是从高原上流过来的。

秋天已经沿着盘山道路走来了，过了桥过了弯道过了炊烟袅袅的村落，秋天终究是要横在某个地方的，就像横在江面上的一抹暮色……

江水是从蓝天上流下来的，为孩子们挽留夏天最后的自由。

山　角

一些干净的白鹭从岸边起飞，沿着风的弧度到对岸，叩问岩石、树干和山羊，还有江面上船夫的号子与山歌。

而风沿着江岸的峭壁站立起来，与山峰一起向远方的地平线眺望。

灰蒙蒙的瓦片将雨水洗涤过的日子规规矩矩地排列，然后拣出一个，打开……

渡口的筏子系在秋天的一个拐弯处，然后将沉甸甸的季节装在背篓里，沿着大山的皱纹去赶场。

桐油灯点亮的夜晚寄存在生活的深处，信号与密码在折叠的群山里，窥视着山外的世界。

乌江是一部折叠的册页，几千年的历史折叠成了沿河人的歌声，激荡着层层山塬包围的角落。

沿河而去，是一个干净的角落。

一捧阳光

从努起小嘴儿开始，然后是小拳头，再到欢快地拍打着春风的手掌，那时候你已经能将清脆的声音抛在台阶上了……

于是，广播操的音律拾级而上，伸伸手臂弯弯腰，将一早晨的课程沿着阳光的线条儿，编织成目光，捕捉那些令人心动的轮廓，譬如喉结与上唇绒绒髭须的组合，譬如变声与粗暴语言的组合……那时候的天空尽管有鸽哨滑过，也仅仅留下云丝风痕的涟漪。

于是，风的曲线开始凸显，光合作用的叶绿素有了丰韵。一种羞涩在无声的关注中渐渐盛开，浓烈了的阳光沿着海岸线，沿着林荫道，沿着蝉韵与蛙鸣，以及雨季的肆虐与草莽的疯狂，然后在秋天的门槛上，拍打着房檐下的婴啼与市场的喧嚷，把每一分钱攥得当当响，敲叩着街道旁的马牙石，敲叩着每一个黄昏的古铜色，敲叩着渐行渐远的那些风吹杨柳的日子，在修鞋的马扎上坐下来，给日子打一个补丁，然后继续上路……

是的，在秋的门槛上，攀住枝头的一个骨结，任秋风秋雨扑打着柏油路面，褪色的油纸伞靠在门洞的一侧，借着门外的天光向外窥望。车子滑过门廊前的光影儿，有年轻的目光洒落在街面儿上，而自行车铃摇响的青春的欢笑，早被雨水打湿碾压进了马牙石路面的缝隙里了，锈蚀的自行车架在门洞的角落里，寄存着遥远的手掌拍打春风的节律，寄存着广播操的曲线，寄存着冬日北风中狂奔的温暖……

是的，那些枯枝向灰蒙蒙的天空伸出疑问，或者白茫茫的雪，或者晴朗朗的天，唯有叶子依依不舍，攥着一捧阳光，还有弩起小嘴儿还有伸出小拳头和欢快地拍打春风的痕迹，只不过仅仅剩了一捧阳光，飘落在地。那时候，只剩了一只秋的门框，而房舍与街道，都被拆迁了，只剩了秋的门框，倚此遥望愈去愈远的春夏，倚此窥视渐渐迫近的雪际线……

一片叶子仅仅是一捧阳光，作为全部，已经足够了。

蜜 饯

是手掌心儿里的那一颗。阳光、雨滴、泥土的馨郁、枝叶上的风，还有干燥的日子皱缩起的岁月，全在那一颗的纹理中，蕴含。

是的，在门前的台阶上，那阳光，丝丝缕缕地缠绕着。那时候不知道绽放与果实是什么关系。仅仅是目光与太阳狂泻的光线交叉。悸动的心灵。有时回味起来会觉得莫名其妙……

然后是雨滴。走过一些泥泞的脚也有了一些老茧。雷电、山洪，甚或河槽的泛滥，以及家狗彻夜的狂吠，终究会归寂于一盏昏黄的灯光，如一滴高悬于枝叶的雨滴，迟迟没有垂落……

终究，还是泥土浓郁的气息，包蕴着蛙鸣、蝉噪、虫吟，甚至花瓣的绽落，露珠的滋响，残月光刃的切割，还有顽童调皮的喧闹，都曾形成过无数不同形式的念头，冲撞着胸襟，冲撞着那些可方可圆可尖锐的日子，终究，还是还原于泥土的气息，在季节过后归于平寂。

风声，擦着枝桠就那么渐渐远去了，谁也不再说什么。风流韵事就那么沿着深深的巷子，沿着窗棂的剪影，沿着日子的边角，远去了。谁也不再说什么，仿佛什么也没有发生，一如小桥下的流水，悠悠地悠悠地流去了。

伸开的手掌，纹理多了心绪多了，而圆润丰腴在干缩，如记忆的水分在挥发，而糖分在渐渐浓缩，浓缩……还是那样的台阶，还是那样的目光与阳光交叉，已不再有心灵悸动的女孩儿，只剩一颗蜜饯，在干燥的日子角落里枯坐。

滴　雨

几滴细雨，星星点点抛洒在天地间；抑或是往事的乌篷船，在细雨轻抚的水面上飘来。

石桥与灰蒙蒙的巷子做背景。还有雨棚下的开水灶，锈迹斑斑的自行车；还有窗棂下的苔藓，石桌上的隔夜茶。

灶台上的冷饭热了又热，窗玻璃上的水蒸汽流泄出一条条曲折的回家路，斑驳的墙壁上还有儿子涂鸦的手笔。哦，窗玻璃上水蒸汽流泄出一条条母亲的皱纹，流泄出一条条思念的痕迹。

石桥的台阶磨得光滑，童年的欢笑被点点滴雨打湿了，而风车轻轻地飘远了。

胡同口豆花的叫卖声腾起白雾的蒸汽，生锈的自行车靠在那里，在滴雨的季节，锈蚀的轮圈上还寄存着多远的距离？

油纸伞放大了滴雨的声音，留声机在窗边矜持不语。而一粒草籽飘落在墙头的泥土中，荒芜就在滴雨中生长……

而漂泊的游子一声乡音没喊完，天就黑了。

触摸黄昏

当黄昏风赤脚穿过前廊，地板发出轻微的振颤，海的裙角被撩起，砂砾如文字一样组成一些话语，组成一些情节，磨砺着赤裸的脚心。

当黄昏的裙裾窸窸窣窣地拂过前廊的木板墙壁，海浪无声地振颤着，仿佛若干话语努起的双唇，含着微笑；掩着一个夏季午后的软边草帽儿，依然挂在那里……

　　一只放在木桌上的手张着期待，旁边是一杯啤酒和切成片的老式大香肠。青筋在手背上微微跳动，缆绳与风暴的痕迹在手背上无声地跳动，仿佛在提醒着什么，可你却不想再记起，就让那只手枕着黄昏的时光，张着疲惫的期待。

　　船板泛着白色的盐渍，像你嘴上的雪茄一样泛着苦涩与辛辣，一种下意识的滋味儿在提醒着什么，可你不想再记起；黄昏的影子披着灿然的浴袍从你面前恍然而过，剩一杯啤酒和几片香肠在你的手边。那时手背的青筋在跳动，仿佛缆绳被海浪牵动。

　　开裂的桌面上，澄黄色的啤酒和红白相间的香肠断面组合成黄昏的絮语，你看到海水再次弩起。那时，黄昏风赤脚掠过前廊，在地板的振颤中，你的手背压住了海浪的激动，压成微微跳动的青筋，然后，让手掌与指尖张成期待……

　　黄昏踩着海边散开的浪花，嬉笑着；软边草帽还挂在那里，午后的阳光一样挂在那里。

咯　吱

　　只有那一口门框了，在夕晖的燃烧中。

　　她站在那里，她扶着童年站在那里，看燃烧的西天，以及残垣断壁与瓦砾；以及俯在水泥坨子上写作业的小姑娘的影像；以及被砍断的老树残桩墓碑一样铭志着的一个晚上。

　　是的，是这些物象的碎片构筑了的那个黄昏，在一口瓦砾上孤立的门框里燃烧。然后

　　咯吱作响的木质楼梯攀援着上来的是夏晚的叫卖和婆婆的呼唤。然后

　　咯吱作响的厨房里，妈妈的唠叨与锅碗瓢盆的碰撞伴随着里弄溪水一样流淌的声声竹笛。然后

　　咯吱作响的窗扇在霏霏秋雨中,轻轻舒展的情思于街巷的低空中穿行，掠过小开与阿三的目光。然后

　　咯吱作响的还有法桐树的枝桠；还有鸽子起飞前的踌躇；还有邮差墨绿色的自行车铃声刺破下午宁谧的缝隙；还有巷口茶炉的哨子还有风吹心

扉的回响还有菜市场人头攒动中目光的摩擦；然后

一个晚上拆迁了，那些童年与青春的梦，那些陈旧的旧木箱子一样的年份。只有一口门框陪着老妪执拗地站立在废墟上，也只有镶嵌在陈旧中咯吱作响的记忆，是她的私有财产了……

咯吱作响的还有歪斜的门框和燃烧的夕阳。

老酒滋味

坎肩、苇笠、蓑衣，还有老槐树蓄积的蝉鸣和涝洼地里呱噪群星的蛙鼓。

苞米、瓜干、胡黍，加上秋天苇丛中的滴滴雁鸣与北阡巷陌赶海人漂在波浪上的渔歌。

柳梢的眉眼儿盯瞩着河水的纹理，把春天流经的饥饿描摹得栩栩如生，让坡地泛起满脸的菜色……

那时候，娘扶着门框，用黄昏的浆果酿制一声声温暖的呼唤。

草垛、泥墙、窗棂，还有夏日傍晚的风翻动枯黄的书页一样翻动的乡村的影子。

碌碡、磨盘、簸箕，加上栖落的鸟儿将各种声音汇聚，念头一样蓄积。

婆婆丁、马齿苋和苜蓿草布置的春天，将记忆镶嵌在苦菜花瓣上，让思维从此晾晒在荒山野岭……

那时候，娘扶着灶台，用水蒸气与菜团子酿制一声声温暖的呼唤。

风的镰刀收割着麦香，也收割着娘脸上的光泽；沿着麦芽的气息，即使千里之遥也能寻到娘的怀抱。

季节的手扬撒着洋槐树的花瓣，也扬撒着炊烟熏黑的老屋的影子；沿着年轮的印记，即使在岁月窖藏的深处，依然能摸索到心灵的故乡。

那时候，娘在村口的高坎上，扶着一轮太阳的晕光，让呼唤地老天荒……

就像冻疮让我想起北方，想起冬天昏黄的油灯光晕里甜兮兮的地瓜味儿；沿着窗棂的空隙，岁月的叙说用霜冻白雪，还有星光的闪烁。

那时候，娘在炕头上，将针尖在白发里磨了磨，继续纳儿行千里的鞋底……

一杯老酒，蓄满了娘呼唤的醇厚味道。
一杯老酒，端起来竟是两眼热泪汪汪。

扫烟囱的男孩儿

北风启程的时候，他爬上了红色的房顶。

举着长长的杆子像夏天捕蝉一样，那是在杨树林里，高高的蝉鸣镶饰了整个季节的天空。

那片林子还在抒发道德的田园情怀，西西伯利亚的雪已乘着马车赶来。爬上高楼房顶，站在枣红色房瓦上的男孩儿，发现了鸟儿的隐私。它们不光在树丫上做窝，还有在房梁上繁殖的痕迹。

走廊尽头，老妪的咳嗽贴着墙壁，婴儿的啼哭鸟儿飞出草巢一样刺向天空。

男孩儿爬上了高楼的红色房顶，对面的窗子里有老女人坐在木桌前吸烟，那是一张梦中的面孔，已不在乎谁在看，甚至桌上立着的圆镜。

北方的雪好像要比冬天的节日来得还要早一些，阴云幕布一样遮蔽了天空。

仿佛遗落的时光在城市的屋檐上，他从楼顶看到下面的街道上，贪玩的邻居女孩儿慢吞吞地往家走，还有柴草店里蚂蚁一样布满了人，在抢购冬日的温暖。

男孩儿高高举起杆子，像夏日捕蝉一样，开始探索深深的烟囱。

堵塞烟道的，无疑是城市遗落的时光，用北风泡胀的手指握住杆子，男孩儿在探究深深的烟囱，与房梁下的炉膛沟通。

开裂的木桌上，对面窗子里的女人夹着香烟的手干柴一样放在上面，旁边立着一只圆镜，背面镶嵌着一张照片，黑白的。

时光是被遗落在城市的屋檐上了，枣红色的瓦片一层层整齐排列着，像做广播操的学生。鸟儿沿着旧的轨迹飞向房顶飞向杨树林，咳嗽也依然贴着走廊的墙壁，震落的粉尘覆盖了那个时节……

煤炉冒出的烟霭，淹没了所有的声音。

跳过水洼
——写给台湾眷村①

那个早晨是以水的方式到来的，然后天井地面的砖缝里，草叶睁开了眼睛，隔壁的美洲鹦鹉和女人也醒来了，说出的话语散发着白天的光泽，映亮了房间里的一些物体。

那个早晨亮晶晶的无处不在，邻居女人用旗袍与绣花鞋的民国范儿，跳过水洼。

对面炉灶上的水开了。

墙角的老树根黝黑而又强硬，任潮湿的往事蝴蝶一样飞舞，任当下的物事隔着凝重的水气，任房檐下的水渍与蛛网勾勒心灵图迹……

而女墙渐次开放了粉色的喇叭花与蔷薇，而粉色背后，一个多雨的季节装满了喃喃絮语。

—— 而远方，没有音息。

以早晨的方式到来的雨，令老屋罩一帘忧郁，愈加幽深而苍凉。

夜里的风声与雨水的脚步以千军万马踏过的声响，都随亮晶晶的黎明到来而消隐，只留了雨水若无其事地挂在这个早晨。

湿润的女邻居民国范儿地跳过了水洼，留下方言音韵的倒影儿久久盘踞着水面。

紫砂壶高背椅与褐色窗棂构成了一角凝望，纤长白皙的指间缠绕着一道道时光。

季节与常春藤一起挂在外墙上做旁白，拥载着前廊轻巧的脚步，拥载着周围透示的气息，走过的雨遗落了青苔的足迹泄露了某些秘籍。

—— 而远方，没有信息。

①眷村，在台湾通常是指 1949 年起至 1960 年代，为了安排自中国大陆各省迁徙至台湾的国民党军及其眷属所兴建的房舍，六十年后这里已凋零。眷村走出了大量名人，成为当今台湾文化的重要组成部分。

以雨水的方式走过千山万壑，然后敲叩百年老屋的那个早晨，令受惊的发髻盘踞在脑后，黑瓦房厦一样掩盖着浩茫心事。

黑塑胶唱片儿旋连着马连良张君秋袁世海呜呜哇哇的戏曲儿，水洼睁大了慌乱的眼睛，看民国范儿的女人跳过又一个早晨，任雨的脚步落在背后，让青苔去叙说……

邮差把早报放在台阶上了，随雨的手指翻读。

——远方人儿没有只言片息。

饥饿的太阳

那是一辆开往郊外的车，窗前怀抱鱼竿吃面包的人，腿旁的塑料桶里，装满了幸福。

那辆公交车驶过了佳世客、书城、阳光百货，还有丽晶大酒店，又驶过了大学校园区，驶过一些旅游的外乡人在路口叩问的目光。

那时，郊外的阳光很灿烂，郊外的风舒展着燕子的翅膀；郊外弯曲的海岸线上白浪如皓齿啃噬着砂砾、礁石和人们的微笑，涛涌如鼓动的嘴唇喋喋不休。

怀抱鱼竿啃面包的人，眼睛望着车窗外，有学生在路边摊位上买炸串，地沟油与添加剂合谋，填充着饥饿的太阳。

邻座的老太太卷曲的华发照亮了那个车厢里的中午，车窗外掠过一排排看海的楼房，它们上课的孩子一样排列整齐遵守纪律。

怀抱鱼竿啃面包的人，要去郊外的海湾钓鱼，那是一个阳光明媚的日子，同其他的日子一样，孩子们刚放学，在路边的摊位吃炸串；时尚女人在逛商场泡美容院，然后去一家窗明几净阳光如水的饭馆吃减肥餐；老人们在打扑克唱京剧跳广场舞，而满头华发的老太太风度翩翩雍容大方地坐在公交车上，让一段时光白皙洁净……

在满街都是私家车的年代，有人怀抱鱼竿乘公交车去郊外，在古铜色的阳光倾泻下来的时候，比基尼彩阳伞犁开白浪的小艇与蔚蓝色的海面，彰显着陆岸线女人一样的丰硕与曲折……

潮间带上，鱼竿伸出了渔人的饥饿。

悲情九份

九份①，是一个地方、一个事件、一部影片，还是一种阅历？

九份有庙宇有台阶有绵绵细雨，更有自码头冉冉升起的白雾……

九份是九户淘金者；

九，一个中华文明的大数；

九，一下便燃热了民族血液……

台阶缓缓提升，两排老店与一间"升平戏院"，使那里笼罩在一出《悲情城市》的剧情里——

踢踢踏踏的木屐，敲打着每一个睡眼惺忪的早晨；

依山而建的半壁茶房，浸泡着整个黑夜，朝霞便在房后扯开生活的布景。

岁月在这里把时间留下了，在那些岩石构筑的缝隙里，在雨雾酝酿的青苔上，在女人渐渐皱起的皮肤上，在孩子站立码头投向彼岸的目光里。

老婆婆让青春年华蹒跚走过隧道，山野依然泊着耀眼的光斑，诠释着百年风月的注脚……

九份，一段漫长的数字，宁静得一如遥望的窗子，恪守着"百年孤独"的坚贞；

一客"油炸蟋蟀"的石街小吃，令人口衔深痛到秋的骨头里的谣曲，

不知是否还如流沙河四川口音的琴鸣……

----

①九份位于台湾新北市瑞芳区，据《台北县志》，清领时代初期，此地村落住了9户人家，每当到市集购物都是每样要"九份"，后来九份就成了该地地名。光绪19年（1893年）发现金矿，大批淘金者蜂拥而至，至1970年代矿藏衰竭结束开采，人去房空，小镇归于平静。1990年后，因电影《悲情城市》此地独特旧式建筑、坡地以及风情吸引国内外的注目。

把一条河弄脏越来越不容易了

把一条河弄脏越来越不容易了。

冬天如期而来，约好了的冰凌与霜雪。冬至。圣诞日。西西伯利亚寒流与北极风。

寒冷是冬季的抗体，再也不容侵入，除非你的目光。像树叶纷纷飘落大地，是飞吻，无论红色的还是黄色的，都是赐予。

把一条河弄脏越来越不容易了。

把童年交出去后，留给孩子的属于多维空间的寻找。蛙鸣与泥鳅早已沉入时空的泥沙，属于另一种梦境。

冬天像以往一样来到山谷，冰凌的古化石强势地浸蚀着时间。

空荡荡的村庄用苍老的目光冷眼旁观这个季节到来。毒蛇也不再冬眠，同河水一起恣肆流窜。河床也永远不会干涸，即使黄土盐碱与沙尘暴。

海洋风尽管离得还很遥远，像诗意一样徘徊在诗人思维的门槛，但每一块石头都有水流的姿态，像树木枯干的年轮，像造山运动镶嵌在高原的贝壳碎片。

相信每一条根须都是一条河流，以及黑松水杉橡树与南美的阔叶桉，像女人的发丝与笑容的纹理在血液里流动那么优美，甚至像指纹的流向那样毋庸置疑。

把一条河弄脏越来越不容易了。

湄公河与黄果树瀑布以及黄河壶口的咆哮与奔流，然后依然是那么从容地喘息，甚至冰原的企鹅与海狮，还有八分之七的水下冰山。把祈祷寄存在神山的脚下，湖水与心境坦坦荡荡，以及喜马拉雅峰巅坚韧雪粒的书写。孩子从雅鲁藏布江水底投掷出的高原石，轻轻击打"土豪金"的背影，记述时间与传播的力度的是河水的乳滴。

把一条河弄脏越来越不容易了。

从根须出发，从深层的地下井出发，叩击每一时光阴气流与叶绿素，还有土拨鼠与灰兔的弹跳。土黄色的狼嚎狐狸浣熊的吐槽，蒲松龄的笑在花岗岩石的肌理中，皱起老人家心灵的褶皱，与海水的波纹、祭海的旌旗一起——鸟儿飞过了，你还记得它的痕迹么？

还有破碎的月光在河面上倒映七彩的光芒……

把一条河弄脏越来越不容易了。

虫鸣味道

虫鸣唤醒了旷野。

在月的故乡，在风的故乡，在雨和水湾的故乡，安置下曾经的青春年华，即使已经相去很远；还有黄麦青葱绿荷，乌篷船与蓑衣草，野韭花与漫野秋葵。

失去纯真的天空，任相似的雨脚驻留在城市的街道，不再与庄稼和四野有关，只能用来怀旧。阴霾的日子里，巷口的老虎灶白雾茫茫，老故事一样放大了所有的影像。

青苔在台阶的石缝里作中介，令人心生坐在这里看晴好远景的奢望。

出门左拐，柳梢上的河水眨动着眼睛，复制的又一个早晨，乘着赶早市小贩的三轮车来临了。那时，骚动的候鸟已在 GPS 定位系统里，开始翻检亲戚的楼层。

虫鸣味道，在午夜的街头，沿着排档烧烤的气息，沿着橡胶轮胎的辙痕，散布在记忆的边缘，暗语一样叩击着某根神经末梢。

昏暗的厢房已经颓废，连烛光摇曳的霉味儿，也滤掉了知青年代的豪情。

包了铜角的箱柜、三条腿的杌子和断了弦的座钟，符号一样镶嵌在遥远的夜空，还有口琴和手抄本的爱情，已经没有人认领。

往事落寞，如锈迹斑斑的锁。风吹着虚拟的绿色，在秋的尽头，在干涸的河道上捡拾雁鸣遗落的血统。

村落与秋虫的细节不仅隔着一道窗棂，在已经松弛的黄昏背景上，虫鸣的味道与蛛网结盟，铺排着静虚的二度空间。

那些曾经升起的温柔，那些清晰如初的倾听，那些在黑暗里闪动的，在河岸的草叶上，在清清浅浅流动的温柔中漫涌的韵致，都归还给了虫鸣。

酒吧咖啡屋茶楼饭庄会馆挂起苇笠镰刀和谷穗儿，时光在很深很深的背景上坠落了一地，直到那些旷野比季节还苍老，虫鸣味道再也没有回声。
哦，远逝的虫鸣。

戴口罩的太阳

戴口罩的太阳出现在窗外的时候，我把呼吸藏了起来。
披着雾霭羽翼的太阳，翩然出现在城市街道上的时候，我交出了天空。

写《淹死一条河》的诗人①，在遥远的河岸上看光景。
我把泳装脱给了旧日的孩子，让他像手握鼠标一样，按动水中涌流的
欲望。

鱼骨与水腥味儿镶嵌成图画，给梦做路标，让雾沿着石阶而下。
鸟儿失去了眠床以后，把树叶儿夹进发黄的书页，作为林荫的遗址。

黄土墙上的门板打开，后面有黄狗白鹅乌篷船，还有红色夕晖点染的
女人脸颊，还有黑夜里男孩儿画梦的手指，还有碎了一地的月亮……
黄土墙外的季节在咳嗽，呓语涂抹在风的纹理上，而风依然在遥远的
途中。

没有风的日子，就着暧昧的晕影儿，写封爱恋的家信，写给旧棉絮的
炕席。
告诉门口的老槐树，流行戴口罩的日子，我们把呼吸藏了起来。

蝉的供词

蝉鸣被烈日晒干了，透明的翅翼滞留在某个瞬间，像衰老的记忆。
午后的餐厅，慵懒的厨娘放大了夏日的阴影儿，任瞌睡虫漫溢。
窗外，少女的花伞遮蔽了空中倾泻的声响，包括蝴蝶翅膀煽动的黄昏

---

①青岛已逝诗人徐振华 20 年前有诗题为《淹死一条河》。

的光斑。

蝉鸣晾晒着，同那些水红葱绿的衣衫一起，阳光抖动着格式化的记忆，为一个孩子的下午做标注。

攀着苦楝树的气息，任风儿抚弄着叶片儿，在明面儿书写着时光，虚构的情节放在一个腐殖质的季节，那时晒干的声音划过了一道深痕。

没有水牛与牧笛，更没有荷叶田田。几朵粉蔷薇探出花岗岩的女墙，点染着街道。

蝉鸣湿了，雾盘踞在街角。

木质楼梯在脚下发出沉闷的吱响，而门扇却无声地打开了一地落英。

树的呼吸沉入了湿重的泥土，令整个夏天沉沦。

一棵倒下的树与播种的老妪

一棵树倒下了，在田边；两个妇人在播种。

秋日的天空越来越远了，旷野也越来越空。一棵树倒在了田园的旁边，两朵白云跟着风，愈去愈远。

两个妇人在播种，一个在推一个在拉，犁开的泥土湿润黝黑，泛着年轻而古老的光泽；一粒粒充满含义的种籽，从指缝间漏下，热泪一样带着体温，滴落在泥土里……

像往年一样那些童年，还在围着树干捉迷藏，月牙儿的媚眼儿痴情地瞩望，而树倒下了，像一截岁月。鸟儿，思绪一样飞走了；甚至，连秋叶都无处附着。而两个干缩的老妪，依然蜷缩在土地的一角，耕耘着一个没有树的季节。

秋风起了，大雁鸣叫着飞走了，水面的苇蒿昂着头，倾听滴滴雁鸣。

一棵树倒下了，在土墙坍塌的院落外面，那土墙黄得像人们的脸。石碾久久无人推动，狗尾巴草攀附着碾盘做玉树临风状地招摇。

崖畔的土地角落里，两个老妪在播种秋天。而季节的白云愈去愈远，沙尘暴与雾霾在糟践一些日子的时候，露珠儿涌出了大地的泪水，而雨滴流到嘴角是酸的……

一棵树倒在了秋天，年轮却依然在旋转。

一个在推一个在拉，两个妇人在播种，小麦玉米抑或其他什么没有定规，只是阳光不再新鲜。

柿 子

秋叶黄了，麻雀们疯狂地飞……

窗外的柿子红了，鸟儿衔一口黄昏，滋味儿红红的。

夏天说走就走了，而那时候地平线牵在男孩儿的手上，摇一摇，就是一片海浪。

像鸟儿一样，骑自行车的人在堤岸上，把黄昏恋人一样送回家。

酿酒的葡萄在妇女们的手中，一串串絮语一样堆砌着甜与酸的滋味儿。

泥土散发着亲切的气息，而面饼与陶罐在田野间组合的午餐已经遥远。

赤裸的男孩儿在沙滩上睡了一觉，秋天就一个翻身来到了。男孩儿却不相信自己会老。

窗外的柿子树叶落了，却又栖满了鸟儿，而它们也是说飞就飞了的，在下雪的日子到来的时候。

寒 烟 / 作品

　　寒　烟，1969 年 7 月生于邹平。1980 年代末开始文学创作，曾在《World Literature Today》（美国《当代世界文学》）《世界文学》《诗刊》等刊发表作品。著有诗集《截面与回声》《月亮向西》等。曾获齐鲁文学奖、海子诗歌奖等。现居济南。

诗人：寒 烟

诗观：

　　写作就是在纸上按下手印。诗歌尤其如此——诗歌中那极致的部分往往不是靠修辞和技巧推动的，而是靠生命原有的气息，靠命运独特的际遇，即那惟一的、不可取代也无人可取代的"命定性"来艰难生育的。

还　原

有没有那样一个房间
像墓穴一样深一样黑
你们一走进去 ——
就像饮过忘川的水那样
忘了尘世的一切
忘了那一个个盖满身世的印章
一纸纸身不由己的契约
一副副无力撕碎的纸镣铐
以墓石的决绝，向世人
关上那扇谢绝打扰的门扉
想喊，就像洪水猛兽一样
尽情喊，尽情裸亘还原
还原为鸿蒙天地两枚无名无姓的
火石 ——
用荒蛮的击打
重新相认

伤　口

如果我有一个伤口
那肯定是世界从我这儿拿走了什么

那年冬天，我带着半颗心
走向大海
不是去寻找另外半颗
只想碎得更彻底，像一个末路狂徒
因此，大海的闪光才被我看成
一万把斧头的锋芒
一个伤口里有挥霍不完的黑夜
每个黑夜都是被眺望固定的尽头
大海泛滥我全身的血气 让我安静，让我着迷 ——
只有这更大的伤口才能把我安慰
只有这儿才有为伤口保鲜的盐

遗　产
—— 给茨维塔耶娃

你省下的粮食还在发酵
这是我必须喝下的酒
你省下的灯油还在叹息
这是我必须熬过的夜
你整夜在星群间踱步
在那儿抽烟，咳嗽
难道你的痛苦还没有完成
还在转动那只非人的磨盘
你测量过的深渊我还在测量
你乌云的里程又在等待我的喘息
苦难，一笔继承不完的遗产 领我走向你 ——
看着你的照片，我哭了：
我与我的老年在镜中重逢
莫非你某个眼神的暗示
白发像一场火灾在我头上蔓延

酒 杯

嘴唇上非凡的渴：
你们必得相互啜饮一生
不仅仅属于你们的渴 —— 多少渴望怒放的花苞
伫候在月光的苔原
翘首迎迓 ——
你们那金风玉露的甘霖
大地，从花蕊的呼喊中
释放的奴隶　肉体紧密啮合的齿轮
在子夜，在创世纪漆黑的零点
为老迈松弛的世界上紧发条
早晚会被用完。那一天 ——
再也寻不见你们踪影的大地上
哪一朵盛开到沉醉的玫瑰
不是斟满你们醇美琼浆的酒杯？

曼德尔施塔姆

一个浑身着火的人
闯进了谁的时代？
请接受我冒烟的问候
你被呛出了眼泪？
啊…… 我吞噬空气
吞噬我们亲密的距离
没有人比我更热爱这血液里的陌生
当真理在黑暗中分泌毒液
我的人民，让我去试刽子手的刀
我已听到黄金的韵律
世纪的幼芽在宇宙的胎盘里
惊醒

石头 —— 冲向雕像
"这可怕的加速度"
别想把我从中剥开
"这可怜的元素"
多少世代后人们将把我谈起
请听一听这意外的声音
请听一听这消灾的声音 ——
"没有净土……"

九行：节奏

朗诵完这首诗，我怎么还能坐回原来的椅子？
逃亡：一支被自由射出的箭。
我追赶我的命运，我的债主……
砾石在胃里滚动 —— 啊，痛苦，又为我送来一年的粮食。
怎样的秘密与血的联系：一个与另一个在空间中结盟。
一滴泪向另一滴泪朝圣，这就是爱。
从岁月的脸上剥下闪电，从镜中剥下孤独。
心，跳动，怎能不残酷？
自动挥舞的铁锤，把人抡向远方。

穿堂风

一千里。一千里饱含盐分的风
分开众人 ——
严厉的保姆保存着我灵魂的底片
什么时候，我突然停住
任你搜寻，任你翻检，任你
像一股妖孽的力量在房间里翻腾
你甚至可以把它像一只口袋一样

翻过来，看个究竟
我已习惯于吞咽这样的强度：
泪水压缩为盐，盐磨砺着骨头
千百次被洞穿之后
继续在骨缝中饥饿
大海就是高出众人的份额
像建造一堵墙一样，让我们
在岁月之上建一座深渊吧
齐肩的大海，齐肩的姐妹！
只有那儿的盐
能安慰心灵生就的创伤

回来的伙伴

受雇于记忆的严厉：血的精确性
一只带着箭镞逃离的猎物
会回来，把箭镞还给猎人
在日暮的森林里，我只等你
我们：张开的弓的两端的自由
为猎人送葬

在队伍中

梦中也在集合：时刻准备着
呓语也是口令：快，跟上！
出生就成为队伍的螺丝钉
拧紧铁的秩序和纪律

这蒙着眼罩的里程
被拴在一起的死心塌地

因怯懦而相互抓紧的手
比铐在一起还要牢固

咬合之链向远方延伸
走得再远，队伍也没有边界
即使原地不动
一股股洪流照样为你纹身

"活着，仅仅为了成就一种惯性？"
仍在茫然中移动
疑问衔着的片断
又开始向后世反哺

一　课

在隔街琅琅的誓词里
我的童年在颤栗
这仪式，这校园
还要繁衍多少鹦鹉

我无法关上自己的窗户
还在听谎言追逐摇篮的咿呀
还在看学舌的模具里
"我"被怎样浇铸成了"我们"

即使逃学到天涯海角
也逃不过这致命的一课
即使挥舞哈利·波特的橡皮
也擦不掉多出的这个"们"字

这疯长的赘瘤，这返祖的尾巴

为了让仓颉重新站立，行走
一次次残忍的自我手术
黯淡精卫填海的传说

该怎样向你们讲述无膝的绞痛
孩子们，孩子们——
大把大把的翱翔向往，一代一代
何时不再被凌迟成蹒跚的包袱？

旗　帜

催眠的时刻到了——
它升起，比例无限放大
人在无限缩小
它越鲜明，人就越模糊
直至溯着哗啦啦的方向消失

这互动之谜——
一种令人匍匐的强大力量
在指定的祭坛
满足谁的升华或沉沦的渴望

旗语变幻莫测，演绎袍冠的图案
演绎朝野轮回的龙丝凤缕
或者，撕扯荒芜的风暴
以合谋的砂砾销磨万物真切的棱角

逃离它的重复可能吗——
手臂向上的冲动暗示着什么
诺诺于黑洞还是耿耿于人
背转的那滴血，分割合唱的回答

时光在谁的那一边

雨把渔火留了下来
疲惫早已漫过我的年龄
像从杯口溢出的茶沫
在静寂的桌角结晶

今夜，茶舍是一个节点
我的襁褓曾连着你们的放逐
为着半生风尘和一生沧桑的邂逅
我感恩漂泊的竹香，神的叮咛

他们在山的褶痕里长眠许久了
真实落魄传说，传说烩出八卦
在八卦的尽头，你说——
还是真实，又一番叠加的轮回

冤魂不在当时在后来
长眠的不是他们是人们
消逝的是你清明的脚步，滚动的
是他们的雷鸣：我们为什么躺在这儿？

为什么……一年年，你为他们数着年轮
一年年，他们筑高债务的门槛
华灯街上，你沉默，因为你有根
他们轻蔑，因为他们不仅仅是历史

那么多死去的同伴将你留下
留下一粒潮湿的火种
在一阵阵遗忘的狂风中
颤栗的是我，起身的是你苍凉的额头

时光在谁的那一边 ——
看不见的墓碑正和开发区的推土机对峙
星星逃离，最后的猫头鹰滴落眼中的磷火
寒意浓了，狼的图腾又在子夜发酵……

看 守

我每天都在奔向你
"奔" ——
这意念里无穷上演的慢镜头
这画饼充饥的白日梦……

我知道，你像我一样，每天
都徘徊在这进退两难的门槛
每天，都在快要撑不下去的
瞬间，忍耐的极限 ——
又被可悲地抻大了一点点

你，我：两棵在默默伫望中
守住永恒距离的树！如果
有一天，两棵相爱的青冈栎
在电闪雷鸣的激情中奔向彼此
整座山坡是否会崩塌？
是否会引发泥石流的灾难？
别担心！在这人间囹圄
我们既是囚犯，也是看守
（注定终生看守生命 ——
这座永远与暴乱绝缘的死火山）
我们以同样的耐心，等待
那一天，那场死亡的大火
来，将每一块骨头

从那被捆缚的整体中
解散——

"每块骨头，都该是自由的"
骨灰静静的遗言，谁能听见？

死后的信仰

会有一双孤儿的眼睛张开
说出这世界遗物般的重量
会有一只狗，一路嗅着
在你腾出的空旷中流浪
会有一棵被星光瞄准的树
继续在黑夜里歌唱
会有一匹预言大雪的马
在世代的旷野上重复你的沉默
会有，会有一簇野生的雏菊
偎在墓碑的胸前
抚慰你被风雨剥蚀的孤独

为什么等死后才开始你的信仰？

庭　院

清贫的月光多么慷慨
洒满光辉的庭院里
孩子静静成长

外婆活着，燕子衔泥
记忆的萤火熠熠闪烁

我掉落的第一颗牙齿
硌痛岁月的青苔

哦，童真的庭院在时光中鲜活
狗轻吠，水井照看星星
葡萄藤欢乐的触须
伸进梦境 ……

秋天的地址

我要去暮年的山坡上等你

我们已近得无法再近
两颗心几乎要透过薄薄的肉身
相互搂抱在一起

你那颗被虚无劫持过的心啊
深眼窝像寺庙里的一对空碗
静静地吸附我的激烈
我终于明白飘临大地的落叶
为何都有被岁月说服的安静表情
而那棵举起诀别之手的枞树
注定要高出众树
高过自身——

虚无，就这样来到我的唇上

白　发

闪电凛然的一瞥，冲破

黑簇簇的夜篱，从头顶
蹿出一枝垂向山崖的银藤 ——
在预示破晓的清冽中，啜饮
滴血的刺上早醒的孤独

这流光绽裂的分割线
这陡立的向虚无攀登的光的梯子
这由火山灰冷却的手指翻开的
苍凉的扉页。我甚至不敢回望
那熔岩奔突翻涌的一夜夜 ——
根根银丝，是怎样从煮沸的心血里
如艰深吝啬的奥秘，缓缓抽出
奥秘啊奥秘 ——
原是沸点无言的结晶

终于，我拥有了被时光深情采撷
又将其细细编入神秘丝缕的欣喜
一朵白云，乘着逸出生命的轻盈
向着大气稀薄的苍穹散匿 ——

我在大地上高高漂浮的屋顶啊
越过卑微尘埃喧嚷的纷争，越过
安放在餐桌上的一碗碗白米的满足
用另一种饥饿，触摸 ——
那星空的高迈，雪山的巍峨
那永不现身的浩瀚的 "未知"
触摸那比我更强烈的 "非我"
那被囚禁于镜中的 "另一个"
那终其一生都无力开启的
盲点里的光：拳头
越过今生沁汗的脊背
击向后世寻觅的无穷

当死亡拼写的永恒
用尽我所有黑夜的墨水
当我被漂白的生命
融进一缕月光冷寂的澄莹
照耀，一爿深夜无眠的窗棂……

二月的最后一天

这最后的一天，马蒂斯
复活的台风
无法描绘，无法安慰
丛林上空 ——
死亡与梦幻狂欢
辛酸的云烟漂浮
大地的关节开始松动

二月，一只幼兽
被凶猛的春天
咬掉前生的尾梢
醒来，醒来……

二月的最后一天
最后一天的二月……
谁在反复念叨
着了魔的冰块
在高脚杯晕眩的星空
撞响漫长的冬夜
泪水淹没了太阳
圆月流尽最后一滴酒浆
离别的瓦霜，在婆娑的泪影里彷徨……

未来的日子怎能没有你
正如命运女神的缺席
使相思的疆域
更加辽阔，自在 ——
风呵，在我们身体的缝隙间
穿行，多么猛烈……

隧道之黑

向隧道之黑奔去 ——
犹如飞蛾扑火！
穿过隧道供养的窒息
我将与我心中的海峡相会

所有的尊贵只为你一个人移民
—— 大淖深谙芦苇
孤独者从胸中掏出
最后的镭

只有一个归宿
像野兽回到甜蜜的洞穴
回到暴雨的晚餐
荒蛮啊，我的本原……
信仰它的人多么吃力，一身自晒的盐
只能是光的结晶

谁不愿意成为爱人瞳中的琥珀 ——
那筋脉的家乡，风暴的安宁
给我一个突围的黑洞
让我在你漩涡的中心永不醒来

韩簌簌 / 作品
SHANDONG POET 60

　　韩簌簌，上世纪70年代初生于山东东营，作品
见于《星星》《诗刊》《人民文学》等刊物。著有诗
集《为一条河流命名》等，作品编入多种年度诗歌选本，
曾获叶红诗歌奖等多种奖项。山东省作家协会会员，
中国楹联协会会员。现居利津。

诗人：韩簌簌

诗观：

　　一个诗人精神层面的延伸，可能就是他自觉不自觉地与自己行为进行比照的结果。成熟稳健的诗歌，除去因思想的成熟稳健，还可能来源于一种强大意念的隐形调控，是一种来自于潜意识里的微调。我们没说完的还有很多，还是交给时间去说吧，因为我们终将是受到检阅的一群。我们把分行的文字交给这个世界，后人再从时间和空间里拣拾或过滤掉我们。

　　一路走来，一路将硌痛自己的沙从鞋子里慢慢移除。当人流都涌向打折区，面对等距离的车速，我们眼神忧郁，并担忧春天和花朵们会突然染上霜寒。深灰色的我们，却常常把郁郁葱葱的绿泼到山脚。就这样，与心中的圣境形成恒定的守望之势！

有关王之涣：一粒词语的缉拿手记

前世，我该是鹳雀楼边，当垆卖酒的小妇人
行脚浅浅，蛾眉深深
白天，在杜康和竹叶青里摆龙门阵
夜晚，在花雕和女儿红里掌乾坤
用太白酒桶做量器，闲来拾取月光的碎银
你知道在蒲州城
并不是人人都有乔装的机会
其实，我真正的身份是一名暗哨
肩负追杀之命
在唐朝行踪不定，江湖上隐姓埋名

至于那在逃之人，名曰王之涣
此人凭一身文字轻功，常以一粒词语的身份
流窜于市井与江湖
时而，循着一声鹳雀的鸣叫
在壶酒樽中　演习滑翔术
在一首五绝里，飞花伤人

我想好了，如果垆前遇见那个人
我先不急于　取他性命
我不要银两，不搜盘缠
我只需　用三步成诗逼他就范。如他拒捕

就再请出，御赐金字的　皇家缉拿令

当然，如他肯放下 一座楼高蹈的架子
我定保他，暂无性命之虞
之后，请清风签下　小楷的名讳
放到黄河里，逆行回长安

过孙膑书院

孙子试过剑
就用一座书院 把剑锋隐藏
那困在城外的庞涓，空有藏针计
因为促狭与高峻，从来就是
高山与峡谷的分野
假如庞涓还在，桂陵 会不会再度突降伏兵？
不能喧哗。那庞涓小心思不止
军马过栈道，减灶已算不得计谋
因为被孙子调教的蚂蚁，都能摆出八卦阵

路过书院，我只能轻手轻脚
因为先生才写完一卷兵书，于卧榻之上
刚刚睡下

眉批泰山

泰山　他轻易不说话　只是
每日到黄河里洗脚，
早起戴一顶紫金冠值勤

大气的泰山终日端坐着

父兄般壮硕的大手一挥
那些警语就走进磨崖石刻
那些要珍藏于心胸的，
就用一页完整的《金刚经》铺陈

站在玉皇顶上，
左一声西王母，右一声碧霞君
东西南北，再喊一嗓子龙山兄弟、东夷姐妹 ——
咱们筑高坛、拜苍天、邀山神
左青龙右白虎、前朱雀后玄武
让藤萝上的猿人兄弟自 500 年前开始撤退

来，端起黑陶盛水、白陶我们盛日头
把太阳这枚最大的金饼子 献给天帝紫微

泰山他从来不说话
一部厚重的石头大书
一页巨幅的山水画
一面超负荷的功德碑

从秭归到汨罗江

从《楚辞》汩汩涌出的那一场大水
会漫向哪一片滩头呢
烟波浩淼处，昨日何日兮？
有人在一条凶险的河流上泛舟
是你吗？依然端坐在蓝墨水的上游

走，到郢都去！
你是左徒，冲到上官大夫们尔虞我诈的那个牢笼里面去！
湘江盛放不下这喜忧参半的心事

走，到楚宫去！
你是三闾大夫，扎到郑袖们织成的那个罗网里面去！
忠诚与奸邪之间总是隔着一层厚厚的壁障啊

终于，你什么也不用惦记了
走，到长沙去；到汨罗江边去！
到渔夫脚下那片辽阔的水域
到有着温暖人间烟火的
杜若子那里去！

南行复南行，直到洞庭落叶纷披
你送来春风，天工回应的是霹雳
你送来珍珠，江水回馈的竟是淤泥

可你，为什么还要回头呢？！

我想不起，你是哪一年的陈酿

这是三月
桃花醉倒了江东，转而把阵地　移到黔北
多么迅猛啊
这些粉红的火苗，瞬间就把你的赤水河点燃

太白兄：
知道你归来，在今夜。
你回乡，以黔北布衣的身份，以诗中帝王的身份
不用自报家门
就凭腰间，那只泠泠作响的酒壶
和那半轮，姣好的峨眉山月

此处清风，还是那缕追到夜郎西的清风

此时明月，还是与你对影成三人时的明月
在蜀道那边，他们盘桓了千年
观望了千年。在等你的间隙里
他们，只是偶尔
从你的诗句里跳脱出来
看一看，这繁华依旧的人世间

墓地·父亲

我正顶着秋天 一面浑浊的镜子
我正走近你　踏着秋天的遗骨
我是说，我正走近你的穹庐形土屋
你依旧瓦蓝的天空
还有你墓碑上依旧鲜艳的　烫金隶体

是的，我正走近　你下巴上的一丛白草
和你后背上一片紫色的淤泥。我是说
清明未明，我和我的悲伤
已步履蹒跚地走近了你，父亲！

你肯定认出了我 —— 您的女儿
作为你留在世上的最后一束花香
一粒卵石，我眼里的白水晶在天上
正重复变幻出魔方的形状
我知道你此生最大的期许
就是子嗣枝繁叶茂，成栋成梁

可是这么多年，我竟然还不能
把自己打磨成　廊檐上一支像样的椽子
我只好，先把自己伪装成　一粒不起眼的钻石

你知道她还不到发光的时候
可总有一天，她定会将世间　最清凉的海水
全都折射给你

被寂静划伤

父亲：
其实，我一直害怕，那些聚集在十月的雁群
田野荒芜，风自水位上慢下来
你的枝干，十多年前就开始慢下来。
我多想，在黄昏的宣纸上，复制下你被风疏离的
那些风中的白色苇丛，还有草籽
不为秋天，只为你　有一双褐色的手

您说，这些来自河流底部的孩子
都有一个共同的的乳名。
还能说什么呢，父亲！
在最远的枝头，我们只能拼命的抽枝，长叶。
开花，将是一种必然。你只是希望
褐色的果子滚落山坡，叮叮作响在
每一个早出晚归的日子！

蹲马步的麦子

离端午还远呢
农人们就开始磨刀
看来，初夏的拉网行动就要开始了

蟋蟀们拥拥挤挤的合唱和对唱
也寥落一阵子了

麦子们这时已黄了发梢
一听到风声，这些满地的金针越发沉不住气了
他们一夜之间全换上黄头发

剑藏于匣，而锋芒是关不住的
父亲的镰刀也开始沉不住气，并跃跃欲试了
其实，父亲是不忍心把麦子们拦腰斩断的
他老钝的镰刀　就是痒痒耙
他先要挠一挠　麦子们的脚底心呢
他拦腰拢一把，淘气的麦子们就往外挣一挣
这样几个回合，他们就乖乖地顺在父亲怀里
父亲用新鲜的绊绊草绳为他们扎腰
用不了半天，看啊 ——
多么敦实的一群胖闺女胖小子儿
他们正列着马步，迎着夏风
整整齐齐地站在 河边的大平原上

拆　洗

那些年，不等冬天过完
家里的大田　也全被父亲拆洗一遍
二月二刚过，龙都要抬头了
父亲就急着要用日光和月光
把大田捂了一冬的大棉被逐垅掀翻

这片半碱的大田，就是父亲的作坊
他挥锨铲土，也像飞针走线
右脚踩，左手摇，两手一合力
满满一锨土 就听话地练起了倒立，并有了斜飞的翅膀
用不了多久，整片大田
就是一片　密密麻麻的停机场

桃　符

春风近，种子们要开口说话
谁把大雁的呢喃，打成一篇朴素的文稿
越过风的耳朵，练习唢呐声声。
千门万户，张开五颜六色的眼睑，等春天落满瞳孔
一种新春的畿语，被罩住
铺天盖地，成一炉远古的神祇
先民们在神龛上握手打拱，种子深埋
在肋骨的缝隙。等头颅上结满风化的荚果。
天亮之前，一束亚热带的季风
拜会另一束风声。窗外，涌进来自春天方向的钟鸣
谁双手合十
风乍起……

豆田：八月的油画

有豆科盘踞过的地方
就曾有蝴蝶们　翘首以待过。只是如今
你腰揣紫色信函，又抿紧了怕漏风的嘴巴
种子们千万次的轮回里，你在人间
看见了什么？
其实　他不想做什么侠客
只是这一身行头，明月弯刀
不过是遮掩，这内饰过猛的圆融之心
一场雨中的还魂术，让所有的人间情事
花非花 雾非雾。而谁又能猜出，这被四月设计
又被五月主持的道场　来自哪一缕水墨？

还是下点细雨吧
要不，麦垄上的打碗花花们

会走出民间，久居的麦子们也会神不守舍
日晒五月，一日一卦
还真是：麦子们再有耐性
也架不住温柔的小南风　一遍又一遍的抚摸
她暖暖软软的画笔轻轻抹一遍
就是一幅黄绿相间的油画
中间那些黄杨们　能织出竖条纹的家织布呢
黄油画与绿镶边，正谁也不肯服输地
沿着大河岸　可了劲地泼洒

老槐树：一条站着的河流

你有没有见过，一条站着的河流
曾以一颗槐树的姿态
带着乡音，带着树根下那一捧黄土
带着一个地区 漫漶的流民史
顺着一条大河的走向
一路向东？

在入海口
在每一个黄河人的身后
都站着这样一株古槐：
刻着旧姓氏，刻着祖宗牌位的槐
带着一代又一代人的血气
从此落地生根。所以在黄河口
翅碱蓬们才如此鲜丽
苇荻们才如此浩瀚

此去六百载，风霜两相隔
老槐树啊老槐树：
那在你的帽檐下迈出第一步的，

哪一个才是我的先人？
在根系遍布的华北大地上
哪一条沟陇边　埋着他们
还没有被验明的　真身？

故园春望

老屋在故乡颐养天年
那棵老树　总是探询我黄昏时的腰果
我只记得太阳西下时
母亲在剪影中蹒跚
谁让归巢的鸟儿声音嘶哑
谁的目光中攫住大把的草籽
和野葵花的头颅
你看，那棵槐树可真老
手臂上缠满了，几代人的哭和笑
一个失修的鸟巢，总是让你担心雨水
幸好那时无风
（有什么又在探头探脑）
忽然记起，那个被跳皮筋拴住的妹妹
是不是还在树下张望
听过的风，握住的花香
指甲翠绿，女孩金黄……

与一支芦花谈谈寂寞

千万株芦苇
向着天空这面大镜子，刷呀刷
刷得鸟儿们一个劲儿在苇丛中躲猫猫
刷得云儿们在天边堆起了棉垛垛

天空这面透明的大镜子是你们刷蓝的
入海口的大地毯是你们刷红的

当秋风擎起你成片的小扫帚
却扬不出瓷实饱满的籽粒
镰刀一次次架在你腰间
却迟迟不能收割
自上一世，从诗经里斜逸而出
你就被　纯天然的忧郁包裹

君临一池秋水，不为揽镜自照
一顾弯了腰，二顾白头翁
你有　响彻天地的大寂寞

其实我和你一样：
于此生，拔节只是偶然
衰老和谢幕，却是必修课

槐：原汁原味的故乡

不过是一粒原生的种子
从一条河的臂弯，被推搡到更远的下游

不过是一具不驯服的身躯，倔强地熬到春天
向大地借一身绿氅，作为落地生根的凭证

不过是一棵看上去有些颓败的 百年老槐
正孤独地站在　入海口春天的夕阳里 ——

斑驳与苍老，昭示你丰富的阅历
瘦骨嶙峋，印证你对骨感的现实

尚有不妥协的勇气
同饮一河水，本已抗拒了传说中的水土不服
可为什么你还是
悲伤从未远离？

我知道了：
他乡虽安逸，最爱是原籍
你定是要逆流而上，去那古老的汾河边
去那一株古槐里
寻找你 原汁原味的
乡土故里！

黄河滩上的羊

黑羊白羊
是谁在绿毯子里绣了一片会走的花？
白羊黑羊
青草的嘴角蹭完了绿草地
就去啃食盐碱滩上的雪

这雪肯定是要回来的，
正如滩上青草一年一度
正如牧羊姑娘那终年都离不了的飘扬的白纱

我敢作证
白纱巾和白云们绝对是清白的
有时只不过是碰碰头，有时只不过是牵牵手

这天上到处是羊群一样的云朵朵
这滩上到处云朵一样的羊咩咩
天冷了

玉米和豌豆都躲进闺阁时
棉花就羞答答地进入洞房了
一个冬天，羊们只守候着一个关于青草的梦
在梦里
白羊在翻土梁梁
黑羊在过道道河

那一年

那一年，我十三岁
和玉米一样开始打苞的年龄
在黄河边，在晚风里，眼看着认准的云山
一点点坍塌，变成溃败的羊群
我无望地追赶着 眼看就要落地的
绵羊群，变得粉粉的绵羊群

突然，我发现我找不到家的方向了
偌大的田野，只有玉米互相拍打着长长的手掌
我如一只蚂蚁，被抛到了天和地中间
青草和庄稼们中间。暮色开始合拢
远处，新六村公墓的一座座坟头
正被一层蓝烟覆盖。

那时候，在黄河边
你知道，一只鸟的招呼 与问候
该有多么重要

以落花之名

一定有什么，是你预见不到的

要不，春风暗渡夭桃
为何连你的绿裙子也一同藏起来？
一定有什么，是你想急切见到的
要不，一年的时光都等了
为何，偏在秋风里 把黄黄的头发甩出来？

依然是那一朵小黄花
你藏起了行踪，又以五个花萼的形式
躲在　青草的腋下
你等了这么久，亲爱！
我知道你一直在喊，怯怯地喊
泣血地喊
秋风，在不远处巡视
这令高处的树木 有些警觉
你瑟瑟的眼神抖落一地惶恐
白露与秋霜，终要将你斩杀于无形

亲爱，你是要以落花之名
为谁飘零？

韩宗宝 / 作品
SHANDONG POET 60

韩宗宝，1973年生于山东诸城，出版有诗集《一个人的苍茫》《韩宗宝的诗》等多部，参加诗刊社第25届青春诗会，第七次全国青创会，《人民文学》第二届新浪潮诗歌笔会等。中国作家协会会员，山东省作家协会签约作家，山东省作家协会诗歌创作委员会委员。现居青岛。

诗人：韩宗宝

诗观：

　　我相信我会照亮一些事物，就像一些事物照亮了我一样。我会越来越锋利，并内敛起所有的光芒。像一个让你陌生并惊讶的词。我的写作有这样的倾向，我说出一个词，这个词也说出了我。

想扛着铁锨到自家的地里看看

想扛着铁锨到自家的地里看看
这是一个突然的想法
很久没有去地里了
可能有些荒了
我想去自家地里
把那些看起来不平的地方
用铁锨认真地平一平
很多人都知道
那是潍河滩这些年
闲置时间最长的一块地
不管种不种什么
地里长不长东西
总要在天彻底冷下来之前
把那块地弄得平一些

那个站在潍河边上发呆的人

那个站在潍河边上发呆的人
看上去有些让人担心
他始终背对着我
这样我就只能看到

他的背影和他的侧面
我不知道他在想什么

那个站在潍河边上发呆的人
他的头发不长　但有些凌乱
因为他是一个人站在那里
他旁边的空地看上去就格外空旷
他是谁呢
他在潍河边上已经整整站了一天

在潍河滩的秋天
很少有人到潍河边上去
潍河滩的秋天　天很蓝　河水很凉
那个站在潍河边上发呆的人
我没有惊动他
他也没有惊动他身后的村庄

三个在潍河滩上拾麦穗的女人

三个在潍河滩上拾麦穗的女人
我看到她们的时候
她们正弯着腰
在收割过的麦田里
拣拾收割时丢落下的麦穗
那是她们自己家的麦田
她们身后是潍河滩一望无际的
收割过或者没有收割过的麦田

天就要晌午了　没有一丝风
头顶上的太阳很毒辣
三个在潍河滩上拾麦穗的女人

她们穿着褪了色的蓝粗布衣服
沿着一个畦子
在割得整齐的麦茬上面
慢慢地向前移动
她们是背对着我　有些逆光

三个在潍河滩上拾麦穗的女人
阳光在她们有些疲惫的身子上
镶了一圈很耀眼的光边
和她们旁边高大的麦垛相比
她们显得过于矮小
可正是她们　用镰刀
把站着的麦子们割倒再捆成捆
然后在地里垛成一个一个的麦垛

下午的时候男人们会套上马车
把她们上午拣的这些
以及那些垛成垛的麦子们运回村庄
三个在潍河滩上拾麦穗的女人
她们的脸上已经满是尘土
但眼睛却十分明亮
我知道　在她们的身后
很快会有深深的车辙经过

浅

那天下的雪很小
很不起眼
看上去简简单单
又白又浅
像很多年前的那场初恋

什么心事也掩饰不住
那是今年潍河滩下的第一场雪
一个人的爱　薄薄的
有些羞涩
记忆里的那个女孩
那么浅
眼里含着说不清楚的泪花
她说再也不会理你
可是她负气捶打你后背的
小拳头　又轻又浅
仿佛潍河滩上淡蓝的烟

正　午

野地里
那个人　默默地
赶着一群羊
越过了
一个寂静的山冈

路过落在地上的
一朵云彩的阴影时
他似乎被什么
绊了一下

芦　苇

这是些秋天的芦苇
我在一个上午
路过它们

这些潍河滩上的芦苇
它们的头已经白了
它们似乎在晃动

在静静的潍河边上
这些秋天的芦苇
在风中　显得有些寂寞

这些茂密的芦苇
挡住了　一个女人的疲倦
和她脸上的忧伤

河边的芦苇

夏天渐渐深了　消息越来越暗
河边的那些我曾经反复提到的芦苇　颜色正青
它们不是一棵　是茫茫的一片
很多年了　它们一直默默地守在这里
守着这条河和它底下的泥泞　不离不弃

风从头顶上吹过它们会晃动　风不吹它们也动
因为　河里有水　水没过了它们的小腿
它们腰肢曼妙　神态自然　像一群
表情内敛的女子　目光　高过平静的河水
也高过村庄农历的五月

从这些芦苇身上　我们可以看到沧桑的
大地之神　它们的心已经空了很久
对河滩上其它的事物　它们没有憎恨
它们在风中　一再压低自己的身子和嗓音

它们清瘦婉约的影子在水面上　杂乱地摇晃着
弥漫着凄凉之美

在头发彻底白掉之前　它们依然会不断地陷入
苍茫的暮色　并沉到那不声不响的黑暗之中
它们站在水里　可是流经它们的水
显然并不能带走它们　它们紧抿着嘴唇
从不向人提及　那些有露水的清晨

也从不提及　那些心事如芽的春天
它们只是安静地站着　慢慢地　把根和忧伤
伸展到更黑暗的泥里去　在明亮的阳光下
我看到的芦苇　它们就像一张张的白纸
就像从来没有经历过什么

我看到了那只斑鸠

我看到了那只斑鸠
它挣扎着自稀疏的草丛飞起
不知道要飞到什么地方去
我悄悄地跟着它　一只受伤的斑鸠
我不清楚它的具体伤势
我远远地看着它　我弯着腰
小心翼翼地躲避着它警惕的目光
我怕它注意到我
一只自尊的不屑于与众鸟为伍的斑鸠
它谢绝所有探询的眼神
谢绝别人或深或浅的好意
它不想被打扰
我看到了那只斑鸠　我跟踪过它
却没能为它清理和包扎伤口

红　马

那匹红马是生产队的
饲养员的儿子
经常打它　用他父亲的鞭子
我偷偷地去看它　它不说话
只是悲哀地看着我
我知道它也用同样的眼神
看饲养员的儿子
红马是孤独的
和那些无边无际的早晨一样

生产队解散的那一天
红马消失了
饲养员　饲养员的儿子　我
当然还有全村的人
都没有找到它
它没有给我们留下任何线索
那以后　我看到饲养员的儿子
每天都拿着
已经没有用了的鞭子

红马　消失后
全村人整整找了七天
最终也没有找到
很多年后
红马突然被我记起来
我知道　它一直没有走远
我能感觉到
它就藏在我身体的附近
只是我看不到它

收玉米

秋天里我挎着一个空筐和姐姐
去玉米地里　收玉米
玉米比我们高　它们淹没了我和姐姐

玉米叶子在我和姐姐裸着的胳膊上
划出的血道道
让汗水渍得生疼

那个筐　装上玉米之后　变得很沉
我挎不动　姐姐就让我收玉米
她一筐一筐向地外面挎

姐姐艰难地把胳膊伸过筐把
吃力地起身　姐姐像弓一样歪着身子
哗啦哗啦地分开玉米叶子　走向地的外面

姐姐的白胳膊上印着的筐把上
荆木条子的压痕　很深　直到玉米收完了
直到她出嫁的那一天　也没有消失

轻轻地

我轻轻地叫
豆子　豆子

那些秋天打下来的金黄的豆子
已经被父亲做成了洁白的豆腐

我轻轻地叫

麦子　麦子

那些五月里成熟的金黄的麦子
已经被母亲蒸成了雪白的馒头

我轻轻地叫
小暖　小暖

迎亲的大花轿已经从我家出发
它将经过河边那片空旷的树林

我轻轻地叫
闺女　闺女

在田野里给你捉的那些绿蚂蚱
正用狗尾巴草串着它们跑不了

游泳记

一个孤独的人
在春天的最后一个下午去河里游泳
他把衣物和往事放在岸上
然后把头和脸深深地
埋在水里
让整条河替他哭泣

晚　年

如果没有什么意外
我肯定会在潍河滩上

平静地度过幸福而散淡的晚年

晴朗的天气
如果不在墙根下晒太阳
就会扛一根笨拙的木头

到潍河边去看水
看那些长有四个鼻孔的潍河鲤鱼
累了就到河边的白杨树林

听风吹动树叶的声音
经过那一片没有人的土地时
风会絮絮叨叨地

跟我说一些可说可不说的话
我应该走得再慢一些　让风能够吹透
我脸上那些平静的微笑和皱纹

河水在夜里经过水电站

河水在夜里经过水电站
无声无息
如一条游过土地的蛇　冰凉　潮湿
轻轻分开 土地和积年的杂草
被月光看见的河水
最后在早晨消失　远处
一个我看不见的地方
河边的芦苇一夜之间　头全白了
故乡的夜晚　蒙昧无知的我
目睹了波澜不惊的生活

加　深

我看到傍晚在加深　天空在加深
我看到落日　加深了潍河滩的村庄和田野
我看到潍河滩的村庄和田野
加深了一个人的忧伤

我看到一条去年的道路加深了秋天
我看到秋天的河水　加深了它的沉默和凉
我看到一个人体内　不可言说的黑
加深了他外表的苍白

树　林

村子的前面曾经有过一片树林
树林里的树以杨树居多
杂以槐树和各种灌木
每天树林里都会有鸟飞进飞出
鸟以麻雀居多　也有喜鹊

树林边就是我经常说的那条河
它日夜不停地流淌　看上去很平静
树林里的树也日夜不停地长着
但我们能看到河水的流动
很难看出树木的生长

它们长的太缓慢了
那时候我们天天在林子里疯玩
对树林的存在熟视无睹　浑然不觉
我们从未想过　像一个人一样
树林有一天也会彻底消失

所有的鸟都去了别的地方
那条河还在　　不过流量越来越小
风还是照旧吹过这里
但经过时不再受到任何的阻挡
也不会再发出呜呜的声音

上山的山羊

我在黄昏的时候
看到了那只上山的山羊
它是一只美丽的黄羊

天渐渐地灰了
黑了
它还在上山

我在下山
它在上山
我们逆向擦身而过

我到过山顶
那里并没有青草
只有凛冽的风和孤独的石头

一群乌鸦从天空飞过

一群乌鸦从天空飞过
我仿佛看到一条黑暗的河流
时光的羽毛构成大面积的乌云

我站在河底　像一个孩子
一动不动地仰望着它
这条黑暗的河流
它自然　从容　热烈
但最终从我头顶的天空慢慢消失
它带走了我石头般坚硬的心
让我无用的肉身
获得了暂时的柔软

运草车

在秋天的河滩上
我看到一辆孤独的运草车
正沿着潍河边上的土路
在暮色里缓缓前行

九月多么慢　多么疼痛
吱咂着的车轮碾着的土地
多么疼痛　可它经过的地方
并没有留下辙印和痕迹

车上那些金黄而隐忍的干草
那些即将被父亲垛起来
用来取暖和焚烧的草
在颠簸和晃动中掉落了几根

像一个人的眼泪一样
它们并不想从车上掉下来
也可能它们压根就不想离开
这一片它们生长过的土地

坐在牛车上的那个人
曾经有过牛脾气　他的心
那么安静　他的灵魂已经和神
交谈过　比车上的那些干草还轻

黑　鸟

它的眼睛也是黑的
它的神情　它的孤单　它的悲伤
它的爱　全部都是黑色的

它并不比漆黑的夜晚更黑一些
但它的黑和夜晚的黑明显有所不同
它经常在夜晚长久地静止不动

在黎明前　它突然睁开眼睛
我看到两团黑色的火焰
急促地燃烧　仿佛遥远的喘息

一只黑鸟　从天空飞过　它正午的影子
为这个燠热难当的　夏日白昼
展开一个清凉而寂静的夜晚

我离开原野　离开树荫　离开神甫
离开祖国　离开故乡空旷的河滩
追随并仰首注视着它

它黑色的双足　如此有力
紧紧地攫住一颗明亮而脆弱的心
我始终无法　为它静静祈祷

我只能看它深入更高的天空　昂然飞翔
它黑色的如箭簇般的羽毛和翅膀
在阳光下纯粹而凛冽　击打着空气

我毕生的梦想是成为一只黑鸟
但我并不知道　它努力接近的是什么
而且我也从未听到过　它令人揪心的鸣叫

入　秋

一个怀了身孕的新婚妇人
慢慢地走着　步子有些笨拙
孩子仿佛在踢她　秋凉了
可她的表情是暖的
像天空淡淡的云

远处没有人　田野里很静
夜晚会有更多的虫鸣
点亮星星和田野里的芳香
路边的一根歪着的小草
让她突然想起了什么

那时她爱在这田野里奔跑
跑得浑身是汗　头发贴在脸上
那是很久以前的事了
那时她还不懂得孤独
不懂得如何让自己安静

风有点凉　她的肚子是暖的
她的那位也是本地人
有着同样的口音

同样的禀性　同样勤劳朴实
这一点让她很安心

入秋以来　她在夜里翻身
会很慢　怕惊动了什么
怕弄醒肚子里睡着的孩子
还不知道是男是女呢
这又有什么关系呢

泥瓦匠的孩子

他们有时爬到自家屋顶上
以便能看到在更远的村子里
为另一个时代砌墙盖屋的父亲

他们会学着父亲的样子
慢慢地卷一袋纸烟　深吸一口
把烟吐在空气中或者对方的脸上

他们避开母亲和姐姐　像小公鸡一样
红涨着脸打架　脖子上青筋暴突
为一只透明玻璃球最终的归属

他们鼻青脸肿地谈论班里的某个女生
就像没事一样　他们心里都喜欢她
可每个人脸上均露出不屑的神情

她跟随做生意的父母离乡进城以后
他们都反常地变得很安静了
互相之间谁也不说话　只是发呆

那时候他们做泥瓦匠的父亲
还没有从简朴的屋顶上突然摔下来
腿还没有瘸　还不是终日酗酒

泥瓦匠的孩子　这些破碎的瓦片
开始习惯在风雨中奔跑　置危险于脑后
他们重复着父亲以前的动作和命运

他们稀泥一样胡乱堆放在生活中
任一张巨大的抹板把自己抹来抹去
随意填补在坑洼不平的墙面上

他们的饥饿和疼痛是生了锈的钉子
他们瘦弱屈辱　营养不良的身子
在昨夜的大风中硬朗结实起来

他们应该是父亲早年最精美的作品
可是在这广阔而虚无的乡村
他们活得如此粗糙　潦草　浑然不觉

灰瓦罐之诗

也许它应该是一个瓦盆
这是我写作的局限
我想我曾反复敲打过它
一个日常的器具摆设在生活中
盛水或者米
有时是几只新鲜的鸡蛋
有时空空荡荡

这只灰色的瓦罐

它的前身是河底的淤泥
被挖掘出来　经过一双灵性之手的制作
经了火成为瓦罐　　泥成型了
它从此区别于之前曾经和它在河底
紧紧挨着的那些泥　它们还是泥
还在黑暗里继续呆着

它后来被一个流着泪水的男孩
高举过头摔碎在地上
它碎在村庄标志性的十字路口的中央
一只完整的瓦罐成了无数的碎片
它破碎的声音
淹没在混乱嘈杂高低不平的哭声里
几乎没有人听见它的破碎

那是一场葬礼　　摔瓦罐是一种仪式
一只灰色的瓦罐
它原本是干净质朴的泥土
它不是唯一一只灰色的瓦罐
但它是被选中的一只　　现在它碎了
重新回到饥饿的泥土中间
成为土地坚硬而沉默的舌头

韩宗夫 / 作品
SHANDONG POET 60

韩宗夫，1966 年生于山东诸城，有诗歌、散文作品散见于《北京文学》《散文》《诗刊》《星星》《诗选刊》等，著有诗集《刺绣之树》《稻草人的村庄》。获山东文学年度优秀作品奖，作品被选载或收入多种文学选本。山东省作家协会会员。现居诸城。

诗人：韩宗夫

诗观：

　　为内心深处的"缺陷"而写诗，我认为是恰当的。写作只是找到了一种弥补的方式，让我们羸弱的心灵得以停靠，让理想中的世界实现软着陆。写作是自然生长着的过程，即使在没有阳光的黑暗中，这种生长也在继续，因为"黑暗"已经成为了它赖以生长的养料。我要做的，只有努力去靠近"诗"，诗却不会反过来迎合我们，只要在心理上做好了这样的准备，所有来自写作过程中的失落，都会不自觉地化为乌有。

秋　夜

我在灯下开始人生美丽的漫游
试图穿越长夜的河流
在一个人的痛苦经历中不幸干涸
比如鸟翅
在飞行的过程中黯然失掉

青年时代
我一再写下"生活"这个词
犹如穿过河流的石片
激起一层层沧桑的巨浪
我一再写下火：火中的盐、和谐与不和谐
我一再写下悔恨与爱
写下水乳交融的一刻

在浓烈的草莽气息中，浓重的雾霭
顷刻间模糊了天上人间的距离
是谁炯亮的目光
如两粒烛火在游弋？
并于月亮的胴体上划下一道道美丽的伤痕

一群远走他乡的旅人
终于走出了冰凉的地铁车站

在成长和丰收的背景下
我同样觉察了衰老和残败，知悉了
大河上漂浮的枯木和生命中沉积的沙金

接受吧！一个美丽的秋夜
聪明的人生，将于子夜时分发生转折
而与星群重叠的心灵
占据了夜莺歌唱的高岗
成为今夜灯光照耀下的水晶

一群羊，还是一群羊

一群羊，沉湎于怀想的天空
救恤行将下降的羽毛
消化掉一些羊齿洁白的日子
那从雪水中探出的眸子里
告诉我们：什么样的美需要倍加爱护

风的鞭子，牧着懒洋洋的云朵
一群羊，来自草地的不同方向
坐在岩石上轻轻哼唱的女人
她的哼唱遮盖了我旧日的忧伤

当爱恋的鞭影在天空中挥动
羊群呈扇形散开来
包围着含蓄的海子
一群羊，比灯盏更明亮的是什么
比五色旗幡更招摇的是什么

一群羊，还是一群羊
把我带回到缅怀已久的天空

青草分开躯体和羊肠
青草把草原仁爱的喂养呈现出来

水 罐

> 这儿，泥土里静躺着一只水罐，收藏着隐蔽泉水的洞穴。
> ——塞弗里斯

透过秋风细听，有一种声音
细密如安溪之水，贯穿了我的身体
并占有了我的身体；
有一种音乐，来自贫瘠的土地
并覆盖了贫瘠的土地
金盏菊，沉醉于自己的芳香
在黑暗中兀自盛开，企图超脱自己
珍珠般的泉水，沿着山涧弹跳
与月亮一起，跌落于深潭
麻绳一样扭曲的藤蔓，从天空垂下
结满了俯拾即是的星星

嵌入水罐的星象，像一个梦
驻守着诗人永恒的指纹。让我们
注入炊烟、生殖和死亡
高山上的流水，向大地冲击的过程中
化为无数条彩带，拽出了
野花、鸟声、和呜咽之声
被雨水洗过的道路，蛇一样扭作一团
母亲蹒跚而行，她依旧是
乡村的行者，花朵的仆人
她的大脚，像一枚巨大的印章
盖满了秋天的土地

花朵受孕的过程，令旁观者迷醉
花影下的蝴蝶，习惯过着
醉生梦死的生活；刚刚完事的蜜蜂
振翅而飞，性感的空气里
传来悦耳的小马达声，由远及近
抵达另一份洁净的爱情
斜刺里杀出的花枝，带着血腥
穿透了土陶的心脏
黑色的血，带着泥土温热的体温
从收拢的罐口开始，向下
镌刻下魔幻般的花纹

当石榴在深夜里砰然爆炸
晶莹剔透的榴子，星星一样洒满了天空
蓄满雨水的云朵，替代衰老的
女人受孕，屡次产下雷霆
黄昏，女人们围着水罐唱歌、舞蹈
吸纳天地之间的灵气
虽然雷雨并没有落下，但乌檀般的黑暗
却在臆想中缓缓上升！

秋风瑟瑟

秋风瑟瑟，树木的背后是渐瘦的南山
滥造着东山魁夷的画迹

沿着更高的山峰上升，水银发育
我的心中栖满大片大片的阴凉

阴凉中地衣的家园，伏在刺猬的背上

承载着栗园的腐朽之气

但并非已摆脱……地心的引力
风暴和乌云压抑着想象，失落盈满眼眶

这是一个萎缩的节日，万物有源
南山在吟咏，太阳的光芒在垂钓

我瞥见秋色巨变，披山体的蓑衣
一个人心似太湖，天才的想法耽于水底

漫游秋天的毛驴

一只驴子，在秋天的边界走动
把表情运筹到苍劲的天空
为无尽的劳动止息内心鼎沸的血液

那条村路过分地蜿蜒了一下
那些怜爱的鞭影，抵达你的身体又远离
四野已草枯鸟净，你企图要求什么？
阳光更清楚地勾勒出
你清瘦的轮廓，那垂询大地的一卧
生命的凭取在哪里？

在秋天的白露中走动，深入农业严厉的教育
任收获的仓廪在大脑中闪耀
从十二月反向进入一月
从死去的母驴到后天获得的青春
返途的启示，总可以凛冽于风中

那揭竿而起的芦花

重拓天空的候鸟之路；
那一滴滴泪水，仿佛洞穿荆棘丛的火焰
在布置冬天的时候找到了平衡

沿乡村的河畔，树木，荒地……撞见
不可一世的乌鸦
你的爱怜归于无尽的沉默
你深藏着大地的灵，拉着太阳的金辇
不比时光走得更慢。我在蒙羞的后面
听见了掌铁对大地沉闷地击打

某月某日流水账

树木与门窗还未长出记忆，好消息远未到来
打烊的声音，还没有权利宣布这一天的开始或终结
下午五点，光阴中充满了紧急缝纫的声音

它使风马牛不相及的事物变得更加紧密
互相怀抱着。一个沉闷的冬天让人窒息
孩子们放学了，书包挂在脖子上，他们的快乐有些变形

商店亮起了灯光，值钱的东西仍需要待价而沽
马路承受着车辆和人流的压力。刹车的尖叫，激起了
黑暗中路灯的勃起！

阅读圣经的乡村青年

一个充满宗教感的下午
他翻阅着
一片圣经中的小小乡村

一群羊的尾巴
正在度过一条闪烁金色鳞片的河流

他就是我梦见的那个青年
那个赤身敲钟的人
在去向黑夜的路上
以身体护卫着那盏微弱的灯光
"如果心中没有灯
那黑暗是何等的大啊"

如果没有羊群
就没有炊烟一样柔软的尾巴
轻轻打在他身上

多么卑微啊，在雀鸟儿的叫声里
一个人信仰的羽毛
组成一对天使的金翅膀
驮上他，只身寻找梦里的家乡

鱼儿游动

一尾鱼儿在四月游动
我心生怜惜，水掩盖不了的光明
让鱼儿成为池塘的头领

重新聚集在水寨，共同的信仰
组成一棵五光十色的消息树
由此出发的鱼卵，向着四方辐射

远方，我看不懂的旗语
来回晃动着。草船升起了银色的

归帆，弛过了狭隘的荷塘

把黑暗一举剖为两半，一群鱼
相互认同了某种快乐
把闪电的惊诧，送入鹅卵的腹中

胸怀一池净水，臣服于一片
黑压压的柳林，流浪在四月的鱼儿
从不怀疑每一种弱小的生殖

明亮的生殖，点燃了弱小的灯盏
照亮更加广阔的水域

一群鸟儿，经不起秋天的翻阅

秋风细致，心灵的书卷经不起翻阅
它们的翅膀羞于打开，返回的心愿羞于启齿
难以在天空找到飞行的踪迹
成熟的秋天，把它们的勤奋一一收藏

在乡村屋檐下，在高处的树洞里
它们反刍着金色的嗓子和田亩
目光纯净，面对天空的海和大地的血
压抑着胸中狂涌的激情

它们的眼睛流露出，与年龄不匹配的泪水
让我的秃笔，写不出赞美的诗章
迟缓的乡村灯火，正从泅湿的草梢上上升
停滞的小河，是最后一条舞动的蛇

那最小的鸟儿，也离开了苹果的家园

飞往春天，寻找属于自己的爱情
那最笨的鸟儿，在暮秋中变成一位哲学家
对于急需迁徙的鸟群，作出新的判断

踩着锯齿形的叶片，低头行走的是我
倦于飞翔的灵魂，为即将远飞的鸟儿饯行

戏剧，或青春的追忆

这一年，终于戏剧性地落幕了
这一年，终于成为今生的追忆
掌声响起来
掌声的另一面，是肢体和生活的疼痛
构成了青春的配方
哦，岁月，请你留步

在众人的眼中，你是有福的
珠光宝气的身体，不停地放射出
超物质的光芒，一个痴迷的追随者
只抓住了其中最耀眼的一缕

柔软的夏日

蓬松多梦柔软的夏日，有烧伤的手指
浸入水中。还有无数的鸟鸣
缠绕着烈火，乡村的万丈布帛辗转于黎明

一百个刺绣的女子已经动身
夏天的早晨是柔软的、润滋的、美丽的
一百个刺绣的女子搅动着大地的布

据我反复观察
其动作是美丽的、润滋的、柔软的

月　光

月光，天堂的嗓子
你的哑掉形同死去，亿万光年的距离
无法戳穿形同虚设的华丽之梦

淹渍弱者的灵魂，降低奢求的高度
你死亡之后，仍能在另一个世界认真地活着

翻开雪白的书页
露珠滚动，星星在乡村屋脊上闪耀
无为的存在，是我可望而不可及的抵达

在灰暗的黎明前发言
在已发黄的日子里快乐着

朝拜你！哑掉的月光
在死亡也不能到达的高度
你带领巫师和人民，走向光明的彗星之路

月光啊，我遍插白旗帜的家园
今夜，落满了浅薄而贫穷的小雪

1997 的行囊

1997，此起彼伏的掌声响起来，因为
虚假的表演已经落幕

从手掌中逃走的表情，使我的两手空空
该蒸发的已经蒸发，该凝固的早已凝固
只剩下一些跛足的事物和行为
支撑着落寞的空气，和整个剧院的穹顶

独自坐在渐瘦的火苗里，自我煎熬着
看远行的鸟儿追寻过期的雨声
1997 的我，病愈复苏，大梦方醒
绕过日常生活，课本与书籍，睡眠与饮食
流水高举着积木，河道淤积
逃跑的过程难免磕碰相撞，险象环生

巨大的欢呼声，在敞开的风中冷却
远行的家乡，以树叶为舟，划向红铜的天空
黑暗中的泗渡者，黑暗足以把你隐藏
世界足以把你埋葬
沧海一粟，又难以摆脱潮起潮落的命运

1997，我的行囊空空
逃走使我的负重减轻，疾步若飞，飞临城下
我还要假想一次胜利，虚构一次成功
1997 年的行囊，令我行色匆匆
装满了鲜花、泪水、和沾沾自喜的掌声

伯利恒的牧羊人

含着羊群的沉默　翻过一个又一个
圣书中的村庄
伯利恒　将风沙横在你的眼前

灿烂的始祖鸟的叫声

在你的心中灿烂着　形成滚烫的暗流
朝着远方朝圣的城池涌去

打开波斯湾的眼睛　神秘的羊群
在你的祷告下疏散
那隐藏于黑暗下的冲突
将羊群驱逐出赖以生息的家园

羊群涌去 —— 涌去 ——
朝更高更圣洁的山峰
伯利恒的牧羊人　徒劳者的心仪之花
开满了你干净的耳朵

棉花一样白的白云在集结
风荡开水一样的金色云层
你温驯如羊的目光　在情绪化的言辞里
散发着宗教神秘的檀香

晨起记

醒来之后，还未彻底摆脱困倦
对于昨日，早已是南柯一梦，荒诞中离奇
轻描淡写，再也不想回忆
下沉到梦的底部，就是下沉到深渊的底部
你想，除了黑暗还会有什么

醒来之后，鸟语与新鲜的空气
是第一个造访我的人，既不吝啬，也不逃避
面对真实的生活，面对矫揉造作的我
大声叫喊
这个准时叫醒我的人，肯定是我的爱人

难于设想的一天，已经摆在我们的面前
恭候多时，在等候我的指令
人生是一条大河，泛着日常的波影
面对突然到来的喜悦，我却无所适从

醒来之后，我撞见最多的还是梦中的自己
晕头转向，第一时间去拜访那些
熹微的晨光，幸福的野花，马棚里的哞叫与嘶鸣
披着晨星深入田间的农人
他只想尽快弄醒，那些睡意朦胧的稼穑

持红铜梦游的人

红色的铜，放射出红色的光芒
其光芒异常炫目，穿过我们的身体
又像一支锥心的曲子
缠绕着我们
在灰暗的花园里，伸出无数红肿的手
把迷路的人儿悄悄带走

秋天，正是红铜成熟的季节
你手持红铜
期望通过黑夜的长廊走向来世
飘渺的回声那么顽长、绵软
穿过夕辉中的城，你已无力飞行
红铜坠落，一滴巨响
迅速发育成春天的雷声
为了红铜，我们甘愿做了冶炼的木头

持红铜梦游的人

用一只柚子来喂养尘封的心事
辗转于命运的八卦，以青春的烈火
来储存情变的契机

或许，我真的攥紧了红铜的光芒
灵魂在大地上四处奔波、游荡
为死亡而时刻准备着
为绝无仅有的爱而存活于世
并甘愿做了红铜的嫁衣

度过一个萧瑟的下午

真实的生活不会在一个萧瑟的下午
迅速还原。那些难以逾越的高墙
费尽心思的思量，终于露出了兔子的尾巴

一月没有边界的风，摔打着，自虐着
目瞪口呆的牲畜也只好口呆目瞪
如果生活真的被还原，牲畜也可以发言、骂人

黄昏飞来的鸳鸟，只能借助黄昏的力量飞走
带走日光，黑夜本身就是黑的
孤独的绿篱，暗藏着一簇簇燃烧的火焰

穿过乡亲庭院的火焰，也穿过我的耳朵
夺路而逃。看门的栗大爷，一个萧瑟的下午
正穿过你把守的大门夺路而逃

何敬君 / 作品
SHANDONG POET 60

何敬君，1957年出生，山东即墨人，上世纪80年代初开始文学创作，作品散见于《诗刊》《星星》《散文诗》《散文选刊》等全国多种报刊杂志，入选《新中国60年文学大系》《中国散文诗90年》《六十年青春美文经典》等三十几种选本和十多年来的年度散文诗选本。著有散文诗集《从五月到五月》《逝水年华》，诗集《沉默的帆》，散文集《我们改变了什么》。中国作家协会会员，兼任青岛市文联副主席，青岛市作家协会副主席。现居青岛。

诗人：何敬君

诗观：

　　生活中我们都有过被要求不提供某些事实的经历。这种情形体现在文学上，就是隐藏那些该隐藏的，凸现那些该凸现的，只在自己的世界里行行复行行，寻觅人间或许存在的神话。有些泪水通过眼睛流出来，有些泪水则到心里去了……

依旧生日夜

一

吹灭了三十一根蜡烛，星星也灭了，所有的。

世界于是失陷。失陷到了只有两个人对视着的那时候。

在这被幸福充盈了的瞬间，我猛然发现：夜，真是很黑、很黑的。

二

生之旅程上所有的趷趷足音骤然而滞。

——寂静。

寂静如山洪暴发。

那无数次震颤了我的竹节吟唱、白云流逝、野菊凋零、冰河崩裂，都悄然远去。远去到天堂做了流浪者。

剩下孤独的我凝视斜挂于墙上的六弦琴。

目光如烟，抚不去久积的尘灰，枯黄的音符自断弦飘落至脚下，堆成喑哑的秋叶。

三

仍是那只大鸟，如云的黑翼又一次裹起我，严严实实地。

—— 我是谁？

曾经那样长久祈祷般地想象：让眼睛铺在地上，做天堂的镜子，明澈的湖面只接纳白云与苍鹰自由的影姿。

脚下的洪流总是打翻驶往另一世界的船。欲海泛滥着七色泡沫，浸湿了白帆，污染了旗帜。

飞扬的思想跋涉不出四季的泥泞，紧缩成十二月的鳗鱼。在冰封的河底，在一片文字的淤积里寻找过去的底蕴。

这是依旧的一个生日夜呵！

我解释不了我。

四

仿佛远处的每一个地方你都在谛听、在注视。

我行走着每一条路。

我知道我为路而降临。我属于路。舍此别无选择。

但每一条路都蜿蜒着来，蜿蜒着去。我已被奴役得一无所有。

仅剩的茫然告诉我 ——

女娲夸父们永远地死去了。

石头老了。森林老了。河流也老了。

土地在道路的捆绑中被穿了各种鞋的脚踩踏着，吃力地喘息。

创建神话不再是一种可能了。

五

…… ……

当再一个白昼来临，我该戴上哪一张面具呢？

…… ……

一种从未有过的恐惧袭上心头。

我感到了真正的沉重。

哦，北九水

1

你是一个千年的存在，一首永远的诗。天上人间。

我是一个偶来者，就如我来到大地。是一阵风的结局。

2

想你时想到天堂去做一个放浪者。

让一片羽毛驮起我的全部，然后飞成一只白蝴蝶。那么，风就是我的知音了，就是我的引路者了。

听水声松涛，听蝉吟蛙唱，都是空谷足音。

看波光云影，看山色石姿，都是欢乐惆怅。

悠悠无字。

切切有韵。

—— 一切归我独有。我将不再归来。

3

与你对视时面对了千古的寂寞。

寂寞是一只巨大的手，牵我向深处走去再走去。

山与水厮守。水与山厮守。

互酌明月。对饮清风。倾诉之声注满山涧，日日地回荡，年年地回荡。

生命在更深的地方涌动着，飞扬着。

石头们笑了，哭了，有灵性了。它们是载了岁月的古船。无帆之船排闼而来。踏上写满故事的甲板时，我自己弱而又弱，小而又小，是汪洋中的一粒浮生物。

我的目的哪里去了？

4

听你独语时听到了本来的高山流水。

水是山的音乐。

水是山的心语。

从母亲般的胸脯溢出之后，便永永远远地流着。琴弦在石头上弹奏，弹奏孤独，弹奏期冀。永永远远地等待着，寻觅着。寻觅知音，等待诠释者。

我是一个俗子，耳朵已被尘埃滞塞，听不懂你的韵致，更弄不清你的底蕴。

我只看到空中飞过一只绿蜻蜓，如洗的影子从水底滑过。

我觉得它是从我的心底滑过的。

我颤栗了……

5

沐浴你的玉液便到了一种最初的源头。

在生命之泉里，在生命之水里接受前所未有的洗礼，一种原始的萌动渗透筋骨，渗进血脉。

我便回到了生命之初，回到了生命之源。

我便觉得世界很简单。我很简单。

世界不存在了。我不存在了。

世界和我相互拥有……

远　足

1

孤独洇满房间的时候，你离我而去。就那么随便地，行囊也不带一只，手臂也没挥一次，你便远行了。

房间里灯色渐渐地、渐渐地合拢，合拢为一层又一层的声音。无声之音严严地覆裹住我与我的世界。沉默以数不清的刀凿刻我成一幅剪影，凸嵌于无主的昏黄，如迷失了家又被船遗弃的渔子守望着一片无涛无浪的海，而站不成一块礁石。

……主呵，自我造好你的殿堂的那一天，我便是你的忠实而唯一的仆人。被你奴役到一无所有是我终生的愿望。那时我会奏起蓝天下全部的色彩与全部的声音的交响。

我是你的唯一的奴仆。

我是你的唯一的栅栏。

而现在，守园者困盹了。里尔克的豹逃离了温暖的草地，逃离了香软的食物，渐渐地远去。

留下的是谁？

我？？？

2

……道路于某些日子从某些地方浮出，在我的身前，在我的身后，在我的身左，在我的身右。

道路浮出来了，与太阳给予的那些东西织成网。

我说过我为道路而降。而道路是属于你的。　你是我生命中的生命。

你赤足而去。你从不与我告别。我难以把握你归来的时刻。

你不能行于地上。地上的荆棘已被无数遍收割，就如麦子和岁月的被收割一样。但地上剩下的仍是荆棘和荆棘一样的拥挤的脚，拥挤得你难以行走。

你将行于半空。半空正被分割，纵横的金属线里汹涌着图画与声响——画里有血，声里有泪，还有许多你不懂的东西。

…… 哪里是如期如寄的家？

—— 在山峰之上？

—— 在水流之上？

—— 在云彩之上？

给你造了殿堂的人早已伤折了你的翅翼。我听到从很深的地方你的呻吟与呼喊之风，拧成了扫帚，一阵阵扑着打房间，灰尘如秋末之叶，飞起飞落。

你在忙碌的人群中踽踽地远行。

心之路在此刻蜿蜿蜒蜒地浮出。

1978：爬上井沿儿的青蛙四处张望

…… 多么久远！

我的瞳孔结满蛛网。我的眼帘挂满青苔……

幽闭在一口浅井的深处。我仰望不到丽日与星空

壁垒挤撞着天空。隘窄的通道口

雾气弥漫。那些虚假的白云日夜遮蔽

我在欢乐地沉睡。生活就是沉睡

一直沉睡

…… 一口浅井就是一处废墟

结于字纸的一点陈年墨迹，一块疮瘢，一个荒芜的洞口

一汪水如厚厚的灰土蒙于我的头顶。一层层旧梦泛着尘渣

一代又一代饥渴者的身影飘着枯瘦的落叶
我吐纳着这水，瞅着一方貌似的天空。我看到
无数青蛙的影子起起伏伏，迷迷离离

……一些声音传来，远远地传来
已经陌生的声音，汇成惊蛰之雷
在一个秋天的早晨炸裂云层，震响秋野
山雀纷飞，坚果噼里啪啦满山坡唱歌

……睁开迷蒙的眼，看井口云朵如白马奔过
我爬出缝隙，沿着打滑的石壁爬上井沿儿
哦！这天空
哦！这大地

1991：门近在咫尺而遥远地旋转着

门，一道熟悉又陌生的门，我曾无数次进出过的通道。

此时，它近在咫尺地遥远地旋转着。

它旋转着。进进出出的都是往事，是从身后吹来的风，微微的风，一些记忆泛起淡淡的酸味。

日子如流水是句老话。日子告别了那道门之后，随流水去了很远很远的地方，去了没有油菜花的南边。

所有的流水都有归宿。很多的日子失踪了。现在，它们的影子回来，附在那门上，进进出出，绰绰约约。

门，或高阔或狭矮，或旋转或开合，或轻薄简陋或厚重辉煌——

是脚步的篱笆，是选择的界线，是隧道的洞口，是一个人人想看清却人人看不清晰的意象。

门站在那儿，看似随意地旋转开合。

一些人进去了。另一些人出来了。

进去的人可以随时出来，出来的人不可以随意进去。

里面的人与外面的人，或许微笑着打个招呼，各自转身，在同样的日子里走上不同的路途。

门，漠无表情，对谁也不言语。

门一直在旋转，近在咫尺而遥不可及。

往事被搅成一匹皱而又皱的绸子。

我的影子是那绸子上的水印。

1995：油菜花盛开在雪地上

一个房间

……穿过一条幽幽暗暗的走廊，我仄着身子进入

房间哗然一抖，灿烂耀眼

耀眼的一幅油画：油菜花盛开在雪地上

我被置于油菜花丛，壶口的胸膛里，恢宏的乐章轰然交响，但喉咙失声，沉默承受着九天而下的瀑布……

一个天南地北的房间

房间里的每一次云彩都可能降雪，每一次云彩都可能开放油菜花

雪地上盛开着油菜花

黄黄的油菜花让雪地更为凛冽宽阔

皑皑的雪地让油菜花无比灿烂热烈

这凛冽，这灿烂，交加着

刺痛我：从眼痛……到心痛……

一幅油画

……雪地……油菜花……

……油菜花……雪地……

从画外铺到画里，从画里铺到画外

灿烂耀眼，绵延无边……

1995：油菜花盛开在雪地上
我走了很远的路
在油菜花里迷失了自己……
在雪地上找回了自己……

点滴江南

1

欸乃一声——
江南点染在江湖河汉之间了……

2

一支木桨，吱嘎吱嘎着，从四面八方，把一个个镇落、村庄泊于一幅水墨画里。

另一支木桨，吱吱嘎嘎着，在看不见的深处搅动水草与青苔，把往事搅浓，缩成故事，把现实搅淡，化为记忆，水面上漾着看上去似乎很美的悠悠的曲线……

3

一簇油纸伞，逶迤着游过石孔桥。木鞋跟高高矮矮或方或圆，如琴槌敲击扬琴，如手指拨弄琵琶。

一簇簇油纸伞，逶逶迤迤地飘过一座座石孔桥。桥下的水便流光溢彩了，舒舒缓缓流成吴侬软语了，曹衣吴带翩然曼舞于和煦的暖风之下了。

有桥没桥的水都风流倜傥了起来，一条条，一片片，浸润得土地松松的、软软的，泛泛的、酥酥的。

燕子呢喃，黄莺鸣啭……

4

一座桥是一颗纽扣，联着院落与院落、街道与街道，联着商铺与酒肆、戏楼与私塾。

水上多了风景,地上多了道路,盼子的母亲望夫的少妇多了许多凭临处,漂泊的乌篷船少了好些怅惘与孤独。

一座座桥都是河网上的结,联起村与村、镇与镇,联起乡情与国事,联起江南与世界。

江南很大了,世界很小了。

砌明朝的砖,盖清朝的瓦,马头檐俯瞰雨中塔寺,夕阳帆影,翘望天外白云,远山点点青黛。

——江南是一片心事了,漂浮在浓雾微雨当中,点点滴滴,迷迷离离……

5

一片心事的江南,被一天天、一年年酝酿着,酝出的颜色在空中浑染了流云,酿出的醇香在地上微醺了行人。

单纯的颜色是舞蹈于风中的蓝花布,是江南女子窈窕的倩姿,寂寥的身影,幽悠的梦想。

绵远的醇香是女儿红、三白酒,是碧螺春、龙井茶,是吴越男儿浪漫的心曲,蕴藉的情怀,久远的希冀……

6

江南的茶是江南的性情:如雾如纱,云蒸霞蔚。

江南的酒是江南的血脉:厚积深流,历久弥稠。

江南的蓝花布是江南的精神:纯粹明净,秋水无痕……

7

一匹匹无艳之布在村镇街巷里飘动着。

江南女子们坐上竹竿轿,乘上乌篷船,去了秦淮河,去了西子湖,去了阊门里。

一个女子跟着范蠡泛舟远去了,一个女子跃身跳进了有点凉的明朝的池水里,一个女子放开小脚,立马横剑,高唱"休言女子非英雄,夜夜龙泉壁上鸣"……

8

一盏盏无醉之酒在春夏秋冬里流动着。

吴越男儿们腰挎三尺剑，怀藏五经书，走过石孔桥连缀的陌路，穿过油菜花灿烂的田野，去倾听金山大鼓，去推展钱塘江潮，去追逐月夜烟花。

薄了宣纸，秃了湖笔，难画史可法、八大山人，还有说不尽的钱谦益……

9

一杯杯无心之茶在亭榭楼阁里漾动着。

江南年年柳绿着花红着，处处桥高水低着，肥了芭蕉叶，瘦了太湖石……

10

一声欸乃——

数只大闸蟹爬到了我的书桌上……

城市生活一日

1

早晨来了，梦走了。

我看见了一片光亮，却看不见太阳在哪儿笑我。

洗一个热水澡，脸面刮得净光，换上一件衬衣，镜子里的我精神抖擞。

两肩之上的头颅如超市里的周转筐，它在夜里已被清空，等待装进新的物什。我扛着这只空荡荡的筐子，出门去。

2

挤进一辆公共汽车。车厢里的人前胸挨着后背后背挨着前胸，脑袋与脑袋总能保持礼貌而机警的距离。多数面孔无数次见过，但我谁也不认识。

或者钻进一辆的士。跟司机说一声目的地便不再有半句言语，同车的两个人各想各的心事。

路，还是昨天和前天走的路，也是去年和前年走的路：上坡，下坡，红灯；左拐弯，右拐弯，穿过桥洞；交通拥阻，车辆前行如蛆蠕。

左边：广玉兰已笑开春意，法桐树还在睡梦里，还有几株从乡下迁来的苦楝树，好像刚刚进城的民工，迷惑地打着盹儿。

右边：那条污水沟已被盖上，那片建筑工地正在清理，两个新建居民小区开始入住，那都是别人的家，里面也不会有我的朋友。

3

路上的大部分时间我都在沉思。

脑子里有时候长出一垄垄麦苗，或者摇曳着一片芥菜花，它们似乎有些干渴，在风中哭喊着，它们需要喝水。

但我却经常不希望下雨。我是生活在城里的人，生活就是一周五天都要上班，休息日还需要一些户外活动。下雨会淋湿我的名牌衣服，会显得难堪，而且不卫生，会很郁闷。

我知道对于庄稼而言，我是多么残忍！而我还是一天天地残忍着。

4

旋转门将我收进一幢大楼。一同进来的都是我的同事，昨天下班时说过"再见"，今早依然相互点头、微笑或者握手，礼貌而客气。

电梯送我上三十二层。我工作的这幢大厦如其他大厦一样，像一个巨人漠然傲立，玻璃幕墙闪耀着拒人千里之外的气势。

进入办公室，我就居高临下了。单向透明的窗玻璃一尘不染，窗外飘过一朵云飞过一只鸟我都尽收眼底，窗外的人却看不见我的身姿。

这种隔着玻璃看风景而不被风景看到的感觉，让我无比惬意。

5

上班的时间我很繁忙。

也总有时间继续做梦。

梦想有一条道路——我的道路——从身边浮出，如窗户下的高架桥，挺着身躯蜿蜒到远处。远处有一片绿草地、一片槐树林，槐花盛开着，蜜蜂缭绕着。那片树林不是很大也不是很深，足够我倘佯其间享受自己。

梦想自己身轻如燕，伸开双臂翱翔空中，细数地上如蚁的人群，忙碌的如何忙碌、消遣的如何消遣？弄明白他们从哪个村庄来又会到哪个村庄去？想知道他们每一个人怀揣的梦想。

梦想自己二百年抑或八百年以前就生活在这儿，每个人都认识我我也认识他们，只是时间长了不串门也不写信，大家相互疏离了。想要跟每个人微笑说说话打打招呼。

梦想网络的天空能够下雨，我和乡亲们在不同的地址里种庄稼。

梦想里还有很多的梦想。但白天退到了我的身后。

6

夜晚降临，城市更加明亮灿烂。

迷茫的眼睛豁然睁开，七彩的灯火淌了出来；沉默的喉咙哗然张开，起伏的歌声涌了出来，每一扇窗户都忽闪着无底的妖冶。

我行走于每一条大街每一条小巷。

大街上的建筑比白天更加崇高而峻峨，灯火使它迷惘，夜色使它冷漠。我感受空前的拒绝。

小巷里到处人影绰绰，男人女人们低头匆匆而过，倏尔消逝于流溢的光色里。我找不到一个可以问路的人。

我好比一个丢失了的人，无法确认自己行走的方向。

看着这座城市，如同看着一个巨大的鱼缸。

我在另一个鱼缸里。

7

子夜如花绽放，我仍旧无处可去。

顶着自己的鱼缸归去，踟蹰着，归去。

让梦继续……

风一吹杨树就开花

路旁的杨树是宋代的女子
曾在汴水的水边唱曲，曾在西湖的舟上抚琴，曾在荒乱的年代或情感
长路上流离失所

归来……于一条条路上
长发当风，绿衣为舞
以温情、以殷勤，送迎络绎于路的出发者和归来的人

风来了……杨树就开花了……

路上的人看到绿衣女子的笑容，如涟漪、如浪花，如起伏在麦浪或稻浪上的阳光

看到杨树开花的人心里绽开簇簇花朵

杨树的花迎着风开放，如思念朝着爱情的方向编织缆绳

风吹乱了很多女子的绿衣衫

咫尺的诱惑和遥远的梦想，扯得人心很飘忽，很绵软

杨树一天天看着路，看着天

行人们和云彩近的近了，远的更远……

一个人的黄昏

……在二楼的落地窗前，把自己随意地放入两张空荡荡的竹椅中的一张，面向大海，静静地坐着。无所事事，就是坐着，而已。

以目光放牧大海。那些海水，所有的那些海水，徐徐而来，流向我，包围我，荡漾我，而后淹没了我。

身体的某些深处有静水湍流，支支脉脉地汇于脑颅。汇成另一片海洋，不平静的海洋。洋面上有帆船争驶，有白云变幻苍狗，有海鸥放牧……

窗前的藤萝架下阒无人迹。几片发黄的叶子悄悄滑落，如同我已经记不起何时发出的叹息。微风阵阵，却吹不动它们。

春天的黄昏里我们曾在藤萝下徜徉。沉重地思考，谋划一些从未行动过的事件。脚印与话语都已随风消逝。

——今天，人们都出发了。

　　老槐树上的喜鹊窝是一座老辈的房子。它不说话，沧桑藏得很深，一个隐身的智者，一个表情似有若无的老人。它无声地等在那里，等待着归来者。

　　我仍旧坐在落地窗前的竹椅里，目光散漫。

　　天空将灰纱一层层展开，撒过来，世界被笼裹起来。

　　归巢的家雀叫了。海浪唱着吟吟的小调。

　　我自己沉默着。沉默在一个人的深秋的黄昏里，在今年最好的季节里的一段最好的时光里。

　　我在世界之内？还是在世界之外？

姜 勇 / 作品
SHANDONG POET 60

　　姜　勇，1963年3月，祖籍山东省文登市。当过兵，做过记者，曾在聊城市文联从事专业创作，著有诗集《流泪的缪斯》《姜勇北京诗》等。短篇小说《梦中的小房子》获解放军文艺创作奖，发表于诗刊的《朋友》获红旗出版社与求实杂志社联合举办的"改革开放二十年"文学创作特等奖。其中有诗歌、散文、小说、报告文学等作品多次被选载和获奖。中国作家协会会员。现居北京。

诗人：姜　勇

诗观：

　　其实我的诗就是我的诗歌观。

　　如果真的还需要说点什么，让我联想到我父亲姜建国的一首诗，题为《海之旅断想》：呵呵／任谁也不能在大海上／竖碑立传／／呵呵／任谁也无法把名字／刻上波峰浪谷／／那就吟一首大海一样自由平等的诗吧

雨后老象峰

老象
从雨雾里闪出来了

甩开的长鼻
举一簇
带露的桃花

古崖居

众壑仰望
天上人家

云垂一条藤萝
邀我去做客吗

积水潭怀念老舍

这一潭老水
接走了先生

但你
绝不会游远

今夜
我和一条鱼
交谈

立水桥小西街

都市之夜的
一根断弦
落缨缤纷　落缨缤纷

就像市郊一个廉价的农贸市场
这儿批发
从乡下来的少女

西直门立交桥

古城门的废墟上
站成一具庞大的恐龙的骨架

不是标本
骨骼里有血
血里有你生命的震颤
流泄出雄心勃勃的梦幻

和城市一起
狂奔

皇城遗址

小草
如匍匐的士兵
穿越每一堵城墙的阴影

春天
已兵临城下

琉璃厂街景

历史的深幽里
漂一卷轴
溢出来三百年的花香鸟语

乘上去
横渡水墨山水

赛金花

只一夜
你就神奇地消失了

古往今来
一次最高尚的
出卖

历史的旧相框里
抹不去
你狐美酸楚的一笑

后海鬼节荷灯

掰开心
点亮
穿越夜的湖

想唤醒谁的名字
咯出了血

岸上的人
看见了奇迹

李莲英古宅

想去敲那门
可下身
如中一记暗器

逃开了
很远

过小喇叭胡同

谁把歌
吹成了路

走进去
就变成快乐的
音符

寻找王府井街市

左一眼巴黎
右一眼纽约

如镜的大理石上
跌了一跤

风说
你到乡下串门去了

护国寺街庙会

在这儿
刚逛过的那些京都美景
一下子都挤淡了

最美
还是这一街人间烟火

法海寺壁画

皇帝去了地下
却把一个天国美梦
遗忘这儿

那梦照亮深山古刹
五百岁的飞天和仙女
依旧鲜艳欲滴

如此的佳境
我也想进去走走
可碰了壁

雨中游陶然亭

烟雨朦胧
谁在吟
—— 与君一醉一陶然

回眸
小花伞下抒情的爱人
也站成一尊亭子

潭拓寺石鱼

昂首向天

多想有一场雨
让梦重新长出鳞片
游回家去

卧佛寺

涉远山远水
难得寻一处幽静
却总也不能入梦

朝拜者

还是纷至沓来
香火袅袅祷告声声
说与谁听

佛祖累了
佛祖要休息

云居寺

石头的书
云翻不动

索性就不走了
陪读

颐和园石舫

守望好一片大水呵
那揽绳
早已解开
可你为什么
就是不动呢

万佛阁飞桥

没有岸
也想飞

扛佛

在肩上

浩浩荡荡
苦渡

圆明园万花阵

万花丛中的连环阵
陷井的蕊

上演
早已设定的悲剧

九重门

人在途中
就白了头

天堂
还有多远呢

地　坛

多想仰视你一次
却总也无法
如愿

活着
在你的肩上
一生正直

回音壁

喊一声
就迷路了

那从古壁深处回来的是谁
陡增了五百岁

先农坛

远远的
就看见一个个渗血的脚印
在深情地唤我

那脚印
一直伸向大地的深处

我用头颅
叩门

雨中远眺景山万春亭

绝顶上
一个花茎虬结的美人
若隐
若现

你在守望谁呢
泪水
滴成好大一片浓浓的夜色

故宫铜鹤

昂首鸣叫
那一朵闲云吗

天又黑了
梦的翅膀
拍不醒结冰的盔甲

长喙滴血
啄一只龙眼

蓟门烟树

大森林
只剩下这一棵树
还没有年轮

风阅读
帝王的诗
一瓣瓣风化的枯叶

雍和宫

深硕如幽
那扇挤窄的绛紫色的门
在吸纳
　　在蠕动

在呻吟

隐约
我看见朝拜者们
跪成了一团一团的胚胎

享殿前龙凤石刻

凤在上
龙在下

换一种姿势
就是飞翔

凭这——
我也要献上一炷香

红湖河

渔火亮了
可是浮上浪尖的红螺

吹响一湖月色

游桃花园湖

涂口红的风
吻醒一湖桃花梦

老夫可否借桨来
分享一羹

西山唱晚

松如人侣
山似驼峰

石船漂泊在夜空里
古寺朦胧在木鱼中

玉峰塔黄昏丽影

大山
轻指一点
　弹一湖绛紫色的音乐呵

那一瞬
能看见大片水晶的玫瑰花瓣
　一层层绽裂

西山慈悲庵

浓阴里
全是蝉的鸣叫了

你紧紧合十的素手
想把什么
留于掌心呢

莲花座上
一个蝉壳

戒台寺活动松

轻抚一下
你全身的针叶都在颤栗
如注满了爱欲

那滑落的松子
想是你激动的泪滴
　　山岩上溅起芬芳的涟漪

老舍茶馆

沏一壶
酽酽的老北京
与谁对饮

似听见
一阵赴约的脚步声

前 门

黄昏的风
舞动你一双空荡荡的袖筒

还在梦想

那一次
古老的拥抱吗

夕阳沉落
我闭上痛苦的眼睛

三里屯酒吧街

美酒饮多了
从眼睛里溢出来
淌成一条梦幻的河流

心如
水草间的鱼

康 桥 / 作品
SHANDONG POET 60

　　康　桥，著名军旅诗人，国家一级作家。著有诗集《寸草心》《血缘之源》《飞翔，向着太阳》《生命的呼吸》《征途》及21制高点丛书《天问：我是谁》等多部，获全军文艺新作品奖一等奖，首届齐鲁文学奖，共青团精神文明建设"五个一工程"奖，中国人民解放军图书奖等多种奖项，2010年被评为首届十佳军旅诗人。现居济南。

诗人：康　桥

诗观：

　　《诗经》作为我国第一部诗歌总集，以乐歌舞曲的形式，把呐喊和沉默的倾诉以及轻快的写意反复咏唱，它所体现的赋、比、兴技巧，对诗歌创作影响巨大而深远。

　　许多写诗歌的人注重学习外国大师，却忽略了传统文化，这种作法不明智；从唐诗宋词开始继承，割断在此以前的文化，也不科学。

　　诗歌长着两只翅膀，一只是对中华民族优秀文化的继承，一只是对世界其它民族文化营养的吸取。只有一只翅膀的鸟儿是飞不高也飞不远的。

地球的光芒

> 地球是太阳的头颅
> 人类是地球的光芒
> —— 题记

有谁能正视燃烧的太阳
从太阳的光芒里找回太阳的语言

三月的一个清晨
一颗杏树向着太阳
她所有的花朵纷纷落地

血歌照彻骨髓
水之初的水淹没所有的水

我看到太阳和月亮之间
地球倾斜

我不是任何人的爱人或者情人
独居自己的天地
用同一张面孔迎接四季
脚下的土地
长满褐色植物

谁能用手指触摸葡萄架的幸福
触摸滋养生命的乳汁

我从哪里来又到哪里去

谁是我今生回首的家
谁杀死我们的爱情
在冬天过后
述说血缘

语言无法诉说
我的出生和我的死亡
无法诉说
爱情已经远去
我必须告诉思索爱情的人
人类所有的爱情注定要失败

地球是太阳的头颅
人类是地球的光芒

声音的星辰

> 道路已经消失
> 我们被自己的语言击伤
> —— 题记

谁能将我的五官倒换位置
今夜
我呼唤水中的太阳和太阳中的水

自画像五官分明
眉毛月亮
眼睛月亮
鼻子月亮
红唇月亮
它们的颜色楚楚动人
和平相处的空间
通过一面镜子
知道各自的诱惑

我与谁相遇
与谁同行

语言的漂流和呼吸同步
声音的星辰
来自远方

有谁在我的梦中久久伫立

道路已经消失
我被自己的语言击伤
看不清爱人眼里的我

我将远去
我也将归来

创造新的语言、森林和爱情
让所有年代的所有河流
围绕一座黑夜燃烧的山峰

我将远去
我也将归来

看到月光的人

> 我是天边遗落的星
> 与月孪生
> ——题记

请你经历了死亡
再来谈爱情

月亮是地球的头颅
地球的光芒
只有月亮才能看到

一九九三年中秋之夜
一位名叫康桥的女子
在解放军艺术学院
集体签名的白帛上
画了自画像
一旁书写——
我是天边遗落的星
与月孪生

我来到世间
带着两个灵魂
一个神性的灵魂
在黑暗中醒着
一个人性的灵魂
在光明中睡着

我的面具一次又一次被盗走
我已经忘记
什么是我最深切的渴望

生活在众人之中
今晚　我是
唯一看到月光的人

白昼睁开眼睛

　　　　太阳彻夜燃烧
　　　　照亮自己的思想
　　　　　　── 题记

谁在自己的阴影中跳动
因为流血
彻夜燃烧
照亮自己的头颅

那些赤裸的被称作植物的光芒
在明净的空间行走
升向我们看不见的音乐

我是谁的语言
死后的灵魂
围绕谁旋转

白昼睁开眼睛

一只果子因为自己的重量
从枝头滑落
一朵鲜花走过季节
从我脚下凋零
一条大鱼

吞食了若干条小鱼

瞬间跌进永恒
这是死亡与诞生交接的时刻
月亮窥见地球所有的秘密

夜歌就此出发

> 谁是流血的父亲
> 从银河窗口下望的人
> 对神乞求
> —— 题记

谁正通过一条秘密的通道
黎巴嫩南部的一个牧羊人
站在牧场的尽头

因为丢失的一只羊
没有吹响他的长笛

他眼中的悲伤似失去一位亲人

夜歌就此出发
裹小脚的老奶奶
逆水涉遍所有的溪流

夜歌就此出发
那个从银河窗口下望的人
对神乞求

让盲人领着盲人走过深渊

人的一生
是长时间的流放

谁正通过秘密的通道
母亲死于猎手之箭的小鹿
穿过森林和田野
穿过山谷和湖泊
找到伤口流血的父亲

夜色掩去带血的蹄痕
遥远的海岸
在荡漾之中下沉
夜歌就此出发

我们死去的兄弟

用所有残碎的骨头
点燃心灵的家园
面向西风
　　　　—— 题记

我们一路走来
感谢阳光
感谢五月的麦地
感谢捍卫幸福死去的魂灵

所有这一切
我们都无力偿还

我们无力偿还
那些永远死去的兄弟

那些被我们吃进胃里的骨肉
曾经是我们美丽的姐妹

魔鬼
用我们看不见的刀子
或叫不上名的武器
把我们的身体
一次又一次地分开

很多年了
我们身体的另一半
爬行在我们的脚下
我们吃掉食草的兄弟
又去狩猎食肉的同胞

在兽血中舞蹈
用他们的光芒武装自己

我们对阳光对爱情对艺术
心存感激
却忘记了为了我们高贵的生命
永远死去的兄弟

那些被遗弃的灵魂
在支离破碎的灼痛之中
流亡飘散

这是新的一天
一只候鸟躲过枪声
在群山之上的天空漫游

为爱情落泪

我想起那些溶进我们血液的兄弟
姐妹们都已出嫁
我用所有残碎的骨头
点燃心灵的家园
面向西风

诘 问

> 水边
> 谁钓上自己娩出的胎儿
> —— 题记

阳光返回天空
我翱翔于天地之间的翅膀呢
我纯蓝纯蓝的皮肤呢
我弑父娶母的本能呢

混沌正在回返

我　父亲的女儿丈夫的妻子儿子的母亲弟兄的姐妹
我　母亲的儿子妻子的丈夫儿女的父亲姐妹的兄弟

野草在胸间萌发
永远鲜红的摇蓝
万物之母
躺睡谁的怀抱

蕴藏水底
我　南山下的溪水　水面上的浮萍
水边　谁钓上自己娩出的胎儿

白色的血流
折断萝摩草的根和叶

捕鱼之手覆没于水

我　从始至终的食物和从终至始的收割
脊背之上　长着自身娩出的胎盘

南风从南面吹来
和水并肩　我
无色的涌动
返回自身娩出的胎体

我是深渊

我是自身的十字架
在阳光中裸舞献诗
劈碎所有的颜色和声音
　　　　　——题记

我是深渊
来自自身深渊的深处

我的灵魂
是自身深渊灵魂的碎片
在母亲诞生我的那一天
带着伤口带着天国落叶的记忆
从永久以前跌入

天堂就在那边
我在阳光中裸舞献诗

劈碎所有的颜色和声音
让灵魂和灵魂的所依
相亲相爱相悖
哭笑自由

风把夜歌带向沙漠
我心灵的深处和天穹的高处
同唱一首歌

这是我的献诗
我是自身的十字架
翅膀划过黑夜
在深渊之上飞翔
在灵魂深渊的灵魂之上飞翔

混沌回返

呼吸中覆盖
生殖之疼
谁胸膛之中取出泥土
——题记

谁在没有路的地方行走
以回归诞生
生命　混沌一体的云
蕴生初始的血

光芒伸展至大地
混沌之子
已死的灵魂正在更生
返回　呼唤他的名字

生殖之痛　血流
千里　呼吸之中覆盖
新的肉身　谁
胸膛之中取出泥土

居住在云中　谁借助光线
将水　这植物之乳
注入生命

阳之气生长
像风行走
使万物生根

我　水中生出生命
头颅根植于大地
双手抓紧母亲的血脉

这是冬天 无声中倾听
体内聚集的黑暗
借光线注入根部

同脉的兄弟向着别处的阳光
舒展
似与我不相往来

满身的叶片　混沌之脐
太阳正在回返
谁昼开夜合
成为宇宙的另一种孔窍

眼睛　光芒的照亮
沿路为冤者招魂

无声中倾听
光芒和混沌
唤醒同一个名字

蛇的真理

你是我的碎片
永远饥渴
永远流血
—— 题记

凝视一粒种子
凝视一片落叶
凝视一坯尘土

我凝视世间所有的力量

承受所有的白天和黑夜
把它们的语言译成人的语言

坐在居所
坐在活人城和死人城之间
我点燃与生俱来的饥渴
呼唤另一种更加饥渴的饥渴

真实的酒
让它从一个伤口涌出
从一个笑口走向另一个笑口

蛇在春天蜕皮之后自言自语
我是你的一个碎片

在你身上死一百次
另一条蛇却说
你是我的碎片
永远饥渴永远流血直到悬崖之缘

这是天才的必死之路
太阳用一万只脚践踏我

一颗种子
成长一片森林
一只小虫
变成一群天使

蛇说
你们是我的碎片
在饥渴中死一百万次

蓝 野 / 作品
SHANDONG POET 60

　　蓝　野，原名徐现彬，山东莒县人，1968 年出生。
著有诗集《回音书》(21世纪文学之星丛书 2005 年卷)。
获《诗歌月刊》全国十佳青年诗歌编辑奖，首届泰山
文艺奖，《诗选刊》第三届中国最佳诗歌编辑奖，华
文青年诗人奖，《青年文学》年度诗歌奖，中国作家
出版集团优秀编辑奖。中国作家协会会员。暂居北京。

诗人：蓝　野

诗观：

　　《元遗山集》里有济南人、散曲家杜仁杰的序，赞元好问诗文：不使奇字，新之又新；不用晦事，深之又深。但见其巧，不见其拙；但见其易，不见其难。……诗坛神怪颇多，在坛子上装神弄鬼还是能蒙住一些观众的。往简单明白里写，更需要机巧和勇气！

母 亲

怀孕的女人登上公共汽车
扶好车门里侧的立杆后
对着整个车厢，她很快地瞥了一眼
她那么得意
像怀了王子
她的骄傲和柔情交织的一眼
仿佛所有的人，都是她的孩子

车微微颠簸了一下
我，我们，和每一丝空气
都心惊肉跳地颤抖起来
——道路真的应该修得平坦一些
——汽车真的应该行驶得缓慢一点
很多母亲正在出门，正在回家
正怀抱着世界，甜蜜而小心

石 榴
　　　——给杜庆秀

院子里的石榴树
是你栽下的

竹子是你栽下的
杜仲是你栽下的
葡萄是你栽下的
月季是你栽下的
牡丹、菊花、白菜、萝卜、芫荽、韭菜、丝瓜、葫芦
是你按照季节的命令栽下的
——我和孩子在院子里数出了 60 多种植物

每年中秋
石榴就成熟了
红着脸膛，或者笑裂了嘴
它们被你一颗颗摘下
一颗颗摘下，并念叨着，这颗是女儿的
这颗是婆婆的
这颗是儿子的
这颗是我的
这颗是你的

但你总是捡出那些大一点儿的：
——这颗是孩子爷爷的
——这颗是孩子姥爷的
——这颗是孩子舅舅的
这些过世的亲人
也许可以听到你的念叨
——但那些剥开的石榴，鲜艳的籽儿
跳跃在我们的嘴里

我们和你一样，一致认定
所有的亲人
有滋有味地品尝了这又酸又甜的石榴

朱雀行

在这里，我们找到了给未来写信的邮局
在贴满了高铁票、登机牌的小店墙壁上
小心翼翼地将两张汽车票藏下
它们与我们分别了！它们与我们分别了
如葬在万水千山之间的两片叶子
顺应着命运的安排……

我们各自写了信，像两个怀着远大理想的孩子
写下了梦幻与期许
多年以后，此刻的情景，——你在埋头长久地书写
我写过了，便站在漏雨的店堂里
和守店的绒线帽子女孩谈论光阴——
这些，会乘着一张张纸片，穿过时空的阻隔
找到我们，如日暮的小鸟找到归宿

江岸和小巷子里的灯红酒绿
给山城的夜晚披上一件彩衣
这喧闹的酒吧之城，这狂欢的偶遇之城
总会有孤单的人，如山顶那盏孤单的灯
自个儿行走，自个儿长久地发呆……
廊桥喧哗的市场上，我们找不到旧日的卖书人
一条温暖的围巾搭在胸前
落雨的夜间，也有了彩虹围绕着我。
每个小店，临门的小厅里都有一位怕冷的南方人
用手臂，用身体，轻轻围抱着电火炉
如抱着初识的情人，不敢用力，又舍不得放下

一座大院子的门廊外，我们
成了不能登堂入室的人
没有什么，所谓文化不过是院子里的几块青砖

估计，导游词是这样的：
那个男人坐过这里
离别之时，那个女人冲动地拥吻了这棵榕树……
有人在雨中跑了好远
想买一张门票，而卖票人已收拾了摊子
这就够了，如这街巷里的石板路，几百年卧在这里
被游客和乡民踩踏得光滑明亮
面对奔跑着的买票人，我得到的足够多

这条河的落差，这条河的哗哗流水
这噼里啪啦的冬日小雨
正适合我踏实、安静的睡眠。
如那个喜欢在旅店和小舟中写信的归乡人
在温热的小旅馆，我找到了
—— 人到中年最安恬的一夜

两个为逃票而绕道的人，蹦蹦跳跳
在短暂的寻找中，命名了他们的旅途
—— 舟楫之旅，姜糖之旅，冰雪之旅，岁晏之旅……
就似这用比喻堆砌出来的朱雀城，
静止和流动，都有着太多的名字

不安的春天

这个春天，一定有它的设计者
他躲在一张白纸或者一缕气流后面
四时轮转，不过是他的一个小小游戏
我们只是游戏里的小小配角

这个不安的身躯，刚刚习惯温暖
刚刚知晓，一定有另一个身体

也称作 —— 我
他在远方，与我互用魂魄
追随着他想追随的，比如油菜田，溪水
和布谷鸟的第一声呼唤

春风多么过分地夹带着寒流
我仍倍感幸运地领受这战栗的不安
演出开始了！有一个我站在这里
在无边的天幕之下
奢侈地享用着生命，这辽阔的大剧院

雁荡山

山势起伏，不过是波浪一样
在悠远的时间箭矢上暂时凝固了。
流水跳跃，是呆坐久了的山神
无聊中的奏鸣曲。
山与水的演奏，徐霞客之后的伪旅行家
没有哪一位驻足静听
只有这端坐的巨石，凝了心神，竖了耳朵

山水秀丽，却也时时让你
面对一面又一面绝壁。
随绳索荡过悬崖的人
已经解决了人类自身飞翔的问题
而我们，绝壁在前
只得沿山谷转着
去发现那个碰壁的影子

仰头看山峰切削出来的天空
高远明亮的天空如一面面镜子

它倒映着世间之大
也同时蔑视着躲在峡谷里的那个渺小的自我

但看客中自有广阔之人
他们不会荡崖，却有着飞升的雄心
早已高高在上
将雁荡山当作一座小小的盆景，把玩不已

洞庭之西

只有水流能逃过孤独
先是溪水，后是支流，再是大江大泽

洞庭之西，几个诗人被命运驱赶
今夜，谪守在这片浩荡的大水
洞庭之西，招魂的声音
从楚辞而来，在耳边回旋

在隆起的山脉和浩荡的芦苇之间
万千人事，随波而逝
我的喉咙嘶哑，却唤不回东去的一个水滴
只是让自己在奔涌的河流中
做了被召回的魂魄

拖着沉重的肉身，抓住水边的芷兰
挣脱了急骤的漩涡，爬上了岸

嘉峪关

那时我喜欢戴墨镜，还年轻

那时我热爱诗歌，常常想放声朗诵。
在嘉峪关，那晚我怀抱一轮明月
做着一个少年恰当的抒情
啊，西出阳关，可是一个明亮的梦？

我们是过了一条条河、一道道关来到这里的
西路上，不仅有晴空的高远，
有鲜花的点缀。也有广漠，戈壁
还有更凶险的自我，还有自我的壁垒森严……

去了一次大漠雄关，生命里就刻下了
一条宽广的大路。
老了，我们再去一次嘉峪关吧
我们陪伴在一起，如两粒大风吹刮下的
细小、坚定的沙子
紧挨在一起，等待着壮阔的落日

烟袋斜街

从东向西 370 米，从西向东 370 米
烟袋斜街堆满了生活的烟尘
据说，广福观曾开过酒吧
大殿上留下了某位诗人朗诵中的万丈激情

胡同里拥挤了那么多颜色
红的，绿的，黄的，紫的……
肯定是我的记忆有误
我清晰地记得我们穿过的是一部
黑白片子，甚至那嘈杂的市声完全丢失
嘘，安静，我们没有打乱别人的剧情
也没有被别人惊醒

嘘，安静，我有那么多的担忧
惟恐那甜蜜的小糖人融化了风干了破碎了
我怕我的脚步慌张，难以承担这么短的旅程
我怕丑陋，怕我丑陋的样子
无法面对这岁月的浩荡恩赐

我怕这窄窄的胡同突然像一本看完的书
被合上页码
我怕日暮，怕落日那喀嚓一声！
—— 那糖人走下艺人的手，来到人间
而不远处是结冰的后海！

牛肉粉

这里，牛肉粉最是好吃。
我们来到刘聋子家
—— 最响亮的品牌躲在一条窄窄的巷子里。

从灵泉镇到津市
路边的黑暗弥散着暧昧的气息
在人群里，我，这个远来的食客越发不清晰

—— 沿着锅，轻轻拖
像我这样贪恋美食的人
很容易学会捞粉的技艺

赶了几千里，再赶几十里的夜路
难道只为了这一刻毫不遮掩的口腹之欲？
这一锅欢腾的牛肉粉
这围炉而坐的一群人
这说不清的相逢

慢慢地升腾起毫无缘由的悲欢

有人垂首，有人高歌
有人埋头吃着滚烫的米粉
无论怎样，这里都是生命在喧响。
小巷上的星空
高悬在一锅翻滚的大海之上。
世界如此温暖
我们总得承受爱，也时而承受着屈辱

渔父阁

整个城市被翻过来了
开膛破肚
像屠夫清理下水
理顺一条条大肠，一条条小肠
据说，文明城市考核的队伍就要来了

不合时宜的时刻
恍惚之中，我来到这里
住在一条江边
还好，江水没有被改道
还好，临江的长堤上有被刻上石墙的诗歌

我将记得江堤上的这个夜晚
秋日的樱花树枝条沉沉地绿着
她在春天的妩媚
还留存着一部分，轻轻地摇晃
轻轻地摇晃
公园里的香樟站得真直啊
这挺拔的样子，应该就是抒情诗人的样子

不知像屈原，还是刘禹锡？

寄宿的楼阁之侧
有一团兀立的水泥
有人指给我看，看它身上的枪眼
有人指给我看
看一座城市和一条大河的坚韧与哀怨

它兀立在那里
有一团黑暗的光芒
它的周围也被开掘了壕沟
使它的样子，如一个怀着伤痛的过路人
正试探着迈步向前

涉　江

> 船容与而不进兮，淹回水而疑滞。
> ——屈原《涉江》

未来之前，我已熟识这片江水
几千年了，很多人用文字描述过她。
和这汤汤河水一样，那些诗文里
涌流着骨头和鬼魂，深藏着爱
深藏着难以计数的秘密

为什么此刻这具肉身挣扎着，要去
另一边，远眺着的灰色河岸？
走下河堤的台阶，有一个瞬间
我觉得魂魄早已离身
难道在河流的另一侧，有一个放歌的我？
在河流的这边，这沉重的躯壳

趔趔趄趄，想要飞跃，想要起舞
却终是垂首走着

渡江，渡江
没有人指给我这条河的流向
我分不清，这条河是东西横着
还是南北竖着
分不清这里是江南江北，还是江东江西
难道，是彼岸就该寻觅？

马达轰响，大河被上下分割
也许，我和流水就该有此刻的样子
就该仰头向天，怀抱白云
怀抱一句读不出来的诗，渡过去。

我渡过去，还是乘了下一班轮渡
回到出发的码头，从盛开后的桃花林
回到了墨绿色的香樟树

渡过来，渡过去
太阳悬在江上
我绷紧了跳跃的心
短短的 20 分钟去路，20 分钟归程
似乎经过了人世所有的道路

这一生，也无非就是这样
渡过来，渡过去
大概前世，早已用尽了逆流而上的气力

大概前世，他跳下江去
重生的，不过是他不敢投水的
懦弱的那一部分自己

夜间的小丑

穿小丑装的异国女子
笑声响亮
我的欢愉像这将要入海的江
平缓，开阔，波涛暗藏

对岸的高楼变幻着颜色
在熙攘的人群里
水珠一样的时光滴落，摔碎
只是小小的一滴，但它砰然轰响

这喧闹的外滩
现代繁华与我何干？！
在我们脚下，那小小的一滴
大过了远处无边无际的海洋

石头记

我有什么脸面说自己满怀激情啊？
我们桌上的那小小石头
沉着，安静，却是从火山口喷射而出
它心里的火焰还在
内壁是红色的，有着沉重的起伏

这个城市，有人吸食毒品，我不敢
有人跳下高楼，我不配
有人狂啸，有人裸奔，有人毁掉诗篇……
而我沿道路上最僻静的一侧垂头走着

那外表冰凉的石头

曾经激烈燃烧过，看着他们
我有什么脸面说自己满怀激情啊？

玉渊潭

今夜，我在另一首诗里看见了这三个字
这三个突然发光的字
刹那间，耀眼的三个字使我不得不闭上眼睛
它们实在奇妙啊，玉！渊！潭！
每一个字都那么强烈地有着我们命运的暗示：
一个命里缺水的人找到了水！
我们的名字呼应了水边的石头和草木！
我突然将守了多年的文体分明的主张放掉了
和你一样，不嫌辞费，散漫自在
尽量平静地写下这些不要约束的文字

那适时而来的雨滴，洗衣的妇人，躲在城市一隅恋爱的学生
那庄重的楼群，轻荡的水波，低翔的小鸟
远处的灰和近处的蓝，都来了，都来构筑你的画面
我们又和这湖水一样，在风雨到来之时反而安静起来！

南岸，那块巨大的石板和我们有着几世的因缘？
我们之间，谁的魂魄曾经暂存在这坚硬的石头里？
或者，此刻，我们，世界，仅是那冰冷石头的一个温暖梦幻？

蜘　蛛

那只蜘蛛在爬动
我哪里来的细心啊
竟然像你一样

盯着她，一直看，过完了这整个下午

我们出生，成长，接受了祖国
接受了这些江河、山岳
就在这里，接受着这个我们的下午
而这世界的每一个角落
我都想看见

这蓝色星球另外的一隅
树木，秋千，或者壁炉之间
肯定也有一只蜘蛛在爬动，在织网
或者同样，光芒还在，而火焰远去
或者一只飞舞的蝴蝶在蜜蜂的航程迷路

我搜遍了墙上的地图
一只细小的虫子在地球的另一侧
织着她纵横交错的生活
我看见了，那么清晰，那么清晰！

颜　色

在你的要求下
我仔细地辨认远处的树叶
你说，秋天了
叶子之上，还有一层油光闪动着

我突然被告知，色盲，仅仅是常识不够
晴空的深远就叫蓝
树叶和草叶的明与暗就是绿
青，中和了它们，在大地蔓延

手执画笔的人，请再告诉我一次
我是否已能正确分辨了世界的颜色？

夜航临窗

飞机开始下降
我临着舷窗，看见一片片光亮
那灯火璀璨处，该有着怎样的繁华和温暖啊
而更远处的光亮是单独的一点
远离了喧闹，更吸引我的目光

继续飞行中，我刚刚看见的单独的一点
其实也是一片连接起来的光芒
真正孤独的光
我是看不见的，在离开地面的高空上

春天，那么多……

桃花，垂柳，春天的大风吹开了那么多
吹狂了那么多
却吹老了我

那么多沙土被风扬起
昏黄的大地之上有一位少女一瞬长大
而一群老妪眨眼间
羞涩起来，像等待开放的白玉兰花

春天，杀狗的人带着绳索走上长街
那马匹四蹄腾起，跑不出它撞上南墙的宿命
瘐死的现代奸夫，有多少伤心事啊

其中最重要的，就是，记忆里有一个吻仅仅吻到了鼻涕……

那么多差错啊，那么多无处投宿的花粉
那么多暗夜里明亮的梦
那么多说不出的话，憋在了北方少年的红色脸膛下

需要一个献祭给莫名之神的生灵吗？
我希望是我，膘肥体重的我
而不是一只被虐的猫
或者一只迷途的翅膀带伤的麻雀

在哪里，是谁，等待着道歉
我希望是我，代替宇宙中这微茫的一粒
说出：对不起，是我们，是我错了

大地回暖

大地回暖
亲水别墅的广告牌下
一个男人和一个女人在翻滚
这是春天的北京

远处的人悄悄看着
不，不要惊扰了他们
因为这是春天
大地已经回暖

不要告诉他们，就在昨天
就是这个高高的广告牌上飞身而下的人
死在了他们亲热着的这块土地上

远处，还有更高的架子
那是新建的大楼
是建大楼的塔吊
总是有人爱爬到高处
然后，跳下来
他们不知道
有一位辞才飞扬的记者在他庄重的报纸上
记录了这种跌落，然后深情地写道：
啊，春天！啊，飞翔！

活了许久，我已经弄不明白
往高处攀爬是走向深渊
还是朝低处跳下是飞向天堂

此刻，大地回暖
我敢确定，高大的广告牌下
有两双飞动的翅膀

再寄芦山

雾中的登山者
必是对小草躬身的人

每一滴漂浮的水珠
正如我打不开的诗篇
看不清的梦幻
　　—— 那样轻又那样重
　　—— 那样近又那样远

栗子树、刺槐、马尾松 ——
悬崖、深谷和每一块石头 ——

这些等待都已生长了万年

大雾深处
山灵偷偷地看着我们。
即使大雾褪去
我们也无法互相看见
神呵，你的注视是否应该接受
道德的审判

湿滑陡峭的下坡路
一次命定的摔倒等在那里！
这一切并不可怕
令我颤抖不已的是 ——
山静雾重
我无法张开喉咙
无法大吼一声

李家玉 / 作品

李家玉，出生于 1958 年农历六月二十八，出版
诗集《纯洁声音》《秋色无边》《水流的方向》电影
剧本《青春检察官》（合著）。诗歌散见于《诗刊》《文
学选刊》等多家报刊，有诗歌被选入《山东三十年诗选》
《齐鲁文学作品年展》《当代诗人十四家》等多种选
本。曾获《时代文学》优秀奖，《齐鲁文学作品年展》
三等奖，《检察日报》诗歌有奖征文三等奖等。山东
省作家协会会员。现居淄博。

诗人：李家玉

诗观：

　　我已越不惑之年，且渐次滑落耳顺之年。三十五年来，一直从事着繁忙的工作。闲暇之余爱好不多，看看书、写写诗充盈了业余生活，同时也带来了不少乐趣。

　　我爱好写诗，但不是诗人。我不想让这沉甸甸的帽子压得喘不过气来。诗歌不是我的生命，亦非我的宗教。日月山川、树木花草、村庄农事、工作生活、人情世故，事事皆入情、事事皆入诗。走到哪里写到哪里，随时将生活的所见所闻所悟，用诗的语言和形式记录下来，以备咀嚼回味。

　　诗歌源于生活，而又高于生活；诗从心灵的深处出发，而又经过"情感的提炼"、"思想的过滤升华"。诗应言之有物、阳光向上，让读者进出自入，从中受到启示和力量。勿无病呻吟、勿拿拿作作、勿伤感颓废。

冬日的荷塘

这是北方最寒冷的时令 ——
三九四九冻死牤牛。
刺骨的寒风扯裂着干瘪的荷叶，也扯裂着我的心。
声若鸭鸣，让人心寒心冷心悸。
荷塘里厚厚的冰凌风雨不透，欲将水下的生命窒息。
瘦弱的荷杆挑着摇摇欲坠的叶子，弱不禁风的身子难以支撑生活的重载。
满目萧瑟，一派败落的样子。
这多像风烛残年的我 —— 还有你和他。
花发稀疏褶印深深，纵有高远的志向，已是斜阳美景。
碧绿、婷婷、娇娇、芬芳，岁月流逝的倩影一去不复。
朔风呼啸，奏响涅槃的序曲。
素雪飞舞，孕育生命的胚胎。
时令不及，需封住灶膛的炉火。
将未泯的思想和灵魂埋入心灵的深处，静待春时破土而出。

母亲在剜苗

仲夏的清晨，母亲在剜苗。
剜哟，剜哟，露珠打湿她的衣角。

炎热的中午，母亲在剜苗。

剜哟，剜哟，骄阳在她的背上燃烧。

落日的傍晚，母亲在剜苗。
剜哟，剜哟，斜阳在她的眉梢闪耀

剜哟，剜哟，剜醉了秋日的高粱，剜弯了熟透的谷穗，剜弯了母亲的腰。

爱　莉

玉容仙姿娉娉婷婷袅娜于绿萝碧秀之上的莲 ——
皎皎洁洁洁洁皎皎拒人以千里之外望尘莫及不可触摸。
寂然于高远淡阔淡阔高远的秋空时节的菊 ——
万紫千红千红万紫的尽情绽放开屏期盼谁的青睐。阳衰阴盛的时令岂
能卖弄风情？
雍容华贵华贵雍容的的牡丹 ——
似贵妃醉酒玉黛粉面、丰腴情柔、羞羞答答答答羞羞极致于倾国倾城。
你看那叶片浓郁花蕾簇簇于枝枝杈杈之间，玉肌淡雅玲珑如雪轻度于
瘦骨嶙峋之上的莉 ——
素洁、浓郁、清芳、久远……
谁人能赏到你的玉容？
含蓄而不张扬、淡雅而不脱俗、迷人而不娇做，高洁而不轻浮……
敦颐爱莲，陶潜爱菊，隆基爱贵妃，我独钟情于莉。

蛙　鸣

两颗浑圆炯异的眼睛，大而有神神而又大地扑捉着生活的细微末节。
轻盈如飞的精灵，双栖于水岸岸水之上。
宜水则水宜岸则岸，多么灵光的家伙。
百年不遇的大旱呵！
塘坝江河裸露苍凉的河床，枯井洞天露出干瘪的肚脐。漠烟焦土焦土

漠烟，大地龟裂焦渴的唇。

看不到蛙的踪影，听不到蛙的歌声。

我那灵动的蛙呵，斯刻你是在岸上还是在水中？

生命与生命的呼唤或许都有感应，心灵与心灵的对话却有如此的鸿沟。

朝辉夕拾夕拾朝辉。

久旱必逢甘露，霪雨过后是晴空。

蛙鸣似天籁之音是一首千年不变的歌谣，或在风雨过后的白昼或在皓月当空的晚夜。

此起彼伏彼伏此起，或雄浑激越以胜利者的姿态，或哀婉曲长以失意落魄心境。

我读不懂蛙鸣之声安知蛙之忧乐？

就像我读不懂这个世界，读不懂那些奸佞、诡谲、残暴、阴阳怪气、内圆外方人模人样的人。

但，声声蛙鸣却总触摸我柔弱梦牵的浓浓思乡之情。

往事悠悠、沉浮悲苦、啄痛我苍凉的心扉。

爬山虎

舒展纤纤的柔柔的嫩嫩的单薄的身姿，张开柔弱的无助的探寻的向上的触须。

风摆流苏静若无依，那里是立命安身的家。

起风了潮涌了浪来了，波波澜澜升落起伏，在生死存亡的紧要关头怎么才能执扶命运之神的舵。

绳缠诸物，藤绕树直。

生死攸关的一步怎么能够松懈？

婆娑柔弱的身姿，张开攀爬的触须。

风起帆扬，借势发力。

蚓无利爪可饮黄泉之水。

人无翔羽可去九天揽月。

静静地默默地悄悄地龟进蜗行。

风摆游丝，空灵无衣。

以迅雷不及掩耳之势 ——

紧紧地紧紧地粘住、抓住、绕住光洁陡峭的绝壁、挺拔伟岸的树杆。

一丝丝一寸寸一圈圈蜗行簧旋。

每一节都是一个新的台阶，每一节都是一个新的高度。芝麻开花步步登高，旅途上切忌多余的驿站。

人海茫茫鱼龙混杂需慎行慎交。

枯枝败叶弱芽荆条永远长不成参天大树。

向上向上 ——

人生的目标永远都在前方。

攀登，莫管道路有多么迂曲蜿蜒。

攀登，莫管旅途上沙漠沼泽山峦峰巅。

攀爬攀登攀登攀爬以矢志不移的秉性，直至琼楼玉宇直至苍翠之冠直至空灵无着的天际。

渔　翁

群峰簇拥竞秀，山峦叠嶂波涌起伏延绵千里。

万木苍翠葱郁，云雾岚气朝辉夕拾气象万千。

溪水潺潺涓涓涓涓潺潺蛇行集会。

江河之阔之博之滔滔之舒缓，日夜兼程且不知疲惫地向着苍茫的大海簇拥奔波。

百草丰茂绿树环合藤萝翠蔓苍苍茫茫茫茫苍苍目不能及。

植被与水水与植被与万物是不可分割的孪生姊妹。

清冽的江水梳理着肥美的水草，鱼虾蟹鳖成群自由的嬉戏浮游。

戴斗笠的渔翁撑一根竹篙，玲珑的竹排轻浮于水面似蜻蜓点水燕子低斜自由的驰骋。

轻撒渔网蛛丝铅伏罩住一片蓝天，云影明灭搅乱平湖秋水。

提纲收网鱼虾蹦跳挣扎渔翁忙碌着采撷收获。

弱肉强食强食弱肉无需谈判协商。

一个生命的存活或者族群的延续，难道需要另一个生命的消亡或族群的灭绝？

就像鸬鹚又曰鱼鹰，生来就是掠食扑杀。

耕耘播撒丕知搅乱渔翁的秩序规矩？鸬鹚和渔翁焉能不是冤家。

驯化恐吓恩威并施，鸬鹚学呆了学傻了学怪了竟成了渔翁的枪手帮凶。

无助无奈无奈无助呀。

鸬鹚需要繁衍需要生存需要填饱饥肠辘辘的肚皮。

天地万物适者生存，是生命延续的法则。

祖先的基因或忧或劣遗传给现存的生命，祖宗的血性在传承中变异同化。

就像阳光就像波纹就像声音由近及远由强变弱直至消失的无影无形无踪，这谁又能奈何得了？

渔翁捕鱼、鸬鹚捕鱼，鱼生来似乎就是为了他人的存活。

雪山溶化、江河横流、云雾虚里流岚。

冬雪夏雨、春华秋实，自然万物循环往复有常。

或许亿万年之后，鱼成了鸬鹚、鸬鹚成了渔翁、渔翁成了鱼。

岁月悠悠时空千年万载，未来之未来的事情谁人能说得清楚？

天行健，君子当始于足下谋略未来。

葡萄熟了

葡萄熟了，在硕果飘香的秋日。

一粒粒丰盈饱满，一颗颗晶莹剔透。

似琥珀似玛瑙似水晶珍珠。

紫里透着些许翠色又被满目的紫色浸透。

一穗穗锦簇团涌，一串串吉祥如意。

播撒、耕耘、辛劳，汗水酿造出甜甜的酸酸的玉液琼浆如斯多汁味美。

白色青色红色的，褐色紫色黑色的。

或大或小或丰或盈，颗颗皆内韧而多汁，穗穗皆羞答且沉甸。一粒粒一穗穗一架架的葡萄，多像岁月里我不间断敲打着的键盘，凝结成一字字一行行一首首的诗歌。

金秋时节葡萄熟了，果农门正忙碌着收获喜悦。

我的第三本诗集欲呱呱坠地，正准备着给他取个好听的名字。

秋菊淡香

暮秋时节，空阔，淡远。

万物轮回至地狱的边缘。

地狱在脚下，在尔我苍生的眼前。

天堂在高处，离我们很远很远。

天空湛蓝，蓝的沉凝、忧郁，蓝的比海洋天空还要蓝。

秋风瑟瑟，原野上的衰草呜呜咽咽，给人以悲凉苍茫的意象。耕耘过的土地新鲜松软，给秋天里埋下的种子铺就温暖的褥被。

岸、渠、路旁及至坡上的秋菊，随风摇曳浮动波波澜澜散发着迷人的芬芳。

落叶飘零，打着旋儿，以螺的姿态游走。

秋菊——红的、白的、黄的、紫的高仰着不屈的颅，笑迎八面来风。阳光慵懒有些吝啬，渐凉、渐寒、渐冷。

秋菊，盛开绽放，在地狱和死亡的边沿。

唢呐、捧笙、小号哀婉凄楚着为菊送行。

斯刻，赞声、喝彩、掌声都是多余的作料。

泪泉涌动，筋脉痉挛，心在忐忑呜咽。

形单影只，顾影自怜，悲天悯地。

诘问苍天、佛祖，众生芸芸皆为苦来皆为苦生？

秋菊淡香，盛开在悲凉的秋野。

悲悲切切切切悲悲，不敢私语应声。

秋菊淡妆素裹，低吟浅唱，为故乡的山水献一曲哀婉的绝唱。

泥　鳅

在满目翠绿的夏天，在硕果飘香的秋日，在禾苗茁壮的田间，在乡间取过土捣过衣泡过蒿麻的湾坑，在溪水蚓行再也蠕动不了的污泥漫过脚腕的沟溪——

不需要充氧加料，也无需保健按摩桑拿。

断流、污泥、干涸、龟裂、挣扎、泛塘、毙命这些似乎都与泥鳅没有什么干系。

只要有水万物就可以呼吸，只要有水生命就能够繁衍。

水流的方向衍生生命万物，水与生命休戚相关。

吃糠咽菜又如何？饥寒交迫又如何？

柴扉茅房避风雨，洞穴蜗居可安身。

活着就好、活着就有希望呵。

内方外圆端端庄庄处事八面玲珑。

外方内圆人模人样满腹坏水实乃男盗女娼。

这个世界强食弱肉弱肉强食。

不狡诈不行不狡诈不行呀。

适者生存适者生存吗。

骄阳烈烈遁入泥中、霜寒西风遁入泥中、河床裸露遁入泥中、被脚踩着遁入泥中。即便被死死的捉住也要使出浑身解数从指缝间滑落。

求生是生命的本能，归隐是一种境界。

大千世界敌中有我我中有敌，冷枪暗箭处处杀机。需竖起羚羊的耳朵，仔细的观察品味八面来风。

追逐、逃生、逃生、追逐。

肉食者蠢笨，食草者机敏。

上帝是多么的公平。

伪装、祥死可以麻痹敌人，可以以静制动，可以伺机逃脱，可以降低别人对你的杀戮。

追与逃、逃与追都是为了生存。

螳螂捕蝉焉知黄雀在后。

田　埂

瘦瘦的田埂羸羸弱弱瘦骨嶙峋。

弱不禁风的样子瘦的已不能再瘦。

行走在田埂之上，风摆柳丝袅袅娜娜，需要掌握点平衡的技巧。

就为了多种那十株八株抑或三棵两墩的禾苗。

田埂是系在田野上的绿丝带，柔弱纤韧纵横交错，将原野切割的韵味无穷。

　　田埂是张家李家的地界，是清清泉水滋润禾苗的岸沿。

　　就像琼州的牛岭是热带和亚热带的分水岭，南海的黄岩岛东海的钓鱼岛祖先们捕捞的海域岂容他人觊觎？

　　风从田间拂过，弹拨禾苗的琴弦，窸窸窣窣唦唦刷刷。

　　这动听的旋律只有庄稼人能够听懂。

　　拄着家什的把柄抑或枕着绿茵的田埂小憩，胜过舒适温柔的席梦思。

　　抽着旱烟袋的老汉，在盘算着收了这个季节之后来年种点什么更能增加几分收成。

　　阡陌的田埂世世代代与庄稼人朝夕相处，渗浸着他们的辛劳和汗水。土地是庄稼人的命根子，田埂是庄稼人心中的一杆秤，是广袤的田野上一道美丽的风景。

蒲公英

　　风行我走，风停我止。风的方向就是我的方向，追随着风的足迹四处漂泊。

　　不是我没有原则随波逐流，亦非狼尾巴草样浮浮浅浅摇摆不定，更不是叛逆的忤子啊，厌倦家贫母丑。

　　我实在太弱、太轻、太柔，及至微不足道不屑一顾。一朵蒲公英的能量没有多少。任人宰割、信手圈划及至无言以表的省略号删节号。

　　不是我不懂得人情世故抑或阿谀奉承溜须拍马，做人的尊严和良心的鞭子使我无法低下算不上尊贵然则像老牛样无法硬撑的颅。

　　嘲弄、挤兑、讥讽、谗言，君子坦荡荡小人长戚戚。魔法、咒语、巧言令色，扭曲了布施者的眼睛和心智。暮雨朝晴的苍天啊，让人难以捉摸。吾心惴惴，躲不过迁贬之灾。

　　山坡、草地、荒滩、荆棘，驮着破败的行囊和满腹的经纶颠沛流离。沙漠、戈壁、盐湖、死海，哪里是避风的锚地、港湾？

　　前方的路啊是这样的蜿蜒、曲折、迷茫及至遥遥无期扑朔迷离。或许被一块石头、一蹲杂草、一丛藤蔓绊倒在地，纵然使出浑
身的解数也无力挣脱缰索的羁绊。

屈辱、隐忍、适应,虎落平阳、胯下之辱,一声叹惋胜者为王败者为寇啊。悄然于远离故乡的异域静默地将根须扎进或肥或瘦的土地,不再

飘萍浪迹。纵然命运多舛,亦不能数典忘祖。

生命的链条上传承着流浪的基因,既然不能叶落归根,就让魂灵梦游到祖宗穴居的那片坟茔。

走在故乡的街巷

每当回到故乡 ——— 就是生我养我的那个村庄。

总喜欢到胡同街巷里走走转转。

看看那些里出外列的胡同,拐弯抹角的街巷。可否还残存着我儿时的记忆和丢失的足印。

土坯茅房、残垣断壁,岁月雕镂的痕印历历在目。这些旮旯旯旯矮房茅屋里,还残存着我儿时捉迷藏留下的体温和影子?

清冷寂凝,衰草凄凄,屋漏天空。

锈蚀的铁锁锁不住透风撒气的门扉,几根木桩支撑着摇摇欲坠的坯墙。这多像年迈的老者,拄一根拐杖颤颤巍巍。

长者们三三两两的凑在一块,似乎无啥可拉,张家长李家短的只是打磨时光。

羸弱的身体,满首的银发,眼睛深陷于满面的皱褶之上。

无奈、无助的样子,让我酸楚的泪水潸然而下。

几只土鸡,在空空荡荡的街巷里啄食筋脉曲张的蚯蚓。

冷落的那盘老碾,见证了村庄的盛衰变迁。

三哥家的那口老井,如今已枯竭填埋。

弯曲的胡同街巷里,有我少年时模糊扭曲的身影。

原野上有一棵大树

原野上有一棵大树,不亢不卑,像孤独的守山人,经年累月的孤凝的傲然的执着的挺立在那里,守护着村庄和土地。

问及岁月和年轮，村里的老人们谁都说不清楚。

依稀地记着，旁边有座老井，不远处有几座坟茔，如今已被岁月掩埋。

风吹日晒，雨霜冰雪，历尽沧桑苦难。

栓过牛、栓过马、栓过驴，啃食剥落的痕印遍体鳞伤。

大树是把伞，为劳作的人们撑起一片蓝天，遮挡住骄阳烈日。

大树是路标，旅途的人看到它信心倍增，大步流星向前赶路。

大树是灯塔，迷途的人看到它辨清了方向，东西南北任你闯荡。

大树是我门的亲人，流浪飘萍的人看到它就像看到了家。

大树送走了一代代一茬茬的人，他们就埋在相距它不远的地下。

大树有些累了，有些伤感。

粗糙的躯干上，伤痕累累甚至有些残缺。

可，大树永远都不会倒下。

你看，那枯萎的躯干之上又勃发出茁壮的新枝浓郁的新绿。

冰

水，不想动了。不想再潺潺涓涓鳝行蛇动。不想再哗哗啦啦为他人咏颂。亦不再想一泄千里澎湃汹涌。

疲惫不堪、举步维艰，筋骨胀痛。累了，实在是累了。滚打摸爬五十余载，翻山越岭日夜兼程。再坚硬的骨骼和棱角，已被生活浪涛打磨的无影无形。

哆哆嗦嗦、战战兢兢，纵有再高远的志向和勃发的思想，这一时刻已凝固成顽冥不化的冰凌。

冷，寒使之然也，似乎并非唯一的因由。

砾石的阻挡，草甸的诱惑，沙漠的漏斗，人生的旅途上会遇到多少无可奈何的事情。

叹，人生苦短，瞬转间已定格成永恒的梦境。

流动，诚然重要。

奔腾，更加精彩。

停顿下来，静坐幽思。抽袋烟，下下汗，歇歇脚，梳理一下思维，矫正一下步履。然后，迈开坚实的步伐走完生命的旅程。

风烛残年的古槐

一棵古槐静默地伫立在村口，似乎有些满腹的心事。

树皮龟裂，枝干残缺，躯体朽腐。

一幅可怜兮兮，饱经风霜的样子。

栽下它的人，还有他们的伙伴都先它而去，就静静地埋在距村庄不远的旷野里。

西风劲吹，树叶谢落，裸露出孤立无助的鸟巢。

迁徙的候鸟，可曾抵达潇湘的回雁峰？

破旧的村庄寂然沉凝，失去往日的喧嚣和温馨。

空荡荡的院落，空荡荡的鸟巢。

风在街巷穿行，能听到老者哮喘咳嗽的声音。

老树固执地高擎着鸟巢，静待春时鸟儿归来。

我却无力，为孩子们垒下一个栖息的窝。

牵牛花

夏日的露珠打湿了早行者的裤脚，为了生计抑或迫于无奈，谁不愿多躺一会放松一下胀痛的筋骨。

牧童在牛背上打盹，推磨子的人在三百六十度的睡意朦胧中完成了捣谷舂米。

老牛爱吃露水草，放牛的人最懂得牛的嗜好。嫩嫩的、鲜鲜的，咀嚼、反刍，不经意间破碎了露珠的梦。

山涧、河谷、平原，静脉曲张的羊肠小路。荆棘、芳草、野花，尽情地享受阳光和风的沐浴。

听山泉叮咚，与蜂蝶曼舞，羞羞答答、摇摇曳曳舒展柔软的身姿暗香馥郁。

篱笆、院墙，攀登、伸延，翻过柴扉探头探脑的去窥视和聆听农家人的喜乐悲苦。

单单薄薄、茕茕孤旅，既无天时地利之鸿运，又无富贾高官之朋党。滚打摸爬、孤立无援，默默地在偏僻的一隅抑或悄然死亡抑或灿然绽放。

　　玫瑰、莹蓝、深紫，内秀、楚楚、含蓄，不娇艳亦不芬芳，不自怜内俾亦不妄自菲薄。

　　牵牛花，多么普普通通的名字，就像农家娃子的乳名，狗蛋、拴住、二妮、三丫，不娇娇滴滴亦无象征寓意。

　　喊一声狗蛋，亲切、直白、自然，声音在村庄的街巷里穿行萦回。

晚夜，垂钓

　　喧嚣的大海归于宁静，宁静得能听到织网的婆娘在船长抑或水手滚烫的怀抱中心跳的声音。

　　桅灯摇曳，游鱼打漂泛花搅澜渔火熠闪的涟漪。

　　绿莹莹的浮漂瞑灭跳动，鱼儿在啄觅诱惑的钓饵。

　　多少次轻甩柔韧的钓竿如丝的钓线，总是竹篮打水颗粒不收。

　　深吸几口，吞云吐雾，晚风抚摸面颊的感觉是多么舒适惬意。

　　眺望，漫天的星斗似乎在哂笑我的迂腐。

　　太公钓鱼，无钩无饵，愿者上钩。

　　乃高人哉高人乎。

　　我之术道不能，非饵食不悦鱼蟹之嗜。

　　朽五十又六载尔，不言梦想、志向、博为，亦不浑浑噩噩逐流随波而瞑灭初梦。

　　不惑之年，万事皆入耳如律。

　　我垂钓鱼虾、垂钓渔火、垂钓漫天的星斗。

　　意境，咀嚼，品味，乐在其中悠哉游哉。

岛上，第一缕晨光

　　暮色沉沉，浅灰色的帷幔笼罩着苍茫的大海。

　　近岸远海桅灯闪烁瞑灭，浪腾潮涌从海的深处簇拥着拍打着礁石浅滩。

　　岸堰伸延，铺展开硕大丰满的鼓面，逶逶迤迤苍苍茫茫伸向遥不可及的遥远之遥远。

远处，来自地平线深处的一缕影影绰绰的光线将东方的天空抹上一星淡淡的桃艳。

祥云、佛光，扩散、蔓延，将遥远的东方的海水、天空涂抹渲染。

太阳跃升，似出浴的美人露出笑靥。

第一缕阳光照耀在宁静祥和的海岛上。

一声轻轻的问候：大海你好，早安。

渔港，帷幔落下

风帆，徐落不折的桅杆。

桨橹，抚平一弯微溜波澜。

落日，染红了空天、染红了海水、染红了山峦。

凝固了千万年的岛礁停止了呼吸，大海的潮涨潮落却永远不会停歇，除非海枯石烂。

收河的傍晚，讨价还价的鱼贩子争得面红耳赤。充血的眼睛，盯紧那一筐筐活蹦乱跳的海鲜。

码头上，林林总总的酒肆里生意红火，吃海鲜的人们似乎比海鲜还要多些。

大海似肥沃的良田，四季里收获着不同的谷物。

休渔，如同间作、换茬，过度的捕捞导致物种的灭绝。

闭上咀嚼的齿唇，敞开捕捞的网孔，让少青的鱼儿往来兮穸游弋徜徉。

哦，暮色已晚，海风晃动着船的摇篮，港湾进入梦乡。

广场上一群放风筝的老者

城市拥挤的广场上水泄不通满满当当，跳舞的、唱歌的、练拳的、舞剑的、散步的、遛狗的、谈情的、说爱的，林林总总千奇百态。

一群放风筝的老者神情专注地举目眺望。浑浊的眼睛已辨不清空中飞翔的姿态。

苍穹之上，风筝在自由自在地飞翔。燕子、螃蟹、鲤鱼、蝙蝠、美人、凤凰，还有龙头凤尾的蜈蚣在高高飘扬。

喝口水、抽颗烟、拉拉家常，憧憬孩提时的梦幻和理想。麦场、田埂、春地，风筝在飞，岁月摇晃。时光牵着岁月年轮的手相濡以沫。

白驹过隙，岁月如流。转瞬间，少卿已变得白发苍苍。

季风习习，吹拂苍凉的脸庞。自由的飞翔，触摸醒来的朝霞落日的星光。逍遥、自在、看破、放下，从心所欲不逾矩，少要稳当老要张狂。

白天是一只飞鸟，晚夜是一颗星光。白云、高空、苍穹、天堂，日日月月、岁岁年年，人生的路啊到底有多么蜿蜒曲长……

张大哥蛇年驾鹤西去，孙大爷龙年羽化升仙，七十三八十四圣人亦叹惋惆怅。

身体尚康健硬朗，未泯的炉火依然有高远的志向，只是琢磨不透前方的路有多远多长。

夏　荷

清风如许，玉指纤纤弹拨绿色音符。

清音袅袅，天籁之音，游鱼莲摇。

皎皎、婷婷，恬淡舒阔，绽放诗之意境。

含苞待放，齿白唇红，沉鱼落雁之容，闭月羞花之貌。

翘首于浑浊之上，玉盘黛碧，摇摇曳曳摇摇。

近朱者未必赤，近墨者亦非黑。

敦颐观莲，出淤泥而不染，濯清涟而不妖。

夏风轻拂，婀娜多姿。

水碧清浅，馨香袅袅。

夏荷盛开，皎皎洁洁皎皎。

龌龊的荷塘万顷澄碧，泾渭分明淖尔不同。

李林芳 / 作品
SHANDONG POET 60

　　李林芳，笔名山妹。上世纪七十年代生于山东五莲山庄。著有诗集《素花襁褓》《艾涧诗草》《山庄》等。获诗刊社优秀诗集奖，中国红高粱诗歌奖，全国十佳教师作家等奖项。作品散见于《人民文学》《诗刊》《诗选刊》等，作品入选几十种重要选本。中国作家协会会员，青岛市文联签约作家。现居胶州。

诗人：李林芳

诗观：

　　我是一个行动迟缓的人，这也使我越来越深地陷进琐碎平庸的生活里，陷进世俗的烟火里，一切都显得缓慢而安静。沉思，也仰望，生活中闪现着神性的光芒和质地，这就是我的诗句。更多的时候，我像一个修行的人，在尘世中，在烟火里，在噪杂的人群中，在日常的琐碎里进行缓慢的诗歌修行。诗有着酒一样的形态，写诗的过程就是发酵的过程，诗人就是酿酒师，内心纯净，好的词语和生活在好的酿酒师手里经过缓慢的恰到好处的发酵，直到所有的通道打开，内心一片澄明，才会酿出令人沉醉的好诗。但酿酒师不在酒里，是局外人，波德莱尔说"一个旁观者在任何地方都是微服私访的王子"，诗人就是那个旁观者，像王子一样生活在人群里，安静地生活，缓慢地酿酒。

我在艾涧

门前有我的一亩二分园子，篱笆墙外
是我的山水，九个仙人驻守那里
山上盛产草药，医治人间疾苦
天上还有我的几房亲戚
不时就落雨，就有亲戚串进柴门
聊家常，也说心事。呵，我多么絮叨
一个艾涧的农妇，夫婿是深山樵夫
抑或荷锄的农人，躬耕乡里的士绅
也曾是狂放不羁的书生。现在他老成，持重
胸中藏经纬，腔子里响雷霆，眼神饱含悲悯
他和岩石一样沉默。胡髭高扬
是没入山林的大儒

整个夏天，我醉心稼穑
藤蔓疯狂，长出叶片，花朵，籽粒
我有粗糙的皮肤，健康的筋脉
指甲因为忙碌日渐短秃
当我触摸到远山上新鲜的地衣，菌菇
他专注于描摹风云，岩石，枝干
用笔墨给它们一一从新排序
任凭我的烟火滋养着他的帛，他的绢，他的生宣熟宣
他的狂草、魏碑和书卷

农 妇

这一次，出门巡游了半壁江山
湖水平静如青铜镜
背面锈迹隆重
封死了回到古代的路，大海壮阔
局面失控。平原一去千里
遍布城池，人烟拥挤

我一退再退，退回艾涧
晾衣绳上移动的光阴是我的
门前蚂蚁在上树，牧羊人把一群瘦山羊
赶上山峦，遗落在山道上的羊粪球
被屎壳郎七手八脚推回家

夏天在木窗栅里持续发酵
听雨的人早已离开
书页泛黄，狼毫乍起尾羽
我守护着农历，把日子里的雨水
当成天堂里的姐妹，她们牵挂着
遗落尘世的一滴。而我懵懂，平庸
握不住手心里暗藏的玄机
拔除了芒刺，高贵和傲气
比一棵灰灰菜还低
在雾霭和烟岚里
我是艾涧安静的农妇

回 来

我说离开，离开就是再一次回来
我回来了，在艾涧

小屋泊在盛夏的雨里，一遍遍
雨水冲涮着院墙，房顶，远归的人
驳杂的内心

南山贴上木格窗栅
我听见偷窥的人急促的喘息
一幅魏晋山水舒展，流动，荡漾的声音
你盘腿榻上，笔尖饱蘸浓墨在宣纸上
被滂沱的雨迅疾洇开
怎么都收拢不住，意象
比心绪更早
踏上山峦，草丛，峭壁

而我始终缄默，影子形同虚设
我要说的，千年前就抵达你那里
千年前，我就在这里

涉水石

当大水淹没了涉水石
河南沿的小院游离了河北的村落
不规则的省略号也一笔抹去，一同被抹去的
还有从北方到南方过渡的繁文缛节
艾涧不再吝啬笔墨，大张旗鼓
铺排烟雨江南。我安居，开始多愁善感
从一场雨里，我找到了桔梗谣
从另一场雨里，看到了倒挂的紫色花苞
有一小布袋的话要说，我把她叫做我的紫铜铃
我们一起丢弃了城堡和庄园，在魏晋，在先秦
在一幅复原的水墨画里
等着前朝的人捎来口信

当紫铜铃终于亮开空空的喉咙
夏天过去，雨水从艾涧消退
涉水石立在空阔的河床，我和水底的沙石
一起沉寂下来。我要跟着涉水石
游弋到北方，回到马尾松拂拭干净的
天高地阔的秋天

雨水降临艾涧

雨从南山上下来
降临艾涧了

雾气移开峰峦，撩拨疯长的树梢
流水披挂上岩壁 —— 开始了一个夏天的倾注
山顶，沟壑，草尖，小野花次第举起的蕊
我的内心都满溢了
是时候请出老庄了，他干涸的砚台已被艾涧的雨水润透
线装书里的鼾声将停
盛放他的卷轴山水已经打开

逍遥于天地之间
他的墨迹恣肆，他的衣袂狂舞
他遗失的提篮里艾涧欲滴未落
像一滴雨水，一枚被悬置的琥珀
一个小小的王国，质地清透
国土安稳，被静止的时间
放逐。我坐在透明的日子里
始终柴门虚掩，我的心里
住着我的神

当雨声消退
他侧卧檐下，鸟鸣入耳
我已人到中年，却不从鲁东南的雨水里
移动半步

多么爱

我多么爱这万顷碧浪
爱她流淌的美，爱她细碎的小时光
纯净得像最初赋予的一样
多么爱山峦，树林。爱大风掀起林涛
带我去的远方

我多么爱这万顷碧浪之上的每一个人
也爱逝去的，在岸边默默躺下
不惊动细风，芦苇和桨橹
那些松开桨橹的手指
多少人多少事都消散在尘烟里

我也爱她，我接受她的旨意来到世上
她又把我弄丢了
我爱她依稀的背影
爱她留在我手心里的谶语
爱某年某月某一天，她从人群里把我唤醒
我爱她的突然降临
爱这将要到来的劫难
漫长的等待。她不来
我也爱
云朵走过天空
留在大地上的湿脚印

峰峦穿上雨水的蓑衣

当夏天发酵到极致
小瀑布披上岩壁
峰峦穿上雨水的蓑衣
马尾松，野刺槐，山棘子这些小将
都穿上甲胄，披挂整齐
九千九百条雨线敲响了锣鼓，九千九百朵小野花
吹响了冲锋陷阵的号角
没有什么是对的，还有什么是错的
艾涧激情澎湃
河流，蝉鸣，树梢都疯狂呐喊
我起身，把夜空中偶然一露的繁星
看做沙场点兵
我的爱掀起滔天巨浪
就要漫上南山

他还在南山，入定成一块伫立的巨石
斗笠是唯一的法器
他不是法海，不是许仙，在五千年的轮回中
我的爱总是这样风起云涌
潮起潮落

雨从南山上下来

那个人正在南山上闲看孤云
雨就来了，一群蹑足潜行的小兽
从山石上现身。在马尾松疏离的指缝里躲了一会儿
又佯装吮舔野刺槐的长指甲
那个人回头的时候，雨避在了崖下
一场雨的到来，婉转，低回，一步三徘徊

沿着雨雾垂下的软索
那个人滑翔而下。雨开始疾行
给他张开了巨大的翅膀。他裹着一场雨
带着仪仗、车辇、翠羽屏风，带着帝王君临世间的礼乐
衣袂飘飘，掠过壁刃，丛林
就要抽穗的谷子地；举着花巴掌的一小块花生地
斜坡上的红薯地，薯秧爬满了垄沟
尘世的烟火浓了，那个人面容渐渐清晰
我的指尖蠢蠢欲动
一千遍一万遍的描摹
他就是你呵。隐去翅翼
他一伸手就拉开了柴扉

木窗栅前，我垂目、合掌，感谢上苍
你只从我的视线里丢失一刻钟
就把你隆重送还，还有这个尘世
这个尘世的烟火、庄稼
都像最初赐予的一样

屋檐滴水，一场雨在你的宣纸上洇开
我终于明白，这场雨
是你和你的画笔招惹来的
但我不说出，我心怀感恩
已学会有节制的爱

谁拿走了雨帘

谁拿走了我的雨帘？
须臾间，房门口窗子上的雨帘都没有了
山高上去，山色空旷人不归。山色空旷

贴过来。云雾随之消散
艾洇的天空一下子明快起来
阳光在草尖上奔跑，悄悄收走散落的雨珠
我们眼瞅着夏天一天天离去
漫山葱茏和激情消退。眼瞅着高粱，谷子，紫云英，野李子
将籽粒悄悄举过头顶。我们的眼神
一天天暗淡下来

谁拿走了我的雨帘
连同心里的云翳，纸帛上的墨迹
艾洇怔忡了一下，又回到
从前。我只是无来由的大哭了一场
大水流过河床，艾洇怀抱空空
心里彻底舒坦下来

天堂里的姐妹

我多么愿意
你们亲临我木窗栅里的尘世生活
多么喜欢你们在芭蕉叶上倾听
还有檐下踮起的脚尖，闪烁在
远山上的其辞
天堂里的姐妹，当我试图明了这一切
你们搬出隐在风里的竖琴
搬出亘古、永恒，远逝的城廓
搬出绝世的乐章
一场旷日持久的忧伤
漫上来，汹涌着袭过来
这些深沉的、急骤的语句
在峭壁上滂沱
走失太久了，我的掌心锈迹斑斑

已打不开那句谶语

替我洗净每一片叶子
悬崖上的苔藓，大地的诟病
被堵塞了喉咙的河流一泄千里
你们治好了它的伤寒
并将温润的石头一一安放
它们婴儿一样纯净的额头
在艾涧的内心里泛着幸福的微澜

你们知道我的洁癖，流连在峦上的衣袂
最后将我的艾涧一一拭净
把安宁、洁净、顺畅的呼吸
这些雨水里裹着的礼物
留下，给你失散太久的姐妹

…… 我知道你们想带走我
收回尘世上跌跌撞撞，避居艾涧的一滴露
你们最终都没有道破那句谶语

倾　听

我保持倾听的姿势，在艾涧
端坐，站立，抑或贴近小草纤细的根茎
倾听万物的絮语
隔着一小节风声，喇叭花攀上篱笆
传达上苍的旨意
风过艾涧，雨打窗纸
露水在梦境里出神，神灵
穿上了巡视的鞋子。山药，茗荷，马铃薯
在夜晚的厚被子里分娩

头顶的星辰，渐渐庞大的家族
都拢在母亲怀里

…… 我这个愚钝的人，不再恍惚
嚣声临近失聪的右耳
越来越浓烈
越来越平和，清澈，像被封存在艾涧
发酵的䴙，住在体内的神
打开了秘道，闭关静修的高人
已达澄明之境
世间安顿下来，而女巫居身的坛子
我还未来得及启封

米　酒

蝉鸣激越的时候，溪流
松弛下来，和缓，沉静。和水底的石头
一起沉入短暂的睡眠，能听到水墨画里传出
悠远的呼吸

我停止了劳作。静坐，也走动
像一坛窖进艾涧的米酒
粮食的呼吸，击穿石头的水
阳光浓烈，陈年的䴙把我的诗和血液
连同夏天一起发酵

他还在自己的纸绢上
醉得一塌糊涂
怎么都不能醒来的葱郁，一抹隐约的红霞
是从我的脸上飞过去的

艾涧的盅沿上酒意燃起火焰
把盏之后，我还在涧底
还原为一罐清水

亲密无间

艾涧的院墙是矮的
山路是纤细的，连通我身体里若隐若现的脉管
阡陌窄小，散落在岩壁陡立的峰际
蓑衣盖住一小块田，斗笠压住了一小块田
歇晌的时候，我这个神话里的农妇
就坐在了一小块田地上
提起水罐，又多出一小块
每块田都是我要照料的孩子
分别种满了谷子，大豆，秫秫和红薯
像碎布片拼成的百衲衣
罩在南山清瘦的骨架上

尘间的烟火上升，我在碎石矮墙里
晾晒旧棉絮和厚毯子
柴门上三个茄子一把韭菜
邻人不知何时随手就放到那里
还有更多的长在园子里，一些刚结了妞子
一些还是烂漫的花朵，还有一些
正在灌浆，等待阳光拿捏出它的身样

现在，我只需要编织一个小小的蒲团
跪拜这些亲密无间的事物
一缕山顶上吹过来的风，一声虫鸣
我都要一一放在心上

化妆间

一千只狐妖在杨树上摆尾，一棵老垂柳俯身
托起前朝摇曳的步摇
一夜间，去岁丢失的头纱沿梦境回来
引领着亭台楼榭，我的化妆间
埋在溪流里的铜镜
泛起澎湃的爱和欣喜

涂铅华，抹香粉。我还要贴花钿，画额黄
远山眉含黛。垂流苏，点珠翠
爱上胭脂和釉彩。我一遍遍练习渲染，勾勒，工笔
泼洒淡青，粉白，将要展开的姹紫嫣红
槐花雪肤洗凝脂，玫瑰花瓣点绛唇
和桃花一起擦腮红
野蔷薇的香气治愈抑郁
惆怅和失眠

小小的化妆间，我攒下足够多的颜料
和一整座春天的花园
宽恕奢侈，铺张，疯狂：一朵柳絮走天涯
飞天解开千年咒语，走出洞窟和石壁
提起月轮的灯盏，一江春水
渡回趁着月色还家的人

而我一直在那儿，我的化妆间
光线幽暗，一整个春天的妆容
漫过，我一直在那儿
任芽孢，树叶叠加出繁复的衣饰
云鬓上挑出凤头钗，龙须钏
挑起绚烂、缤纷，这些絮絮叨叨的形容词
这个袅娜，婆娑的春天

我爱上媚惑，这个春天
爱上脂粉，香气和佩饰
从讶异的眼神开始，春色和葱茏
流泻。万物在奔赴，如神谕

额头坠一颗祖母绿
一颗春天吐出的炼珠，淡妆浓抹
皆散去，只留下
我的秘密的化妆间

我一直在那儿，在我的化妆间
看着她，从一幅浅绛山水里褪下蹙眉，愁绪和仆从
用素衣布衫挽起
这尘世的烟火

雨停了

首先是蓑衣　滴着日子里的雨水
被山路和岁月磨烂的草鞋
歇在黄泥土墙上　一些草屑几颗无数次硌疼脚掌的石子
还是行走的姿势

然后是西窗　木格窗棂折叠着
古人的山水　年代太久远了
远到魏晋和先秦　还有古筝
悠远 清凉　一会儿屋檐滴水
一会儿又和雾霭一起匿入深深的幽谷

窗下还应该卧着醉听风雨的隐者
我前世的情人

雨停了　他刚刚欠身出去
他说他要去南山
接下紫铜铃的泪滴　朱唇微启
要倾吐这个夏天的秘密和忧伤 ……

他的脚上是另一双草鞋

十五年之后

这是艾洞最沉默的山石告诉我的
十五年之后　雨意撤去
空气不再潮湿
终于从中堂的画轴上起身　你扑打扑打衣袂上的灰尘
木格窗栅外是渐渐澄澈的天空
农历七月了　艾洞张开紫铜铃的喉咙
替我们吐出金黄的蕊：芝麻　谷子　玉米 ……
这些簇拥在南山下的词
开始贴近内心的光芒

风吹过山峦 吹落了艾洞的两滴露珠
大地的两根羽毛
七月的两片叶子
悬崖上的两颗野酸枣
南山的两句耳语

这是我们的艾洞　我们的尘世
十五年之后　你依然沉默
如一块温热的石头　对季节隐秘的纹理了然于胸
容忍紫铜铃的小性子
在夜间　你会攥紧我的手
将我贴上

你坡度平缓的心跳　和雾霭一起漫上来的柔软
一个老人年近六旬的絮叨

对　镜

群山轻轻晃荡了一下，渐趋清晰
云絮也是。天空更深远了
远到某朝某代，麋鹿顶着嶙峋的角
日月、星辰都在眨眼间，叠影幢幢
江山在，什么都有可能发生
微风也贴过来
世界瞬间坍塌，碎碎冰迅速融化
一个朝代就这样结束

这一次，我一定要看清自己
从天空脆薄的贴画中一点一点逼近，俯视世间
脸庞微黑，嘴唇略厚，眉眼暧昧
没有云髻可理。花黄深锁在某重门里
封存在溪里的长发顺从了流水
银戒指已被尘烟掩埋
郎君不在了
我不回去
也不醒来

南　山

你此生最中意的一幅国画山水
就在艾涧了　你说
我们中堂空空
我们的南山上却生长新绿　烟岚和流霞

一曲行云流水刚有了间歇
你放下碗筷　推开院门
刚好踩到最后一个绿色的尾音

石壁脉脉含情　岩草疯长
紫铜铃鼓着小嘴还没有调匀喘息
储存在苔藓上的国画颜料　被夏天不小心打翻了
被季节的雨水润透了　南山这道薄如蝉翼的屏障
沟沟壑壑　丰盈而充沛
悬崖上的飞瀑都被青草的爱情染绿了
一声惊叹　夹进老庄吟哦的字里行间

进山呵　进山吧
你正告我　一个不懂事的农妇
不要惊动和草尖吻别的雨珠
但愿来得及接住从峭壁上跌落的
最后一缕雨雾　别错过
这幅被大雨展开的藏在艾涧的老庄山水

九仙山上的芦花

因为芦花　我记住了那次山行
记住了那个秋天　芦花沿着小径斜插进山的鬓角
这些天堂里的羽毛　随遇而安
层林尽染的群山里的一道素白
参差嶙峋的壁刃上的一抹柔软

九月的风吹过来　芦花矜持　内敛　低眉顺眼
和遍野茅草一起低下去　低下去
低到我芜杂的内心里

那么纯净　那么柔软　那么温暖

风渐渐硬了　她们低下去低下去
低到夕阳之下
低到秋天深处　天泉水撒下试剑石
孙子的剑锋隐到暮色里
芦花　我看见了你低下来的等待
作别了临水而居的天堂里的故乡
追随前世的英雄　把自己低到凡尘里

冬天已在路上　芦花
我看见你收拢内心的羽毛
轻盈的　低下来的飞翔

白云飘

我愿意你娶走我，微山湖上的放鸭人
我年方二八，已在老船夫的船舷上重新长大
蜕下了多愁多病身。卸下了虚妄，哀怨
额上的浮华，骨头里的剑胆，日积月累的霉斑
此生，我只跟你唱
微山湖上白云飘

当微山湖上白云飘
麻鸭从苇丛中一群群孵出，我们的女儿
也呼啦啦长大。每一棵芦苇都温良贤淑
凌波微步，摇曳长姐一样的好性情
当一支荷一瓣一瓣打开自己，云移过来
一湖静水都沉入前尘旧事
我有足够的耐心，等莲蓬秀出玲珑心
随一只藕清空自己

帮芡实解下鳞甲，容忍菱的牛脾气
我轻按住一湖的涟漪
沉下心，和她们一起沉到水里 ……

还有白鹭飞呢，还有苇莺一遍遍唱"关关雎鸠"
湖鸟一圈一圈逡巡，和你的竹篙如出一辙
轻轻一荡，就荡涤了我的人间，人间的八百里湖泊

娶走我吧，放鸭人
苇荡深处草棚空空，我还没有走远
还来得及看见你现身
前生我隐身幽谷
今生我要跟定你，在清亮亮的水上唱
白云飘

山寺桃花

墨迹消褪，清风中，纸扇，长衫，纱冠皆褪去
浸润于史书中的国画褪去了烟雨
绵延大泽山，褪去了层峦，叠嶂，莫测幽深
我看见郑文公清瘦的骨架
在天柱山雄健的笔锋上
衣袂飘飘，凌波微步

一个忘我的人，驻足春天正在修炼的点点殷红
临凌空飞崖，任山下，芳菲一波波淘尽
从人间来，到人间去
天柱无寺。刻在石壁上的剑影，封存
绝壁的栅栏，石碑上微翘的帽檐
只是我
一个人的寺庙

李 云 / 作品
SHANDONG POET 60

　　李　云，女，笔名七月的海，生于山东莱芜，就
职于华电章丘发电有限公司。参加诗刊社第22届青
春诗会。获全国电力最美通讯员和2005年度中国女
诗人奖等荣誉。出版诗集三部。作品散见于《诗刊》《星
星》等刊物，作品入选多种诗歌选本。中国作家协会
会员。现居章丘。

诗人：李　云

诗观：

　　有人说到诗写的伪美和伪善，我微笑；有人说到诗写的真实，我亦微笑。诗歌怎么写，终究还是个人的事。有人说到净化诗坛，我依然微笑；我能做的，只是不断地净化自己。

太公祠，拜谒子牙

终于站在您的面前，那么多话想说
可是，已忘言
唉，封地——
封神——
钓鱼——
都是大事，也都是小事
转眼已是经年

如今，我独自寂静
以女儿身立于您的门前
拱手——
揖让——
子牙兄可好？西周可好？
营丘可好？
……
小女子也——
别来无恙

黄　昏

一群凤凰飞在眼前

神飞在眼前，命运的蝙蝠飞在眼前
啊，又飞来一群
无名的一群

一群一群，什么都是美的
烟花悬在神鸟的翅上
忧伤也悬着
落日盛大，我一个人的奢华

活　着

又一轮月光里，我独自飞回来
飞进我的身体

我从梦中伸出藤条般的手臂
拥抱着自己

给她浆果，给她蜂蜜
我以铜鹦鹉的歌喉，迎接着
我的另一个

我俯身于大地，用一对幸福的耳朵
抚摸着泉水的鸣叫

我只要这样快乐地活着
守住根，守住我的万千儿女

十一月的黄昏

十一月的黄昏，走着你我

暮色深沉，有看不见的波澜自心底涌起
母亲，这些我都懂得

时光在我们的身上重复了太多
可又总是不够。唉，母亲养我这样的女儿
也真是辛苦

此刻只有落叶沙沙
只有黄昏的光线在徐徐地
解读着爱与被爱

哦，母亲，在更前方
我会停下脚步，即将到来的夜色里点一盏心灯
就再也不怕黑了

母亲，你看人间的叶子都在奉献着黄金
向死而生啊
她们也装满了水蜜桃的回忆

母亲，十一月的黄昏有那么多叶子
来到我们脚下，它们发出沙沙的微响
像极了女儿的心事

执子之手

恍若暮年。我们手挽着手
走在星光下，偶尔念叨着远方的儿女
偶尔想起
经历过的累和苦……往事如烟缕
我们眺望着——
过去的，都过去了

就像今夜
秋风浩荡，吹过了你我

今夜，秋风吹圆了月亮
吹着我辽阔的祖国
和宽阔的诗心
多么美好呵：秋夜如水，静静地依偎
一颗露珠依偎着
另一颗，我依偎着你
听秋虫呢哝，我们握紧月亮的手指
一遍一遍地赞美。
我们对爱，多么着迷

柠檬的眼神
—— 电影《柠檬时期》

像一只柠檬爱上另一只柠檬
我爱上你，在那一年，那一月，那一天
一只青涩的柠檬
爱上了另一只

学校的操场上
你一圈一圈骑着单车，一圈一圈
带着我，那时我喊你佐佐木
喊自己秋元

那时，从银白的口琴声里
我缓缓地抬头
天好蓝，而我们离成熟还远

一圈一圈，我把自己挂回树梢

风吹着我们的心跳
风呵多么干净
一只柠檬，凝视着另一只柠檬
那眼神，多么干净

风吹树叶

风吹树叶是美的
这些日子，一首黄金的歌谣被风
昼夜不停地吟唱着
—— 这不尽的
风的低语；这神秘的
一个人的安魂曲

这一天，落叶衔紧最后的甜美
开始一圈一圈堆积新坟
这一天，立冬了
天暖洋洋的，看上去很安详
风静静地吹着
吹一些死去的叶子

这一天，你终于看懂了世间的生死
多么完美的死亡啊，当生命
如河流般远去，灵魂
就化作了一面境子，它在静静地收割
那些回忆的光线

你看，那些回忆之鸟
正慢慢地落下来
不，它们就像灰色的雨点
落下来了 …… 当鸟群从一个人身上

无声地划过
我们学会了放下悲歌，我们开始安详于
一位兄弟的离去

神　恩

他只是眯起眼儿，看枣花一点点地
埋进他的身体。
和风，细雨
一种小桥流水的感觉是多么好
此时，他多么平静

过往的动物们
已经认不出他是老虎
还是猫……但是神灵在高处看着
但是虎啸一直存在啊
在另一个空间
虎啸，就从没有停止过

而那时，闪电如烟花一样壮美
那是他生命的盛年
白衣胜雪呵！此刻他正被一阵
又一阵的微风
拥抱着，拥抱着他的衰老和无助

可是这个世界
曾经煮沸过一头猛虎的热血
曾经闪耀着
他的斑纹和光芒！当神灵把果实
再一次投放到大地上，他看见了一头幼虎的出生
他看见了爱与被爱

鸣　叫

那斑驳的经文终于
不再扣押我了，我挣脱掉妖的外壳
从一段经文里，斜斜地
逸出 ——

如今，我以一个女子的形体
走在黄昏的林子里

这黄昏的光线
多么好，这人间烟火多么好
我伸展手臂
张开非蛇的一段，低低地
鸣叫着

我以一个女子的欢喜，泉水一样
鸣叫着
花朵一样鸣叫着
我以鸣叫，代替了流泪

天赋之光

我想，我曾经接受过你的照耀
不死的光进入体内
在宽恕中把我送达某种美好
一个圣洁的怀抱

是的，因为你
我会再一次选择出生
在力与美中，我会紧紧抓住你的光焰

疾驰 ——
疾驰而去 ——

哦，到处都是光的孩子
世界的婴儿
而红色旋风，千万朵火烧云
却在我们记忆深处
埋下阴影

此刻，一群燃烧的蝴蝶正把我
推向红色峰巅 ——
那里，你正如烟花炸裂
极乐和狂想
盛开在绝尘之地

珍珠泉

黑夜袭来，所有的光
被迫接受命运

而我仰起头，渴望作为
一粒蒙尘的珍珠
被水带走 ——

可这万千水泡
只是珍珠的幻影

是的，我不必说谎
这里没有珍珠，只有水，只有水的足迹
和时间粼粼的波光

也许，还有别的什么
你听黑暗中
水泡一个一个破裂

哦，那些隐秘的、疼的
生命微响 ——

宁 愿

我宁愿我是孤独的，一个人独来独往
像鹰，断翅悬崖
像老虎，独自呼啸在深山老林

我也愿意是八大山人笔下的
这只孤禽 ——
一副白眼向天的模样，说着
世人不懂的孤愤

我宁愿我是死了的，灵魂飘在天上
沉默地看众鸟儿
在高枝上搭戏台：哦，高一声
低一声啊 ——

可是在不死之前，我终究
还是有所怕：昨夜在梦中，我又一次
被不知名的暗器所杀

佛光之夜

那年你在荒村听雨，今夜

我在世外听雪
这洁白的、纯银的夜晚
是女性的

今夜，我用彻夜不眠
修改了
一颗流水的心。我深信，只有圣贤读过的书
才能照见天上的云

我在书香中舞蹈
那孤傲的、真理的玫瑰
一次次把光芒
洒向尘世

哦，佛光之夜
雪在飘落…… 此刻没有谁比我
更清醒、更清澈
世界多么净美，当我飘向一片梵音
当雪落在雪上

雕　像

以超人性的力量潜伏着，我的
冰冷的雕像

当雪光倾泄于手中
树木集体摇动
当大地被摇晃成一种悲恸
当鸦群
集体划入僵硬的航道，你不吁求
不恐惧不愤怒

你有着"超越个人得失而静思万物"
的本能——
你知道雨点不停地
下在你的眼窝，风刀不停地
磨损着我的肌肤

而遥遥的夏之雪
蓝的海
白的沙，让你一次次地相信
是爱操纵着
星汉灿烂的国度

而失火的灌木丛，你
突然转身，苍茫的大地上
你卸下了
一组真理的碎片

罂粟们

大片的红罂粟开在去年
大片的红罂粟那时
还不懂得背叛：它们不忧伤不多疑不敏感
它们风风火火地开在阳光下
而一小块月光
足以让罂粟们好梦一生

罂粟们爱着蓝色的狮子
也爱着彩色的甲虫
罂粟们激情而单纯，给尘世留下了
完美的背影

罂粟们的单纯
和傻傻的样子，像极了去年的我

又见杏花

我看见你，一抹光线疾速地划过
含着核的苦，花的微甜
我看见你，在一次次迷醉里
啜饮着冷和疼
我看见你，强忍着
不再呼唤，我看见花朵中凸现的脸

我看见你，赤脚
素衣，风一再扬起你透明的羽翼
我又一次看见你了
一朵花，一朵从冬天里
出走的雪花，落在杏树上，咬住了
深深的爱和香气

红叶小檗

我想不起她是叫红叶小檗
还是叫小叶红檗
我只记的夏天时
她的叶子暗红、小小的
很别致，是我们山东不曾见过的那种
她来自安徽黄山
像一个外来妹
无精打采地 站在一群冬青中间

等着风来
吹一把，雨来打一下
鸟来啄一口。刚来时她不服水土
死过一回
后来，花匠搬来黄山水土
她就活了
活着，也不见得开心
反正她是
死过一回的人了，对什么
都无所谓

薰衣草的夏天

总有一些盲目，有些忘情
恍若一只蝴蝶
我又一次滑入
这片紫色的海域

无数诡异的闪电
紫色的漩涡
托引我
上升，上升
那时，我还不知道她叫薰衣草

她明亮，涌动
美仑美奂
我们彼此深陷，一滴黄金的蜜
就要滴入
大地的怀抱

这个沉溺的夏天，总有弥漫如雾的香气

把我醉倒
可是，在弥漫如雾的香气里
我却挥霍不动
这异地的爱情

玉兰花开

多少年了，她一直蜗居在小镇
多少年了，窗外还是
那三棵白玉兰
而玉兰花开，仿佛是
很久以前的事情了
风吹着很久以前的白玉兰
风呵，吹乱了
她的长发，那时
起风的后园
有白玉兰在开，而崭新的生活
就在花间涌动着
那时，她多么相信海枯石烂
她相信那些
不着边际的爱情
……在小镇，人们都说
她是另一种意义上的白玉兰
这么多年
她用骨子里的洁白，回照着
小镇的月亮

李 庄/作品
SHANDONG POET 60

　　李　庄，1963年4月出生于德州，1986年开始
诗歌创作，参加诗刊社第十二届青春诗会，著有诗集
《李庄的诗》，获山东省第二届泰山文艺奖，作品入
选多种文学选本。中国作家协会会员，山东省作协诗
歌创作委员会委员。现居德州。

诗人：李　庄

诗观：

　　一首诗是一次诞生——它是活的，它呼吸，它在瞬间降临，却复活了原初，并辐射向未来。它说尽了一切，又仿佛什么也没说。一首诗又是缓慢的，它从诗人的童年就开始了孕育，它所有的特征都包含在诗人的际遇中。它仿佛偶然，其实必然，它是命运。

　　我不是写得太少，而是太多，一首诗真得是一首诗！它必须有直指人心的力量。它有自己的另一种时空和秩序，它不临摹现实，而是建立另一种存在，但它必须严密，准确，符合梦境逻辑——"母亲的手在土里热着。""竟渴死了一条河。"它专注、深情、忘我、跨越界限，进入无限的自由王国。

　　在流派之外写作是我的一贯想法。各种派别、团体都是人为的划分，为了文学批评的方便，或者其它目的。其实诗只有两类：好诗，坏诗。好诗都有自己的骨头，它必须是个人的，又绝对是人类的。

　　最高意义上的诗是存在本身，写出来是不可能的。我只能凝视、沉默。我写出的，只是一个人的自言自语。

致茨维塔耶娃

在死前你几乎就死了
在希望与绝望之间
一个燃烧的女人来回奔跑
火焰，灰烬，上升，下降
循环

你爱过多少人？一厢情愿
男人，女人，老人，儿童
你爱活着的人，你爱
死去的人，你爱
尚未诞生的人

多么自不量力！巨大的爱
产生的利息——几何级的恨
却无人替你偿还
跪下吧！被她爱过的人
你们竟让一个女人用她的诗
用她的死，兑换命运

一无所有！时代拒绝了你
奄奄一息的囚徒
他们可以为你的诗痛哭

却不肯给你一个微笑
一个拥抱，一个活下去的小小窗口

在死前你几乎就死了
不！茨维塔耶娃可以做一个荡妇
但绝不做一个宠物
闪开！死神的脏手
你亲笔为黑暗而璀璨的命运画下句号
却把活命的口粮
留给，有罪的，有福的俄罗斯

呈献给你的诗必须以你的诗结束：
"我知道！一切都焚烧殆尽
坟墓也不为我喜爱的一切
我赖以生存的一切
提供什么栖息之地"
"至于我 —— 属于所有的世纪"

玻　璃

命运躲在暗处
它手中攥着石块
冷不防 —— 哐的一声 —— 破碎

更多的时候却悄无声息
你与人寒暄，微笑
玻璃无声炸裂。锋利

真正的疼痛在回忆时开始
一遍遍温习的同时
你还牵挂着新的功课

没有什么东西可以完整
没有什么东西可以不继续破碎
包括看见的故乡和看不见的灵魂

惟有命运完美
它手中的石块从不滴血
一次次绝对地打击，不差毫厘

早年的泪水、忧伤、月光
晚年的白发、骨头、精神
趋向于透明，透明的玻璃

命运也像你一样老了
夕阳夕照，你看见
破碎的玻璃万花筒般绚烂

哦，这惟一的玻璃
这被命运青睐的玻璃
还破碎得不够，破碎得不够

风雪夜归家

风雪关在门外
灯光温暖
妻子已熟睡，轻轻磨牙
仿佛在训斥
她腹中尚未诞生的孩子
这样的母亲练习
未免太早
音响里犹放着"小燕子，穿花衣

年年春天来这里……"

我走到窗前
外边风雪呼号，翻滚
"哦，世界，你这可怜的孤儿
可我无法将你领回家中"

无　题

世界喧闹
世界喧闹如哑
一辆救护车嘶鸣
在我迷宫般的体内急驰
救护车载着我的心
它必须及时赶到童年
赶到乌有的故乡
那里的荒凉
可以止血

而现实中的我已走出人群
走在郊外积雪和落叶的路上
还有一段路就走到杏园桥
我将在桥上
看一会儿桥下的流水

向垃圾厂致敬

墨鱼制造墨汁
是为了逃命

上帝带来夜晚
是为了劳累了一天的生灵安睡

制药厂污染河流，空气
是玩一种赚钱，治病，生病，赚钱的游戏

诗人写出一首忏悔的诗
是又一次将内心打扫干净

面对一座日处理百万吨垃圾的工厂
我必须向伟大的同行致敬 ——

一顶有三个破洞，浓烈汗臭的棒球帽旋转
加入垃圾的行列

蝴蝶标本

惟有花朵
能说出蝴蝶的美

而此时是冬天
蝴蝶静止在玻璃盒中

她翅膀上有洁白的斑点
窗外正在飞舞的雪花

所以，你不能说
这朵会飞的花已休息

可是，花园遥远
山水在记忆中清秀

哦，活于一瞬
却收藏了四季

蝴蝶拥有存在的密码
这让自大的诗人暗自惭愧

而贯穿蝴蝶的那枚钢针
在观者的身体里开始了刺痛

滴　答

滴答，醒来，滴答
滴答，睡去，滴答

滴答，在心脏上滴答
滴答，在吊瓶内滴答
滴答，在手腕的刀口滴答
滴答，在炸弹的引信滴答

滴答，滴答
滴答

孤独与诗

孤独是一座巨大的煤矿
它需要一名矿工
持续地挖掘

这哑默的煤矿

曾是一片茂盛的森林
它拥有百鸟

造物主令其变成固体的黑夜
只允许它出卖自身
换取一点光明

而一名矿工的秘密
是躲过致命的塌方
找到那一声最嘹亮的鸟鸣

犹太人

我知道爱因斯坦、马克思、弗洛伊德
读过他们的书
当然也读过圣经
看过几部奥斯维辛的影片
枕边常放着一本阿米亥的诗集
我还有一个秘密
我的枕下有一个深渊
深渊里是比深渊还深的哑巴：保罗·策兰
他在深夜的寂静里
用钢锉一样的诗句
哦，竟然是德语，德语
锉着骨头 —— 哧啦，哧啦
我就觉得犹太人是磨刀的
一块石头。那些刀子磨得真亮
磨着磨着就没了，只留下
锈迹 —— 刀子的血
斑驳着日出日落
没有东西能在这块石头上刻下痕迹

也许，只有风可以
可以抚摸它的冰冷和炎热
而在我的梦里
这块石头一次又一次变成一只山羊
它发出的叫声就像它的叫声
它脸上的表情就像它的表情
它眼中涌出沙粒
顺胡须一滴滴淌下 —— 汇集
—— 内盖夫沙漠①

那枚钉子

我是说过一枚钉子砸进我的命里
我是说过一阵寒风带走了他
我是说过就钉在爱人心上
而真实的场景是那个叫李德禄的男人
也就是我的父亲将一枚钉子砸进红砖墙
挂上一只新鲜的羊腿
那个叫孙秀兰的女人也就是我母亲
每天割下一点儿肉炒菜
那时我十岁，已学会逃学
我母亲隔几天就打我一顿…… 吭哧！吭哧！
而我父亲一般不打我
他一年只歇一个月探亲假，从格尔木回到德州
他只打过我三回，两回打出了血
母亲七年后突发脑溢血，临终
只有我姐十九岁的李玲和我妹十一岁的李铭爬在她身上
她的两块肉一左一右，爬…… 爬…… 爬……
而父亲和我在烟台牟平福禄地老家祭祖，串门，喝酒
父亲十七年后患了肺癌，又咳了十一年后，离开

———————————————
①内盖夫沙漠占以色列国土的一半。

是我用他给我的手合上他的眼帘……走吧，走吧
十六年后我认识了妻子齐慧茹
在那个寒冷的冬夜，是我先吻的她
生活了十八年后她也走了
该死的左上颌窦炎性肌纤维母细胞瘤呀
她用仅剩的右眼，看着我的双眼，看着她给的她女儿的双眼
看呀，看呀，看呀，看呀……
她的手一松
左手在我手里，右手在女儿手里，凉了
我的女儿李禾在她祖父将那枚钉子砸进砖墙十九年之后
出生，她和一阵细雨一齐到来
我和妻子和她大姑一齐听到她嘹亮的哭声
那枚钉子就钉在那儿，一直在那儿
风吹着遮盖着羊腿的报纸，一掀，一掀
我每天咀嚼着那羊肉的美味
而这个叫李庄的人已四十七岁，女儿十八岁还差十天
从小到大，我没动过女儿一手指头
我不打她，我要让她遗憾
我不告诉她有一枚钉子。我要让那枚钉子
死在我心里

坦 白

高中毕业后，我卖过盒饭
卖过咖啡，卖过服装，卖过矿泉水
在德州造纸厂上班，我卖纸：卫生纸，书刊用纸
下海后，我卖广告，卖酒，卖……
我卖过很多东西
但，我不卖假货
有一年，我差点儿卖血
这都是为了养家糊口——我要钱

这些年，我还悄悄做着一桩大生意 —— 我写诗
我写呀写，不要一分钱 ——
我只要你们爱这个有多混蛋就有多美好的世界
我只要你们爱这些有多可爱就有多可恨的人群
—— 我要你们颤栗
我卖灵魂
我挥起一行行狠毒的诗句，抽打
麻木的心 —— 疯狂的陀螺

火

谁知道火的寒冷
它燃烧的是什么
你抚摸它
被烫伤
可你不知烫伤你的
是火的孤独
它要抓住什么
所以，就在你手上留下疤痕
在心里留下战栗。留下你
用余生也无法填满的虚空

火摇曳生姿
火美丽
也温暖
火最后的一闪
多像我母亲、父亲、妻子的弥留
一闪。一闪。一闪
留下一小片灰烬
一小片。一小片。一小片
却比一片雪原 辽阔

红泥盆

李禾，爸爸老了
就和爷爷、奶奶、妈妈的骨灰
和上福禄地的黄土
烧一只红泥盆
养四条小鱼

行吗？

李禾的泪一下子滴下来
打在她想像中的红泥盆里

惊了
我心底的那三尾小鱼

李禾摇摇头 ——
我呢？

故园的树

最初的落叶
即使有虫眼的落叶
都变成了金币
让你在晚年一枚一枚数着
这就是故园的树
如果它落净叶子的枝干
不能变成
一只手
一只无声呼唤的手
并恰恰有着祖母的温度

且在你心里缠绕着
炊烟
那就不是故园的树

今 夜

今夜，不仰望星空
今夜，不俯看万家灯火
今夜，不读李白，也不读陶潜，更不思念谁
今夜，内心的烈焰终于燃尽
今夜，独坐
如一粒千年之前或万年之后的砂
今夜，一个银河边的哑巴
用一根灵魂的筷子
细数
死灰中
一生犯下的罪

蚂 蚁

皮鞋，汽车，压路机
甚至死亡也没有碾碎
我
这只卑微的蚂蚁

但我要死在诗里
死在我命运之书的第一页和最后一页

必有一根手指 轻轻
掀开
蚂蚁就复活

就钻进你的骨头

咬你

关于手的诗

父亲的手是在我的手中凉的
这只把我领到世上的手
妻子的手是在我的手中凉的
这只爱抚我身心的手
父亲和妻子的手在凉的那一刹那
把温暖递给了我

母亲离世时我没在她身边
她的手在土里热着
在德州西郊运河东岸的那片地里
抱着我的童年
等我

黄昏，我坐在长河公园水边的石头上
看夕阳将无形的手缓缓抽回
它留在石头上的温暖渐渐凉了
河水一波一波涌动，有雾升起
我回家写下这首关于手的诗
让你来读

嚓

七岁的我随身带着一盒火柴
嚓 —— 鸽子的羽毛

嚓 —— 鸡的羽毛
嚓 —— 立成他姥爷家那条黄狗的尾巴
它们散发出一种味道
—— 焦臭中含着些许的香

母亲从一块藏蓝色布料上撕下一根纤维
嚓 —— 依旧是那种味道
母亲笑着说纯毛的、纯毛的
给你爸做中山装

一根根红头火柴整整齐齐
很乖地躺在长方形的小纸抽屉里
它可真是我的宝贝 —— 嚓、嚓、嚓
噢，忘了告诉你 —— 人的头发
黑头发、白头发、小孩的头发、老人的头发
男人的头发、女人的头发，味道都是一样的

理发店的胖叔举着剃头刀还在追我
留在身后的是一场场小小的火灾
一个七岁的孩子兴高采烈地玩火
不知道真正追逐他的是什么东西
而那盒红头火柴至今藏在我身上

嚓 ——

图书在版编目（ＣＩＰ）数据

　山东诗人 60 家 : 全 2 册 / 谢明洲 , 孙方杰主编 . --
北京 : 中国文联出版社 , 2015.3
　ISBN 978-7-5059-9747-9

　Ⅰ . ①山… Ⅱ . ①谢… ②孙… Ⅲ . ①诗集 – 中国 –
当代 Ⅳ . ① I227
　中国版本图书馆 CIP 数据核字 (2015) 第 064370 号

山东诗人 60 家

主　　编：	谢明洲　孙方杰		
出 版 人：	朱　庆		
终 审 人：	朱彦玲	复审人：	郭　锋
责任编辑：	王　军	责任校对：	吴玉垒　孙方杰
封面设计：	诗韵书坊	责任印制：	陈　晨

出版发行　中国文联出版社

地　　址：北京市朝阳区农展馆南里 10 号，100125

电　　话：010-65389139（咨询）65067803（发行）65389150（邮购）

传　　真：010-65933115（总编室），010-65033859（发行部）

网　　址：http://www.clapnet.cn

E – mail：clap@clapnet.cn　　　　　　wangj@clapnet.cn

印　　刷　恒美印务（广州）有限公司

装　　订　恒美印务（广州）有限公司

法律顾问：北京市天驰洪范律师事务所徐波律师

本书如有破损、缺页、装订错误，请与本社联系调换

开　　本：	115mm×230mm	1/16	
字　　数：	700 千字	印 张：	68.25
版　　次：	2015 年 4 月第 1 版	印 次：	2015 年 4 月第 1 次印刷
书　　号：	ISBN 978-7-5059-9747-9		
定　　价：	186.00 元（全 2 册）		

東山魁夷畫文集

下　卷

詩韵書坊出品

山东诗人 60 家 | 下卷

谢明洲　孙方杰　主编

中国文联出版社

http://www.clapnet.cn

路 也 / 作品
SHANDONG POET 60

　　路　也，女。1969年12月生于济南。著有诗集《风生来就没有家》《心是一架风车》《我的子虚之镇乌有之乡》《地球的芳心》，散文随笔集《我的城堡》，中短篇小说集《我是你的芳邻》，长篇小说《幸福是有的》《别哭》《冰樱桃》《亲爱的茑萝》《下午五点钟》等。获齐鲁文学奖（2005），泰山文艺奖（2008、2014），第三届华文青年诗人奖（2005），新世纪十佳青年女诗人奖等多种奖项。参加诗刊社第19届青春诗会、青海湖国际诗歌节、冰岛"空间与诗意"亚北欧诗歌行动等国内外交流活动。部分作品被译为英语、日语、韩语、冰岛语。曾为首都师范大学驻校诗人、美国KHN艺术中心入驻诗人、美国克瑞顿大学访问学者。现居济南。

诗人：路　也

诗观：

在这个信心高涨、永远一往无前、总是活在下一个星期的社会里，我羞怯、软弱、犹豫不决、自我否定、懒散、磨磨蹭蹭、个人意志涣散、缺乏强势气场、喜欢躲在边缘和角落、无论如何也"牛"不起来、扮演不了女神或女巫、常常陷于四面楚歌、充满热情地站在十字路口却不知道该往哪个方向去。然而与此同时，又相当矛盾地携带了强烈的对抗型人格，是一个反集体主义者，做梦都不曾"团体"或"流派"过，对于概念化标签和群落划分一直保持着警惕和质疑，不认同归属，不愿站队站成不归于杨即归于墨，反对以任何整齐划一的嘹亮和高亢来消除哪怕是最细微的个体的差异。

感谢上天恩赐我写作的能力尤其是写诗的能力，只有与创造相关的事物可以消灭无聊，打败庸俗，超越生存的生物领域，使生活得以过下去，并保持面容清和，甚至或许还能从苦闷中开辟出一条道路来，并使之宽广吧。而近年来我对于所谓"才华"这种莫须有的东西又在内心常常产生疑虑，当缺乏一种至高精神和绝对力量的引导，才华是否会沦为某种"轻浮"？

文史楼

文史楼的地基是儒释道
建筑图纸为八股文
至于所用材料：以方块字为砖
动词做钢筋名词做混凝土
形容词做涂料
介词副词连词叹词做钉和榫
楼梯有平仄，门窗工整对仗
楼层与楼层之间押韵
其外观厚重，像书法里的魏碑
它长了一张士大夫的脸
却拥有一颗无政府主义的心
充满循规蹈矩的光荣与梦想

门后和墙角散发着
汉语腐烂的味道
那么多苟延残喘的古典
那么多飞扬跋扈的后现代
新一代的文人墨客
为五千年披麻戴孝
同时又忙着做现实的教士
以寻找真理的名义找到了荒谬
以数学方法探索浪漫和无用

蚂蚁钻进了点心盒
老鼠掉入了谷仓
患上幸福的厌食症

女生头上的发卡
照亮灰暗的走廊
她们将辩证法和逻辑学
黑白颠倒指鹿为马
最后又屈打成招
男生模仿五四青年
将长长围巾往脖子后面一甩
就甩出了特立独行
春天窗前的桃花盛开
仿佛桩桩绯闻
但这楼里的爱情不会有新意了
无非是西厢聊斋或者简爱
也许文史楼从本质上讲
性别应该为女
她阴柔，PH 值呈酸性
伊人默背着唐诗宋词
一直想对银杏林那边的理工楼
投怀送抱

自恋几乎是文史楼的职业病
伤春和悲秋是最明显症状
侧墙上的海报天天在换
那是整幢楼的价值观念
大门口的果皮箱
扔进揉皱撕碎的浅斟低唱
云飘过楼顶上面方格稿纸般的天空
写下水调歌头或如梦令的句子

毕业生有的官至部级或正厅
为此楼光宗耀祖
属于出产的极品
优等品在媒体频频亮相
天天写"本报讯"
大多数属于免检的合格品
做了教师或秘书
次品是那些跳来跳去
总找不到社会定位的人
废品则是极少数极个别的
名字叫做诗人

单 数

如今，一切由双数变成了单数
棉被一床，枕头一个
牙刷一只，毛巾一条
椅子一把，照片保留单人的
窗外杨树也只有一棵
还有，每月照例徒劳地排出卵子一个
所有这些事物都是雌的
她们像寡妇一样形影相吊
像尼姑一样固守贞操

如今，一个人锁门，一个人下楼
一个人逛商店，一个人散步，一个人回屋
一个人看书，一个人大摆宴席，一个人睡去
一个人从早晨过到晚上
还要一个人走向生命的尽头
布娃娃在书架上落满灰尘
跟我一样也没有配偶

我离异了，而她是老姑娘
我们同病却无法相怜

电话机聋哑人似地不声不响
谁能在夜深人静时拨通我的心弦
我连心跳的每一下都是孤零零的
在空荡荡的房子里引起回音
我是韵母找不到声母
我是仄声找不到平声
我是火柴皮找不到火柴棒
我是抛物线找不到坐标系
我是蒲公英找不到春天找不到风

我是单数，我是"1"
以孤单为使命
以寂寞为事业

两公里

两公里等于两千米。
不是两千米的跑道
也不是两千米的旅途
是两千米的春光和向往
两千米的汉乐府。
你来的时候，毋须乘舟或骑马
只需安步当车，穿过茂密起来的国槐绿荫。
夕阳给两公里镶上一道金边。
两公里不过是一页铺开来的稿纸
（或者两公里的竹简，两公里的帛）
你就当是从那头写到了这头吧。
空气中有五月沙沙沙的响声

你这个人是最好的汉字，风的手写体
你用穿棕色皮鞋的脚步做语法
让句子辗转在方块砖的地上
每次拐弯都可看作一个自然段落
我的小屋是最忠诚的句号，端坐篇尾
而我，是那小小的落款
正在棉布裙下等你。

山　上

我跟随着你。这个黄昏我多么欢喜
整个这座五月的南山
就是我想对你说出的话
为了表达自己，我想变成野菊
开成一朵又一朵

我跟随着你。我不看你
也知道你的辽阔
风吹过山下的红屋顶
仰望天空，横贯南北的白色雾线
那是一架飞机的苦闷

我跟随着你。心窸窸簌簌
是野兔在灌木丛里躲闪
松树耸着肩膀
去年的松果掉到了地上

我跟随着你。紫槐寂静
蜜蜂停在它的柱形花上
细小的苦楝叶子很像我的发卡
时光很快就会过去

成为草丛里一块墓碑，字迹模糊

我跟随着你
你牵引我误入幽深的山谷
天色渐晚，袭来的花香多么昏暗
大青石发出古老的叹息
在这里我看见了
我的故国我的前生

妇科 B 超报告单

上面写着——
子宫前位，宫体欠规则，9·1×5·4×4·7cm
后壁有一外突结节 1·9×1·8cm，内膜厚 0·8cm
附件（左）2·7×1·6cm，（右）2·7×1·8cm
回声清澈均匀

当时我喝水，喝到肚子接近爆炸，两腿酸软
让小腹变薄、变透明，像我穿的乔其纱
这样便于仪器勘探到里面复杂的地形
医生们大约以为在看一只万花筒
一个女人最后的档案，是历史，也是地理

报告单上这些语调客观的叙述性语言
是对一个女人最关键部位的鉴定
像一份学生时代的操行评语
那些数字精确、驯良
暗示每个月都要交出一份聘礼

如果把这份报告转换成描写性语言
就要这样写：它的形状，与其说跟一朵待放的玉兰相仿

不如说更接近一颗水雷
它有纯棉的外罩和绸缎的衬里
它心无城府，潜伏在身体最深处，在一隅或者远郊
偏僻得几乎相当于身体的西域
它以黑暗的隧道、窄小的电梯跟外面和高处相连
它有着虚掩的房门，儿女成群的梦想以及一路衰老下去的勇气

如果换成抒情性语言呢，就该这样写了吧：
啊，这人类的摇篮
生长在一个失败的女人身上
虽有着肥沃的母性，但每次都到一个胚芽为止
啊，这爱情的教堂
它是 N 次恋爱的废墟，仿佛圆明园
这另一颗心脏，全身最孤独最空旷的器官
啊，它本是房屋一幢故园一座，却时常感到无家可归
它不相信地心引力，它有柔软潮润的直觉
有飞的记忆

傍　晚

风从南面吹来
吹过江堤，吹过麻雀翅膀，吹过村庄的衣裳
当它吹过我和你的头顶时
不知不觉换成了最温柔的口气

大半个太阳脑袋被按入水杉林
那在最后夕光里弯向菜地的身躯
像是朝大地做着晚祷
那单腿站立的稻草人
在渐暗的光线里突然感到举目无亲
当最后一辆人力车吱喝着驶过了路面

整整一天的尘埃全部落定

我听见江水在不远处轻轻叹息
蜗牛粘在潮湿的屋顶
脚下的野菊在暮色里摇晃出沙沙声
一只蜥蜴在石头上留下了褐色的卑微的姓氏

这个傍晚多么轻，多么让人心疼
从什么时候起，你已轻轻揽起了我的腰
就像搂着一捆刚刚割下来的草
哦我是你臂弯里的一捆青草
是江心洲的草，是灯心草

你在病中

我隔了上千里烟雨迷蒙的国土
惦念着你的病情
竟把天气预报误读成心电图、CT、彩超和血压数
我还要为此斋戒，只吃一点少油的素菜米粥
祈祷你的康复

如今你在病中
请像一棵雨后的稗草那样好好歇息
在午后阳光下闪烁细细的嫩芽
把来苏水味的疼痛和晕眩打电话告诉我吧
生命原是一笔需要慢慢偿还的债务
请打开病房的窗户，看看水杉树顶的朝霞和落日
还有那飘着晚饭花香气的小路
安宁和静默是最好的大夫

我还有一大串叮嘱，也请求你一一记住：

你要在美德里加进去那么一点儿懒
让书桌上轻轻落着尘土
你要与茶为友，以烟酒为敌
你要常吃核桃花生芝麻，还有海藻和鱼
你要每天去江边散散步
你必须按时吃药啊，不能怕苦

泉　边

我和你坐在泉边。
这水多么清，它来自山的脉管
名词在渗出岩层之后变成了动词
又从方形池塘流往沟涧，七步成诗
就像我爱上你之后，欢乐溢出身体的斜坡。
这个晌午，我和你在山间
用泉水洗过手和脸
静静地倾听早衰的白杨树叶子落下来
不知蝉儿正在吟咏的是五绝还是七绝
山高水长，一道多么古老的琴弦
我的心跳则是轻松的快板。
因为这个世界上有你，所以我才爱它。
如果你是这山里的樵夫，那我必定是采桑的蚕娘
我们还要一起在这世上活过许多年
梵歌在菊花丛上萦萦绕绕，在我们身后
是那雕梁，是那画栋，是那一座汉朝的寺院。

晚　安

晚安——
当我们彼此这样说的时候

电话线在风中轻轻地荡了一个弯
我楼下的茑萝早就合上了眼睑
你屋外的水菖蒲用外省口音打起轻鼾
我们相隔的上千平方公里啊
在半明半暗中笼罩着淡雾和轻烟
晚安——
这两个字的韵脚可用来催眠
使心跳和血流慢下来，使骨骼里的钙积淀
使大脑像广场那样空，使我的子宫像花骨朵那样饱满
在黑暗中消除着疲倦
晚安——
梦这只蚕很快就咬破躯壳和棉被这两层茧，从中飞出
而那些还没来得及飞走的
会把填满谷糠的枕头沉沉地压扁
晚安——，晚安——
一条大河和一条大江的中下游平原连成一片
被我们当成大床
在上面手拉着手一起入眠

忆扬州

来一盘煮干丝，两个狮子头，一壶碧螺春
如果没有琼花露，那就上两瓶茉莉花牌啤酒吧
我们喝了一杯又一杯
这是我和你的扬州

何必腰缠十万贯只须揣百元钞票，何须骑鹤只须乘高速大字
就有勇气下扬州

这是在梦中，有你的梦中，十年一觉的梦中
窗外千年的绿水悠悠

积压发霉的诗词生成砖缝中的苔痕
历经无数个烟花三月的是那些阁那些寺那些亭
我说，我想把弹琴当功课，把栽花当种田
而你呢，就去做一个文章太守

当微醉之后摇晃着走在石板路上
我相信这个夜晚的明月是从杜牧诗中
复制并粘贴到天上去的
哦请告诉我，告诉我哪是黛玉离家北上的码头
我们这样沿着运河走，在到达宾馆之前
会不会遇上南巡并且微服的乾隆

水杉啊水杉

我爱你们，这些种在长长道路两旁的水杉
我第一眼望过去的时候，就爱上了你们

我爱你们的高，你们的瘦，你们的直
你们的彬彬有礼，你们眉清目秀的好年龄
你们的愁肠和多情的身子骨
还有像烟一样轻灵薄透的神情

潮湿的大地通过你们
进行深呼吸，并与云彩联络着感情
身上的细长枝叶能排列出无数象形文字
你们这些舞文弄墨的才子啊
在江南妩媚的天空下一路风光，浪得虚名

你们不知道，那路旁开蓝色小花的鸭趾草
也为你们害了相思病
我心口的一颗痣正因激动而颜色加深

为你们，我远离了我的杨树的故乡
是的，我承认，我曾经深深地爱过白杨
它们在郊外一排一排地站立，像是豪言壮语
每棵树都有沙沙作响的青春
苦命的麻雀栖落在它们的肩上

在爱过白杨之后，现在我竟又开始爱上了水杉
并心甘情愿成为这里的囚犯
我要沿着这条两旁长满水杉的乡间道路一直走下去
能走多远就走多远

我一个人生活

我一个人生活
上顿白菜炒豆腐，下顿豆腐炒白菜
外加一小碗米饭。
这些东西的能量全都用来
打长途，跑火车，和你吵架，与你相爱
我吃着泰山下的粮食，黄河边的菜
心思却在秦岭淮河以南。
我的消化系统竟这样辽阔
差不多纵横半个祖国
胃是丘陵隆起，肠道是江河蜿蜒。
我就这样一个人生活着
眼睛闪亮，头发凌乱
一根电话线和一条铁路线做了动脉血管。
我就这样孜孜不倦地生活着
爱北方也爱南方，还爱我的破衣烂衫
一年到头，从早到晚。

火车站

它的人群苍茫，它的站台颤动
它的发烫的铁轨上蜿蜒着全部命运
它的步梯和天桥运载一个匆忙的时代
它的大钟发出告别的回声
它的尖顶之上的天空多么高多么远，对应遥遥里程
它的整个建筑因太多离愁别恨而下沉
它的昏暗的地下道口钻出了我这个蓬头垢面的人
身后行李箱的轮子在方块砖上滚过
发出青春最后的轰轰隆隆的响声

木 梳

我带上一把木梳去看你
在年少轻狂的南风里
去那个有你的省，那座东经 118 度北纬 32 度的城。
我没有百宝箱，只有这把桃花心木梳子
梳理闲愁和微微的偏头疼。
在那里，我要你给我起个小名
依照那些遍种的植物来称呼我：
梅花、桂子、茉莉、枫杨或者菱角都行
她们是我的姐妹，前世的乡愁。
我们临水而居
身边的那条江叫扬子，那条河叫运河
还有一个叫瓜洲的渡口
我们在雕花木窗下
吃莼菜和鲈鱼，喝碧螺春与糯米酒
写出使洛阳纸贵的诗
在棋盘上谈论人生

用一把轻摇的丝绸扇子送走恩怨情仇。
我常常想就这样回到古代，进入水墨山水
过一种名叫沁园春或如梦令的幸福生活
我是你云鬓轻挽的娘子，你是我那断了仕途的官人。

也许我愿意

也许我愿意
每天和你在一起
放鸭子。
我后半生的心
是一块擦拭得锃亮的
窗玻璃。
我们一大早就去了不远处
那条心地单纯的小溪
太阳在皮肤上涂上一层
深色的釉彩
健康的青草漫过双膝。
我愿意
每天黄昏听你
用口哨集合起鸭子回家
那时大地多么沉寂
落日多么辉煌、壮丽。
由于水草丰茂
我们的鸭子长得太大，几乎像鹅
只是头顶上缺少红色王冠
那才是鹅的标志。
我们不擅管理
使得鸭子们全都跟我们一样
信奉生活中的诗意
渐渐夜不归宿，踏上伟大的流浪之路

哪管快乐和失意
就这样，它们从人工养殖过渡还原成了
野鸭子
把自由主义的蛋，一颗一颗地
产在无边的草丛里。

在增城吃荔枝有感

荔枝相当于水果中的贵妇
就像杨梅和樱桃
是水果中的小姐和丫环

它被一个皇帝用来讨好
他的某个妃子
在没有高速公路和波音飞机的时代
这是一个劳民伤财的故事
是一个生活奢侈豪华的故事
是红颜祸水的证据
被看成亡国的原因之一
是的，我们不妨说，是荔枝颠覆了
中国历史上最强盛的朝代
我们也可以说，这就是爱情呢
要以一个王朝的毁灭为代价

其实所有的爱情都是昂贵的
都像荔枝一样容易腐烂，朝不保夕
为了保鲜，必须日夜兼程
使人筋疲力尽
并且累死许多匹马

这是爱情故事中惟一与吃有关的

在我看来，这首先是一个吃的故事
其次才是爱情故事
它使我想起在我的学生时代
差点儿因为一个男生送的一袋巧克力
而以身相许

如今我快到了杨贵妃缢死马嵬坡的年龄
我没心没肺地活着
乘飞机跑出 4000 里来到广东增城
自己买荔枝给自己吃
从"桂味"、"糯米糍"、"水晶球"，一直到"挂绿"
如果按古代的成本计算
我差不多吃掉了半个大唐江山
如今，谁也不是我的唐玄宗
我也只是我自己的杨贵妃
我走到哪里，哪里就是长安

一床棉被

妈妈在窗下给我缝被子
用操劳的针穿起了牵挂的线。
我歪坐床头，脚丫子放上书桌
我是她的女儿。

十年前，姥爷到集上买布料和棉花
请姨姥姥做了这床被子。
姨姥姥是妈妈的亲姨，姥姥的亲妹妹
穿针引线时想起她那早逝的姐姐。
姥爷在一个有薄雾的清晨抱着新被子
比冬天早一步赶到城里。
那时我在恋爱，对自家人态度漠然。

姥爷于前年年底去世
他对我的挂念以一床棉被的形式
留在了人间。
棉花是上好的，洁白、善良、厚道
那是一床棉被的传统美德
布料图案上的野菊盛开
如今陷在怀念里，枝叶花瓣看上去有点疼。

我把脸贴在棉被上。
我挨着死去的和正在衰老的亲人
挨着二十四节气和大地体温
上面有姥姥味、姥爷味、姨姥姥味和妈妈味
母系家族的爱多么绵软多么悠长
我是大家最惦记的那个孩子

木 屋

我说，这木屋有和气的表情
烟囱把上苍当信仰，上面罩一片白云
野苹果每隔一会儿就亲一下屋檐
为迎我这个外宾，你们把自由主义的草
共修剪了三茬

我说，这木屋适合青梅煮酒
露台上的夏天已倾斜
风吹送话语，在对面河岸引起回响
血管里的奔流跟星空进行着交换

在这些温驯的旧家具中，我感到踏实
我愿意把月亮当奶酪夹进面包当晚餐

只是担心烤箱里的青玉米经高温
会不会变手榴弹

我说，这木屋有福
屋前那棵老橡树力气巨大，让风改了方向
屋后小河的呼吸
加重了一丛丛野花的妄想

这木屋周围可刀耕火种
耕地也是田字格，只不过上面写字母
如果种豆角，让它们扭着弯曲细长的腰肢
爬上玉米秸秆
那该多么像我的故乡

这里，离我那纸叠的爱情十万八千里
我快乐，洗衣机里笑盈盈的肥皂泡也快乐
浴巾有一点点困倦
旧衣裳庆幸自己当了晚礼服

我说，这木屋是宅邸，是王府
墙是粗糙枫木，楼梯直接用有斑痕的白桦树干
生锈的钉子歪得多么可爱！

林之云 / 作品
SHANDONG POET 60

　　林之云,原名赵林云,1964年3月出生,河南卫辉人,出版有诗集《夜晚之心》《时间之心》随笔集《红细胞》《百脉泉史话》,获全国鲁藜诗歌奖、泰山文艺奖、刘勰文艺评论奖、山东新闻奖、泉城文艺奖等多种奖项;作品入选多种诗歌选本。中国作家协会会员,山东省通俗文艺研究会副会长,济南市作家协会副主席。现居济南。

诗人：林之云

诗观：

诗是诗人与世界的维系，是诗人存在的方式，有时也是诗人存在本身；

诗是诗人在语言中的现身，诗人内心的光通过语言发亮，诗是语言的炼金术；

诗是诗人与所有的自己相遇，与所有的诗歌相遇，对过往的诗人的回顾，眺望，对话，与呼应。

最后的诗，常常主动失去技巧，追求语言超越，有效融化意象，实现本真状态。

诗是短暂的永恒，回忆的复活，灵魂的徒步。

每一首诗出现，诗人都经历一次身心的地震：或者是景观，或者是废墟。而内心，是灰烬的余热。

北山峪

很多无声的黄昏，在那里落下过
其中一个，罩在我的身上，它的安静
渗透着我，漫山遍野，那么多槐花
像是从树上长出的残雪，归来的鸟鸣
和光线一起黯淡下来，唯一的小路隐去
大山从繁华的人世间，回到了自身
苦菜花的黄，田旋花的粉红
杏子纯洁的涩，花椒树微麻的感情
紧紧贴着山峪里，那条小溪流动的心
一阵风过来，吹响此起彼伏的虫叫
像是星光落进草丛，溅起的回声
半个月亮，在云层里穿越，忽明忽暗
如一盏提着的灯，四周山峰围起来的天空
像一枚印章，白天是阳文，夜晚是阴文
盖出这里的每一个日子，而今晚
微弱的亮光，一个小院，几个绰约的人影
将成为题款中，最怀旧的那个部分

地下停车场

他总是担心，有一些案件

在那里发生，事先埋伏在什么地方

他总是希望，有一次爱情
在那里上演，停顿或者没有错过

他总是感觉，有一些幽灵
跟随着他，停在电梯口，又跟上另一些人

谁的目光，向上向下穿过楼板
看到截然不同的景象，交替出现

满楼的繁华，仿佛一个假象
建立在一片虚空之上，日复一日

一口口铁质的棺材，自己把自己搬来
又把自己搬走，像一个个不会醒来的梦

深夜，他从那里放慢速度逃离
带走最后的回声，满满当当的寂静全部返回

夜宿西湖

沿岸的灯火
在水中，长出向下的胡须

树的倒影，沉进水底
西湖的心事，彻底没了绿色

鱼跃出睡眠般的水面
弄湿一小片天空

月亮后面跟着一颗星
像母亲带着最小的孩子，回家

雷峰塔尖，栖息着众多时光
天一亮，就要飞回湖边的尘世

百　合

百合的故乡是开放
芬芳是它的流浪

为了走过时间之路
一株百合，时常出来张望

在山野间，它被风吹去
在温室之内，它失去方向

它的洁白是终结之路
它的死亡，在美的巅峰上

在它漫长的一生中
时间被观看拉长

一丛百合，开在电视机旁
电视剧里，有人正被生活所伤

河上的车祸

在黄河浮桥上，一辆货车
撞向一辆载有三口人的小车

悲剧发生了 ——
仿佛是我，一下子掉进了水中

那一刻，妻子被冲走
吊车从泥水里吊出了小车
发现女儿死在座位上 ——
仿佛是我，偶然间活了下来

养育人的河流，又吞噬了生命
两颗跳动的心灌满了泥浆
世界上多了一个不是父亲的父亲 ——
仿佛我，就是那个最不幸的人

整个下午，我都在黄河里挣扎
悲哀的水流在周身急速蹿动
那一刻，我已经无法呼吸 ——
仿佛我，在车祸后再次死去

那货车就像是一个幽灵
跌跌撞撞，行驶在浮桥上
突然，它偏离了方向 ——
仿佛是我，就坐在它的驾驶室里

秋天的细雨

雨是天空的一种发言方式

它之所以小，之所以细
是因为这个季节，像我们偶遇的凄切
要详细表达

悲观的总是液体
雨是最常见的一种

我们在体外
也能感受到它

就像客人和朋友
风只是路过，雨却要下榻
风是影子，雨是肉体

就像梦幻和情人
在秋天，她们都是爱

有些东西在失落
而天空，常常不说出它自己

复活的河流

听说我要回去
那些水又流了回来
刚开始有些浑浊
很快就恢复了清澈
路上出现了人影
没一会儿，桥上
就重现了昔日的繁华
其中几个，是我的亲人
她们挎着篮子
从集市上归来
她们眼里平静的光芒
穿越了死亡
那个少年

还抱着故乡的桥墩
他知道，几十年后
总会有一次归途
已和他提前相约
听说我快要到家时
他身旁的河里
鱼群已开始迅速繁殖

卫　河

那天，我一路打听去看你
你黑了，瘦了，紧身衣一样的河岸
押送着你，老老实实的流淌
你肯定不认识我了，多年前的一条鱼
曾在你的怀里游动，生长
后来，你只在我的梦中流过
每次醒来，都像是一条蛇
钻进草丛的记忆，我不在的日子
你一定是被人牵着，离开我家的后门
泪留下来，成了几片池塘
困在里面的水，像守在故乡的人
这一次，我没敢绕过老屋
总是担心，荒草疯生的河床上
你空荡荡的灵魂，汹涌而来

怀　旧

我怀念雪
冬天的脸上，有雪
才算得上真正的冬天

就像过去，少女的脸上
有雪花膏，才格外美丽
大雪封门，世界转眼间胖了
雪地上有蹄印，诉说着
人和动物，童话里的行踪

我记得那雨
有屋檐的滴答声
初来时，迸溅起一小层土雾
小学课本里
有春雨贵似油的古训
雨中归来，有贴身的湿
脱下鞋，鞋帮上有刚才奔跑的泥泞
不同地点的雨，有不同的音部
麦秸草帽，像一顶顶飞碟
在滑润的光线下攒动

现在的风
都只能远远看见
而那时，发黄的草纸代替着玻璃
没有预告的风，从院门里进来
再顺着墙，从房顶出去
绵绵的，像亲人的哭声
擦过树梢时
像是夹在哭声中的一次抽泣

原以为一切都会继续
孩子慢慢长大
母亲一直年轻
老人只会更老，不会死去
窗户外还是那个院落
出了街门就是故乡

当我以每年三百六十五天
每小时六十分钟的速度走到今天
再回头看
—— 雪已经融化
雨不再纯净
风，在一阵一阵狂风中吹折多年

怀 念

在那片土地下
亲人们
从没有停止过交谈
尤其是在春天
草长莺飞时
肯定有一些鸟儿
是他们派出
探望那个活过的院落
是否充满久违的笑声
他们死去的爱
在墓旁芳草上蔓延
不管你忘没忘记
他们都在那里
年复一年地
谈论着他们幸福的将来

归 乡

那天正是夜里，一进街口
他就看见，幼小的自己
提着纸做的灯笼，沿着墙根

那里，时间从来没有停止过剥落
此刻正被天真的光照亮，蝎子和土鳖
在陈年老土里爬动，路对面的墙上
被放大的身影，在黑暗中生长
一声喇叭，那孩子回过头来
表情欣喜而且陌生，那个瞬间
车子从他身后经过时，墙上的黑影
被他的归来带走，街道晃了一下
紧接着，就返回多年前的宁静

火　车

一列火车，正经过一个小小的桥洞
震动得旷野就要起身，一条路
从下面穿过，连接起两边
这时候，又一列火车迎面驶来
他呆住了——

一个人冲出他的身体，跑向多年前的那个桥洞
领受着迟到的轰鸣，当火车远去时
他没有动，内心出现巨大的寂静
一个少年，怔在那儿，再也没能回到他的体内
只有升起的回忆，落在前面的路上

槐　花

我看见，一个少年，爬上
童年的最高点，绕过槐花的刺
故乡仰起的脸，使他晕眩

那时候，他不知道
身体会长高，高度下降
春天会长大，接着衰老
隔壁的夏夏，哭着嫁人
槐树会被时间的风，吹得枯朽
或者被飞来的利斧，拦腰斩断
槐花不再开放，童年
再也长不回故乡的树上

多年后的今夜，我看见
那个少年从槐树上掉下来
落在身体的槐花，瞬间全部枯萎
满树的叶子，疼得在风中乱颤

年轻的大雪

那年那场大雪如果活着
一定已老态龙钟

那场大雪来到县城
曾在一辆自行车上飞奔

大雪最后停在一个路口
骑车人收集了全部的寒冷

大雪在他身上独白
洁白还落进了他的内心

此后很多年下过很多雪
大的小的都不是那场雪的后代

花与雪

天空的深处，如果有一棵树
此时，它正在落英缤纷，白色的小花
无数

铃兰的灯笼，照向童年的夜晚和白天
百合，曾经的皮肤，哺育过
我的早春
月季的红润，像你的脸
郁金香，如一个围着头巾的少女
站在过去的风中

如果在天空深处，真有一个人
此时此刻，她一定正看着这里，白发翩翩
大地，露出安静慈祥的
光芒

在花朵，与窗外的雪景之间
你站在那里，如一棵树
如又一片天空

气　候

很多年前，在我的家乡
有一个人，喝多了，倒在雪地里
死了。雪很厚，他是冻死的
如果他，晚醉二十年
第二天，他就能，爬起来回家
继续活在，他死后的日子
他会经常想起，那场雪

并为之慨叹：他妈了个巴子
现在的雪，是越下越小了

古老的夜晚

心事般的夜色，在城里破碎
星光的翅膀无处栖落
在郊外，夜晚仍在向远方退缩

粗布一样的黑暗，包裹着村庄
土墙内，有泥土一样贴身的睡眠

一豆灯光，几里外就能看见
一声狗叫，整个村子披衣坐起
谁家有人死了
整个旷野都悲恸不已

爱和恨，庄稼地和树林
还在生长。鸡鸣里，清晨水落石出

被光污染的，反而找不到道路
被黑暗所抛弃，只能消失得更快

正　月

多少年前，就在这个月里
你将我完整地交付给一个陌生的黄昏

像天空迎向大雪，大地迎向泥泞
白色病房的白色床单，洁白的母亲缓缓躺下

迎向她的黎明

咬住冬天最冷的一角，使它不感到疼痛
母亲再次把自己一分为二
把一颗心放进了另一颗心里

母亲带我回家时，正是中午
我初次看见我的故乡，她掩住风中的襁褓
像是揭开又一个春天

那最好的礼物，开始在她手中
后来交给命运，在那里，我长成她岁月的倒影

老 兵

像一面陈旧的军旗，升起在悬崖
升起在，渐渐静下来的，黄昏的风里
他苍老的手，紧贴苍老的额边
无数没有弹头的子弹，穿过时间
飞回了过去，旗下，是纷飞的岁月
年轻的心在山河间跃动，喊杀声
又聚集成一团，从那里返回到
听力逐年下降的耳旁，就像一个人
瞬间去了少年一次，山梁那边又传来
母亲发自泥土的呼唤，此刻，他的目光
如大雨后的道路，寂静地伸向遥远
每一个黎明，都士兵一样准时立在窗外
每一天过往的夕阳，都像是战火
这时，他轻轻地摇晃一下，似乎想
站得更稳，因为当年的大地又震动了一次

为什么

我已不记得，第一个春天的模样
以及它之前，第一场雪如何降临
也不记得，我第一眼看见的
是天花板，玩具，还是母亲年轻的脸
第一次开口，都说了些什么
我真的不知道，我是从什么时候起
第一次真真切切地感觉
自己已经活在了这个世上

我将如何离去？最后一眼将看到什么
是躺在床上，慢慢闭上眼睛
还是快步或慢步，在路上突然倒地
给我送行的人，是否活得过我
那天天气如何，雷电交加或者风和日丽
我还没有想好，如何书写遗嘱
最后的瞬间，我是否能看到童年
最后松开的手，是否抓住了一生的记忆

栾纪曾 / 作品
SHANDONG POET 60

　　栾纪曾，1941 年 2 月生于山东高密。1965 年开始发表作品。著有《心之河》《雾笛》《虹》《生命的金字塔》《栾纪曾抒情诗选》等诗文集十种及长诗《大路》《永生的战士》《生命与奇迹——为特等残废军人朱彦夫而作》《与外星人的对话》等。另有理论、翻译、报告文学散见报刊。中国作家协会会员，曾任青岛市作家协会副主席。现居青岛。

诗人：栾纪曾

诗观：

诗是心灵的至境。

秋日诗简

1
海唱着歌挽留天空
天空却越升越高了
叶子捧着最后的心愿挽留太阳
太阳却越走越远了

2
时间的长桨，像水鸟的脚掌
在心海里划动
并且唱着歌，天天邀我
到天堂门前的河里捞星星

3
夕阳敲打着楼窗
热带鱼在阳台上游来游去
股票指数总是找不到最后的位置
艾滋病患者在电视屏幕上说
历史已经很潮湿

4

大街赤脚穿过七月，热风
扯着火焰，扯着
旗帜，美女，露肚脐的广告
以及各种哲学命题
挽着电子钟手臂
跳起东方探戈
一朵云，像蜗牛从太阳身边爬过

5

窗子沿窗子攀上云端
便以为太阳属于自己了
天天将山和海，草坪和树
挂在阳台上晾晒

6

先锋派混凝土，在云端
挥霍思想与激情
教堂的钟声则像老祖母的手
天天伸进晨雾和暮色
抚摸伤痕累累的天空

7

许多声音是坐在我们肩上
走进圣乐和摩天楼的
比如，酒在杯子里切割时间的声音
比如，阳光在窗口求救的声音
比如，手术刀同死神交谈
和电脑产卵的声音

8

理发师用一面镜子

照出满街波浪
双簧管用七个音阶
吹响满街波浪
乳胶气球用十二种颜色
飘起满街波浪

9

走过时间的牙齿
自动电梯
将世界咀嚼得很有层次
它精通许多高深学科
却只告诉我们几个简单的数字

10

夕阳，一个流亡的骑士
如果我在天边那座写字楼里
一定打开窗子，邀它
到客厅喝一杯咖啡

11

烟雾像鬼魂爬出烟囱
亲吻落日的脸颊
然后变成一些字条
等月亮出来

12

用过晚餐之后
城市的血管全部裸露出来了
并挂在窗户外面
让红红绿绿的精灵
在里面通宵达旦地跳舞

13

大雾吞噬着楼窗，霓虹灯
沿街口挂满手舞足蹈的小太阳
风，像一群群醉鬼
拖着夜街和一支含混不清的长歌
四处游逛

14

失眠的城市
把所有的窗子都打开了
看到黑夜深处
有一队星星在哭

15

夜雨带着天堂的疑问和痛苦
拍打诗人的窗户
世界站在窗外
披着透湿的灯光
和一件云做的蓑衣

16

当我们用诗行扎成木筏
划入世纪的洋面
一群群鼠标像觅食的章鱼
在水浪中凫上凫下

17

听不懂秋虫的凄惋
霓虹灯只管在街口与楼尖争夺夜晚
星星都变成一些小学生
说，五光十色的世界
比书本还难懂

18

看到楼窗睁一只眼闭一只眼
醉鬼和流浪汉
纷纷将夜幕扯破
盖在自己身上

19

时装飘走了，油轮沉没了
小天鹅提着爱情和悲伤
回到大提琴心窝里去了
楼窗外，下弦月像一只鼠标
正在搜索午夜的网页

20

星星一边旅行一边争论夜空
云一边问路一边采集树影
泥土一边安慰季节一边等待雨水
牛一边吃草一边咀嚼梦里的情景

21

耳环
敲得月光很悦耳
敲得灯光也很悦耳
城市如一只玛瑙
在耳坠上不停地跳舞

22

闪电逃走以后，天空
终于安静下来
于是，太阳拿起一块云彩
坐在地平线上反复端详

23
城市，如船队
在星座与星座间航行
白天和黑夜
轮流坐在甲板上
等时间从舷窗里爬出来

24
季节已经龟裂，雷
留下一些谎言
带着另一些谎言走了，阳光
用云搭起许多帐篷
继续在半空守望

25
电视机的脸型和口型
都是方方正正的
它们的声音
却如一些鸟卵，滚圆滚圆的

26
听完摩天楼与大风的对话
云朵便停泊下来
将楼窗当作自己的码头

27
太阳在星星的旋涡里挣扎
雨在云的旋涡里挣扎
大街在人的旋涡里挣扎
夜深了，风躲在大树背后
把搜集到的信息倒出口袋
加工成一些露水

28

事物对事物的模仿
都是在我们想象之外完成的
比如枪管，像雪茄
火光，牵着一缕青烟

29

谁也不知道为什么
云在天上哭了
并且，所有的阳台和窗户
都跟着哭了

30

太阳红着脸，被别墅群
接到山那边去了
留下似是而非的云，在黄昏里
模仿天鹅飞翔

31

黄昏沿大街走得很慢
风不停地同路边的长椅耳语
长椅不停地同坐着它的老人耳语
老人不停地同自己耳语

32

夜幕从瓦檐垂下
古老的村庄
坐得离城市很近
灯光一百年一百年地摇过
它夜夜对村头的老树说
那些城市都是自己的儿子和孙子

33

当夜莺如痴如醉
为青铜雕像唱着满天星光
风，正夹着一只话筒
匆匆穿过午夜

34

黑夜坍塌之后，弦月
被晨光越洗越薄了
像一张少女丢弃的面膜
飘在天上

35

夜是从夕阳的血泊里
飞出的一只蝙蝠
它用黑翅膀遮蔽天空的时候
总是挂满明明灭灭的咒语

36

通往宇宙的渡口很多
一千年，又一千年
我们却找不到一条摆渡的船

37

在茫茫星海中寻找未来，地球
不过是一只漂流瓶，时间
只为它提供一次
没有港口和锚地的处女航

38

而思想，是从宇宙源头
冲积下来的一些砾石

我们所做的一切
都是为了将它们一枚一枚打碎

独　白

1

时间和云，一串一串
低垂在你的天空
风将你眸子里的海吻得很亮
鸟儿飞来了，阳光
像一群小闪电
在你的长睫毛上跳跃

2

那个夏天，彗星的小船
夜夜划到窗前
约我们
到银河对岸采蘑菇

3

因为走进了大雾，心
将心燃成一支红烛，世界
在烛光里摇来摇去
各种影子，有时很清楚
有时很模糊

4

不愿回首
却偏偏回首
那些落雨的日子
总是打着伞在心上走

5

暮色又挂满树枝和窗帘，大雪
将你的足音越埋越深了
风在无人的巷口走来走去，往事
将小巷越扯越长了

6

日子像冰锥吸吮着骨髓
寒冷的记忆无处可去
在心里
堆积起一个个孤寂的坟丘

7

太阳洗脚的地方
就是那条河
路，在黄昏里四处藏躲
或许，我们的船会在水中沉没
留下一支歌，抱着星星和夜
漂过那些古老的旋涡

8

像小女孩跳的皮筋
那条小巷
短得只有几个字，我们的梦
却年复一年，在里面
找不到巷口

9

我知道，你心里有一个海湾
把过去的日子
都晒成了盐

10

夜深了，一首小诗
在轻轻地敲门
它一定在黑暗中徘徊了很久
那些值夜的灯或树
都装出打瞌睡的样子

11

自从那一夜，我们
从雷雨中走过
心，变得平静如塘荷
水珠也来劝说
蜻蜓也来劝说
从此，梦便坐在云头漂泊

12

童话换上新衣走远了
心，在夜暗中慢慢裸露出来
像一盏孤零零的灯
想起初恋的寂寞

13

走上那条山路
雨，想停住也不能停住
泥泞的心境比天空更荒诞
我们只有一把伞
已给了路边的小树

14

脚印像一片片落叶
掩埋着秋天
终于又看见那道玻璃幕墙了

它正在为我们守候
最后一束冰凉的阳光

15

城市的风已将自己吹成一件破旧的长衫
阳光落满了尘土
春天又到了
往事像大大小小的浮冰
在记忆里漂着

16

因为分离
心
变成一只杯子
不停地冒着泡沫

17

记忆被秋风吹干后，一首诗
捧着被风吹干的泪痕
从烈日下缓缓走来
过去的路在眼角伸延着
一条，一条

18

哲学和美学都无法解释
我们从生命里
为什么只打捞出一些
模糊不清的词语

19

世界总是斑斑剥剥
岁月总是斑斑剥剥

梦与非梦总是斑斑剥剥
太阳有许多话
都在半空里悬着

20
产院里的哭声
都是一些快乐在飞翔
殡仪馆的哭声
都是一些悲痛在流淌
在哭声与哭声之间
人人上演完自己
终于懂得，所有的剧目
都是以哭声开幕
以哭声谢幕

21
时间
总是把手放在背后
从不告诉我们
它怎样把自己的想法
撰写成一部法典

22
锋利的钢铁
把大地的胸脯不断切开
又不断缝合，我今天才明白
自己原来是那些伤口的儿子

23
母亲说，我第一次学步
就把太阳绊倒了
像绊倒一口大钟

24

伊甸园的栅栏被打开以后
潘多拉的盒子也打开了
逃亡路上
我只提着一盏祖父留下的马灯

25

祖先们将许多精辟的思想
远远地传递给我
却将最后的遗嘱装在一只小木盒里
带走了

26

环绕太阳颠簸了几十个严冬与酷暑之后
我终于明白，世世代代伴随我们的
只有两个疑问，一个
是深不可测的宇宙，一个
是深不可测的心灵
而诗，是它们共同的岸

27

孩子们早已不知道什么是轳辘了
但我相信，一万年后
它还会从我生命里摇上水来

28

坐在黑暗中，忽然感到
有一管笔带着伤口和往事
在心上走动
我知道那是祖父被折断的肋骨
在为我的诗寻找词语

29

从石头里炼出铁以后
杀人就很容易了
核弹坐上运载火箭以后
毁灭一座城市就很容易了
绘制出基因图谱之后
将人变成猿或恐龙就很容易了

30

被锯倒的大树
只留下一枚指纹
讲述森林中的一切

31

夜与昼，黑白分明的帷幕
沿着时间的来路
悬挂成我们祖祖辈辈的宿命
没有尽头，也没有门

32

生命和路互相丈量着
走成心灵的刻度
深深的
像一些不会流血的伤口

33

我们在生与死之间匆匆奔走
只是为
找一个能够回首的地方
辩认自己的脚印

34
没有尽头的队伍，跟随太阳
排成庄严的秩序
在天堂或地狱门口
变成一疋扯不完的黑纱

35
那一年，四月把所有的心情都丢失了
只剩下一首小诗
悄悄藏在枝头
数着一天比一天密的叶子

36
因为找不到登岸的地点
许多诗的题目
一个跟着一个
在脑海里沉没了

罗兴坤 / 作品

罗兴坤，1968 年 10 月出生，山东莒县人。作品见于《诗探索》《诗刊》《诗选刊》《星星》等报刊，作品入选多种诗歌选本。获诗刊社征文奖，日照市政府文艺奖等多种奖项。山东省作家协会会员。现居莒县。

诗人：罗兴坤

诗观：

"诗为心声"，诗歌创作就是要用自己独特的语言表达自己内心最真实的感受。

生命在生活中撞击，有夜晚绚丽的星光，又有秋季阴郁的雾霾，有的是瞬间而遇的幸福，也有不期而至的伤疼，诗人孤独里低吟，欢畅时放歌。是诗歌释放着我生命之愉、之重、之疼。语言的陌生化，是感情的泉水里添加的新茶，读者只有在清新而浓郁的形、色、味中，才愿品，才品出情，品出趣，品出幻，品出人生百味。陌生化，要做到曲而不晦，奇而不崛，读之拍案，而后沉思，而后参悟。谁能说妇孺能详的古诗"静夜思"是白开水，诗歌只有从象牙塔，走向生活的露台，从小众，走向大众，才能走向世界诗歌之巅。

我往往迷恋于大海里绚丽的浪花

我往往迷恋于大海里绚丽的浪花
而忽略了背面的风，命运的推手
内心暗藏的漩涡
我往往迷恋于虚无的海市蜃楼
而忽略了生活的街衢、市井
生命的荆棘，和险恶
我常把夜晚远处涌来的潮汐，当作
生命的心血来潮
而忽略了月亮的强大磁力
夜空里跳动着爱的光芒
在生活的风浪里，我过多迷恋于
夏日的蓝天，阳光，沙滩
贪恋生活的细软
当台风越过生命的海岸线，面对
狂风，闪电，巨浪
这个自誉为命运的宠儿
往往措手不及，遍体鳞伤

在胶州湾隧道

我抱有跨越大海的梦想却少有踏破风浪的决心

我渴望抵达理想的岛屿却不愿命运拐弯抹角
在胶州湾海底隧道，我豁然找到了
深入生活的另一种方式，找到了生活的捷径
它让我可以绕开生活撑开的巨大弯道，直入主题
让我躲开生活风浪，以车当步
车过胶州湾隧道，我像一条在梦里游动的鱼
进入了生命的真空，虚度时光
从童年到中年只是十分钟的时间
从迷茫的梦想到真实的理想只是一千米的距离
这使我时刻怀疑大海会哗然塌下来
命运的漏洞像猫一般的幽灵躲在头顶
生死之间只有毛玻璃那样薄，使我
生活的车速像心率一样加速
而在豁然开朗的出口，我对人生的旅途上
这垂手可得的幸福，是那么恍惚
对这没有风浪的生活，觉得那么不可信，那么不真实

清　还

一辈子，我也还不清
父母的精血、抚育之恩
死在我弹弓里的鸟，钓钩上的鱼
大地上的数不清的黍谷、牛羊，都穿肠而过
欠下那么多的命，我无法清还

还有，少年时我欠下一个女生的眼泪
等待，三十年的愧疚
还常在我的梦中游走
欠下亲朋好友的一瓢饮，一碗粥
众多的恩情，我无以报答
而有的现在已下落不明

时至今日，已清还不了年轻时的理想、雄心
和被我虚度的光阴
十年前的一场大病
我欠下了阎王爷的一条小命

现在，我时常心怀愧疚、惶恐
时常觉得在这世上是个有罪之人
有一颗忘恩之心
时常寄望于来世，让一颗悔罪之心
不停的刮着温暖的春风
抵达今生愧欠的每一个人、每一个物
既无人察觉，也无人认领

一生要装下多少沙粒

从童年的眼睛，人生的第一个窗口开始
生活的沙粒就开始聚集，有多少
迷离、酸涩、疼痛，被命运越搓越深

一粒隐身米粒的沙，硌伤你的牙齿
像爆响的雷鸣，让你对粗砺的生活惊心
众多的暗礁，你学着缓慢躲闪，试试探探
而躲在暗处的沙粒，在岁月的狂风中纠结
内心旋起的沙尘暴，造成青春期大面积溃疡
消化不良，加重了爱情的冷热不适
更多的尘沙，聚成坚硬的胆结石、肾结石、尿结石
使中年的思路狭窄，姿态踉跄
被岁月的绊脚石羁绊的生命，一次次
在手术刀、导尿管、扎堆的滴瓶、透析
环剥的伤疼里苦苦突围

当破旧的身体，像破旧的筛子
收起生命里最沉重、最粗砾的部分
在梗塞的时光里我们再找不到生命的出口
像一头垂老的狮子安然接受了岁月的封喉
哦，一个人一生在时光的火焰里
唯一化不开的疼痛
成了大地上，最坚硬的部分

父亲的麦秸垛

粗圆高耸，谦躬地蹲在麦场一角
那时，我把麦场边的麦秸垛
看成一座山，像父亲一样高大

六月，麦个上场，被父亲用碌碡
碾轧的麦头躺在阳光里
而退守一旁的麦秸，又被父亲用木杈
一次次杈到场边，一打打压结实，一圈圈垛好
像叠压着他脱掉的时光
麦秸垛，在父亲手里越长越高
高过了老家的屋顶

我退出麦场，有时绕着它，跑几个圈
很快就迷失了方向，把父亲当梯子
爬到垛顶，呆看着山那边，第一次看到
村外的辽阔

后来，我终于翻过了那高高的麦秸垛
秋天过后，那麦秸垛却被父亲无奈地抽着
它成了老家缮屋的草，成了床上的垫子

成了冬天的灶火，和父亲不停的咳嗽

像一粒在他乡发芽的麦子，后来我再也
爬不上那麦秸垛了，我无奈地看着
它一天天被掏着，一天天矮下去
一天天矮成父亲荒凉的坟丘

城市的麻雀

那群麻雀，是不是
家乡的，我不知道
有着家乡一样的声音
我却听到了

在黎明或黄昏，
啼鸣于楼顶，追逐于树梢
城市的鸟类，因你
而有了阶级性
仅一窗之隔，几步之遥
在温暖的阳台，清凉的公园
高档鸟笼里，跳跃着
画眉，黄鹂，鹦鹉，八哥
她们跳跃，被城市人
看成舞蹈，她们鸣叫
被城市人比作唱歌

对于她们，麻雀
你不知道什么叫自弃
城市的广场没有麦草垛
也没有洒着稻谷的院落
仅仅是草坪，绿化树

你便跳跃在
高楼和高楼的峡谷里
街道和街道的夹缝里
不停逐啄，执着生存

是不是家乡的，那群麻雀
我不知道
但，像从家乡走到城市的乡下人
如我一样疲惫地奔于生计
我看到了

五月的麦子

五月的麦子，挤在田野里
像一群乡下妇女
朴实，仁慈，青色的手
举着未满月的孩子
面对生活的冷雨风尘
一脸青涩的样子

完成最后一次痛苦的拔节
初夏的风吹过，她们又在哧哧笑着
捏紧一根根麦芒的针，把阳光
纫进来，把太阳的成色
缝在每一个颗粒

夜晚的灌浆水，一遍遍漫过
仿佛赴一次初恋的密约
灼热的唇贴紧大地，吮吸着
又鼓足劲把一腔乳汁
哺进孩儿的经脉

五月的麦子，一切的努力
只为六月倒地时，那群
远走高飞的孩子
有一个颗粒成实的日子

我又听到家乡的布谷

我又听到家乡的布谷，在五月
在一阵新雨过后，从东岭叫到西湖
犁尖闪亮，田野飘着丝绸
新鲜的阳光，托着亲人忙碌的身影
在松软而平滑的泥土上插秧、播种

一嘟噜一嘟噜槐花，在布谷声里
一夜染白了我的村庄、母亲的白发
蜜蜂的歌，飘着槐香
我的父亲也从东坡的坟地醒来
他再也不能站在五月的大地上，只在
我目光看不到的地方，听布谷的叫声

清新的风吹过村庄，田野，麦芒
吹过墓地的青草、小花、昆虫
溪流闪耀，大地的心跳动
我感到，五月的大地还有
众多隐秘的力量在暗处涌动

母亲的挂钟

木质的，老式北极星挂钟

是母亲的嫁妆，一只摆
磕磕绊绊，度过了几十年的时光

一天四十八节钟声，平平仄仄
架起飘忽的梯子，父亲爬上去再没下来
这些年，母亲习惯了它的神经质
背后当一声，不到点就喊母亲的名字
冷不丁唬人一跳
习惯了它的关节炎，心脏病，哮喘
时间偏差，脚步迟缓，声音沙哑
修表店的老师傅，面对旧时代的后遗症
一脸的无奈
母亲不厌其烦地上发条，敲敲打打
给自己的生活加油，敲警钟
反刍往事

这些年，我时刻担心
母亲的钟摆骤停，时针脱落
一生的时光，锈蚀在
这小小的灵柩里

替春天说出

我替春天说出，闪电在草尖游走
芽苞和花蕾藏着雷鸣，说出
欲望的冰凌在山崖融化，飞瀑
点滴大地的脉动，心跳加速

我替你说出，春风一夜，孤独素白
觅食的小兽撞开夜色
说出青春痘、粉刺、红心痣

春雨的暗疾绿遍天涯

我替自己说出，一场瘟疫
已无法收拾，春天
我在每棵桃木上刻下桃符
走遍民间寻找偏方

独居的母亲

年老独居的母亲，总爱讲起往事
她仿佛撬开了一道孤独厚重的大门
仿佛一下子回到了过去的时光
她讲起婚姻，说至今不懂什么爱情
"都是命里摊到的，
过长了谁都离不开谁"
说时，她褶皱的脸先是一场雪
而后开出三月的桃花
早逝的父亲，常常让她半夜梦中坐起，擦起眼泪
她讲起生活的困难史，背着四岁的大姐到外村乞讨
一根打狗棍被狗拖走，她的眼神里至今带着
狗咬到她裤角的惊魂
命运留给她的贫穷，关节炎、胃溃疡、哮喘
像尾随她的那条黄狗，让她担惊受怕了一生
当她讲到一个人的命，流行于村庄的一场脑膜炎
村东沟相继抛掉的一个个死婴
她和父亲黑灯瞎火跑四十里的山路，
那个在县城医院起死回生的婴儿
就坐在她身傍，往往不耐烦的嫌她唠叨
像她的父亲，怀揣愧疚和慈爱
听着自己的女儿
在咿咿呀呀诉说时光里的疼痛和幸福

秋夜的虫鸣

在客居的莒城，今夜我不知
大地有多少漏洞，冒出这么多虫声
我不知洞有多深，储下它漫长的悠鸣
我只觉得，窗外的秋风
是母亲的针脚在飞走
匆忙给秋夜打着补丁

母亲呀，您今夜能缝合这么多星星
怎能缝合这撕裂的虫鸣
您能缝合这轮月亮，怎能缝合
我今夜千空百洞的乡愁

耳朵里装满秋风的人

耳朵里装满秋风的人
听不懂，一只大雁在初春带来的秘密
当春天的黎明，一只大雁飞进他的梦里
他却像秋天一只落单的大雁
尖叫着，有着对生命的恍惚和迟疑

耳朵里装满秋风的人
听不到，生命的第一缕春风
内心满是落叶、灰烬
在春天的辞令里
他还沉湎于生活的阴影和残梦
他麻木着时光的流转，和生命的轮回

耳朵里装满秋风的人
被一只初春的大雁唤醒

被重新排列着飞翔的方阵
拧紧了内心迟钝的发条
把生命的指针，慢慢指向了春天

初春的鸟鸣

初春的村庄，鸟雀还是挂在
屋檐上的冰棱，初来的南风吹不出
藏在它内心的歌声
阳光迟疑，拆解着
一滴滴的鸟鸣

村外，啄木鸟啄着乡村的老关节
喊出换季的疼痛，树木筋骨松动
抖落的一片薄霜，飘过村庄的额头
鸟声零落，掠过潮湿的残雪
寻找春天温暖的修辞
我看到母亲在草垛旁
用孤独喂养了一冬的麻雀，啄开
墙角的草芽，啄疼母亲的眺望

远处坟头上，喜鹊的一声啼鸣
恍惚父亲在三月醒来时
一声咳嗽

两垄麦子在城市熟了

六月，两垄麦子在城市熟了
在街道和房屋间的绿化带里，像乡下的一群妇女
突然置身在人们的目光里

我猜，这可能是以前建筑工地的民工种下的
也可能是那个拾荒的老头无意撒的种子
或是哪个满怀乡愁的异乡诗人写下的乡思
但，肯定不是城市的一份闲情

她们生长在这个城市已近三个季节了
青色的时侯，掺杂在绿化草里
谦卑的样子，我每天
从这里走四个来回，都没有注意
她们肯定饱受了不少夜晚皮鞋的踩踏
车马的喧嚣，在厚燥的尘埃里饮尽孤独
六月的阳光这么催着
我不忍心叫出她的成熟

她瘦削的身影，秕皱的穗子
还晃动在无奈的枯黄里
而此刻乡下颗粒饱满的麦子
正在父亲、母亲的怀抱里

桃花岛

桃花岛没有桃花，只有那些密布的海红、陈年的藓苔
把时光和风浪写在大海的脸上
桃花岛多数不见岛，夜晚偶尔裸露的心
刚被梦中的月亮提起，又被生活的涨潮按下
扩散着内心动荡的涟漪
作为一个海内景区，岸边常常爆满拥挤的游人
这些暂时飞离尘嚣的蜜蜂
和我一样，渴望生活的风浪里藏着春天
渴望大海的衣兜里藏着生命的花粉、爱情的甜蜜

和我一样，梦想长出翅膀，梦想到广阔的海空飞翔
当游船帮你接近了梦想
当眉飞色舞的导游谈起生活之外的世外桃源
你才感到梦想充满陷阱，生活不是隔岸观花
但这不影响一个怀揣梦想的人
对未来的想象、命名
也不影响一个在生活风浪里满身沟壑的人
站在动荡的岸边，内心安置一座桃花岛
让远处暴躁的海浪
温顺下来，安静下来
让生命的粗粝和锋芒，开成
一朵朵桃花
诗人左边揣着秋风，右边装着
这么多人生的浪漫

村庄不在了

哺育村庄几百年的老井不在了
井中捞出的月亮还在
四季常青的墨松林不在了
投宿的鸟还在
摆渡亲人梦想的河流不在了
沉积在沙滩的白骨还在
把我送到人间，养育我的父母不在了
给我爱和温暖的很多很多亲人不在了
他们留在世间的烟尘和爱还在

当我回到故土，记忆里的那些高山深林，沟壑草坡
都变得那么微小，不值一提
一些美好的事物，已被时光删除
变成了遥远的梦想和记忆

在挖掘机、铲车、压路机的轰鸣里
我的村庄正从地图上消失
我说不出岁月的无常和悲苦，说不出一个人的根
和浮萍的宿命
在这行将消失的地名里，一个个飘忽的灵魂
一个个悬停的心，还在

岁 月

一场秋霜，让我感知了生命的脆弱
山坡上那些正在生长的，奔走的，歌唱的
突然停顿下来，迟开的秋菊刚要说出感恩和赞美
就被岁月冷酷地封喉，怀胎欲产的螳螂
留下了死不瞑目的遗骸，未来的生命
还没有得到时光的认证就胎死腹中
在山下，我也见证了我的亲人
一个绝症结束了她花朵一样的一生

而我也常常惊讶于世间的一些冬眠术
枝头的豆虫像预知了命运的冷酷，在霜前
就早早潜回温暖的根部
青蛙躲进厚土，蝴蝶缩身茧蛹
它们在温暖的梦中蛰伏，免于一场生命的灾难
还有那么多的先人，早已避开凡尘
躲在向阳山坡的土包里
还怀着牵挂和爱，俯视着尘世的亲人
我怀疑，他们也学习了世上的冬眠术

这使我，常常感到世间的事物
都有着隐秘的神喻，在另一个世界
那些在尘世消失的，依然行走在大地上
随草木返青，随清风歌舞，只是鲜为人知

马 行 / 作品
SHANDONG POET 60

　　马　行，原名马利军，1969 年 11 月生于山东利津，毕业于南京大学，现任教于胜利油田职工大学，参加第 17 届青春诗会，创作以诗歌、戏剧为主，也写小说、散文，获山东省泰山文艺奖。中国作家协会会员，山东省作家协会诗歌创作委员会委员。现居东营。

诗人：马　行

诗观：

　　没有评判，没有诅咒，只接纳天地的广袤与美好，只接纳尘世的朴素与神性。诗歌不仅是诗歌，也是无限可能的能量，更是天地之间关乎美与慈悲的伟大祈祷。而我，就在诗歌文本的一旁，也在诗歌文本的里面。

塔克拉玛干

跪在沙上
我患有风湿关节炎的双膝
多舒服
无边的，微微的烫，像整个宇宙的跌打膏药

黄　河

黄河奔流了万里之后
到了
我的门口

得闲了
我就陪黄河
不紧不慢地走一走
有时向前
三五里
有时向后
三五里

我不知道
黄河的年岁

也不知道
风的年岁
只看见
风吹黄河的时候
也吹我

黄河在流淌

黄河啊，那么长的河道，那么宽的水
黄河啊，那么多的高山，那么重的大风和流云
黄河啊，泥沙淤积在大陆上，天上大雁已不需要分别哪是异国，
　　哪是他乡
黄河啊，如今它离开济南，面对着大海，依然水茫茫

我坐在昆仑山的石头上

整个下午
我坐在昆仑山的石头上
一动不动

那些大大小小的石头，浅浅的野草
肯定以为我是一块
新来的石头

望着一个个山峰，天上云朵，飞来的鹰
我如果一直坐下去
也许真能成为
一块石头

这多好，可南望佛国

怎奈突来的一阵大风，却把我的长发
吹动

草　原

草原上的事情，就是一根又一根青草
生长在泥土、砾石、沼泽和山坡上
是一只羊，像古老的纺车，把一年年白云
纺成纱，织成布，静静地披在身上
是一匹马把一条条的路，踩出
却又不留丁点踪迹

天晴了，打开一片又一片蓝的天
天阴了，把太阳的翅膀收起来
夜里，再把马头琴弦一根根擦亮
草原上的事情就是这样
即使牧人们把一生的爱恋公布出来
那份爱呀，那
风暴、雷声或平静
和一棵青草的绿，也没有什么两样

西　藏

一座雪山
一片草场，一头牦牛，一只羊

一片湖水
一个太阳，一地月

一块石头

一栋小屋，一朵花

一个人啊
一次不经意地侧身，让我看见了

一个佛

黑 夜

你咳嗽一声，黑夜就跟着咳嗽一声
你拧亮一支小小的手电筒，黑夜就会让出一条路
你伤心的时候，点一支蜡烛，黑夜就陪你泪流到天亮
你迷失方向或想家，黑夜就把天上的星星指给你
你疲惫了，黑夜会带走你内心的石头
你睡着，黑夜悄悄把梦支在床上
你醒来，拉一拉灯绳
黑夜就侧身，返回厚厚的墙壁

长 江

有人在菜地里。有人开着汽车，上山
那个下午，我坐在江边
看堤坝，中国船，船上人
大水比黄河宽，比黄河的水清一些

啊，苍天之下
几丝云飘去，又飘来。它，我的这条长江
或许就是
黄河，就是尼罗河

它那么长，长得看不到尽头
一直长到大洋对岸，那个叫 Emily 的女孩脚下
它那么长，它是 Emily
在密西西比河畔，弯腰，洗发，眼睛里噙着爱情的泪

在大地上跟随地质队一天天地游荡

在大地上，我有三个家
黄河滩
开满梨花的园子
帐篷

我有三件宝
指南针
短刀
天上弯月

为了买一包香烟
坐着破吉普
我接连翻过了两座
荒山

我不小心
走到大地外面
看到了，人类丢失的
童年

可是，我膝关节有伤，不敢走得
太远
正在抄近路，悄悄
回返

放 生

我来了。黄河起浪花了
黄河在接纳——

一九九五年，我从陕西府谷黄河段，劫持的一瓶黄河水
一九九八年，我从青海贵德黄河段，劫持的一瓶黄河水
二零零一年，我从山东滨州黄河段，劫持的一瓶黄河水
二零零七年，我从黄河入海口河段，劫持的一瓶黄河水

念青唐古拉山

白云，以太阳的高度，慢慢移行
经幡，沿着风的方向，呼啦啦飘飞

当一块又一块石头还在坚守固有的秘密
溪水，已从高处顺流而下

站在山间，我左看右看，这念青唐古拉山
就是久远的象形文字，上苍留给人类的箴言或诗行

我试着用汉语或英语翻译、解读，却看到一个健壮的汉子
正从我身边，把大群牦牛赶往海拔更高的地方

盛唐时期的绮绸绡缎锦

绮。少女在果园里踮着脚
  摘一串葡萄，她的罗绮
  叫枝条挂烂一个角
绸。仆人在传说，国王每次入厕

都要用掉三尺
　华美的绸
绡。那件生丝织就的内衣
　像雪山上的雪
　一样的光亮，一样的白
缎。一个贫穷的青年为了买下它
　也是，为了他亲爱的人儿
　卖了十一只羊
锦。开都河边
　罗布女子脱下它
　显露出比月光还要光洁的身子
那是下午。在巴州博物馆
　我低下头，感觉身上那件
　杭州丝绸厂名牌衬衫
　像绮　像绸　像绡　像缎又像锦

在阿尔泰山望月

夜里，阿尔泰山上最光洁的镜子
亮了出来

我站在阿尔泰山最孤独的石头上，望啊，里面似乎有一个哈巴河小城
我站在阿尔泰山最痴情的石头上，望啊，里面似乎有一个哈萨克女子
我站在阿尔泰山最坚硬的石头上，望啊，里面似乎有一个辽阔的牧场
我站在阿尔泰山最温暖的石头上，望啊，里面似乎有一个空空的梦境

在山谷

进入山谷的，除了我，还有云彩
古庙、满野草木，铁铃铛在山野小学的头顶上

叮当当地响。那么多孩子
在一个女教师身后，恍如一阵风，一地突发的野花

那个下午，孩子们穿着粗布小衣，她别着银发卡
她的脸庞我已忘记
我只记得
一种春天的柳枝般、微微颤抖的美

倾斜在无限的山谷。那是相逢、走开
那是我跑遍了所有大漠、沼泽、戈壁滩
才遇到的一朵昙花

在勘探队第七号帐篷

左边，一缕月光
绕过窗口
斜斜地照在测量工程师武越峰肉滚滚的
白肚皮上

右边，周忠军失眠
侧着身
把玩一把生锈的
蒙古小刀

左边，鼾声又起
听上去
仿佛一只青蛙，圆鼓鼓地
蹲在河边

右边，一张柳木床板
吱扭又吱扭

仿佛一只发情的
流浪猫

左边，他评上了优秀勘探队员
戴着红花
到大会主席台上领了
一个电饭锅

右边，他喝汤的时候
烫伤了嘴
他骂炊事员，也骂
天上的鸟

罗布泊

都三天了
大风还在刮
大风刮走勘探队队长，刮走技术员
刮走骆驼
指北针还在，方向却不见了
找不到车辆
找不到水
大风还在刮
刮走了生
又刮死
大风把灵魂刮到半空
大风还在刮
我不再是勘探队员
也不是马行
我空荡
像罗布泊一样

钱塘江潮

一片海水又一片海水，纠集在钱塘江口

大海无边
钱塘江有岸
钱塘江多么宽容
钱塘江多么温暖
钱塘江多么慈祥
钱塘江就像大海水的故乡

钱塘江让大海水从江口涌进
再涌进
钱塘江让所有涌进来的大海水于不知觉中化作钱塘江水，再回流大海

乘车过浙北

起风了。村舍、小镇、稻田，鼓起的折皱
丝绸一样

秀丽和美，最易失重
如果风力再大
这一切会不会被刮走，抑或刮到天上去

大巴车上
我问身边的邹汉明，梁晓明
怎么不见石头

车至海宁，风未停。前面隆起的几座石头小山
不大不小
像镇纸，压画卷

天 边

在勘探队
我总是飘忽不定
有时海上，有时大漠
有时则来到山谷

有时这边的人燃起
半堆篝火
那边的人就会升起
一个月亮

有时万里奔袭
跨进地平线
才知更多野草野花
早已来到那里

更多时候
天边就在眼前
我想飞
想甩掉勘探队，想把天边抓在手

可它，却仿佛一个梦
又仿佛橡皮筋
我向前一步，它就退后
一步

可可西里山下

我丈量爱情
它有可可西里山那么高，顶部

挂着雪莲花一样的
星星

我实测思念
它是青藏线上一列长长的火车
以草绿色的速度
正远远地
向前

大风刮来了春天
你却不在身边
此刻，浅云是天空的愁绪，我在可可西里山下
举目四望

除了孤单
除了胆怯又善良的藏羚羊
只剩下无边的
草原

勘探基地

小河浅浅，远离尘世的勘探基地，好像一朵
放大的浪花

后园，月季，红砖瓦房，扁豆花儿，来自山东桓台的一对老
　夫妻
蒸馒头
馒头冒着热气

女队员、男队员、吉普、孩子，还有
报废的卡车

虚幻得像天外来客，像手电筒的光，像蜂蜜的一点点甜

天黑了。一轮月亮，在仪器车窗外
亮了又亮

天 上

风在天上，天上有窗
有布达拉，有海拔八千米的珠穆朗玛，有大昭寺

水在天上，天上有雷，有闪电
有长江源，有黄河源

羊在天上，天上有可可西里
有小蒿草

火车在天上，她也在天上
我看见，她从唐古拉站下了火车，顶着一弯月亮，到山的那边去了

雅鲁藏布江边

多少爱，多少前世，汇成这急促流水？
日日夜夜守护在旁边的，又有多少草木，多少石头，多少风马旗？

"少小离家老大回，乡音无改鬓毛衰"
恍惚觉得，至少已有五百年了
我未曾再来

如今，我前世的恋人——不，不是前世
是今生哀愁，就在江边

因为我已看见

一朵又一朵的格桑花儿，正那么绝望，那么寂寞地
摇曳，在风中

夜宿天山克孜尔宾馆

停住破吉普
登记，拿钥匙，进房间
放下背包
把皮靴踢到桌子底下

开电视，又关上
拔出腰刀，放床头，转身推开窗
让夏夜的凉风
吹进来

对着镜子
想路上遇见的
一个女人，以及
鹰的翅膀

脱掉上衣，从背包中找出药丸
左腿结疤的伤
仿佛旧工衣上的
一块补丁

或许，月亮
才是疗伤的最好药丸
那一夜，它在我床头
亮了又亮

在昆仑山遇磕长头而行的年轻夫妇

在昆仑山
我不认识那对年轻夫妇

昆仑山，或许感受到背负的灵魂之重，居然让出一个
通天山口，让他俩通行

就是在那里
我还看到了长风

我看到长风正吹拂他俩的脸孔
那些风啊
吹得辽阔又干净

卡车行驶在塔克拉玛干

我叼着香烟，卡车在行驶

不见草木，不见流水，不见飞鸟
一座座沙丘过后，除了沙丘，还是一座座沙丘

远方，云朵白胖胖的，几近
垂落到沙丘之上

情不自禁，我和卡车意气风发，加大油门
再加速
直往云朵上面开

恍恍惚惚，似乎真的把卡车开到了云朵上面，仔细听——
可闻车轮的摩擦声

吕家滩沙洲之上

黄河流水也流沙。这儿离大海还有一百二十里

或许累了
大量的泥沙纷纷拒绝远行
在河中央
堆积成狭长沙洲

唉！莫说黄河
不复返
此刻，沙洲是黄河一部分，一只只大雁，正以流水的姿态，
飞起
又落下

行驶在准噶尔戈壁滩的黑夜里

天黑了
没有草木，没有村镇
鹅卵石
一片片的，也黑了

天更黑了
看不到旅店，看不到女人
我困了
准噶尔的戈壁滩，懒洋洋地，也困了

好多年了，一个人仿佛
只是一辆卡车
哐当哐当地，向前
再向前

望了，再望
天空那么远那么大，只有一点点星星
像露珠一样，湿湿的
小小的

小石头

我从万里之外的准噶尔大戈壁把你捡起
带到山东

这么多年，我顽固，我冷
我牙疼

似乎不是我把你放下。而是你，以西部，准噶尔大戈壁的名义，
　把我放下
放在山东

勘探奇遇记

在荒原之上，我遇到了城市的前生
乡村的来世，那儿的骏马比星星还多，那儿的女人比桃花还美
要想找到那儿，须由星星引路

在雪山的另一边，我还遇到一个王国
那儿的春天像现代童话，那儿的河流比玻璃还要明亮，由于那
　天我没带指北针
现在我只记得大体的方向，太阳升起的地方

在沙漠腹地，我还遇到了绿洲

绿洲上有参天的古树，有开满鲜花的田野，还有人家
当时，勘探队的老队长记住了那个地方，可惜他已经去世了

在大海边上，我还遇到一些神仙，他们正在聚会
那是石油神、白银神、煤炭神、铜神…… 他们比勘探队更清楚
　　宝藏的位置
可一转身，他们就不见了

把山河走遍，我还遇到了另外一支勘探队
领头的人似乎在哪儿见过，极像是明代的徐霞客，我不知他们
　　在找寻什么
等他们走远，天地空空的，只有浅云在飘荡

日照晨风 / 作品
SHANDONG POET 60

　　日照晨风，原名韩黎明，1969年出生，山东五莲人。先后发表文学作品60余万字，作品多次获奖并入选《2010中国爱情诗精选》《山东30年诗选》《新世纪10年山东诗选》等文集，著有诗集《莲花》《心声集》。山东省作家协会会员。其诗歌作品浪漫清新，朗朗上口，有"情诗王子"之称。现居日照。

诗人：日照晨风

诗观：

　　诗歌的最高境界就是让读者产生感情共鸣，甚而成为人生知音。好的诗能让读者跟随内蕴节拍，从内心深处产生共鸣。最起码应该让大多数人看懂。基于此，我对自己的诗歌作品有三点要求：体现一定意境、读来朗朗上口、给人美的感受！我的每一首诗歌文字或长或短，情感或浓或淡，都是有感而发，为情而抒。自己也因而始终遵循着这样的处世准则：做人绝不矫揉造作，写诗绝不无病呻吟；绝不虚妄地好高骛远，绝不一味地愤世嫉俗。

　　一路追寻一路曲折，与诗同行甘苦自知。我知道，诗人的桂冠和荣誉很崇高，诗人的使命和职责很神圣。我就这样一路微歌着走来，歌唱生活，歌唱爱情，歌唱时代，歌唱着我眼里和心中美好的一切……

只因你那美丽的双眼

穿透心中隐秘的情感
一支破空而来的羽箭
让鲜血升华为静静霞光
只因你那美丽的双眼

生活处处耸立着高山
云雾缭绕着人生的艰难
多少疲惫一扫而空
只因你那美丽的双眼

孤独涨潮在无人的沙滩
波浪演绎着蚀骨的缠绵
远归的水手潸然泪下
只因你那美丽的双眼

笑容难遮沧桑的容颜
伤痛储存在游子的心间
此时此刻如释重负
只因你那美丽的双眼

横舟竞渡岁月的波澜
人人向往幸福的彼岸
云帆波影无惧风浪

只因你那美丽的双眼

无语按压心中的琴弦
痴情仰慕神圣的雪莲
哪怕跋涉千山万水
只因你那美丽的双眼

玛瑙湖

漫漫黄沙遮掩了
所有陈旧的踪迹
眼泪的湖泊干涸了
只存些爱的记忆

我曾握住你的纤纤素手
满眼都是甜蜜的温柔
纵使说出美好的心愿
与你随行的时间不可挽留

让美丽的你跟我走
这是我穷尽一生的祈求
可是这无言的结局啊
无言的结局让我热泪横流

初　恋

曾经让我垂手的伊人
记忆深处的一片树林
执手无语心跳如鼓
在那月光如水的一瞬

谁用枝繁叶茂的青春
役使婆娑起舞的灵魂
惟有一颗无言的清泪
滴痛孑然独行的黄昏

远去的心事一片浮云
无法躲避从前的声音
无人的旷野流浪的风
让我关上爱情的闸门

情　殇

当你是梦中的月桂和丁香
我再不敢去听伐木的声响
我远去的爱人啊我心中的女神
你虽然走出我痴心的凝望
却一直走不出我锥心的忧伤

依然为爱沉醉今生为卿痴狂
难述所经苦难难言所历沧桑
我心中的女神啊我远去的爱人
往事历历扇动断裂的翅膀
今夜呢喃已成满地的秋霜

白　狐

你只用那凄楚的一眼
就把爱情的谎言击穿
古老的传说一阵风过

心中闪耀炽热的白焰

在这霜华露浓的秋天
谁用相思把红枫点燃
难道那是爱的唯一住所
往事随风流浪在荒原

心灵漂泊渴望着彼岸
无边冷寂流淌了千年
人生长河横舟竞渡
难以按压岁月的波澜

是谁手执猎人的弓箭
瞄准今夜挚爱的缠绵
向谁诉说难言的心事
远处传来神秘的呼唤

问　你

你是否扇动着一双蓝色的翅膀
你是否来自那神话传说的天堂
你是否骑乘着一匹飞驰的骏马
你是否播洒着一路爱情的花香

你是否摇动着一叶轻盈的兰舟
你是否身穿着一件五彩的霓裳
你是否驻足过一座又一座城市
你是否穿越了一个又一个村庄

你是否征途漫漫始终满面风霜
你是否步履匆匆依然为爱痴狂

你是否已经跋涉了千山和万水
你是否至今未诉说情怀与衷肠

你是否经历了岁月斑斓的沧桑
你是否抛弃了心灵深处的忧伤
你是否那一场如泣如诉的秋雨
你是否这一阵扑面而来的春光

兰　花

突然被你点燃了欲望
我跋涉的人生有了梦想
朝圣的道路是多么艰难
一路都在渴望着天堂

夜色茫茫风尘如霜
脚步踉跄醉寻梦乡
如此开始沉重的思考
歌声扇动带血的翅膀

为爱沉醉为卿痴狂
与谁共度一生时光
我用最红的红豆相思
只求与你瞬间飞翔

茉　莉

从那衣裙飘然的清香
知你千回百转的柔肠
百年人生充满了渴求

幸福爱情总让人向往

双手捧着你的柔腕
耳畔闻着你的声息
清清淡淡的你啊
是摆渡兰舟的菩提

我依岸为柳立地成杨
风霜雪雨经历着沧桑
劳作之后的一杯热茶
永远坚定着我的信仰

是突然无法诉说的颤栗
传达了我心头的隐秘
面向那妩媚动人的笑靥
我却想起了你轻柔的名字

莲　花

是一袭红裙还是一抹素衣
风中传来大雁南飞的消息
此刻我又闭上含泪的双眼
在这唯一没法推断的日子

无语倾听一首失传的情歌
红玫瑰装饰着如烟的往事
怎敢忘记月老横塘的预约
心痛的感觉竟是如此清晰

今夜是谁虔诚地双手合十
星光下为谁祈祷为谁伫立

一盏萤火闪烁在你的梦乡
笑靥如花时心情一片凄迷

路途漫漫谁曾这样如醉如痴
我问遍群山走遍茫茫大地
你啊，一缕冰清玉洁的香魂
不管山高水长总是年年如期

梨　花

将心中思念开成花朵
让风中花香把爱诉说
梨树下的少女一袭素衣
心中的美丽弥漫三月

故乡的山坡花开如雪
邻家小妹微步凌波
是谁如约梦中芳菲
让幸福变成迷人的笑靥

我不需要很多

我不需要很多，亲爱的
只在我愁云如雾的时候
你轻轻地看我一眼
就已知道我的难过

我不需要很多，亲爱的
只在我心花怒放的时候
你向我会心一笑

就已分享我的喜悦

我不需要很多，亲爱的
只在我默默无语的时刻
你的呼吸似有若无
我们的心跳星光闪烁

向　往

把我的头颅紧靠在你的肩上
亲爱的，这是我今生的唯一渴望
即使岁月的河流有无数曲折
有你我就不惧那无情的风浪

让我静静依偎在你的身旁
亲爱的，不要拒绝我这美丽的梦想
纵使时间的脚步难免忧郁彷徨
有你就会有我快乐的时光

有些事情

有些事情比山峦还要重
有些事情比羽毛还要轻
介于羽毛与山峦之间的
有些事情让我们忙碌不停

有些事情让我们心花怒放
有些事情使我们悲愤忧伤
有些事情摧残着我们的心情
有些事情激励着我们的人生

有些事情一点不需要解释
有些事情怎么也无法说清
有些事情我们永远不会记住
有些事情我们将铭记终生

少　年

像一张削薄的纸飘在路上
每天的日子都是一阵风

目光透不过连绵的群山
心中有一条古老的琴弦

天边的云霞是那样灿烂
岁月的歌谣是那样缠绵

期盼人生是那一场花开
如果她的屐声漫雪而来

少　女

是伫立望月的窗口
是罗衣轻飘的行走
是秘密开启的心扉
是深夜光洁的额头

是梦中轻荡的兰舟
是诗意朦胧的西楼
是点点闪烁的萤火

是青春年华的豆蔻

是轻歌漫舞的红袖
是柔情纤纤的素手
是悠然如云的心事
是嫣然似霞的娇羞

是一阵兰花的馨香
是一缕如烟的轻愁
是扑面而来的春风
是身姿婀娜的杨柳

是秋水善睐的明眸
是春夜酥甜的歌喉
是美丽永存的驿站
是青春扬帆的河流

是俏丽迷人的微笑
是令人难忘的回首
是关关雎鸠的向往
是在河之洲的渡口

无题三首

一

别问我从哪里来
当你仰首蓝天
我是一朵飘逸的云彩
别问我从哪里起程
我是遍游大地的溪水
我是追慕自由的清风

在你天使的愿望里
我是大地春天的姿容
请不要那样沉默
也别让忧郁占据心灵
就这样不停地微笑着
永远追寻希望的星空

　　二
一场人生
就像跨越一条河流
从此岸到彼岸
要在风浪中历经无数苦难
朋友啊　我们一起远行
就为了黑夜里
一颗若隐若现的火星
偶然我们对饮或握手
同喜同乐同伤同悲
感叹生活是一杯
酸甜苦辣的烈酒
伸出援助的手　朋友啊
奉献出善良和宽厚
我们活着就要鄙视卑微
死了依然仰慕崇高
脚下的道路连绵不绝
每年春天我们都会如约

　　三
目光迷离　我是一个孩子
行走在空旷的田野
和流浪的风一起
唱着使自己甜蜜的微歌

打马而归

打马而归，我从冬天打马而归
一路含着激情难抑的眼泪
大地上到处燃烧着绿色的火焰
小小的迎春花为我臻首低垂

明净的天空，欢畅的春水
所有的花朵心情妩媚
我听从隐藏心底的呼唤
打马而归，我从冬天打马而归

老　人

他是一生吟唱的歌手
把古老的琴弦顶在额头

活了 80 岁是一份骄傲
笑容是他说不出的自豪

他手指苍凉双腿麻木
冷风凄雨是经过的道路

又去喂了老牛一把青草
夕阳和晚霞是那样美好

孤　独

没有任何美酒能让我沉醉
没有任何悲痛能让我流泪

月光流泻着古老的传说
午夜的寂寞里我心静如水

没有任何温情能将我抚慰
没有任何罪责能让我忏悔
我已把所有请求藏进黑夜
任凭灵魂起舞却难以入睡

往　事

母亲的一声叹息让人揪心
在故乡，在 21 年前的一个黄昏
我站在一个人生的十字路口
无助地望着远山暗自伤神
秋风的呼吸是那样粗重
好像它也感觉到我心底的疼痛
也许从母亲的泪光它还感受了
一个山村农家无奈的清贫
简单的收入维持简单的生存
捉襟见肘的日子捉弄着我的双亲
高中毕业，那条穿越村庄的小河
也穿越了我茫然无措的内心

早已把曲折的道路归咎于命运
我听到时间的马蹄在践踏青春
于是我带着至今相随的诗歌
毅然走进了那片满地落叶的树林
在建筑工地，瓦匠师傅咬着烟卷
一边干活一边让它化为灰烬
他们的笑容犹如传世的经卷
一次一次帮我抚平岁月深处的伤痕

人生必须燃烧，哪怕只有一瞬
也把光热释放给黑暗和冰冷的别人
一句问候让我摆脱很坏的心情
流浪的情节却让我紧咬嘴唇

异乡的炊烟让我双眼湿润
我就这样踏着苦难走到如今

书 籍

使我的人生规行矩步，明亮
从懵懂少年到飞扬的青春
一步一个台阶。书籍散发出
母乳一样的甘甜和芳香
贫瘠的故乡依靠书香
收获了很多人生的秋天

我的一个侄子在西安做研究员
另一个侄子在济南做乡亲们
钦慕不已的处级大官
还有很多的侄子跟在后方
我这个做叔叔的以他们为榜样
也给了很多后来者启发的力量

白天的太阳，晚上的月色和星光
书籍上总是泛着去不掉的秋霜
在故乡的夜晚，在山路之上
山村的孩子象一群小羊
从脚下的土地出发
书籍铺就的道路通向远方

乡村的鞭子，温柔和严厉的目光
因此读书求学的孩子书声朗朗
他们心中的道理浅显易懂
书籍就像营养丰富的土壤
就像他们心中青葱的麦田
和拔节的玉米、粒粒饱满的高粱

朋　友

守着忧伤和喜悦
守着咖啡和沉默
我们什么都没说
我们什么都说过

泪在眼里是瀑布
泪在心里是江河
没有眼泪的日子里
必定会有一把火

致朋友

树木的年轮藏在心中
我们的岁月刻在额上
不要感到陌生，我的朋友
让我握一握你那阡陌纵横的双手

人生的道路这样漫长
河水一样流逝的那些时光
不要感到遗憾，我的朋友
对我谈一谈你曾经执着的梦想

真挚的情谊酿成美酒
当你转身离去的时候
不要感到陌生，我的朋友
我和永远的祝福紧跟你的身后

风往北吹

风往北吹，一路向北
北方的家园春光明媚
布谷声声，群山滴翠
风往北吹，一路向北

风往北吹，一路向北
我心中的思念绽花吐蕊
大地返青，盈盈春水
风往北吹，一路向北

风往北吹，一路向北
心如生翼上下翻飞
呢呢燕语，滚滚春雷
风往北吹，一路向北

我的北方

山川纵横，河流遍地，炊烟飘舞
凄迷月色轻揽古老的村庄
在岁月的额头做勇敢的骑手
以艰辛的人生铺陈心中沧桑

青葱岁月，萍水相逢，爱已成殇
我的初恋，那年那月的那座山冈
一阵晚风推开记忆的门扉
白桦林的眼神透出少年的忧伤

海阔天空，悲欢离合，漂泊流浪
青春已是一杯无法估价的陈酿
酩酊大醉，年华片片纷飞
美丽女子是阵阵随风而来的花香

暮鼓晨钟，白驹过隙，岁月苍茫
迷途的情感如此空旷
痛彻肺腑的离别是一场大雪
我的北方，大地的脸庞一片泪光

长白山

无法表达我压抑不住的激情，也
无法倾诉我这坎坎坷坷的半生
一个十七岁的少年跌跌撞撞
在朝拜你的路上我两手空空

一路跋涉于脚下的泥泞，不屈
是你的叮嘱让我如履薄冰
至今无法逾越的高度，是自己
用负重的心灵日夜祭拜的珠峰

流浪的风。一个转瞬即逝的背影
一种注定要伤痕累累的宿命
我青春飞扬的那些日日夜夜
在痛彻肺腑的孤独中仰望星空

我要寻觅滴泪的琥珀。皓首穷经
在记忆的丛林里有清脆鸟鸣
手扶枝头的蓓蕾，我站在远方
瞩望，那一双无比智慧的眼睛

鸭绿江

在山海关以北，有冰清玉洁的美
那是我少年居住的一个边陲
多年以来，我的心彻夜不安
抱歉于伊人的眼睛望穿秋水

时间的马蹄踏碎那年的情节
那夜的月光清晰如一地秋霜
山盟海誓的语言是那样苍白
在青春炼狱的火光中已所剩无几

往事如风，仍然还剩下一些心痛
红尘褴褛的情感至今暗自汹涌
当然，我熟悉那些随波逐流的木排
和手舞足蹈的汉子与众不同的人生

不要责问为何失约，你即使不问
我也张口结舌。在天之涯在海之角
谁的歌声那样凄美？让我揪心
一场又一场漫天而来的大雪纷飞

散 皮/作品
SHANDONG POET 60

散　皮，原名许加波，上世纪60年代出生于山东日照，作品散见于国内多家刊物，作品入选多种选本，著有诗集《语言在草木中生长》等。山东省作家协会会员，济南市作家协会全委会委员，济南铁路局作家协会理事。现居济南。

诗人：散　皮

诗观：

　　我们身边的世界本没有诗意，需要一颗咀嚼诗意的心。

　　诗，原本在物象世界的背后。那些翻腾的按捺不住的被称作意象的形状、气流、温度、色彩和意味如四季交替，潜伏于生命流经的出口，小心地一行行放纵出来，就像太阳刺痛我的眼，我张开了伞！

　　对这个世界的繁杂，躁动，神秘和空旷，我无从把握，宁可专注于这世界掉落在内心的那颗尘埃，喂养她慢慢漂泊生成为星，弥漫为银河，伸展到宇宙。在广大无边中，寻找简洁之美，宁静之美，清泠之美：一颗星，悄悄地栖隐！

　　于是，褪去语言过冬的棉衣，追求简洁明净，多重构建的意象，附着于形的思绪，呈现个人的内心语境和生命沉思。我不动声色，漫不经心，事不关己的说着我能看到的世界。我说：你是我的地狱，爱人！

时间，无处不在

大地一片死寂
荒凉的喧嚣已成为常态
当常态变为死寂
死亡的物种已变得久远
雪，下在无人看见的地方

活着的，活着的
以喧嚣的荒凉为终点
死寂，照亮大地
让空间塞满时间
时间，走在无人走过的地方

你的人生斟满了酒
忽然，拿起了别人的酒杯

时间，或者存在

相对于踏歌的岸边树
枝丫的影子显现了河的流走
（水在）
相对于你，我在

你说
我没有青春，没有未来
（你在）
我说，你没有开始，没有结束

像时间依赖太阳和月亮
我依赖死亡后的现在
风，从不需要方向
（感觉在）

时间，是暗物质
站在你的意念
以外，静止

时间，并没有两样

我看见，所有的灯瞬间泯灭
夜晚的群鸦密密匝匝，鸟鸣杂乱
看见，所有挣扎的眼睛掠过河面
无边的疲惫的水泥路窒息

我听见，流水逆袭的山川慢慢低矮
色彩，温度，形态，凝固的头发
一些倔强的地下风
涌出来，附着于形

我回来，你不在家
却说，我，回家了
爱情于紫蔷薇，只是
回到她开放的时节

关于时间，拥挤着万千个词语
它们，一一掠过残山剩水
对我对你，河边的石头
并没有两样

时间，或者自在

万物自在于即刻的形态
时间站在高处

一些没有放弃的记忆
被揣测着，成为
别人珍视的历史

时间泰然自处

想用一生隔离世界
春夏秋冬感知冷暖
花开花谢，如雨

有一种时间让世界安静

时间，一望无际

你不可能，梦到我
你的梦境中我置身于一片桃林
我品味你的感觉
现身在一望无际的时间

夸父，你的身形足以
塞满我的梦境，宽大到一望无际
云块一样匆忙的脚步跨过
人头一样起伏绵延的山峦
你追逐的是否是你想要的？

追日是不可信的
世界岂会在永昼的奔跑中？
从你躯干析出的咸
像一望无际的时间，让黄河
几度干涸
你追逐的是否是我梦到的？

从你的梦境走来
仿佛你走出我的梦境，我与你
靠近，两个相邻的梦
在你化身高山、桃林之后，月光
一望无际，时间
一望无际
你追逐的是否是我看见的？

你不可能，梦到我
现身在一望无际的时间

时间之门

济南，日照，两个城市
公路 338 公里，铁路 472 公里，日出
在日照，8 分钟后才能照亮大明湖
恰像太阳光临地球的距离，1.5 亿
日照是故乡，生的时间记忆

济南是更高大更伟岸的大房子，活的时间旅途
目睹趵突泉涌动酷夏，会想起
日照海滨暴躁的汹涌，撕不碎的水，从未流逝
遥望千佛山万松波澜，我看见
丝山、奎山、黄墩山，烟墩岭，波涛声嘶
日照，田间小路，泥泞
使我怀念济南坚硬的水泥和地下堰塞湖
散落山坡的故人墓，仿佛
灵岩寺的浮屠，闷声不响的风景
假如大雪封盖了乡村，世界白的清新，空的辽阔
济南甩泥的轮胎和打滑的生物，照样
拥挤在脑海里，这些画面附丽在哪一个
谁的时空？有时

日照是我时间的开始，有时
济南成为我时间的出发地，有时
脑海荡漾南京的玄武湖，我的时间
又一次不可自抑的开机
对于这些城市的时间之门
如果没有我，还有什么意义

暴雨夜，一滴雨

暴雨夜，一滴雨不停翻腾
躁动中辗转反侧思考着人生

为什么漂浮在这一个时空
而不是黎明前一枚晶莹的晨露，花瓣上绽放

左冲右突，把风的面罩都撕破了
疯狂的冲击也扯不碎暴雨夜的黑幕

吃不准长大了，还是刚刚出生
落到泥浆的是自己还是另一个思考人生的雨珠

穷尽一生，只为证实
作为一滴雨在暴雨夜，坚守着寻觅

——崇高，就是立在天地之间不扬不卑
或者是站立在浪潮中最高的一株

城市里，一条马路

说起来你不过是一条路，水泥的肉身
承载一些情感貌不惊人的匍匐

最早你是母亲远眺儿女的目光，看到哪里
你便延伸到哪里

拐几个弯，有几条沟壑，像极了
父亲的心事，盘算着成长的旅途

慢慢你开始疯狂延伸，仿佛要超越
城市的历史，延伸到哪里，哪里便称为城市

你已经无法停止，孤独嵌入了你的神经
匍匐下来，等待抑郁爆发

于是夜里你立起来，看着邻近的马路
数着城市楼房的灯，照亮一言不发的躁动

马路上，一粒种子

他或许是伴着脚后跟来的，跟着
一个前世叫农民的脚步

脱掉粗糙的外衣，面露光滑判断
来时他也是异常兴奋亢奋跃跃欲奋的

或许他偷偷跟了来，潜伏于阴暗的鞋底
笃笃的脚步声或许正是他刻意营造的

来到的地方一定有大片的阳光和湿润的日子
很容易种出大片的理想和成群的飞鸟

他一定这么想着，这么留下来
躺在马路上，等待风生水起

一个前世叫做市民的人，不认得他
匆忙的脚步藏不住他的愿望

春天里，一朵杏花

漫山遍野我们开了，白得改变了山坡的颜色
白得像寂寞

在看似枯萎的枝桠，我们亮闪闪盛开
但是我们寂寞

我们掉进游人的眼睛、鼻孔、照相机、wifi 里
也看见寂寞与你们同在

我们炫耀在你们的节日，绽放意味着死亡
飘落的白花瓣，告诉你寂寞是怎样飘摇的

我们期望另一种存在，作为果实喂养你们的先人
然后伴随寂寞一起长大

就这样，寂寞悬挂在枝头
我们绚丽至极太缤纷太热闹太短暂太久远了

大草原

其实，我有自己的草原
奔驰的骏马时常
把心壁踩痛
很多时候
我平静如大海
只为我的草原永远绿着

见你内蒙的大草原
从天际那头弯曲急转而下
星星点缀着蒙古包
很像我怀想的某些人和某些事
也有奔马或牛羊
让生存恬适得像日落一样平常
鼹鼠挖断的神经
我也会隐隐作痛

此刻
冷月即将一片片雪落下来
我的体内
多出一颗幅员辽阔的原野

而时间
正孤独着从那里路过

高层大厦，一扇窗子

这扇窗子没什么不同，既可透风
也可以看风景

我要你从这扇窗子去看另一座楼的另一扇
你要发现，那一扇走过的春风暖不暖

那一扇窗子后边有没有人朝这边看
我要你看清楚那眼神，有一个季节在变幻

微笑，愤怒或者痛苦，我要你
看清楚那是不是一座空房子，朝这瞭望的是空眼珠

其实，人生就这么一扇窗子
我要你跳下去

跳下去，看见还有好多窗子
做着和你同样的事：生或者死

重庆想象

一则短信的名字：重庆故事
被酷刑的地下党，唯有 20 位女性
无一变节，证明女人比男人可信
此刻，我坐在重庆贝迪颐园的客房里

想着，这城市起伏不定的形状，波涛汹涌
一些方块、竖条搭成的建筑
浓雾散落在目力之外，飘摇在海上的船
如同政治迷局，摇晃，悬空或跌落

想着，山城的山水交错，三月里
该红的红了该绿的绿了，少女
一件一件褪去衣服，双手伸进夏天
所有能开的花都在努力地美

想着，贝迪颐园度假村的奢华，温泉
滋润着旅行的神经，迷宫一样的走廊
以环保的名义，以生态的名义
甚至以生存的名义集聚在城市边缘

想着明天天气，阴转雨，出行的风景
走向哪一处陌生的领地，我
一边确认着客房里的想象是不是记忆
一边回味着初到重庆收到的信息

风景，生长于语言

崎岖的青龙硚，夹立的峭壁间
一只鲤鱼奋力跃起
她的肉身被风夺去
嘴唇被水凿穿
鱼尾跃动于意念坚硬的石板中
透过雾泉弥漫的气息，我看见
她跃动了若干次
落下，又跃起，已经若干年

注：青龙硚——重庆市天生三硚之一。

忽然，经过
导引者的指诱，大象
在千年的峭壁上缓缓走动
脚步轻灵地一闪

归途，颠簸的汽车
使游人失语。我看见
前面隆起的发髻上
透出三分钟的青春
后面的人，看见了
她的过去

穿越广场去吃饭

此处并非花园。那些开过的月季
并不是花。树上坠落的水果
并不是果实，撒落一地
那些与太阳争辉的灯光
黑白相间的并不是棋盘
各式图案的围栏并不是牧场
一些惊叹号导引进出的规则

那些穿着短袖、风衣、连衣裙、光着膀子的人
那些领着麻袋包、LV 包、甩着胳膊的人
那些流着汗、流着泪、流着口水的人
那些正面穿过、侧身钻过、慢走的跑着的人
那些红色、绿色、紫色、白色、黑色、杂色的人
那些藏着秘密指令汇聚过来的人
那些拿着某种请柬四处流散的人
沿着黄衫人的哨音，被风撕裂的旗子
运转

此刻有一阵蚂蚁的方队
通过
此刻有一支蝴蝶的翅膀艰难
煽动
此刻有一个孩子的哭声和汽笛
交汇
此刻我穿越广场去吃饭
忽然
被呼吸、焦虑，以伤感的动作穿过

乘火车去旅行

一种蹲下又站起的感觉。身后
洒下一大片田野、村庄，沟壑和城市

乘着火车去旅行，兴奋的抛物线
以汽笛的长短，呐喊
每一个站台，重播一个又一个《十年》
留下一支烟，袅袅升腾的空间

间或穿越夜晚的隧道
一堆清凉偎在心头
寂静渐次沉落
心绪慢慢蒸腾，我发现
夜晚在动，火车不动

有一种轮替的时空，雪的白
溶化得黝黑——梦醒时刻
阳光打湿了车窗
晨鸟作势飞行，我发现

太阳在动，火车不动

偶尔跨过车厢与车厢的连接
喧嚣从两端纷沓而来
被卸载的身影又从下一个站台登陆
面孔，熟悉或陌生着同一个表情
如幻随形，我发现
火车在动，我却未动

身后一大片田野，一种
站起又躺下的感觉

胜与负相关词

坚持，这是涌出脑海的第一个词
不放弃，这是脱出口的又一个词
0：0，不是，不是词
120个60秒，用时间记录的
穿插，奔跑，期盼，焦虑以及平淡，失望，寂静，一块石头落地
于是，转……向笔记本
写下
坚持。这个浸泡着口水的词

预定未知，渴望先知
从祖先那里赶来的预言
沸腾在血液。坐在电视屏幕
借一场比赛
参与青春的浩荡与放纵
0：0或1：2，我说
不放弃，接近于偿还自己
（比如失踪的爱情，流逝的花语）

这个词，悄悄在心中翻滚：
不放弃

我不断变幻着预期
如果眼睛不能兑现
就让紧闭的双唇吐出另一个词
如果嘴巴不能兑现
就让心去想象或有以及该有的结局
如果心不能兑现
就让双手敲打某一个词，且以诗行的姿势

有一种规则或已预设
胜与负，一个必须抉择的结局

消　费

终其一生 , 不过消费
10 头牛，100 只
不再吃草的羊，300 个
乌龟，500 只跑不赢的兔子
牛奶 300 吨，停止生长
的鸡蛋 12000 个，消费
天空注入人体的喜怒哀乐，消费
土地供养的酸甜苦咸

思想站在远处，一边
咀嚼着入睡的光阴，一边
书写出回忆的名字

孙方杰 / 作品
SHANDONG POET 60

孙方杰，字少鹏，1968年8月出生，山东寿光人，著有诗集《我热爱我的诗歌》《逐渐临近的别离》《钢铁是怎样炼成的》《半生罪半生爱》等，诗合集《7印张》《诗歌组》《青春23》等，主编《山东三十年诗选》《新世纪山东青年诗选》《诗歌里的齐鲁风景》《写给亲人的诗》等多种选集，作品入选多种年度选本。入围第五、六、七届华文青年诗人奖，参加诗刊社第23届青春诗会。中国作家协会会员，山东省作家协会签约作家。现居济南。

诗人：孙方杰

诗观：

　　简单明了地表达自己的生活困苦和悲悯情怀，富有诗意地抒发自己的生命感悟和对这个生存世界的认知。

中　年

中年了，我挑着一副很沉的担子
一头是父母，一头是妻儿
前面需要我燃烧的生命之火取暖
后面需要我浓缩的髓汁喂育
两边的恩与情，是一样的亲
一样的重

中年了，已经见识了很多的人很多的事
有些重如星辰，有些轻似闲云
有些如纤纤雨丝，下在身上就已经干了
用力抖一抖肩膀
在漏过指缝的阳光里，首先落下的
是暴风没有卷走的那些灰尘

朋友还是朋友，仇人未解怨愤
爱着的依然不舍，恨着的依然切齿
断肠依然是为
社会上有太多的人性扭曲的事情发生
怒火依然是为
国家的栋梁们无休无止的腐败

相信了命中注定，也相信机遇改变天意

一切都需要继续，一切都需要隐忍
一切都需要一颗承载的心
接受未知的命运

不向贫穷借路，不求富贵施舍
中年了，变化的不只是八千里路云和月
变白的不只是三千丈的青丝和孤独
以往的世故和经验引领着，让我一再地
委曲求全，甚至向庸俗献媚
却又一再地提醒我：不要向命运低头

我在大海边凝视远方

我在大海边凝视远方，依稀可见的几艘渔船
像悬挂在海面上的吊床
动荡，飘摇，宛若我此刻的心。
天空有些阴沉，鬼知道我此刻的心情
正被砸来的巨浪拍击成一缕青烟。
想起往事，就会有骤然而生的悲痛
猛烈地撞击皱了的愁肠。
幸运和厄运是一对孪生兄弟
有着同样的主题：劳作和受苦。
有一些危险，在岁月里埋伏
有一些绝望，在生活中时隐时现。
每天的日子，就像这海上刮来的台风
巨浪涌起，澎湃而又湿凉。
进退两难的事情太多
挖空了心思也无法抵达
我对人常迎笑脸，暗处独自疗伤。
坐在大海边，凝视远方
呼啸的大浪，一排又一排地打来

打得我喉咙里塞满了盐
似乎我的五脏六腑已被浸淫成了卤水拼盘。
渔船走了，大海上一片空茫
我看到，我那涌出的泪水啊，还在浪尖上
在远方的大海上，不住地翻腾。

旅　伴

在前挡风玻璃的左上角
内饰与遮阳板的接壤处，一只蜘蛛安下了家
它的家园很小，方圆比大拇指略宽广一些
这是它一个晚上做下的活计
我发现的时候，它正趴在一隅休息

我凝视了一会儿它的睡姿，温暖，静默
似乎有霓虹的缠绕。我轻轻地发动引擎
带它到很远的地方去旅行，把所有的困扰
都交给沿途的风景。它结下的网
从来也没有飞虫光顾，那么小
恐怕连一只苍蝇的撞击，也经受不住
或许，它就是为了陪我看世态炎凉，梦里山河

担心它挨饿，我时常留些面包渣给它
但不知道它吃过没有
洗车的时候，我叮嘱那些工人
要保护好蜘蛛的家园，它在这里居住
颠簸而又孤单

一只弯着细腰的蜘蛛，在我疾驰的途中
或者大海边上，有时候会忽然吊下一根长线
落下来，近距离地打量我

也许它的心里奇怪：这个来回奔波的大动物
为什么总是皱眉，叹气，也弯着腰
满身都是经世的尘埃

所有的石头都是活的

站在高处或者低处，都是一道风景
筑在路上或者修做房屋
都会有所承载
在天上，发出星辰的光
而月亮定会当仁不让
在海底，它会和珊瑚一起
预谋着被秋水滴穿

成为一处界桩，就要高过荒草和战火
当做和平与爱的说客
把它做成镯子，它就窥探女人的秘密
把它制成印章，它就住在千年的历史里
让它在雨夜里做梦，它一定会说
孤独是一首穿越胸膛的幽州台歌
让它在春风里开花，它一定会说
为美付出的疼痛，必须触及灵魂

如果看到一块墓碑就顿生苍凉
那么看到一尊佛像，再笨的人
也能分辨人性的善恶
此刻，我的心里，有了一座洞窟古寺
晨钟正沿草径出走
暮鼓已远赴天涯，一个石头的窗台上
摆着一盏石头的孤灯
在瞭望人间的炎凉与悲欢

逐渐的别离

在这个世界上，我看到的东西
都有些貌似。这天早上
我遇到了三个人，一个貌似怀孕的人
正从一滴露珠上寻找婴儿的静谧。
一个貌似养鸟的人，手里提着一片树林。
一个貌似开怀大笑的人，他的嗓音
越过广阔的田野行走了八万里。
上午，我在乡村溜达，遇到了
一个貌似精神病的人，他一动不动地
以一个固定的姿势仰望着天空。
一个貌似桃花的人，他把一盏灯
拧亮，把另一盏灯上紧了发条。
一个貌似割草的人，镰刀伸进水里。
一个貌似牧羊的人，鞭子甩到了石头上
有着很大的响声。中午，我在赶往城里
遇到了一个貌似旅行的人，在赶往
火车站的路上，迅速地隐进了一群人。
下午，我来到城里。城市里的人很多
似乎都很熟悉。首先，我遇到了
一个貌似僧侣的人，携着一位少女
仰天长问：这八千年的云和月啊，是哪位
神佛眷养的孩子。然后
我遇到了一个貌似老实的人
他目光狡黠，在太阳下算计一株发芽的菩提。
还有一个貌似石匠的人，他整理出的一片
废墟，更能看出他不凡的手艺。
还有一个貌似流连时光的人，他对着晨钟
暮鼓，落花，尘埃，赤诚地敬礼。
一个貌似守口如瓶的人，他仿佛故意地
把幸福和悲苦藏在了命运的深处。

黄昏的时候，我来到城市的广场
看到一个貌似寂寞的人，他正在四处打听
刚才那阵风，是否赶在了一场雨的头里。
夜晚来临，我不愿意再遇到什么人了
可是，我遇到了我自己。我看到
我非常貌似这些被我遇到的人
而这一天貌似一年，一年貌似我的今世
我在对时光做着逐渐的别离……

拉小提琴的姑娘

上岛咖啡厅。钢琴的旁边
一个姑娘在拉小提琴。她那么专注
低着头，随着音乐的节拍
身子有些晃动，像一株含着露水的草茎
对着星星倾诉。是啊
梁山伯与祝英台，两只蝴蝶，一座坟茔
如泣如诉。如歌如幽。永远走不完
那十八路程多好。是啊，如歌如幽
如诉如泣的爱情多么像我的心。此刻，
我的奢望，像她穿的裙子一样纯朴，
像她的心情一样华丽。要说我爱她，
或许有些重，要说我喜欢，一定是恰如其分。
此刻，我多么想啊，
我多么想领着她回家。或者到一个
没有人的地方，顶着月亮
说一会儿话。我要问一问她叫什么名字
如果还在读书，是读大三还是大四
每次春风吹来，她是不是都要抓上一把
放到琴盒里。我甚至还想问一问
如果一滴水能囚住一只两手空空的蚂蚁

那么，一首琴曲能否点亮
我内心深处进进出出的悲苦。

油菜花

油菜花是大地酿出的穿黄裙子的少女
油菜花上飞翔的蜜蜂和蝴蝶
是少女深闺中的好朋友

暗香飘动的四月。从田野上走过的人
一定会被这眩目的黄色捕获
被油菜花，我这行走在大地上的
亲妹妹，尽情地抽打。

只是那一袭长裙

只是那一袭长裙，从我的眼前悠然闪过
我就觉得她曾经做过帝王的爱人
她的腰肢曼妙，充满万种风情
就是这轻轻地扭动
我就想把自己着了火的心
浸泡在清泉里，三天之后
捞出来，献给她，就像献在神殿里的贡品

我没有看到她的面容。一个侧身
和背影，我就已经无法抗拒
就想把她种植到自家的花盆里
白天放到窗台上，汲取阳光
晚上放在床边，开出我所喜欢的那种香气
最低的那只花瓣，就像她的一袭长裙

那么迷人

她是青岛城阳一中的音乐老师
唱完歌，从舞台上走下来
几乎沾地的裙摆，就像我的命运
那么低，我将特别感谢
她步上一个台阶的时候，用一只手
在臀部的位置将裙子向上轻轻地提了提
就是这么一提啊，仿佛就将我的命运
提高了三寸的距离

路边的蒺藜丛

这就是仇恨啊，
这就是路边的蒺藜所有的仇恨！

没有谁，能够像它一样，
静静地卧在大路的表面上。
开着一身嫩黄的小花，
在它身体的另一侧，
长满了带刺的结，
只要你赤裸的脚敢于踩踏，
它就会用生命的全部，把你狠狠地刺伤。

没有谁能像它一样，
在与人类的赤脚，野兽唇舌的斗争中，
锋利了自己一身带刺的骨头。
没有谁能像这路边的蒺藜丛，
一株一株地连结在一起，
把生命和大地结成同盟。
那一朵一朵指甲盖大小的黄花

默默地发誓
把所有的践踏都扎出血来!

雾 霭

或许是灵魂的光影,在迷蒙中弥漫

我抓不到你,就像我抓不住自己
假若灵魂没有这么肆意地铺展
假若灵魂在这缓慢的释放中
回忆起前世的自由,畅快,和幸福

我就把自己交还给这漫山遍野
交还给这阳光和升腾

与奶奶在梦中相见

上次见面,你在村后的菜园里
拔蒜薹。你身边的油菜
结满了荚。一只蚂蚱
跳到你的肩膀上,停了一会儿
就飞走了。我看见
你胸前的一颗纽扣脱了
一根二寸长的线。
而现在,你正在咱家的门前
修缮那条坑洼不平的路
路面上的石子
已经铺好,你拉着一只碌碡
要把石子轧平。
你说,先到屋里坐一会儿

这条路很快就会修好
在外边闯荡累了，就回来
我的三叔，爷爷，祖爷爷
经常摆好了酒席，等我。
奶奶，这是今年以来
我们的第六次见面
你活着时候，我每年只能
回家看你一次，或者两次
并且，都是匆匆忙忙地，
说了些什么，做了些什么，
都已经忘记了。
奶奶，我觉得你还活着
我们在梦中相见，
比以前见面的次数更多了。

红颜知己

不是你的介绍，一块钢铁成不了我的至亲
不是你的电话，一块钢铁成不了我的红颜知己
隔着熔炉的烈火，我感受着它浓重的呼吸。

它可以把小草当成春天的情书，
它可以把花朵当成咖啡厅里的嘱托，
它可以约我到熔炉里，让我在烈火中重生。

它的身体结实，意志坚强。
它的脚步稳健，从不犹豫，从不哆里哆嗦。
它深邃，热情，它让我毫不犹豫地
把我的家，搬到了它的心里。

如　果

如果大雨淹没家园，我愿意站在钢铁上
如果钢铁生锈，我愿意穿上新衣服
如果你给我一些嘱托
那么，我愿意跟着你翻越作过标记的山麓

如果你对环境生疏，我愿意重新寻找
如果伸手可以摘到青果，我愿意
给你留下桃花的妖冶。如果情欲是一种需求
我愿意静下心来，看美人挥剑演出

如果允许，我在一个小镇上住下来
从此不再出发，如果需要一个铁匠铺
我就再造一座炼钢炉
从此与你一起，心中怀着光明
双臂环抱幸福。

搬块钢铁上火车

我搬着一块钢铁上了火车
火车上空空的，
就像我此刻的心。
火车上的风，
是无家可归的风。
沿途看到了一些庄稼，
和城市里的高楼大厦。
火车过处，
枕木间开得更加旺了的野花
有着一种钢铁的俊美。
我怀里抱着钢铁，

坐在火车上
火车向东行驶，
把落日和我的心事抛弃。
突然，火车在一座钢铁的大桥上
遭遇了颠簸
我手中的钢铁飞了出去，
落在铁轨上
清脆嘹亮的声响中，
含满了生活的喑哑。

让一块钢压在另一块钢上

搬起一块钢，压在另一块钢上
然后再搬起一块钢
压在这一块钢上。我看到它们的表情
始终如一，好象原本就应该这样
一块被另一块压着。

底下的一块，基石般牢固
你看它那神情庄重的样子
就知道它决心已就
要在最后的时刻，继续坚持
并在竭力的承受中不住地唱一些昂扬的咏歌。
中间的一块，毫无怨言
在承上启下的艰巨中，举起誓言
让我们从它身体的任何一部分
都能截取它灵魂深处的光芒。

最上面的一块，领袖般豪迈
高高地站立，如一朵金属的花蕊
开得鲜艳而又灿烂。

小火车

我必须写一写酒，这列
穿肠而过的小火车，在人的脉络
血管，和筋骨中鸣着长笛，呼啸
奔跑。渐渐地
就像坐在了这列小火车上
晕乎乎地。旅行中可以选择
一小会的瞌睡，一小会的凝思
经常乘坐这列酒精号小火车的有
李师傅，人称三瓶盖
喝到第四瓶盖，就开始
长时间的飞翔；丁师傅
半斤酒下肚，就开始诉说
他爱过的一位姑娘，顷刻间
仿佛有一万朵玫瑰
在他的头顶上开放
不喝不喝又八两的陈师傅
常常在贴地刮起的尘土中
大声呼喊：看，我多像一个不明飞行物
在潍坊钢厂，不喝两口
似乎就不是一个合格的工人
而今，我喜欢乘上一列回忆的小火车
调头行驶，看一看 1985 年
到 1992 年沿途的风景，看一看
有多少人，在酒精号火车上看我

早　安

我想向你说一声：早安
再离开这个房间。这时

你还没有醒来，儿子也还在睡着
我像一个蹑手蹑脚的偷窃者
在你们细微匀称的呼吸里
有着茉莉花清淡的芳香

我每天早起，把自己投放到
与命运的抵抗和挣扎中
我陷落红尘，无法解开
福兮祸兮的羁绊，我命若稗草
一刻也不敢停止奔波

没有人能够看见我心灵的孤寂
和绵绵不休的忧愁
我常常被糟糕的事情逼进一个死角
咬紧牙关，并强装笑脸
我每天早上出门，带着紫罗兰般的呓语
晚上归来，衣袖上
常常带着千里之外的微尘

每天早上，我都会默默地凝视你一会
然后，轻轻地拉开一小块窗帘
走出很远了，我仿佛听见了
你睁开眼睛的声音，那透进玻璃窗的阳光
替我说了声：亲爱的，早安

石 榴

五月的石榴花，开得有些逼人
绚烂的漫过了好几家庭院
六月，那花未尽，一片嫣红
就擎满了枝头。七月，骄阳正当

渐渐鼓起的肚腹里
结满了密密的心酸
到了八月，还是显得那么从容
像一个生活的老手，在风里，在雨里
随树摇，随枝颤
一点也不感觉到有什么不能承受的重
或者，有什么无法越过的坎
然而，到了九月，我看到
一枚石榴的炸裂
没有想到，一枚石榴会暗含心酸这么久
爆开的力量这么大。这像极了一个人
就像我

苦菜花

深秋里，山谷里的花都开过了
繁华过了，也衰败过了
我看到还有一朵苦菜花，含着苞
在渐渐寒冷的风里，等待着

整个山谷，都在做着越冬的准备
而这朵苦菜花，还在等待着
那只命中注定的蜜蜂

像一个纯情的少女等着她的心上人
像一座十字架，等待着真理
仿佛它内心的苦，唯有与生俱来的
那只蜜蜂的亲吻，才能得到缓释

或许，缘自前世的一个约定
或许，这是命中修行的因果

就这样等待啊，仿佛你不来我就不开
你不来，我就无法挤出命中的苦
你不来，我就无法赶去来世投胎

树不知道

树不知道
今天是几月几日，不知道
自己叫白桦，松柏，还是梧桐
它每天的日子，就是生长

树不知道
秋后砸来的北风，有多么凛冽
不知道叶子落在了沟壑，还是草丛
不知道鸟为什么飞来了，又飞走
不知道房子是干什么用的，不知道
炊烟有什么意义
它每天站在那里，无所谓
大风呼，还是小风吹

树不知道
不知道短暂与漫长，不知道星云与悲笑
不知道贫寒与富贵，不知道流年与虚度
不知道秋华与春愁
不知道山盟与海誓
不知道缕衣与霓裳
它站在那里，从不曾有一丝惊恐与悲伤

树不知道
我每天的咳嗽，有多么痛苦
我还有那么多的欲望与虚荣

我有妻子，儿子，和名字
我有生日，而害怕死亡
它气定神闲地站在那里，从不关心
股票，房价，也不关心风雨
只要不被砍伐，不被雷电击中
它就站在那里，只管生长

风在吹，树不知道风是从哪个方向来
树不知道过了一年还是两年
过了一秒还是两秒
它就站在那里，一个劲地生长
直到地老天荒

从　此

有一年，我和一个同学
到一个叫杨家埠的村子喝酒
晚上回来，我们走散了
在一个地方，我看到了几只雪白的野兔
在互相舔舐着前额。第二天才知道
我那同学扛着自行车
围着一个圆圈走了一夜
又一次到那个村子喝酒
说起这事，才知道我遇到野兔的地方
在 1950 年镇反时枪毙过几个资本家
和地主；而同学所经过的地方
是文革时平掉的一个坟场
我越听越觉得毛骨悚然
越听越觉得人世之外，肯定还有一个世界
不为我们知道。年少时
偶然的一次经历，仿佛注定了自己的归处

从此，再读聊斋，就感到并非虚构
读着读着，身体里就刮起了寒风
每个毛孔里都有冷气散出
让我哀叹，我在这里人生苦海无边
活着的路上生满了红愁绿惨
而人世的另一边，有一些凄冷的灵魂
却时常借着夜色返回人间

路　过

我在路过这个世界，以人生的方式
和这幅肉身。我在花里酿蜜
钟情于槐树，梧桐，和灌木丛
挂在身上的荣耀，并不属于我
一阵风就会刮跑很多
那些耗掉的光阴，已不能挽回
时间融化在了山川，车站，码头
如果我一次次穿过寒伤的花园
或许会得到女神的怜悯
这并不是我需要的，我时常叹息着
在充满水气的天空下伸展
在烟波无际的下面，在浩瀚中
我路过这个世界，带着叛逆，疑惑
和贪婪。我驱车走过满是鼠洞的草地
把苦难放生，把遭受的凌辱锁进梦里
我放下负重，放下戴在身上的咒语
以人生的方式，和这幅肉体
路过这个世界，我所需要的不是那座花园
我所终生寻找的
或许只是五百年前救下的那条白蛇
或者曾经指腹为婚的那个女娃

孙国章 / 作品
SHANDONG POET 60

　　孙国章，山东莱州人，1943年3月生于大连市，1962年考入山东大学中文系。毕业后，长期从事文学编辑工作，1993年被评为编审。曾任济南市文联副主席，《当代小说》文学月刊主编。至今已出版《无鱼之河》等多部诗集及散文评论集《漫笔》等。中国作家协会会员，济南市作家协会名誉主席。现居济南。

诗人：孙国章

诗观：

　　跟诗的相逢，是生命的引领。见到它的时候，悦兮惚兮，像仙女在云端翩翩起舞，如梦如幻。

　　它不是现实中那些凝固粗糙的存在。而是通过想象的托举，感情的浸泡，羽化成葱茏的诗境，酿造成酒一般的醇厚，进入美的王国。

　　诗拒绝对现实的临摹、再现，诗人须睁开天眼，仰望星空，在宇宙间默默地抟虚，从有到无，方能抵达诗之至境。

　　我能力不逮，但心向往之。

独　舞

1

仰卧着
听风的声音

鸟儿在窗外喊我
随它们一起远行

灵魂站起来
向万物敬礼

2

风也六根未净
总爱跟落叶私语

不知它们说些什么
只觉得有点冷

守夜人走来
提一盏灯

3

在攒动的人群里

心，被挤得大汗淋漓
落满灰尘

孤灯独坐
半醒半寐
抱着风之子
和虚空亲昵

4

我是一个人世界的国王
往事鱼贯而入
站成侍奉左右的臣子

有时非常亲近他们
有时喝令他们退下

微醺在夜的深处
咀嚼时间

5

把月亮请进心里
和牛郎织女同居一处
我也是天上人了

夜里，在云里说着梦话
白天，和星星们闲聊

6

走在燥热的大街上
我变成一滴水
瞬间就被蒸发了

跟着雨回来
坐在空荡荡的屋子里
回味宇宙之旅

心变大了
日月星辰常来做客

7
漫步在林子里
空气在我的呼吸里游走
心，随着鸟鸣旋舞

每一根头发都站成一棵树
每一棵树都成为一个我
葱茏而挺拔

8
走出陈子昂的大梦
已是泪流满面

我是宇宙的孤儿
在天地间漂泊

给上帝发一个短信
等待一生的约会

9
无饵垂钓
默默地听水语

一路奔波
漫上心岸

觅得火焰
鱼烧熟了

10

一叶惊梦
我披衣起坐

织女
你能渡过天河吗

11

谁泼下一地血污
引来看客无数

雪落成被
一片轻歌曼舞

回去吧
洒几滴泪给松树

12

两袖清风
送大雁高翔

留下一根羽毛
藏在我的诗里

13

醉倒在旷野里
盖着厚厚的夜

萤火虫凑近过来
听酒后呓语

光……光
……

我和落叶

1
秋风摇落
树瘦了

一只鸟
啄食荒凉

2
三径信步
心上自有一叶春色

脚踏寒露
站成一棵别样的树

佛山上
一朵云在动

3
高处太寂冷
地上也不安宁

没有方向地流浪

终究还是消失了

在难以立足的雪地上
抖擞着另一片叶子

4
梦，在荒原上挣扎
醒来心事重重

到户外散散步吧
广告封了门

陶令魂兮归来
拍拍我的肩膀

5
仰卧在角落里
抱着阳光亲昵
忽有蛱蝶来访

6
头发已经花白了
心却常常返青

逆流而上
吻一吻精卫鸟的羽毛
默默听海声

7
昏睡在深秋的夜里
无枝可栖

巡夜人走来
把它放进陶渊明的诗里

枕着南山
悠然假寐

8
叹秋日之缭乱
与落叶共徘徊

蓦然回首
菊花开了

寻 梅

独对
寒天

喊雪

无鱼之河

1
你的声音
流成一条河

我用心
垂钓

2
满眼风波
无鱼……

雪　梦

落了一夜
俏丽了一行脚丫

夜的奇观

1
夜气搅着阴霾
似有鬼魂出没

看不见路的表情
灵魂里积攒了一万斤焦灼

头颅燃烧着
东天一身血

2
英雄倒下的地方
蚂蚁正在忙着……

失眠的夜

1
月亮一抖一抖的

怕是起风了

眼大睁着
听落叶泣诉

2
疯子在街上游荡
擎一颗苦胆

思

云里雾里浅睡
莅临一种边缘

耳穴长出花朵
与落叶和白发亲昵

云收藏星星的飞眼
空寂纠缠着谷底的风

醒来若有所思
发现，还在梦里

结局无言

拖一身曳地长裙
翩然而至
嘴上开满鲜花

终被雨打风吹去

踏着落英
走进冬的深处
许诺，冷冻成一座冰雕
阳光下
消　瘦
面目全非

雨夜一瞥

楼在天上
昏黄
潮湿了灯光

门
昏昏欲睡
进来一个不速之客

今冬无雪

天总阴着
且很冷

往事破冰而来
和我干杯

都醉了
听夜哭……

错　位

1
独酌清露
读辽远的天空

鹊桥上
还有七夕之恋吗

2
浩茫天地
泪洒风前

疼

我该走了
趁着还有点力气

往事滴着血
送我上路

秋落了
前面可有白雪……

最后的角落

云吃水很深
落叶无处抛锚

渐行渐远的许诺

长出离离衰草

影子也没了
寂寞守着寂寞

秋夜访孔孚师①

灯下
一头白发

墙上
黄叶滴着雨

不要说这屋子小
足容下个宇宙清淡

明湖之夏

白鹭听雨
水蜘蛛散步

一湖山色
半城珍珠

---

①孔孚，当代著名诗人。1925 年 4 月 1 日生于山东曲阜，1997 年 4 月 27 日在济南病逝。晚年专写山水。反对"再现"、"表现"，标举"隐现"、"无鳞无爪的远龙"、"东方神秘主义"。出版有诗集《山水清音》《山水灵音》《孔孚山水》《孔孚山水诗选》《孔孚集》，诗论集《远龙之扣》。

哭山青①

悬崖上
一只受伤的鹰
咯着血
把天空望遍

天心疼
覆它一身白雪

湖　畔

鱼
向月亮游去

秋
涂抹残荷

海　边

月亮织网
捞鱼的梦

海边情思

掬一捧海水

①山青，当代诗人，原名孔庆珊，山东菏泽人。1987 年 12 月
25 日在济南病逝，年仅 56 岁。生前系济南市作家协会主席。
一生坎坷，命运乖舛，英年早逝，惜哉痛哉。

抿一抿
苦啊

仰卧沙滩
大梦浑沌
精卫鸟俯冲而下

清风掠过大海的尸体
礁岩露峥嵘
闪闪红珊瑚

月明星稀
白发飘飘
把酒拜东风

海上恋人

蓝天 白云
相拥着
在海上航行

海燕在头顶旋舞
鱼儿在脚下嬉戏

康桥的风从对岸吹来
叫醒旧梦

老人眯细着眼
远眺
摇漾起一腔春水

海上日出

你走过很长很黑的夜
积攒了一万吨的热情

红彤彤地喷薄而出
一个扬眉吐气的亮相

惊起一群鸥鸟
飞向天际

海上落日

你穿云破雾
我闯关夺隘

该泡个海水澡了
卸下奔波的疲惫

今夜，我们天涯若比邻
共享同一个大梦

明月清风
航标灯为我们守夜

暴风雨之夜

无边无际的瓢泼
流氓一样无法无天

大海不停地喧哗
梦里也不得安宁

燎一炷沉香
唱《春江花月夜》

渔夫的爱情

目光，海一般幽蓝
望断茫茫水天
终不见心仪的帆影

太阳落了
潮汐退去

披一身慵懒的风
他把网撒向大海
打捞月亮

归　来

我回来了
已是落潮时候

黄昏雨飘飘洒洒
丝丝缕缕
都是久违情语

惜桃红遍地
今宵梦醒何处

蓦然回首
那只空空的小船
可是旧时知己

心　曲
—— 和大海聊天

1

独酌半杯残酒
晚来风急

往事，长成一蓬野草
匍匐在暗黑的夜里

醉意朦胧
眉间尺倏忽而过

2

浪花在我腮边耳语
弄潮去吧

海天一色
舢板上坐一轮红日

秋　山

1

两座秋山
默默相望

摇着红叶
看白云缠绵

鸟声
滴落……

2
距离又近又远
痛苦
峭
壁
一
般
陡

山中拾趣

谷之深处
开一朵小花

任山风逗引
不想说话

邰 筐 / 作品
SHANDONG POET 60

　　邰　筐，1971年生于山东临沂，中国70后代表性诗人，首都师范大学年度驻校诗人。获第6届华文青年诗人奖，首届泰山文艺奖，第2届汉语诗歌双年奖等奖项。著有诗集《凌晨三点的歌谣》《白头翁》等两部。部分作品被译介到国外。中国作家协会会员，中国检察官作家协会副秘书长。现居北京。

诗人：邰　筐

诗观：

　　诗歌对于我们来说，也许从来就不是什么真理。恰恰相反，它很可能就是一个谬论。它不是方程式，不是牛顿定律，不是万有引力，不是一成不变的答案。它很可能与常理背道而驰，是对惯性语言的出其不意。它不一定合理，但必须合情，必须从心灵的本源出发，必须经过情感的沉淀和日常经验的层层过滤。好的诗歌永远是最后留下的那一部分；好的诗歌应该藏在泪水的后头，在生活的背面；好的诗歌是心灵最深处的那泓清澈的泉水；好的诗歌是现实的云霓和日常的奇迹。

在江边

没有什么不是浪子的形象
那落魄的落日
那江面上越飘越远的帆影
没有谁比谁更苦命
在江边游荡的邋遢酒鬼
在江滩公园里捡拾空瓶子的老妪
万物总有它化解悲伤的办法
芦苇在水边写着排比句
老柳树在岸上练习倒立
而江水总是浑浊、无言
从上游到下游
它用浩瀚包容了一切

白头翁

在这里，没有什么可以
被打扰。清风吹荡
一片山河的气息
连群峰，也在接受
落日无言的教育，多么安静
只有那些高尚的灵魂

才配得上这里的安静，而
身后这一座城市，不配
被尘世的绳子
拴住的人们，不配
远处那两条浑浊的江水
也不配
白头翁在啼叫，高一声
低一声
仿佛在唤着谁的乳名
没有谁肯出来答应
那些松柏不，那些野花不
那些碑石也不

白头翁在啼叫，长一声
短一声
它一定在唤着谁的乳名

题紫禁城北宫墙上的乌鸦

呵故宫。呵故国。呵故人
你终于借一只乌鸦的嗓子
发出了自己的声音
低沉的，暗哑的，战栗的
在暮色里，多么好多么包容
在我大中国
旧日皇上的家门外
一只乌鸦的鸣叫
就像一条命运的缆绳
突然把我和
不远处的护城河、白塔、北海
以及水面上那

轻轻摇荡着的小船
紧紧地连在了一起
把我满腔的悲愤和热爱
与落日下的无限江山
连在了一起

活着多么奢侈呀……

活着多么奢侈呀……
活着简直就是一种浪费

日出我没有痛苦
日落我也没有痛苦
在这冬日京城的大地上
我突然丧失了悲怆的力量
天一点点地暗
一点点地凉
黄昏它在我身上
留下的那条影子叫哀伤

活着多么奢侈呀……
活着简直就是一种浪费

一天我都在这儿
肉体在这儿，灵魂也在
每天好像都在
是呵
不是在这儿，就是在那儿
我们被遗弃在地球上
从活着开始
我们的等待美丽而孤绝

活着多么奢侈呀……
活着简直就是一种浪费

窗外，隔着两条大街
中央电视塔的塔尖一闪一闪
仿佛在向另一个星球传递着
人类求救的信号
肉欲的洪水一浪高过一浪
大地之上，都各自逃命吧
人命狗命一只蚂蚁的命
还有黄昏那无尽的车流
亡命徒一般，奔向那绝望之境

一个男人走着走着突然哭了起来

一个男人走着走着
就突然哭了起来
听不到抽泣声
他只是在无声地流泪
我看到他时
他正从首师大
南门旁的小卖部走出来
穿过美术馆前
铺满落叶的小径
走向了东区的操场
我看到他时
泪水正从
他的眼睛里走出来
通过他的鼻梁
滑向他的嘴角

最后滴在
他胸前的衣服上

他看上去和我一样
也是个外省男人
他孤单的身影
像一张移动的地图
他落寞的眼神
如两个漂泊的邮箱
他为什么哭呢
是不是和我一样
老家也有个四岁的女儿
是不是也刚刚接完
亲人的一个电话
或许他只是为
越聚越重的暮色哭
为即将到来的漫长的黑夜哭
或许什么也不因为
他就是想大哭一场

这个陌生的中年男人
他动情的泪水
最后全都汇集到
我的身体里
泡软了我早已
麻木冷酷千疮百孔的心
我跟在他后面走
我拍拍他肩膀关切地
叫了声兄弟
他刚刚点着的烟卷
就很自然地
叼到了我的嘴里

从一个汉字开始

从一个汉字开始。不
从组成汉字的一个笔画开始
打开一册江山，倾听遥远的风声
在笔墨中立身，立命，立心
字斟，句酌，捻断须数茎
在词的渡口解轻舟，溯流上
在汉语源头，有结绳记事的后稷
和忙于造字的仓颉
甲骨、钟鼎和简牍之上
最初的字，若游龙之抓痕
留下华夏古老的胎记
沿句子的河流，段落的瀑布，文章的海洋
奔流直下，浩浩荡荡
三千尺的落差是诗仙用诗句丈量的
用汉字垒成广厦不过是老杜的梦想
书中哪有颜如玉，书中哪有黄金屋
唯灵感之鸟投来惊鸿一瞥
唯思想的闪电点燃词语的惊雷
蘸着月光和泪光
把每一个汉字擦净，作为
一个有洁癖的人，一个汉字的
保洁工，我愿用一生的时光做赌注
在词语里画地为牢
做汉字忠实的奴仆
并以灵魂作抵押，割让无数白天黑夜
白纸和黑字，泾渭多分明
名词是灯塔，动词弄扁舟
只有内心装得下三千亩月光
或许才有资格，做那个
被汉语加冕的人

都人士

彼都人士，狐裘不再
台笠缁撮不再，充耳琇实不再
地铁站，人如潮涌
已分不清，其中哪一滴
两千多年前曾是贵族

彼都人士，紫禁城还在
皇城根还在，天坛地坛还在
江山万里一册书
朝代如错别字，总是删了又删
改了又改

彼都人士，三宫六院不再
君君臣臣不再，黄马褂不再
科考制早就废除了，当年赶考的举子
如今全都混成了京漂，有的漂成了房产大鳄
有的漂成了 IT 精英，有的漂成了一号线上的乞丐

彼都人士，状元兮不再
榜眼兮不再，探花兮不再
平民时代无天子来呼，无船可上
中隐隐于市，一个个在写字楼空调间里埋名
只等着 QQ 里的美眉轻轻一唤，便奋身挤上网络的贼船

时光邮差

天空中小小的雨滴，时光里小小的邮差
它们整夜整夜地，轻轻敲击着我的窗户
天明推开窗子，窗台上放着一个绿叶的包裹

金银木

槐树的叶子落尽了
银杏树的也落尽了
还有紫叶李、白蜡
叶子都落尽了
就连我窗外的那两棵毛白杨
也在昨夜
与寒风的最后一场豪赌中
输掉了过冬的外套
和时光的盘缠
只有金银木除外
只有金银木还举着
一树红色的小果实
像举着无数红色的嘴唇
红色的奶子红色的吻
红得那么炫目
红得让人揪心

这是在北京
这是在西三环的岭南路上
在首师大的南墙外
489 路车开过去
又开过来
一棵金银木让我如此恍惚
一分钟之内我变了好几次称呼
我叫她妹妹
叫她姐姐
如果我愿意，她就是
我的母亲，我的祖国
靠着她，就像靠着一团火
在这瑟缩的冬日

我还有什么好怕的呢

猜火车

一列火车开过去了——
又一列火车
正开过来
它们从未知之地来
要到乌有之乡去
车次不明，时速不定
每一列车都恍如
一条细长的影子
从我身体的针孔中穿过

我的身体是时光里
一座孤独的小站
我骨骼的道轨
我肉体的枕木
承载着，每一次的战栗
和轰鸣

可岁月，这台
巨大的打磨机
让身体变得厌倦
和麻木
我只好继续和灵魂玩
猜火车的游戏
你猜猜，你猜猜
呵呵，就是猜明白了
又如何？谁都知道
那趟车总归是要来的

长长的车厢里
空空荡荡——
车头上，站着
一个黑衣人

开往远方的火车

火车在细雨里飞跑
火车低着头，躬着身子
火车像个顽皮的孩子
它飞快地旋转着无数个小轮子
它跑得太快了
累得偶尔喘几口粗气
发出几声叹息
火车啊火车
你想往哪开就往哪开吧
想跑多快就跑多快吧
世界那么大，远方那么远
你随便想在哪儿停下
就停下吧
你跑得再快，也逃不脱
无边细雨的网
我也是一样啊
随你走得再远，也逃不脱
尘世的网，我的心早已
破损成一个抽丝的茧子
走得越远，丝线扯得越长
扯得越乱，扯得越紧
扯出一种揪心的疼
疼得我嗷嗷叫，叫成一串
带着哭腔的鸣笛

观虎记

在海林，我们
一行十几个人
去虎园参观
我们统统被锁进
一个汽车拉着的大笼子
好像我们是动物
而老虎才是看客
车驶进虎园
几十只老虎在园子里
或走或卧或坐
笼子外的多么悠闲
笼子内的忍不住哆嗦
离得那么近，我们可以看清
老虎的胡子
和它嘴角的轻蔑
我们战战兢兢从笼子里钻出来
又被导游带进
一条铁网围成的通道
饲养员提着一个装满肉块的铁桶
怂恿我们掏钱
去体验一下喂老虎的快感
多么刺激呀，我们用铁钩子
把肉块从网缝里递进去
等老虎扑过来，却又飞快地抽回
又递进去，又扑过来
又抽回……
老虎被彻底激怒了
在铁网的另一边发狂，低吼
我们满意地尖叫，仿佛
只有这种恶作剧才能排解

我们内心对老虎的恐惧
我们接着又被带进老虎展览馆
馆内摆满了虎的胚胎虎的骨架
和一缸缸虎骨酒
解说员暧昧地介绍着
虎骨酒的功效如何如何神奇
一位老诗人悄悄带走了两瓶
他不时眯眼端详着
瓶里浑黄的液体
仿佛带走的不是两瓶酒
而是藏在酒里的两只老虎
和猛虎下山的威风

小乔传

建安三年，乔家有女初长成
名曰小乔。藏在深闺，大门不出
二门不进，也不聊 Q
那时还没有照相和视频技术
她唯一的画像，出自吴之璠之手
不过那已是千年后的事情
她的美属于传说中的那种美
是媒婆嘴中的美，历代文人笔下的美
诸如"三寸金莲四寸腰"
"梅花一树傍幽姿"……
流传最广的其实是关于她对美的癖好
譬如喜欢绿罗裙，喜欢发髻高缭
喜欢把眉毛修成一抹淡淡的云彩
喜欢恶作剧般地朝井水里丢胭脂
丢着丢着，井水被染成胭脂色
有了胭脂香，丢着丢着

心就变成了一口深井
情窦初开的小乔，用琴弦打水
琴声比流水更悠长，三国版的简
用琴声寻找她的罗彻斯特
不比武招亲，不抛绣球，也不上非诚勿扰
她只在琴声里倾诉和等待，琴声就是媒婆
她坚信那个听懂的人，就是她要找的人
最终抱得美人归的，是精通音律的周公子
这一抱他就再也放不下了
抱着美人和诸葛亮斗法
抱着美人排兵布阵，大英雄周公瑾
让一场赤壁之战变得缠绵悱恻，东去的流水里
尽是桃花。后人叹，一首《铜雀台赋》
引得江山乱，其实
弄乱的何止是江山，还有人心
他们乐于以讹传讹。因为在每个男人心里
都装着一个小乔
在英雄配美人的经典爱情模式里
他们都想做一回周瑜
而小乔是不死的，她一直
端坐在江南的一只蝴蝶里弹琴
永远停留在建安三年，永远都那么美

登香山

黄昏时。我爬上香山
值深冬，叶已落
已很难区分
哪些树木曾青葱如绝句
哪些树木曾火红似小令
山无游客迹

只有孤独如皮影

窸窣于那些低矮的木丛

只有寂寞如松针

缝补着人性里

那些巨大的虚空

还有金银木

它紧抓着脚下

一块无比现实的土壤

却做着一棵理想主义树的

遁世之梦

天空灰不拉叽

没有一粒鸟鸣

可以唤醒麻木的心灵

远处一团模糊

没有一盏灯火

点燃辽阔的星空

群山如弃儿，无助、清冷

在无边暮色里

是什么让我心疼

但我心疼的又是谁呢？此时

我宁愿是个哑巴

不哭也不笑

但也并不能证明我的温良

我只是，在灵魂深处

引一声凄厉的狼嚎

然后摸黑下山，打车

回到热闹的北京城

田 暖 / 作品
SHANDONG POET 60

　　田　暖，女，本名田晓琳。1976年生于山东临沂，诗歌见于《诗刊》《诗选刊》《诗探索》《中国诗歌》等，并入选多类年选；主要代表作有诗剧《隐身人的小剧场》等，著有诗集《如果暖》，诗合集《我们的美人时代》《诗歌组》《海边》。参加诗刊社第29届青春诗会。获中国第二届网络文学大奖赛诗歌奖，第四届中国红高粱诗歌奖，华文青年诗人入围奖等。中国作家协会会员。现居济宁。

诗人：田 暖

诗观：

　　因为爱着，所以写着。诗歌是我灵魂的出口，是人性的光辉，它那么清澈、宁静，空寂而又丰盈，它让我安静而又充实，是我内心流转的声音，它构成了一个人内在的精神血液，跌宕起伏着一种令人不安却又乐此不疲的动荡之美。诗歌是生活的那部分，也是想象或理想架构的那部分，万物之内都有它的存在。诗歌应该有自己的思想、担当、独特的个性气质和创新，在诗歌的裂缝中找到自己生存的位置，让诗歌真正发出自己的声音。

星星草

梦到大水，梦到大水冲了龙王庙
梦到绵羊，绵羊脱了缰绳

醒来，惊坐
抽刀
断水
都没有阻止那场突来的横祸
除了痛哭流涕，除了一屁股抵命的债
就是天作屋顶
一个女人蜷缩在马路牙上，抱着她的孩子
一夜又一夜
数天上闪烁不定的星星
数一片曙光诞生的黎明

与神为邻

那么你看到了：野花，蜂群；荒漠，落日
这些明媚或灰暗的事物
早已不是我一个人的秘密
你暗居高处，把我视作一颗灰粒
滚着米粒，与神为邻

让夜晚赶梦，白天赶风

但，即使你在云端，也不能忽略
这些被风划开的暗伤，和疼痛
都是穿不过针眼的大象，被挑在针尖上
像一个女人被暴力撕裂的产道

你看这——生，这因痉挛而动荡的
媾合体，就像蝌蚪的胎衣
在告慰高处的星星，在抚摸生育过的河流
当我把教堂的钟声设为手机的铃声
似乎它每响一次都让我突感一惊
是神的话语，悲悯的信仰？
让我把木琴、竖琴，鸟鸣……哑默在流逝里

请美，请统领着那些美

请温润，请再温润一些
最好是蓝田的暖玉，最好是暖玉上的轻烟
把美的薰风，扶摇得像偷袭心尖的风暴

请轻，请再轻一些
最好是兰的梵足，惊响幽谷
惊落了月光，惊熄日夜围绕你的黑夜

请隐忍，请再隐忍一些
我们隔着镜子和万般幻象，承受不息纠缠于你的轻重
无轨，弯曲，形变，伤痛，溃败，和那些灰质部分

请尖锐，请再尖锐一些
锋刃就是要挑破顶针里藏匿的西风，就是要疼也彻底

爱也彻底。就是昏死了也要醍醐灌顶

要颤栗，就再颤栗一些吧
当微凉的火，滚烫的冷兵器偎在一起，唇齿相依
互为叛逆；当美屈服于美的漩涡

你必须给她挤出一条路来。给她性灵，给她风骨
让她出落的像一位美人
死就死得其所，活就活得卓绝妖冶

颤　栗

此刻我颤栗是因为爱情
两只刺猬已将尖利刺入彼此的身体
而不是蝴蝶动用饱含罂粟花蜜的尾部

此刻我颤栗是因为生活的榻上
狡兔三窟。被温柔之乡养育过的神经
一觉醒来，就不停的喊饿、喊渴

此刻我颤栗是因为至今仍买不到一所房子
收容这颗颤栗的心，它和你共振
画梦，品茶，对饮，安放倦怠和自由

此刻我颤栗是因为我穷尽焰火仍然没有说清
这颤栗的活着——词不尽意
给活着：太多留白、太多烧不尽的余灰

此刻我颤栗并不是因为刺猬、狡兔
这些略带异类的暗喻，它们多么无辜
这的确是因为我僵持在波浪形的巅峰混乱里

每活一天，都忍不住颤栗
忍不住疼痛、痴傻，忍不住要赴汤蹈火
像专为你备好的那么迷人的呼吸，或雾霾

你爱的苹果你爱的平衡术

我担心的苹果，正鱼贯着从倾斜的篮子里
散落，恰到好处的散落……
在桌布陡起的悬崖上。哈，这些危险的，悬而未落的苹果
在这一刻的支点上，是平衡术？
让它们和周围保持着，普通而恒久的联系

但亲爱的塞尚，后继的塞尚
有时候我需要你，像圣维克多山一样
持重、遒劲有力，立在我这儿
先吃掉这些苹果吧
再拿走这些惴惴不安的空气，请拿走
维系我们若即若离的这些模糊不清的
骨架，玄机，伎俩和框子，哦这一纸所谓的关系
在空茫的眼前，不仅仅是

行为私闯了公约，爱平衡着不爱
五颜推涌着六色，梨子取代了苹果

该落的就尽落了吧
碎了的就让它碎了
那只一直在玩纸牌的手，只需轻轻一摊
是的，你看到了真相

鱼不能飞起来却爱上了天空

给灰尘一个去处，给鞋子一个家……
这是我每天都在重复的事情

我的梦多年前就被一个孩子盗走
现实的栅栏引领着，这个生活的仆人

上天赐赠的盐巴，一部分洒在了锅里
一部分存在眼窝，涌向泪腺的海

你看我不停地向滚滚汤水添着佐料：
辣子，酸奶，甜菜，酒精，净水……

却止不住对扑面袭人的花粉过敏，感冒
这是一百平方之外，遍地攀开惑媚的蔷薇毒

——这安娜搭乘的精神号逃亡飞车
扑簌簌落着花粉，正把我运向更久远的秘境？

而栅栏之内，一些影子叠加的小人儿让你越来越重
直到你完全丧失了自己，鱼不能飞起来却爱上了天空

当蜘蛛离开了网

它并不从容，在我舀米的瞬间
这只突然惊现的蜘蛛，那么迅速
从掩身的米堆拔脚，转身
我看到它在装米的塑料袋壁上一再摔倒、滑脱
那么倔强，不甘

它看上去像离开了土地的弟弟
也仿佛是在嘴唇上讨生的异乡人
咀嚼着粮食的碎片，抽着一根丝
焦灼、匆促，使着浑身解数
不停地调整着姿势，和内心的微光

我无助地审视着它，直到它也回了我
一个英雄气短的眼神，真的
和一只闯入电灯上的飞蛾无异
一颗扑火的心，在光滑而凉性的冷光边缘
找不到登陆的海岸

当蜘蛛离开了那张惯性生活的网
现在，生存让他获得了鲜活却迷茫的另一张大网
悬在天空之下，苍海之上

剖蚌取珠

她一点儿都不含乎，一双细白的手
从盆里捞起一只只黑蝶贝，扔在地上
然后抬起右脚，用力一碾……再一碾

瞬间，一颗颗亮灿灿的珍珠光照着夜市
源源不绝从卖珠人的手里
交到上帝手心，就这样一手交钱，一手交货
这么天经地义

似乎我们都已经忘了，就说这小小的黑蝶贝吧
——给它水，给它沙子
给它源源不绝的爱，再手起脚落给它无情的背叛
而它却亮给你珍珠，它向你交出了毕生的珠泪

——事实上我们交换的，也许只是
生命的悲愤，灵魂的珠玑

然而更多时候，除了珠子和珠子一样的东西
似乎我们什么都看不见，什么也不愿意看了

在 B 超室

她说她肋骨隐痛，那正是昨日
他曾紧紧拥抱的天堂
她说她想咳，却总有一种咳不出的东西
黏稠、咸涩，窝在深处
像一块不可救药的肿瘤

果然，我看到她那只被切除的乳房
一块触目惊心的疤痕，安静地躺在
她空荡荡的右侧，仿佛是在代替他
爱情走得太远了，但她还得继续活着
替他在坟前烧纸
替他照看另一个酷似他的毛头小子
未来是一片模糊的影像

而回忆，就是脚手架上那片突然到来的阴影
这阴影，让他真的来不及呼救一声
就突然踩空了，就突然破碎得
像从她身上割除的一滩血肉

现在，那片阴影正努力聚合着
向她靠拢，"已扩散到肺部——"
医生手持探头，沿她的肺腑，继续探检

"胆囊结石，重度肝硬化"

当肝胆不再相照，我看到她下意识地给自己一个微笑
美丽的，就像蛤蚌用疼痛与泥沙秘制的珍珠
从幽暗的遮蔽中，慢慢退出了 B 超室
退出了人们的视线，消失在远处

我们仅隔着一面镜子

事实上，我们正美妙的发生着某种关系
洗浴时，我看到你就在我对面

身上披着一层水雾，在雾气弥漫里
我看不清你——而我找了你那么久了
你若隐若现，投身在一面镜子里

但我知道，你有悲天悯人的心肠
你有上帝的身份，上帝的面庞
上帝的痴情，魔障般的征程

我们隔着十万里雾霭，但我知道你就在我面前
当我伸手去擦镜子里的你，多么神奇呵
你脸上的雾气，瞬间即化成了泪痕

这些因为爱而呼之即出的珍珠呵，滚落着
滚落出镜子。你一定也读懂了我这颗滚烫的心
一场辽阔的爱，让我们无限接近
无限接近于一种真理，一种传说

情到动人处，我伸出双臂去拥抱你
而你却消失了——雾气消失了，珠泪消失了

现在只剩下一个我，只剩下一个人

在饱经洗礼之后，在无限阔大的水银镜面上
像一朵出水莲，或者像一万朵出水莲中的一朵
直到我也消失了
只有无限涟漪，无限宁静
在一个无限良美的世界，旋动着一扇神秘之门

蝉 蜕

它们在油锅里，动一下
再动一下，我的心也跟着紧一下
再紧一下。是煎熬，焦灼和穷途末路的挣扎
拖着失明的复眼，失声的响腹

相比之下，它们在地府生长的早年生活
在黑暗、逼仄而潮湿的空气里
一度被根滋养，被希望灌溉

一旦歪歪斜斜的爬出厚土，这光明顿现啊
但很快，一场金黄色的盛宴
以饕餮之势，在等待它们——

噢，就是那些金蝉脱壳、攀上高枝的
灵类，金风玉露约等于同伴的血肉
他们道貌岸然的嘶唱着：知了，知了……

略带一点"劣根"的亢奋
那么聒燥，又那么警世，但请知道
金蝉子总在成佛的路上，施善施德，作光的修为

咔嚓……咔、嚓

你不曾在意却又那么势不可挡，它轻轻
就将你吞下了半生

这幸福的火车，这甜蜜的冰裂
这物质的房子和车子，这半生积劳和坎坷
鲜花与巧克力——这尚未完成的箜篌

突作崩弦，"咔、嚓"，就是半生
悲哀的碎银——在浑然不觉的撞折之后
痛可以一剑封喉，却挽不起魂飞魄散的流星

——死神啊，咬定了你
没有一个美好恒久的词能够阻止
一场飞来横祸，一场命定的空无
没有一辆火车，没有一辆固若金汤的坦克
能够避让——但人生

每一天都在加长，咔嚓咔嚓……
它依旧轻柔地推搡着你的肩
百草和百神栖居的你呀，必将典当出另半生
来复活这半生的死去，只要你还活着

生死课程

小时候我常常趴在坟坡上
拔那些又鲜又高的草，这是羊们的美食
直到有一天母亲告诉我
这些草如此繁茂的秘密，从此我开始恐惧
大地上这些草绿色的乳房

仿佛来自另一种令人叫喊的力量
那个黄昏，我看到父亲站在平房顶上
一铲铲把麦子堆得像他刚埋了
死于鼠疫的姑夫的那种形状
也许是突然的心悸，他那么迫不及待将它铲开
又堆成一座屋脊一样的环形山，绵延着
死撑着，慢慢降落下来的黑夜
之后，他长久地瘫坐在星空之下
直到冬天，父亲才像刚学会走路的孩子
从同样的病患中逃生
但大奶奶、五婶和三嫂都没有逃过那瓶敌敌畏
磨沟里能推醒二更鸡的
我奶奶也一饮而尽，用一辈子配制的砒霜和酒的生活
接着是我姥姥、爷爷、大爷、大娘、大舅
还有年纪轻轻的表姐夫，他们的一生
都是在非命或恶疾里，一天天走向死的
我们并不像上天那样完整，亲爱的人
我知道你今天正在鉴定
另一支玫瑰的消亡，而我坐在这里
除了写一首尚无结案的诗
只有坟上的青草，还在风里鲜茂如初地摇

逃遁之诗

逃出爱情，逃回故乡
一条河多么清澈、安宁，它安抚着
支离破碎的骨头，却抚不平自身的波澜

逃出阴影，逃进虚构的远方
沉默，吃光了梦的光泽，失重的脚步
依然平衡不了，压弯的地平线

逃出欲望，逃进医院
除掉无常的胚芽和那些装死的利齿
柔软的波心，并不能挽救人群那坚硬的群山

逃出关山，逃进一首诗里
这发光的颗粒，仿佛苦行僧的宗教
正用千军万马调配灵魂的亮度

而当灵魂出窍，逃出肉身
亲人啊，即使遗世逃名老，残山剩水身
那些哀伤与欢喜，归去来兮
依旧顺应着逃不脱的轨道，在殊途同归

纸 杯

它代替最后一只破碎的玻璃杯子
延续维持着我，日复一日活下去的水分

纸质的杯具，满溢着诗行一样的
慈悲、痛楚、爱和良善
缓缓注入我的身体，洗涤着心跳，声音
丰饶，那些暗香浮动的黄昏

但纸质的杯底，却缓缓泄露了一个世界
那些水一样，已被命名
和尚未命名的流体，在光阴之外
那些因消逝，而获得的美

在塑造与毁灭之间，纸杯构成了水的面具

而红荷一样婷立的事物，正从杯体的壁画上
探出无限辽阔，仿佛耸向高天的教堂

但我知道烂泥的生活，它依旧沉在低微处
垂怜般发酵着
死去的骨髓、泥沙和浮沫，作为另一种滋养
我的嘴唇正缓缓啜入杯底

认识夜晚

黑暗终不曾饶恕我们，每一天
我的手上缠着一张不断翻新的网

就像今夜，我和女儿正玩的翻线游戏
而光线微弱，织进无法被结痂的事件中心

除了静坐这里，解一场刚刚缔造的死
结。日子弯曲着，还得一天天穿肠而过

命运为我们布道了纠缠不清的官司
我随时准备以死理赔，每个出乎意料的今天

在时间预设的判决尚未到来之前
静美穿着虚构的睡袍，忐忑、疲惫和惶恐侵袭了

生活最常态的活着。而我却听到了
多么奇异的声音，黑暗里吱吱地叫声——

来自笼中，我们豢养的狡兔，作为人类的
玩物，仿佛来自另一个自己，另一些

抗体，作为生存的证据
我和它红红的眼睛茫然对视着，恍惚划过

一道红宝石的光芒，旋即凝成琥珀滚进无边夜晚
"你把黑夜深深吸进自己眼瞳"（傅天琳语）

安慰之诗

当绵软的风，终于吹得你辽阔无疆
你可以呼吸花香，在刀俎之上

落日正从胸口喷出，灰暗之上的星空
一纸幽蓝的静
轻轻就压住了万千雷霆

仿佛山峦崩倾——
无法承受的境遇，终于使你获取了
飞翔的轻功——这生活的假释者呵

月光般轻轻滑翔着
松软的羽毛，带着梦幻的力量

"咕咕——咕咕——"，发出
也许并不是"咕咕"地叫声，却神启一样
让你感到神秘鸣叫的光——正绵软的滴向你

即使它拔不起深陷刀锋的手脚
即使它短暂的仿佛一行无用的诗
却还在安慰着，一个已经无法安慰的世界

瓦 刀 / 作品
SHANDONG POET 60

　　瓦　刀，本名朱瑞东，1968 年 12 月生于山东郯城，曾在《星星》《诗潮》《诗选刊》《扬子江诗刊》等文学期刊发表大量作品，入选多种年度选本，有部分诗作译介到国外刊物发表。获临沂市政府第三届沂蒙文艺奖，时代文学年度诗人奖等多个文学创作奖项。著有个人诗集《遁入》，九人合集《人间四月天》。山东省作家协会会员，中国诗歌学会会员。现居临沂。

诗人：瓦　刀

诗观：

1、诗以载道，亦悟道。

2、诗是灵魂拨动语言之弦奏出的生命真音。

3、诗歌是我与神祇交流的哑语。我常常为自己找到了情感或情绪宣泄的出口；窥探世界与万物的窗口；唤醒和解救自己的入口而激动不已。

不能让你不委屈

原谅我的故意，在这磕磕绊绊的诗行里
省略你，不能让你不委屈。
我也是，宁愿深夜独行的不堪
委屈于内心的陡峭，找寻一点尊严。

面对生冷的光阴，我显然不够圆滑，
不能在黑夜与白昼的对抗中选择中立；
也不能在平凡和庸俗之间划出界线。
我或是黑夜醒着的影子，一缕空心的光。

生活很重，忧伤很轻。你可以
看不见那些悬浮在生活表层的意象；
看不见伸出梦外的一只手，隔夜的灯。
你却不能看不起它，不能刻薄它。

暴力的制造者，将是暴力的受害者。
不能让你不委屈，我无意在琐碎的庸碌中
复加无妄之祸，让枯朽的肢体陷入一片沼泽，
让失去重心的灵魂跌进一炉炭火。

躲开林间穿梭的风，是因为高举的鸟巢
不能倾覆，还有那巢里柔弱的希望

坚硬的外壳不能破碎。你不会不知道，
那些斜逸的枝桠究竟隐匿了多少风霜雪雨？

月全食

那是我掏的洞，正好掩埋月亮
对面的夜，宁静而深邃
适合出轨，更适合出逃
芦苇荡里，有为你准备的小船和
几两碎银
截获一滴鸟鸣或一缕细碎的风声
作为暗号
一叶扁舟就颠簸在烟波浩渺中

时间不要太长，就选择两年后吧
在草木返青，万物萌动的时候
你乘大船而来
在码头、在江边、在人流中
我们不期而遇
就像两只久失对手的蟋蟀
碰碰触须，再战三百回合
也可以装作互不相识
擦亮眼睛之后，擦肩而去

健忘症

这个秋天，先是忘记了自己的姓氏
忘记了家门和籍贯
后来——
它忘记了山高水长，生死契阔

忘记了骤雨初歇，杨柳依依
忘记了长歌当哭，旧梦未酬
它也忘记了曾经无限眷恋的江山和社稷
只有一件事它至今耿耿于怀
它对每一片装饰过它的落叶
说同样的话
——"自霜降以后，我从未笑过"。

秋　至

这一次
我做了充分的准备
为你备下了一生的雨水
有绵绵如丝的
有淅淅沥沥的
有滂沱如瀑的

你只管选择
只须思考以何种方式
潜入和退出
我还准备了风和闪电
让波澜更加壮阔
让浩瀚更加无边

我将用两种语言
译出你唇间流动的
阵阵涛声；胸口荡漾的
粼粼波光。这还不够
我必须辅以手语
作为注脚

分 离

整个秋天，我在重复一件蠢事：
欲把我的躯体以嫁娶的方式
归还给影子，薄雾中的曦光

无法安睡的夜，我常常用呓语
摇醒嗜睡的躯体，告诫他：
一具失去影子的躯壳是没有温度的

醒来的蜜蜂，穿梭一朵秋菊
狭长的花瓣之间，用囊中羞涩的蜜
交换她舌尖上小剂量的苦

菊花怒放，像一枚动词，暗暗地
抖动了三次，咽下喉咙里的千辛万苦
之后，一动不动

骑着骆驼，赶着羊群，唱着信天游的
是我缓缓迟归的影子，此刻
正穿过长夜漫无边际的荒漠

之于影子，我瑟缩的躯体仍然缩在
秋天黑暗交织的棋盘上，为跳一步马
绞尽脑汁，计算成本

壁 虎

"既然今生注定在墙壁上修行
绝不羡慕人类的温床。"
这是一只壁虎的誓言。

其实，它的内心无限孤独，
孤独得让人一看见它就想流泪。
我常常透过夜色与它对望，
它晶莹的眼睛，布满忧郁。
它害怕亮光，即使白天
我也紧闭着厚厚的窗帘，
我猜测它一定感激我的良苦用心，
可让我难以释怀的是——
这么多年，它明明拖着一条长长的尾巴，
却从不对我摇尾乞怜！

色非空

他像一个行色匆匆的僧侣
满园花色，他未看见
中秋时节，花草依然葳蕤
牡丹，蔷薇，秋海棠，花瓣儿招展
这竞相弥漫的暗香，他未嗅到

"亲，你还会回来么？"
只此一声，就喊停了九月执拗的脚步
他蓦然回首——
一朵正在凋零的花儿，枝头乱颤
所有的秋天，都跟着回头

霜 降

也许在天上待得太久。年轻的雪
趁夜色不备，奋不顾身地
扑向了秋天，像一个早产儿

还没学会啼哭，便一头拱进逼仄的尘世
让我感到讶然的是——
地面上，寻不到它一丝踪迹
甚至一滴证明它来过的水渍
天亮了。秋天继续保持昨日的表情
除了昏聩，找不出一枚令人激动的新词
街道上人流如织，没有谁
主动提起这场来历不明的雪
以及它的去向

饕餮者

这一场风雨中的盛宴，你怎能不来
世界原本是公平的，因为大地的弧度
你必须带上全部的棱角，上路
允许你迟到，你不能不来
我所有裸露的伤口等着你
命名。撒盐。涂抹蜜糖

不用客气。在我变成一具骨架
被夜色收藏之前，尽情舞动你手中的刀叉
大快朵颐。看看我偾张的血脉
穿过你月光般的云鬓，流向何处
看看，你饱餐之后收拾残局的潦草与羞涩
当然，你也可以早退

平衡术

桂子云中落。你从未言及
却隐于万丈阳光里呼风唤雨

蚂蚁骑在大象的脊背上
一只壁虎试图咬断自己的尾巴

你是谁？让我抬头见喜，低头哭泣
谁撕毁我的袈裟，给我披上道袍
谁偷食我的黍稷，在我坟前摆上贡品
谁在平衡木上闪转腾挪，脚下踩着易碎的山河

洪流中拥挤不堪的尘世之舟，摇摆不定
走钢丝的人获得片刻欢娱
我睁大眼睛，东张西望
谁？谁在火里冲着我喊："来！给你糖吃 ——"

秋风辞

别再打探村庄和河流的下落
一株有家无乡的蓬草
关于村庄的记忆已经模糊
像一首遭遇不惑之年的朦胧诗
隐喻我朦朦胧胧的未来。

我极不情愿在阴雨霏霏的屋檐下
复述潮湿阴暗的光阴；
不想用湿漉漉的笔墨
抒写一窝麻雀幸福的生活。
我只祝贺我自己！

祝贺我从农民到市民华丽的转身；
祝贺我先于秋风抵达一树硕果；
祝贺我诞于崇祯壹拾伍年
卒于共和陆拾肆年的村庄

从此摆脱病痛的折磨。

祝贺我用搬动一座海的勇气
将自己与古老的田野剥离，
无暇顾及连根拔除的藩篱
风中啼血。泽被秋色
我俯首涕零：强扭的瓜真甜！

声声慢或与一只鸽子的争议

你说，你可以在我的身体上
颠倒黑白，绝不能惊扰我裸奔的灵魂

秋天的斑马线上，我并没看见
你赤裸的灵魂，表情复杂的河水
在脚下逡巡

风声，一阵紧似一阵，只有蝉鸣
声声慢，任凭它躲在摇曳的光影里
喊破自己黝黑渐冷的身体

秋风漫卷的空寂里，我与一只鸽子
在争议，究竟谁该虚度
胸前这一大抱无人认领的光阴

秋之花

秋天的阳光，缺斤少两
并不影响对未来的照耀
我以蚯蚓的特性

钻出泥土
无意与你分享
黄昏里的秋阳

不要问我身世
不要问我姓氏
不要给我命名
你只须爱，只须把体内的杂芜
深埋万丈红尘
以招魂者的姿态
收集草木残留的暗香

从这里寻找春天
需要经过一个冬季
这是一次渐渐冷却的行程
枯萎或佯装枯萎
才能抵达下一个花期
才能在遥远的梦里
抵达黎明的曦光

秋之梦

我继续保持蚯蚓的特性
用身体写字
用唾液抒情
在清香弥漫的花瓣上
在四处飘零的影子中
不要嘲笑，更不许蔑视
我缩在骨节里的恐惧
我蠕动时的窘态
当枯叶化为灰烬

当天空被晨曦点亮
你将看到泥土里曲曲折折的诗行
挂满黑夜的泪珠
闪耀太阳的光芒

秋之思

风以惯用的伎俩
潜入秋天深处，煽动
天空向左倾斜
月光和虫鸣碎了一地

我练习用不管的办法
对付管不了的事物
不管秋风如何招摇
不管天空如何左倾
不管月光和虫鸣碎成几何

我只以日出日落的速度
丈量自己，丈量我与尘世的距离
以庸常的步履
趟过一道道沟壑
一道道颠沛流离的风景

莫须有

这次，我决定不再宽恕一首诗
第一行，言之无物，谎话连连
第二行，涂满毒药，我无法呼吸
第三行最可恨，为了迎接

一小片乌云，把夕阳撵出诗外
让落日至今无着落
第四行，抒情僵硬，有模仿我表情之嫌
第五行，用匕首作意象，暗藏僭越之心
第六行，只眺望盛大恢弘的春天
无视雨中稗草之暗疾
够了，六行罪，罪罪不可赦
先打入死牢——
再往下读，我不确定自己
在最后两行自欺欺人的忏悔中
不反悔

读心术

泛着微蓝的天，像昨夜雨中
破窗而入的风，道场不在天之上
它在我隆起的胸部种植石头
供养飞禽和走兽；在塌陷的地方
豢养海水，繁殖鱼类
我开阔平坦的腹地，布满绿荫
最适合做梦，却梦见禽兽下山，鱼群上岸
它精通读心术，深谙我不敢翻身
怕铺在身下的日子，败絮外露
它拉开巨大的抽屉，赠我阳光、雨水
夸我是天生的拥趸者，怂恿我
与天下的反对派交恶，互讦
它让我俯首称它为天的时候
我窥见它宽大的衣袖里除了缥缈和虚无
空无一物。我没忍住
还是不自觉地喊了一声：天——空

有时候

有时候，我一睁眼
就看见自己像一件等待寄出的行李
头颅、躯体和四肢
捆在一起
结结实实

我还看见我的嘴上贴着封条
上面赫然写着——
净重：90 公斤
小心轻放，切勿倒置
目的地：不详
收件人：不详
用途：不详

要浪漫，随我到梦里去

说这话时，他已经把一场梦
据为己有。窸窸窣窣关掉体内的灯盏
他扔出一串狂乱的呓语
含混不清的时光，吐出
一小片儿夜色。他又扔出了面具
扔出了纸和笔，扔出
一个布满刀尖儿的时代
他就像一边领略风景一边抛撒垃圾的游客

后来，他干脆拎出了自己
让人感到无限悲凉的是
他把一具断榫的身板儿
支在了支离破碎的月光里

风一摇，发出"咯吱、咯吱"的声音
我就想起多年以前 ——
为了寻找这个梦，我一个人走在
午夜的雪地里

尘世之心

其实，每人手中都有一张弯弓
你能看见这尘世之中
乱箭低飞，纷纷寻找各自的靶心

而更多的箭镞，去向不明
披着夜色的欲望，像坠入渊底的蜥蜴
贴着崖壁，爬行或张望

夜风，跌跌撞撞，捉对厮杀
睡莲没睡，把孤寂埋在时光的跫音中
隔着灯火，吞云，吐雾

烙　画

电烙铁在一块木板上游弋
袅袅烟雾裹挟着椴木香
开出莲花的形状

他是一个懂得布局的人
开开合合间均衡，虚虚实实中取舍
他像布置一面逼仄的生活之局

房屋、炊烟、流水、树林

在他勾、点、染、擦的过程中
渐渐清晰，疏密有致

一条石径尽头的留白处，让他忽然
想起了什么，他拾起烙铁
深深浅浅地勾勒着

—— 那是一个女人的背影
他眉头紧蹙，彷佛烙在自己的皮肉上
散发着焦灼的气息

在河边

落叶最大的悲哀不是离开枝头
不是从风中走进风雨中
或源于对岸的灯火，无力缩短的距离
或有另外一种可能 ——
源于岸边一只昂首阔步
羽翼未干的白鹅

我不是隔岸观火的人
当我从一枚落叶的孤独中抬起头
恰巧这只白鹅经过我
它带着一条河流湿漉漉的傲慢
用天鹅的眼神量了量我身后
巴掌大的秋天

烂尾楼

从它空洞的眼睛可以看出

它已经失去耐心，正以自残的方式
损伤一个城池的自尊
它像一首未写完的诗
企图用一串省略号拖延时间，掩盖
渐渐荒凉的词语

这突然荒废的奇观，不足为奇
一个拾荒人凑过去，伸手
扯下一片落满灰尘的防护网
像轻轻揭开一块儿尸布
两部塔吊，分立左右，一言不发
始终保持默哀的姿势

融合或对抗

我身藏不确定的弧度和硬度
妄想从山石的奇崛中，探出
它与尘世的关联。有时候
我苍凉得就像一块石头，企图
从一场秋雨的温度里获取片刻的润泽

我并不担心体内的湿气过重
归于尘土之前，这是我与
愈来愈冷的太阳，愈发锋利的山尖儿
保持对抗的力量之源
看——头顶的雾岚作证

一棵树的寓言

我离开它的时候，天空

下起了细雨。断裂的地方
一只乌鸦,痛醒。

眼前,它依然保持
顾此失彼的状态,在秋天的
一声叹息里,长成叹号!

从根系到树干,再到枝蔓,
养料已所剩无几。
高低有序的枝桠,在无序的争抢中
茂盛或枯朽。

叶子,黯然失色
在春华秋实的冥想中,变节。
泥土黄了又黄,我在上面
鼾声雷动。

王桂林 / 作品
SHANDONG POET 60

　　王桂林，曾用笔名杜衡，沂蒙山人。1962 年 9 月生。1984 年开始诗歌写作。作品散见《人民文学》《诗刊》《诗神》等刊物。有诗入选多种诗歌选本。主要著作有诗集《草叶上的海》《变幻的河水》《黑暗中的花瓣》《内省与远骛》《以一棵矮小的松树的方式》《新绝句：沙与沫》和随笔集《自己的池塘》等。主编《黄河口诗人部落》。中国作家协会会员，东营市作家协会副主席。现居东营。

诗人：王桂林

诗观：桥墩

　　四个男人在酒精里膨胀。它们的交谈／像午后的海洋一样空阔，漫无边际。／她陷在其中，一汪愈来愈深的水／使她忍不住直了直身子。"你们说，／在你们心里，诗到底是什么？"／阵风刮过水面。一个学术问题／瞬间变成了生死拷问——／宏德最先发言。他一脸清醒／却故作茫然状："啊……诗啊，诗就是／茫然……"海面上波光闪烁，起伏不定——／赵逸之，似乎不屑于回答这个问题，／他浓密的髭须向空中撅着，撅出／两个脏字。哦——黑鲸！从波光里／跃出，又迅速跌入波光中。而后，／是年长的连城兄，他目光坚定，手臂平伸，／紧握的拳头猛地向下一压，似乎正将／一根擎天巨柱插入海底："桥墩！／对，诗就是架桥的桥墩。"他放下手，／一个漩涡，霎时旋转进另一个漩涡。／骰子，也最后轮到了我这里。／我好像胸有成竹，在波光的间隙／已准备了足够的言辞。我一口气说出／乌云、藤萝、刀子，未被画出的部分，叉号，／还有零，引起大家一阵讥笑。午后的海洋／显得愈其空阔了——惶恐中／我一下打翻了茶杯，棕色的海洋／立刻溃散，漫溢，沿着桌子流下来。／而她只定定的看着，一动未动，／任由它洒了一地……

落　日

假如不是如此在乎，我肯定不会
在黄昏时，一次次站到三楼的窗口
看管理局高耸的大厦，以及大厦顶端
傲慢而短暂的金色，倾听远处
沉闷的滚雷。让同一个落日
带着疼痛和笑意，在我辽阔的胸腔里
渐渐熄灭……这无关野心
也触及不到梦，和命运
假如我能一口气爬到第十九层
假如，我愿意追随……

葫　芦

一只葫芦在那里鼓胀——

它挂在院子东南角的藤架上，
风一吹
就忍不住轻轻摆动。

三十只蚂蚁和一只鸟
是它可以承载的重量。

它挂在那里
独自体验着下坠的快乐。

我是从两个月前
看着它一点点长大的。
起初它身上扎手的茸毛
现在让风全部吹尽。

它不是我和你偶尔鼓胀的部分，
也不会因一声呵斥
迅速萎缩。它有着——

让人嫉恨的圆满。

搓玉米

多年后我依然记得
一家人在屋子里搓玉米
金黄在寒冷的腊月闪耀
冬日的夜晚比白昼漫长

我们围坐在一只簸箩四周
用一颗去搓另一颗
饱满的籽粒四处星散
它们用自己的牙齿将自己崩落

这看起来似乎有些残忍
但当时并没有人会这么想
煤油灯比窗户纸还要昏暗
大雪在西风中四处飘荡

如今许多事物已在生命中消失
没有人再刻意把它们记起
而我却感到那一刻又在到来
听见了搓落的玉米刷刷的响声

我正把自己一粒粒搓落下来
将一生灰烬当做黄金堆积

大雾中的三角洲

大雾使三角洲一无所见。
它感到自身的飘渺与苍茫。
我和三角洲曾经是
一样的土地模糊而沉默，
如今更浑然一体，难分彼此。
在大雾里面，黄河也不为所见，
但依然静静地倾入直到大海。
它本是地上河来自天上，
现在却化作一股暗流
翻涌流淌…… 三角洲，黄河，
连同难以启齿的往事
此刻都像大雾一样在胸中弥漫 ——

无用之物

旅程中无数次得到的
那些无用之物，我至今不忍扔掉。
它们，和被我无数次写出的诗
一样无用。像极了
我一生中的无数次爱，无数次

不经意踏进时光里的
无用的脚印……

水　井

我对世界的爱
幽深得像一口水井
只有少数几人
能听得见它的回声

我对你的爱
比水井还要幽冷
水面映出你的面庞
我却永在镜子中

如果有一天和世界告别
我会和水井一起沉落
在谁也看不见的暗处
开满大丽花……

我自己

自己永远是自己。
系领结是。着马褂是。穿上大主教的长袍
还是。

谁也代替不了我的人世。我种的果子
定会被我吃。
那是我的黄连，我的蜜。

自己不会活在别人那里。
最多暂时离开，永远不会忘记。
自己永远是自己的标尺。

我是我的一口气。
自己才是自己的钻石。
我和自己会常常相遇，但它们不是一个词。

永远是我在死去。
永远是自己生出更新的自己。
永远是。永远是。

和一个画家谈诗

整整一个下午，我都在他画案前
反复聒噪。从屈原到李白，从但丁
到博尔赫斯。我例举床前明月光，
那片黄金中有如许的孤独。例举
日月忽其不淹兮，
暴风雨中没有舵手的孤舟。他都
不置可否。我又拉出孔子，诗三百，
一言以蔽之，曰：思无邪。
他愈其惶惑。最后我说（其实是弗罗斯特），
诗，就是翻译丢掉的东西！
这时天已向晚，他才略有所悟：
难道就像绘画，不是线条，不是块面，
不是勾勒皴染？它的真相全在
那未被画出的部分，而不仅仅靠笔触
去让所有人体察到？我暗自庆幸：
多亏他是个画家，如果是哲学家
可能他一下午都会不住地摇头，

是数学家，可能不是叉号，
就是：零。

小山坡纪事

"如果阳光此时耀眼
它就终身耀眼"。刚说着
公路已到尽头，就看到了
斜躺在阳光里的小山坡。

稀疏的柿子林，叶子已经落尽。
满树的柿子闪耀，自足
而略带羞涩。一个父亲正
笨拙地爬到上面，摇晃 ——

柿子落下，惊起他年幼的女儿
山枣般碎红的笑声。不远处
一只黄鼠狼跃起，从草丛
窜进灰绿杂陈的松林间。

沿着山里人踩出的小路，来到
柿林和松林对接的地方，那里
铺满砾石和落叶，一朵牵牛花
摆在落叶之上……

仰望星空

他总是在大白天仰望星空
太阳的鞭子抽打着书上的字迹
这间在城里租居的屋子

有着法定的窗户和秩序的顶棚
他从未抱怨过生活
不再像小时候乡下的夜晚
清澈，清醒，迷乱，迷人
钢筋水泥墙壁，双层玻璃
也不会再漏下露水，暴风雨
他每天在日出前准时到来
像上紧发条的时钟
有时，比发情的猫还亢奋
直到太阳，被他耗尽了气血
他就是要在大白天仰望星空
甘愿自己把自己囚禁
因为正是在自己的牢笼里
才可以不被打扰，低头仰望
他甚至确信，他的星空
就在这间屋子的某一个角落
在他每天反复阅读
被太阳的鞭子抽打着的
某段词语的深处……

那天我们在一间咖啡屋里

那天我们在一间咖啡屋里
吃饭，聊天。
自然而然地，聊起志华，
那个生下来就不方便走路的小丫头。
（就在上午，我们还刚刚去看望了她。）
说她长得好看，眼珠真黑，
说她诗写得比我们谁都好。
　"鬼一样精，说话可不饶人！"
我们说起她家，那么大的院子，

东边还有水塘。说起她的爸爸妈妈，
院子里的枣树，还有堆在墙角的
黄灿灿玉米……心里满是温暖。
我们都争着说爱她，但话题
却像秋天一样遥远——
记得有一个时刻，我们都停了下来
谁也不再说话，仿佛她
也来到了这间咖啡屋，
突然出现在我们中间。

我

我从小就没有自己的个性。
我从小就像个别人。
我长大后也没找到自己的道路。
我想走的所有道路都有人在走。
我一直跟在别人后面。
我甚至不清楚我到底想干什么。
我活着纯粹是闹着玩儿。
我知道这个没有用。
我可就是忍不住要这么干。
我又没有道。
我只好跟着人家。
我看不清人家脸就看人家屁股。
我偷偷地看人家撅着屁股捡东西。
我用人家的篮子盛我自己的烦恼。
我也就是高兴一会儿。
我真烦了就把所有篮子一块儿砸碎。
我看着像任何人。
我看着任何人也不像我。

单调的音乐

这单调的音乐不应该
由我独自弹奏，乌鸦
栖在它自己黑色的翅膀里。
午夜的天
并不比入夜之前更黑。

宁静的统治
使它的臣民
都不再感到过度孤独。
我弹奏的乐器 也仿佛
得到了午夜巨大的回应。

在无人歌唱的时候唱出的歌
如同天籁。午夜弹奏的音乐
也不太让我感到凄凉。
它宁静而单调，并被虚空
写进乌鸦的睡眠。

安　静

安静的是这些书，
空气中是语词和它的睡眠。这里书店
有着和别处不一样的寂静。
安静的是这些书。而我如果
抽出其中的一本打开，
这寂静也可能会突然飞出，
并搅扰这空气。
安静的是这里读书的人们。
愈多的人来到这里

翻动书如蚕翻动桑叶，
这里便愈寂静。
寂静来到这个书店，在空气中现身，
它将暗的事物写到人们脸上，
而让光，在书里发芽。
安静的这些书。这些读书的人们。
正午的耀眼和灼热在窗帘之外，
阅读之外。这里书店
恰好似秋日，那无所事事的黄昏。

田纳西

如果我也一个人
来到田纳西
如果我并非一无所有，至少
我还怀揣着忘却
那么我会说
我就是那个忘却田纳西的人
我就是田纳西

劳动者
——给雪松

他比落日还晚一步回到他的院子中。
燃烧了一天的日头
熄灭了它的光焰。
他几乎是顶着星星回来，并亲手
将自己在院子中放倒。
他喜欢这个时刻。不洗脸，
也不吃饭。

他要把一天的劳乏放倒在这个院子中，
像放倒自己一样。
他仰脸望着星空，呼吸渐渐匀称。
他仰脸望着星空，
身子和大地愈加踏实。

他还来不及忧伤。

形式主义的玫瑰

这枝玫瑰你们肯定都见过，或者
曾经使用过。
现在，我要利用它写一首诗。
空荡荡的背景，
不带半点玄机。
其实，根本就没有一支玫瑰
矗立在我的眼前。
我也不一定
非要写一枝玫瑰。
老柴在结冰的北方写天鹅湖，
也没有让一大群天鹅
在他的钢琴上跳舞；
倒是达兄芬奇，
非把那个丰腴的娘们看过瘾，
才完成那幅俗艳之作。
我不是和他们比——
一枝形式主义的玫瑰
比梦想和现实都远很多。
这也不像阿罗：
从一块石头中取出另一块石头，
或者相反：将这块石头

安放进另一块石头中。
我的玫瑰在拟想和揣测里，
满怀狐疑又喜怒无常。
我用转动的铅笔转动它，
它一个侧影有一个侧影的名字。
我说爱——它就撮起嘴唇，
我说恨——它就目眦尽裂，
喷出红色的怒火。
它比任何别的玫瑰都活得更久。
它比任何别的玫瑰
都更像一枝玫瑰。

诗 歌

诗歌不具有羽绒服的保暖性
也不像米饭，可以疗治肠胃的饥饿
它在紧密的生活里有那么一点点
透气性。仿佛水管子没被拧紧
失去部分纪律性的水，勉强滴答出
一些有节奏的水滴，那些溅起的
或者恰好滋润了旁边的一株绿萝
或者，什么也没有滋润

为母亲洗澡

我帮母亲脱下衣服，扶她到浴缸里。
八十岁了，面对我，她还有些羞涩。
她坐进去——看来水温正好——舒服地闭上了双眼。
（当年我在她的子宫里，是不是也是这样？）
她坐进水里，只露出上半身。我则轻轻地

撩起水到她肩上。水，沿着她肩头
松软的皮肤流下来，经过一些曲折的路程，
流到她的乳房。就是这一双乳房，
养大了我，我姐姐，妹妹，和她
另外的三个儿子。而现在它低低地垂着，
有着说不出的宁静，和谦虚。

腊月对话

"慢慢地你将发现：这不是
一个歌唱的季节。
花和蜜蜂退回巢穴，风的绳子
勒紧在凸起的黑色岩石。"

"但早晨，鸟儿仍旧在
落光叶子的枝头跳跃。
它受到谁的鼓舞
以干燥的鸣叫摩擦着冰冻？"

"雪落下，顺从大地的旨意，
雪暂时飘舞，也不能回到太空。
究竟，一截木头无法
拒绝一枚钉子的必然楔入。"

"我熟知你所谓的自然律法，
水往低处流淌。它用
容器的形状再现它自身。
但总有例外，总有一滴水

"溅落在法则之外，且发出声响。
就是现在，它冻结成冰，

它小股的精魂也在蒸腾，汽化，
仿佛为了爱，自我捐献。"

"其实爱情都长着两张脸。
你没见过激情燃烧又被时间浇灭？
你看远山和古树都扎紧自己，
压抑着自己的雷暴和闪电。"

"但我愿意忍受，并让腊月照亮自己。
不仅为了尚未拉开的帷幕，
华彩乐章的开头。还为那半张金丝绒的脸
以及它的秘密，和深咖色阴影。"

桑园短歌

你和许多人，和鸟，和初春起
就嗡嗡乱飞的蜜蜂
一样：盼着桑葚快快长大，熟透，
变得多汁，甘甜，而且柔软。
只有我，仍旧喜欢它青白之时
在枝叶间硬硬地闪耀，无辜而羞涩。
喜欢看那馋嘴的少年，被酸得脸歪嘴斜，
泪流满面……

王黎明 / 作品
SHANDONG POET 60

王黎明，1963年2月出生，山东兖州人。1982年开始发表作品。参加诗刊社第8届青春诗会，鲁迅文学院第3届全国中年作家高研班。著有诗集《贝壳说》《醒自每个早晨》散文随笔集《滴水之声》等7部。诗歌《照耀》入选《北京文学》1999－2000年中国最新文学作品排行榜；散文《寂静》入选九年制初中新课标读本。诗集《贝壳说》获山东省第一届齐鲁文学奖。2013年6月出席以色列第14届尼桑国际诗歌节。中国作家协会会员，山东省作协诗歌创作委员会副主任。现居兖州。

诗人：王黎明

诗观：

　　我一直生活在兖州这座小城里，十年如一日，从少年到青年再到中年，转眼就人到老年，按照常轨，今后很多年，我还会继续生存于此。所以，这里发生的一切（包括从古至今的人文、文化背景），肯定会与我的生活和写作产生越来越密切的联系。尽管我把诗歌看作自己的精神故乡，而非栖身之地。

　　在一个地方待久了，就会看到生命的终结。熟悉的事物渐渐消逝，一起成长的人也会慢慢老去，生命有起始也有终点，再长的生命也会结束。脚下的地球转得更快了，没有哪一片云是静止的。人终究要回到一个具体的地方，不管他走得有多远。随风而去的灰尘，最终都要回归土地。因此，我安于现状，渴望平静，不希望有太大的改变。我想，在一棵大树的荫凉下，读书，写诗，寻求心灵的庇护，是我最大的快乐。面对写作，我才觉得有事可做，心里才觉得踏实一些。我会这样生活下去，久居一地，与诗同在。

反向而行的火车

十二月的站台上，
我目睹两列反向而行的火车，
匆匆相遇，呼啸而过。
像奔赴一个旧梦，一辆
拉着木材，向南；
一辆装满煤炭，向北。

车轮哐当，碾过钢轨，
刺耳的响笛，粗重的喘息；
水泥柱子不停地颤抖。
慌乱的人群退闪，避让，
站稳。红灯，绿灯，
抑制不住我的仓皇和激动。

当天空爱抚大地

当天空爱抚大地
群山仰卧如隆起的乳房
落日慢慢地俯下身来
亲吻它的额头
当两个身体的影子彼此合二为一

那悲伤的光线
把一种掩饰不住的喜悦
均匀地播撒在每一种植物的叶片上
这样的时刻
当一个人和另一个人
彼此用呼吸交换着呼吸
用身体交换身体
当他们在落日下拥抱
那一刻　你占有　他放弃的

他得到　你逝去的

不可能同时发生　其实
这是没有办法的事情
总不能同时把一个人的爱
让两个身体分享

醒自每个早晨

这是我醒来的第几个早晨？
这是我看见的多少个白昼？

那样短小的晨光，
如一把匕首刺痛我的心脏。

我醒来，仿佛第一次睁开眼睛，
闯入如此陌生的世界。

我呼吸，张开嘴巴发呆；
是在梦中，还是睡过了头？

昨夜我在哪里度过，
今天又在何地醒来。

我的睡床，
是飘失的轮船、奔驰的火车，

还是飞机的翅膀？我的梦，
是打开的降落伞，上升的电梯？

还是雾中的高速公路？
趁着我还没有完全清醒，

让我好好想一想；
请别打扰我！嘘，小鸟。

风一吹遍地都是

街上
一个很小的女孩
向每个过路的人
分发一叠广告。
天冷了，没有人伸手接住
这些彩色的纸，
风一吹遍地都是……
像大把的纸币，
有的飞上高空，
有的落进水里。
风很大，
吹得人睁不开眼睛

刀锋不是刀背

刀锋不是刀背。让骨头
去砍刀锋。让青菜去切刀背
生活就是这样拧巴
没有想象得那么完美

坏人一夜暴富。痞子出了大名
贪官生财有道。妓女从不纳税
烧香讲究门路。盖楼先看风水
黑道浑水摸鱼。白道墨守陈规

一辈子谨小慎微不出远门
这样的人无药可救 ——
老婆说你没本事。朋友说你
窝囊废。瞧你一脸无所谓

你从未看得起的混混
摇身一变，成了你的上司
上谄媚，下翘尾，得意洋洋
汗颜啊汗颜，惭愧啊惭愧

为什么命运总和你作对
因为你没有抓住机会
为什么你左右为难
因为你没有找到做人的定位

俗人附庸风雅，疯子玩弄是非
君子爱耍聪明，小人从不吃亏
智者常乐，仁者不悔
独木桥上风景好，阳关大道夜黑黑

一切都没有看见的那么糟糕
别跟看不惯的事情太较劲
大象踩不死蚂蚁。阳光人人有份
悲欢各不相同。刀锋不是刀背

我们都是与时光竞走的人

河流阻隔在前方　风雨陷入泥泞
而我们正行进在途中
行进在途中！在世纪的斜坡上
人群迎着疾风弯下身体
强劲的气流鼓动着未来的日子！

而我们的一只翅膀
正斜插在翘望的屋顶
另一只脚已涉过高原
走向天空的讲坛
无言的马鞍是一颗移植的心脏
它已说出　我们毋需表白

行进在途中全部的负担仅仅
是一口等待分享的食物
爱情却不能平摊
像栅栏里圈养的一群啄米的鸡
适者生存的意义也可能诠释为驯化

如果会飞，我们要手做什么？
又何劳徒步在大地上奔走！

庸常生活使人循规蹈矩
囿于现实而误入歧途

面对艰辛有人脱下飞翔的鞋子
既而混入乌合之众
终日忙碌能否摆脱困窘？

"为什么不需要鞭子的驱赶
一头蒙面的驴子照样
可以围着磨道打转？"
忏悔和皈依也许是逃避自由的捷径
无谓的劳作加重了叹息 ——

拥有多少黄金才能舍弃欲望的追逐
走到何时才能抓住命运的尾巴？

河流还会更长久地往前延伸
我们都是与时光竞走的人
翻飞如燕的身姿如此傲慢。时钟的
每个刻度却不容轻视
日光一如既往地照耀下去！

大风刮走它所需要的……

大风喊破了我的嗓子
晨光惊醒了我的好梦
我需要一杯水，却发现
这些酣睡的沙子，沉在杯底

昨夜我从酒店回家。一路摇晃
差点被大风刮倒。又被大风扶起
哦，这些沙子。仍在嗡嗡作响
它们本想找到一处安静之地

却不幸闯进了透明的玻璃
这玻璃，让它们重返天空
杯中的空气和窗外的空气是一样的
我的困境和这些沙子是一样的

这杯底的蓝，对于它们就像海底的梦境
而对于我却是雪山上的冰
我转动手中的杯子
这些沙子正在掀起一场风暴

我向杯子里倒入清水。这些沙子
就像灌醉的记忆渐渐苏醒
大风刮走它所需用的……
我需要一杯水。而沙子什么都不需要

尘世的一天

早晨六、七点钟
她是挺起胸脯、含苞待放的少女
胳肢窝里夹着书本　一阵小跑
飞驰的跑车也不能追上

八、九点钟　他是
长着牛角的小伙、短发轻扬
骑着单车　爬上一段斜坡
抹一把汗珠　嘴上长出胡须

正午十二点　他是严厉的父亲
动不动就伸出巴掌
耳光响亮胜过惩罚的鞭子
犯错的孩子总是光着屁股长大

下午三、四点钟　他是
行色匆匆的中年　脚跟发烫
左脚阴影　右脚光亮
总怕落伍　掉进酒色的陷阱

傍晚五、六点钟　她是
呵护万物的母亲　满脸慈祥
悠扬的钟声全是赞美
她头戴花冠　穿过黑夜的大地

一树麻雀

一树麻雀和一树腊梅
同栖一枝　竞相开放
这是我今天上午
在公园里看见的景象
我欣喜于这一树的颤动
宛若饱满的花蕾
跃上枝头。什么样的水墨
画出灰黄相间的色调
赤裸的枝丫
忽然间长出灰色的树叶
麻雀的嘴　麻雀的舌
哗啦啦开出了梅花
雪地的爪痕　暖阳的馨香
梅花开　麻雀飞

梅　花

吾友，深夜来电话聊天
这位崇尚魏晋风骨的兄弟
在文山会海中加班
苦熬。已是青丝斑白
常在电话里读诗。如："梅花中
有一个人早年的嗅觉……"
我没有告诉他，今晚散步
从空气闻到：少陵公园的腊梅开了
更没有言及心中的秘密：
日采三五朵。泡茶
今冬，弥漫着腊梅的香气

小性子

淡淡的翠绿，明快的光线
是你，童装上的碎花
以及滴着雨水的一缕短发。
好动、乱跑、咯咯地笑
碍手碍脚，一身小刺，耍小性子
爱表扬，顺毛驴。稍不悦耳
脾气像小兽一头跑进雨里
你长得太像姑姑了。看着你
我时常想起她在雨中哭泣的样子
就像我回到了童年的时光

河滩上的树林

躺在河滩的树林里，
浓重的阴凉
压得我透不过气来。

青草，虫卵和根茎
微弱的喘息，
像沙漏一样埋没了
午后的身体。
多么羡慕枝头上
哗哗流淌的树叶；
终有一天，它们也会
像枯萎的花朵零落在地，
像鹅卵石铺满河床。
万事万物都值得留恋，
死者也会从长眠中醒来，
在茅屋里
听见久违的风声。

写给女儿的诗

1

我知道，女儿长大了会飞
拥有一片更远的天空
我还是觉得她在父母身边更安全

我知道，女儿长大了会嫁人
属于一方自己的绿荫
我还是感到她在这个世上太孤单

2

女儿高考走了。这个家安静的
就像散尽鸟儿的林子
这个家，又重新回到了二人世界

天天盼着她长大。没想到二十年

竟是膝下快乐的一瞬。
时光耗尽了母爱，又让父爱觉醒

　　3
这个家：一对中年夫妻
女儿在外省读书，父母又年迈多病
别人提着笼鸟散步。我怀揣一颗心

这个家。从此电话铃声不断……
早晨是爷爷奶奶姥姥姥爷的牵挂
夜晚是母女的窃窃私语

　　4
我又写诗了。这个写诗的父亲
在世故交往中怯懦无能却被
虚名所困。我早该懂得对生活谦卑

拥有一份荣耀为儿女照亮前程
但我给予她的就这么多
给她起了名字，却喜欢叫她闺女

秋风吹

秋风吹，从发梢吹到了脚踝
从胸脯吹到屁股

大街上　　那么多女人换上了长靴
细高跟打上了马蹄铁

阳光踢踏，马匹成队绝尘而去
多少收割的谷穗不见踪影

一张木犁，斜插在田垄
不见鸟鸣，不见炊烟，不见耕牛

秋风吹　父亲那么清瘦
身体里的骨头突然硬朗起来

树木的拐杖径自奔跑
没人扶住　它会不会在风中跌倒

扑棱一声　叶子起飞了
分散的减肥广告停留在树杈上

还有多少红果在蒺藜上晃悠
还有多少土豆埋在土里不曾收获

一个人的画像

那个人：他身高九尺，鹤立鸡群
峨冠博带，善目慈眉，手执玉圭
他，不怨天，不尤人，不厌食
不蛊惑，不玩世不恭，不独自伤悲
不醉酒发疯，不同流合污，不装神弄鬼
不虚假，不卖弄，不高深，不嘲讽
不趾高气昂，见人躬身，走碎步
不亢不卑。那个人：不势利，不贪色
不谄媚，不逆诈，不忘形，不惧权贵
安贫乐道，坐牛车，走天下
风乎舞雩。登高望远。坐看浮云
三省自身，心静如水。那个人！
他本人子，却被涂改的面目全非

他本慈祥，却被画得呲牙咧嘴
他本坚忍，通达世故却屡遭厄运
他本宽恕，是兰草掺进了罂粟
他本善良，是豆腐掉进了草木灰
他活得自在：教书育人，弟子三千
涉猎，钓鱼，旅行。那个人！
怀揣联合国宣言，四处游说
那个人：善始善终，落叶归根
那个人：一生修行，守身如玉
那个人：打磨得玲珑剔透不染凡尘
那个人：活得完美，没有一处伤口
却一次次被人打碎，再镀金身！

白日乌鸦

1

我看见，埋葬乌鸦的那个人
他脸上有着乌鸦的痛苦
乌鸦的表情　乌鸦的峨冠博带
弯下腰　他就是乌鸦
耷拉脑袋：一个沉默的王
他不愿做王。要做也要做稀世的美玉
他也不愿做乌鸦
要做也要做平安无事的喜鹊
可有人却把他看作报凶的乌鸦
于是乎他弯腰乘上牛车
离开氛霾已久的伤心之地

2

我梦见，一个智者
宁可让它的头脑空着也不肯让乌鸦闯入

他宁可让蝴蝶在梦里飞

也不肯醒来　不肯看见乌鸦

饮光白日的泉水

他宁可把鸿鹄之志托梦给弟子

也不肯瞧见燕雀在田间觅食

他不想知道那些人

为何整日忙碌、四处奔走?

他不喑人事变故

却凭借神助　精通隐身术、仿真学

他离开人间　不再回来

3

就这样，我遇见两个乘牛车的老人

缓缓远去……

一个向东　一个向西

一个落叶归根　一个驾鹤成仙

一个变乌鸦　一个化蝴蝶

我看见，乌鸦、蝴蝶终于相聚

在空旷的林子里　我一说话

整个林子就会鸦雀无声

光天化日之下　我一笑就变傻。

我心里有张管不住的大嘴巴。

我一开口，就想说话:

乌鸦变蝴蝶　蝴蝶变乌鸦

王小玲 / 作品
SHANDONG POET 60

王小玲，女，1972年出生，山东胶州人。在《诗刊》《星星》《散文诗》等报刊发表作品百余篇。作品入选多种选本和多种教辅读物及中考试卷。多次荣获诗刊社、星星诗刊和人民文学主办的诗歌散文大赛奖，著有散文诗集《守望爱情》。山东省作家协会会员，胶州市作家协会副主席。现居胶州。

诗人：王小玲

诗观：

　　诗是我内心世界的神圣独舞。守住自己的文字世界，保护女人冰凉锐利的理智和温暖高贵的凡心。一个真正的写作者一定有着明亮的心灵和雍容的人格。如此，诗歌的力量即主要与内心的气质与尊严有关。

山　中

一

一脚踏入，跌进江南，还是遥远的梦境？

沿着九曲八弯的山路，穿过一坡一坡的花树，拐弯儿就到了山间碧潭。

粼粼的波光折射出苍茫岁月的深邃与玄秘。跳跃的红鲤是谁失落的绣鞋呢？

莹晶如玉的碧潭是大地的一只不曾瞑目的眼睛吧，

一汪净水，将我们滋润了多久？还将滋润多久？

大片大片的涟漪啊，仿佛因为我的到来而忍不住地荡漾。

什么也别说，就这样对望吧，纯净入骨的水，是恋人盈盈的泪，

要告诉我它千年的欢欣与忧伤，等待和幽独。

祈祷吧，不要成为这个世界里最后的神话。

恍惚中，我仿佛看到四面八方的尘土弥漫而来。

还好，这世间，还有如此碧水映着满山欲滴的青绿，映着烂漫过头的山花，绽放一个完整的春天。

一个心怀自然的女子，小心地将这一池春水拥在怀中，用来抵抗背后的滚滚烟尘。

心怀自然的女子，素面，白裙，娴静，黑发如瀑，

她有些累了，她生出鱼尾纹的眼角，有些晶莹的东西落下来了，

她独自坐在那块温暖干净的石头上，聆听，或者凝望，已经很久了！

泉水的清音玉质，漫过纯美的诗章与颂词，绽放无岸的美丽。

—— 风吹着她的前生也吹着她的来世，她似乎要飞起来了。

二

要飞的还有这山，这树，这水，它们带着我在白云间曼舞，感悟肉身与精神的传奇。

便觉灵魂之内，生活之外，实是伤口自由呼吸之地。

二三木屋散落在浓浓淡淡的绿荫中，它们像丛林的心事，时隐时现。

我在人群中寻找一个心怀自然的女子，她有一双神奇的手，为世人梳理灵魂的脉络。

她说木屋内备有上好的茶。她的声音似狐似仙，

是呵，古居雅室，品茗时刻，属时光的上品。

她痴痴的笑声传到心的深处，让生锈尘封的弦发出颤音。

谁有这样的福分，在山中，在葱郁的绿中，在丛林的心事中，展开隐蔽的自己，在杯水的香息里关注性灵，感悟自然朴素的情怀。

三

是谁，让我回到远古，小隐于凶猛的城市之外。

生命里多出来的时光，静静地，在生活的一米之外芬芳馥郁。

无数轻柔的草木，红着脸的小花，细小的叶子……

若有若无的雨点儿簌簌落下，烟岚像妖一样缭绕、弥散。

我一直相信，那些爱还在，依旧干净，透明，有着隐形的翅翼，引领我来到这里。

——今夜，我和你互为风景，也是彼此唯一的圣经。

你就是我等待了几个朝代的王啊！有着无数的沧桑，清澈的眼睛。

今夜，我就是你的美人，积攒的香气全部打开，你鼻翼颤动，闻香策马而来。

多么好的春天啊，我植物一样舒展，缠绕，痴迷——

而今夜，我在山中一块被岁月洗净的大石头上安眠，身体孵出了又圆又大的月亮。

四

风的手刚刚拂过，花们就闭月含羞欲语还休起来，再一爱抚，就摇曳多姿起来，

继而用一生的激情开得汹涌澎湃，诱惑了整个泉水充沛的春夜。

那些花，在山路边上傻傻地笑。

她们都是大自然的女儿，那些贴着泥土的春草，一出世就捧出了花朵，捧出了素净的白、蓝、黄、紫；

野桃花飞上枝头，在波涛汹涌的蕊间一笑，远山就看到了妖娆和妩媚；着绿裙的梨花，是这个春天里最素淡的女子，仙骨雪肌，她漫不经心的美动人魂魄……

谁说的，春天的风是轻佻的利刃，绽开万物，花枝颤栗？

花是风的情人。她们都是春天里最完美的女人。

五

这些花，已经香的恣肆汪洋，无所禁忌，古老的牢笼瞬间打开了，

汹涌而出的流水也被香浸透，流水里沉淀的眼睛睁开了，闪着婴瞳的光。

我被香的指尖儿引领着，溯源而上，找到了隐藏多年的幽闭花园。

曲径通幽，通向的是无限神秘，两边是一见生人就掩面的白色紫色丁香。

白色如戴孝，紫色如思念的红涨到了极限，

她们低首敛眉，娇羞与诱惑，似乎自己也不敢相信竟会有如此盛大的花期。

这些寂寞的女子，和我一样长着最柔软的心，和最会飞翔的翅膀，在等待着什么？

我累了，不想走了！多少年了，我一直在苦苦地寻找自己，没想到却在这里相遇。

淡紫的爱与忧伤安放在一朵丁香里沉吟，沉陷于一场声势浩大的爱情。

——蜜蜂与蝴蝶突然停止了追逐，它们在一米之外的生活里，默然凝望。

六

我慷慨地行走于四月，手捧野花，倾听内心的指引，这是我一个人的奇迹。

怀抱春天的样子，好美。在喧嚣里那么多年，我的听觉一直在悄悄长大，这也是我一个人的秘密，我终于听到了你比低还低的低语。

我听见血液在月亮上轰鸣。

亲爱的！我要用草香的舌头，向你说出我的黑暗和迷惘、光荣与美德。

大地上铺锦叠玉，哪一朵花在飞，哪一朵花在追着蝴蝶说热爱？

我要开花了，金色的，绝世的花朵。

在如此难堪的尘世，原来我也可以开得一枝独秀，瞬间抵达永恒。

原来，我们固执地爱过的那些事物并没有走远。

此刻，我又忆起梦中那个水样的女子，她就居住在我的体内，

她心怀自然，大美于心，她眸子莹透，灿烂的笑容一直在暖暖地照耀着我。

一瓣又一瓣花落在我肩头，不再有"感时花溅泪"的伤感，而是安恬，内心无比的安恬。

一句话萦绕许久——繁华落尽，而情永恒；芬芳谢了，美却不朽。

众芳哗然。

美人如玉。

昨夜倾城。

七

雪，从无限高处散落，在世人的唏嘘声中飘散。生命中唯一的春雪。

——天赐的圣洁。

紫藤，丁香，梧桐，都披上了洁白轻柔的婚纱。

长裙，薄纱，软腰，羞红的玉面，玲珑的曲线，素淡与妖媚，闪着细瓷一样的光。悄然而至的春雪啊，前世的苍凉轻轻吻上四月的如火的芳唇。该如何诠释一场春暖花开时节降临的雪啊！

似乎为了践行一个千年的约定，就让雪挣脱了天庭的律令和束缚，义无反顾地呼喊着那些芳香的名字翩翩而来，最终吻上美人的香腮，哪怕瞬间模糊了美人的妆红，瞬间消弥无踪。

——静默，许久的静默，在静默里我双手合十，在这些阳光、花、和雪联袂的幻境里，我不允许自己有丝毫的瑕疵。

此刻，晴岚流逸，林野沉香。周边的花花草草都因为雪的缘故而美到了极致。

那些香，把雪染透了，雪把香窖藏成冷香，不断地濯润着我们坚硬而又污浊的生活。

——我必须用一生来祭奠这个花开并雪舞的冰火交融的四月。

在这样的山中，我目中无人，衣袂飘飘，是尘世间最后的神话。

相约春天

一

如期而至，不约而至。时光之翼不动声色地掠过面颊与灵魂。

一些东西凋败了，也有一些东西诞生了。

荣与辱，欢与悲，爱与恨，歌与泪，一切都在时光的薄翼下或浓或淡，将生命的宣纸洇染的斑斓且恍惚。

开始懂得欣赏一朵花，不只看到她的色泽与身段，更懂得体味她抵达盛开经历的艰辛与沧桑。

懂得生命就是一程漂泊，谁都会风雨过或者艳阳过，谁都会痛失过或者丰盈过。

懂得自己必将对所有的爱与痛都充满敬畏，就像面对时光一样。

懂得生命其实就是这样，不可以贪婪也不可以慷慨，因为太多的情节是你不容易得到亦不容易失去的。就像爱，就像思想。

所有遇到的一切都是必然要承担或者要经历的。

即使伤害，也是美的。

连悲剧也是美的。

二

生命是不可预言的。幸与不幸都猝不及防地出现在每一程漂泊中。

任何美好都可成为阳光，用来温暖后来的岁月；任何痛苦也都可结晶为药，用来为自己疗伤。

或许，禅意就是这个时候自心底慢慢升起的。

花香淡起来。

阳光淡起来。

内心的荣荣辱辱淡起来。

生活的浮浮沉沉淡起来。

生命太多的际遇本来就是含混不清的，甚至荒谬离奇的。就像爱会伤害爱，美能击毁美。

面对生活，我们保持得体的微笑；面对真相，我们必须紧紧地左手握住自己的右手。

世界如此无序，得与失，美与丑，光荣与屈辱，高尚与卑微，都会一一散去。谁不是在无序的世界中，打造有序的内心呢？

此刻，我坐在一行文字里，它们救赎我，照耀我。

三

念起一位师者，一位对万事了然于心的智者。

将他的书放在手袋里，随时就可以翻开来读，但绝不舍得一口气读完。看到那些灿若花朵的诗歌，我就触到这个世界的一些美好。我心里就会升起一些善良而美丽的文字。

许多年以来，我喜欢上深夜，在深夜写作，成为我心灵现场的每一次自说自话。

我庆幸遇见他，并被他了解。

记起一句诗——人的春天一闪就过去了。

我庆幸，在我的春天还没闪过去的时候遇见他，或者，在遇见他的那一刻，我的春天正在延长。

温暖与美好正在延长。

我曾想将这温暖与美好写成诗，却发现词不达意，文字原来如此的无力与苍白。

于是，我退回到沉默。

原来没有什么方式比沉默更能让我表达爱与敬意，于是，我决定永不再提起。

花 事

一

沿着一路芳踪，走向牡丹园。

尚未走近，眼睛就被一场"绝色"的盛会击伤，不觉濡染出泪来。

你说我总是这么多情，总是这么易感，总是这么脆弱，总是这么不堪美艳一击。

二

一个人，与牡丹深情对视。

满园的花为谁怒放？为谁香艳？

美是有花期的，一旦错过，就无缘再会。

知道花期太短，所以天天去看牡丹，美丽看的多了，就融为生命的一部分。

看着看着，竟感觉花已不是花，是我，我亦不是我，是花；或者花是我的恋人？我是花的孩子？

在美面前，我胆小而贪心。

三

面对花，无需语言，只要用心聆听。

那些花离我那么近，一伸手就可以把整个春天搂进怀里。

可我不忍不敢触摸那些花瓣，凡俗如我，会不会惊扰了她们，

或者辱没了她们？

我只能心存敬畏与感动，在园外，静静地与那些花对视，

静静地接受一次次被照耀和沐浴的仪式。

就想起你笔下的那些花。你的文字一遍一遍温暖我，映耀我。

想起你，就触摸到了这个世界的一些美好。

一些美丽而善良的文字从心底漫过。

四

盛开的花，喷薄的火焰，正在燃烧的灵魂。

不问为谁开放，为谁枯萎，只顾恣情恣性地呈现自己的美丽。

纵然知道，盛开意味着凋谢，却依然纵情怒放。情到深处，生命何足惜。

拥有美，一瞬抵过一生。

不必去打动谁，只为生命只有一次。

为自己，也该激情四射，也要风情万种，也需在自己的宠溺下娇憨不已。

五

暗香浮动，谁的心事抖落？

一段琴声御风而来，那些香息在路上。就像我的心事。

令我怒放的，不是我花样的年华，而是你的目光。

香艳千朵，欲燃的色彩，是为生命的"绝色"吗？

美与生命一样，只在当下，只有今天，只是此生，短暂而脆弱。
我的泪，滴在最后一瓣花上。

六

深陷于一园牡丹，渗透的美，润我为秀色，我要芳香四溢了。
在火焰的颠峰处，一种痛击中我，穿透前尘后世，焚毁所有的梦想。
只能以跪拜的姿势，仰望，或者倾听。

遇 见

一

温和的风，把百花吹开，又吹落。
你说，季节可以轮回。
可是，下一个春天一定不同于这个春天。再开的花也必不是这一朵。
就像爱情，绝不会雷同，也无可复制。

二

生命催脆如蝶衣，一生有几人珍惜？
任何形式的相互取暖，都不会是永远。
但我相信灵魂的依托，将达到无限。
一个生命总需要另一个生命来懂。这种懂，是一种精神，它存在于物
质之外，
甚至爱情之外。

三

这个春天，我穿行于文字的河流。
我浑身湿透，不想上岸。
我用它们来完成一场又一场华美的，典雅的，声势浩大的，和简约的，
烟火的，无人喝彩的心灵现场。
我写墓志铭，就像写爱情一样，内心庄严而神圣。
是的，我此刻能做的，就是写下这些长长短短的句子了。

尽管，它们都其貌不扬。

四

歌过。泪过。荣过，辱过。

天，就渐渐的秋了。

为了等到你，我耗尽了半生的光阴。

不问你来自哪里，也不问你去向何处。

恰在这时遇上了，这是多么奢侈的是事情啊。没有时间说前世和来生，我们只说此时，只在当下。

五

因为我心怀美好，所以遇上你。

从此想起你，我更心怀美好。

这个春天，花的味道，草的味道，阳光的味道，泥土的味道……都是你的味道。

你来了，我怎能不心存美好。

手叩东篱

手叩东篱，有暗香盈袖。

游走在季节边缘的菊含着深深的幽怨依稀可辨。微苦的芬芳，微苦的光芒。

梦境中的诗句纷沓而至。

自东晋以来，菊似乎一直在东篱，那株被陶翁呵护一生的菊，却恍然隔世。

菊啊，流落民间的菊，你在乡村为谁守望？

将心事重重包裹，低首敛眉，等待一次驻足，一个微笑，一场迟来的爱情。

苦守秋天，在秋风中稳住单薄的身子，温柔地低下头，又幸福地抬起那些神性的充满预言的诗句在每一片花瓣上跳跃。

菊，乡村女诗人的形象，该是怎样一个女子啊。

素衣淡衫，袭一身清丽与古典，漫天风霜中舒展着高贵的容颜。

菊叶摇风，抚去凡俗的微尘；菊蕊抱香，凝结千年的期待。

孤独傲岸的是菊，暗自伤感的是菊，霜打不怕，炎凌不枯的，依然是菊。

菊呵，素淡的菊，谁在谛听，你千年前与千年后的芬芳？

菊呵，隐逸的菊，谁在阅读，你孑然的清影？

凌霜而立，抱香枝头，那重重叠叠裹紧的瓣，分明是千种风情啊。

静默与嫣然，孤傲与生动，成为这个季节无与伦比的风景。

一个梦中的身影，正从季节的深处踏歌而来。

千年之约。

深情地伫立。

在花间吟诗，在诗中品菊。

另一种盛开的方式。

惟有东篱，惟有南山的秋，惟有那一片净土，

惟有那一双温润的手，那一对莹澈的眸，才培育出这般金菊灿灿。

隔着世上所有的纷扰，隔着滚滚红尘，隔着人间的三千弱水，

只一眼，就让一株菊向着太阳的方向独耀其辉。

喧嚣与繁华，这个追逐的年代，谁说不见东篱？

一个行吟的诗人却独步幽香，醉倒九月，双手紧握美质与真诚的颂词。

菊，是唯一的景致。

你是从哪一个遥远的年代而来，暗示一种更美的绽放？

拥菊在怀，是新醅的酒；举菊在头，是绝尘的爱。

身体里涌动新鲜的热血，穿透固守的恬静，在心为诗，落地为菊。

诗人醉了，卧倒进花芯，任滚滚红尘，唤不醒温馨的菊梦。

一场史无前例的爱情。

泪水在深夜里汹涌。

守着脚下的泥土，默默的菊，等待最后一次严霜的来临，

将细细密密的心事藏得更深。

生为菊，就不期望嫁接与观赏，就不羡慕温室与高台，

未加修饰的枝叶护卫着贫瘠的土壤，微苦的花朵闪耀金子的光芒。

"孤标傲世偕谁隐？"，独立疏篱，思慕那个淡如菊的人。

一株，即整个东篱。

你的手，叩开我的花季；你的眸，照亮东篱的秋天。

在山野

山野沉默，道路茂盛。

穿过草地、麦田、石块和溪流，进山。清风像个任性的孩子，掀动山的花衣裳，还有我的青春、忧伤和寂寞的爱情。

进山呵，人迹罕至，草木葱茏。鲜花与绿植相爱，生出披霓裳的蝴蝶。我要以此为据，铺排白云清虚，尘世安宁。

一树熟透的樱桃，如诱人的妖妇，眼波汹涌，
闪着红宝石的光，抛洒若干相思的红豆。
那些被压下去的欲望被一一撩起。我看到满山的花盛开，流水的声音隐约传来。我一点点地温润透亮起来，像一粒种子逐渐饱满，萌发，悄悄抽出翅膀。
所有的花飞上枝头，它们绝不辜负这个季节的期望。
我想与他们，一起飞；我还想用简单的诗歌畅谈理想，
用更多的沉默证实我的沧海桑田。
然后诳语：看啊，我与红衣的妖一起，
开花结果，或者夭折。

玉簟秋

衰草寒烟，把酒东篱。
是谁，独立黄昏，眉若远山，紧缩雾霭流岚
樱桃或桑葚的唇，弥散出蓝烟的惆怅与寥落
素袖皓腕，弱袂扶风，想握住飘落的花瓣
三杯两杯淡酒，怎暖得心底薄凉的思念
起风了，珠帘玎珰，是无人诉说的心事
与你一起植下的菊又开了，而你，已在天涯
西风卷过，花无损，心已碎。
人不如菊，瘦比黄花。

你是我尘世间千回百转的梦呵，是我落笔成花的因，是我一梦千寻的果。

有暗香盈袖，是菊花和少年的味道
天色猛地亮了一下
是你吗，带着青草的香和晕眩的光
让一颗心在云朵上，再也不想下来

一抬头一低眉间，花都落了
一年一年，衣带渐宽，不悔的是等待，在等待中体味令人憔悴销魂的
暗疾里
那一点迷人的香
浊世里一个清绝的女子，以爱的姿势流盼，孜孜一生。

银瓜内质

一种瓜，赋之以金属的名字，闪着金属的光泽。它偏偏有着少女的模样，通体透白散发乳香，一层细细的绒毛诱你禁不住想轻抚一下，想深吸一口。

银瓜，带着金属的清与醒，带着少女的纯与美。带着乡间的清露和泥土，经一双温柔手，送与我手中。

我该以怎样的方式打开你，抑或拥有你。

置于案头，清冷的光和清冷的温度。香气馥郁。

而案头的诗，却被银瓜所点燃。这些小兽一样的文字啊，它们一会儿排列整齐，一会儿又解散，踉踉跄跄有些醉意。

慌乱是可以的。
恍惚是必须的。
慌乱使一个女人柔情似水。
恍惚让一个女人脉脉娇羞。

银瓜，一种与金属无关的水果，却让我看到与金属有关的内质。
而我，在一种水果里更接近纯粹与甜美。

人间四月天

"—— 你是爱，是暖。

是希望，你是人间的四月天！"

锦瑟年华，隔岸初见的，是三月薄唇边一瞥多情的痕迹。

一盏莲灯如梦，光一闪花一朵。

一个一尘不染，临风而去；一个空谷幽兰，望断天涯。

一袭青衫的书生，诗意渗透，成为她记忆的梗上，那三两朵娉婷，披着情绪的花。

诗意着。行走着。铿锵着。坚韧着。

横过历史。

生于乱世的女子啊，从倾城时代里来。来时荒畦里落下的履痕，去时断岸边掠过的篙影。这样走进历史里去，击壤成歌。

唐代的佛光寺，宋代的木塔……因为她的来去，而从历史的深处归来。

是谁，为她擎着莲花的梦，如桃花染红三月的腮。

是谁，为她举着莲花的灯，照亮生命的万水千山。

岁月之艰，因为有你而不难；梦想之远，因为有他而接近。

一树雪月映照的梅花。每一瓣静处的月明，每一枝傲然的梅骨。

生命的底色是光。锦的光。刀的光。

醒

因为灵魂醒着，所以身体也不想睡去。

风明亮地吹过屋顶，我听到一种声音，越来越响。

这样的夜晚，我在自己对面坐下，舒泰，安静。我的名字咳嗽着从灰尘里抽出新芽来。

很多年了，我总是错读了天气预报，把雨雪读成花开，把台风读成多云转晴。我也被误读了若干年。

从此以后，我打算不再理会误解和质问，我要像远山一样沉默，不再与世界争辩。

从明天开始，我要爱上白玉兰，这些下放到人间的天使。

爱上那些红宝石光芒的酒，让我面若桃红；爱上那些长翅膀的歌雀，与它们一样用华丽的高音唱歌。

我还想告诉那些天一黑就瞌睡的人，我彻夜不眠，真的没什么，只是因为灵魂醒着，身体也不愿睡去。

野 葵

在风中，把根深深插入脚下的土地，向着太阳，捧出金子的笑容。

春天的花都败了，我继续开。

开给喜欢的人看，开给自己看。

在旷野，我一无所有。那么，请容许我用鲜亮夺目的黄，来宣告自己的存在吧，

告诉风与空气，还有阳光：我在！我，在这里！

我用自己特有的色彩感动和安慰自己。

与繁盛的鲜花隔着长长一个季节，把我与春天隔开，与恣肆汪洋的百花隔开，

我只是一株野葵，生在无人的山坡。

红着脸的小花是我的近邻，她们都是我乡间吃苦耐劳的妹妹。我们都拼尽力气开，开花，就是把心里的香息都捧出来，把颜色和身段全部打开一并奉献。

我们都不漂亮，都不富有，但是我们都追求美，我们都慷慨，我们希望从夏开到秋，从山坡开到沃野，从我的家乡开到你的窗前。

我们都被人遗忘，我们却都是自己的圣人，对自己和善而客气。

用尽一生追逐太阳，在温暖的光里打开躯体的庭院，露出饱满的籽粒。这是我全部的理想。

苇青青 / 作品
SHANDONG POET 60

苇青青，本名陈雪梅，出生于山东高密。出版诗集《大宇宙》散文集《宇宙之门》等多部。诗歌、散文、小说发表多篇。获诗刊社2000年新世纪诗歌大赛优秀奖等多种奖项，作品入选《诗选刊》《中国散文大系》多种选本。中国作家协会会员，潍坊市文联副主席、潍坊市作家协会副主席。现居潍坊。

诗人：苇青青

诗观：

　　诗贵以形象意象，讲真情诗情，具有张力和弹力，气魄上阔以深度与厚度，语言使用上独特创新，才向大诗靠近一步。

穿梭在冬天的早晨

1

呵冬天，你这静穆的早晨！
我该怎样赞美你的冷肃？
赞美你山涧般清凉的眉宇？
和目光空空地动人？
让我如何不面对苍穹垂下的柿树
泛起哑然的泪水？
那些红得有些哀伤的绵软之物
果真是事事如意的祝福？

2

呵，冬天的早晨
你这穿越黑夜的大峡谷，张开冷寂悲壮的两翼
在夜的四周，撑起幽怨和绵软得快要撑不住的柿树
把苍凉的梦岩层般裹紧，置于令人悲悯而无法说清的缘由
夜、寒凉、空荡继续漫延，小于一阵风的体温从峡谷一角
擦拭一盏盏叶子深处的红灯笼
那些失去水分的薄衣天使，在蜷着头！
垂挂成决绝而孤独的别离

3

在这个冬天的早晨

风儿正把北方的消息告诉南方
漫山遍野的清冽，有足够的冷静
压住体内狂妄与野蛮，唤醒灵魂深海
呼啸而出的太阳
苍茫原野——烧不尽的野火
在寒冷中闪出荧蓝星沫
溅起一股天火意识流！

4

早晨的天空从不会目光短浅
黑发碧眼金宇四射
每一丝光都能焙干昨夜的寒凉
天光铺照天涯之远
穿梭在冬天的早晨
呵太阳如帆——升起惊涛的蓝火！

5

冬天的早晨像干冷的命运
无语昭示那些苦难的意象
朔风停在昨夜门槛
隔开一座荒凉院落发出昨夜低声的悲音
炊烟在这个早晨缓慢又缓慢升起
空气中有微弱米香沿檐下汩汩传来
是该感谢命运还是诅咒苦难
只有穿梭的身影在寻找着它的解

6

从这个早晨出发
从十字路口分开，朝着各自方向
去寻找乐土，伊甸园，大风车和富矿
芝麻开门的声声轻唤里，有一万年的等待
总有那么一天，我们将开动大篷车

路过这个起点的路口

7

早晨的太阳有着悠久的历史
她以一个无限仁慈的古人姿势
弯腰，俯身，捡拾人间寒凉
揣起流浪的大地，抚摸蓬生野草
捂暖怀里冻僵的种子
期待春回大地，播下复苏的希望

8

穿梭在冬天的早晨
加剧的寒冷让旷野富有诗意
一只鸟儿在天空寻找家园
鸣鸣之声微弱、清新、动人和凄凉
它心怀悠远而无所企及当下
它背负空旷而无以立足之所
它的勇敢和悲壮、它的蓝天和梦想
它的云朵的苍郁

9

在这个寒冷的早晨
我们继续往前走，迎着初升的太阳
练习辨别光度，色度和一厘米距离
奔忙的人们有着怎样的重复与异质
花朵有着怎样的自私与排异
馥郁和娇艳只为季节开放，容不得一丝秋凉
风霜成为雕谢的宿命

10

继续向前走，在这个冬天里
还有什么比得上太阳的心情

万千菊花开出不败的颜色，大地染成热烈的规模
就这样向前走，迎着风雨和菊花的透彻
走出万山金黄和万山黄金

        11
万亩果园在早晨醒来
树上滴着露水的声音
万吨丰收之果被老农摘下不久
正运往跋山涉水的路上，果子飘着芳香
告诉人们这个冬天里的好消息

        12
冬天越走越深
而阳光越来越明丽
万里路赋予了行万里的意义
晨光抵达晨光的核心
盲人看到光，在光的意念里

        13
太阳一跃出海平面就笑了
火苗闪闪，一盆燃烧亿万度的碳火
烘烤冰冻的天际。此刻语言苍白
沧海桑田，哭泣滴水穿石
凿刻苦难的笑靥。此刻，就在此刻
世界找到归宿，在并不遥远的角落

        14
冬天的早晨
你这苦难的笑靥
你是巉岩上凌空起飞的鹰
你是虎视眈眈的森林枪声
你是受伤岩层的血海深仇

你是火山爆发鳞鳞的火山口
你是心底愤怒的岩浆呵
你这亿万年受苦受难的火球
你把苦难粹火重生
你把生之命题燃成万物美好

15
往前走，一直往前走
冬果挂在树上，发出翠绿之光
与野茫茫遥遥呼应
与萧萧落木构成大地背景
归去来兮
隔空遥望，从诗经出发
寻找凡高向日葵
已出走很久，望不尽天涯路
相信地球是圆的，亲爱的人类
从哪儿出发，都能抵达起点
从哪儿停下，都能回到我们的家园
那扇吱呀的柴门，那棵经年不语的柿树
正从清晨中醒来
一片鸟儿喳喳声，洒下音乐的泪水
那是我们诗经的回音？

致海边白蜡树

1

如果时光倒流至白沙时代
该怎样歌颂你无悔的青春
你从世界一角一路走来
在天之涯海之角仰望不灭的星辰
追逐浪花的脚印浸透腥咸泪水
与惊涛骇浪一起欢腾一起咆哮一起飞
一座绿色冰岛
在如血黄昏里舞动颤动的手臂
岸边的婆娑，如缓缓的讲述
回忆旷野下少年，挽起白帆布裤管
一路吼向月落乌啼
海鸥滑翔音乐帆船
在暮色桅杆上倾听一曲蓝色之魂

2

有一万个理由为你祝福
因你与海一起走过艰难岁月
在无边无际的水域之侧
你是苍茫之上的一株意象
飘渺在水一方
仰起理想的头颅，在多少个黑夜
望向不屈的星光
呵，你这海之魂沙之灵风之骨
骄傲的苦难里你一直在歌唱
还有什么不可以唱下去
东方红，太阳升起来了

3

你在阴郁的日子里驻足下来

在狂风怒号的月黑之夜扎下了根
那是失去天光的腥风血雨
隐在云层的星星垂下泪滴
一棵羞涩开放着的兰花正被无情摧残
面对肆虐与杀戮，头颅蜷曲
细致的叶茎眼睛紧闭，悲哀无力
就要连根拔起、连根拔起
此时大海暴怒，惊雷起，天理难容
天光从疼痛深处撕开一道血口
彻底摒弃一个旧世界，霹向妖魔乱舞
你目睹了这一切，以静默与坚守
立于大海之岸，在漫漫夕光里
含泪抚平兰花难以愈合的伤口

　　　4
星星是你的眼睛
大海是你的胸廓
海鸥是你的翅膀
灯塔是你的舵桨
狂风暴雨是你的思绪
太阳是你思想的光芒
海天一色是你的皮肤
雪域茫茫是你的盛装
你听不够惊涛拍岸
看不够白帆点点
天涯从脚下起步
理想从浪尖远航
你大气磅礴又婆娑柔情
悉护兰花叶子层层醒来
像照看天之神子的青春
立在上届门槛学业已满
呵，白蜡树

你是雷雨之树——月之乳

5

你像祖辈大迁徙
在一场洪水中迁徙而来
为适应一片盐碱褪去大半绿色
习性被一改再改
在经受着一场场雪和一场场风的覆盖中
吃水物，着土著服，写海浪字说沙滩语
白蜡树，人不懂你天懂你
你是大地仁慈之母，天心在心房
目光在远处
你掠过海平面，望向东方之珠

6

你像远嫁天涯从此失去消息的人
在地偏之隅与兰花结为琴瑟之好
你目睹兰花遭遇诅咒的日子
咒语像毒汁渗入根须
从死亡到醒来
你终于完成一场伟大的注目礼
在不曾错过一刻的凝视中看兰花张开花瓣
你终于看到灼灼之兰大披挂的时代到来
勇猛的将士就要跨上战马
飞雪踏燕响彻天涯
这是一次浩大的远征
我必须向伟大的爱情致敬
向你，向着芬芳的兰花
打一个经典的敬礼

7

你沐浴涛声而醉

淘不尽浪花之爱
在一脉相承的根须相连中
你触摸大海一腔柔情
波涛宠得你绿意阑珊，生机盎然
在天大地大中旋转一曲海魂
舞出浪尖芭蕾
扬起飞天秀发

8

你彬彬有礼，素然裙裾
从一个文静缄默的女子
一夜间成了母亲，你年轻而成熟
成熟得就要成为老人
远观潮起潮落，落潮渐行渐远
大海望不见你身影怅怅望望兜兜转转
你躲在远处忍俊不禁，笑那海风飘忽海水摇摆
依然敞开绿袄大襟，时刻准备
揣起远行归来的浪花孩子

我要从起点歌颂命运

我要从起点歌颂命运
像歌颂太阳从大海升起的青春

我要像歌颂祖先这一门姓氏苦难
没有他们的苦难，就不会有我的出生
就不会遇到我的男人
我的男人给予我生育子孙的荣耀

我必须回过身
朝着苦难的源头叩拜
那些痛苦不堪的满目疮痍
那些少不更事吃不饱穿不暖的昨天

我要像朝拜鲜血一样虔诚
五体叩向这个霞光万丈的早晨

呵，我要从起点歌颂命运
像歌颂太阳从大海升起的青春

夜色中，大地的呼吸多么均匀

夜色中，大地的呼吸多么均匀
有生物在地下万物齐发

月亮是仁慈的庇护者
用温和的手掌安抚夜的宁静与祥和

大地深处，一株向日葵
在转动了一个秋季的轮回后

依然保持对光的坚守

只要有一线光存在
她不会低下头颅
即使向着月光，也会张开千万束睫毛

至此，一株葵花在夜色中成为常青之物
并在越冬的门槛，伸开所有触须

此时没有哲学
没有金戈铁马和壮怀激烈

只有绵厚的大地
只有均匀的呼吸像雨后山峦

一只赤蓝萤火虫，带着世界的讯息
飞过安宁之夜

夜色多宁静

夜色多宁静
宁静给人以思考

我首先不会在夜里失眠
但完全可以让自己整夜睁大眼睛
也可以让自己沾枕即睡
像初生婴儿无以牵挂地进入梦乡
还可以在某一时刻醒来
望着窗外的夜色分辨风和流云

我的控制力大得让自己惊讶

这是祖先传给我的唯一天赋与快乐
除此,仍然无知
仍然简单到一张白纸,像一个发育不良的幼儿
听一声惊雷就认为天从此塌了
但这些,并不影响我是自己的主人

我不是夜幕下的哈尔滨
没有繁华和惊天动地
我只是一个小人物,小过蚂蚁
轻过一滴水
沉在海里,短过浪花的泡沫

尽管一出生就被大人赋予鸿鹄之志
但我依然我行我素,快乐着一只蚂蚁的生活
我满怀理想,但不再抱有幻想
我的理想只不过为一粥一饭而乐此不疲

我为婚姻而感念这个世界
感念父母帮我成了一个家
这足以遮挡卷我屋上三重茅的寒冷

不企求世界理解我一丝一毫
就像我对这个世界深怀的懵懂
我拿游标卡尺卡天空四角
等于拿弹力绳丈量地球

夜色中的蟋蟀以歌声存在
猫头鹰栖在树上,而蚯蚓的家安在地下
生灵自有生存法则
我终于放弃那些固执己见的短见
原来,世界各有各的活法

世界扰动不了一只蚂蚁的快乐
扰动不了我烹饪一粥一饭的幸福感
望着一日三餐，我舒心地收拾碗筷
家人眼睛的笑意，是我生命的全部意义

夜是一枚护身符

我坐在夜的一侧
向一排树低下了头
其实这并非忧郁和伤感
而是致意，深深地
向着那些树影婆娑
依然表达我热爱美好事物的情怀
（这是夜的恩赐）

面壁十年图破壁，最终理想
只为求得天下公理
最厚道的公理莫过于人世间的安宁
用安宁的心情祝福安宁的天下
用慈悲的心肠祈愿人类安好
都能过上幸福的生活，远离苦痛
有美好的婚姻，伴侣是情人
（若如此，我心大安矣）

而我，正融入家的温暖
其乐融融，以低于平民的姿态
回到同桌的初恋
那两个十四岁的青梅和竹马
抬一个叮叮当当的水桶，把校园的花朵浇了一遍又一遍
抚摸教室门前那棵泡桐
刻下"三十年后再相聚"两个稚嫩的名字

三十年后，一墩地瓜
我那飘洋过海的儿子，无论路途多遥远
今冬，一定让他回来看看
——那行歪歪扭扭的字
那是两个高一学生，学着书法家的派头
在一棵树上的著书立说
——当年比儿子还小的男孩女孩
羊角辫，总是朝着那个毛茸茸的男孩颤悠

吴玉垒 / 作品
SHANDONG POET 60

　　吴玉垒，本名吴玉磊，曾用笔名偶尔、恪一客等。生于 1966 年 3 月，山东新泰人。曾在《诗刊》《星星》等多家刊物发表诗歌、评论数百首（篇）。诗作入选多种选本，出版诗集《与黑夜同享烛光》。主编《泰山诗人》杂志。中国诗歌学会会员，山东省作家协会会员，泰安市诗歌学会会长。现居新泰。

诗人：吴玉垒

诗观：

　　英国诗人汤姆·冈认为："除非你把理解世界的全部努力包容进去，否则诗就会枯竭。"美国诗人罗伯特·勃莱认为："诗的内容在于事实和想象的距离。一首诗愈是远离最初的生活事件而不断绝这种联系，它的内容也就愈丰富。"中国诗人韩作荣认为："对于真正的诗人来说，不是世界上有什么你才写什么，而是诗人写出了什么读者才看见了什么。"我认为他们三人确实地道出了诗歌写作的真谛。

　　在此基础上，我对自己的诗歌有如下三个诉求：一、它必定是诗人良知的呈现。怀疑也好，歌颂也罢，重要的是要遵从内心良知的召唤。我以为，"遵从内心良知的召唤"无疑是诗作展开的基本尺度：它一方面确立了诗歌作为诗歌存在的可能性，一方面标明了诗人作为诗人存在的必要性。二、它必定要有所触及，有所触及才能有所启悟。触及的程度决定了诗的优劣：皮毛还是骨髓？肉体还是灵魂？三、它必定要经得住咀嚼和品味。否则，一个精神病人的呓语无疑是最好的诗了。

欲言又止

从前天开始，春就改名叫夏了
从前天开始，我皮肤下退隐的油垢
又慢慢亮出了对尘世的关注

天空也似乎多了双窥视的眼睛
种子对种子的叛变
完成了大地的分割，重置

世事无心，加深了这个世界的苍茫
万家灯火欲言又止
欲言又止……

还有多少爱可以重来

还有多少爱可以重来？还有多少痛
能让我们毫不迟疑地叫出声来……
这个日子，我试着逃离往事的烟幕
但是晚了。我试着不卷入
接下来的风起云涌，但也已不能

你知道岁月的流失不在于让我们老去

你知道一粒微尘也怀着梦想
在五楼阳台，我不止一次的看见
落日的余晖越过群山的苍茫
在扑向地面时却迟疑了一会儿。或许
是树木和心跳挽留了它们

挽留了它们却又守口如瓶
仿佛那里有不可预示的命运
有我的渴望和感恩
而那些惧怕黑夜的灯，依次
会成为谁目光中的英雄
一个忘记了赞美的人
此刻正沉湎于内心里的风吹草动

不是秘密

对一个人的怀想使我忍受了十年的伤
对一杯蜜汁的牵挂总能让我想到
甜蜜岁月里的苦。从前有多少槐花
献出了贞操，多少蜜蜂
跑了多少趟山路而所幸没有迟到

一个人成为另一个人，这不是秘密
一个蛋糕加上新鲜的奶油和草莓
加上祝福和愿望。一间书房是不是
要装下所有的书籍，当我们老了
会有多少满足的笑不是来自于
失落和幻像？在如烟的寻觅中
我凭借什么来确认自己……

昨天梨花白了，今天榴花红了

生活或许不需要理由，但却需要勇气
眼前这些小小的麻雀啊
是不是还记得那些乡下的兄弟
一片云的飞翔需要跨越多少山水
才能抵达一个人的放弃

冰　块

这冰块里住着一个我，有爱
有清醒和睡眠，有疼的感觉
胜于一场狂欢，有永恒
在慢慢扩散，不可遏制地
消灭从前，有些许的自由
模仿着荒草燃烧冬天，有表演
在小小的杯子中，像影子把灵魂
侵占，有光，有亮
有白天的刀和黑夜的枪
有梦想，是一束带刺的玫瑰
有幸福，掺杂着太多的虚幻
有时光在颤抖，在加入一杯酒之后
有光荣和耻辱，在进行着
庄严的和解，有如释重负
让我不可以若无其事
有嘶哑的回音，是内心里从来没有
发出的呐喊，有感动如同命运
浮浮沉沉，有前生
在懵懵懂懂中独自旋转，有来世
仿佛今生，一碰就碎

是的，我知道这冰块里一定
有一个我，它不可能化为乌有

看吧，它迅速隐身的样子像不像
一道闪电隐身于雷鸣

最后的城堡

这是现实的对面，也是现实
陷入抑或迷失，惟有伤痛作证
告别一个不合时宜的比喻
等待一盏殉道的红烛
剥尽千年的滑稽，还原过眼烟云

通向天堂的路也必定通向地狱
退守绝境，并不能远离喧嚣
五个王朝的荣耀委身于一张门票
不远千里，唤醒多少人心中的鬼
多少人，落荒而逃

怀抱落日如怀抱化缘的金钵
模仿冰雪埋伏于春天的门口
高墙与尖顶，隔着一片墓碑
亲吻我空洞的眺望，群山静默
把更多的秘密存入瞬间的苍茫

没有鸟，只有夹着尾巴的云
在每一个落满天空碎片的窗前
低低地鸣响。又要起风了
这一次，它会带来一个怎样的
无中生有的传说呢

蚂蚁的爱情在继续……

盛　夏

像盐。这来自岁月的馈赠
绕过了流水的宴席，把忙碌的尘世
腌制成一个一个孤独的影子
见证了，却不知道见证了什么

像恋人。沐雨而来披风而去
这不期然的波涛
自始至终，徘徊在
爱与恨的临界点上，尘埃
因真实和虚幻而五彩缤纷
忽略了，却不知道忽略了什么

像药。不喝也要喝下
内心的冰冻不露声色
最终不再叫苦
习惯了，却不知道习惯了什么

像琥珀。攥着谁的忏悔
这被肆虐的缓慢，恍若隔世
曾经的挣扎悄悄敛藏
谁旁若无人走在大路上，谁
汗流浃背在树荫下张望
明白了，却不知道明白了什么

像井。你还是你，我
还是我，学会了似睡非睡
相互指责，和束手无策
忍受了，却不知道忍受了什么

像眼神。众多的眼神突如其来

多少光芒深陷其中
若无其事的黑与白，翻来覆去
教我们再一次瓜熟蒂落
一群鸟儿，走得无声无息
错过了，却不知道错过了什么

那么多的人

那么多的人走在大风中
大风扬起了长鞭

那么多的人走在大路上
大路瘦成了小道

那么多的人走进了尘埃
尘埃滚滚如潮

那么多的人，一点情面都不讲
走过了，就好像从没走过一样

我无法不成为那么多中的一个
注定用一生的奔波消灭自己

白洋淀的夜

逆着落日潜入芦苇荡的方向
升起在绿色的火苗上。比我的想象
要缓慢、宁静
比我的心事要广大、轻盈
此刻，千年的祖泽

只剩下迷蒙，一盏渔灯
一份五味杂陈的表情

蜿蜒的水道，怎么也绕不开
蜿蜒的土路。当我从泰山脚下
赶到北京，又从首都北京
赶到保定，赶到白洋淀时
浩渺的天空，正在寻找
一付诗歌的眼镜
浩荡的芦苇，轻摇五月的手
欲说还休，欲说还休
归鸟的惊叫擦伤了那些寻访的步履

不要彩虹，不要花朵
不要镁光灯的闪烁
不要推杯换盏，不要载歌载舞
她宽大的袍子正适合
将远来的朝圣者拥入怀里
也正好，掩住了他
涌满眼眶的雾……

面对大河

是的，我不敢说我是一滴水
就像面对森林我不敢承认我是一团火
一团醉意朦胧的火
将如何抱住一棵树瑟瑟发抖的根

是的，我不敢说我是一粒沙
就像面对春天我不敢承认我是一缕风
一缕收藏梦想的风

注定会被流矢划伤，不可避免地遭遇
白色墓碑的圆顶，酒窖和古城墙上
巨大的裂缝

是的，我不敢说我是一爿岸
就像我不敢说我是一滴水、一粒沙
就像多年来面对人群我不敢裸露
卑微的灵魂，一个热爱着却不知道为什么
热爱的灵魂，常常沉陷在向往中
受不起时光的快，时光啊

他为什么安息了波涛却又排山倒海？

我一定要写下你

对一只大雁的向往，和
对一列火车的记忆教会了你用孤单
调和忧伤。五岁的你
一步来到五十岁门前
沾满泥巴的手，也沾满了城市的铁锈

（期间，一次抢险
他丢掉了一只眼球
一次车祸，夺去了
他的一条腿）

再也没有一个认识你的人了
多好，你也不必认得谁
从一条街道，到每一条街道
一条右腿，足矣
从一个旮旯，到每一个旮旯

一只左眼，足矣
从无家可归，到处处为家
半张草席，足矣

在自己的冷暖里步步冬夏
在他人的废弃物里发现黄金
在如山的残砖碎瓦里提炼一日三餐
雨也一顿，风也一顿

半块猪头肉，蘸着经年的油盐
半瓶辣酒，呛着岁月的回音
那夜之后，一场大雪
覆盖了大半个中国
那夜之后，我再也没有见过你
也从没听人提起

清晨的阳光若无其事地照着
你曾经过夜的地方，那里
躺着另外一个人……

今夜星光灿烂

多少人睡了，多少人还没睡
我在辗转反侧中披衣而起
是否该向那没睡的人打声招呼
向那睡了的人说声"对不起"

今夜没有月光，今夜万里无云
今夜的天空，属于每一颗星辰
他们将不必躲躲闪闪，和窃窃私语
今夜，我也将保证不去打搅他们

也不去故作高深地追问：哪一颗星最亮
哪一颗是我的亲人，哪一颗
在看着我的同时也在看着
谁和谁……

今夜星光灿烂，而我
是如此渴望着小，难得的小
再小，再小…… 小到无迹可寻
小到与万事万物没有距离，我也将
看不到我自己。茫茫天宇
一粒微尘便足以接住我心跳的回音……

灯光从对面的窗口突然杀过来

那一刻我才知道自己是一个多么乏味的人
当笨重的黑夜躲闪着，仿佛一群受惊的大猩猩
我居然以为是一只猛虎逃出了牢笼
我居然听见自己的头发全都竖起来
只是，这么多年了
他还认不认得眼前这片空，认不认得我？

平淡的日子总要一页一页翻过
离奇的日子又何尝不是？打马远去的人啊
是否已经追上了头顶的那朵云
在无人陪伴的夜晚，我也同时失去了
自己的影子……

无边的寒冷，被劈开了一道长长的缝
这一向温顺的精灵居然也暗藏杀机
手持爆竹的人溅落一地叹息，树梢之上
满目清霜就像被风抓住了把柄

这世界原本没有什么秘密，只是我们心中
埋着太多的沉默而已。我庆幸
"生活中总有一些突如其来的事情"[1]
但谁能告诉我，当灯光从对面的窗口突然
杀过来，我是该大叫一回还是一如既往地
默不做声？

眺望不到什么的时候

眺望不到什么的时候，我会依然眺望
我会把目光停留的时刻再延长
哪怕最后一丝。我不知道接下来会发生什么
但在我的眺望里，蓝天更加寥廓
星火灿若神明。记得小时候
有一回我看见大雁消失了而她们的叫声
却依然在深邃地荡漾……

在五楼阳台，我看见灯光
撞破子夜的篱笆墙，来不及喘口气
就消失在冬日的田野上
我看见曾经的少年在游荡
在寂寞而空洞的下午，他想不起
哪里才是该去的地方
杂草低低地伏在道路旁，偶尔有一棵
站直了身子，也仿佛是在
把什么眺望

那时，一道晚霞泄露了足够多的
岁月的忧伤，大雁的叫声

---

[1]此为诗人林莽先生诗句。

在我的眺望里，悠远地回响
这难道就是……寂寞在成长？！

年复一年，我的眺望
始终在延深，再延伸
我不知道我在其中埋下了多少爱和希望
当天际薄暮，一片落叶
缓缓地锯断我的目光，却留下了
无边的永恒的苍茫……

鄂尔多斯的黄昏

对于一丛渴望开花的沙棘树
鄂尔多斯的黄昏，是不期而至的情敌
归鸟的翅膀煽动空旷，仿佛有一个
巨大的疑问将要被掩埋
无论从前的灰烬还是现在的火焰
都无法堵住远方的嘴唇
我看见那些被灼伤的云朵
在相互擦拭伤口里的盐

对于一条身披虎斑纹的蜥蜴
鄂尔多斯的黄昏，是注定被忽略的背景
在一座半裸的沙丘上面
它一会儿翘首观望，一会儿又凝神谛听
仿佛有什么风吹草动不在它的掌控之中
当我们的眼神相遇的一瞬
我听见有人在遥远的地下
轻轻地咳嗽了一声

对于一个远道而来的外乡人

鄂尔多斯的黄昏，是一道正在开启的门
穿越大漠孤烟的隧道，落日的悲壮
远没有想象的那么风情
来不及转身就离去的，我记住了
它最后的雕像，这欲言又止的神
究竟从什么时候开始，生命中
多了一束永远送不出的玫瑰

在这里，一个人享受时光

在这里，除了不知哪儿来的风
什么都像是静止的，包括思想
在这里，除了让人不敢仰视的太阳
什么都是俯向大地的，包括苍鹰
在这里，我一个人站在
远比泰山还要高出好几头的草窠中
独自享受那似乎
从来就没有人享受过的时光
只有在这里，才可以一个人
享受这没有纷扰的时光，是的
只有在这里，你才可以
真实地聆听
时光，她来自内心的滴答声
多么孤单，多么悠长

被省略的人

你说你就是那个一直提前却总是迟到的人
你说你还是那个经常被提起却一直被忘记的人
但你却从来不认为自己是那个被省略的人

他先是被省略掉了双腿，然后被省略掉了双臂
最后，他被省略掉了嘴
他不吃不喝不说话，一心等待天降大任

春天来了，这个举目无亲的家伙好像也累了
他把独自坚守了一个冬天的街角
不声不响地，交给了一株即将开花的树

下一场雪

下一场雪，首先铺平一条路
一条通向无怨无悔的路。下一场雪
接着漂白一堆脸，一堆垃圾一样
风尘和硝烟纠缠不清的脸，它们眼看着
就要认不出自己
下一场雪，搂紧这些瑟瑟发抖的麦苗
搂紧她们无辜的命运，咬紧牙关的根
趁一息尚存，留住她们
这些来年的种子里寄存着太多人的骨骼
和叹息。下一场雪
还原那个踏雪而去的背影，那个总是被人群
忽略的人如今身在何处？下一场雪
还原他趟过河流、穿过丛林、翻过山脊
直至最后消失在天边的脚印
下一场雪，让吭哧吭哧喘着粗气的火车
停下，不毛之地的无名小站
两列火车，像两个相爱却永远
走不到一起的恋人，用一个不期而遇的夜晚
打发掉一辈子的苦不堪言。天亮了
就各奔东西……下一场雪让我们再

打一次雪仗吧，再翻一个跟斗
再一次跌倒然后再一次的爬起
把童年里没来得及堆完的雪人，堆完
给他戴上红帽子，系上绿围巾
如果可能，最好再给他一颗顽固不化的灵魂

下一场雪，快下一场雪
结结实实盖一所大房子，为无家可归的大地
能够像冬眠的黑熊那样睡个好觉
避开瘟疫、祸乱、争斗、贪婪的利爪
和美丽的谎言。河流收起喧噪
诗歌回到心跳，汗血宝马在高处闪耀

定　格

又一个孩子从楼上跳下去了
当我循声赶来，一个家庭的光荣
和梦想，十三年如一日的
起早贪黑，精打细算
都定格于一张血肉模糊的脸

没人知道究竟发生了什么
一个十三岁的孩子，能有多大的事呢
有人在叹息：毁了毁了
有人在悲戚：可惜了可惜了
坐在地上的，他的父亲和母亲
只是一味地重复着：完了完了完了

这是下午四点，不远处的广场上
大红绸子飘起来，老年集体舞准时
跳起来，音乐的风暴

迅速席卷了所有嘈杂，和
急救车的闪忽不定……

我如何才能不说出那流星

我无法收获你人群中的独行
我不能透支我一路上的风景
茫茫大海动荡不息
我如何才能安抚这不断涌起的潮水

抬头　　低头
再抬头　　再低头
我如何才能不让大海照见我的无奈

再长的路，也有尽头
多深的夜，才可以藏住一颗流星
面对这陷阱密布的尘世，我如何
才能不说出那结局

我说着来生，其实我清楚没有来生
我不是骗你，亲爱的
我是在骗我自己……

我只想享受这份安宁

这个时刻，旗帜和霓虹灯都安静下来
手提电脑咔嗒一声，合上了
风起云涌的时代，夜行火车
踏着诱人的脚步，潜入春天的血管
往事在往事中，沉溺于蝴蝶

濒临失传的技艺，和烦恼

秘密的光阴，回到林中的小路
天边的孤星，仿佛把什么都
看透了似的迷惘…… 多么无辜
那放在枕边的书
足够安慰一座战火不断的城池
将无家可归的影子，灰尘一样
堆积成薄薄的一层

一个人的鼻息，一枚被咬了一口的苹果
无端地，放大着这个世界的虚空

所有的谎言都是未经验证的真理

那个习惯了把黑夜穿在身上的人
肯定是个纯粹的人，因为他已不需要伪装
那个习惯了不把自己当人的人肯定
不是受伤害最深的人，因为
他已经不需要用伤害来证明自己

当醉醺醺的落日轰然一声
踩爆乌鸦的毛，相约在房檐下的鸽子
捂住早年间的纹身。岁月如月
打开我们旷缈的灵魂开始了他新世纪的裸奔
你说过，你可以借我片刻的安暇
权当前世复活，作为生活的继续
你现在的笑更尘埃，还沾着
我昨夜的泪水、疲惫
坏心眼…… 年复一年

河边柳絮飘过桃花的山坡，不出声念爱
小声说欺骗，大声出一口气当什么都
没发生，即日起
我们好自为之
这个世界，要安抚的已经太多
你看那么多真理排着队，那么多谎言
还在满天飞……

所以天空

所以天空，风省略了翅膀
雨回到了大地。所以天空，圆有心
爱无疆，我看见暮光的手
孤独地拂去你左肩上的尘

时光浩荡，剩下的路
更加绵延，要走的人都已走远
你没有同行者，也没有代步的自行车
但你可以仰天，也可以长叹
运气好的话，或许会碰上一只离群的大雁
想喝酒你就邀明月，说不定会有流星
洒落诗行一串

这样多好，从此天各一方
重要的是，从此还能痴心妄想
还有什么比这更适合
叫：来日方长

风有了牵挂，云有了故乡
她们注定都是你形影不离的家人
所以，如果不是因为天空
你将在哪里弹拨你唯一的琴弦？

小 西 / 作品
SHANDONG POET 60

　　小　西，原名张桂芬。1974 年 1 月出生，山东青
岛人。2007 年开始写诗，有诗歌发表在《诗刊》《十
月》《星星》等多家刊物，并有诗歌入选多种选本。
著有诗集《蓝色的盐》合集《海边》等。获中国第三
届红高粱诗歌奖。现居黄岛。

诗人：小　西

诗观：

　　首先诗歌的情感要真诚，如果写完之后连自己也打动不了，读者更会味同嚼蜡。

　　其次诗歌要有烟火气息，要接近这个社会和生活。写假大空的诗歌如同浪费生命。

　　最后要写出好的诗歌，那些词语和句子必须让人觉得那是你内心深处的清泉，是思想的一种最自然的流淌。而不是刻意的，蹩脚的和模糊的。

牧 童

孩子，不要长久地哭泣
让我们来玩魔方。
春天那么多颜色，你站在哪面山坡上。
你的羊群又在哪里低头吃草。
每一次旋转，我的心就会荡起诸多波澜。
云朵和雨水，究竟落在谁的手里。
你知道，是那些方形的词语蛊惑了我
我在黑暗中，用它们来占卜
一群飞鸟的命运。
这沉郁的时刻，令人无法归于平静
当你举着雨后的桃花，犹如举着一盏烛火。
你的鼻翼翕动，像一只小豹子
你奔跑，群山紧紧跟随。

孤 独

有时它是一片叶子
脉络的走向十分清晰
有时它是小心爬行的壁虎
眼睛里闪着狡黠的光
或者它是寒冬的杯子里，越来越坚硬的水

但它更像深夜里，一只飞蛾
用翅膀拍打着窗户，而玻璃正轻轻
裂开细缝。又仿佛从裂缝里
挤进来的风声。
当它不约而至时
我躺下来，在你躺过的地方。
拿过你的桃木梳，给沮丧的玩偶
梳理头发。
又从你杂乱的书本里
找到卡佛的诗歌，读到《悲伤》时
我用你的被子蒙住了头
那里一片黑暗，什么都不是我的
除了洗发水的香气和硕大的泪滴

归　宿

那是最终的去处。
所有人灵魂集合的地点。
大家说起生死，犹如谈论草籽爆裂
果实落地那么自然。
再过几十年，我们终于可以聚集在一起了
那些使用过的词语，也找到休憩的地方。
我们曾为它们伤心，迷茫和痛苦过
所以，彼时我们将不再谈论诗歌
只喝半盏绿茶，就着清风。
我是个喜欢意境的人
最好是在夏天，紫薇盛开之际
让蝴蝶有意无意落在肩上。
再燃一炷檀香，若有琴声相伴
会更为美妙。在我开口之前
最好不要有人敲门，也不要听到谁在哭泣

如果有人一定要念我的诗歌
就选调子明快一点的吧

清明节致父亲

你挪动椅子
椅子没发出任何声音
你左手端茶，右手持着棋子
棋落棋盘时也没有声响
你是怎么抵达这里的？
在风清月明的夜晚。
榆叶梅和海棠，那么艳丽
你的脸为何是灰暗的颜色
你皱眉，偶尔捂捂肋下
肝病的痛疼，可是又犯了？
你不说话，微笑着注视我
是看穿了我的谎言，恐惧和不安
还是心疼我在人世间的艰辛和迷茫。
从户口薄到墓碑，你的名字已经变得冰凉
我们为此不断流下眼泪
终于相信你是真得离开。
但今夜，你令光阴变得无比虚幻
仿佛是你，一直是你
坐在我的对面，举棋不定

深夜，梦醒

深夜。
黑暗有木质的纹理
每一圈都向外生长，稀疏中

带着荒凉。

冬，松林，蕨类和雪

松鼠抛弃穿鞋子的人，跑得无影无踪。

夜色已成最浓的墨汁

它在白雪上四处流动，蔓延。先是急切的

又是缓慢的。

有人在描她的炊烟。

有人在画他的江山。

我还活在人间，并试图从梦中醒来

摸着床头的杯子，想寻找它从前给予的温暖

但那冰凉让我胆怯。我开始下床行走

却看不到方向。

我不由地喝住双脚，你们究竟要去哪里？

屋内那么黑，屋外也那么黑。

母　亲

眼花，耳背。行动越来越迟缓。

时光却不肯在她的手中偷懒

菜园在她的唠叨中变得一片葱郁。

门口种着大簇野菊，翠竹。没有香气

却长得肆意。

她偏爱儿子，觉得那是张家唯一的根。

偶尔患得患失，每年在父亲的忌日

烧纸钱，说些悲伤的话。

很少为她写诗。但我帮她洗澡，剪指甲

讲笑话，牵着她的手逛街

在十字路口，那些迅疾的车辆

让她变得无措。她常常会用另一只手

紧张地抓住我的衣角，仿佛是我柔弱的女儿。

小　镇

有人为她描眉。
是浓烈的黑色，且线条生硬。
围墙脚下，一条河是她腰间的绸缎
有柔软的质地，先流到镇东
再右拐到镇南。
枝头上，只剩下三三两两的丁香
碎碎念，切切语。
一群鸟忽地飞到树梢，啁啾中
白杨的叶子转眼长大。
双脚在春天里绕行，微风沉醉。
我站在石桥上，小雨落在河面
一朵，两朵，千万朵涟漪
孤独亦开出别样的花朵。
雨越下越大，为她描眉的男人扔下画笔
轰隆隆的挖掘机从远处开过来
我们低头时，雨水流过眉间
她的悲伤已远大于我的悲伤。

迟早我们都会被淹没

雨中的梯子，倒在湿滑的屋檐下
父亲坐在那里吸烟。
他说迟早我们都会被淹没
当阴郁的海水涌来
我们不该站在沙子堆积的高度上
自以为是，沾沾自喜。
这时闪电划过我的发际。巨大的光亮
让我恐惧。父亲把我揽在怀里
他递给我一枚松果，深青色，还未成熟。

但我愿被它紧紧包裹，深陷其中
成为它的一粒种子
坚硬，却散发着芳香。

几声更大的雷响之后，雨停。
父亲竖起梯子，他要爬上屋顶
打扫洋槐的花朵。
风雨摧毁了树的大半生
它虚弱地倚在房屋旁，枝叶覆盖了
半个房顶。父亲每咳嗽一声
它就会落下更多的花朵

确实是这样的

确实是这样的
晨起，我赤脚奔到阳台上
看到桂花开得尚好，那么昨晚的梦就是假的
夭折的只是时间。
我又走到厨房，番茄酱和面包
不是我喜欢的。
冰箱正在嗡嗡作响，但它能给予我什么
爱情能保鲜吗？青春能冬眠吗？
除了僵硬，就是冷漠。
关掉了音乐，是谁还在轻轻唱
“这是最后一次，在尘埃中与你分离。”
我有些伤感，想起那位刚刚逝去的亲戚
送他走的那天，晴好无云
我们哭泣。眼泪汹涌，但不全为他。
他嗜酒如命，祸事不断
我们更爱他那善良寡言，容颜渐老的女人。
她恸哭着匍匐在地，风吹乱她的短发

即使是一根再旧，再斑驳不堪的拐杖
她也不愿丢弃，独自一个人走

门环响动，风吹开门

门环响动，风吹开门
但那不是一场暴雪。它还在路上。
我们小心呼吸，在十面霾伏中开着灰暗的玩笑。
仍有事物在腐烂。落叶，果子，镜中的一面旧颜。
我抑制不住激动，咖啡溅在袖口上
因为他们说到了鱼。晨曦在鱼竿上
闪着金属的光泽，当鱼钩一次次抛向大海
它们先后被诱惑，在木桶内扭动着腰肢
犹如穿梭在酒吧里不安的女郎。
它们在桶内挣扎，我们在桶外挣扎。

此时有人在窗外大喊我的名字，这个时节桂花
还有姣好的容颜，让她惊讶。
我为一些事情分心，而它不会。它只顾着生长
开素颜的花朵，让香气在花瓣中滚动。
时光加速我的衰老，但我还坐在小院里
等待离人归来。当布鞋落地的声音慢慢传来
仿佛越来越近。
门环响动，风吹开门
他正站在门外，抖落身上的大雪

想 法

湖水灌满了月亮，这圆形透明的杯子
闪烁着奇异的光芒

轻轻散落在植物的枝叶之间。
有人不停地咳嗽，从阴冷的空气中传来。
是几个老者，坐在空屋子里打牌
这漫长的一生，让他们当中
有人输掉了耳朵
有人输掉了牙齿
有人输掉了双腿
心脏和肺部，很快也要输掉了
炉火渐渐熄灭。但他们正在热烈地交谈
孩童一样天真。我看不出他们对这个世界
有多悲伤，多绝望

平　衡

下午，很漫长
他的烟很短，有烧着手指的可能
墙壁渐渐倾斜，阳光顺势倒在地板上
和植物的影子，拥在一起。
多么离奇的想法。他说着站起来
慢慢把稿纸，铅笔，半块橡皮堆在一起
接着用黑袖子
把桌面的尘埃，抹到时光之外。
他不敢碰触那个青瓷花瓶
它横卧在桌子右上角
瓶口细细的裂缝，一直延伸到瓶底
像是他心里的长江
把他的地域分割成两部分
以北的地方，故乡
以南的地方，异地
多年来，他不敢让花瓶站起来
他怕江水变深，江水流到江外

春 光

你茂盛，拥有一树的繁华
而我，一无所有。
在春天，做小片苔藓
显得单调，不可思议。
入睡前预感，这个故事的结局
总是要落入俗套。
你知道，我是不屑的
对轻易抵上额头的风。
多年不曾治愈，这清高的顽症
偶尔有人，在热闹中说孤单
并不能证明什么。
往返于光鲜的句子
你我之间的距离，已经很远
但这春光，却乐此不疲
一日日，越来越深地陷入

在浴室

不可能轻视
这一具在尘世不停奔跑的肉体
在灯光下，我必须仔细地擦拭
那些明亮和阴暗的部分
仿佛面对的是一件瓷器，我变得小心翼翼。
当水雾遮住镜子
我用指尖勾勒出一个人像
模糊中看到自己的笑容。
当我蹲下来，清理掉落的长发时
水流击打在背上，开出几朵或更多的梅花
我听到花瓣掉落在地上，碎裂的声音

我不转身，是因为我不愿意承认
一个女人最美好的时光，已经大部分凋落

夏天的风吹过

我说了
夏天的风吹过，海水就变得悲伤起来
汹涌之后，现在平静得将要死去。
有人坐在礁石上
想用细长的线，钓住这巨大的深蓝
他慢慢地拽着线，向岸边靠近
黝黑的脸上，露出惊喜的表情。
他一定感到了某种力量，以为那是一条大鱼。
你不觉得吗？
有时风也会出错。它不该朝着我的方向
却扑向一个孩子的风筝
她那么小，赤着脚在沙滩上奔跑
断线的风筝，斜着身子飞到海里去
它怎么可能变成海鸥，它永远是一只风筝。
当我把真相告诉她
海水刚刚把她筑好的宫殿推倒
"那不是鱼！"她瘪着小嘴不屑地说。
我看到那个垂钓的人，正从海水里拖上来
一条湿淋淋的海带

在贵州与一位布依老人不期而遇

这样的不期而遇，不是我们想要的
当有人推开那扇柴扉
腐烂的气息扑面未来，光线昏暗

她坐在那里，嘴角下垂。
也许是孤独，不！
更多的是绝望盛满双眼。
宽大的藤椅圈住干瘦的身体
她穿戴整齐。一身粗布蓝衣上
开着朵朵白花。
让我感到惊悚的是，一口棺材横在她的脚边
像一个黑色的柜子，在空屋里
显得突兀又哀伤

越来越苍老灿烂的秋天

终究是寥落了
又一季。我无法安放的愁绪
被雨水浸湿。
果实低垂，它们不愿轻易交出
成熟的身体，是为了一个永不腐烂的
承诺。
还有什么没有盛进来？
金色的盘子里，有银色的调羹
时间和爱情，被我们不停地搅拌
耳边又响起轰鸣。我时常对瀑布怀有敬意
这浩大的水声，到底淹没了谁的思想。
阳光还在阴云之后
一只喜鹊，正仔细啄着紫薇凋谢的青春。
到处都是落寞的紫
或浅或深，或故去或新生
所有的故事，都在这一棵树上了。
我曾无数次走近，又默默转身
但一切还是来了，且日日逼近
这越来越苍老，灿烂的秋

当我失眠，夜晚就失去了存在的意义

叶子掉下来
白霜降下来
更多的词语，折断诗人的翅膀
决绝地落下来。
大风，正在打开秋天的腹部。
它肯定发现了我
在岁月的河流上疲惫地奔跑，消失。
菊花开在冷雨里。不断地蜷缩，低头。
如果尚存温暖
我一定是棉麻的一部分
粗糙，有密集的小洞
被某个人紧紧握在手中。
月亮是贫穷的，只有指甲那么大
它并没有照亮什么
而我有宽大的床。无边的黑暗。
当我失眠，夜晚就失去了存在的意义

在山中

在半山腰停歇
枯草掩盖了几双鞋子的鲜艳
我们坐下来
不断否定一片叶子的姓氏
它的来历是陌生的，带着神秘的身份
眉眼细长，有狐狸的气息
又如此轻盈，飘出微苦的清香。
空寂的山里，越发热闹
有人从树枝上摘下野果
有人在山谷里歌唱。

一群群麻雀从树丛中飞出，盘旋着远去。
在接近山顶的地方
有一位老人正蹲在一座旧墓前
摆上酒水，苹果和几枝菊花。
被他点燃的纸钱，还没来得及
给墓中的人留下多少
就被一场突如其来的北风带走

当时间忘记了时间

就这样吧
秋风又陡峭了许多
一个穿薄衣衫的女子
从一片柿林中穿过
她没有仰望，那些转瞬即红的果实
和愈来愈空的蓝天。
就这样吧
再送终须一别。
栾树摘下头顶的黄花
往事被碾碎在细小的蕊里
如果夏雨记住了眼中的一道闪电
白霜何必亮出怀里怒放的野菊
还好，我只剩半片雪花
它在归来的路上。
就这样吧
当海水淹没了海水，时间忘记了时间。

念

行走至此

我已找不到更贴切的词语
描述这一片槐花。
整座山都在暗香中浮动，包括我。
请原谅我的恍惚，在转身时遇到了
一棵松树。它用松针
是无数的松针，穿透我的衣衫
这敏锐的疼痛，让我想起了一个人。
如今他已经长眠，槐花在他的头顶上飘落
香气覆盖在身上。他是记得回家的路的，我坚信。
虽然，我们都在渐行渐远
但时光之手，从来不曾把我们分离。
面前的海，在雨中咆哮着
撞向礁石，巨大的浪花碎成一滩白玉。
但我捉不到任何一粒，它们终会扑向大海。
就如我，父亲！
总有一天，也会慢慢地靠近你
并回到你的怀抱

秋日之美

至此，美就是理由。
我有绚烂的眼神，如果恰巧遇见
一泓碧水。
手一伸，指尖就触及到了睡莲的颤抖。
请登高望远。甚至再远一点
丛林，黄叶，雀鸟，开过和未开的花朵
时刻包围着我，这旷大寂静的美啊！
令我难以转身。只能向前奔去
一路上，我不断地抛弃旧的自己。
仿佛这世上没有我
仿佛这世上只有我。

谢明洲 / 作品
SHANDONG POET 60

　　谢明洲，河北省任县人，当过兵，干过铁路，做过编辑，著有散文诗集《蓝蓝的太阳风》《更高处的雪》《空酒壶》《在自然以远》《风景掠过》；诗集《悲剧方式》《读画诗章》《门前的冰》；散文集《坐读时光》《爱与漂泊》《早晨的金子》；读书随笔集《一滴幸福》等。有作品被收入180多种选集或专集，15次荣获省级以上奖励。曾任《黄河诗报》编辑、编辑部主任、副主编，山东省文学研究所副所长，《时代文学》（双月版）执行主编，《新世纪文学选刊》杂志社社长。中国作家协会会员，全国第七次作代会代表。山东省散文学会副会长，山东新生代青少年写作中心主任，中国散文诗研究会常务理事。现居济南。

诗人：谢明洲

诗观：

飘逸而不失沉凝，悠远而不失深邃，随意而不失典雅，刚毅而不失柔润。自由，别致，想象力与音乐性，我以为，所有这些都是优秀诗歌必须具有的品质。

白桦林

在遥远处，那一片记忆中的白桦林。
在俄罗斯的大地上，在列维坦激情与天赋涌动的不朽画卷中。
那些树，在夏天
把密密而翠茂的叶子，把比谎言高出许多的梦想举起来。

是谁说过，给梦一把梯子，给鸟儿多一些飞翔的空间。
而白桦林，却把一种不可言喻又不可企及的、足够让整个世界敬畏的
浩瀚毅沉布满西伯利亚。
雾霭漫漫。
云絮悠悠。
诗者一次心动，为了记忆中的那一片白桦林。

秋天渐渐地深了。
列维坦在白桦林中散步，他看见，金黄色的叶子落下来，如同
时间之书一页页落下来。

白罂粟

告别那一泓微漾的乡愁波澜。
暮色浓郁蔓延之后，月影依旧神秘着西移。
诗者偶然间写到了白罂粟，从云朵里沉淀的那一种。

自此，想象的翅羽变得不羁起来，浩荡起来。

花语滴落在黎明。
那是白罂粟的境界与高度，是谎言和颂辞永远无法抵达的纯粹与美德。

绝版美丽

这一夜的风摇落了银杏树千年的春秋。而
摇不落我的相思，而
我的相思蔓延如缭缭绕绕的雾，而
缭缭绕绕的雾在枕间不逝不散。

就在列车将要驶出车站的那一刻，我拨通了曾经闪烁在梦之边缘的电话号码。
期盼的声音被阻隔在了时间之外。
渴望有一场骤降的雨，沐涤我所有的旧事，洗去那些桎梏了我大半生的狭隘、空洞颂辞、鼠目寸光，以及得得失失荣荣辱辱。
尔后，
只在那一座澄澈无岸、既无许诺也无承诺的庭院里作生命的散步。

这一夜的风摇落了悬浮千年的月辉。而
摇不落我的相思。
秉烛坐读——
坐读那些或疏或密的昔日的美丽，秉烛坐读
那些绝版的美丽。
那些绝版的美丽如水，如水。它曾经匆忙抑或迟缓地流过我的悲欢。
尔后，
春深了。绿浓了。天晶了。
人也老了。

一场雨和一场雪之间，整整相隔了十个年头。

曙光浮浮升升。

夕晖明明灭灭。

岁月荣荣枯枯。

多少次掀开季节的幕帘，却未能寻见你无语的花影；多少次叩响思念的檐铃，却未能听到你透明的笑声。

时常忆及憧憬以外的一些憧憬，它们匆忙而又往往饱含着忧郁。

一半虚幻一半真实，我在想象中

细数未曾目睹的美丽，不露声色也未加粉饰的美丽。

这是比绝版美丽更为美丽的美丽。

身前与身后总有芸芸泱泱的初荷，耀闪如李易安或激昂或缠绵的词。

绿肥红瘦也罢，不过江东也罢，诗人那一泓颤栗的情愫已深深地播撒进亿万人们的心田之中了。

浩浩渺渺的芦苇在水上舞如大地的乱发。

浅浅深深的乡愁在夕下沉如黄昏的车辇。

一夜的风摇落了银杏树千年的春秋，又摇落了悬浮千年的月晖，

却

摇不落我的相思，摇不落

已在我心中生根的那一株紫蔷薇的美丽。

秉烛坐读。

坐读那些远远近近的，给我欢悦也给我忧伤的，已经忘却或者仍旧铭记着的，那些诗章，

坐读我自己的那些诗章。

坐读我自己。

尔后，

以一种从未有过的挚诚淋漓问爱情天使：该是签发那一张通往你高贵庭院的准许证的时刻了吧？

晶冽复晶冽。

澈盈复澈盈。

凝神聆听时觉得那紫蔷薇有五月阳光下绵绵麦芒的品德，且无遮无拦，

且无垠无岸。

里尔克是幸运的，因为他曾经在一朵玫瑰里欢悦与忧伤，曾经在玫瑰里颤栗和坦荡了一生。

我也是幸运的，因为我将在一朵紫蔷薇里欢悦与忧伤，将在紫蔷薇里颤栗和坦荡一生。

晶冽。澈盈。紫蔷薇以绵绵麦芒的品德，为我

洗去累累征尘和彷徨，为我

照亮前行的路。

还有多少心绪述说不及？

拂去迷乱与惶惑，坚定着果断着告别那些平庸和被虚伪粉饰的日子。

任千年的风，

吹落银杏树千年的春秋，吹落高悬千年的月晖。

春深了。绿浓了。天晶了。

心却未老。

尔后，

秉烛坐读，坐读

那一株紫蔷薇日渐日近的美丽，坐读

旷世的，明晰的，苍翠的，绵远的，默然的，不悔的，无可替代的——

比绝版美丽更为美丽的美丽，

紫蔷薇的美丽。

寒塘鹤影

夜风将寒意一波一波地吹起，吹乱了山河，吹冷了记忆，吹凉了疏疏密密的人间情爱。

却吹浓吹酽了一个人的冷月一般的孤魂。

雨打残荷，霜浸晚菊，似乎都是昨天的事情。

"于千万人之中遇见你所遇见的人，于千万年之中，时间的无涯的荒野里，没有早一步，也没晚一步，刚巧赶上了"。①

而那个人却弃她而去，弃《爱》②而去。

那个人浪荡而去。

打发掉许多时间和忧伤。

走了一程又一程泥泞和沧桑。

领略了一幕又一幕风景和世态炎凉。

她有些累了。

漫漫的漂泊之后，茫茫的磨难之后，沉沉的孤独之后，她累了，也老了。张爱玲走了。

她像一只严冬时节，苍凉着独立于寒塘中的白鹤，总是特立独行，让人追之莫及，述之还难。

不问也罢！

"胡琴咿咿呀呀拉着，在万盏灯的夜晚，拉过来又拉过去，说不尽的苍凉的故事 —— 不问也罢！"③

海明威的雪

是谁写道：那一只孔雀的翎羽在夕晖下耀闪出青铜剑芒。

李太白未知。

杜少陵未知。

唐诗与宋词未知，未知。

是最高处的雪吧。

乞力马扎罗山上的，欧内斯特·海明威所深深依恋的。

许多许多年以前了，他告别了《老人与海》，告别了《别了，武器》。

顺着一支猎枪惊天的轰鸣，他独自果敢地踏上了苍茫不归的路。

尔后。

是一只孔雀，忘情地舞动出阳光的咏叹与风流。

---

①张爱玲语。

②张爱玲文章题目。

③张爱玲语。

李易安未知。

辛稼轩未知。

宋词与元曲未知,未知。

是生命最高处的雪吧。

异域的,莹晶的,乍冷还暖的,乞力马扎罗山上的,欧内斯特·海明威心底深处的。

风景掠过(之三)

1

早晨,几片碎云在空中游过。

我来到玉绣河畔,我是来探访那些紫藤花的。

对那些如瀑的紫色花意,我向来敬畏有加。

然而,这一次我是来迟了。

那些紫藤的花朵已经凋落了,在地上,连一瓣残存的也没有。

似乎是转瞬之间,这些花朵就匆匆地远去了。

真的是瞬间一闪,春天就远去了。

一闪,许多被我们所热爱的事物就匆匆远去了。

2

一位诗人说,爱情如风,她可以在每一个季节里吹拂。

这风可以吹开一切的爱意之花,让这些花温馨地绽放。

这风也可以吹落一切的爱意之花,让这些花冷寞地凋零。

风吹着。

爱情吹着。

风和爱情把这个世界吹得清醒,有时又把这个世界吹得迷乱。

3

一座石桥,不算高也不算长。

玉绣河从桥下流过,淙淙有声。

河的东岸是一排曳摇着翠茂的垂柳，西岸有高高的白杨，还有几栋花事正浓的梧桐树。

发表过自己的美丽，樱花，桃花，它们都走了。

石榴，凌霄和其他的一些花朵，还走在路上。

淙淙复匆匆，玉绣河从石桥下流过。

水声是动听的。

而水质却是污浊的。

4

鸽子花在阳光下盛开了。

离想象近些，更近些。

离自由近些，更近些。

让那些鸽子们，让那些美丽飞起来。

5

就这样，村庄和村庄前的草垛，宁谧地站在黄昏的深处。

站在淡淡的月光下。

站在梦的边缘。

弥漫着一些凉意，从更远处传来一阵箫声。

悲伤罢，欢悦罢，它们都已经去得很远了，很远了。

诗者在泪水与乡愁里重温着自己不再的童年。

6

有谁说得出，在这个世界上的每一天，有多少人于等待中悲伤着，抑或欢悦着？

智者不能。

伟人亦不能。

神和上帝能够吗？

7

那样一年的那样一个黄昏。

那样的一次相遇。

微风。小雨。薄雾轻漾。

两把油布伞。

问："你喜欢中国的哪位诗人？"

答："李易安。"

问："外国呢？"

答："泰戈尔。"

对视的目光一亮，之后是久久的沉默。

小雨淅淅沥沥地下着。

8

朋友的一首《浣溪沙》：

十里长堤树两排，闲行或许避尘埃。春光亦遣晚风来。柳絮白沾君子鬓，桃花绕过美人腮。万般心事一声唉。

步原韵，我和一首：

荣辱悲欢竖两排，闲行亦难避尘埃。时间可遣春光来。柳丝绿染江山鬓，桃花美过季节腮。万般心事任风裁。

9

我曾经多次地写到过秋风中的芦苇，那些曳摇着翠茂在湖水深处的季节诗章。

暮秋霜下，它们的白发，雾絮状地零乱四散。

曾经有鸟影和颂辞掠过水面。

时间在流逝中滴下泪水。

肃穆而神秘。

10

季节可以轮回，

而时光不可以倒流。

路可以复蹈。

而爱情不可以复制。

风景掠过（之六）

1

风，翻动时间的书页。

阳光，雨露，悲欢，爱意向我们走来。

树叶，花朵，谷物和鸟鸣，一些人从这里找到安慰。

还有人从另外的一些地方找到快乐，例如谎言，例如空洞，例如颂辞。

时间的书页永不停歇地翻过去。

一页一页地翻过去。

2

事物是不能预约的。

也是不能预知的。

什么都可能发生。

可能性，必然的变化性，这或许是惟一可取的态度与方式。

3

阳光照耀着半山坡上的樱桃林。

红红的，晶晶的，妹妹般含情脉脉的樱桃。

躲在绿叶后面的那一颗，欲言又止的那一颗，面带羞色的那一颗，你是在等一个人么。

多好啊，这些纯净又满腹心事的樱桃。

把目光移开，把采摘的手缩回，我和我的诗句有一些惊慌失措，又有一些魂不守舍。

把那些珍珠留在树上，留在阳光下，留在季节的高处，留在诗歌所不能抵达的时间秘密里。

4

诗人能做些什么？

诗人当然可以做一些事情。

如果一个诗人是有天赋的，是有激情有想象力的，又是有着孤独的与调遣文字特殊能力的，那么，他除了可以写一些好的诗，就不要再去做其他的事情了。

留下诗篇。

把童心，把歌泪，把爱与恨，把善良与偏见，留在诗篇里。

这已足够了。

记住周伦佑的诗句吧：

"诗人来了，小树紧靠着他 / 颤声问道：你不会死吧？ / 诗人说：我会死的 / 但我将把你托付给我的诗篇 / 让那些文字伴陪你直到天亮。"

5

诗人应该也必须拥有一座"想象的花园"。

古典且现代的。

平凡却奇特的。

这座花园里的花朵，时时处处盛开着，让每一位凝望者惊喜之后心生敬畏与倾慕。

那些花朵的品质是：热忱而冷漠的，苍凉而沉凝的，随意而逸远的，曳摇着的，波动着的，盈晶而博邃着的。

6

人们渴望和渴求光明，所以总是对太阳心存敬畏和感激。

当太阳沉落，当黑夜来临，人们便点亮了灯盏。

那是另一颗会发光的太阳。

可是，有的时候，人们点亮灯盏并不是为了看清光明，而是为了看清一些影子。

自己或别人或一些事物的影子。

7

轻渺的雾，弥漫了兴致正浓的一粒鸟鸣。

凉意浅浅地飘过来。

一片薰衣草诗意盎然着曳摇不止。

浮云渐渐游散。

消隐的村庄和树木迅疾地脱去了雾衫。

清凌凌的溪水唱着清凌凌的季节。

8

终于等到了五月。

终于等到了金色的麦浪波涌。一片连绵的热烈的不可抑止的喜悦。

河水流过去。

岁月流过去。

辛劳和悲欢流过去。

厚厚的暮色降落下来。

月晖淡漾之时，听到苍劲的磨镰声了。

一夜无眠。

麦子们联翩而舞，它们期待着利刃刿身时的滔滔幸福，一生只有一次的幸福。

9

一些记忆暗淡若灰。

另外一些记忆耀如曦光。

旧事冷寂着，悲怆着，叹喟着，怠倦着，瑟萧着，沉潜着，神秘着，也飞翔着。

回忆旧事，就是阅读自己。

在许多时候，太阳无法把你照亮，一支小小的蜡烛却可以把你照亮。

记忆就是你握于手中的一支蜡烛，可以照亮你的忧伤与快乐的蜡烛。

有不期的风吹过山峁。

野花，草丛，它们不约而同地垂下虔诚的头颅。

诗者把目光转向诗，就像太阳把目光转向每一片叶子，每一株小草，就像夜露把它的泪痕留在每一朵花瓣上。

之后，就有一程又一程的美丽留在盈盈晶晶的诗篇里了。

红　花

一朵花。红红的颜色，不深也不浅。

远远望去：

如同游弋在晴空下的一把伞；

如同流水之上漂浮着的一页舟；
如同至善至纯又致美的一个童话。

多少次，梦被夜露打湿。
多少次，心被黎明唤醒。
一朵花。红红的颜色，不轻也不重。
站在河边，站在路旁，站在阳光下，站在风雨里，站在季节与时间的深处，
等待着。

红花是最初也是最后的诗章。
掩不住的文字激情与想象在花瓣间熠熠耀闪。
至善至纯又致美，一朵红花，她从未许诺过什么。却
对一个漂泊的诗人送上暖暖的笑意——
红红的花，是一位特别的天使。

风来了。
诗人谛听到了一串仓促的脚步声。
红红的一朵花，去了远方。

白玉兰

当曙色如期在四周落下，我打开一本书——
打开我的想象。
我要写一写白玉兰：
它的张扬的洁白，它的不羁的香逸，它的毅沉的魂魄。

如雷如电，随风而至的山寺檐铃将黄昏一点点击碎。
白玉兰有几分古老。
有几分苍凉。
有晚雪一样的几分高贵与耐读。
有难得的仅仅属于自己的几分或短暂或永恒的时辰。

白玉兰很少会想起得失与功名。
它把自己领到村野，它把自己领到河岸，它把自己领到时光的跟前。
它让小鸟和春天在自己的枝丫上筑巢。
它让彩蝶和憧憬的翅羽在自己的肩胛上栖驻。

一种色彩与光芒。
一种寻觅与漂泊。
白玉兰，一种舞蹈着的色彩与光芒。
一种飞翔着的飞翔着的寻觅、自由与漂泊。

我打开一本书，打开一程时光。
打开我的激情。
打开我的想象。我要唱一唱
白玉兰；
它的簇簇冷馨，它的潺潺丽质，它的迢迢熠熠的
未竟之旅上的未竟之美。

时光之约

当夕晖将远行者的灯盏点亮，平凡又沉郁的夜就匆匆地来了。
读不到弯月的临危之思。和
点点繁星的
零乱的毫无秩序的密如蒿草的丛丛愁绪。
沉醉与融消皆已远遁。
银杏树，芨芨草，向日葵，豌豆花，它们有多少遐思在风中
舞而不饰，
歌而不泪。

和时光作一次约会，当远行的灯盏被夕晖第一千次点亮的时候。
告别卑微与谎言，

告别怯懦与孤傲，

告别最初与最后的荣荣辱辱，和时光作一次约会，当连绵的麦芒在五月的阳光下

汇涌成流的时候。

水上。此岸与彼岸。是被秋风吹乱的柳丝的

影。

是旅人疏乱的乡愁，

是黑鹳草平淡无奇的絮语，

是去了又来，来了又去的雁阵，

是绿了又枯，枯了又绿的总也拂之不去的情愫的苔泽，

是

远行者聆听到的悸动如潮的古寺檐铃。

《时光之旅》《时光蝶影》《时光花朵》以及这一章《时光之约》，

毕竟已涨如秋水，

毕竟已漫漫淼淼地映耀出了一些旧事的或深或浅的容屬姿色，

毕竟已令漂泊者念及了故土上

那些累累的谷物；毕竟已历经了一次孤独与美丽的抵达。

水上。近处与远处。是被风浪击打着的疏乱的木船的

影。

是旅人不竭的乡愁，

是马什菜平淡无奇的絮语，

是来了又去、去了又来的夏荷的粉韵，

是浓了又淡、淡了又浓的总也拂之不去的情愫苔泽。

是

远行者聆听到的如波四散的古寺檐铃。

当憧憬第一千次被黎明点亮，远行者便执意和时光作一次约会。

雪莲，芨芨草，蒲公英，白桦与古榕树，

以及兰草与三角梅，

以及野葵与木棉花，

它们的浮浮沉沉的日子将被一一阅读。和时光作一次约会，当连绵的麦芒在五月的阳光下

汇涌成流的时候。

或许这是一种平凡又是一种非凡。

或许这是一种偶然又是一种必然。

或许这是一种短暂又是一种永恒。

或许这是一种苦难又是一种幸福。

睿智者不置可否。

闲适者未知可否。

远行者已知可否。

依然有空洞的谎言流溢在岁月之里之外。

读不到

无以言状的弯月的临危之思。和

点点繁星的

零乱无序的密如蒿草的琳琅寂然的丛丛忧思。告别最初与最后的荣荣辱辱，和时光作一次约会，

毕竟已水涨秋池。

那一株紫槐树先是浩茫着，继而旷达着，再而无语着，后又神秘着走向苍老。

何等的无以表述。

何等的不可企及。

何等的自然素朴。

这就是伟人与哲人常说的不易抵达的极佳境界了吧。伫立柴门，

远行者默然无语，却已知可否。

《时光之旅》漫漫。

《时光蝶影》漫漫。

《时光花朵》漫漫。

而拥有了这一次的《时光之约》之后，远行者的激情与乡愁，便在阳光下

舞而不羁，

歌而不泪。

迅疾而沉厚的历史的容颜，它的消融旷宏且真实，

且以一种微漾的四月梨花之惋然香馨，

潜入记忆。

水上。

远处与近处。此岸与彼岸。

疏乱的柳丝的影与木船的影。远行者细细读啊，读那些《时光之约》中的目不暇接的错乱又秩序的景致。

时光花朵

秋菊傲霜之后，腊梅斗雪之后，诗人的乡愁隐隐地触到

生命的某一种邃深与悠远，触到

李易安的幽幽怨怨的戚戚惨惨的逸逸远远的

栖而未定的词。

总有一些荣辱总有一些成败溪水般匆匆流过。

已经记不清了，

多少次遥望燕子衔来春的消息，

多少次聆听蝉儿吟唱夏的热烈；

已经记不清了，

多少次遥望谷物沉凝秋的成熟，

多少次聆听梅朵盈晶冬的冰骨。

总有一些利禄，

总有一些功名，溪水般流去。

所不更不移的，所持之以恒的，所经久熠闪的，所激情永葆的，所美

德常驻的，
　　是诗歌。是这连绵地开在时光庭院的
　　璀璨花朵。
　　颇具激情的，颇具天赋的，颇具想象力的，颇具悲剧意韵与品质的
　　是这诗歌，是这开在时光庭院的花朵，
　　是这触之即在、不歌亦艳的花朵。

　　在山的尽头是渺渺的水声。问：
　　泪的澄波安在？
　　又问：
　　曾经跃过龙门的那一条鲤鱼安在？
　　还问：
　　自遥远的历史的隙间滑落的俞伯牙的琴声安在？

　　蒿草与缤纷的蝶羽疏退。
　　黎明，黄昏，依序轮回的日子，艰忍着也完美着
　　一代一代的诗人。和
　　一代一代的诗歌。和晚些时候
　　对于诗歌的某些痴迷某些轻蔑某些景仰某些宠溺某些不置可否某些敬
畏有加；
　　在太阳以远，似有李太白的豪情透出不竭的古意。

　　亦是亦非。
　　聚之且凝的那些哲思，太庄重太肃穆，总不能象诗歌那样，被读出令
人惊喜与感动与危险的美丽。
　　云开时雾散时，
　　多少玲珑的蓓蕾花欲歌欲舞。
　　多少轻盈的鸟影翔入梦境。
　　多少冷冽的月光润然有泽。
　　多少淋漓的情愫被苦难磨亮。
　　云开雾散时，
　　诗歌的花朵披一身雨露，颤栗着，坚毅着，昂然着，把

妙不可言的美德举过自己头顶。

总有一些绿叶总有一些花朵溪水般流去。匆匆地
总有一些欢悦总有一些忧伤溪水般流去。
所不更不移的，所持之以恒的，所经久熠闪的，所激情永葆的，所美
德常驻的，
是诗歌。是这连绵地开在时光庭院的
璀璨花朵。
是的，是这诗歌的花朵，不歌亦艳的花朵。

琶声渐远。
渺渺的水声渐远。
油菜花的馨香与翻飞的欧影疏退在幻梦之外。
问：
爱的橙波安在？
又问：
曾经曳曳翔入庄周之梦的那一只蝴蝶安在？
再问：
自苍茫的历史的隙间溢漾的苏东坡的萧声安在？
还要问：
那颇具激情的，颇具天赋的，颇具想象力的，颇具创造意韵与悲剧品
质的诗歌安在？

总有一些荣辱总有一些功名溪水般匆匆流去。
总有一些思想总有一些品德溪水般匆匆流去。
而诗歌之花，却
以一种邃阔的平凡与不平凡，
以一种耐得住寂寞与贫穷的安然，
以一种歌之即在与不歌亦艳的光荣，
凛凛然然，
润润澈澈，
开放在时光的庭院。

解全升 / 作品
SHANDONG POET 60

　　解全升，曾用笔名解泉声，1972 年 8 月生于山东临朐。1991 年开始发表文学作品，出版诗集《泉水叮咚》诗合集《7 印张》电视脚本集《人与水的精彩》等，作品收入《中国诗歌年选》《山大诗选》《山东大学校庆 110 周年纪念文集·创作卷》等多种选集。山东省作家协会会员。现居济南。

诗人：解全升

诗观：

　　用心感受生活的温度，用心谛听大自然的回声，用优美
的语言进行既心既性的表达

观　者

什么也没看到
还在进行
孤伶伶的观者
像看台角落的一根柱子
单调地刻划着看台的繁荣

这后天的瞎子
深藏着天堂的膏油
一层层抹去眼中的灰尘

看到或者看不到
整场剧中的一个角色

十一月的风

有谁看见我眼角的泪滴
两盏晶莹的灯笼
在十一月的尽头
被风吹灭

有谁看见十一月的风

穿窗而入
栖满了我的房间

与我为伴　十一月的风
轻轻吹打我的头发
在寒冷中说不出寒冷
在清醒的时候描述梦境

十一月的风，在人间之外
你站在高处
为何伸出手指
给我明示一方通往草原的春天

桃花流水

空谷桃花，以水为镜，日夜面对真实的容颜
阳光是神丰厚的恩典
沉默、显示、从三月回到三月
燃烧的花瓣，在一层层风中化为灰烬

溪水从远处流向远处，它不是什么的哭声
前边是山，后面是山
我们是山谷里的半截木头
头顶绿叶和鲜花的光芒，做一些美丽的空想

是时候了，草原不仅仅是马匹的天堂
我们需要在草地上安静下来
——辨认被流水带走
风暴中失散多年的斑斑血迹

无力挽救，我们纷纷落水
简单的理由不过是昨夜的一阵风
从身边到远处，我们被流水带走
偶尔对着星空拍几下寂寞的巴掌

来来去去

浩淼的宇宙中间一间房子亮着
光芒中，无数寄生房

他们清白地哭着推门而入
又在嘈杂地哭声中破门而出

两手空空是八月的报偿
他们轻松的像影子

先人说
铁打的营盘流水的兵

风吹到的地方
布阵的旗帜飘动

六里山感怀

登上六里山也没带来一点好心情
初冬的风剪裁着落叶纷扬的那人心痛
想和一棵树说说话
想和一块石头喝杯酒
难道满山的木石也讥笑那失落的浪子
满怀爱心的那人　自以为是的那人

常常自斟自饮把自己放倒的那人
挥手划出一道闪电
大吼一声雷霆万钧
些许酒精潜伏的时刻啊
也不能把一个人送回童年
那柴草筐里的温情
那碧波轻漾的小河里的畅意
梦里都不曾再挤出一点
六里山的闲人酒鬼
一杯酒究竟能溶解多少苦和痛

小白脸

"泥做的男人
水做的女人"
小白脸贾宝玉舔着女人的胭脂说

"今宵酒醒何处？
杨柳岸，晓风残月。"
小白脸柳永是公认的酒色之徒

一笑　再笑　还笑
小白脸唐伯虎用一种无畏的表情
俘虏了秋香的爱

"妹妹呀，我爱你"

一位革命者一巴掌
打在一个小白脸的脸上
"你这没落阶级的呻吟"

"广阔天地，大有作为"
一位伟人一挥手，说：
到农村去，把小白脸晒黑

瞬　间

马队穿过城市的黎明
清脆的蹄声摇动梦中的风铃

一车车石头　闪着朴素的光辉的石头
沉默地叙说着黛青色的山岗

袖手缩在马车上打盹的老乡
和公共汽车上打哈欠的我

擦肩而过，我们
都是起早贪黑的人

与黑有关

恋人咬着恋人的嘴唇
心中充满渴望：
让暗来得更猛烈些吧

乌鸦合唱
赞美的歌：
祝你的肤色比我更美

锅底敷着灰的面膜：
草木，尽情燃烧舞蹈

吞噬我的肚脐

夜和夜，夜夜集会
绞尽脑汁筹划着：
将星星和月亮驱逐出境

墨对书法不屑一顾：
我的深度
和你的美誉度成正比

字和纸激烈辩论——
字：你是我的外套
纸：我是你的家园

污水横溢
拉响河的琴弦
合奏出更浑浊的音乐

乌云翻滚笑天空：
哈哈，纵你天大本事
也逃不出我的手掌心

黎明和傍晚窃窃私语：
我脱胎而出
我向死而生

朝霞和晚霞百思不得其解：
我们是
姐妹情深还是世代轮回

屠刀扎着鲜艳的红领带
四处演说：

舌尖上永远滴落邪恶的血

胜者的剑锋闪着寒光
史家顺笔饱蘸
记录下一段段英明

绿野寻踪

日日奔忙在城市
念念不忘是家乡
马路两旁，高楼密植
像汶河两岸的树
向着天空生长
叶冠是绿色的喷泉
根须是淌向深处的流水
而楼群，基础空洞
被称作车库或地下室
它的根，是无形的路
随着脚步和车轮延伸
而我，却始终找不到
在这根上的节点
犹如汶河水底一条泥鳅
仓皇乱窜，焦头烂额
始终无法拥有城市的深度
楼群嚣张着向郊区耕作
开发区按规划的速度播种
更多更高的楼层
像秋后的玉米迅速拔节
间隙里，高铁列车风驰电掣
车身残留着田野的划痕
树梢和玉米摇摆着

向久违的消息敬礼
孤立的我，越来越像
田垄间一棵探头探脑的狗尾巴花
一边东张西望，一边哈哈大笑

民工自述

最喜欢夏夜的凉风
凉风里的暗和黑影
年轻的工友们脱得光光的
躲在那些施工中的
阴影掩护下看风景——
远远的灯光亮了
好像闪着无数的星星
天上的星星一颗也看不见了
四周只有落地窗台闪烁的灯
这时候，我们都觉得
卖火柴的小女孩是小姨家的
表妹，期盼着 365 件新年礼物
哄她开心。然后
我们便开始嘲笑 12 号楼上
偷偷披着女主人的大衣
在商场里遛狗的小保姆
虽然每个人都有藏着
要是那条狗该多好的心
但还是把这份隐秘的心情
编成段子，揶揄着别人
直到深夜，我们才安静下来
楼群和灯火开始模糊
凉席仿佛长满野地的杂草
一片高高大大的玉米包围过来

宽大的叶子随风飞行
几只萤火虫摇摇摆摆
一个猛子扎进我的梦

冬日斜阳

残阳照雪，枯叶瑟缩
树林修剪了指甲
白花花的枝杈哈着热气
托举着冬日斜阳
突然受到惊吓
一群麻雀倏尔飞起
从树梢掠过我的心底
飞向楼群次第开放的灯火
飞向炊烟袅袅升腾的祖居
飞向桃花朵朵摇曳的丛林
飞向弯腰涨红了脸的高粱

上班族

无论上班还是下班，都是
筋疲力尽。日出而作日落而息
公文包和计算机，同样打着长长的哈欠
闸门打开了，人潮涌出来
树化石般的楼群延伸着
轿车、地铁、电动车
窄窄的走廊，翻卷着奔忙的浪花
连腿长力壮的蚂蚁都不如，一串串
缓缓蠕动着的毛毛虫
沿田野的玉米秸子，爬进城
从一个洞穴出来，钻进另一个洞穴

腊八夜工地起火

半夜时分，火光骤起
在对面一幢建设中的楼顶
直冲天空。消防车呐喊着
由远及近，书卷上的诗词
乱了韵脚，从窗户探出脑袋
近三十层的高楼
吐出了通红的舌头
突破雾霾重重的夜色
令一双双朦胧的睡眼
胆颤心惊。消防水枪太短
民工们开动大吊车
水从楼顶一桶桶浇下
滚滚浓烟，像烫卷了的头发
扭曲。幸亏没有伤到人
人们正暗自庆幸
工地管理者心里起了火：
烤火，烤火，让你们烤火
零下几度能冻死人啦
民工们垂着头，默不作声
忐忑的心抽搐着：
事故，会不会又成为工资的断桥
一阵寒气袭来
我的心，和近百米的楼顶
一样，风大

愧疚的罗列

因为梦见初恋，我对妻子满怀愧疚
因为偷会网友，我对家庭满怀愧疚

因为醉后的种种劣迹，我对空酒瓶满怀愧疚

因为做了酒精的傀儡，我对失忆满怀愧疚

因为错过花期，我对春风满怀愧疚

因为懒于播种，我对秋收满怀愧疚

因为黑云压城，我对晴朗满怀愧疚

因为雾霾重重，我对咳嗽满怀愧疚

因为污水横溢，我对河流满怀愧疚

因为河流干涸，我对鱼虾满怀愧疚

因为惊飞宿鸟，我对池边树林满怀愧疚

因为割草放牧，我对啾啾虫鸣满怀愧疚

因为网瘾手机控，我对侃侃而谈满怀愧疚

因为虚拟空间，我对高朋满座满怀愧疚

因为提笔忘字，我对语文老师满怀愧疚

因为言论荒唐，我对白纸黑字满怀愧疚

因为纷纷进城，我对田野荒芜满怀愧疚

因为疏于探望，我对乡间小路满怀愧疚

因为钢筋水泥，我对茅屋秋风满怀愧疚

因为楼层遮住眺望，我对村庄的袅袅炊烟满怀愧疚

因为空中缆车，我对泰山十八盘满怀愧疚

因为走马观花，我对大好河山满怀愧疚

因为辗转反侧，我对梦乡满怀愧疚

因为欲念丛生，我对空灵的心境满怀愧疚

我已在愧疚中愧疚了很久

我对命运满怀的愧疚，是让我就此老去

还是忏悔后，有一个重生

高尔夫球场的球童

这片绿色的草，多么美丽

在心的广场蔓延生长

张开双臂，我就是风

高尔夫球场是我飞翔的天空
那些西装革履的身影
挥一挥手臂，一团
白色的云掠过我的头顶
梦想奔跑着，我紧追不舍
步伐踩疼了记忆的尾巴
恍惚间，我看到
家乡的田野里
父亲搓了搓啐了两口唾沫
的手心，高高举起镢头
还有，戴口罩的母亲
弯着腰，在造纸厂的车间里
因裁完一刀绿色纸张
露出了欣慰的笑容

中秋节

能走的都回家团聚
走不了的也有了放纵的理由
也有舍不得放纵的人
还在街头巷角的地摊上坚守
比如黄台南路 2 号炒鸡的小刘
刚炒完最后一份
稍稍伸了一个懒腰
就被老婆吵吵着打扫垃圾
比如育才路北口卖水果的老太
还忙着在路灯下沾着唾沫点钱
她的儿子手忙脚乱地收拾着摊子
101 啤酒屋门口那一伙民工弟兄
酒杯里的颜色比路灯还要昏黄
佳节思亲　他们明显找到了挥霍一番的借口

脸上泛起的小酒量已经明显超标
开始指手画脚吹嘘着
各自在家乡或工地上的辉煌
一对小情侣依偎着
影子挡住了还在补车胎的
下岗职工张老邪　他歪头稍息的同时
抬手端杯喝了口啤酒
那个李白的月亮苏轼的月亮朱自清的月亮
有点孤单地挂在海蔚家园楼群的夹缝里
突出着这个传统节日的象征意义
依然有三三两两的行人
被一个又一个小吃摊连接
我穿着拖鞋吧嗒吧嗒走在
接媳妇下夜班回家的路上
油然生出再喝两杯扎啤的强烈愿望

这是一个星期天

对我来说　许多天了
天天都是星期天
于是　在这个非典横行的非常时期
大家都亲切的称我非典型性无业游民

也不是一点事也没有
每天两场革命小酒
肚内酒精收获颇丰
其实也难怪朋友们这么热情
从济南蒸发了一年半的解子
突然又冒了出来
朋友们都很重感情　他们说
解子是个好人

好人也是人
解子也想过上幸福的生活
也故作很小资情调
在这个很温暖的星期天
一个无所事事的非典型性无业游民
漫无目的走在这个熟悉的城市的大街上

两个穿着朴素的小伙
一个拉着另一个的手说
我带你去逛逛泉城广场
他们刚刚成年　他们来自乡间
他们满足于昨天发的工钱
他们一脸的喜悦和新奇

而广场的角角落落
到处是一对对青年男女
粉红色的影子
他们用嘴巴倾吐着阳光
为这个初夏的日子提升着温度

广场上的泉标很亮
广场上的花开的很艳
广场上弥漫着幸福的气息
非典型性无业游民解子
呆立在广场一角
似乎置身事外　似乎若有所思
在自己之外　幸福无处不在

秀 水/作品
SHANDONG POET 60

　　秀　水，原名范连琴。1971年10月生于山东高唐，
在《诗刊》《星星》《诗选刊》《绿风》等发表诗歌
诗评多篇。作品入选多种诗歌选本。作品转载《意林》
《格言》《当代文萃》《智慧月刊》《中学生博览》
等杂志。《格言》杂志签约作者。山东省作家协会会员。
现居高唐。

诗人：秀　水

诗观：

　　用童心、爱心、诗心书写汉语诗歌的纯净和高贵之美。
诗格即人格。

蝌 蚪

多么小多么弱
这群四月阳光孵出的孩子
被惜墨的笔尖点进清纯的十里山溪

它们的尾巴多么短
短得像这个一闪而过的春天
又多么长多么沉
拖着它，一朵不大的涡流
都会打得身子东倒西歪
几条暗长的水草
也能纠缠起内心的惊慌

游出这个春天
尾巴就会掉了
游出这条小溪
也就会跳会叫了

现在，这些蝌蚪成为我往事的索引
把朴实的柴门推开，我是一群中
最小的那个童年
跑的最慢

迎春花

磨了一冬的喙
最先啄破时间的壳
一点一点拱出来

阳光一点一点地暖
内心的小灯盏一点一点地亮
借一缕料峭的细雨还魂儿
黄色小蝶颤动翅膀，一朵一朵
娇小，柔软 , 明亮
在鲁西平原展开第一块丝绸
替未到的杏花桃花起了个头儿

还没长大，还在长大
多么美好
这群正月的黄口小女儿
守候在春天必经的路口
微微张大嘴巴
它们叫醒的春天
多么薄

蝶恋花

一朵停在另一朵上
两朵白
我说不出哪朵更冷更孤单
哪朵会最先被卷进秋天深处
夜幕一点一点落下来
薄霜正在途中
它们加紧收敛的翅膀

抖动不止

我不敢轻移半步
靠近，我就有同样的颤栗
而远离，一颗心会更加空空荡荡

蒲公英

悄然打开自已，与大地不辞而别
幻想用一柄小伞
完成一生中仅有的飞翔
一朵小小的蒲公英，她的梦比我的更深
比这个深不可测的秋天更深

谁能阻止她与生俱来的浪漫和天真
天堂未到却跌入季节湍急的河流
尘世间，还有多少花朵的命运如你
香魂尽失，空留遗恨

三月，在鲁西平原

那是三月，那是鲁西平原
那是明黄与璀璨流成的海
托着太阳
八百亩油菜地中央
我清晨劳作的爹娘
一前一后
被起伏的浪拍打得摇摇晃晃

那是三月，那是我咯咯笑着的童年

滚满油菜花的芳芬
追赶一只小蝶
从海的深处飞过来
飞过来
那么大的风
掀起我的碎花衣襟

青岛樱花

一朵一朵地开
悄悄地开
这群初长成的粉衣女儿
坐在三月的枝头
彼此亲近，细语
现出春天的小模样

清晨，蝴蝶未醒
蜜蜂未到
她们的甜和香
刚好让提着淡水走来的我
轻轻嗅见

想　念

亲爱的，我坐在一户渔家的庭院给你写信
此时，女主人在厨房升起炊烟
男主人推开柴门，从湖上返回
西山已衔不住巨大的落日
山林肃穆，鸟雀稀声
向南望过去，山脚下的东平湖烟波浩渺

这是留宿渔村仅有的一夜，亲爱的
我没有随同伴去湖边狂欢，赏夜景，品湖鲜
把酒临风，论水浒英雄
我只守住黄昏这片刻的安宁
铺展纸张，向你诉说一路南行的美景
向你告知我依然快乐平安

只是我笔尖偶尔的停顿
眼神里划过的忧郁我不会告诉你
更不会告诉你，这因远离而生的感伤
如渐起的暮色，正由四百里湖面偷袭而来
逼近我，围剿我……
亲爱的，你不会知道
今晚的夜色将有多么浓，多么重

菊花盏

许多花都熄灭了，它还在
如豆的一盏
开在我的书案一角
在夜里，它看着我
只燃烧，不说话

当我从文字中偶然抬头
身陷瞬间的困惑和茫然
它就劈啪一声，将自己剥亮
一道佛光，一个黄金的启示
将一颗即将浮起的沉潜之心
轻轻按住

低

低于十月
低于南归的燕子
低于它怀揣的美梦
断翅，还想把春天再飞一遍

低于菊花
低于它秘密拧亮的灯盏
渐凉的空谷
让它狂想一些火焰

低于秋风
低于它用加速度打磨的锋利
低于草尖的惊悚、挣扎、不安

低于你
低于一枚四处找寻自己的针
低于疼痛

秋水的镜子里
一尾鱼沉潜，沉潜，并一直
低下去

雨后梧桐

多么不堪一击
风一吹，这株高大的梧桐树就抱紧头颅
眼泪，一滴一滴落下来

一滴一滴落下来

像一个人把体内堆积的忧伤
卸在经过他的另一个人的心上

落　叶

它们在拍门
一下，一下，试探地
这些秋天的小手掌
不敢断定屋内有人

谁最重的一掌
打在我后半夜的疼痛上
待我翻身惊起
风已经走了

多么安静的月夜啊
仿佛什么都不曾发生

梦想的云朵

梦想的云朵是一只小鸟
梦想的云朵是一只小鸟的影子
梦想的云朵不会鸣叫
只会像鸟儿一样飞
梦想的云朵不会像鸟儿一样
灵巧地啄开春天虚掩的门
梦想的云朵远离春天去流浪
梦想的云朵会伤心，甚至会哭
梦想的云朵在风中行走
走着走着就不见了

嘘，别出声
小心惊扰她躲在水里的孤单

下弦月

越来越瘦，越来越瘦
它背转脸，安静，沉默
对那个举杯相邀的人已视而不见

有时，它也会忍不住孤单
像一个孩子，悄悄趴到我窗前
用月光摸摸我的手
它微凉的手指，让人心疼

山谷百合

她这样小心翼翼，和周围保持着距离
和疯长的杂树，坚定的岩石，湍急的涧水保持着距离
不让高处的尘埃和撞击落下来
不让低处的水流把自已带走
一缕微风都让她提高警惕，抖开翅膀

尘世啊，请宽恕她拒不治愈的洁癖，自闭症吧
你看，这青春薄脆，不经一折

内心的海洋

天使断翼
花瓣腐烂于雨季

小鸟衔走上帝赐予的种子
芦花摇了摇身子
秋天怎就白了头
阳光下，我的发亮如刺刀
黑白之间是梦中的山水
我浑身甲胄挡风刀箭雨
却抵不住呵
这时光之剑轻轻一击
春天，只对我看了一眼
就这样背过脸去
它取走我素洁的裙裾里闪光的金子
投火以歌，投泪以舞
我为已不能伤心而伤心
还有什么比活着更难
我的父母弯腰劳作在田野
我的儿子在跌跌撞撞地长大
不要碰触我的手
小心悲怆从指尖喷出

那　时

那时，一颗颗紫葡萄沾满乡间的露水
挤在一只新柳条筐里
被母亲轻唤着叫卖
那时，幼小的我跟在母亲身后
手指噙在嘴里
想吃，又不好意思开口
怯怯的眼神儿，滚动成两颗紫葡萄

那时，三十多岁的母亲个子很高
却枯黄如秋风中的草

那时，只记得她笑听城里人夸我懂事
低头看我的瞬间，藏在眼角的泪光
一闪一闪

那时，我的幸福多么小哇
是一句话，或是几粒带有甜味的葡萄

忍　住

这满耳的喧嚣你要忍住
这风刀霜剑你要忍住
这流水落花的逝去你要忍住
这疯狂的扼紧你要忍住
这悲愤的血、冤屈的泪你要忍住
忍住，忍住
像一棵不会说话的白菜
抱紧内心的清白

绣

在窗前绣
在烛下绣
把所有的泪珠绣成梦中的好山水
再将最后一抹红颜一针一针
绣到生活的布面上
直把流年刺出血来

绣那么多的梅花开在山水之间
而针尖刺在心上的伤口，没人看得见

月光下的白菊花

它的小杯盏
饮不下这么多冰凉的月光了
它啜泣，一小口一小口地呜咽
它撕着自已，一片，一片
就要撕到自已的心了

风，你要温柔地吹
这些纯白的花瓣，这些花瓣上的泪珠
你都带走吧，像一个男人抚慰他受伤的女人

那一年

那一年，月儿一弯就弯到九月
野菊花摇曳在一千株芒草里
脸颊沁凉，微绽，口含黄金

那一年，长辫子的大表姐去河边洗衣
她腰肢丰满，体内有青草香
鬓发有菊花黄
多情的风悄悄掀起她的绿衫子
一截白莲藕在水中颤呀颤
她内心的小波澜
像流水一样微微地动荡，和不安

那些桃花

她们笑，她们捂不住心跳
她们固执地要开

她们哭，她们尖叫
她们磨擦，撕扯，互相仇恨

她们喘息，她们呻吟
她们跌落，她们悸动

春天里的一汪血泊
归于平静

牵　挂

我是最先返回春天的那朵小花
擎着鹅黄的灯盏，立在二月的高处
等待失散的姐妹
一朵一朵开上来
那些呻吟的，挣扎的，甚至死去的
是我泪眼中的牵挂

小鸟的打算

你向右扭脸
它落到你右肩头吵
你向左扭脸
它跳上你左肩头吵
你正视前方，要闭上眼睛吗
瞧，它攀住你胸前第三颗纽扣的位置
还是吵

一只小鸟有小小的预谋和打算

它要不停地吵
把你关上的耳朵吵软，吵热
把你的心吵乱，吵疼
再狠狠啄几下
直到你答应和它一起
飞回春天去

关 闭

她忽然关闭了自己
石头开出的花又还原为草籽
那么多的藤蔓扑了个空
那么多的手扑了个空
那么明亮的一小片阳光也跟着
跟着扑了个空

误 解

两颗心背对着背
谁也不再说什么

起风了
最先起身的是她
之后是他
最后是月光

空下来的那一小片草地
陷入虫鸣中的幽暗与寂静

青花瓷

软刀子往内里切割
丝绸缓慢撕裂
针尖抖动，四处游走……
这纵深的，横向的，纵横交织的
让身体暗伤遍布

在一个理想主义者眼里
一只藏有裂纹的青花瓷再光滑
存在也是可疑的
"哗啦"——月光下一声脆响
我成全了她完美的结局

蒺藜花

在故乡的田埂，地角，沟边
蒺藜花贴紧大地，葡匐着开，蔓延着开

没有蝴蝶的翅膀，没有桃花的颜色
像天空不经意撒落的几把星星
在盛大的春天，在最不起眼的地方
用浅淡的黄一毫米一毫米，一厘米一厘米
慢慢拓宽生命的空间

但是，谁敢轻看它们？
对于试图靠近的口唇，践踏，偷盗和掠夺
这些乡下的妹妹会成为真正的铁蒺藜
亮出花朵背后所有的刺

轩辕轼轲 / 作品
SHANDONG POET 60

  轩辕轼轲，1971年1月生于山东临沂，著有诗集《在人间观雨》《广陵散》。获人民文学奖、时代文学奖等奖项。入选《中国诗歌年鉴》《先锋与典藏——当代先锋诗30年》等多种海内外选本。中国作家协会会员。现居临沂。

诗人：轩辕轼轲

诗观：

　　诗观出现在每一首诗里，每一首诗就是一块青砖，当所有的诗搭建在一起，诗人就形成了自己的诗观，当然他也没忘在诗观的后门修一条小路，那是他最旁逸斜出的诗砌成的，留待他凡心一动时离开诗观。

收藏家

我干的最得意的
一件事是
藏起了一个大海
直到海洋局的人
在门外疯狂地敲门
我还吹着口哨
吹着海风
在壁橱旁
用剪刀剪掉
多余的浪花

夜　奔

草料场的火焰熄灭之后
他夜奔的脚步也慢了下来
总得有火光在后
他才会感到曙光在前
他感觉自己就像一个卖光的货郎
如今肩上挑着的
一前一后
都装满了夜色

赠李白

不论秋来相顾，还是春来相顾
都是飘蓬，夏来相顾
可能是雨中的飘蓬
冬来相顾，可能是雪中的飘蓬
也有意外的时候
在哈尔滨相顾，眼神就会被冻住
像两只飞碟的冰雕，突然停在半空

我一直想穿过这条马路

我一直想穿过这条马路
走到对面的那个电话亭
然后给你们一一打个电话
告诉我已经成功

但是现在我开始怀疑
眼前的这条马路
是不是多年前我想穿过的那条马路
那个电话亭是不是还孤零零地呆在雨中
你们是不是还在远方握着听筒
这么多年来
一直等这一件无关紧要的事情

趁 着

趁着还有一海水
让我们望洋兴叹

趁着还有一河水
让我们梳洗骏马

趁着还有一池水
让我们留下泳姿

趁着还有一桶水
让我们把扁担放下

趁着还有一汪水
让我们叠好纸船

趁着还有一盆水
让我们弄湿枯发

趁着还有一杯水
让我们递给嘴唇

趁着还有一滴水
让我们缩首抱膝

钻进这滴水里沉默
然后在地球的面颊上

缓缓淌下

首都的发型

近百年首都的发型
一直很新潮

起先留光头
把白云擦得锃亮

后来留大背头
把乌云梳在脑后

再后来
把白云乌云都染黄了
直接烫沙尘暴

路过春天

我假仁假义地
路过春天
我身上披满了青草
头上佩戴着树冠
我手拎着白云的毛巾
嘴叼着花朵的香烟
我水壶里是刚解冻的河流
我背包里装着一摞
万紫千红的群山

我模仿着春天把自己装扮
企图在城门口
蒙混过关

一群刚出洞的动物
担任守门员
对着悬赏的画像
把我看来看去
终于没有找到破绽

混进了春天后
我正暗自偷笑

不料不依不饶的春风
大踏步地从背后追赶过来
一把撕去了我的伪装
露出了那张

雪盖冰封的脸

是 XX 总会 XX 的

很久很久以前
我们敬爱的班主任
给我们上了第一堂课
他说　是 XX 总会 XX 的
说得多好啊
顺理成章　铿锵有力
这句话像是火苗
直窜进我们青春的血液里

是金子总会发光的
是玫瑰总会开花的
是骏马总会奔驰的
是天才总会成才的
是龙种总会登基的

在熊熊的火焰中我们翻看典籍
对历史上的那些赫赫有名的人物
指指点点

好像在说着以后的自己

多少年过去了
时间久远得像隔了几个世纪
我们毕业后各奔东西
养家糊口　生儿育女
再也没有一个人对着我们喊
是 XX 总会 XX 的
这时我们常想起我们的班主任
和另一个付水东流的自己

二十年后的一天
我们终于又相会了
一起来参加班主任的葬礼
我们躬腰驼背　垂首肃立
互相不忍对视

金子已经变成了废铜
玫瑰已经变成了枯草
骏马已经变成了病驴
天才已经变成了蠢材
龙种险些沦为了乞丐

我们这些昔日的金子玫瑰骏马
天才龙种们环尸而行
目视着我们的班主任
他紧闭着眼睛和嘴唇
在火化前给我们上了最后一课

是活人　总会死掉的

不敢动

在这首诗里我一动都不敢动
它太短　我只能死死地贴住第一行
只要跨出一步　就会跌出稿纸
跌进小说的万丈深渊
我后悔走进了这首诗
武大郎后悔钻进一具又丑又矮的皮囊
只能坐在这间被人反锁的包厢里
看自家娘子和别人的冤家交欢
在这首诗里我无法娶妻生子
更别提建国大业　就是牵进来一匹马
也会露出马脚　在虚空中踢踏出火星
就像掩埋在地震中的幸存者
我只能等一只手臂伸进废墟
就像在地下失去联系的潜伏者
我只能盼一位女便衣溜进包间
我无法把题目翻盖成阁楼
也不能把句号挖成酒窖　白兰地
就是白开水也是好的　如果是你
正在读这首诗　请把它扔进水里
我烦了　在水里我游出分行的泳道
像一名感到厌倦的世界冠军
在水立方的决赛现场突然罢赛
扔下枪响后目瞪口呆的对手和观众
躺在鸟巢上　把湿透的羽毛一一晾干

体操课

我的第一堂课就是最后一课
因为我不明白人为什么要做体操

为了说服我，体操教练一甩手
扔出个盘子，盘子碎了
扔出把椅子，椅子摔掉了腿
扔出个同学，他在空中一个后空翻
稳稳地落到垫子上
你看，只有人才是最适合做体操的
我仍然不懂，托着腮坐在角落里
看他们压腿，展臂，翻来滚去
教练向我走来，露出诡异的笑
一拍我肩膀说，坐着旁观也是一种体操
我一愣，站起来，当着全体人员的面
助跑后翻出一连串的筋斗云，上了西天

藕塘关

战场招亲的好处是开辟了第二战场
坏处是我不得不在两线作战
为了全力应付新战场，我从老战场的一线
退到二线，退到三线厂子光荣下岗
每天在校园门口修自行车修电动车
晚上蹲在油腻的沙发上吃猪头肉喝二锅头
墙上是黑白的婆娘，她和我交战了一生
也没生出什么战果，彩电里是我的前生
正骑在兀术头上大笑，不像今生的我
被贫穷骑在头上大笑，它怎么还不笑死

捉放曹

最后我都烦了
曹操也烦了

我们决定不玩这个游戏了

我们捉起了老鼠
最后老鼠都烦了
我们也烦了
我们决定不玩这个游戏了

我们和老鼠一起跑
等着后面有人捉
最后我们全烦了
后面的人类更烦了
我们决定不玩这个游戏了

至今我们还没决定
接下来玩什么游戏

南方的寡妇

南方的寡妇到了北方
依旧是寡妇，只是门前的是非
换成了身前的一个擦鞋摊
每天她都坐在超市前
擦男鞋，擦女鞋，有时擦童鞋
傍晚时分路过小饭店
用零钱换几个包子，带回租来的家
死鬼的儿子也刚放学回家
打完篮球的他，倒像一个水鬼
他脱下绽开的球鞋，嚷着要新的
她总有办法，用肉包子堵住他的嘴后
从擦鞋业华丽转身，做了补鞋的

路的尽头

终于到了路的尽头，却没有坟墓
我很纳闷，看看手表，看看地图
不会出错的，前面就是地雷阵
就是万丈深渊，看一眼就头晕
一路上我只顾带着行军帐篷
却忘了带简易坟墓，现在只好干跺脚
谁知跺出来一个土地
问明情况后，他伸出脏巴巴的老手
我真想揍他的老脸，我身上
既没有铜钱，也没有纸钱
只好给了他地图和手表
他一笑，一下子陷进了地表
登时就托出来一座坟墓
就像是坐跷跷板
其实就是，当我钻进坟墓后
一下子沉进地下，沉埋百年
一下子又举到天上，四海流传

小丑贾三

小丑贾三，原籍菏泽
原先在家乡扮小丑，后来毛遂自荐
随着巡演路过的豫剧团到了临沂
还是扮小丑，没有人知道他的全名
老人和小孩都称呼他为贾三
一听到喊他，他立马露出小丑的笑脸
老婆在农村，两个孩子在农村
一跳下城里的戏台，他就赶紧
擦掉鼻梁间的粉块，去邮局寄钱

歌星影星蟹行，将锣鼓中鱼贯而出
的戏子终于挤出剧院，挤出台面
演惯了样板戏古装戏的剧团与时俱进
挑了些俊男靓女，排练起热辣的歌舞
小丑率先被裁掉，被上手的时代裁掉
成了下脚料，成了蹬三轮车的
整天围着批发市场招徕生意
把翻筋斗的范用在了起落的双脚上
有时被保安扣了车，就去工商所找我

我对他印象最深的一出戏是断桥
他饰演小和尚，瞒着法海放了许仙
一路上活蹦乱跳，比自己娶了白蛇还得意
还俗后的他可没有那么得意
老婆生病，孩子要上学找工作
他的心肠更软，肝却越来越硬
临死的那阵子，剧团里为其募捐
那么多以泪卸妆的生旦净末纷纷解囊
把排名最后的小丑，率先送进天堂

在人间观雨

在人间观雨甚好，但雨会停
在城头观山景甚好，但山会崩
在时局观棋不语甚好，但棋会输
在东窗观飞鸟甚好，但鸟尽会衔走良弓
在山东喝酒甚好，但鲁酒不可醉
在橙果放歌甚好，但农药直呛喉咙
在台上发笑甚好，但笑容已被戳穿
在民间哭泣也好，但哭声往往雷同

在产房称帝甚好，但帝制已被推翻
一个个小皇帝，被接到子宫外
在山寨称雄甚好，但世已无英雄
一个个竖子，被发射成流星
在秋天收获甚好，但秋后总要算账
生米做成的熟饭又被插进稻田
在马前泼水甚好，但泼出去的水
总是浇灭马后的炮声
在都市出游甚好，但游子的心
已被安居工程砌成了地基
在旷野飞翔甚好，但赊来的翅膀
已被讨薪的天使抢回天空
在凡间修炼甚好，炼成钢铁炼成机器
炼成人精鸡精马屁精白骨精
在禅房净身甚好，先把脑壳剃光
再把思想剃光，然后顺势剃掉了小命
在情场动情甚好，先动真情虚情
再动身体最后连身体也一动不动
在战场立功甚好，先启功再郑成功
把宣纸当封地把海浪训练成家丁
在古幽州台信仰甚好，可以仰视可以仰首
可以仰天长叹前不见古惑仔垮掉
在新乌有乡信教甚好，信道教信佛教
信自创的教可惜后不见来者效忠
在围城穿墙甚好，穿过防火墙红成火焰
在平地登高甚好，登楼顶登峰顶蹬进了雪崩
在市井隐居甚好，隐进蜗居从牛逼缩成蜗牛
在江湖低调甚好，低到无病呻吟真有了绝症
在人间骄傲甚好，欲与天公试比高
最后被雷公一闪电抽成了低碳
在人间谦虚甚好，像刘谦虚虚实实
把腐败变成果实把污染变成环保

在人间前进甚好，进到未装修好的未来
在人间后退甚好，退到已被拆迁的阴曹
在人间呼啸甚好，变成旋风旋进了绯闻丑闻
在人间静止甚好，静成了止水冻住打来的水漂
在人间喘气甚好，喘粗气喘小气喘不过来气
在人间心跳甚好，跳黄粱跳高岗最后跳进来生
在人间生也好，死也好，一条命转瞬即逝
在人间写也好，不写也好，一首诗可短可长
短到露出鱼藏剑的把柄把专诸反扣在汤盆
长到冲破了全唐诗的封底把东坡撞进了南明

广陵散

我放羊的时候　你正在洗马
我把鬼子们哄进了包围圈　从奴隶
混到了将军　你却趟过一条河流
在马背上和一个骑手亡命天涯
我凋零的时候　你正在开花
我在山崖旁挨了一记闷棍　从高处
坠入了深谷　你却推开一扇寒门
在客厅里与一只景德镇瓷器整装待发
我赶考的时候　你正在下楼
我在小校场挑死了小梁王　从京都
杀到了野外　你却到后花园拜月
和一只虎皮鹦鹉鸟儿问答
我登基的时候　你正在讨饭
我在金銮殿尿湿了裤子　从龙床
一个趔趄坐在地上　你却走进城门
把断镜从怀里掏出来算了一卦
我彷徨的时候　你正在呐喊
我把自己关在小阁楼里　两耳不再

倾听窗外之事　你却坐在太阳底下绝食
从坟地上找回一副纸扎的铠甲
我缩小的时候　你正在放大
我变成了一粒石子消失在视野的尽头
纵身一跃钻进湖心　你却摇曳着贴近了云层
在初霁的街道上热气腾腾地蒸发
我厌倦的时候　你正在好奇
我杯酒释兵权后解甲归田　闻鸡不再起舞
向老农讨教种瓜之术　你却毛遂自荐
弹着一柄短剑埋怨福利待遇越来越差
我奔跑的时候　你正在弹蹄
我载着唐三藏去西天取经　过火焰山时被
烧得半熟　成为一道名菜　你却被好事者船载入黔
拴在歪脖子树旁和一只老虎各怀鬼胎地对话
我偷情的时候　你正在酣眠
我跳进粉墙　靠几首打油诗投石问路
轻松地剥掉崔莺莺的罗衫　你正梦见柳下惠
将你抱在怀里　然后自行了断结扎
我隐退的时候　你正在出山
我挥挥手不带走一片云彩　兄弟不陪你们玩了
端起了一只酒杯乐不思蜀　你却点头抱拳
煞有介事地拉开架式　和李寻欢结下了冤家
我上班的时候　你正在辞职
我为了两室一厅的房子为了退休后不流落街头
每天被傻逼们呼来唤去　你却抬手一个巴掌
在领导红肿的眼眶里滚回了老家
我回家的时候　你正在出门
你正在准备好干粮和车票去寻找一个浪子
想和他去笑傲江湖　我却四大皆空近乡情怯
束发后跳下一叶扁舟　把行囊轻轻放下

凉　快

你说是快活林凉快，要我说，还是野猪林凉快
拳风再快，也比不上禅杖刮出的禅风厉害
一戳一个血玲珑，别说是人，就算换成千高原
也早就鼓捣成了假山，你说是浮夸风凉快
要我说，还是枕边风凉快，就算粮食亩产一亿斤
只要不取下节育环，腹地里照样颗粒无收
大干快上的羊水，只能拍打着伸头探脑的门外汉
你说是三叉戟凉快，要我说，还是三岔口凉快
飞在天上当然很拽，可是别忘了，红线就是火焰
哪如只在起跑线上磨蹭，摸着黑你一拳我一脚
你吃我的豆腐，我吃你的凉粉，一登上微博
你才发现掉粉掉得撕破了脸皮，从颅骨里冒出了香汗
你说是电风扇凉快，要我说，还是桃花扇凉快
人定胜天，机械手永远比不上红酥手，你不信
用取精器和苍井空，比一比哪个能让你来得更快
你说是春江花月夜凉快，要我说，还是月黑风高夜凉快
美景固然怡情，美差更使人拼命，表面笑嘻嘻
背后捅刀子，只要感觉到腰围上出现了寒光
心房里马上就会闯进白刃，别管是忠心还是野心
通通让你变成分心，到秦城去做自封的比干吧
不用骑马观花，天天都能像叫花一样吃到空心菜
吃到包头菜，逢年过节，兴许还能喝到罗宋汤
你说是祝家庄凉快，要我说，还是台儿庄凉快
就凭那五个小子，天天热衷于打家劫舍，打肿脸充胖子
弄得全村上下，如同十八层蒸笼，还是李德邻爽利
三下五除二就结束了战斗，解放区沦陷区发来的捷报
差点刮起了一场台风，很多士兵都吓得钻进了棉衣
你说是防空洞凉快，要我说，还是仙人洞凉快
天生一个仙人洞，不仅有无限风光，还有有线电话
防空洞里只有垃圾，偶尔出现个垃圾派，还是被炒过的

你说是霹雳火凉快，要我说，还是仲星火凉快
虽然是过气影星，但在七八十年代，也不比姚明逊色
经常在银幕上露脸，哪里像秦明，出场不到一刻钟
就被土坑拉到了马下，不是单干户，就别玩什么倒栽葱
你说是太阳岛凉快，要我说，还是月牙岛凉快
太阳照在桑干河上，照在桑巴舞上，就像一团火球
就连贝利这样的乌鸦嘴，都不敢与其分享光辉
不如去找包大人，黑黑的脸，在陈州开仓放粮
不论告状的，还是告饶的，都能欣赏到额头上的月亮
你说是玄武门凉快，要我说，还是拉链门凉快
手足相残不如手足并用，剑拔弩张不如风尘翕张
尉迟恭不如受之不恭，坐上王位不如趁机交换体位
你说是虎牢关凉快，要我说，还是藕塘关凉快
战场招亲比战场招来杀身之祸要受用得多
一披上大红袍，连牛皋都笑成了铁观音
泡在温柔乡里，比泡在大泽乡里更能舒展腰身
前者像做瑜伽，十指绽放成了莲花，后者像做甲鱼
只能背着马甲匍匐前进，有时验明了正身，就送了命
刚揭开的竹竿又回到半坡，刚揭开的谜底又成了谜面
你说是元宵节凉快，要我说，还是清明节凉快
看花灯容易走火，消防车都要先裹上绷带
哪如纸扎的法拉利洋气，匀速行进在雨中的哀乐里
你说是室内乐凉快，要我说，还是摇滚乐凉快
怕光怕水怕风，倒不如光着身子跳进水，用肢体语言
来一曲最炫民族风，把浪花当成蜂拥而来的鲜花
一面鞠躬一面尽瘁，被后浪活活拍死在沙滩上
你说是上海滩凉快，要我说，还是金沙滩凉快
黑帮那一套不安全了，安全的套还是靠朝廷下的
大郎替了宋王，二郎替了德芳，三郎被踩成春泥
四郎掉进番邦，五郎掉进化外，七郎掉进打靶场
被射成了一只刺猬，只剩下六郎，兀自立在上访路上
像一根穿过天空的钉子，被铁锈和砂纸交替着打磨

一会儿暗黄一会儿锃亮，索性一矮身形，滚进了河里
别管是红河还是冥河，不为别的，就是图个凉快

挑滑车

我不该认识姓牛的，不该来到牛头山
不然一直在乡里饮酒打猎，一身安逸
现在倒好，被推向了历史的半山腰
挑这一辆辆不知从何而来的铁滑车
像加缪，在山坡推起了不断滚下的石头
他混血，在娘胎就成了纯种的局外人
一出生就是世界大战，成了和平的局外人
父亲参军，他成了孤儿，站在幸福的局外
富裕的局外，童年只有潮湿和贫穷
感染了肺结核，挡在了健康的局外
流离失所，和萨特失和，一直在
安定团结的局外，最后被飞速旋转的车轮
碾碎了中年，躺在了生命的局外
我仿佛置身于时代的局外，只是凭着惯性一挑
很快马就力不能支，我就力不能支，你们就
乐不可支，在一张白纸般的山道上
我会画出最新最腥红的图画，六毛四一张
被抢购，被撕碎，被诅咒，被传扬
这和我无关，我不高，我不宠，就当我犯病

无计可消除研究

罪证无法消除，销毁它的同时就多了一个罪证
时间无法消除，你能砸碎的只是手表怀表和座钟
窗外无法消除，你躲到旷野其实旷野正是上帝的窗外

上帝无法消除，你拆了平地的教堂他会蹲进心灵的窝棚
季节无法消除，你扫平了春秋正好凸显出来西夏
基因无法消除，后现代的血浆里透析出来的是盘古
流水无法消除，冰山的水晶班房里其实暗潮汹涌
阳光的手指会拽出一具接一具呼啸的大海
浪花无法消除，你挥动起剪刀只会开出更鲜艳的铁锈
壁垒无法消除，全部推倒后其实更加厚了这幢大地
地壳无法消除，剥到地幔时其实地幔又成了地壳
乡音无法消除，唱衰的只是鬓毛和清脆过的声带
不论你打官腔耍花腔说英语说鸟语，亮出你的舌苔后
童年的蛐蛐和蚂蚱还会从空空荡荡的牙龈里蹦出
白云无法消除，你把它抹黑它会变成更白亮的骤雨
脚步无法消除，你系上威亚飞在半空身影又成了更大的脚步
树木无法消除，砍伐殆尽后会林立起更茂盛的灾难
往事无法消除，你归档到遗忘的场景会在记忆里恢复
荒原无法消除，只是从艾略特的诗里平移到人们的胃里
大快朵颐的只是贫瘠，贫富无法消除，差别也无法消除
阶级无法消除，走马灯般的争斗无法消除，上镜的无法消除
出境的无法消除，引颈就戮的无法消除，人间喜剧无法消除
人间悲剧无法消除，跑龙套的无法消除，下圈套的无法消除
不管哪一套的无法消除，套餐里的炎凉和血泪无法消除
在地球的大包厢里，无数睫毛的羽毛笔正在视野上奋笔疾书

雪 松/作品
SHANDONG POET 60

　　雪　松，1963 年生于山东阳信，1980 年代中期开始文学创作。主要著作：诗集《伤》《雪松诗选》《七人诗选》《前方，就是前面的一个地方》《黄河口诗歌部落》《我参与了那片叶子的飘落》，散文随笔集《穿堂风》，摄影文学集《我的徒骇河》，书法集《合道》《墨语灵犀》《黄河三角洲书法群落——赵雪松卷》《赵雪松书古代僧人诗》。诗歌作品入选《谱系与典藏——中国先锋诗歌30年》《60年代出生——中国当代诗人诗选》等选本，获齐鲁文学奖诗歌奖。中国作家协会会员，中国书法家协会会员，山东省作协诗歌创作委员会副主任。现居滨州。

诗人：雪 松

诗观：

　　诗歌是朴素、平静的语言之下生命强烈而深邃的涌动。/诗歌穿越生活、生存，抵达存在。/诗歌忠于内心，听命于内心，但诗歌同时要与时代发生深刻、复杂的联系。/诗歌应是纯粹的精神与精确的手艺的完美结合。/诗歌并不屈从于风格，而是随诗人生命的波动而舞蹈。/诗歌有时要在"完美"的写作中追求"破笔"。/诗歌是悲观主义的。/诗歌并不遵循丛林法则，创作方式的不同不是诗歌优劣产生的原因。/诗歌特别崇尚的是：独特的感觉、独特的思考、独特的表达。/大诗人的两种能力：本质与命名。/诗人的写作是一种语言的历险，诗人并不先明地知道接下来会发生什么。/诗人并不一定是一个伦理学意义上的好人，但诗人一定是一个求真务实的人，是一个有良知的人。/诗人的生命力、想象力和经验开掘能力是诗歌大厦的三根桩。/诗人可以随便撒尿，但诗人不能在诗歌中乱丢语言垃圾。/……

塔尔寺

佛塔与蓝天
是一致的，它就是那朵怀里的白云
经幡与磕长头的朝圣者
是一致的，他就是那经幡的
一次又一次舒卷
喂鸽子的人脸上的肃穆与寺院投射在大地上的阴影
是一致的，在那阴影里他的阴影被否定
喇嘛的诵经声与羊群的
叫声是一致的，高大山体上，羊群的移动是天在诵经
僧人绛紫色的袈裟与周围土地的颜色
是一致的，身在行走，心留在原处

体力劳动者

一名装卸工在庭院中央洗脸
这是他下班后
每天要做的事情
满满一盆清水
被他用两张大手撩起来
水花四溅
他的嘴里发出

畅快的噗噗声
盈满了整个庭院
他洗得坦坦荡荡
他是一名卖足了一天力气的
体力劳动者
他无愧于这一天，无愧于这盆清水

我参与了那片叶子的飘落

我专注地看着 ——一片树叶
从树上飘落下来。它飘着
慢慢落到地面上
我看着它在地面上滚动。停止。又朝前
爬动了一下
除此之外，我没有比看
这片飘落的树叶更重要的事
我看见那片飘落的叶子
它挡住了我其他的视线
我看见 —— 并使这片叶子的飘落
成为一个事实
我参与了那片叶子的飘落

田野所给予我的

在平静的日子里，我却仓皇不安
那是突然窜出草丛的那只野兔传给我的颤栗在持续
我常常感到有许多事要做，却
什么也干不了
那是浅浅沟渠中的小鱼和静立不动的水草又感染了我
在杂乱的生活间隙，我经常陷入无助的幻想

那是无以挽扶的高远蓝天上的白色云朵仍在发酵
我能感觉到弱小事物的力量，我从来不蔑视
那是我同一只青蛙长久对视的结果
绝望从来没有远离过我，那是炽热的阳光中
知了没完没了的鸣叫的遗传
我内心的喜悦常常不能自制，又不愿与人分享
那是一座秘密的果园闯入了我的身体
我倾向于善，常常不愿意把事情的真相戳破
我不知道这是田野上的什么所给予我的，但它肯定
与田野有关
许多年已过，我终于可以看清田野的有限和无限
我想把田野赠予我的东西还给它
但田野已不复存在

乡村之夜

灵巧的舌头穿不透老家乡村的黑夜
这起自大地的仪式：像炭一样储存了几千年
没有一个人能单独照亮对方，远处传来的声音
像一块石头测不准老家这口矿井的深度
老家的黑夜足以使最熟悉的道路改变，我只能
听命于体内与乡村共生的脉搏——那些墙角、树木
土堆都在围绕着我移动

破 车

破车在行进
破在行进
它浑身的油漆大半脱落
保险杠歪斜

轮胎是扁的
身后长着黑尾巴
它全然不在乎
一辆辆锃亮的新车自身边经过
破车在行进
破在行进
但看那样子
它走不了多远就得停下
它破得那么彻底
那么痛快淋漓
吱吱咔咔的响声遍布全身
听上去像是在为自己欢呼

在春光里痛哭

你在春光里痛哭不止
没有人能劝住你
他们拍打你的肩膀
他们看见的
和你不一样

越过漫长的严寒
鸽子轻盈的翅膀下
胃囊空空
鲜嫩的柳芽上
春光古老的刻刀
在雕刻一个
巨大的虚无

你看见了这一切
似乎又什么也没有看见

你只感到温暖是另一种压迫
你只感到春光无限
而你有限

你只是在哭
你只感到哭的古老

小声说话

深知人生困苦的人
也是谦逊的人
他们在灯影以外，蹲着，小声交谈
语调有着秋日田野的安谧
语速委婉，仿佛在说：情况也许会如此
在他们身后，正在灌浆的玉米
像刚刚睡熟的婴儿没有被惊扰
无限的夜色
尊重两点明灭的烟火
就像无限地容纳
两个尚没有接近真理的人
在小声说话

阳光照耀着大家

阳光照耀着
正在生活的人们
阳光尤其照耀着
病房前深重的病人
照耀着铁丝网下的囚犯
照耀着那只

被牵着走向餐馆的小羊
对于他们来说
这也许是最后一天的阳光了
阳光啊，请你不要过于温暖
因为那样
会使他们离去前因留恋而生的痛苦
有所增加

致早春

它在叫我
一缕游魂在叫我

没有"啪"的一声掉在苍白的大地上
像一枚硬币引起骚乱
没有……一点声音

啊！小雨点，羞怯的春天的幼芽
用它凉凉的小舌头舔我
—— 叫我

燃烧的市声
羸弱的人群
它小，我就更空旷
它冰凉，我就更迷茫

…… 它在叫我呀，一个晶亮的逗点
我诗歌的又一重韵脚

打在我魂不守舍的
行囊里

—— 它在舔我、催促我
回家…… 回家……

划亮火柴

我擦亮一根火柴
那是一根受潮的火柴
我使劲才将它擦亮
那声音就像撕开一封
黑暗中的来信
黑暗是一部大书
在微弱的光亮里
我只能读懂
眼前的一小块
如果被风吹灭了
我就再划亮一根
并把它放在
合拢的手掌里护着
我的半生
就是不断地划亮火柴
又不断地
被风吹灭

掌 声

是谁在鼓掌
是谁不断加入

是谁在诱惑青春的手掌

高高举过头顶
将掌声送入虚空的高处

掌声惊飞漫天柳絮
掌声撑破围墙
掌声向高处发展时形成云彩

—— 你要告诉他们呀
灿若桃花的面庞
在掌声的洪流里漂浮
你要告诉他们未来的图景

你要告诉他们
掌声的陨落
手的位置

这时候下起了大雨
掌声淹没在雨声中

交　谈

面对落日无言的伤口
群山也束手无策
我独自来到山坡上
同一棵榆树促膝交谈
我们谈到各自的苦修和漂泊
谈到我们的前世
两粒种子在一场大风中的错位
谈到我们各自所需要的肥料
谈到山坡下
我们用一生也走不进的

小小村落
谈到无垠的月色 —— 啊月色
多像我们的交谈
因无用而明亮

居住：老 c 生活片段

　　1
黄河边上
风沙一天比一天多了
像河上行走的亲戚
扫把立在门后
一身尘土，仿佛在做梦

风一刮起来
千里之外就想念尘土
没有人说尘土是什么
应该把尘土从这里扫到那里
或相反

春天的柳枝越陷越深
河岸上烤火的人
看着沙砾落在火焰中
灰烬熬不到天亮

老 c 在第二天开始
头一天的梦想
进门前拍拍身上的尘土
尘土在水里，尘土在酒中

老 c 拒绝放下斧头和锯子

他朝风沙刮起的方向走了三天三夜
他说他什么也没看见

    2
旧家具市场上经常刮旋风
仿佛传说中的墓穴
从各处汇集
起来的家什
回忆般站在风中

主人绕来绕去
讨论木头的价格
拍拍木头，仿佛在说：看看这些木头
现在仍然是木头
过时的不是木头

老 c 看见那些有上等手艺的木匠
幽灵一样转来转去
他搭眼就能看出来

那些身怀绝技的家伙
在旧家具中寻找
下手的机会。在没有树可砍的居住地
他们的日子黯淡下来

    3
整整一个上午老 c 在砍树
或者说，老 c 砍了整整一个上午的树
这像不像写诗
一个词给出了多个角度

唯一的事实是，老 c 在砍树

他汗珠滚动的脊背
像黄河里浑浊的浪头

一棵挨一棵的砍，不跳跃
小鸟留恋在前面的树上等他
老住户要搬家
搬到他不打算砍的树上去

锯子和斧头的声音
是老 c 最辉煌的音乐
看那劲儿，他一定要把树砍到底

老 c 过去总是恍惚
只有砍树一反常态
仿佛不是砍树
老 c 有机会把自己砍到底

整整一个上午老 c 在砍树
他一共砍倒六棵树
这是他把树拖到一起
数了两遍后才知道的

　　　4
一些朋友向南走了，另一些向北
不顺路捎上什么
这里多的是风沙
还踩着唱小调的柳叶和杨叶

日子又像回到昨天。
老 c 说：本地的鸟飞不远
干脆砍了门前的消息树
省得鸟粪往酒杯里落

朋友来了，先看见那两棵老柳
老柳不像老柳
那两只乌鸦是假的

老 c 爱跑到河底撒尿
朋友的惊讶像河滩上的空螺壳
——那曾是惊涛的居所
他们不知道
这是河边上很平常的事

脸之歌

我带着一张脸，一个符号
从母亲子宫里递出来的通知单
我带着命、镜子、运行的道具

来到人世，为了寻找另一张脸
——啊，这样多的脸，这样多的向日葵

这是谁的脸啊
悬挂于树枝
漂浮于水面
我拣拾这些脸，我叫卖……

一只钟表——时间的脸没有五官

天空 、大地、花朵
它们都是谁的脸
灵魂的脸何时浮现

那张脸在追忆中
是太阳下的一个黑洞

那被记忆的
那被传诵的

亲人们怎么办呀
—— 你是谁
基督和孔子拥有一张脸吗
父亲和母亲靠什么区别

谁在同我说话
谁在同我做爱 —— 你出来啊
在显影液里慢慢显形吧

你怎样撕毁你的脸
你肉体的身份证 —— 让它们变形
呲牙，裂嘴，挤眉，弄眼，苦笑无常……

我记住过一些小动物的脸
我惊讶它们都有一张脸
我赞美这些初生的脸

那些动物的脸
在人脸的深处晃荡、晃荡

我要靠这张脸生活
我必须被认出来

被记住的是脸
被传诵的是操行
操行也有一张脸啊 ——

操行的脸也会在屁股上显影

一个人消失
其实是一张脸被熄灭
空留一颗心
在世上跳动 —— 嘭嘭

风吹着我

父母大人
锯开的树木上长出幼小枝叶
正如他们晚年呈现出的开朗、淡定 —— 迎风摇曳
他们把死亡引向自己
就像把刚买来的盐放入快烧好的食物中

露水

经历过漫长的黑夜，有许多事物
注定要在白天里持续一段时间
唯有露水是短暂的：它的生涯通过大地上的
枝枝叶叶秘密地维系着
虽然我很想看见它凝结的源头和
消失的踪迹，很想用手指沾着它
尝一尝这浩渺夜色中空虚无根的一滴
但我不再奢望回到大平原深处
那里的拂晓长满硕大的露水，它透明的胎衣
正在被成长的世界慢慢挣脱。我已不再奢望
那一滴的冰凉
从天井里的老槐树上落下来：柔情的精灵，带着叶子的清新
针尖一样地刺痛我干燥的皮肤和坚硬的心。我也不再指望

它以泪水的方式涌出我的眼眶
更多的时候我只是对它想入非非：关于肉体的宪法和
婚姻的墙壁，还有麦田里天高地阔的爱和逃逸……

山 顶

有一个梦想藏在山顶
山顶从未有人上去过
它让我的少年时代安静得出奇
就在呆望山顶的
一个个相似的动作中度过
山顶上的夕阳
先是像一个红红的鸭蛋
后来就像是一只空酒盅
我就像山顶上的树和草
谁也不解其中的寂寞
我是带着无法兑现的梦想
离开的
我的孩子和我一样
整日对着山顶不出声地望着
长大了，也很不好动
成天呆呆的
就像一个傻子

秘密似的甜味

早起的孤独带着一种秘密似的甜味
天还黑着，从滨州到临邑
我被窄窄的车灯牵引着往前行驶
我的心对周围还处在黑暗中的事物

充满着渴望
虽然我知道它们是原野，树木和房屋
它们还沉睡着 —— 多么安静啊
这安静就像大地古老的美德浸润着我
而我并不确切地知道，光是怎样降临的
最早起自哪一棵树，或树上的鸟巢
而当周围涌现浅浅的蓝色
像婴儿的脸 —— 渐渐澄明并确定下来
一至于车内荧光扎眼的仪表
逐渐淹没在车的整体中
我欣喜地听见："神说，要有光"
"事情就这样办成了"
浩大的晨曦让我想起，我必须到达临邑

春

古老的温暖带来安谧
静止 —— 心停泊在时光深处
屏住呼吸，体察光线乍泄
透明的草尖婴儿般独立、勇敢……

百米观光塔

比起他们，我空洞、无凭无据
站在奇崛的高塔上尤其如此
他们的欢呼像逆风的燕子
有人找到自己的出处并落泪
中年妇女看见日出——像一只老母鸡在孵蛋
而我什么也找不到，指不出
我大概生活过，大概的我站在高处

无法把握那些曾经寄居的细节
无法将那些点同我的内心重合

穿越公路

一只毛毛虫的身体
行进在大地上
剧烈地涌动触及最偏僻的脏器
像划船水手的身体
它正在穿越一条公路
就像那个同时穿越
公路的人一样
浑身充满紧张

被原谅的欢乐

小动物以它们的牺牲喂养了我
少年的欢乐，比如那一对正在造爱的青蛙
瞬间被我穿在铁丝上示众
那只误入屋子的麻雀
被我点燃抛向空中
在划亮火柴的刹那，我似乎忘了
麻雀是要用翅膀来飞翔的
而青蛙的歌唱
是我小时候唯一的乐队
我慢慢迫害着它们
我让急匆匆赶路的毛毛虫永远回不了家
我让交配的蝴蝶惨死在欢乐里
它们的挣扎是我快乐的源泉
燕子是一个例外，我从未下过手

这得益于民间谚语
而杀死一条蛇带给我的快乐
已非同一般 —— 它大于快乐
多年已过，这些欢乐至今被原谅着
鸟儿们用轻盈的飞翔
昆虫们用忘却忧虑的歌唱
原谅着。我的心
变成了谁也看不见的坟场

尤克利 / 作品
SHANDONG POET 60

　　尤克利，1965 年出生，山东沂南人。著有诗集《远秋》《春天来信》等。在《诗刊》《星星》等数十家刊物发表诗歌 500 余首，有作品被《新华文摘》《名作欣赏》等选刊转载，作品入选数十种诗歌选本，其中《远秋》被选入中学生课外阅读读本。部分作品被翻译成外语。获诗刊社华文青年诗人奖，中国十大农民诗人奖，山东省泰山文艺奖（文学创作奖）。入围星星诗刊年度诗人奖。参加诗刊社第 23 届青春诗会。中国作家协会会员，山东省作家协会诗歌创作委员会委员。现居沂南。

诗人：尤克利

诗观：

　　诗歌是生命中的灵光闪现，一切美好的、快乐的、忧伤的诗句来源于生活，同时也为生活增加了多重色彩。那么曲折曼妙的路途，那么艰辛而又充满期待的日日月月，来到这个世界的人总是对这个世界心存感激，恋恋不舍。我心飞扬，落在纸上，我不想让有些话语在我们离去之后成为沉寂的尘埃，我想让它变成夜空中的点点星光，温暖人们的眼睛。

春天来信

我用青青的草地铺开毯子，一张信笺
等待着你的足迹
然后静心地开一朵真实的小花，体验一下
从情窦初开到容颜衰老的过程

你从远处飞临此地，一会儿是五彩荷包
一会儿是直升机，走走停停的心思太多
我赶紧从童谣里搬出板凳，让你落下
在春天里歇一歇脚

牛蹄窝里长大的牵牛花，牵得动牛
也牵得动一座古老的村庄
风吹青麦苗，高高的天上，风筝细长的线
紧紧地握在少年手里

时光捱过了一寸又一寸，长不高的蒲公英
要把理想放飞天涯
米布袋花面布袋花过早地把粮食
装满口袋，它们才是知足常乐的好兄弟

我把小燕挂满枰柳树，把柳丝垂到河边
柔情写成书，谁能口衔一封纸质的平信

为人间传递这些情深意长的文字
谁就是春天最美的使者

过　客

每一天我都带着自己的故乡走在路上
行囊一减再减
往事分类，藏掖进角落里
亲情的包裹严实合缝
经得住雨打风吹，拆卸的扳手；每一天
我都对自己的村庄说一声早安
对脚下的路，和天边的云朵
献上一份小心翼翼的祝愿

这留恋的家园，熟视无睹的家园
我已看过无数遍
什么都不是最后一眼
但也许就是最后一眼
这里的亲人，我因果轮回里的亲人
在天地间游荡，在鸟语花香里彼此搀扶
走老了的肉身
我该怎样，把离开时的苦
和重逢的甜，含泪
轻轻忍在舌尖

留下理想的田地，回想的余地
留下不归路
和不归人陆续叛逃天国的消息，留下书卷
石碑上的名字，我爱故乡
我曾经在你们中间

母亲节写给母亲的诗

母亲，如果不是投奔您
我不会来这个嘈杂的人世间受苦
我会去那神仙居住的地方
当那朝露，等太阳的光芒足以融化了我
就朝更高更远的地方飞去
多么干净而又随心所欲的旅程——
母亲，如果不是投奔您
我不会欣然领受世上这个毁誉参半的姓名
我会走水的道路，在不同季节里我叫苹果
杨梅，和仙桃；我叫马蹄莲
秋葵、豌豆、百日红
每一个名字里面都有一个小小的天堂
我会从根部开始，攀爬向上的楼梯
一步一步，耳边伴着天籁之音
我会在季节的尽头适时逃离，了无牵挂
之后又去浪迹天涯——
母亲，我本以为母爱无边无际
只管尽情地享用；直到有一天您弃我而去
仅留下一个多余的多愁善感的我
走在一条铺满怀旧和坎坷的心路上
才发现此生真的好累好累

仰望勺星

必须是七颗星
才能组成一把勺子
必须坚守北方
才能被称做北斗七星
必须持之以恒

才能成功

我是一只七星瓢虫
浪漫有如画家、诗人
白天满世界操持生计
黑夜里仰望勺星

北城樱花

北城新区的街道开阔、平直
一团团樱花在午间的细风中阵阵飘落
粉红的花瓣铺排在路沿石的内侧
准备随时被风带走，天气还不是很热
穿戴随和的人在信号灯下有序地穿越斑马线
落英纷飞自有它音律合辙的迷人色彩
我忽然觉得，这个放置国家机器的地方
并不是平时想象的那样格调陈旧、呆板
或神秘莫测

梅里雪山

梅里雪山，总感到她有一种异样的美
横陈在远方
那是我的双脚
走不到的地方

上面是静守千年的白雪，和阳光
下面是郁郁葱葱的杂木林
杂木林中出没的野兽
占据着半壁江山

画一样的村庄农舍，押着古诗的韵脚
炊烟飘成弯弯的小河
河中的鱼儿
是投递诗歌的邮差和去远方送信的使者

每每想起梅里雪山
我的心就走上了一条蜿蜒蛇行的雪线
虽然上升不到白雪的层次
但也绝对高于低处的生活

天　涯

何处不相逢。何时不相见
落笔处
茫茫的人海，正在站台构建着崭新的乡愁
我把你比作故乡，把脚下的路
比作天涯
思念要多远有多远，米尺是丈量不完的
倘若把你比作天涯，我无意之中就成了你
心中挥之不去的故乡
任凭山高水长，地平线驮走了落日
雨水敲打黑夜的时候
异乡的茶客，一遍一遍地用热水冲洗着自己
直到淡泊了身世
恍惚了前生。那么我们还有勇气去谈论相逢吗
今夜，我把故乡和天涯都写在铁轨上
一列从异地出发的子弹头
和一列载有靶心的车厢，注定要在某时某地
近距离地擦身而过

尖利的啸叫声，险些惊醒了月亮
藏在深睡眠中的构想

黄　昏

闭上眼睛，像黑夜一样睡去
让星星点点的亮光孤掌难鸣
这是沂河岸边的黄昏
我在回家的路上走累了
想停下来，我想听一听沂河的水
今晚的声音和以前有什么不同
好多青春的时光早已流失在身后
我信马由缰的生涯，途中的窘迫
赞誉，沾花惹草的迹象
一次次背离了母体的愿望
很多时候，我羞于谈及一条河
她羊水般荡漾的慈爱
黑夜的颜色在加重
潮湿温润的空气一层层聚了过来
我累了，想躺在这里踏实地睡上一觉
依赖耳边这河水
还能够似梦非梦般，趁着夜色
像抚摸从前那个光滑的孩童
清洗我身上沾染的尘垢

告别青州

刚刚在迎春花的簇团前留下影像，清酒红面未醒
嫩绿的垂柳下握手作别
心底的一股热流，涌到胸口

此一别，怎似手抄本中所记载的那一幕
你我的姓名隐约还原了旧时的翘檐楼阁
长亭古道边，我把苍老的背影留给你
你用罗帕拭面，退到尘封的岁月中去
平静了百年。此一别，兴许又是今世最后的分手
人生多么无奈，今天的青州府车水马龙游人如织
你侧身时我记下了你颈下的美人痣
像一粒黑色的棋子空守着棋局
少了指尖的触摸，独自的忧伤无人问津
此后经年里等待昏花了望眼，春天的心事分成行
唰唰的印厂里印制的不是钞票而是如水柔情的诗歌
告别青州，我又一次和你互赠记忆，誓言一诺千金
为了不负苍天
我们必然还会在某个春天的景物里重逢

世　界

以前我们是一些长着翅膀的小精灵
在另一个空间里
轻盈地飞，用善良的话语
帮助唤醒正直的人勇敢的人走出深深的睡眠
继续与妖魔作战
以前我们是一些水滴，在亿万年的溶洞里
滴答滴答地练习听力
以前我们隔着一层玻璃样透明的天空
看尘世上走动的人
挑水浇园、织布纺线、采桑喂蚕，绿水青山
带笑颜，弯弯上升的炊烟，香气扑鼻
谁也动过下凡之心
以前，我们肯定都曾迷恋过什么
在漫无目的的时间里，就着心中的星光

用蝌蚪文填报志愿
纵有千万分之一的希望也要争着到这个世界上来
一点点地吞咽瓶罐里装着的酸甜苦辣
出牛马驴的苦力
你愿意吗？有个声音肯定在来路上问过
当时已不记得。只记得现在
被夜晚的梦境重复描述的
是我们在这个世界上的平凡心迹和奇妙幻想
被现实生活纠缠在一起的
是缘分注定一生要相遇的那些人、那些事
而世外的他们——
还被屏蔽在虚无缥缈的从前
时刻怀着憧憬之心，踮起脚尖，不时地
远远地向这个世界张望

平邑县的金银花

顶金戴银的草，在平安之邑
怀着一种使命生长
它们似天山雪莲，在传说与现实之间
医治忧患的世界。人间有疾苦，平邑有大爱
在成为草药之前，每一朵金银花
都有着幻化人形的机会
它们却一一放弃，只凭忍冬的天性
单薄的草木之躯，年年春天，生发新芽
把一座座小小的医药厂，在家乡
在人脚穿梭的小路边搭建

我曾在远方品茗着金银花，透明的玻璃
还原了你明目皓齿
姣好的容颜，将我体内的虚火褪尽；我也曾

在梦里亲近你的枝叶，发现你的苦
不比世人的沉疴少一点
我们走向通往平安之邑的小路，看见
每一棵金银花的藤蔓上
都端坐着一位菩萨

日影倾斜

中午的时光
倦慵而漫长
荷塘中的光影缓缓流动

一只青蛙
蹲在白荷的荫凉下
抬眼把老屋、古树、石碾和行走的脚步
看个仔细
它的童年有过成为人形的渴望

时光隧道通古
通今、通未来
只要我们在，只要我们在走动中随心所欲
只要我们能记得
回家的路

有一天我不再写诗了
丢不下的肯定是诗人的桂冠
有一天我要阔别故乡
割舍不下的，依然是相聚一场的亲人和
生身的村庄

日影倾斜，身后的光阴覆水难收

天边亮出流星
空置的坐骑

轻离别

我去小学校的时候
看到几十年前的旧操场空空荡荡
我来到铁匠铺
发现铁匠已不知去向
没有人告诉我他们去了哪里
我去找木匠
只看见一扇雕花的屏风上
百鸟朝凤
我去就近的集市
向那些走来走去的陌生面孔
打听咸鱼、瓦罐、表哥
和心爱的姑娘
他们一个个把头摇成了拨浪鼓
我想要一把真正的拨浪鼓
却记起自己的舅舅
已经过世多年

我想这时也会有人在找我
我应该尽快从集市回去
回到祖上留下的老屋，经纬穿梭的
织布机旁

露　珠

这个夜晚，请不要喊我的名字

让我专注地沿着草茎
往草叶的顶端攀爬
这是一件多么有意义的事情
静谧的夜色里，有几只鸣虫友好地伴奏
一会儿是平沙落雁，一会儿是梅花三弄
一会儿是渔樵问答，一会儿又是高山流水
我想听什么时它们就弹奏什么
乐师你好，作曲家你好
谢谢你们赠给我这么多美妙的音乐
这个夜晚，没有动滑轮和定滑轮
只有登天的梯子，准确地指着星星的方向
这个夜晚我就是童话里的主角
累了的时候就想起传说中的英雄
饿了的时候就望一望满天繁星
等到天亮，等到第一缕阳光照到草尖
你就会看到我生命的极致：晶莹剔透
不含俗世的杂质

轻

有时候，我的心会走好远
一时半刻都回不来
有时候我忘记自己游荡到了何处
却从一片茂密的草丛中
露出了细瘦的尾巴，风啊
你总是不厌其烦地拂我、怜我、惹我
提着我小小的脑袋
放任我不大不小的理想、弃之
又反复重拾的大于清醒的绵绵醉意
一穗瘪谷，在秋天，它突然明白
在自己的理想国度里天马行空

积攒的快乐，已远远不如
那些在大地上踏实地拔节、抽穗
灌浆的饱满籽粒，所获取的生命意义
来得真实，收获时节
我们在谷场的边缘不期而遇，只能
又一次用羞愧和歉意
用轻轻的分量对风说出无奈的诉求
如果不能归入谷神的粮仓，就请
再一次把我的心带走

暮色中

暮色中，冬天在小街上慢慢滑动
几个孩子快乐地走过
一座古老的石桥，他们的身上
闪存着我太多童年的印记，浮光掠影
小车的指示灯忽然闪动，桔黄的颜色
左闪闪进了左边的胡同，右闪
闪进了右边的胡同
都回家了。法桐树被栽到哪里
哪里就是它们的家，毛茸茸的小铃铛
悬挂在昏暗的暮色里
和我一样不显眼，无人问津
你们眼中的临沂城已经灯火辉煌
流光溢彩，可那不是我喜欢的
我喜欢这条以渐暗的天光为主色调的
暮色中的街道，喜欢看
间或从身边嗖嗖骑过的电动车
驮着袋鼠一样的父子俩、母子俩
悄悄闪进前面的胡同，快乐的电动车
运输的全是暖暖的幸福

过　年

红纸黑字上有福字居住，说竹报平安
就有鞭炮声远近呼应
新年到，亲人的村庄岁月安好
有许多吉祥的话语
适合在今天张贴的，就尽管贴出来吧

我好像在这里居住已久，好像也曾
扮演过时光老人，但依旧
还是一个匆匆过客，四十多年的风霜加冕
较之于古老的村庄和久远的林地，单薄得
仅仅似一盅摆在斑驳碑文前
祭奠亲人的浊酒

火纸旋舞时，有那么一刻
我渴望自己就是供台上那盅祭酒，倾身洒下
融进离亲人最近的泥土，企图贴近
大地的温暖

但是啊，我的心为什么又总是在一遍遍地祈祷
亲人啊，请容许我多一些时间
再多一些时间
好让我赖在这个繁劳的、情缘未了的尘世
就像曾经赖在你们的襟怀

风还会回来

风还会回来
回到老村庄的街巷，抚摸着柴门
回到熟悉的堤坝，喊着茵陈草和野柴胡的名字

汪塘边的柳树垂下青青的发丝
一年一度的春天
在世的人们忙于生产，恋世的人被风一吹
不知不觉就流下伤感的眼泪
过世的人通常是让自己长成一棵小草
享受阳光下的暖意，风吹过来
风握着一把梳子，梳啊梳，为了不被自己吹走
它把自己变得通体透明

我还会回来
回到红火火的灶台旁拉一会儿风箱
回到南风吹拂的五月，掌着镰刀等待麦熟一晌
圆圆的月亮下面，青草垛清香的气息
抵不过你发际的香气
清晨狸猫洗脸，你对镜梳妆
我出现在你身后的同时正好站在了你的面前
多么好啊，在你寂寞无望的时候
我还能跟着一阵风回来，回到老菜园
趁你弯腰起身的一瞬间，捧一捧你忧伤的脸
抚摸你额头上凌乱的头发，一遍又一遍
我何曾想离开这情谊未尽的人间

似曾相识

有一些街道似曾相识，有一些人
好像在哪里见过
却回忆不起时间地点
临沂城太大了，川流不息的车辆和行人
走走停停像水过错综复杂的沟渠
不知道最终流向了哪里？有时候
我就裹挟在这样的人流中

左突右奔，忽略了街道旁的树木和
摩肩接踵的人，潮头浪花一样的面孔
急急如风的面孔，略显丑陋的面孔
让人怦然心动的姣好面孔
最终也不一定能够和我汇合到一处
灯光幽微的餐桌，太不一定了
痴人说梦的家伙总有太多的非分之想
有时候我会去投注站买一张彩票
向那些似曾相识的钞票郑重地发出一份
邀请函，这样，它们来或者不来
从某种意义上，就是一件与我
有关的事情；有时候我为等待一个人
躲在市内的一个小小角落
把整个下午慢慢地啜饮，慢慢地咀嚼
希望能品出这个城市的一点
人情味，我一无是处所以才爱憎分明
我潜龙勿用已经潜得老气横秋
迎面有多少人酷似你的口鼻、你的眉眼
他们不停地过、过、过
但你一直没有践约，直到街灯闪亮
我怀疑你只是一个似曾相识的人
或者干脆就是一场虚构

平安就好

灰色的天空上，灰鸽子趁着微弱的光亮
飞回巢中转告平安
玉米粒和高粱穗是明天的事情
鼹鼠们在夜色中备足了口粮
白天躲在黑暗的洞穴里睡觉，只要平安就好
野兔奔跑，到一处僻静的山坡上

甩掉了恐慌，面对一只背着笨重的房子
赶路的蜗牛说：只要平安就好
高高山上的庙堂，金身佛像
香烟缭绕中，日复一日地听着世人的祈祷
风刮不着，雨淋不到，只要平安
就好……

我从很远的地方乘坐咣当咣当的火车
辗转还乡，又看到了熟悉的街巷
亲切的家门，看到房檐下一串一串的老玉米
和粗糙壮实的你
只想和你说一句，幸福未必拥有金镶玉
只要平安就好

雪中红梅

久未修缮的房子被大雪修缮
坍塌的土墙也高出一截
一张新铺开的宣纸，没有扫雪的人
在上面涂鸦。那些刷刷的
扫帚声，歪歪斜斜的脚印
朗朗的笑声和毫无道理的呵斥声
如今都去了哪里？
只有一株红梅，被神来之笔
轻轻点乱，一朵、一朵
开得寂寞，开得惶惑。理应
有谁蹦蹦跳跳地过来喊出它们的
名字，理应有谁把镜子挂在土墙上
洗脸、梳妆，让梅也照一照
自己的脸庞。奈何村庄已老
梅树已老，烟火响动的好时光

已成追忆，雪中的红梅
如期开放，翘首期盼的模样
莫不是等那些走远的场景
再来旧地寻访？

老　家

爬满土墙的葫芦和丝瓜
凌乱地生长，墙根草丛里的蟋蟀
还在玩着斗蟋蟀的游戏
南风胜北风，檐滴胜石板
今胜昨。在仅仅隔着几条胡同的
新家和老家之间
我们选择了搬迁，走向时尚的生活
村庄一直慢慢地在大地上移动
没有搬得动的水井，却有
搬得走的水缸，走动的人
又在新的灶房里贴上一家之主的楹联
我应是一个记事的孩子，却也时常
把不远处的老家撇在脑后
偶尔回去看看只是为了取回一件
遗忘在此的家什，然后放下
一大堆不回去的理由，偶尔回去看看
都有如烟的往事涌上心头
父亲、母亲、爷爷奶奶
在这里看着我长大，疼我打我
他们从这里走后，大门锁着
怎能摸黑回家？我羸弱的童年
丢了的魂都是在这里被叫回来的
当它再一次走丢，是不是为
找不到归路而无声地哭泣？

青藤挂霜，瓜熟蒂落，小虫仍在
看不见的角落里唱歌，每次走回老家
我都感到愧疚难当——
我不配说自己是个爱家的人

秋日信笺

斑驳的光阴走在路上，缓慢的节奏
牵动着周围的场景
悄然进入秋天，阳光从树冠筛下的谷物
也在走动着寻找
旧日的家门

我来到这个世界太久了，被风打磨得
身体越来越消瘦，此刻
你若来找我，我不在茫茫的人海里
喧哗的集市上
我在一处隐秘的丝瓜架下
盘腿打坐，喝着品味秋天的下午茶

离镰刀越来越近的时候，豆子的心跳
跳得多么欢快
新娘的盖头被掀开
睁开眼睛看到了什么，熨帖的
谷物丰盛的村庄，果香和草木之香
充盈着人间

来我的家乡，阳光以光年计的速度
蜗牛以小小的脚掌
水果与蔬菜土生土长
我的诗行错落有致，写出秋天的心境
修书一封，寄与未知的时光

臧利敏 / 作品
SHANDONG POET 60

　　臧利敏，1970年5月出生于山东省聊城市。以创作诗歌和散文为主，在《诗刊》《中国作家》等报刊发表诗歌、散文作品，著有诗集《想飞》《我不知道风的方向》《初夏》、散文集《岁月如风》等。诗作入选多种选本。中国作家协会会员，山东省作家协会诗歌创作委员会委员，聊城市作家协会常务副主席。现居聊城。

诗人：臧利敏

诗观：

　　我喜欢在平易中蕴含深意的诗歌，看似漫不经心，实则举重若轻。我喜欢有生命质感和生活温度的诗句，于日常的抒写中显现作者灵魂的质地与心灵的疼痛。

虚妄书

我半生的疼痛
竟不如一粒小小的尘埃
它在风中　尚留下了消逝的踪迹

我曾经汹涌的泪水
以为可以种出大树
却只在黑夜里
滋生出荒草样的白发

我望着镜子里的自己
那越来越陌生的
被皱纹和白发雕饰的脸庞
除了似曾相识的哀伤
几乎没有什么能使我
将她认出来

允　许

允许所有的花都盛开的时候
有一朵没有及时开放

允许花期正盛的时候
她还在懵懂里睡着

允许她的迟钝　缓慢
允许她在季节面前
保留一颗青涩的心

允许她没有盛开
却经历了繁复的一生

世俗生活

我热爱那些人们
那些在暮色里
匆忙地走向菜市场的人们
那些小鸟一样急切地归家的人们
我爱他们疲惫的面容和满脸的风霜

我热爱太阳落下
暮色慢慢降临
我热爱鸟雀归巢　大地渐渐陷入沉寂
热爱那些在生活的洪流中奔波的人们
他们不再年轻的容颜
和夜色一样沉重的背影

我热爱这些平凡的岁月
它拿走了我们这么多
它水一样挡不住地流走
只把岁月的灰尘
留在每个人的脸上

我突然爱上了这座城市

我突然爱上了这座城市
它的霓虹一路闪烁诡异的光芒
它的公共汽车拖着沉重的尾巴喘息
它吞噬掉那么多鲜活的青春　无辜的岁月
可现在　它的槐花又开满了大街小巷
像一个无知的少女　像一个
沧桑的老人
像一个老人一样
那么多的悲欢被它负载
那么多的灰尘它还能呼吸
那么多的命运都被它包容在怀里
它忍受着喧嚣却又沉默不语
只用巨大的夜的羽翼
将所有的一切收留
夜晚过后　太阳照样升起
风雨之后　看不到眼泪和悲戚

他坐在阴影里……

他坐在一棵刺槐树的下面
树的阴影使他的皱纹更深
他的破旧自行车停在马路牙子上
在川流的车辆中间
像一个非法侵入者一样令人不安

在这样的清晨
刚捞上岸的小鱼虾
和他一样弱小　而且孤单
它们躺在湿冷的油布上

有的还在挣扎　有的则绝望地
等待着前途未卜的命运

他在北风里用枯瘦的双手
紧了紧衣襟
他知道　一场北风过后
蓄谋已久的冬天
就会慢慢逼近

暖

还有人耐心地用这些旧时的器皿来制造欢乐
旧火炉的炭　有着不尽的光与暖
黑颜色的爆花机在火上一圈圈地旋转
古老的风箱
用小舌头吞吐着初夏的风
在这黄昏渐进的时刻　还有人旁若无人地在街头
制造着古朴的欢乐
那个灰衣帽的外乡人　像沉浸在梦境里
路边的槐树更深地陷在暮色里
这个人一无所知
他被飞溅的火苗映红了脸庞
他被浓重的夜色逐渐包围

亲　人

我又见到了这些亲人
黄土地上　正在生长的
麦子　大豆　花生
我轻轻呼唤一声　他们就认出了小时候的我

那个黄头发的小丫头　在棒子地旁边的河沟里跌倒过
被锋利的麦茬划伤过
在村头的枣树林里大哭过
被大太阳晒着　被大风刮着
豌豆苗一样地长大

我又见到了这些亲人
我知道　当我离开
在异乡奔走　哭泣
痛惜地呼唤着我的乳名的是它们
在安静的月光下等我归来的是它们
一言不发　为我拭去泪珠的是它们
只要站在阳光之下　轻轻地呼唤一声
我的亲人们　就会敞开怀抱
把那个曾经的小丫头拥入怀中
就像她还是一棵土里的豌豆苗
从未长大过
也从来不曾远离

姐　姐

姐姐　多少年
善良是一小簇火焰
在你的心头燃烧
姐姐　我还记得　小时候
走过凹凸不平的乡间小路
我一直是你身后的小尾巴
冻僵的小手从来不敢放开你的衣角
姐姐　多少年过去了
我忘不了　你走路时　会把两条粗粗的黑发辫甩到身后
姐姐　那时　没有什么来装扮你的青春

除了村头的桃花　映红了你的脸庞
除了路旁的溪流　记下了你十八岁的笑靥
姐姐　许多年过去了
大风把时光刮走了　你的鬓角也染上了白霜
姐姐　你转身走进人群　和许多人一样
没有人会认出你
姐姐　我多想再一次牵住你的手
给你我心中童年的暖
姐姐　外面的风霜有些大
你要把围巾扎紧

照在楼房屋顶的太阳光还是暖的

这片灰色的楼房高高低低
一直延伸到湖边
每一扇窗户都像一双谜一般的眼睛
窥视着世事
多少人在屋檐下
争吵　流泪　沉沦
书写着他们的小悲欢
一生太长了
要背负的东西太多了
有些房子已经像老人一样衰败无力　摇摇欲坠
人们还在蚂蚁一样地进进出出
来往奔波
属于一个人的好时光太短了
只下了一场雨
爱情就结束了
只流了一次泪
一生就画上了句号

照在楼房屋顶的太阳光还是暖的
那一抹久违的橘黄
像一个长久等待的人
在决定放弃的时候
他才到来

现世安稳

时光是温和的
它无声地漫过去
这就是流年

秋光宁静　现世安稳
一切都是无声息的
时光静得可以听见掉到地上的一根针

其实只要一点点爱
就可以摧毁一个人的一生
疼痛是硌脚石
在哪里痛
只有心知道

现世安稳　流年似水
有些隐痛　就不说了吧

中年之诗

天色是从什么时候黯淡下来的呢
两旁的树还绿着　花好像也开着
我还只是一个爱哭的孩子

追赶着翩然而过的那只蝴蝶
懵懂地向着远处的山峰奔跑
却不知道　前面的山谷早已是
空空如也

月色之下
没有比一颗心更让人难以辨别
灰暗的月色照耀之下
伤口更像伤口
来路愈加模糊

仓皇回首
没有一条路可以找回自己
我其实更像一只飞蛾
盲目地热爱着自由
前面即使是一堆烈火
我也会一次又一次
不顾一切地　投入其中

慢
——香巴拉之旅之一

在这里　我可以像一只雪白的山羊
在山坡上慢慢地吃草
或是跟在牦牛的后面
在阳光下缓慢地踱步
也可以跟着天上的白云
漫无目的地缓慢地游荡
在这里　我会像一棵云杉
缓慢地生长
不用任何人催促

五十年　或是一百年
我也只是长高了一寸　或者更少
一切都不用着急
山　沉默了几万年几亿年
天　蓝了几亿年几万年
让我在这空气稀薄的地方
远离速度　争夺和奔跑
长成一棵质地坚硬的云杉
或是一棵低矮的有品质的小草
耐高寒　耐缺氧
耐寂寞

小悲欢

草木的一生不过是一季
葳蕤时风生水起
凋败时白霜满地

她在一棵青草上
读出了自己的一生
简单的光阴里
爱过雨露　阳光　蜂蝶
爱过细雨的清晨　和虫鸣的夜晚
爱过踉跄的孩子　朴实的农人
也爱过偶尔路过的哭泣者
曾经在一滴露水上做梦
夜夜欢欣　夜夜哭泣

草木的一生不过是一季
她怀抱她的小悲欢
耗尽了一生

她知道
下一年重生时
每一棵青草
都不会再是自己

一个人有他的一生……

一个人有他的一生
他的热恋　他的茫然　他的积劳成疾
他的痛不欲生……
一个人有他的低语　他的欣喜　他的不为人知的隐秘
他的噩梦……
一个人　匆匆走在大街上的一个人
他有不堪回首的历史　无法更改的过去
无法抹掉的悲欢……
啊一个人　匆匆走过　头发花白的一个人
无法预测　他的未来　是深渊还是坦途
一个人　一个走过路边那堵矮墙的陌生人
背负着他自己沉重的一生

我只是其中的一个……

痛了就哭了　泪水遮住了白天
又遮住了黑夜
内心的小火焰　闪了一闪
又灭了
像一个小蚂蚁　忙碌地爬上树干
爬上树叶的顶端
在无知觉之中　迎来了又一次跌落
写出的一个个句子　在清晨呈现光芒

又在尘世的灰土中黯然失色
在一场场悲与喜的交替中
把一场戏演完

岁月的这杯酒
我无法饮得更多
我只是其中的一个
沉默　寂寥
徒劳地爱着　痛着

用儿子的手枪射击

有时候感觉
满世界都是敌人
却不知该向何处
射出压抑已久的子弹

在寂静得让人虚空的深夜里
忍不住用儿子的手枪射击
逼真的枪响传向远方
而被击中的仿佛只有自己

双膝跪地
远方的星星
一瞬间全部陨落

妈妈　我怕……

妈妈　我怕看见你
一个人去楼下开报箱

楼道昏暗　你的手有点颤
有好一会儿钥匙插不进锁眼
妈妈
报箱对你来说　有点高
（以前　都是爸爸下楼去开报箱
他是个高个的爱读书看报的老头）
我怕看见报箱上遮住的爸爸的名字
换成了你的名字
我怕你打开报箱　里面是空的
——你忘记了　上午已经拿走了
我怕看见你一个人上楼
开门　锁门
一个人坐在大屋子里
天黑了　屋子那么空
从窗外吹进来的　只有风
妈妈　我不知道
爸爸在天堂
是不是和我一样落泪了

小城：另一种抒写

一

多年来　我恪守着小城的各种规则
红灯停　绿灯行
不乱扔纸屑和践踏草坪
给老人让座　向孩童微笑
我是一个小心翼翼的
多么认真地生活的人

我每天沿着固定的路线
行走　或者停留

白发逐日生长
面目逐渐模糊
我成为规则中陌生的自己

　　二
命运　有时起始于一阵风
地上的草芥　蚂蚁　水中的浮萍
甚至一棵大树的命运
仿佛都不由自己决定
昨日温情如旧的老街
今天焕然一新
被一片钢铁的庞然大物
篡改了面容

只有那个怀旧的人
穿着不合时宜的旧衣裳独自行走
他的步伐
显然与那些阔步前行的人们格格不入

　　　三
我在一个黄昏出发
去寻找清晨
我不断地陷入错误之中
同时在悔恨中虚度了半生

钟声响起了
仿佛来自上天的召唤
我不准备成为你们期望中的人了
我不准备像你们说的那样生活了
在人们兴致正浓的时候
我已经决定了像风一样逃走
让那些有闲的人

去猜测所谓的真相
生活只是一场谬误
已来不及纠正

我总是从黄昏出发
去寻找清晨
我一生都是在寻找
我从未长大

四

多年之后
它不会记住　一个人曾经与它相依为命
热爱它的胡同　民居　街道两旁的槐树
热爱它的缓慢　灰尘　喜怒无常的天气
它不会记住
一个人曾经在它的街头
徘徊　犹疑　绝望地哭泣
最后的一点力气被风拿走

多年之后
一切都将消失得了无痕迹
这似乎也在预料之中

张庆岭 / 作品
SHANDONG POET 60

　　张庆岭，笔名木水、凡夫等，山东齐河人，1948年11月生。"文革"前高中老三届，在《人民文学》《星星》《诗刊》等数十家国内外文学期刊发表作品，出版诗集、散文诗集、诗论集《追回的太阳》《盲拓者》《走过黎明》《带大海回家》《悬空阁说诗》《好诗妙品录》等15部，诗作入选几十种选本。曾获《人民文学》诗歌奖，《星星·散文诗》年度奖。有作品入选全国中学语文统编教材，现为《小拇指》诗刊主编，德州市作家协会名誉副主席。中国作家协会会员。现居齐河。

诗人：张庆岭

诗观：

诗，应"简单·准确·神秘"。

简单，是一种为诗的功夫，没有十年二十年的创作实践，做不好。这，有点儿像万军丛中取上将首级，靠的是大识大智大勇，靠的是灵感闪现，以及对灵感闪现提纯的能力。

诗歌的准确，是诗意的准确，艺术的准确，从而，是诗歌独立特行的准确。它不像小说、散文、杂文、随笔、非虚构，那种逻辑性极强的准确，它的准确，常常有悖于习惯，甚至有悖于生活。

神秘，是诗的生命。失却了神秘，也就失却了诗歌。神秘，来自"真"，来自"高"，来自"深"，直到来自"荒诞"。它，遵守着生活与自然的本真；它，又游离于升华于这种本真，以让读者在真切与幻妙中获得阅读快感。于是，诗便有了救赎灵魂的力量，有了震撼，有了魔幻现实主义，有了永恒的美。

一个词

一个词
在一本书里奔跑。先是跑成一个短语
接着跑成一个警句，然后又跑成长长的一段话
一个故事的细节。一段历史的惊雷
它听到了高潮的呼唤声

一个词，在一本书里，奔跑着
越过千山又万水，气喘吁吁，跌宕起伏，穿云吐雾
从书头，直到书尾
有时，如一道瀑布：飞流直下三千尺
有时，又像一道河流：浩浩荡荡，千转百折，狂奔入海
它奔跑着……最后停止在休止处
仿佛刚刚从梦中醒来，将两手从世界里猛然抽出

一个词，终于停下来
把一本书合上，把自己合上
回到自己最初的干净

遗言：致遗体

就要去见上帝了

噢　对了——
上帝是我二十一世纪才认识的朋友
尽管我们从未谋过面
更不知他家住何处　是男是女

真是不好意思　有一件事
还得要拜托你
遗体告别那天
你一定要一如既往　做到
自然　平静　安详　端庄　大度　矜持
不管来者是对手是朋友是上级是下级
好人　坏人　穿着怎样　表情
如何各异　都要默不作声
眉宇舒展从容面对　接受
他们各各复杂的致意

情人走来　动心不要动手
朋友走来　双目仍需如笑般微闭
坏人走来　石不破天不惊……

等把这件事做完　你会获得
永久的解脱

谁的爱更深些

漆爱铁
锈——也爱铁

漆爱铁的方式是：把铁
整个儿装在心里
用爱捂住　并

发誓永不脱落

锈不
它不动声色
自然接近
用时间说话　平静　无为

锈之爱
让铁刻骨铭心
且始终义无返顾地进行着

直到——
让铁与自己一块儿消失

回　忆

当一声狗吠　冷不防
说出了四十年前的故乡

当不小心让那只久违的铁钟
铛地一声　喊出了老家
生产队队长的大号

当夜静下心来　借用你的耳朵
倾听藏在城市深处
变了味的虫鸣

当平平仄仄的楼梯　跟在你身后
向你汇报岁月的是非曲直

当你无奈地回头　不得不

在一张突然陌生的脸上
寻找某个时代的伤口
······ ······

借用一下你的派头

从此　把埋在生活低处的头
昂起来　让粗糙、干裂的手
不由分说地变细　变白　变得能
挥出劳作之外的动作

借用一下你的派头
把腰挺直　让草一样的头发　不再
蓬乱　而是油光发亮
向后飘　飞起来

借用一下你的派头
将陷进稻田和坷垃地里的那双大脚丫子
拔出来　让它也进电梯　上高速
踏红地毯　尝一尝一不顺眼　就
一脚把别人踹下去的滋味

借用一下你的派头
从此　将庄重、威严、恰到好处的微笑
刻在脸上　即使面对掌声与鲜花
也不左顾右盼

那把椅子

直立的四条腿　再加一个平滑的面

和一个坚韧的靠背
命运就是现在
这个样子

坐椅子的人早已离去
当下　端坐在上面的　只是那个人的
身影　气度　咳嗽……

它　依然一动不动地揽着它们　就像
揽着自己一生的
幸福与许诺

写给自己的结语

我。一位乡村铁匠的儿子
五岁学会拾柴
八岁帮父亲拉风箱
十三岁配合父亲抢大锤
曾幻想能将青春抡圆
让火红的铁星四溅
二十岁之前的理想
是 —— 不再挨饿

曾以为：自己是一块钢
—— 好钢　足质　够硬　炉火里炼
铁砧上打　冷水里淬
总有一天　会在
刀刃上闪亮

其实　自己只不过是一把柴禾一块煤块
像父亲那样　自己将自己引燃

把一生烧红　将命运燻黑

最后成为一把灰　被

岁月轻轻地倒掉

在一些人的记忆里

再渐渐变凉

亲　人

北京医院住院部大厅里

那个排队排了半个月

让医托骗走了三千元血汗钱

依然未能见到主治大夫的老人

是我的父亲

那个蓬头垢面瘫坐在矿长的

小轿车旁哭干了眼泪　都未能

见到矿难中十二位亲人

半具尸体的老妈妈

是我的母亲

城市法庭的大门打开

一位疯了似的汉子一下冲出来

胡子拉碴　头发花白

他就是我的大哥——

（包工头携款跑掉　两年的工资

化为了泡影　用半年加二千元

换来的胜诉　只是一纸空文）

那个为了读完大学发誓

再也不花父母的钱了　因而

两次被包　三次流产　正

身染性病的女子

她是我的小妹……

多么感激那些不怕丢掉

饭碗的记者　是他们

以我另一些亲人的名义

在报纸上披露出我亲人的行迹

让我好久都不再疼痛的灵魂

重新疼痛起来

迫不及待地打开《羊城晚报》

打开《报刊文摘》打开《南方周末》

向着陷在黑暗的亲人背影

扯破嗓子高喊　喊　喊

可他们竟谁也不回一下头

谁也不吭一下声　我呆在那里

任报纸上那些文字　刀子一样

一个一个捅我的心

风在追赶一片树叶

不知为什么　整个上午

风都在追赶一片树叶

追追停停

停停追追

路闪开转身逃向远方

大地噤若寒蝉一动不动

一辆汽车在它身边碾过去像在追杀逃犯

树叶已无处躲藏……

当我弯腰捧起那片树叶

竟然感到它依然惊魂未定——

青白着脸

喘息

打抖
一副被缉拿归案的样子

这几年

这几年月亮不再仅仅于夜间出没
这几年星星习惯了对太阳
睁一只眼闭一只眼

这几年雨被风秒杀雷与电闪离
这几年醉和醒同床共枕
灵与肉比翼双飞

这几年朋友走了不少也来了不少
有点像钱，挣的多花的也多
这几年水在转山也在转
时间不置可否

这几年总是用谎言调试真诚
害怕一不小心身体
伤了灵魂

胆　怯

多么微妙
别在胸前　但不是装饰品

长一身光滑的毛发
又有一双飘忽不定的眼睛
被牙齿咬出血的决策有点儿像

胆大心细的副产品

身前身后的路七拐八拐　宛如一条
被惊吓折腾过的计谋
从胆魄里出来一直通往心脏再抵达智慧

时机一直按兵不动
心思一次次撤回掩体与勇气结为金兰……
目标太过金贵
这次忘记带了只好让动作
回归为零

画室里的道具苹果

它知道自己是假的
它更知道自己的鲜红比真实的鲜红
隔着十万八千里
可它还是认真地坐在那个盘子里
它甚至幻想把那个也是塑料做的盘子换成真的
有好几次它都想借着窗口吹来的风
试着端正坐得发木了的身子
进而大胆地去实现自己的想法
但它都没有那样去做
它担心一走神儿那个刚刚学会画画的孩子
会不小心把它的心思
也给画了上去

侧　身

不! 不! 不!

现在我必须侧身
你看那阵风来势多么凶猛
骨气决不能被刮折。意外准备了半个世纪

是的　现在我必须侧身
以先让迎面而来的世俗、巷议、恶言、中伤
讪笑、秽语、猜疑…… 一一飞过去
天下太小。路太窄。大度
都宽到了五十米了
还是太窄

我必须学会侧身
其实　我一直都在侧身　一直
都在把我身体的右边侧掉
成为一个半拉子人

两三个人

从纷扰里诞出
两三个人最适于密谋

让神情诡异
两三张嘴咬着一只耳朵
把一个计划缝制得天衣无缝

不吵不闹不赉不张
两三个人鱼贯而入、而出、如影随行
构成一个事件的序幕

两三个人咯噔站住
就像时间把自己突然钉死在那里

把世界吓了一跳

其实　这两三个人就是 —— 我
我的影子　以及
我的一次冲动

倪伦河夏夜素描

天地依偎
夜幕薄如白昼

小树林安静
绿草地安静
波光荡漾的河水被一阵一阵的笑声抚摸
更安静

扔下万年的寂寞
炫丽多彩的星星成群结队飘然人间
此岸即彼岸彼岸即此岸
你看——那些肩并肩手拉手的年轻人
哪一个不是上帝复制出的
新版牛郎织女

围坐在那么多木椅、石凳上的除了老年、童稚
还有 —— 偶然相遇的友谊、早已握手言和的对手
忘年之交、一字之师、不情之请　以及
东窜西跳活泼可爱的小凉风……
把祥和与夏夜连在一起
谁也没有异议

但我知道

不管我怎样握紧老伴儿的手如何沿着河岸一圈
又一圈往热闹的深处走 都无法
成为青春的一部分

与酒相约燕庄

那一年是我做乡镇小吏的第三个年头
我带着我的青春和全身的热血
站在黄河北岸的大地上自不量力地试图
借用自己的思想去喊醒一个时代

那一年我的执着钻了鲁北土壤大量缺磷的空子
意想不到地让小麦亩产一家伙提高到了 900 斤
几千亩麦浪此起彼伏地朝我笑
公社党委书记、县委书记以及省委学大寨工作团团长
都在朝我笑 我受宠若惊 我不知所措
我把领导们递过来的一大杯酒
错当成了白开水 咚咚咚几口喝下
让那次不可多得的荣耀一直
呛得我咳嗽了三十年

后来我再次回燕庄 那些还在咳嗽的
细节却一个都找不见了
只有那个空空的杯子依然晃在我的记忆里
一会儿清晰
一会儿模糊

在陌生的城市偶遇一群陌生的老人

非常显眼

仿佛那座城市的证据
从上个世纪走来向晃晃悠悠的时间深处走去

端着苍老。背着手
似乎这个世界再也与他们没有关系
此时 ——
五六个或七八个正坐在繁忙的阳光下手在不时地比划
好像是在担心谁谁谁身上太多的痛
会一不小心掉出来

低微的笑早已轻盈不堪
只是全都默默地弯着腰弓着背游荡在皱纹里
似乎有些故意不想让人听到
—— 这座城市精彩得太快
他们习惯了背过脸去

后百年

收拾好微笑
生死，辽阔

他，站在床头右侧的相框里
坚守诺言——不再老去
表情，是谦虚的，有初恋的率真，也有一生的刚柔
不用等待，等待就在身边。过去她是他的王，现在他是她的神
而她，一如既往地忙碌，把自己的身体掏空，再颤巍巍举起
离自己越来越远，离他越来越近
那不叫自言自语，那叫将岁月紧一下，再松一下
仿佛一个时间八竿子打不着的人

不在乎自己的老态龙钟，不在乎举步维艰

以及天上一半儿、地上一半儿地
不靠谱、不着调儿、不精明、不利索
八十岁，不需要排比，更不需要
夸张、比喻、对仗，让修辞见鬼去吧
让真实再一次，在幻觉里俯下身来，化作细节
不小心，笑，从心里跑出来，但，不跑到脸上
——笑窗外的江山。笑满大街的美人。笑全副武装的岁月
日子，就是一副老花镜，戴上
再摘下来，摘下来，再戴上
——像是在把玩不断更替的年代
又像是在自己跟自己较劲儿

趁孤独不在家，把心思，从
一摞一摞的生活上，移开
先把东家摆长，再把西家摆短，摆
成一地陈茄子烂南瓜。以让
一屋子的时光，活灵活现
催促陈年旧事全部醒来 重新
演绎百年好合

张 炜/作品

SHANDONG POET 60

张　炜，1956年11月出生于山东省龙口市，原籍栖霞县。1975年发表诗，1980年发表小说。山东省作家协会主席、专业作家。发表作品一千余万字，被译成英、日、法、韩、德、瑞典等多种文学。在国内及海外出版单行本四百余部，获奖七十余项。

主要作品有长篇小说《古船》《九月寓言》《外省书》《柏慧》《能不忆蜀葵》《丑行或浪漫》《刺猬歌》及《你在高原》(十部)；散文《融入野地》《夜思》《芳心似火》；文论《精神的背景》《当代文学的精神走向》《午夜来獾》；诗《松林》《归游记》等。1999年《古船》分别被两岸三地评为"世界华语小说百年百强"和"百年百种优秀中国文学图书"，《九月寓言》与作者分别被评为"九十年代最具影响力十作家十作品"。《声音》《一潭清水》《九月寓言》《外省书》《能为忆蜀葵》《鱼的故事》《丑行或浪漫》等作品分别在海内外获得全国优秀小说奖、庄重文文学奖、畅销书奖等多种奖项。

大河小说《你在高原》获得华语传媒年度杰出作家奖、鄂尔多斯奖、出版人年度作者奖、中国作家出版集团特等奖、第八届茅盾文学奖等十余奖项。

诗人：张 炜

诗观：

当我想到自己是一位诗人的时候，有一种深深的幸福感，还有更多的羞愧不安。

我没有写出心中最好的诗，却会一直写下去。

李白杜甫的时代离我们并不遥远，可是今天的吟唱似乎永远不能追赶他们了。

聂鲁达和埃利蒂斯是两个伟大的异国歌喉，强悍高亢的声音在西风里吹拂。

没有诗，所有文字都近似于虚浮的搪塞。

诗是真正的言说，心灵的回响，存在的隐秘，行动的刻记。

诗是人的光荣，是放射在时空中的生命的闪电。

归旅记

1

在站牌的一侧徘徊
许久，吸一支烟离开

怎样握住悠远的安静
握住富有的清贫
怎样掷下一道抛物线
再从头细细丈量

穿过一片玉米，大地
和斑斓的鲜花
欲望的碎银撒满深紫色苍穹
如此归来归去，亲爱的
我们一起从空旷的门庭出发
走过一程又一程
为了传说中的景点和险地
如约而至的是挚友和恋人
是后来的仇敌和以前的吸血蜱
嬉戏的盾牌遗落在草中
午餐后一切都将丢弃和遗忘

短促如梦的一次远足
饮了过量的甜酒和苦酒
沉醉不醒的冷汗反射阳光
直到耕牛的长哞把它震落
万千生灵都在呼唤
它们是迷途之友
幻想在此驻足并生成一棵钢松
英姿和针芒在痴情地倾听

我们何时结束这卑微的欢宴
用白色餐巾裹起杯盏
浴袍上的斑点落下淅沥小雨
洇染着一圈圈风流的印记
这是长不过百年的纵横交织
这是青灯黄卷的倒影和
麦田上飘逝而过的一丝香气

蛛网裹起无数的垂死和苍老
让它在网的中央颤抖
月亮苍白，在高处俯视
是何等冰冷的怜悯
我的青苍苍的森林啊
我的北方之北的严寒啊
心的纬度和脚的坐标
任由马车吱吱辗压
此刻仍旧仰望那座拱门
一个浓雾中闪烁的源路
额头沉沉如石，垂下
想念和觉悟诞生了今天和未来的
那个无边无际的虚无

2

没有遗忘就没有开始
成吨的语言诅咒遗忘
却用同样的激情歌颂开始
我们一遍遍抚摸岁月的青苔
却从来不看下面的岩石
这是一群浪迹苍茫的孩子
在游玩中学会了残酷

归去之路要渡一条汹涌的河
所有人必在那里清洗
可是深入骨髓的污渍
令人恐惧，却又无可奈何
在繁星闪闪的泗渡之夜
只有彻骨的寒冷，没有悲悯
原来这次远游不仅是嬉戏
原来每个人都要交还命运的硬币

在大河冰封之前，在滋滋的愈合中
一双恍惚而至的眸子和手
看过来，握住她，走开
时光短促却并不苍凉
在老乡的土炕上煨起老酒
抚摸身侧的猫咪
还有一只卷尾狗
听怦怦跌落的屋檐垂冰
轰击着全世界的温情和庆幸

是的，冰封的火特别炽热
严霜覆盖的拐角有月季
哈气成霰的日子
一颗心有千钧之勇

这盔甲和战马绝尘而去的
一闪而逝的缨之色
令人难忘的喟叹
都是对青春、对泥土和冰粒的礼赞
无所不在的手捏制了
尘世间的微笑和泣哭
大荒之中的威权纸冠眼花缭乱

黄口小儿挥手发出雷霆
耳后的脏腻和奶腥气
尿湿的夜床和壶边的口水
都被一过性的钱币买走
智者提来了一大捆冥纸
被守门人悄悄收下
他们都在等待不同的节令
准备放飞孔明灯
流水之声轰轰震耳
回击遥遥无期的年关

有人在邈邈大漠的中央
栽种和浇灌了一棵菩提树
有人在繁华的都市门廊后边
手握一束小小山楂花
左顾右盼的喘息之后
锁定了今世来生的输赢
这可不是缓存的数字,不是一过性的
听那个高大的拱门下钟声振振
时光的水帘在一丝丝关合
时急时缓的祈祷也阻止不了
它在一阵震颤中轰然闭锁

3

有一串锁链形的数字
缠绕着这个古老的树桩
勒紧吧，他们说，再用些力
将毛细管和皮质层窒息
然后从干枯的树枝下迎接那只
五千年的黑黄色蜘蛛
只悬挂不收网，等待风
风是它的挚友和誓盟

命运不是概率，一瞬也是永恒
沙中有海，海中有盐
一滴水里有十万虫
一粒子弹可击穿宇宙
手掌上的落叶遮住了秋天
铁骑的长鬃甩掉了马鞍
玄思之书字符蠕动
等待蚁狮的无情摧残

高音的高音再往上盘旋
碰到顶穹就会弯下，拐走
这一段平坦的小小旅程
被称诩为伟大的迭宕和存在
一场旷世合奏开始了
看那个小小的人儿在指挥
他有小提琴，我有手推车
打发各自的光阴

4

传说老子过关有交奉给
时代蛮荒的五千言

这之前他让孔子额首
孔子又让帝王假惺惺地低头
孟子的浩然之气伟大宣声
滚动在野地和庙堂的廊阶下
荀子炮制新酒的虔诚
或可联想李白的兰陵琥珀光
俱往矣而永远不往
一些强悍的幽灵在大地徜徉

幽灵家族有世袭的日晷
它不曾变化，却频频移动
它在悄声叹息：我无法丈量时光
石头于是流下了泪水
泪水滋润了青苔
青苔成为岁月的斑纹
引来轻薄男女到此一游
那些高耸低垂的罗马石柱
奥斯曼帝国的珠宝盈柜
以及东方的木头瀚宫
全都经不起一只蚁蛳的噬咬

蚁蛳化而为蛉的日子
是鬼魂降临的深春之夜
飘游，上升，缓缓地高高地
试图挨近真正的空阔
最后却落在池边的莎草上
智者幻想出一双蚁蛉翅膀
屠夫日夜打磨刀具

翻看日历的帝王衰老了
时而抽泣，时而号啕
妃子们忘记了怜惜

在帏帐后边哜喳打牌
撒遍屋角的勋章拭得锃亮
老兵怀念四十年前的刀尖上
星月辉映的一道冷光
伟大的遗忘还没有来临
这是不幸之中的万幸

　　　5
蜘蛛的网还在编织
小家伙们好样的，不舍昼夜
如果这张网足够大
就能网住东方的神仙西方的上帝
连同醉酒的唐朝的李白
织啊织啊，像织裹尸布
织啊织啊，像缝一个褓褓

在渺渺高处，就是那个邈云汉
醉酒人归来了，携手杜甫
一高一矮的忧伤人
飘飘踏云没有了愁肠
一个说傻子最伟大，物质最繁忙
一个说发展的道理硬梆梆
遥指齐鲁青未了
蓬莱在半岛东端
可叹人已登船手中无篙
这长江之水，这萧萧落木
都是一过性地眩晕

仁者有异伴，流氓爱姑娘
小薄嘴巧死了，说
看这是多么好的东西
思辩者整整半天未曾入厕

有一个了不起的膀胱
这边厢还在玩电信欺诈
一边嚼三明治一边拨弄键盘
吸毒者追求彻底的高尚
掠夺者把守着道德的边疆
除了你我们谁也不认
没有你，我们不能活

诗仙诗圣喃喃自语
默念着二十一世纪的诗篇
他们不停地赞许，说果然好
有事就该直言
唐朝的地球有多么荒僻
我去四川，你去湖南
宰相的孙女委实不凡
我号称谪仙，日日冶炼
瞧你满面红光
吃过我含汞的丹丸

6

最伟大的虚构就是时钟
嘀哒嘀哒，花开了，孩子出生了
甚至出现了一批严肃的人
取景框久久不愿将他们忽略
蚂蚁在刻度上攀援
神志如此庄重，冷峻而古板
太阳是虚无的灯笼
是另一个大家族放飞的火鸟

童年耽搁在大地的皱纹里
经验的指针在黎明翘起
一百岁之后才谈情说爱

一万年之后才记录在册
我们这边的大器局
到那边只配做个小厨子
他分不清桂花酒和杜松子
信奉松籽为长寿食物
天国里不需要味精和盐
小小年纪过上了称义的生活

这是无生无死的爱恋
这是黑色封皮的书
你兴冲冲而去，终于听烦了
压在上边的人哈哈大笑
他信奉无边无际的拴挞
让人性经历无穷无尽的摩擦
亲爱的小物，咱都是微尘
害怕而又欢迎那一场飓风

采撷吧，地上有铃兰花
小心地拂去层层蛛网
我们一时找不到人间的畦垄
放眼这青葱葱的野生
收藏起水嫩多汁的块茎
把一杯晶莹的槐花蜜掩入怀中
谁说这一切皆是虚无
回忆抵得上真金白银
在这赌气和沉默的时刻
亲爱的，你想到了什么

7

睁开一双悲哀多趣的花眼
打开霉迹斑斑的典籍
慨叹才是老本行

一边抚摸一边倾听时针的垂落
当那只红脚隼俯冲而下
翩翩鹛鸟遭到了灾祸
在迥然的两个世界里
各自端起叹息的咖啡
我赞扬你有名无实的银杯
我亲吻你微微鼓起的额头

在二十一世纪的雾霾中
有这么多垂死的爱情
有人被诅咒开除了
而我挡在了教堂的外边
派一个小书童送达信札
迎回的是一枚戒指
不得已的沉吟和肃穆
接下来就是难忍的脚心发痒

在梦想的高峰和大水之侧
谁筑起了隐居的小屋
睿智之目如同两颗石子
嵌入不再青春的额头
我的兄长叫陶渊明
踏着晨露与你分食米酒
嫉妒披上了破旧的蓑衣
丛林掩去了夜莺的歌喉
老天，咱在午夜刻制山地之书
一部小小的出游记

拣拾得足够多
恨不能变成双峰骆驼
屏风这边是不可承受的轻
大漠上移动着不堪忍受的重

神灵在乳雾上漫步游走
一会儿就要返回瀛洲
虚拟的棋盘上
只有欢乐没有忧愁

8

说吧，从头开始，茶和酒
一切都是数字的砂粒
是蚁蛉的虫卵和刺猬的哈欠
我们认真到白刀子进红刀子出
人家说不过尔尔不过尔尔
就像无知小儿留下的遗嘱
午夜两点，炉子沸了
不要浪费这促膝长谈和
水淋淋的片刻之欢
在披头盖脸的红叶下
有一双惊魂动魄的眼

我又一次梦见白雪
梦见了踏雪少年
你赠一碗虚无的蜜酒
我镶一道迷离的金边
年纪轻轻就骑上了毛驴
乳臭未干就看出了破绽
嘘！好生说话，游戏
谁都不准沉迷于荒诞
你最后一个笑出了泪滴
你才是一个完美的青年

也许仍旧恐惧那一次造访
心中却清明如镜一目了然
伙计，谁不知道谁呢

我的脚步毫不慌乱
请测试我的脉跳
心的回响沉着而又遥远
在包容了浩淼与繁星之域
白发浓密许诺无声
浅薄的时代需要一只老山货
藏入深深的洞穴中

唯一神秘的是水
请牢牢记住这个结论和印象
怀着感激和敬畏归去
心中默念着圣洁的名字：水
有了无数次泅渡和畅饮
有了洗涤与酿造的机缘
人类虔敬的海洋扑扑拍打
直到最后，生命的彼岸

9

脉管里隐伏着残酷的风暴
它激荡着成吨的铁汁和钙汁
让斧头滴落胆怯，让鞭子
沾上刺鼻的腥气和黑色
星辰的儿子合上美目
英俊男童在少女脚下死亡
这个季节梧桐花刚刚开放
麦地正编织一支歌谣
鱼网上扑满了无辜的飞蛾
大火卷走无边丛林
母亲张望的眼睛变成顽石
父亲手中的镰刀开始熔化

铁蹄和劲旅变成了沙子

浸血的旗帜埋在羊粪下
谁来指认那个追逐百灵的歌手
谁来召唤彻夜不眠的更夫
白发美人擦试甲胄
盲目的书记官做最后一次清点
甲骨文和米，橡木桶和刀
羊皮纸上的罂粟花已经苍老
轻骑兵到处寻找四大发明的父亲
在柴达木盆地发现了一双镣铐

这漂流千里的北风没有家
这辗转天涯的小草不发芽
饲喂了茫野上唯一的儿子
青紫的脸庞将覆上头盔
在壕沟里学会吸烟
和整个连队一起掩埋
二十年后故乡变成了沙漠
二十年前门口开满月季

10

我愿迎接小物到山楂树下
抚摸被砂纸磨过的脸颊
我送你一包亚麻籽
一盒蜡笔和一包烟
盘腿回想乡间岁月
那些急于造反的火药心情
你告诉自己被信仰开除的日子
笑声响亮如同春水破冰
时间可真快，十年一闪而过
足够写一首诗的光阴

我于梦中会晤了北斗七星的儿子

那是七个闪亮的少年
大眼生生全无不良嗜好
挺拔，举手投足十分礼貌
我贪婪于天上的北方故事
忘记了催促他们归去
一旦白昼化为不幸的永恒
大地的苦难就把他们缠住

从此找遍人间最纯洁的少女
促成佳偶，七桩良缘
让大地延续光明的血脉
植下仰望和思念
可是千年之后，更久更远
谁来辨认七对光闪闪的眸子
谁还记得身躯挺拔的少年
我们是薄云，我们是微尘
在这里记下一则基因的寓言

我在橡树下倾诉隐秘
亲手写下了一个奇异的家族
那个关于船和星星的故事
正是你的顺风顺水之帆
如果是个好孩子，那就永不骄傲
削过的短发还会茂长
你斜倚在血腥的大地上入睡
在永不驯服的狮子前打盹
你是悍匪娇纵的苞朵
是一千个孤儿的乳娘
你扯住了胶东半岛的衣襟
你攀住了蓬莱方士的船桨
跟从了这个时代的强梁

我退到了四百公里之外
打量你沉沉睡姿
在雷电的雕像下屏息
捕捉天外那根若有若无的纤弦
北风推开一层层莲花
乌云驱赶着上帝的群马
那是记忆中最遥远的夜
是一个弃儿灵魂里的惊厥

四十年后一个老者谆谆教导
下半生要用减法生活
可是十指叠满了瘢痂和老茧
已经翻不动哲人的经典
我用加法相爱，乘法祈祷
让最诚实的导盲犬引领上山
蜡染花布才是最好的姑娘
她采来早春的荠菜
用红豇豆熬出粥饭

11

一条壮怀激烈的老狗
站在大海之侧，岩石之巅
这场刮了几个世纪的咸风
有发辫的清香和焦糊的气味
独臂人被龙王诏做巡海夜叉
遗下女人在渔村里哭泣
那个叫鲲的家伙安息了
剩下的都是渺小的飞虫
隐隐传来隆隆之声
那是火地岛上的冰川在断裂

水和地壳日夜摩擦

传达出宇宙平静的心情
东方与西方相距只有一厘米
唐朝不过是民国的邻居
在月亮这个姣洁的姑娘看来
李白应该爱上更多的人
杜甫太严肃了，有时想不开
多么顽皮的小人儿
读了一夜斐多篇，笑了
想摸摸苏格拉底的脚底

那碗毒酒真叫有劲儿
让精神的帝王从此长眠
那时蜘蛛还没结成巨网
孔子不知道西边的大消息
齐国用刀币演奏韶乐，纸醉金迷
坚桦打造的豪车驶过稷下学宫
车中躺了一只干瘦的螳螂
一百匹骏马殉葬的帝王
与骏马一起化为尘埃

那条繁华的星河奔流不息
像黄河一样喜欢改道
领导思念黄河刀鱼，说
一定要野生的
风吹微尘四散飞扬
谁记得：齐国君王一度姓姜
在妓女和酒肆的青砖巷里
长满了蒺藜，狗刺和苍耳

快快升起欲望的火焰
把少年中国烤个焦干
魔鬼笑了，转脸一派庄严

蛇蝎在残垣瓦砾上游走
蜈蚣在丝竹上跳钢管舞
多么黑的黑夜，寒冷的深渊
远游者心惊胆战绕行
像抖掉锁链一样抖掉公元纪年

　　　　12
又到了槐花酿蜜的日子
你去过万松浦书院吗
松脂浓而不流，夜风入室
渴念听到腐朽的声音
从春天直到冰凌垂落的时节
掘起冻土里的木炭
就像山里人珍爱的一堆红薯
我在此地绝望而欣悦地生长
是一棵棘丛中的青杨

南美洲冰川日夜断裂
鲲起飞的日子还很遥远
雪橇狗大病已逾三月
我愿做一个勤奋的牲口
把千万吨黄沙驮在背上
去填补那道地球的创伤
只要回程遇到那只小蜂鸟
只要它对我发出微笑
长年累月的奔走赢来一只马蹄铁
做了整个家族的徽章
永久镶嵌在门庭上方

从今以后再也不要嘲笑第一个
吃螃蟹者，活着且年届九十
笨拙而灵巧的粗手扒开活的壳

然后流出慈悲的眼泪
一只病猫在一旁摇晃呆望
衣架上是退伍老兵的军装
生活如此快乐而无常
长寿眉长成了蚂蚱的模样
令我心疼的人快去江南吧
去那片绿洲上安歇

13
让我们拾起记忆的长柄扫帚
来一次洒扫庭除
你赠我的火红色金杯还在
就悬在笔架旁
在毛绒绒的拂尘之上
在比绝对更绝对的贝壳上方
我的八十高龄的母校
攫取了一个湖，两座山
还有无数清风徐来的夜晚
骄傲无礼且又倔强的小体积
欠我一声真诚的道歉

我们虽然算不得歃血之盟
也在饥肠辘辘中分食过面包和盐
一块儿抚摸过银质器皿
幻想着亘古未有的一次远征
人小鬼大，为奴十余年
铁镣披挂而下锈迹斑斑
八次放生，九次收监
在飞鱼欢叫的月份乘船远航
为蓝缎子的海面放声歌唱

他们只知道贵族的欢乐

却永远不解奴隶的窃喜
这里躺了一对青春的老酒鬼
刚杀了一伙学富五车的文盲
他们作诗，贩卖假文凭和增值发票
倒手从乡下到北京的菜篮子
还瞄上了婴儿安全岛
用一支生锈的萨克斯管
欺骗了总统的肩章和闪光的乐队
全省最伟大的毒枭和人贩子
坐稳了金色麦秸席子

在全世界最深最黑的矿坑里
有我七个瘦骨嶙峋的兄弟
他们梦见了另外七个少年
梦见了七滴晶莹露珠
午餐晚餐都是黄泥和石头
早餐是煤，包裹了页岩
经历了七七四十九个太阳和月亮
七双乌黑的眼睛全部作废
他们从此再也不做升井的梦
只想变做七只不大的蟑螂

14

亲爱的，我想电话通知你
我已经完成了寂寞和孤独
计划在雨季启程
去南方找一个妩媚的坏人
我在背风处饮下这碗瓜干酒
充实自己无比落魄的故事
背囊里有锁链和刀
准备一路打劫富裕的朋友

你肮脏的小屋里盛满了信仰和
我十多年前的汗水
这么多南瓜滚来滚去
秋意丰腴，浓烈如酒
好日子就在当下，谁也不要挽留
善良的人全都做了爱的死囚
懵懂中喜欢起外国的东西
网购了一些小玩艺儿
荷兰奶粉腥气刺鼻是冒牌货

是的，我是一个莽汉，去意已久
这里布满灰尘且过分华丽
缺少致命的毒蘑菇
看不见大行其道的九尾狐
男子汉一旦踏上冒险的甲板
一生都不会惧怕贼船
那把宝剑在腥风中嘶叫
飞出飞进割伤了窗棂
在旧社会我会开镖局
在新社会我会提炼麻黄碱

15

诅咒之声像鲜花一样把我簇拥
于是成了货真价实的成功人士
我是永远不会完工的烂尾楼
是夕阳下讨厌的影子
我不羡慕他人修筑金顶
自顾挖掘纵横交织的沟渠
我准备打一场背时的地道战
做一只浑身硝烟的鼹鼠

最后的时刻杀红了眼，死了

打扫战场的人踢踢我，问
这黑黪黪的是什么物件
他们拒绝把我当成战利品
可这算我一生最华丽的时段
好比紫铜管吹出的高亢乐章
请你在本人缺席的时候公允一些
总结出现代主义的反抗
黄花盛开小鸟啁啾的早晨
该是新的一天

在时针划破鱼肚白的时候出发
身后传来嘤嘤呼唤
你赞扬的双唇从来不吝言辞
道门里的人最讲认真
时光也许还早，亲爱的，时髦的古董
我们还能抛弃前嫌吗
看这水光四射的虚拟的前路
黑袍人扯紧少女的手
她长了一双小而又小的脚
别忘了我们从哪里来到哪里去
别停下这枉费心机的追问

在这个冬天
屋檐冰锥刺死了最杰出的人
发黄的纸页记下这则噩耗
给旅途增添谈资
有什么比生命更轻微更短暂
有什么比荒诞更永恒更坚硬
膀胱瘪了，仪式结束
长老不再绷着，他撒手了
我们向郁金香摆动双臂
一次次许诺：还会再来

16

我们就要穿过那道迷惑的拱门
心揪着，两手握紧冷汗
露珠再一次洒到太阳穴上
小蜜蜂嗡嗡欢叫来做向导
快为疲惫的旅人奏响音乐吧
快让无以名状的全知全能
缓步移下铺满云朵的丝绒长阶
他应允的，他必交还
我们是从窄门而入的

一束光
照亮了一粒微尘

兆 艮/作品
SHANDONG POET 60

　　兆　艮,原名张安俭,1966年6月生于山东青州,
主编诗歌民刊《我们》,从事影视制作。主要诗集有
《红珊瑚》《发现》《天上的海》《骑着蚂蚁看大海》
等多部。中国作家协会会员。现居威海。

诗人：兆 艮

诗观：

　　一个诗人一生应该保持着正直和天真，意志可脆弱但决不能懦弱。一首诗可以很渺小，但不能穿上虚伪的衣裳。诗人只有两个，一个叫大诗人，一个叫小诗人。标新立异发出自己的声音，诗人是真正的歌者，勇敢而执着。诗人最有资格做真理的朗诵者。

陀 螺

光天化日之下，是不是有支鞭子没命地抽你
抽你就对了，不抽，你上哪找立足之地
不抽，有什么理由让别人相信你内心还有一对
翅膀。在扑腾

大地之上，是不是有一个人比鞭子更卖力
他一边抽你，一边吐着粗气
他弯着腰抽你，让你直立
他不计疲劳，让你转起来
确切说是让你活下去

除此之外，是不是还有一个人目击了这场游戏
鞭子好像抽在了他身上
一抽就颤一次
一支鞭子让这个抱病深居的人站了起来
带着回忆感伤，带着悲辛和缺失
一脸复杂的泪水

赶上下雨

就是下刀子

我也敢顶着刀子

下雨和爬山是两件事
一件是天的
另一件才是我的

天和我作对
还可以说，是我在跟天
作对

天一边下
我一边爬
爬的感觉真好
我不是英雄
却像英雄

雨水就不一样了
全身冰凉。你听
到处是逃跑和打滚的声音

我的幸福

阳光是从一个地方下来的
那个地方就是太阳

而我感觉阳光是从四面八方飞来的
它们从四面八方飞过来

我说，抱抱我吧
即便我不感觉孤单和冷
也抱抱我

说到这里
你就知道我是一个
多么喜欢阳光的人

如果有一天，它们走了
只剩下我，剩下一个
黑影
我也是快乐的

乌　鸦

黑夜只是黑的一部分
煤是
眼睛也是

黑夜要等到太阳出来
煤要等到燃烧
眼睛要等到被擦亮

这么好的阳光，我却仍然站在阴影里
这不是一个谈论英雄的年代
但至今，在一场广阔的雪地面前
谁也不能把我替代

谢谢雨

雨水先我一步抵达了这个早晨
又先我一步光顾了这个小城

我要谢谢它
谢谢它的早

尽管只有不到万分之一的雨水被我看见
我也谢谢它

一个诗人对一场雨言谢
不是没有一点道理的

一场雨，让我这个出身贫穷的孩子
又想起了
远在农村早起耕作的父亲

落花流水

大雨过后
一片泥泞
这该死的雨，好像要让所有的都死去
它死去了
留下细流还在蜿蜒

这该死的雨
风风火火的来
死也风风火火的

大地上横着的是它
竖着的是它

它就这样躺在大地上
暴尸于天下
让我踏在它上面

让一群孩子在它的脸上
踢出了一串串水花

踢 腿

我抬起左腿踢了右手一下
又抬起右腿踢了左手一下

这明明是踢手
怎么就叫踢腿了呢？

有人拿起望远镜
他在看着我运动
并没有看见
我在思想

斗 酒

今夜，我要喝醉
我要跟一只杯子斗下去

它一杯
我一杯
东奔西走的我
什么样的酒没喝过？

今夜，不问理由只为斗酒
我斗过乡长，斗过村长
斗过无赖和花和尚

与一只杯子斗这是第一次
斗得干脆，斗得痛快

杯子与我不饶圈子
不讲空话
除了喝还是喝

最后，杯子失足跌在了地上
啪的一声

我鼻子一酸
我又能说些什么

爱上疯子

我爱上了一个人
爱上了这个时代的疯子
他唱着与别人都不相干的歌谣
是我一看见就爱上的人

他的长发代表了这个时代的个性
他毫不吝啬的笑是锋利无比的手术刀
他用毛巾裹住的脚趾
碾碎着当下潜行推进的游戏

啊，疯子
你的嘴唇虽然留着时代的灰尘
但，你的牙齿是白的
每颗都写满了新鲜的免疫力

没有人愿意，只有我

情愿与疯子站在一起
因为爱，我们像勇敢无畏的斗士
我们身无分文
不持寸铁
我们是和平年代的疯子，也是
和平年代的英雄

向日葵

那么多的脸长出来
那么多的脸笑着
那么多的牙发出光泽

那么多的仰望
那么多的梦想
那么多的幸福感迎风招展

但，人们要了它的头
不要它的脸
镰刀也不要

我想要，天空想要，大地也要
这张脸跟不要脸的那些人
多么不一样

掌　声

当你听到击掌的声音
听到一排排击掌的声音
你要用心想想

这还是击掌吗

欢呼只会出现在一个人的地方
一个很难弄出声音的地方
这个地方甚至还容不下
两只手掌

这才是欢呼为什么给人惊喜和力量

在这么空阔的礼堂里
光芒交织着光芒
我们几乎看不清对方的脸和手掌

这一阵阵震耳欲聋的掌声
还是真的吗

劈开他

不要用锯，要用斧子
对于这样一块没有烂彻底的木头
一个长满肿瘤内心还十分结实的木疙瘩
要把力量交给斧子

用不着看它的年轮
作为木头，它已毫无用武之地
劈开它，劈开它
它的内心漆黑一片
劈开才使它的心灵布满光辉

不要用锯，要用斧子
随着一声声闷响

我听到了隆冬的呼喊

冬天即将到来
就让冬天的火焰了结它的一生
就让一块木头疙瘩的死亡
点亮炉膛
点亮我们的眼睛

我是乌鸦

一只死去的鹦鹉也会写诗

在这个颠倒是非的世界里
还有什么值得称道

现在，我必须昂起头
离开这场没有灯光的演出

我一身风流的黑衣
为风雨而来
为咒语而生

春天里

一棵草是不会长成大树的
但它是被春天最早邀请的

草不是春天最有运气的
最有运气的是那群山羊

一片阳光掠过那个放羊的人
那个放羊的人一脸春光

但他不这样认为
他放了一辈子羊
天空总是斜的
路是斜的
他站都站不直
他说哪里还有这么
直截了当的道理

他还说，春的万象一新
并不证明枯萎已经过去

微　笑

我在狗的眼睛里看见了微笑，那是我的微笑
我在狗的脸上看见了微笑，那是狗的微笑

狗，只在主人的面前又蹦又跳

秋风啊，秋风

刚才还兴致勃勃地追着一辆汽车跑
现在，又开始追逐一些树叶
树叶躲进墙角，它又向回翻起跟头

这些无聊的风，可恶的风，掺杂着
腥臊的狗尿的风，向我脸上扑来
我就当什么也没发生

这些风，仅仅想耍弄人一下罢了
它从我的耳旁和胯下溜出去
谁还会把它再提起

当然，也有提起的，往往两眼流着泪
"秋风扫落叶！"
它已经老了，老得不成体统了
它只能扫扫落叶
这就是秋风，秋风就是这样

飘雪的日子

在飘雪的日子
难免出错
道路覆盖着白雪
连污垢都是白的

白让我们不知所措
白与白互相勾引
眼睛发昏眼眶流着
清泪

说不定什么时候你会失足
砰地一声
看起来比狗熊还笨

也有脆弱得像只鸡蛋的
一路提心吊胆
在白得睁不开眼的大路上
一副无奈的样子

有人趴在疯人院的窗子上
往下看
他惊奇地发现世界
到处是晃来晃去的白色大褂

说说那些石头

我说的是那些沉默的石头
那些孤单瘦弱无助被沦为垃圾的石头
它们的内心冰冷
面孔模糊

我说的是那些
远离大山和希望的石头
它们已经没有了恨
没有了反抗的力量

我说的是那些被抽走尊严和激情的石头
日久天长
被阳光晒的黝黑
看不见笑看不见羞涩

我说的是那些布满创伤冷落在街头的石头
既不完整又不破碎
跟炉渣挨在一起

它们是最认命最不信命的石头
它们用三分之二的时间坚持
用三分之一的时间拼命
这些石头，多么让我感动

阳　光

先是照在窗子上
后来照在我身上
这懒懒的阳光
黄黄的又有一点点亮

我迅速放下手上的事
让脑子空转一会儿
世界没有一丝风
没有一丁点儿多余的声音

还有一只鸟，站在树杈上
它和我一样
在心里
向春天致敬

同坏蛋干杯

不要找我喝酒
不要让那些恶心的话
伤了我的胃口
你的微笑对我来说
比伤悲还伤悲

不要拿酒跟我拼命
不要拿你的威风
碰我的伤口

这个下午
我畅饮欲醉

但决不是因为你
你坐在我的对面
不再是我的朋友
是对手

你应该给酒道歉
你玷污了这上等的酒品
你应该给今天道歉
你的出现让今天感到黯淡
你还应该给自己道歉
你不但给别人也经常给自己
带来麻烦

对于这个世界你是一个罪人
现在洗手了
洗手了
你碰过的东西还会留下你的黑灰

走吧，快走
你留下的一丁点儿阴影
都让一大桌子酒菜，不再
干净

英 雄

穿黑色衣服的她
跨过黑夜的门坎
突然不见了

剩下我
和两只安静的酒杯

我把最后的一点水果
认真地吃下
不让它有被遗弃的感觉

让一个值得去爱的女人
早一点回家
就是英雄

大海的印象

1
大海是冒着泡泡的大泡泡
是冒着白泡泡的蓝泡泡
我不知道它冒了多少泡泡
我不知道它还要冒多少泡泡

风吹着这些泡泡
泡泡不想让风吹着

风越吹越大
泡泡也越吹越大

2
一滴海水那么小
那么小的一滴海水
不会流多么远

它由一滴黄豆变成芝麻
它还在小
我不知道，消失意味着什么

但，即使消失了
我的手掌上仍可以留下
大海的密码

     3
高一脚低一脚的声音
在扛着大海奔跑

海鸟把大海放在翅膀上
大海把我放在它的边沿上

我把所有的事情放在九千里以外
红日当空
这时候最适宜随便走走
随便笑笑

     4
我对大海的印象是：
有点大，有点蓝
有点怕

还有点动心，有点伤感
缠着我。不肯回家

     5
听听海的哭声
听听海的笑声
当你正在听的时候
大海把你的耳朵洗得多么干净

即使什么事也没有了

你也去听听
去海边洗洗手
冲冲脚

　　　6
土质的容器
专门用来收集眼泪的容器

黄蜂、毒蛇、猛兽、鲨鱼和巨蝎
丹顶鹤、大象、蝌蚪和小蚂蚁……
还有树木、荒草、和谷禾
还有流泪的天空
被江河犁开的大地

我相信这个世界上
还有世界以外的眼泪
都在向这里倾注

眼泪。眼泪。亲爱的
眼泪。
大海是用眼泪搭建的天堂
绝不是深渊

　　　7
掉下来，掉下来
掉进大海
我的泪也许就不会干

不会干，不会干
不会干，一滴就顶上一万滴

我的一万滴泪啊

有九千九百九十九滴是假的

　　　　8
大海一生都在生病
生它自己的病
我在海边游荡，我听见
它病得尖叫 挣扎
海滩到处是它的呕吐物

当然，还可以说
海是在高兴
高它自己的兴
它高兴地歌唱，它点燃了身上的血
即使我离开 它仍会在记忆里舞蹈

　　　　9
今天，我不想谈论海
不谈自己和任何人
我只是在海岸上走
像自己养活自己的野狗
轻松 坦荡

落日隐去
远处的灯又亮起来

　　　　10
天可以病
地可以病
人可以病
大海可以病
大海的病看起来多么健康

钟岩松／作品
SHANDONG POET 60

钟岩松，1967 年 7 月生，山东荣成人，曾读于复旦大学新闻学院新闻专修班。1984 年开始发表作品。作品被收入多种选本。著有散文诗集《晨露集》，诗集《爱情季节》等。中国诗歌学会会员，山东省作家协会会员。现居威海。

诗人：钟岩松

诗观：

诗歌是什么？诗人又是什么？柏拉图说："优美的诗歌本质上不是人的而是神的，不是人的制作而是神的昭语"，"诗人制作都是凭神力而不是凭技艺"，"诗人是一种轻飘的长着羽翼的神明的东西，不得到灵感，不失去平常理智而陷入迷狂，就没有能力创造，就不能作诗或代神说话"。——我跪拜于这神来的观点之下，而无话可说。

雪崩：在界山达坂

霰烟腾起。淹没咆哮的阳光。
界山达坂，——海拔 6700 米的看台。

我看到远处更高的雪峰轰然坍塌。
消失……静穆而至美。

此刻，我想纵身跃下铁色的峭壁，
让生命来一次重铸前的粉碎。

雪的粉，粉的雪，清净若无。
峰岚圆润饱满。淡淡的云雾自乳间溢淌。

霰烟落定处：千仞如拔节之笋。阳光呼啸而来 ——

仰首的刹那，我看到我的脊梁，
灵魂升起，好似饱满之月

古村落

沧桑漂淡了山坳的秋空
风已远去。古村落

颓败的石墙石屋石巷凝重无语……
斑驳的野草花谢籽落，好似
缀满古村落的陈旧补丁；而我更愿相信
这是生存留于土地的斑斑胎记。
残壁断垣的罅隙，谁的瓦罐碎裂
一两只逃逸的蛐蛐
幽闲自顾地唱着古老的歌谣。
村头那棵年轻的槐树，不遗不弃
在树的坟冢上以树的姿态生长，
有力的虬枝忠实庇佑鸟儿们遗落的家园。

空茫连绵的峰峦锁住尘世浮躁的喧嚣。
午日里，古村落恍如我孤老的祖先
超然禅坐于时间之外；
我热爱的石头以石头的苍朴
为它留下最后的记忆。

拜谒祖屋

细风放飞着风筝。敏捷。灵动。
我坐在祖屋前的青石板上默数着
一只，二只，三只，四只……
初秋的雨缱绻冗缠。古旧的祖屋
不远的低空，燕子穿飞
竟然没有一只是我熟悉的！

粗顶的老藤载负密密匝匝的绿
攀援黧黑的西墙，覆盖了塌陷的
屋顶。庭院里的草棵高过了门槛
夹竹桃爆开的碎花，刺疼眼睛
蝉声汹涌。白蝶纷乱。

我辨不出走进祖屋的路径

屋后的土坡葱茏，我没见过面的
哑巴爷爷，和把故事像糖块一样
塞到我记忆的奶奶，他们
在草根下团聚，幸福长眠
屋东的平塘菡萏初绽，叶碧花红
一只青蛙一蹦一跳来到我脚下
它似曾相识看着我，欲言又止
很快地一蹦一跳离我而去

蜘蛛还在顾自编织，这张网
会慢慢网住祖屋的时光
我记得父亲说过的话——
只有一样东西不会改变
仔细看着你的掌心，掌纹的下面
埋着你的家族。祖先。

原　象

一剑封喉。锐森森的寒流
挑破迷彩的伪装
筋骨，是的，现在，我所看到的
是万物的真相
失血而饱满，冷峻而执着

——遗挂在枯树枝上皲裂的果实
——冰土封冻的种籽
——自戕的殉道者

他们，就义于时空的刑场

是 夜

群兽狂奔的步伐滚滚不息地擂击
暗天黑地。这空山荒野孤兀的小石屋
一夜颠簸在涛峰浪谷

而我如一枚沉淀深渊的谷核
凋零在时间之外，自我之中

爱 释

此时，我知道：爱
无处不在，无孔不入
比轻更轻，比痛更痛
比生更短，比死更长

我看见提在猎人手中的鸟
无奈的眼睛无力地睁开着
鲜的血——滴沥，滴沥
枯败在白白的雪地上

东方：旭日断脐。…… 血光烂漫
染红皑皑雪峰

山 屋

发霉的虚光把风渲染得深茫迷离
这场盛雪落叶缤纷。纯粹的白啊
漂净人间欲念

我坐在山野的小石屋
热烘烘的泥炕上，柴薪在炕洞里噼啪作响
放任草木的气息熏醉。这时
我恍惚坐在某位祖先的体内
某个不肯寂灭的器官上
我透过它昏花的老眼看着漫散暗淡的山河

一只黑白分明的老鸦从枯黄的灌木间浮现
这幽灵寻寻觅觅，似乎专注于啄食陈年旧事
埋伏于雪沟的猎狗凶猛窜起

我浑浑噩噩的神经被崚嶒激活
锈锁的喉咙同时被火灼伤

妻的生日

妻，这个生日
大雪纷纷。我的祝福纷纷。
——洁净。温润。

隔咫尺。我却隐遁于樱花的背后
没有色彩和语言。你能感觉的
我们互相依偎的火焰

四十五年前的这天
上帝差遣你为我而降临
我是幸福的。我常常眼含热泪。
瘦小的你佑护懦弱的我，风雨如练
你做我无所不能的神

…… 我凝视着初日升起。

雪野寥廓孤远，霓霞烂漫
遥遥，我听到嘹亮的鸡鸣狗吠
遥遥，我看到晨炊的青烟袅袅

我的妻，我突然生发这样莫名的渴望
我要涉过无际的梦境，翻越虚幻的群山
像久远被狼叼走的孩子
奔回我陌生了的人间

盲 区

某日，给他讲过天上掉馅饼故事的人
指着天空说，"看，天上有馅饼"
他竟认真地寻向天空。明晃晃的日光
瞬间把他的眼睛灼成盲黑的空洞

——"再看，在那里！"
那人为他手打遮蓬，翘起的拇指
顺势挡住他又一次睁开的眼睛

败 景

声音的子弹从喉嗓射出，划破连绵的
银色雪野。我是无法按捺愤怒的猎人
——去！去！！去！！！……
我被连发的反坐力弹得几个趔趄

花里胡哨的山鸡倒是从容
在白莹莹的雪地逍遥，像烟尘柳巷
不贞的女人。把这儿看做自己的巢穴

浪荡而无所顾忌，忸怩着
踏过我眼睛呵护的净地

"啾啾！"——她竟不屑我的愤怒
不时，她回转彩羽绚丽的鸡冠
"啾啾"——"啾啾"——
远处，一人在声声呼唤……

弦　月

稀寥的星颗冻结在平砥清辉的天屏
月的寒锋割碎絮薄的冷云
霰散的雾霭推开峰岚。四野旷寥。
能够听到索索的啸瑟，却看不清
风起自何处，又消失于何处
朦胧的雪野，任何的足迹淡入苍茫
而前方亦是苍茫复苍茫
而万物的命运象流星
被光明照耀的部分，比弦月尖锐

在罡的边沿醒来

哨音响起：嘟，嘟嘟——
尖脆的哨音惊落一地昨夜的残片

寄居我五官中的蝙蝠仓惶遁入另外一些黑之
洞穴。尽管黎明展开又一片莫测的梦境

我已经爬出沉涵的棺椁
松解脚踝处的绳索。在已知和未知的

接缝处。手术沉疴的梦游症
一遍一遍挤压难以愈合的创口

浑浊的脓液里开始渗涌新鲜的血
像纠结粘连的热爱和诅咒

指　认

女儿，胶东半岛，渤海之滨
这个叫屯钟家的村庄
是你的根。我们的祖宗
云南移民，来自明朝洪武年间

你随着老爸跳了龙门
你出生在一个不属于农村的小城
现在，你落户古都西安
成为真正的城里人

但是，女儿，你要记住：屯钟家
村东的笔架山，村西的石家河
记住：村中间曾经流淌过一条泉溪
石砌的水井旁有供奉祖宗的家庙

女儿，那座松柏常青的山岚
花菁葵一样的土丘，是宗族的墓地
记住：不管认识不认识，埋在里面的
都是我们的亲人

女儿，你要记住：屯钟家
记住接通南北的土路

向北连着渤海，向南连着国道
你从这里走出，也一定要从这里归来

喜欢雪后的郊野

喜欢一个人站在高处，看郊野的雪
看那皑皑苍茫 ——
简单的白。清白的白。
万物静止。
江山无限辽阔。

喜欢雪后的郊野
白雪深处，隐现着点点村庄
遥远而孤落的村庄
喜欢这样针灸的温暖 ——
没有恶意的狗叫此起彼伏
淡淡飘升的炊烟，又淡淡飘散

刘公岛

威严的提督府无须衙役击鼓通报
即使门票通胀
也抵挡不住席卷而来的观瞻

辕门前孤立的旗杆上，风和日丽
大清朝龙旗凤舞
夷人击沉的炮舰以建筑的方式
定格。惨烈的海战
在蜡像馆，在光影里反复排演
—— 血，呐喊，和硝烟

翻滚着熔烬王朝落幕的夕照

摩天岭炮台，工匠们
仔细修补沦陷的败笔
残缺的炮身复崛起，炮口依然指向
黄海。我伫立的脚下
潮汐沉缓拍击岸礁
仿佛梦游者踩踏松弛的鼓面

这些错位、畸曲、寂默的——
甲板、锚链、弹壳、兵戈……
这些海水与时间腌渍的陈列
它们的核心幽幽投射出顿挫光芒的
锐利。我无法说出
纠结于血之渊底的"痛"

蓝天下，故事已被青铜加身，刘公岛
倒映在威海卫荡漾的碧波中
沉浮。荣与辱的双峰，盘旋着黑压压的眼睛
像漫天飞舞的冥币

海滩上一只废弃的木船

残败的木板收殓船的一生。一枚凋零的贝壳
在干净的海滩。死亡安宁。

而咫尺：风暴如初。风暴浩荡。
倾斜的海面泛滥着群雄逐鹿的蹄印

一个潮头按下另一个潮头的间隙
停尸场暴露了溃乱的金属的盔甲

王者抱紧斑驳的岛屿纷纷沉入珊瑚的丛林
风化的桅杆是蓝色高原释放给时间的最后一束闪电

风暴边缘：前赴后继的波涛被暗礁轮番引爆
粉碎的白浪洒向退远的陆岸，如勇士献身预言

有谁洞晓：水其实做不了真理的圭臬
以海平面衡量高度的人类多么可悲和愚蠢

这孤寂的木船，绕过蛊惑的罗盘，绕过一场海葬
在干净的海滩，死亡如此安宁！

我抵达的黎明，如此短暂

我抵达的黎明，如此短暂！
像疾闪掠过的披风

而终点与起点之间
我黑的眼睛蠢着不朽的碑石

正面铭印姓氏和名号
背面镂满歌颂，赞美，和感恩

石　缘

—— 偶遇？……
蟒昆仑之北。塔里木盆地西南的大漠戈壁。

一块砾石。

铁色峻冷：斑驳的白翳像风干的残雪锢裹荒哑的天机。

我把它和珍藏的海石并陈于案头
它们孪生的气息倏然融通……

蜃影氤氲：一场沙暴。白浪滚滚。……
此后多少光阴轮转：三块石头端坐云头彼此守望？

遥望慕士塔格峰

群山如冢……
——唯斯峰至尊。

在地球之高耸的屋脊
在一亿年或许更广大的时空
它以禅的定力沉寂端坐。俯瞰。

沧桑过眼如云……
苍生过眼如烟……

而斯峰：漠然。岿然。不动。

石头城

海拔四千米之上，石头的城
以石头缄默岁月深处连绵不绝的回声

而石头的城，也曾以石头挽出坚硬的结
拴系从长安到地中海蜿蜒中亚腹地的纤绳
西行的驼队，东进的马帮

丝绸，鸦片，黄金，白银
欲望和贪婪，干戈和玉帛
哦，那根细长的纤绳，还秋千过如蚁的
王者、僧侣、游侠、异人……

还是石头的城，今天，它以石头封殓
一段辉煌最后亡陨的秘密

只在温暖的季节，断壁残垣还会摇曳
几棵哪朝的纤草，招魂的叹息
只在瞑目触抚每块石头的时候
指骨的缝隙，犹闻风声起

鹰笛嘹亮

鹰笛嘹亮——
在辽阔的帕米尔
在群山林密的塔什库尔干
在皑皑的雪峰，肥美的草原
在卡拉库里蓝宝石的湖畔
在塔吉克人的帐篷，马背
声音属于鹰笛
色彩属于鹰笛
光影属于鹰笛
…… 时空属于鹰笛

鹰笛嘹亮——
嘹亮的鹰笛通灵着无边的魔力
循着笛音，你可以走入无限的远
循着笛音，你会飞升至无限的高
循着笛音，你能看到无限的美

只需顺从嘹亮的蹄印
只需挽住嘹亮的长尾

鹰笛嘹亮 ——，鹰笛嘹亮 ——
嘹亮的鹰笛所经之处，化万物为羽
天籁之音涤净凡俗的躯囊
在神居的天堂，生灵们安详如婴

卡拉库里湖

把湛蓝的天空放倒
把飞絮的白云和展翅的雄鹰放倒
把冷凝银洁的雪峰放倒
把彩毡起伏的草原放倒
把跨马扬鞭的牧人和甩尾巴欢跑的猎狗放倒
连同悠闲的羊群闲散的健壮的牦牛
连同空旷的寂寥
和寂寥中偶尔飘来的几缕嘹亮的吆喝或歌唱

啊，卡拉库里
太阳光渗不透，高原风吹不皱的卡拉库里
你波澜不惊的深邃，你深邃无底的墨色
究竟放倒过多少这样的时光

朱建霞 / 作品
SHANDONG POET 60

朱建霞，1970年11月9日出生于安丘。作品见于《人民文学》《诗刊》《诗选刊》《星星》《绿风》等，入选诗刊社选编《中国当代诗库》，中国作协创研部选编《中国诗歌精选》《中国年度诗歌》等多种年度版本，曾获得《人民文学》举办的首届"美丽中国"游记大赛奖。山东省作家协会会员。现居潍坊。

诗人：朱建霞

诗观：

　　诗歌来自我作为个体的瞬间体悟与感受，是我心灵与外界碰撞的火花，她让另一个我醒来。

这么近，那么远

一侧身，我就看见
运动场上的他们
打球，跑步，或走，或跳
草坪上嬉戏的笑声
一天里，数次冲击我的耳膜
我的视线还曾在
对面图书馆里男孩女孩
微笑的脸庞上停留

经常，我会对着窗外发呆
甚至沮丧
运动场，图书馆，草坪距离我这么近
青春，却离我那么远

铁轨有多长

候车室里
纸醉与金迷，暧昧与情歌，流浪与温暖
四处弥漫 ——
回去的路已经没有痕迹

你看不到我的身影
我也看不到你的身影

铁轨有多长，能不能把眼前这趟列车
送往路的那头
能不能把你打开

挖苦菜的女人

手拿一把小铲子
她不停挖出眼前的苦菜
风吹过，身后那个红色的塑料袋
一如她过时的青春
在不远处孤零，萧索

每年春天，她铲断的
那些绿芽
很快又会冒出来
她只有，一次又一次
一年又一年
不停的铲、挖

想必也咀嚼到了
苦菜的味道
春天仔细打量着
这个挖苦菜的女人

好好待自己

按照你的嘱咐

早晨起来健身，晚上烫脚早睡
闲暇多与朋友喝茶聊天
书城少坐，免得心思又重了一层

勤给心灵拂尘，多给植物浇水
因了你的提醒，我发现
修剪它们零乱的枝叶
比清理内心的草丛，更简单一些

好好待自己，想起你的嘱咐
出门前，我又对着镜子
给自己涂了一点口红

这一夜

这一夜，你不泡茶
不焚香，只在黑暗中
大睁着眼睛

这一夜，雪没有来
北风把寒霜
当成月光铺陈，再铺陈

这一夜
一只墨绿的邮筒
孤独立在异乡的街头

这一夜，你归来
月圆之夜的桂花
还散发着残缺不全的香

那个清扫落叶的人

把树生长了一年的光阴，装进麻袋
装上用灵魂喂养的人世苍茫
拿细绳扎紧，用三轮车运走
那个在树丛来回穿梭的人
他的生活已经和扫起的落叶一样
颜色枯黄，难以彻底分离

该收拾的都收拾干净了
荡起的尘土，也已找到了归宿
那个清扫落叶的人，轻舒了一口气
似乎已有了一个约定， 来年
他和春天，还会早早来到这里
一个在树下仰望，一群在树上摇曳

一个抛撒落叶的人

在书吧门前静坐
我看到一个身着墨绿 T 恤的人
捡起一片落叶，轻轻抛出去
然后轻吐一口气
再捡起另一片

好像身体里有一辆彷徨的车子
不知要开往何方
有一千只奔跑的兔子
既没撞死在哪一个树上，也没有
一刻停止左冲右突

一个晚上，一个抛洒落叶的人

忙着把落叶捡起来
又不停的把落叶抛出去
仿佛有一些卑微，总是留在他的手里

照镜子的女人

一团烈焰数次被暴雨浇泼
那件红色毛衫，连呼吸都很微弱
那件黄色的鸭绒服
散发一小片一小片的暖光
最可爱的是，那件肉色紧身衣
融为了肉体的一部分，已经无法分割
那件黑色的大氅，像镜子尽头的暗
深的望不到底

再也脱不下来了
这些年，我把那么多色彩穿在身上
而镜子已经懒得去分辨
哪一个是我，哪一个是衣服
面对喜欢照镜子的女人
它终生都在忙着区分，各种各样的颜色

宿醉之后

那些发酵的味道飘浮着
姐姐，这难得的相聚
照亮了长夜，也照亮了
你我手中的一小杯月光

花朵沁凉，在暗夜的溪流里

即将往何方
对未来，我不期待，也不绝望
我只是心有些疼
一场宿醉之后
你找不到钥匙，我丢失了自己

我们在夜晚淘得了什么
微冷和失眠，与绿萝一样茂盛
一场宿醉之后
春天年轻，而我们正老去

夜晚的苏园

这曾经是我自己的天空
节日的花灯把色彩留在昨天
许多我熟悉的植物
或遭受刀斧砍伐
或不知去向

趁一座楼还没有占据
苏园的半壁江山
趁我的双腿还能追上我自己
像一个忠实的仆人
追随这个即将到来的春天

我迷恋有月的夜晚
迷恋那个从苏园经过的人
突然止住的脚步，有那么一瞬
颤栗的不安，让我固执地认为
他就是我前世的爱人

是谁叫醒了月亮

夜晚是多么寂静
是谁叫醒了月亮，盛开如菊
不是灯盏，它微弱的光芒不够温暖冬天
不是风声，它怀抱里的树林始终宁静
不是纸醉金迷，它打探不到阳光的消息
蓄满欲望的黑暗
陶醉于黄金的梦境
它糜烂的气息腐臭，晦暗

是谁叫醒了月亮
搅拌起另一种风景
隐约的鹤鸣唤醒心的懵怔
一只，两只，三只，更多只鸟儿
引颈之后回归平静

在一场不能抵达的雪里

在云朵上，在月光中
雪花始终在高处
时而翻滚，时而腾跳
时而侧耳细听远处的大风骤紧

一冬天，在一场不能抵达的雪里
任风意渐凉
那时，我不知道，你也不知道
远方还有一个她
读书喝茶，被同一种期盼围困着

现在，我们彼此遥望

在一场不能抵达的雪里
耳朵里灌满了即将落雪的风暴

今晚的月亮

今晚的月亮，从酒后来
踉跄的背影
倒影在清冷的河面上
会让谁的心，一阵阵的疼

奔跑，呼吸，饮下更多的北风
熟悉的呼唤，来自前生还是今世
一并偿还的
还有一声尚温的耳语

一杯酒惺红着眼睛
今晚的月亮
放声大哭或者朗声欢愉
都不怕人取笑

今晚的月亮，躲进一朵花的背后
棘刺与芬芳
烈酒和麻药，刀子和伤口
又一次，卷土重来

风吹过如花的流年

无数的花朵在苏园穿梭
一缕魂魄，扬起激越的妙音
十指间流落的四季

从夜阑中飞出
你啼血的诗句可是寻到
梦萦魂绕的醇香

是的，一定有什么来过
苏园的波澜
直抵内心的温暖
你悄然路过的足音里
谁轻微的呼吸恰如
翩然的青蝶

秋　光

银河，什么时候变窄了
无需跨步
两颗心已经相融

这夜晚，这星空
像两朵白云
秋风，把我们向一起吹

旧时光的骏马奔腾而来

听到了远方传来的声音，看到了花开花落
也看到了两岸咖啡的女孩
白皙的脸蛋和盘起的长发
更看到了恒安湖畔，我不能近赏的景色

我们谈起多年前的咖啡，西餐
谈起共同举杯的黄昏

谈起经十路，谈起一首诗歌的诞生
谈起远在他乡的朋友
他的笑脸就在我们对面

秋天的语言是丰盈的
他的眼神，声音与气息
在远方分享着我们的快乐

色　彩

名利皆空，心又该往何处
剪掉爱情的荆棘
苏园一身轻松

淡淡的神色，扫过娥眉
浅浅的微笑，藏在苏园的纹理中
角落里小小的房子
装下谁的一世
紫红的桑葚被一双手
放入爱的杯盏
桌上的花蕾含苞待放

这转瞬即逝的生活
是从何时
牵住我们的一生一世？

柔软的画卷

每一个黑夜和晨昏
我们用星光和花朵说话

爱引导我们的双脚
走遍苏园的每一个角落
多么幸福啊，成群结队的露珠
最先感受到爱的深度

日子就这么流淌着
最柔的飞翔
暗含摇曳的星光
从苏园中安详的飞出来

如此深情的依恋从什么时候开始
每一个夜晚，两只小兽
在苏园不息的灯光中找回
久违的温暖
这些阳光的青藤
此刻正覆盖在她们身上

渐行渐远

在胡家牌坊街
我仰视过白杨的俊伟
也俯瞰过青草的弱小
哦，一座楼矗立在原地
不一定代表另一座
没有坍塌

走过，即使我一句话也不说
城市里最后一棵梧桐树
还是在楼前开着淡紫的花朵
怎么了，它微微的香气
从不在月圆之夜散发

一两朵，偶尔
在流星逝去的光亮里
闪过淡淡的红晕
恰好我患了伤风，微闭双目

深藏。黑暗遮蔽了萎靡
一个人抱紧了自己
以为寒夜就暖了

旧戏台

你是此地的主人，还是过客
主角还没有出场
时光就掏空了繁茂的街市
还有，没来得及拆除的戏台

放慢脚步，我想牵住谁的衣襟
懵懂中
宽大的袖管里多了两个字
左手握着舍，右手攥着弃

一眨不眨地
盯着这即将毁掉的城楼
偏执的碎片
划伤不设防的谁

灶膛里，从来就没有拨旺的火
烤暖一颗心
只有易碎的道具
低过尘埃的默想

在拉板胡的盲人乐师手里
高一声，低一声

醉在夏夜

多年之后，我还是
在背风的楼台上找到我的火镰
现在，我什么也不想
安心守护一灯如豆

院墙外，风把世界撕破
我也会听出
你踏碎一滴雨水的脚步声

胡家牌坊街，没有秘密
绿萝沿着幽深的巷子四处游荡
在某一扇木格窗后
刚刚醒来的人
正痛恨被这该死的雨天
锁住翅膀

在这密闭的花园里
即使我蹑手蹑脚
还是会有奔跑的雨滴
吵醒你

读　夜

山河依旧，我见到的楼
就是我找寻已久的那座

暮霭曾经让它倾斜
风暴的印迹
在凹陷下去的角落
青草繁茂处，传来蝈蝈的叫声

在一条熟悉又陌生的街上
我重归从前：
我在那里葬下的落花
还有隔空的黑暗
现在，都带着星泪般的露水

十九世纪的车站

穿过施普雷河和哈韦尔河
那座过去叫坊子
现在叫坊茨的小站
在鲁中，像星星落在草丛里

在一个世纪的后面
我们企图在高大的煤堆上搜索出
隐没在一个车站里的真实
一辆刻着 1898 的机车还是先我们一步
轰隆隆的开过去了
没有片刻停留

图书在版编目（CIP）数据

山东诗人 60 家：全 2 册 / 谢明洲，孙方杰主编 . --
北京：中国文联出版社，2015.3
　ISBN 978-7-5059-9747-9

　Ⅰ . ①山… Ⅱ . ①谢… ②孙… Ⅲ . ①诗集 – 中国 –
当代 Ⅳ . ① I227

　中国版本图书馆 CIP 数据核字 (2015) 第 064370 号

山东诗人 60 家

主　　编：谢明洲　孙方杰	
出 版 人：朱　庆	
终 审 人：朱彦玲	复审人：郭　锋
责任编辑：王　军	责任校对：吴玉垒　孙方杰
封面设计：诗韵书坊	责任印制：陈　晨

出版发行：中国文联出版社

地　　址：北京市朝阳区农展馆南里 10 号，100125

电　　话：010-65389139（咨询）65067803（发行）65389150（邮购）

传　　真：010-65933115（总编室），010-65033859（发行部）

网　　址：http://www.clapnet.cn

E－mail：clap@clapnet.cn　　　　　　　　wangj@clapnet.cn

印　　刷：恒美印务（广州）有限公司

装　　订：恒美印务（广州）有限公司

法律顾问：北京市天驰洪范律师事务所徐波律师

本书如有破损、缺页、装订错误，请与本社联系调换

开　　本：115mm×230mm	1/16
字　　数：700 千字	印　张：68.25
版　　次：2015 年 4 月第 1 版	印　次：2015 年 4 月第 1 次印刷
书　　号：ISBN 978-7-5059-9747-9	
定　　价：186.00 元（全 2 册）